KNAUR

Im Knaur Taschenbuch Verlag sind bereits folgende Bücher der Autorin erschienen:
Stern der Göttin
Stolz der Kriegerin
Fluch des Magiers

Über die Autorin:
Hinter dem Pseudonym Sandra Melli verbirgt sich ein bekanntes Autorenehepaar, das seit etlichen Jahren sehr erfolgreich historische Romane veröffentlicht. Ihre ersten Erfolge errangen sie jedoch mit Kurzgeschichten und Novellen in Fantasy-Anthologien verschiedener großer Verlage. Darüber hinaus entwickelten sie im Lauf der Zeit mit der Welt der magischen Farben ihr ganz eigenes Fantasy-Universum. Das Paar lebt bei München.

SANDRA MELLI

DIE LIST DER KATZENFRAU

ROMAN

KNAUR

Besuchen Sie uns im Internet:
www.knaur.de

FSC
www.fsc.org
MIX
Papier aus verantwortungsvollen Quellen
FSC® C083411

Originalausgabe November 2014
Knaur Taschenbuch

Covergestaltung: ZERO Werbeagentur, München
Coverabbildung: © Sylwia Makris
Satz: Adobe InDesign im Verlag
Druck und Bindung: CPI books GmbH, Leck
ISBN 978-3-426-51328-6

2 4 5 3 1

Was bisher geschah

Das Katzenmenschenmädchen Laisa wird in ihrer Heimat als Karawanenwächterin ausgebildet. Doch bereits auf dem ersten Handelszug, den sie begleitet, geschieht etwas Außergewöhnliches, und sie findet sich in einer völlig fremden Umgebung wieder. Rasch merkt sie, dass es hier etwas gibt, was sie von zu Hause nicht kennt: Magie, die in den sechs Farben Weiß, Gelb, Grün, Blau, Violett und Schwarz leuchtet. Auch sie selbst besitzt hier eine magische Farbe, und zwar Weiß.

Gleich zu Beginn gerät Laisa in Schwierigkeiten. Zunächst muss sie sich mit Sklavenhändlern und einem feindlichen Magier herumschlagen. Anschließend verhilft sie dem vertriebenen Prinzen Punji zu seinem Recht und bekämpft den Schwarzlandmagier Salavar in der grünen Stadt Gamindhon, die dieser versklaven will.

Dabei befreit Laisa den weißen Magier Khaton, der als Evari im Auftrag des weißen Gottes den Frieden in den Dämmerlanden überwachen soll. Khaton erklärt sie kurzerhand zu seiner Helferin und schickt sie auf die feindliche Seite des großen Flusses, um seinem schwarzen Gegenspieler Tharon ein mächtiges Artefakt zu stehlen.

Kaum ist sie zu Khaton zurückgekehrt, muss sie eine Prinzessin auf die andere Seite des Großen Stromes bringen. Deren Vater hat sie als Preis für seine Freiheit dem König des schwarzen Reiches T'wool versprochen. Viele Leute wollen dies verhindern, doch Laisa erhält Hilfe durch den jungen, blaumagischen Abenteurer Rogon, der durch ein seltsames Schicksal den Geist der berühmten Kriegerin Tirah in sich aufgenommen hat. Gemeinsam mit dem schwarzen Evari Tharon können sie den Aufstand gegen König Arendhar IV. von T'wool niederschlagen und die Prinzessin zu ihm bringen.

Während Laisa zu Khaton auf die goldene Seite des Großen Stromes zurückkehrt, versucht Tharon mit Rogons Unterstützung, den Fluch von Rhyallun zu brechen. Dank Rogons Fähigkeiten gelingt dies. Die Kriegerin Tirah nimmt dabei Gestalt an, ist aber auf magische Weise an Rogon gebunden.

Laisa soll unterdessen für Khaton den Krieg zwischen den Reichen Orelat, Arustar, Ildhis und Whilairan beenden. Dabei trifft sie auf N'ghar, den sagenumwobenen Katzenmenschenkrieger des Ostens, und rettet ihn vor seinen Verfolgern. Bei diesen handelt es sich um Eirun, magische Wesen, die ihrerseits von einem unbekannten Feind unterworfen worden sind. Nachdem Laisa den Eroberer Revolh getötet und sein Heer zerstreut hat, reitet sie nach Gilthonian, das Reich der feindlichen Eirun, um dort den Fluch des Feindes zu brechen.

Auch Rogon ist nach Gilthonian unterwegs, da er einen Bruder der Gilthonian-Königin Helesian gerettet hat und dieser ihn bittet, mit ihm zu kommen. Zwar werden sie von den Eirun feindselig empfangen, doch gelingt es ihnen, den unbekannten Feind, der sich nach Gilthonian zurückgezogen hat, von dort zu verjagen, die Eirun aus seinem Bann zu befreien und die Vernichtung des Eirun-Waldes zu verhindern.

Doch sowohl Laisa wie auch Rogon wissen, dass erst dann wieder Frieden herrschen wird, wenn der unheimliche Feind, der die Völker der Dämmerlande ins Unglück stürzen und sich unterwerfen will, endgültig bezwungen ist.

Sandra Melli

Erstes Kapitel

Scheitern im Fels

Die Felswand ragte fast senkrecht in die Höhe und war so glatt wie geschliffener Kristall. Selbst als Katzenfrau fand Berraneh Baragain kaum eine Ritze oder einen Vorsprung, an denen sie sich mit ihren Krallen festhalten konnte.

»Wir schaffen es nicht bis nach oben«, stöhnte Yahyeh, die ebenfalls Katzengestalt angenommen hatte und hinter ihr herkletterte.

»Wir müssen!«, gab Berraneh aufgebracht zurück.

Doch ihr war klar, dass sie die Wand erst zu zwei Dritteln bezwungen hatten und die schlimmste Strecke noch vor ihnen lag.

»Wenn wir wenigstens unsere Levitationskräfte einsetzen könnten.« Yahyeh, die als blaue Evari die Vertreterin der Göttin Ilyna in den Dämmerlanden war, wirkte so verzweifelt wie eine junge Adeptin.

»Der Fels hat etwas an sich, das unsere Kräfte schwächt. Wenn es so weitergeht, werden wir unsere Katzengestalten nicht mehr aufrechterhalten können.«

Noch während sie es aussprach, begriff Berraneh, dass sie gescheitert waren. »Wer auch immer diese Felsformation geschaffen hat, wusste genau, wie er sie gegen blaue Hochmagierinnen schützen kann«, setzte sie in einem Anflug von Mutlosigkeit hinzu.

»Dann kann es nicht Gayyad gewesen sein. So mächtig ist der Kerl nicht!« Yahyeh stieß fauchend die Luft aus den Lungen und kletterte weiter, obwohl der Verstand ihr sagte, dass es sinnlos war.

»Ich bin gespannt, was uns innerhalb des Gebirgsringes erwartet«, ergänzte Berraneh noch, während sie nach der nächsten, kaum sichtbaren Ritze suchte, um sich weiter nach oben hangeln zu können.

Da schrie Yahyeh auf. »Weiße Magie! Gerade über uns!«

»Das ist unmöglich«, antwortete Berraneh verblüfft, entdeckte aber im nächsten Augenblick ein weißmagisches Feld von beträchtlicher Stärke. Obwohl die Ausstrahlung der Felsen ihre Kräfte weitgehend lahmlegte, begriff sie, was sich da tat.

»Es ist ein Abschirmfeld – und dahinter ballt sich Grün!«

»Nein!« Entsetzt starrte Yahyeh auf die Stelle und verfolgte wie gebannt, wie grüne Kriegsmagie auf das feindliche Blau zufloss.

»Gleich knallt es hier ganz gewaltig!« Berraneh zog instinktiv den Kopf ein, doch sie wusste ebenso wie die Evari, dass sie die sich anbahnende Gegenfarbenexplosion nicht überleben würden.

Yahyeh fasste nach ihrer Hand. »Wir müssen in die Tiefe springen, bevor hier alles hochgeht. Lass dich fallen! Sofort!«

Starr vor Schrecken blickte Berraneh nach unten. Die Felswand ragte vom Talgrund aus mehr als neunhundert Mannslängen fast senkrecht in die Höhe. Selbst im Vollbesitz ihrer Kräfte hätte sie es kaum gewagt, ins Nichts zu springen, rein in der trügerischen Hoffnung, sich mit ihren Levitationskräften abbremsen zu können. Hier oben waren ihre magischen Fähigkeiten jedoch wie ausgelöscht.

»Hinab! Sonst sind wir verloren!« Yahyehs Stimme klang ohrenzerreißend schrill.

Ein paar Mannslängen über ihnen durchbrach die grüne Magie das weiße Feld, das sie von der starken blauen Strahlung der Felsen getrennt hatte, und die erste Gegenfarbenexplosion hallte wie ein gigantischer Donnerschlag über das Land. Die beiden Magierinnen wurden aus der Wand geschleudert und stürzten haltlos in die Tiefe. Eine zweite Gegenfarbenexplosion raste hinter ihnen her, und diesmal hüllte das giftige Grün sie ein.

Berraneh spürte noch, dass die feindliche Magie wie der Hammer eines Riesen in ihren Körper einschlug, dann wurde sie ohnmächtig. Als sie wieder zu sich kam, fiel sie noch immer, doch die Felswand über ihr ragte schier endlos in die Höhe.

Gleich prallen wir auf, dachte sie und setzte instinktiv ihre magischen Fähigkeiten ein. Zu ihrem Glück wurden diese nicht mehr so stark beeinträchtigt wie weiter oben. Dennoch wurde ihr Fall kaum langsamer. Sie hielt noch immer Yahyehs Hand fest, wusste aber nicht, ob die Evari noch bei sich oder besinnungslos war – oder sogar tot. Daher zog sie Yahyeh näher zu sich und umklammerte sie. Im nächsten Moment prallte sie am Fuß der Felswand auf, und ihr Bewusstsein erlosch wie eine Kerze im Wind.

Kurz nach dem Unglück eilten drei Personen auf die beiden regungslosen Gestalten am Fuß der Felswand zu, allen voran eine stämmige Katzenfrau mit blauem Fell und Haarpinseln auf den Ohren. Ihr folgten zwei Schlangenmenschen mit einer Hautzeichnung in verschiedenen Blautönen. Alle drei trugen blaue Kleidung und Waffen von einer Art, wie sie in den Dämmerlanden selten geworden waren. Ihr Augenmerk galt jedoch keinem möglichen Feind, sondern den beiden Magierinnen.

Die Katzenfrau erreichte die beiden wie zerschmettert wirkenden Körper der Frauen als Erste und beugte sich besorgt über sie. Ihre Miene verzerrte sich, als sie die vielfach gebrochenen Gliedmaßen sah und kaum mehr Leben in den beiden spürte.

»Macht schnell!«, rief sie dem Schlangenmenschenpaar zu. »Sonst verlieren wir sie. Ihr müsst ihre Selbstheilungskräfte anregen.«

»Wir tun, was wir können, Atra«, erklärte der Schlangenmann, der seine Begleiterin einige Schritte hinter sich gelassen hatte. Auch er musterte die beiden verletzten Magierinnen besorgt, legte seine Hände auf beider Brust und setzte sein gesamtes Können als Heiler ein, um Berranehs und Yahyehs Leben zu erhalten. Doch erst seiner Gefährtin gelang es, die Selbstheilungskräfte der Magierinnen zu aktivieren.

Dennoch stand Berranehs und Yahyehs Überleben auf Messers Schneide. Obwohl beide Frauen Fähigkeiten besaßen, die weit über die eines normalen Menschen hinausgingen, waren sie nicht unsterblich, sondern mussten nach der Zerstörung ihrer Körper als Geister nach Osten zu Ilynas Seelenhallen gehen.

Genau dies aber wollten Atra und ihre Begleiter unter allen Umständen verhindern, und die Schlangenmenschen spannten sogar die Katzenfrau mit ein, die gebrochenen Knochen der Magierinnen gerade zu ziehen und zu schienen.

Der Tag verrann, und die Nacht folgte ihm, während die Schlangenmenschen und die Katzenfrau ihre Kräfte bis zur Erschöpfung einsetzten. Atra befürchtete schon, es wäre alles umsonst gewesen, als sie im ersten Morgengrauen sah, dass Berranehs Augenlider zuckten.

»Die Kommandantin erwacht«, rief sie.

»Das ist nicht gut. Sie sollte schlafen, bis ihre Selbstheilungskräfte die schlimmsten Schäden in ihrem Körper beseitigt haben«, antwortete der Schlangenmann erregt.

»Unsinn! Dafür gibt es zu viel zu tun«, stöhnte Berraneh, die gerade zu sich kam. Ihr Kopf fühlte sich an, als hätte ein Riese ihn als Trommel benutzt, und ihr tat jeder Knochen im Leib höllisch weh. Dennoch versuchte sie, sich aufzurichten.

»Was ist mit Yahyeh?«

»Sie lebt, wird aber etliche Tage bewusstlos bleiben, bis sie außer Lebensgefahr ist«, antwortete der Schlangenmann.

»Ihre Selbstheilung wirkt auch, wenn sie bei Bewusstsein ist. Also wecke sie!«, befahl Berraneh ihm. »Wir müssen beraten, was damit geschehen soll.«

Sie ließ den Kopf zurück auf die Decke sinken, die die Schlangen unter sie geschoben hatten, und blickte an der Felswand hoch, auf der im oberen Drittel immer noch aggressive grüne Magie auf das Blau traf, so dass beide im Takt eines Herzschlags mit ohrenbetäubendem Donner explodierten.

»Wer auch immer das hier geschaffen hat, war nicht unser Freund«, sagte sie schaudernd und rief sich in Erinnerung, was sie über diese Gegend wusste.

Viel war es nicht, denn keine der Kommandantinnen der Blauen Festung vor ihr hatte es für nötig befunden, das nahe gelegene Ringgebirge zu untersuchen. Es gab auch keine Aufzeichnungen über das, was in früherer Zeit dort existiert hatte. Ein paar Überlieferungen berichteten von harten Kämpfen in der Gegend, doch deren Wahrheitsgehalt war eher zweifelhaft.

»Berraneh!« Der magische Ruf war so dünn, als käme er aus weiter Ferne.

Die Kommandantin atmete scharf ein. »Yahyeh, bist du es?«

»Ja!« Da die Evari nicht in der Lage war, zu sprechen, teilte sie Berraneh ihre Erkenntnisse auf magischem Weg mit. »Mein Körper ist zerschlagen und mein Geist sehr schwach. Aber wir müssen handeln. Bevor ich bewusstlos wurde, habe ich über den Ringbergen eine dichte Wolke lebendiger, weißer

Magie gespürt. Was auch immer da drinnen ist – es wird vom Blau der Berge gegen uns abgeschirmt.«

Die Kommandantin atmete tief ein. Prompt raste der Schmerz von ihren gebrochenen Rippen aus wie Feuer durch ihren Körper. Sie versuchte, nicht darauf zu achten, sondern sich zu erinnern, was sie selbst kurz vor und während des Sturzes bemerkt hatte. Tatsächlich hatte auch sie den Widerschein starker weißer Magie gefühlt, die wie eine Kuppel über dem von dem Gebirgsring umschlossenen Gebiet liegen musste. Als sie versuchte, danach zu tasten, erfasste sie dort oben nur Blau und den Widerhall giftigen Grüns.

»Man entdeckt es erst ab einer gewissen Höhe am Berg. Aber bis dorthin muss man erst einmal kommen«, sendete Yahyeh. »Ich schätze, das hat seit dem Friedensschluss keiner mehr geschafft.«

»Ich nehme es auch nicht an«, antwortete Berraneh. »Auf jeden Fall ist es eine Sache, die uns und die Blaue Festung jederzeit in Tenelins Hölle bringen kann.«

»Das ist es, und es wird noch abscheulicher, wenn wir, wie ich befürchte, etwas am oder im Berg geweckt haben«, teilte Yahyeh ihr besorgt mit.

Berraneh schauderte es bei dem Gedanken, was sich innerhalb des mehr als einhundert Meilen durchmessenden Gebirgsringes befinden mochte.

»Vielleicht ist die Macht hinter dem Ringgebirge auch am Verschwinden meines Sohnes schuld«, entfuhr es ihr, und sie spürte Yahyeh geistig nicken.

»Wurden damals nicht weiße Spuren an der Grenze des Blauen Landes entdeckt?«

»Ja, aber wir beide waren die Einzigen, die das Weiß gespürt hatten – und wurden von Ilynas Damen dafür verlacht.«

Aus Berraneh sprach der tiefe Groll, den sie damals empfunden hatte. Etliche hohe Damen des Blauen Landes hatten ihr damals die Hilfe verweigert, und das trug sie ihnen immer noch nach.

»Berrandhor sollte Gayyad überwachen, und wir haben lange Zeit angenommen, der Kerl hätte deinen Sohn in eine Falle gelockt und gefangen gesetzt. Doch jetzt beginne ich zu zweifeln. Mit weißen Mächten vermag auch dieser Verräter kein Bündnis einzugehen.«

Yahyehs Geist fühlte sich mittlerweile kräftiger an, und Berraneh bekam mit, wie die Evari ihre Erfahrungen durchforstete und versuchte, die richtigen Schlüsse zu ziehen.

»Vielleicht war es kein Zufall, dass Ilyna ausgerechnet dich zur neuen Kommandantin der Blauen Festung ernannt hat. Sie muss gespürt haben, dass hier im Westen Dinge vorgehen, die nicht in ihrem Sinne sind«, erklärte die Evari.

Berraneh lachte bitter auf. »Aber über die Macht, die ich für die Lösung dieser Probleme benötige, verfüge ich trotzdem nicht. Von all den hohen Herrschaften in der Westprovinz kann ich mich nur auf Herzog N'rhom und sein Katzenmenschenvolk verlassen. Die Festungstruppen selbst sind ein Sauhaufen, die Vorräte so gut wie nicht vorhanden und die magischen Waffen kaum einsatzfähig. Jedes normale menschliche Kriegerheer mit mehr als fünftausend Mann könnte die Festung in diesem Zustand überrennen. Dabei haben wir im Krieg der fünffachen Zahl an Eirun getrotzt.«

»Die Mauern der Blauen Festung sind zu hoch, um mit Leitern überwunden zu werden, und sie bestehen aus magischem Kristall, den kein Rammbock der Menschen zerbrechen kann«, antwortete Yahyeh. »Selbst fünfzigtausend Menschenkrieger würden sie nicht nehmen können.«

»So habe ich auch gedacht, bevor wir uns das Ringgebirge näher angesehen haben. Was auch immer da drinnen sein mag, es stellt eine Gefahr für die Blaue Festung und wahrscheinlich auch für das Blaue Land dar.«

»Und was sollen wir tun?«, fragte Yahyeh bitter. »Wir beide sind nicht einmal bis zum Gipfelgrat gekommen, geschweige denn in das Innere des Ringgebirges. Selbst N'ghar, unser bester Kletterer, würde es nicht schaffen!«

»Nicht bei dieser Abwehr durch grüne Magie«, gab Berraneh zu.

»Ich habe dort oben zwar kaum etwas mit meinen magischen Sinnen wahrgenommen, bin aber überzeugt, dass nur Wesen von weißer oder gelber Grundfarbe den Gebirgsring überwinden können, weil sie von den grünen Artefakten nicht angegriffen werden.« Yahyeh klang niedergeschlagen, denn Weiß und Gelb waren Farben des Westens und damit die ihrer Feinde.

»Aber auch nur, wenn sie für den Aufstieg keine Magie aufwenden. Diese glatten, steilen Felswände kann selbst ein Eirun nicht ohne Hilfe seiner Levitationsfähigkeiten überwinden. Ein Katzenmensch könnte es vielleicht, und die gibt es nur in Blau.« Es schmerzte Berraneh, zugeben zu müssen, dass sie mit ihren Möglichkeiten am Ende war.

Da bewegte sich Yahyeh und stupste sie gegen die verletzten Rippen.

»Aua! Das tut weh«, stöhnte Berraneh.

»Verzeih, das wollte ich nicht. Aber es gibt eine weiße Katzenfrau. Sie ist in T'wool gesehen worden, und es heißt, sie sei eine Handlangerin des weißen Evari.«

»Der wird uns gewiss nicht helfen«, schnaubte Berraneh.

»Warum nicht? Khaton ist der Wächter des weißen Gottes. Wenn es hier etwas Weißmagisches gibt, so stört es den Frieden, den die Göttinnen und Götter geschlossen haben. Das kann auch er nicht zulassen.«

Irritiert schloss Berraneh die Lider, um in sich hineinzuhorchen. »Du willst eine Kreatur des weißen Evari an die Grenzen des Blauen Landes rufen? Unmöglich!«

»Kannst du hinaufklettern und nachsehen, was hinter diesem Gebirgsring liegt?« Yahyehs Gedankenstimme klang scharf, denn sie hatte bereits mit viel zu vielen Problemen in den Dämmerlanden zu kämpfen. Da konnte sie nicht auch noch eine unbekannte Gefahr so nahe an der Blauen Festung und dem Blauen Land brauchen.

»Nein, das kann ich nicht und du ebenfalls nicht. Keine blaue Magierin, die ich kenne, wäre dazu in der Lage.« Es tat Berraneh in der Seele weh, ihre Hilflosigkeit zugeben zu müssen.

»Du wirst dem weißen Evari Botschaft senden müssen. Weißt du, wie du ihn erreichst?«, setzte sie grollend hinzu.

»Über den weißen Tempel in Edessin Dareh. Ich werde über die Lotsen der Heiligen Stadt mit den Priestern Kontakt aufnehmen. Ob Khaton mich einer Antwort würdigt, kann ich nicht sagen. Aber ich muss es versuchen«, antwortete Yahyeh.

»Und wer soll seine Abgesandte in Empfang nehmen?«, bohrte Berraneh weiter.

Yahyeh stieß geistig einen tiefen Seufzer aus. »Das tue ich selbst, und zwar in Edessin Dareh. Dort muss ich sowieso einiges klären.«

»Als Evari?«, fragte Berraneh.

»Nein. Ich gehe in meiner Zweitgestalt als Vereen, die als meine Botin gilt. Doch vorher muss ich wenigstens halbwegs wiederhergestellt sein.«

In ihren Plänen hatte Yahyeh ihren üblen Zustand für ein paar Augenblicke vergessen. Auch Berraneh erinnerte sich nun wieder an ihre zerschmetterten Knochen und die verletzten Organe. Selbst bei Einsatz von einem Dutzend Heilerinnen und Heilern würden sie Wochen brauchen, um wieder auf die Beine zu kommen. Die Botschaft an Khaton aber musste so schnell wie möglich nach Westen gesandt werden. Daher gab sie Atra den Befehl, ihre restlichen Begleiter zu holen und sie und Yahyeh in die Blaue Festung zurückzubringen.

Zweites Kapitel

Kriegsrat

Etliche Wochen später saßen Laisa, die weiße Katzenfrau, der Weiß-Eirun Reolan, die beiden blauen Katzenmenschen N'ghar und Rongi zusammen mit dem blauen Abenteurer Rogon und dessen violetter Gefährtin Tirah, der Katze Jade und dem Falken Bernstein, die sich beide von Tirah kraulen ließen, knapp außerhalb des Gilthonian-Waldes an einem Lagerfeuer und hielten Kriegsrat. Ihre restlichen Begleiter hatten ihr Lager bei Drilia, der aus Lanar stammenden Priesterin des blauen Tempels, und deren Gefolge im Abstand von einer halben Meile aufgeschlagen. Drilias Angst vor den Eirun, die sie entführt und gefangen gehalten hatten, war zu groß, als dass sie sich näher an Reolan herangewagt hätte. Auch war ihr Laisas weiße Farbe suspekt. Für sie war die Katzenfrau ein Geschöpf des Westens und damit ein Feind. Das galt auch für die Ottermenschen Keke und Zakk, aber ausgerechnet die beiden hielten sich an die Schlangenfrau Tibi, der übertragen worden war, sich um die Priesterin und deren Gefolge zu kümmern.

Laisa musterte N'ghar und Rogon mit einem prüfenden Blick. »Zum Glück seid ihr zwei so weit wiederhergestellt, dass wir bald aufbrechen können. Ich will der Spur folgen, die Reodendhor von Gayyad ausgemacht hat.«

»Reodendhor konnte nur die Richtung nennen, aber nicht das Ziel«, wandte Rogon ein. »Daher kann Gayyad bis ins Blaue Land geflohen sein.«

»Wenn wir der Spur nicht folgen, finden wir es nicht heraus«, antwortete Laisa in einem Ton, als läge zwischen dem ersten möglichen Auftauchpunkt Gayyads und den Grenzen des Blauen Landes nur eine Tagesreise und nicht fast anderthalb tausend Meilen.

»Was machen wir mit Ysobel und Iroka? Die sind noch in Eldelinda«, wandte Reolan ein. Auch wenn er als weißer Eirun der violetten und der blauen Frau skeptisch gegenüberstand, gehörten sie doch zu Laisa Gefolge.

Laisa nickte ergeben. »Du hast recht. Die beiden dürfen wir nicht vergessen, also werden wir sie holen. Vielleicht bekommen wir auf diese Weise sogar Kontakt zu Khaton. Wenn er den Fluchtsprung des Zweifarbigen angemessen hat, kann er uns möglicherweise sagen, wo der Kerl zu finden ist.«

»Dafür musst du nicht bis nach Eldelinda reisen«, erklang eine sonore Männerstimme. Als Laisa sich umdrehte, sah sie einen hochgewachsenen Mann im Talar eines Heilers vor sich.

»Khaton, du?«, rief sie erleichtert.

Obwohl der weiße Evari seine Magie gut abschirmte, wirkte er auf sie wie eine hell lodernde Flamme.

»Ich habe größere Magieausbrüche gespürt und wollte nachsehen, was hier passiert ist. Fast gleichzeitig erhielt ich eine seltsame Botschaft, die mich stark beschäftigt. Zuerst aber bin nach Edania gereist, um zu sehen, ob es dir gelungen ist, Revolhs von Orelat Eroberungszug zu beenden. Ich muss sagen, ich bin beeindruckt! Alle waren voll des Lobes über dich, und jetzt bist du auch noch die Fürstin von Whilairan.« Spott funkelte in Khatons Augen, aber er wirkte sichtlich zufrieden. »Auf jeden Fall hast du gute Arbeit geleistet. Doch jetzt will ich wissen, was hier geschehen ist.«

Khaton blickte sich fragend um und sah Eldaradh, den Gefährten der Gilthonian-Königin Helesian, fragend an. Von ihm erhoffte er sich den genauesten Bericht.

»Mein Freund, ich hoffe, es geht der Herrin des Waldes wohl?«, erkundigte er sich anstelle eines Grußes.

Eldaradh drehte hilflos die Handflächen nach oben. »Helesian leidet noch unter dem Geschehen. Der, den wir Freund nannten, hat sich als Verräter entpuppt, und durch seine Heimtücke wäre unser Volk beinahe vernichtet worden. Dank der Hilfe, die wir von der Dame Laisa und dem Herrn Rogon aus dem Osten erhalten haben, sind Wald und Volk von Gilthonian gerettet worden.«

»Es muss eine heftige Sache gewesen sein, denn ich habe sie selbst im Süden gespürt. Erlaubt Ihr mir, Eure Gedanken zu teilen, damit ich eingeweiht werde?«

Ohne auf die Zustimmung des Eirun zu warten, legte Khaton seine Rechte auf Eldaradhs Schulter und drang ungehindert in seine Erinnerungen. Als er auf den Überfall auf die blaue Tempelbarke und die Entführung Drilias und ihrer Leute stieß, verzog er kurz das Gesicht, sagte aber nichts, sondern nahm weitere Bilder in sich auf.

Er zeigte erst wieder eine Regung, als er die beiden Artefakte in Blau und Grün sah und mitbekam, wie Rogon deren Magie auf sich gelenkt hatte, bevor es zu einer verheerenden Gegenfarbenexplosion kommen konnte.

»Wahrlich ein seltenes Talent«, murmelte er, doch diese Erkenntnis wurde kurz darauf durch die Bilder von Erulims Verwandlung in Gayyad übertroffen.

»Bei Meandir, kann es das geben?«, fragte er entsetzt und sah den Eirun nicken.

»Ich sah es mit eigenen Augen und spürte es mit meinen Sinnen, obwohl es auch mir unmöglich erschien.«

»Dann stimmt also die Nachricht, dass Wassarghan in seinen Trögen einen Spion geschaffen hat, der den Westen ausforschen soll!« Erregt packte Khaton Eldaradh an beiden Schultern.

»Ich will die Artefaktreste sehen! Denkt an einen Platz in der Nähe Eures Heiligen Baumes.«

Als Eldaradh dies tat, versetzte Khaton ihn und sich dorthin. Laisa und die anderen blieben allein am Rand von Gilthonian zurück.

»Khaton hat es heute aber sehr eilig«, rief Rongi verblüfft.

Laisa wusste nicht, ob sie sich ärgern sollte, weil der Evari ihr so wenig Aufmerksamkeit geschenkt hatte, oder sich wenigstens über sein Lob freuen sollte. Daher zuckte sie mit den Achseln. In dem Augenblick entdeckte sie nicht weit von sich Keke und Zakk, die beiden Ottermenschen, die hier, außerhalb des Gilthonian-Waldes, wieder auflebten. Beide hielten je einen großen Fisch in den Händen, die sie weiter draußen im Niemandsland gefangen hatten.

»Es gibt schöne Fische hier«, erklärte Keke zufrieden und wies ihren Fang vor. »Willst du ihn haben?«, fragte sie Laisa, als deren Augen begehrlich zu glitzern begannen.

»Danke!« Laisa nahm den Fisch und begann, ihn roh zu verspeisen. »Schmeckt wirklich gut«, meinte sie nach den ersten Bissen.

»Ich will auch einen Fisch haben«, beschwerte sich Rongi.

»Ich fange dir einen«, versprach Keke und verschwand wie ein Blitz.

Noch während die Gruppe ihr nachschaute, tauchte Khaton wieder auf. Seine Miene wirkte nun grimmig. »Ihr habt etliche Überwachungsartefakte übersehen, die unser Feind hier in

Gilthonian versteckt hat. Du, Laisa, wirst mir in den nächsten Tagen helfen, sie ausfindig und unschädlich zu machen. Was die misslungene Vernichtung des Gilthonian-Waldes betrifft, so waren das grüne und das blaue Artefakt auf eine boshafte Weise geschaltet. Kein Eirun und kein Magier des Westens hätte sie unschädlich machen können – auch du nicht, Laisa. Bereits bei dem ersten Versuch hätten sie ihre fatale Wirkung entfaltet. Nur ein Geschöpf aus dem Osten war in der Lage, sie zu entschärfen.«

Khatons Blick heftete sich auf Rogon. »Du hast einige gewaltige magische Talente, das muss man dir lassen. Zu gegebener Zeit wirst du mit mir nach Marandhil und mit Rhondh nach Gimloth reisen, damit wir dort nach ebenso vernichtenden Waffen suchen. Dann aber wirst du deine Kräfte nach unseren Anweisungen anwenden und nicht noch einmal ein solches Feuerwerk veranstalten wie hier. Es ist ein Wunder, dass du den Magiesturm überlebt hast.«

»Rogon ist noch immer etwas geschwächt. Daher solltest du ihm helfen. Du giltst doch als der beste Heiler des Westens«, erklärte Laisa herausfordernd.

»Ihm helfen?« Khaton runzelte zunächst die Stirn, sagte sich dann aber, dass der blaue Abenteurer dringend gebraucht wurde, und legte Rogon die Hand auf die Schulter. Zwar spürte er noch den Nachhall der Schäden, welche die Feindmagie in dessen Körper angerichtet hatte, fand Rogon aber in einem besseren Zustand, als er es den Erinnerungen des Eirun nach erwartet hatte. Dies hinderte ihn aber nicht daran, ihm eine kräftige Predigt zu halten.

»Auf deine seltsame Weise hast du zwar den Fluch von Rhyallun gebrochen und auch das Reich von Gilthonian gerettet, aber dich selbst fast ausgebrannt. Ich halte beide Taten für lobenswert, denn die erste stellt die alten Grenzen wieder her, und die zweite ist für deinesgleichen höchst beachtenswert. Allerdings solltest du so etwas kein drittes Mal mehr wagen. In Rhyallun hattest du es nur Tharon zu verdanken, dass du überlebt hast, und hier hat Königin Helesian dich gerettet. Ein weiteres Mal dürftest du nicht mehr so viel Glück haben.«

»Ich werde tun, was immer nötig ist«, antwortete Rogon störrisch.

»Es sind dein Leben und deine magischen Fähigkeiten«, antwortete Khaton ungerührt. »Du hättest ein guter Magier werden können. Doch viele dieser Anlagen sind nun zerstört oder geschrumpft. Gewachsen ist im Grunde nur dein Talent, deine Feindfarbe zu ertragen und mit magischen Farben umzugehen. Wenn du mir auf der goldenen Seite hilfst, werde ich dich dabei sorgfältig überwachen. Aber nun zu etwas anderem.«

Mit diesen Worten holte Khaton eine Glasfalle aus seiner Tasche und schüttelte sie kurz. Zwei Gestalten fielen heraus und sahen sich verwundert um. Während die blaue Schlangenfrau Iroka Tibi und die Priesterin Drilia entdeckte und zu den beiden hinüberlief, flüchtete Ysobel sich zu Tirah, deren Schutzartefakt sie vor dem feindlichen Gelb schützte.

»Magier!, sage ich da nur«, beschwerte die Tivenga sich. »Zuerst lässt er uns von seiner Glasfalle aufsaugen, ohne uns auch nur ein Wort zu sagen, und dann schüttelt er mich hier heraus, ohne darauf Rücksicht zu nehmen, dass ich in diesem Gelb gebraten werde.«

»Das hätte ich schon verhindert«, sagte Khaton bissig und wandte sich dann wieder Laisa zu. »Gayyads Fluchtsprung habe ich leider nicht mitbekommen, da ich anderweitig beschäftigt war. Aber das macht nichts, denn du wirst ihn vorerst nicht weiter verfolgen. Ich habe ein Ansuchen erhalten, dich zu jemandem zu schicken. Es mag eine Falle sein, doch ich kann es mir nicht leisten, nicht darauf einzugehen.«

»Und was ist das für ein Ansuchen?« Laisa fauchte leise, denn sie wollte Erulim jagen und betrachtete alles, was sie davon abhielt, als unnötige Störung.

»Es kommt von Yahyeh, der blauen Evari. Sie will in der Nähe der Blauen Festung starke weiße Magie gespürt haben. Ihr Versuch, dorthin vorzudringen, wurde durch Abwehrartefakte verhindert. Sie ist aber überzeugt, dass jemand von unserer Seite es schaffen kann.«

»Kommt das Ansuchen wirklich von Yahyeh, oder steckt der Dürrschwanz dahinter?«, fragte Laisa.

Khaton kniff verwirrt die Augen zusammen »Der wer?«

»Dieser Erulim-Gayyad mit den vielen Namen. Da wir uns diese nicht alle merken können, haben wir ihn Dürrschwanz getauft«, warf Rongi ein.

Khaton beachtete die Bemerkung des Katlings nicht. »Die Nachricht stammt von Yahyeh, das ist sicher. Ihre Botin wartet in der Heiligen Stadt auf dich. Sie heißt Vereen und wird sich durch einen magischen Kristall ausweisen, der von Yahyeh stammt. Sobald wir Gilthonian restlos von Erulims Artefakten befreit haben, werde ich dich und deine Gruppe zu der Lotsenstation versetzen, die Edessin Dareh am nächsten liegt. Dann kannst du einen Tag später in der Heiligen Stadt sein.«

Laisa fand Khatons Art wieder einmal nervend, spürte aber auch die Sorge, die ihn erfüllte. Nun war sie auf das gespannt, was die blaue Evari von ihr wollte. Andererseits interessierte es sie fast noch mehr, was Rogon und Tirah vorhatten. Daher wandte sie sich an die beiden und fragte sie.

»Wir werden sobald wie möglich nach Edessin Dareh zurückkehren – zum einen, um Drilia und ihre Leute dorthin zu bringen, zum anderen, um mit meinem Großvater und meiner

Schwester über die Besiedlung des Südens zu sprechen«, antwortete Rogon.

Da hob Eldaradh die Hand. »Meine Königin Helesian und ich bitten euch, noch einen Tag zu warten, denn wir wollen euch ein Geschenk überreichen, das euch gewiss Freude machen wird.«

»Gut, den Tag warte ich noch.« Rogon sah Tirah mit einem komisch-verzweifelten Blick an und begann dann zu lachen. »Wenn mir vor ein paar Monaten jemand prophezeit hätte, ich würde ein Geschenk von Eirun erhalten, ich wäre bis ans andere Ende der Welt gelaufen.«

»Das wäre kein so schlechter Gedanke«, antwortete seine violette Gefährtin mürrisch. Auch wenn sie durch ihr Abschirmartefakt und den Lotsenmantel doppelt gegen die gelbe Ausstrahlung des Eirun-Waldes geschützt war, so sehnte sie sich doch danach, wieder eine Farbe um sich zu sehen, die ihr nicht so zuwider war.

Drittes Kapitel

Der Feind

Als Gayyad die Bilder seiner Überwachungsartefakte prüfte, wollte er zuerst nicht glauben, was diese ihm zeigten. Gilthonian hätte völlig zerstört sein müssen! Stattdessen ragten die Bäume wie eh und je in den Himmel, und der Heilige Baum der Eirun wies nicht den geringsten Schaden auf.

Um zu erfahren, was nach seiner Flucht aus Gilthonian geschehen war, rief Gayyad ältere Bilder auf und kam zu der Szene, in der seine Waffe aktiviert worden war. Zuerst sah es so aus, als würde sie den Heiligen Baum von Gilthonian vernichten. Doch da griff der ihm unbekannte Blaue ein, zog die gesamte Artefaktmagie auf sich und blies sie in Gestalt eines riesenhaften Geistergeschöpfes als harmlosen Feuerstrahl in den Himmel. Gayyad kannte Wesen, die diese Fähigkeit besaßen. Man nannte sie Arghan, und sie waren in den Großen Kriegen von allen Seiten gnadenlos gejagt worden, weil sie ihre magische Farbe nach Belieben hatten ändern können.

Ein echter Arghan war der Kerl jedoch nicht. Diese konnten sich sowohl in einen Menschen wie auch in eine riesige, tierhafte Erscheinungsform verwandeln und besaßen in beiden Formen einen festen Körper. Das hier aber war nur die durchscheinende Illusion eines Arghan. Und doch hatte dieses Ding das schier Unmögliche geschafft, nämlich seine zerstörerische Kriegsmagie aus Gegenfarben in harmlose Wolken aufzulösen.

Für Erulim gab es nur einen Schluss: In den Adern des Blauen floss Arghanblut, und er war gleichzeitig ein Magiefresser von ungeheurer Kraft. Gerade das irritierte ihn. Magiefresser waren die Feinde aller Magier, denn sie saugten die Magie jedes anderen Lebewesens an sich und töteten ihr Opfer dabei. Nicht genug, damit zerstörten sie auch den Geist und die Seele des Angegriffenen so stark, dass diese im Nichts verwehten. Daher vernichtete jeder dazu fähige Magier einen Magiefresser, sowie er ihn entdeckte. Diesen Blauen hingegen hatte Tharon einfach laufenlassen.

Im Augenblick hielt er den Wardan für noch gefährlicher als Laisavaneh Baragain. Gleichzeitig fragte Gayyad sich, ob seine Feinde ihm die weiße Katze als Lockvogel vor die Nase gehalten hatten, damit er sich auf sie konzentrierte und dadurch den Magieräuber übersah. Wenn dies so war, hatten sie eine Niederlage erlitten, denn es war ihm gelungen zu entkommen, und nun wusste er, wer auf der anderen Seite stand.

Gayyad bekam auch mit, wie Khaton und Laisa damit begannen, seine Überwachungsartefakte zu suchen und zu beseitigen. Da er nichts dagegen unternehmen konnte, ballte er zähneknirschend die Fäuste. Einige Gespräche, die im Eirun-Wald geführt wurden, konnte er noch belauschen, und diese drehten sich um Rogon.

»Ich muss diesen Magiefresser haben!«, rief Gayyad erregt aus. Gleichzeitig war ihm klar, dass er ganz besondere Maßnahmen ergreifen musste, wenn er den Kerl gefangen halten und ohne Gefahr für sich selbst verhören wollte.

Er löste seinen Geist von dem Artefakt, das ihm die Bilder aus Gilthonian gezeigt hatte, und wurde sich wieder seiner Umgebung gewahr. Es war eine zwei mal zwei Mannslängen große Kammer mit einem Bett, einem Tisch, zwei Stühlen, einer Truhe sowie einem geheimen, nur für ihn sichtbaren Schrank mit Artefakten und anderen Dingen, die hier für ihn greifbar sein sollten.

Gayyad suchte alles heraus, was er für seine nächsten Schritte benötigte, und legte die Gegenstände auf den Tisch. Gerade als er die Hand nach einem Klingelzug ausstreckte, um sich bemerkbar zu machen, klopfte es an die Tür.

»Wer ist da?«, fragte er angespannt und griff nach einem auf stärkste Stufe gestellten Lähmartefakt.

»Ich bin es, Herr Frong!«, vernahm er die Stimme von Tolok, dem Sohn seines Gastgebers Tolmon Kren.

Obwohl Menschen blauer Farbe im Allgemeinen von Schwarzen verachtet wurden, weilte er als hochgeehrter Gast in diesem Haus, denn nicht zuletzt seiner Hilfe hatte Tolmon Kren es zu verdanken, dass er so hoch aufgestiegen war und sich Herr des ersten Turmes nennen konnte. Damit nahm der alte Pirat den höchsten Rang in Flussmaul ein. Wie Tolok selbst stellte auch dessen Vater nur eine seiner Figuren in dem großen Spiel dar, die er nach Belieben verwenden konnte.

»Komm herein«, antwortete er und legte das Artefakt wieder hin.

Er wartete, bis Tolok das Zimmer betreten und die Tür hinter sich geschlossen hatte, dann nickte er zufrieden. »Dich führt ein günstiger Wind zu mir. Gerade wollte ich dich rufen lassen.«

»Dann ist es gut, dass ich gekommen bin«, erklärte der hochgewachsene Flussmäuler grinsend. »Es ist eine Botschaft für Euch gekommen – aus Edessin Dareh.«

Damit reichte er Gayyad ein in gewachstes Tuch gewickeltes Päckchen von beachtlicher Dicke.

Gayyad bezähmte seine Neugier und legte das Päckchen neben die Artefakte. »Ich habe einen Auftrag für dich, Tolok.«

»Hoffentlich einen besseren als den letzten – die Sache mit dem blauen Reliquiar, das ich für Euch erbeuten sollte.«

Kritik an seinen Befehlen war das Letzte, das Gayyad dulden wollte. Daher musterte er Tolok mit einem so kalten Blick, dass dieser förmlich schrumpfte.

»Es war dein Fehler. Du hättest es geschickter anfangen müssen. So aber gab es zu viele Zeugen, die berichten konnten, ein Schiff aus Flussmaul habe die Tempelbarke überfallen. Wage es nicht noch einmal, so zu versagen!«

»Aber ich ... ich ...«, begann Tolok.

Gayyad ließ ihn nicht ausreden. »Du wirst zur Mündung des Thane fahren und dort auf eine Gruppe warten, die den Fluss herabkommt und in den Großen Strom einfahren will. Es geht mir um einen blauen Magier, den ich unbedingt in meine Gewalt bekommen muss.« In dem Augenblick erinnerte Gayyad sich an die violette Begleiterin des Blauen, die blaue Schlangenfrau und die beiden Ottermenschen.

»Bei dem Magier sind mehrere andere Personen, die du ebenfalls gefangen nehmen wirst. Dieses Artefakt wird sie dir zeigen.«

Mit diesen Worten schob er Tolok einen Kristall zu, der wie ein Farberkennerstein aussah, aber dazu geschaffen war, das magische Potenzial des Wesens anzumessen, auf das man ihn richtete. Da normale und schwach begabte Menschen für ihn uninteressant waren, stellte er ihn so ein, dass er nur ab einer gewissen Stärke ansprach, und erklärte Tolok anschließend die Artefakte, mit denen dieser den Blauen und dessen Begleiter entführen sollte.

Insgesamt erhielt der Flussmäuler drei starke Lähmartefakte, dazu eines, um die Gefangenen zu versteinern, ein paar andere, deren Wirkung für einen Menschen tödlich sein konnte, aber Magiern, Eirun und ähnlich magisch Begabten nur große

Schmerzen bereiteten und sie kampfunfähig machten. Dazu bekam er ein Gerät, das Unsichtbarkeits-Abschirmungen ebenso aufheben konnte wie Schutzschirme gegen nichtmagische Angriffe, wie Eirun sie benutzten. Gayyad erklärte Tolok die Artefakte, griff dabei in dessen Gehirn ein und beeinflusste seinen Geist, um sich weiterhin seiner bedingungslosen Treue zu versichern.

»Sollte sich noch etwas ergeben, werde ich es dir durch einen Kurier mitteilen lassen«, erklärte er noch. Dann forderte er den Flussmäuler auf, seine Mannschaft zusammenzustellen. Er selbst nahm das Bündel mit den Briefen aus Edessin Dareh an sich und schälte es aus der gewachsten Haut.

Die in dem wasserdichten Überzug enthaltenen Botschaften stammten von beiden Seiten des Großen Stromes. Eine besagte, dass sein Enkel Tenealras von Tenelian vom grünen Synod der Heiligen Stadt wegen des Überfalls auf die westliche Station der Maraand-Fähre zu einer bedeutenden Geldstrafe verurteilt worden war. Weitere Konsequenzen gab es jedoch nicht, und so galt Tenealras weiterhin als erster und aussichtsreichster Thronanwärter in den Reichen Thilion und Aralian.

Dieses Ergebnis war günstiger, als Gayyad es erwartet hatte. Zufrieden legte er diese Botschaft weg und nahm die nächste zur Hand. Auch auf der roten Seite des Großen Stromes lief es trotz einiger Rückschläge gut für ihn. T'wools Machtzuwachs erschreckte die Herrscherinnen und Herrscher der blauen Dämmerlandreiche und brachte sie dazu, sich unter seinen Anhängern zusammenzuschließen.

Zuletzt öffnete Gayyad den Brief der blauen Priesterin. Dabei wunderte er sich, dass er von Temasin stammte, der Dritten in der Rangfolge des Tempels, und nicht von der Oberpriesterin selbst.

Die schmeichlerischen Anreden, mit denen die Frau ihn bedachte, überschlug er und richtete sein Augenmerk auf das, was sie zu melden hatte. In wenigen Sätzen teilte sie ihm mit, dass der Fluch von Rhyallun gebrochen war, und beschwerte sich dann seitenweise über die Unverschämtheit des schwarzen Evari Tharon, der irgendeinem dahergelaufenen Abenteurer, der diesem beim Brechen des Fluches geholfen hatte, das Fürstentum Velghan überlassen wollte und auch noch das blaue Fürstentum Lhirus für diesen forderte.

Diese Belohnung wäre nach Gayyads Meinung angemessen gewesen, und er hätte sich einen präziseren Bericht der Priesterin gewünscht. Statt diesen Abenteurer zu beschreiben, beschwerte sie sich nur über das freche Auftreten des Mannes. Nur in einem Nebensatz erfuhr er, dass eine violette Frau, eine Schlangenfrau und zwei seltsame, klein gewachsene Wesen eines unbekannten Volkes den Kerl begleitet hatten.

Gayyad hätte ihr erklären können, um wen es sich bei diesen Leuten handelte, denn er hatte neben Ssintas Volk auch die Ottermenschen persönlich in Glasfallen gesteckt, aus denen Rogon sie später befreit hatte. Die violette Frau, die Schlangenfrau und die Otterlinge hatte er in Gilthonian zusammen mit Helesians Bruder Heleandhal gesehen und bereits damals begriffen, dass der Fluch von Rhyallun nicht mehr existierte. Als er an die seltsame Fähigkeit des blauen Magiefressers dachte, große Mengen an Magie sogar von Gegenfarben in sich aufzunehmen und als Geister-Arghan zu verbrennen, wunderte ihn dies nicht mehr. In der Hoffnung, mehr über diesen Mann zu erfahren, wandte er sich wieder den Bildern seiner Spähartefakte zu und betrachtete den Blauen, aber auch dessen violette Begleiterin genauer. War ihm der Blaue vollkommen unbekannt, so traf ihn beim Anblick der Frau beinahe der Schlag.

»Tirah! Aber das ist unmöglich!«

Er selbst hatte im Nordkrieg dafür gesorgt, dass Sirrins Kämpferin durch eine magische Waffe so schwer verletzt worden war, dass sie niemals mehr hätte erweckt werden können. Und doch war es geschehen. Bei dem Gedanken, die violette Evari womöglich unterschätzt zu haben, lief es ihm kalt den Rücken hinab. Wahrscheinlich hatte sie Tharon geholfen, den Fluch zu brechen. Nein, nicht den Fluch, dachte er. Dazu wären beide Evaris nicht in der Lage gewesen. Den musste der Magiefresser beseitigt haben. Zusammen mit den beiden Evaris und Sirrins magischer Kriegerin war es dem Kerl anscheinend gelungen, bis Rhyallun vorzustoßen und dort den Fluch zu beenden. Dabei hatte die Gruppe sein dortiges Versteck entdeckt und ausgeräumt.

»Ich hätte es besser sichern müssen«, murmelte er. Aber er hatte den Todeswall als ausreichenden Schutz angesehen, da er selbst die für alle Wesen tödliche Magie nur mit einem ganz speziellen Versetzungsartefakt direkt in sein Versteck hinein hatte überwinden können.

Nachdenklich wandte er sich wieder Temasins Schreiben zu und las, dass die Oberpriesterin durch einen magischen Fluch des Evari Tharon versteinert worden war. Temasin bat ihn daher, so bald wie möglich nach Edessin Dareh zu kommen, um den Bann zu lösen.

»Darauf kannst du lange warten!« In seinen Augen hatte Tharon ihm eine Falle gestellt, und die versteinerte Oberpriesterin stellte den Köder dar. Nach allem, was er nun wusste, musste er davon ausgehen, dass sich die drei Evaris des Ostens gegen ihn verbündet hatten. Schließlich hatten Tharon und Sirrin mit Tirah und diesem Blauen zusammengearbeitet.

Diese Allianz musste sogar stromübergreifend sein, sonst wäre nicht Khatons weiße Katze genau zu dem Zeitpunkt aufgetaucht, an dem man ihn von den Vorgängen im Osten hatte ablenken wollen. Umso wichtiger erschien es ihm, dass Tolok den blauen Magieräuber fing und er diesen verhören konnte. Dabei fragte er sich, wie es Yahyeh gelungen war, diesen Mann aufzutreiben, und er kämpfte gegen das Gefühl an, auch die blaue Evari elendig unterschätzt zu haben.

Viertes Kapitel

Die Flussmäuler

Rogon hätte Gilthonian am liebsten umgehend verlassen und wäre in den Süden gereist. Zwar vertraute er seinem Großvater Hannez und seiner Zwillingsschwester Rhynn, doch er nahm an, dass die Neusiedler in den Einbruchslanden Probleme mit den dort noch lebenden grünen Eindringlingen haben würden und Gayyads Handlanger auf deren Seite eingriffen. Daher erschien es ihm besser, wenn er selbst dort unten für Ordnung sorgte.

Seine Unruhe strahlte auf Tirah aus, und sie wünschte sich ebenfalls, in eine Gegend zu gelangen, in der sie kein starkes weißes Abschirmartefakt und keinen Lotsenmantel brauchte, um sich gegen die Umgebungsmagie zu schützen.

Als Rogon den Eirun Arelinon darauf ansprach, bat dieser um ein wenig Geduld. »Königin Helesian hat Euch ein Geschenk versprochen, Herr Rogon. Es wird spätestens morgen hier sein. Wartet bitte noch so lange!«

Da er die Herrin von Gilthonian nicht vor den Kopf stoßen wollte, nickte Rogon. »Ich werde warten. Aber was ist eigentlich mit Laisa und dem weißen Evari? Haben sie noch viele Artefakte im Gilthonian-Wald entdeckt?«

Arelinon nickte bedrückt. »Leider ja! Erulim hatte Jahrhunderte Zeit, die Geräte anzubringen. Nun schmerzt uns jeder

Baum, dessen Rinde aufplatzt, um das dort versteckte Artefakt freizugeben.«

»Das kann ich Euch nachfühlen«, antwortete Rogon, der zu seinem Leidwesen nicht taub für das magisch ausgestrahlte Leid der Eirun und ihrer seltsam lebendigen Bäume war. Um auf andere Gedanken zu kommen, legte er Tirah den Arm um die Schulter. »Was tun wir als Nächstes, wenn wir die Heilige Stadt erreicht und mit Hannez gesprochen haben?«

»Wir sollten Gayyad suchen, gleichgültig, was Khaton dazu sagt. Der Kerl hat die Dämmerlande schon mehrmals in Brand gesteckt, und das wird er wieder tun, wenn wir ihm die Zeit dazu lassen.«

Tirah ließ keinen Zweifel daran, dass sie sich am liebsten umgehend auf die Jagd nach dem Zweifarbigen machen würde. Allerdings wusste auch sie, dass eine Nadel im Heuhaufen leichter zu finden war als Gayyad.

Genau aus diesem Grund winkte Rogon bedauernd ab. »Wir haben nicht den geringsten Anhaltspunkt, wohin der Kerl geflohen ist. Daher müssen wir warten, bis er wieder auftaucht und wir Nachricht davon erhalten. Die Zeit will ich jedoch nicht nutzlos verbringen, sondern nach Süden reisen, um zu sehen, ob es Rhondh gelungen ist, den Großteil der Grünen in den Einbruchslanden zur Rückkehr auf ihre Seite zu bewegen.«

»Und wenn das nicht der Fall ist, sollten wir ein wenig nachhelfen. Aber ohne ein genügend starkes Heer wird das nicht leicht sein.« Tirah lachte kurz auf und lehnte sich gegen Rogon.

»Da wir nichts anderes vorhaben, können wir meinetwegen in den Süden gehen. Mein Schwert ist schon zu lange in der Scheide geblieben, und du solltest das deine auch erproben.«

»Am liebsten wäre es mir, ich müsste es gar nicht ziehen und die Grünen gingen von selbst.« Mit diesen Worten zog Rogon Tirah an sich und küsste sie. Sie ließ es sich gefallen, wies aber dann auf den gelb strahlenden Wald von Gilthonian.

»Lass uns mit Weiterem warten, bis wir den Strom erreicht haben und unsere Farben sehen.«

»Das tun wir.« Da Rogon wusste, wie sehr Tirah sich trotz ihrer magischen Abschirmung anstrengen musste, um das magische Gelb zu ertragen, drängte er auch nicht weiter, sondern ging Arm in Arm mit ihr zu Tibi, Keke und Zakk hinüber, die unter lebhaften Diskussionen das Abendessen zubereiteten.

*

Am nächsten Tag erschienen Helesian, ihr Gefährte und einige weitere Gilthonian-Eirun in Rogons Lager. »Euer Geschenk steht bereit«, erklärte die Königin und machte eine einladende Geste, mit der sie Rogon bat, ihr zu folgen.

Ihr Weg führte mehrere Meilen durch das Vorland von Gilthonian bis zu einem Nebenfluss des Thane. Dort lagen sechs Schiffe am Ufer vertäut, jedes so groß, dass es fast die gesamte Breite des Wasserlaufes einnahm. Bei den Schiffen befand sich ein Zeltlager mit mehreren hundert Menschen, die ihnen sichtlich verängstigt entgegensahen. Am meisten wunderte Rogon sich jedoch über die blaue Seelenfarbe dieser Leute.

Helesian bemerkte sein Staunen und lächelte. »Mein Bruder berichtete mir, dass Ihr einen Teil der südlichen Einbruchslande besiedeln müsst. Daher dachte ich mir, das beste Geschenk für Euch wären Menschen Eurer Farbe, die Ihr dorthin bringen könnt. Dies hier sind die Nachkommen von blauen Gefangenen, die im Nordkrieg auf diese Seite des Großen Stromes verschleppt worden sind. Ich ließ sie in den umliegenden Menschenreichen auslösen und hierherbringen. Da sie nie eine Heimat gekannt haben, werden sie das Land, in das Ihr sie bringt, als das ihre ansehen und Euch treu dienen.«

»Das ist ein großartiges Geschenk!«, rief Rogon aus.

Um die Bedingungen, die ihm der blaue Tempel in Edessin Dareh gestellt hatte, zu erfüllen, brauchte er so viele Siedler wie möglich. Daher war ihm jeder Einzelne willkommen, der nach Süden gehen wollte.

Er ließ seinen Blick über die Gruppe schweifen und wandte sich dann wieder Helesian zu. »Ich danke Euch, Herrin von Gilthonian, und ich verspreche Euch, dass ich diese Menschen gut behandeln werde.«

»Das ist mir bewusst.« Helesian wies nun auf Arelinon und fünf weitere Eirun, die in der Nähe standen. »Sie werden Euch bis Edessin Dareh begleiten, damit Ihr nicht auf menschliche Schiffer angewiesen seid. Reist mit dem Segen unseres Gottes und Eurer Göttin.«

In dem Augenblick machte sich Unruhe im Lager der blauen Sklaven breit. Ein verzweifelter Ruf erscholl, und dann drang das Weinen eines Kindes herüber. Rogon folgte den Lauten und sah, wie einer der Eirun ein etwa sechsjähriges Mädchen von einer Frau wegziehen wollte, die die Kleine fest umklammert hielt.

»Was geht hier vor?«, fragte er mit einer gewissen Schärfe.

»Das Mädchen kann nicht mitgehen. Es ist weiß«, antwortete der Eirun.

»Es ist meine Tochter!«, rief die Frau unter Tränen.

Rogon musterte beide. Das Kind war tatsächlich weiß, aber von einer blauen Mutter geboren worden. »Was willst du mit dem Kind machen?«, fragte er den Eirun.

Daran hatte dieser noch nicht gedacht. »Man kann es doch nicht auf die andere Seite lassen«, brachte er schließlich hervor.

»Und warum nicht?«, fragte Rogon.

»Seiner Farbe nach gehört es auf diese Seite!«

»Und wer soll sich um die Kleine kümmern? Ihr vielleicht?«

Der Eirun schüttelte verneinend den Kopf. »Nein, aber ich …«

»Ihr müsstet es fremden Menschen übergeben, die das Kind wahrscheinlich wieder wie eine Sklavin behandeln würden. Dafür aber hättet Ihr Mutter und Tochter getrennt und beiden Leid zugefügt.«

»Herr Rogon hat recht«, mischte sich Helesian ein. »Bei uns kann das Kind nicht bleiben, und bei anderen Menschen wäre es fremd. Lass es bei der Mutter! Sie wird sich am besten darum kümmern. Auch wird Herr Rogon es nicht wegen seiner weißen Farbe verachten, besitzt er doch bereits Ottermenschen dieser Farbe.«

»Ich danke Euch ein zweites Mal, Herrin von Gilthonian«, sagte Rogon erleichtert, während der Eirun die Kleine losließ, die sich sofort in die Arme ihrer Mutter flüchtete.

»Man sollte dir einen neuen Beinamen geben, nämlich Rogon der Sammler«, warf Tirah mit leichtem Spott ein. Im Herzen aber war sie mit Rogons Entscheidung zufrieden. Das Kind nur wegen seiner Seelenfarbe von der Mutter zu trennen und zu fremden Leuten zu bringen wäre grausam gewesen.

Mit einem Auflachen trat Rogon zu der Kleinen und strich ihr über den Schopf, der zwar hell war, aber einen leicht bläulichen Schimmer aufwies. »Es ist alles gut! Niemand wird dir etwas tun.«

»Danke, Herr!« Die Mutter ergriff Rogons Hand und wollte sie küssen.

Rasch entzog er sie ihr und verhinderte auch, dass sie vor ihm niederkniete. »Von nun an bist du eine freie Frau und musst dich vor niemand mehr beugen. Ihr alle seid frei!«

Die letzten Worte sprach er lauter und sah, wie sich die

Leute um ihn sammelten. Viele wirkten erleichtert. Sie hatten, wie sie erklärten, schlechte Herren gehabt und hart arbeiten müssen. Auch waren sie häufig geschlagen worden. Nur einigen, die von ihren Besitzern gut behandelt worden waren, sah Rogon die Zweifel an, ob ihr Schicksal sich vielleicht zum Schlechteren wenden würde.

Da die Eirun alles für die Abreise vorbereitet hatten, mussten Rogon und seine Begleiter nur noch auf Drilia und deren Leute warten. Tibi, Keke und Zakk waren Rogon und Tirah bereits gefolgt. Vor allem die Ottermenschen waren erleichtert, dass es weitergehen sollte. Der kleine Fluss vor ihnen und der Thane selbst waren normale Gewässer, in denen sie so viele Fische fangen konnten, wie sie wollten.

Als Zakk jedoch ausrechnete, welche Mengen sie brauchten, um die Menschen zu ernähren, wies Arelinon mit unbewegter Miene auf mehrere Glasfallen.

»Wir haben Nahrung für alle dabei, und zwar so viel, dass es bis zu dem Zeitpunkt reicht, an dem sie ihre erste Ernte einbringen werden.«

»Dann ist es ja gut«, meinte Zakk, der genau wusste, dass er und Keke nicht genug Fische für alle hätten fangen können.

Helesian verabschiedete sich schon bald von Rogon, weil sie nicht lange außerhalb ihres Waldes verweilen wollte, schwang sich auf das Pferd, das ihr Gefährte Eldaradh heranführte, und ritt mit wehendem Haar davon. Auch Eldaradh und die anderen Eirun, die nicht bis nach Edessin Dareh mitkommen würden, kehrten wenig später in ihren Wald zurück.

»Zu fünft sind wir gekommen, und nun kehren wir mit fast sechshundert zurück«, sagte Tirah kopfschüttelnd, während Arelinon und seine Gefährten die ehemaligen Sklaven aufforderten, die Schiffe zu besteigen.

Da die sechs Eirun, die die Schiffe steuern würden, mit ein

wenig Beeinflussungsmagie nachhalfen, ging das Ganze rasch und ohne Schwierigkeiten vonstatten. Als Letzte stiegen Rogon, Tirah und ihre Begleiter auf das vorderste Schiff und sahen zu, wie sich die Leinen von selbst lösten und ihre Barke wie von einem eigenen Willen gelenkt Fahrt aufnahm. Die fünf übrigen Schiffe folgten ihnen wie Entlein ihrer Mutter.

»Was ist eigentlich mit dem Boot, das uns hierhergebracht hat?«, fragte Rogon Arelinon, der mit ihnen auf das gleiche Schiff gestiegen war.

»Da wir euch nach Edessin Dareh bringen wollten, haben wir es dorthin zurückgeschickt«, erklärte der Eirun.

Auf sein Zeichen wuchs ein drei Mannslängen hoher Mast aus dem Schiff, und an diesem erschien ein Wimpel, der allen anzeigte, dass die Passagiere unter dem Schutz der Eirun fuhren.

Als Rogon sich umschaute, entdeckte er unweit von sich die Mutter mit ihrem weißen Mädchen. Drilia und deren Begleiter hatten auf einem anderen Schiff Platz genommen und wussten nicht so recht, was sie denken sollten. Die befreiten Sklaven waren zwar blau, aber auf der goldenen Seite aufgewachsen und wussten von der Göttin Ilyna nur aus den Erzählungen ihrer Eltern. Die Bedeutung des blauen Tempels in Edessin Dareh war ihnen nicht bekannt, und so erlebte Drilia die Enttäuschung, dass man ihr nicht die Achtung entgegenbrachte, die sie sonst von den Menschen Ilynas gewohnt war.

*

Um bei den Menschen am Thane kein Aufsehen zu erregen, verbargen Arelinon und seine Gefährten aus Gilthonian die kleine Flotte unter einem Unsichtbarkeitsschirm, der, wie der Eirun erklärte, auch dann noch auf Außenstehende wirkte, wenn sie mitten auf einem der Schiffe landeten. Allerdings wurde jeder, der die Schiffe verließ, sofort wieder sichtbar.

Da die Eirun genug Vorräte bei sich hatten, mussten sie nur selten am Ufer anlegen und wählten dafür abgelegene Stellen, an denen die Gefahr einer Entdeckung gering war. Als sie schließlich die Mündung des Thane in den Großen Strom erreichten, atmeten Rogon und Tirah erleichtert auf. Jenseits des Wassers erstreckte sich das Ufer der roten Seite, und sie spürten die gewohnten Farben.

»Wie lange werden wir bis Edessin Dareh brauchen?«, wollte Zakk wissen.

»Sechs, vielleicht auch nur fünf Tage«, antwortete Rogon. »Die Eirun-Schiffe fahren schneller als die Galeeren der Flussmäuler oder Lanarer. Nur ein Schnellruderer könnte es mit ihnen aufnehmen.« Er wollte noch mehr sagen, hielt dann aber irritiert inne.

»Ich spüre weiter stromabwärts blaue und schwarze Magie auf einem Fleck!«

Arelinon konzentrierte sich nun selbst, schüttelte aber den Kopf. »Ich kann nichts feststellen.«

»Da ist aber etwas!« Nun bedauerte Rogon, nie eine richtige magische Ausbildung erhalten zu haben. Er 'sah' zwar mehrere strahlende Punkte, die eng beieinanderstanden, konnte aber nicht herausfinden, ob es sich um magisch begabte Menschen, um Artefakte oder auch nur um alte, in den Götterkriegen verlorengegangene Waffen voller Kriegsmagie handelte. Schließlich wandte er sich an Tirah und bat diese, ihm die Hand auf die Schulter zu legen.

»Vielleicht kannst du mehr erkennen als ich.«

Statt auf die Schulter legte Tirah ihre Rechte gegen Rogons Stirn und konzentrierte sich. Zuerst bemerkte sie nichts, doch dann erfasste sie die Bilder in Rogons Kopf und untersuchte sie. Bei ein paar war die Strahlung so typisch, dass sie ihr Gesicht verzog.

»Wenn das keine Lähmartefakte sind, hat Sirrin mich niemals ausgebildet.«

»Dann sollten wir uns vorsehen. Ich habe nämlich das verdammte Gefühl, als ob da Leute lauerten, die es auf uns abgesehen haben«, sagte Rogon.

»Schwarz und Blau sind in dieser Zeit eine ungewöhnliche Mischung«, wandte Tirah ein.

»Es sei denn, es steckt Gayyad dahinter«, antwortete Rogon, denn er spürte nun bei zwei Artefakten jenes verbrannte Blau, das für den zweifarbigen Feind typisch war.

»Muss es wirklich uns gelten? Er kann doch nicht wissen, dass wir zu dieser Zeit den Strom befahren wollen«, erwiderte Tirah.

»Erinnere dich an seine Überwachungsartefakte in Gilthonian. Vielleicht konnte er noch einiges darüber erfahren. Außerdem bin ich lieber vorsichtig als tot.«

Rogon berichtete nun Arelinon, was er entdeckt hatte, und bekam mit, wie dieser lautlos seine Gefährten auf den fünf anderen Schiffen warnte.

»Was mag dort auf uns warten?«, fragte der Eirun leise.

»Das werden wir bald herausfinden. Bernstein, bist du bereit?« Die Frage galt dem Falken, der bislang ebenso wie Jade in der Spitze des Bootes geschlafen hatte. Nun schwang der Vogel seine Flügel und stieg rasch auf. Rogon hielt geistigen Kontakt mit ihm und sah das Land am Strom unter sich vorbeiziehen. Bald wurde seine Aufmerksamkeit auf eine kleine, von Buschwerk überwucherte Insel gelenkt. In deren Deckung lagen drei Galeeren, die vom Wasser aus nicht zu sehen waren.

»Das sind Schnellruderer aus Flussmaul«, raunte Rogon Tirah so leise zu, als könnten die Besatzungen der drei Schiffe ihn hören.

»Mal sehen, ob die Kerle miteinander reden«, sendete Bernstein und landete unweit der ersten Galeere auf einem Ast. Zwei Männer standen so nahe, dass er ein paar Wortfetzen auffangen konnte.

»Allmählich müsste dieser Blaue kommen«, sagte der Jüngere der beiden mürrisch.

»Nur Geduld! Wir erwischen ihn schon«, antwortete der andere.

Dieser Mann kam Rogon bekannt vor, dennoch dauerte es ein paar Herzschläge, bis er Lakkal erkannte, einen Gefolgsmann des berüchtigten Flussmaulpiraten Tolmon Kren. Vor Monaten war er mit diesem Kerl etwas weiter stromabwärts aneinandergeraten, weil der Flussmäuler Leute für die Jagd auf Schlangenmenschen hatte anwerben wollen.

Rogon berichtete Tirah und Arelinon, was Bernstein ihm mitgeteilt hatte. Da meldete sich der Falke ganz aufgeregt. »Pass auf! Da geschieht was.«

Als Rogon wieder durch die Augen des Falken blickte, sah er, wie Lakkal ein Artefakt in der Hand hielt, das blau aufleuchtete.

»Das muss er sein!«, rief der Flussmäuler. »Er ist damit noch genau sechs Meilen entfernt und kann in weniger als einer Stunde hier sein.«

»Wir werden ihn gebührend empfangen«, spottete der jüngere Mann.

Da schüttelte Lakkal irritiert den Kopf. »Irgendetwas stimmt nicht. Das Erkennerartefakt spielt verrückt. Neben dem blauen leuchten auch der violette und der gelbe Kristall auf. Aber das ist unmöglich!«

»Wahrscheinlich misst das Artefakt einen besonders gelb strahlenden Schwall Wasser«, tat der Jüngere die Bemerkung ab. »Violett stimmt nämlich! Das Weibsstück bei dem Blauen besitzt diese Farbe. Aber jetzt komm und sorg dafür, dass wir fertig sind, wenn der Blaue kommt. Ich will mir die Sonderprämie verdienen, die Herr Frong auf diesen Kerl ausgesetzt hat.«

»Nicht wenn ich es verhindern kann«, murmelte Rogon vor sich hin und löste die geistige Verbindung zu dem Falken.

»Gayyad hat uns die Flussmäuler auf den Hals gehetzt. Also sollten wir uns auf sie vorbereiten.«

»Wie viele sind es?«, fragte Tirah.

Rogon überlegte, wie viele Bernstein gesehen hatte. »In jedem der drei Schiffe sind etwa sechzig Krieger und vierzig Ruderer.«

»Zusammen also dreihundert Leute. Ist das nicht ein wenig viel für uns beide und sechs Eirun?«

In dem Moment meldete sich Zakk. »Ihr habt Keke und mich vergessen! Oder glaubt ihr, wir verkriechen uns wegen ein paar solcher Strolche zitternd ins Ufergebüsch?«

»Dann kommen immer noch dreißig von denen auf einen von uns, denn die befreiten Sklaven sind keine Kämpfer.«

Da meldete sich Tibi mit verkniffener Miene. »Ich bin zwar eine Heilerin und keine Kriegerin, aber ich weiß mich meiner Haut zu wehren.«

»Elf gegen dreihundert ist noch immer kein gutes Verhältnis«, sagte Tirah mit einem freudlosen Lachen.

»Wir haben das Überraschungsmoment auf unserer Seite. Die anderen wissen nicht, dass wir ihren Hinterhalt bemerkt haben. Außerdem rechnen sie sicher nicht mit sechs großen Barken. Wenn wir uns unter dem Unsichtbarkeitsschirm der Eirun in der Strommitte halten, müssten wir durchbrechen können!«

Wie zur Bekräftigung seiner Worte nahm Rogon seinen Bogen und überprüfte die Pfeile. Auch Tirah und die Eirun machten ihre Bögen schussfertig.

Aber Tirah sah noch ein Problem voraus. »Es sind Flussmäuler! Sie haben Artefakte verschiedenster Art und wissen wohl auch damit umzugehen. Wenn sie das Zeug richtig einsetzen, sehen wir alt aus.«

Rogon schüttelte grinsend den Kopf. »Unsere Bögen tragen weiter, als ihre Artefakte wirken. Wenn wir die Artefaktträger ausschalten können, haben wir eine Chance.«

»Dein Wort in Linirias Ohr«, murmelte Tirah und legte den ersten Pfeil auf die Sehne.

*

Die Spannung stieg, je näher sie der Stelle kamen, an der die Flussmäuler ihnen auflauerten. Über Bernstein konnte Rogon beobachten, wie die Kerle Artefakte einsetzten und nun auf die sechs Barken aufmerksam wurden. Einen Augenblick lang schienen die Piraten unentschlossen, dann aber zeigte Lakkal auf das vorderste Schiff.

»Dort ist der Blaue! Holen wir ihn uns. Mit unseren Artefakten sind wir im Vorteil.«

»Wir sollten das Schiff rammen«, erklärte der jüngere Mann.

»Ein guter Gedanke. Wir greifen das Schiff mit dem Blauen an. Die beiden anderen Galeeren sollen sich je eins der anderen Schiffe vornehmen.« Dann befahl Lakkal den Ruderern, sich in die Riemen zu legen.

Die drei Galeeren kamen hinter der Insel hervor und wurden innerhalb kurzer Zeit so schnell, dass ihre Geschwindigkeit die der sechs Eirun-Schiffe übertraf.

Rogon sah Tirah an. »Das ist nicht das erste Mal, dass diese Schurken auf Raubfahrt gehen. Daher gibt es für uns keinen Grund, sie zu schonen.«

Er erntete ein Lachen. »Wir stehen gegen einen dreißigfach

überlegenen Feind, der mit Artefakten ausgerüstet ist, von denen viele unseren Schutzzauber durchdringen können. Also sind wir für die Feinde sichtbar. Da sprichst du von Schonung? Das hier wird hart, Rogon, und ich würde nicht darauf wetten, dass wir ungeschoren durchkommen.«

Ohne auf die Bemerkung einzugehen, blickte Rogon auf die vorderste Galeere. Einer der Männer stand am Bug und richtete ein Lähmartefakt auf sie. Noch war die Entfernung zu groß, um diese Waffe einsetzen zu können. Mit einem grimmigen Lächeln spannte Rogon den Bogen, zielte und schoss.

Der Flussmäuler zuckte zusammen und ließ das Lähmartefakt los. Bevor einer der anderen es ergreifen konnte, klatschte es ins Wasser und versank.

»Gut gemacht, Kleiner«, lobte Tirah ihn und schoss ihren ersten Pfeil ab.

Arelinons Schuss bedeutete ebenfalls einen Feind weniger. Nun gingen die Flussmäuler auf ihrer Galeere in Deckung. Trotzdem fand Rogon noch ein Ziel. Er verletzte den Mann aber nur, und so konnte dieser seine Artefakte einem Kameraden übergeben.

Während Rogon, Tirah und Arelinon darauf lauerten, dass sich einer der Flussmäuler sehen ließ, und die befreiten Sklaven sich ängstlich duckten, standen Keke und Zakk an der Bordwand. Ihre Blasrohre trugen nicht weit genug, um die Flussmäuler auf der ersten Galeere jetzt schon zu erreichen. Daher beobachteten sie die Schnellruderer, die mit hoher Schlagzahl auf zwei andere Eirun-Schiffe zuhielten.

»Die Schufte wollen die Barken rammen!«, rief Keke empört.

Zakk nickte mit entschlossener Miene. »Ja, aber das können wir ihnen versalzen. Komm mit! Hier kommen Rogon und die anderen allein zurecht.«

Beim letzten Wort hechtete er ins Wasser, und Keke folgte ihm wie ein Schatten. Die beiden schwammen schneller als ein Mensch und sogar als ein Eirun und erreichten die vorderste der beiden Galeeren, bevor diese zum Rammstoß ansetzen konnte.

Die Blasrohre der Ottermenschen konnten bereits beim Auftauchen aus dem Wasser benutzt werden. Daher nahm Zakk den Mann am Steuerruder noch unter der Oberfläche ins Visier, schnellte hoch und schoss den Pfeil ab. Wie geplant traf er den Hals des Mannes. Die Wunde war zu leicht, um töten zu können, doch das Pfeilgift lähmte den Flussmäuler sofort und ließ ihn zusammenbrechen. Ein anderer Mann packte die Ruderpinne und sah sich dabei verwirrt um. Nur zwei Herzschläge später traf ihn Kekes Pfeil, und er sank ebenfalls bewusstlos auf die Planken.

»Jetzt!«, rief Zakk mit seiner Gedankenstimme und zog sich an der Bordwand hoch. Geschickt schwang er sich an Bord, tauchte unter einem Flussmäuler durch, der nach ihm greifen wollte, und stand an der Ruderpinne, bevor einer der Piraten ihn daran hindern konnte. Mit einem kräftigen Schwung riss er das Steuer herum und lenkte den Schnellruderer genau vor den Bug der dritten Galeere.

»Seid ihr verrückt geworden?«, hörte er die Leute auf dem anderen Schiff schreien. Da bohrte sich deren Rammsporn bereits in den vorderen Teil der quer treibenden Galeere.

Keke hatte sich ebenfalls auf das Heck geschwungen und schoss einen Blasrohrpfeil nach dem anderen auf die Flussmäuler ab, die Zakk an den Kragen wollten. Nun winkte dieser ihr grinsend zu und sprang ins Wasser. Keinen Herzschlag später folgte Keke ihm und ließ die ineinander verkeilten Schiffe hinter sich. Sie musste allerdings rasch wieder auftauchen, weil sie durch das hastige Schießen atemlos geworden war.

»Das war nicht übel«, vernahm sie Zakks Kommentar. »Jetzt sollten wir unseren Freunden helfen. Ohne uns schaffen die das nämlich nicht!«

Der Ottermensch wies nach vorne, wo Toloks Galeere eben zum Rammstoß ansetzte. Mit einer schier übermenschlichen Anstrengung zog Arelinon das eigene Schiff mit seinen Levitationskräften herum. Der Rammsporn der Flussmäuler traf ins Leere, dafür streiften die Riemen der Steuerbordseite das Eirun-Schiff und brachen krachend ab.

»Wenn wir den Kahn wegstoßen können, haben wir es geschafft«, rief Rogon. Da flogen bereits Enterhaken heran und bohrten sich in die Reling. Gleichzeitig setzten die Flussmäuler ihre Artefakte ein. Rogon hechtete beiseite, um nicht erfasst zu werden, während Tirah durch ihre Abschirmung und den Lotsenmantel geschützt war und einen Artefaktträger mit einem Pfeil ausschalten konnte. Bevor ein anderer Pirat die magische Waffe ergreifen konnte, sprang Jade auf das andere Schiff, packte das Ding mit den Zähnen und schleifte es zur Bordwand. Einen Flussmäuler, der mit dem Schwert nach ihr schlug, traf Rogons Pfeil noch rechtzeitig. Kurz darauf klatschte auch dieses Artefakt ins Wasser und versank, ohne weiteren Schaden angerichtet zu haben.

Nun aber stürmten die Piraten das Schiff. Rogon ließ den Bogen fallen und zog sein Schwert. Die Waffe summte in seiner Hand, und als er damit zuschlug, drang sie durch Rüstung, Fleisch und Knochen.

Auch Tirah schwang nun ihre magische Klinge, während Arelinon seine Pfeile mit einer Geschwindigkeit verschoss, der die Augen eines Menschen nicht mehr folgen konnten.

Dennoch war die Übermacht zu groß, um die Piraten abwehren zu können. Das stellte auch Tolok zufrieden fest. Hinter seinen Männern versteckt, machte er das Versteinerungsartefakt bereit und richtete es auf die Stelle, an der Rogon und Tirah mit wuchtigen Schwerthieben seine Männer daran hinderten, an Bord des Eirun-Schiffes zu gelangen. Tolok war klar, dass er ein halbes Dutzend seiner Leute mit versteinern würde, aber das war es ihm wert.

Bernstein kreiste über der Barke und ließ die Flussmäuler nicht aus den Augen. Als er sah, wie Tolok ein Artefakt hob, setzte er zum Sturzflug an und fuhr ihm mit den Krallen ins Gesicht.

Verzweifelt schlug der Flussmäuler nach dem gefiederten Angreifer und geriet dabei direkt an die Bordwand. Er konnte Bernstein noch packen und wollte ihm den Hals umdrehen. In dem Moment traf ihn Kekes Pfeil. Lautlos kippte er über Bord und klatschte ins Wasser. Zwar vermochte er noch die Arme auszustrecken, um zu schwimmen, aber dann löschte die Wirkung des Lähmgiftes sein Bewusstsein aus, und er sank, von seiner Rüstung gezogen, bis auf den Grund des Großen Stromes und verschwand für immer.

»Danke! Das war Rettung in höchster Not«, rief Bernstein der Otterfrau mit seiner Gedankenstimme zu und stieg mit noch zitternden Flügeln auf.

Keke betrachtete unterdessen den Kampf und wandte sich an ihren Gefährten. »So wird das nichts. Selbst wenn wir unsere letzten Pfeile verschießen, können wir nicht viel bewirken. Uns muss etwas anderes einfallen.«

»Und was?«, fragte Zakk grimmig.

In dem Augenblick entdeckte Keke ein Enterbeil, das einem verletzten Flussmäuler entfallen war, packte es und tauchte unter das Piratenschiff. Kurz darauf klang das Geräusch von Beilhieben auf.

Als Zakk das hörte, begann er zu grinsen. »So geht das also«, meinte er und sprang an Bord der Flussmaulgaleere. Einer der

Piraten starrte ihn zuerst verdattert an, riss dann aber sein Enterbeil hoch.

»Entschuldige, aber das Ding brauche ich«, erklärte der Ottermensch und schoss ihm aus kürzester Entfernung einen Lähmpfeil in die Wange. Noch während der Mann zusammenbrach, entwand Zakk ihm das Beil und hechtete ins Wasser, um es seiner Gefährtin gleichzutun.

Die Ottermenschen waren knapp zwei Drittel so groß wie ein normaler Mensch, dafür aber weitaus kräftiger. Schon bald hatten sie die Schiffsplanken durchschlagen, und ein Schwall Wasser ergoss sich in die Galeere.

Als Rogon bemerkte, dass das Heck der Galeere sich senkte, stieß er einen wilden Ruf aus. »Wir schaffen es, Freunde. Durchtrennt die Leinen, die uns mit dem Piratenschiff verbinden!«

Sein Befehl galt weniger Tirah und Arelinon, denn die hatten genug damit zu tun, die Angreifer abzuwehren, sondern den befreiten Sklaven. Die Frau, die ihre weiße Tochter hatte behalten dürfen, hob die Waffe eines getöteten Piraten auf und schlug eines der Seile entzwei. Auch Tibi hackte auf den Leinen herum und jubelte, als das andere Schiff plötzlich zur Seite schwang und mehrere Flussmäuler, die hatten übersteigen wollen, ins Wasser klatschten. Zuletzt waren das eigene Schiff und die Galeere nur noch mit einer einzigen Leine verbunden. Rogon holte aus, um sie zu durchtrennen. Da sah er auf einmal Lakkal vor sich.

Tolmon Krens Handlanger konnte nicht begreifen, weshalb ihr Angriff so misslungen war. Nun schwankte er, ob er auf die Galeere zurückspringen oder kämpfen sollte. Bevor er sich entscheiden konnte, traf ihn Rogons blaumagische Klinge. Der Mann, der in den Diensten seines Herrn so vielen Menschen Kummer und Leid gebracht hatte, stürzte zu Tode verwundet auf das Deck seines Schiffes.

Rogons Klinge blitzte noch einmal auf und kappte das letzte Seil. Da Arelinon der Galeere einen magischen Stoß versetzte, drehte diese sich von ihnen weg und sank immer tiefer ins Wasser. Von den sechzig Kriegern und den Ruderern an Bord lebte noch mehr als die Hälfte, aber die meisten waren verletzt.

»Endlich spüren die Flussmäuler am eigenen Leib, wie es ist, die Verlierer zu sein«, rief Tirah unversöhnlich und sah sich um, ob an Bord alles in Ordnung war.

Bei dem Überfall hatten vier der befreiten Sklaven Verletzungen davongetragen, und Tibi war bereits dabei, diese zu versorgen. Jade humpelte ein wenig, und Bernstein landete eben völlig zerzaust auf Rogons Schulter. Auch Keke und Zakk kamen wieder an Bord und sahen Rogon grinsend an.

»Na, Großer, wie waren wir?«, fragte Zakk und zeigte dabei auf die versinkende Galeere und die beiden anderen Schnellruderer, die noch immer ineinander verkeilt dahintrieben.

Während Rogon vor Verblüffung beinahe die Luft wegblieb, stieß Tirah ihn an. »Ich sagte dir doch, man sollte diese Kleinen nie unterschätzen.«

»Danke!«, sagte Rogon. Es war nur ein einziges Wort, doch es drückte alles aus, was er empfand.

»Es war haarig«, sagte Tirah trocken, »aber wir haben es geschafft. Du hast nicht übel gekämpft, Rogon. Oder lag es mehr an deinem Schwert?«

Rogon lachte befreit auf, denn er war froh, dass Tirah ihren bissigen Humor trotz allem nicht verloren hatte.

Tief Luft holend wies sie auf die Überlebenden jenes Schnellruderers, der ihr Schiff angegriffen hatte. »Was machen wir mit denen?«

Rogon steckte sein Schwert in die Scheide und ballte grimmig die Fäuste. »Wir holen ein paar von ihnen aus dem Wasser und klagen sie in Edessin Dareh als Friedensbrecher an, weil sie Schiffe der Eirun angegriffen haben und sie versenken wollten. Das ist ein Verstoß gegen den Dämmerlandvertrag, und Flussmaul wird dafür bezahlen müssen.«

Auf seinen Wink hin lenkte Arelinon das Schiff näher an die Schwimmenden heran. Diese begriffen, was ihre Gegner vorhatten, und teilten sich auf. Ein paar zogen sogar ihre Dolche, um sich zu wehren.

Da tippte Zakk Rogon an. »Lass uns das machen. Du brauchst nur eine Schlinge, um die Fische an Bord zu holen.«

Um zu zeigen, wie er es meinte, schob er einen Pfeil in sein Blasrohr, visierte einen nahe am Schiff schwimmenden Flussmäuler an und traf den Kerl am Nacken.

Rogon und Tirah griffen rechtzeitig zu, bevor der Bewusstlose im Wasser versinken konnte. Auf diese Weise holten sie insgesamt sechs Piraten an Bord. Die übrigen schwammen verzweifelt in Richtung der letzten Galeere, die sich von dem gerammten Schnellruderer hatte befreien können. Da sie die gesamte Mannschaft des anderen Schiffes aufgenommen hatte, lag der Rumpf tief im Wasser. Um seine Galeere nicht mit den restlichen Überlebenden so zu überladen, dass sie sank, befahl der Kapitän den Ruderern, sich in die Riemen zu legen. Sogleich nahm das Schiff Fahrt auf und kroch schwerfällig davon.

Als die Schwimmenden bemerkten, dass die Kameraden sie im Stich ließen, gellten zornige Rufe hinter ihnen her. »Ihr Schweinehunde! Ihr könnt uns doch hier nicht zurücklassen!«

Flüche klangen ebenso auf wie Hilfeschreie. Dann winkte einer der Männer Rogons Schiff zu. »Wir ergeben uns! Lasst uns nicht hier verrecken.«

»Ihr könnt ja ans Ufer schwimmen«, antwortete Tirah ungerührt.

Zum näher gelegenen goldenen Ufer war es jedoch mehr als eine Meile und bis zum östlichen Ufer über das Doppelte.

»Die Verletzten schaffen das nicht«, erklärte Rogon und bat Arelinon, das Schiff anzuhalten. Dann stellte er sich an die Reling und musterte die schwimmenden Piraten.

»Ihr könnt jetzt kommen, aber immer nur zwei Mann zugleich. Sollten es mehr versuchen, werden unsere Bögen sprechen. Schickt die Verwundeten zuerst!«

Die Flussmäuler starrten der entschwindenden Galeere nach, blickten dann zum westlichen Ufer, an dem sie Sklaverei oder gar der Tod erwartete, und gaben auch innerlich auf. Ihr Anführer befahl seinen gesunden Leuten, den Verwundeten zu helfen und nacheinander auf Rogons Schiff zuzuschwimmen. Dort wurden sie an Bord gezogen und sofort gefesselt. Als Letzter stieg der Kapitän an Bord und hob die Hände.

»Bist du der Anführer?«, empfing ihn Rogon.

Der andere schüttelte den Kopf. »Ich war nur der Schiffsführer. Unsere Anführer waren Tolok, Tolmon Krens Sohn, und dessen Vertrauter Lakkal, und die sind beide tot.«

Rogon schnaubte verärgert, denn gerade diese Männer hätten verraten können, ob Gayyad als Frong hinter dem Anschlag steckte. »Das ist bedauerlich. Aber ich bin sicher, dass du in Edessin Dareh einiges wirst berichten können.«

Danach nickte er Arelinon zu. Dieser ließ das Schiff wieder schneller werden. Da die anderen fünf Barken sie in der Zwischenzeit passiert hatten, überholten sie diese und übernahmen wieder die Führung des Verbandes.

Fünftes Kapitel

Die blaue Evari

Yahyeh hatte mehr Zeit als erwartet benötigt, um sich von ihren schweren Verletzungen zu erholen, und Berraneh Baragain ging es nicht besser. Beide wussten jedoch, dass sie ihrer Schwäche nicht lange nachgeben durften.

Die Botschaft an den weißen Evari war noch am Tag ihrer Rückkehr in die Blaue Festung losgeschickt worden. Eine Antwort darauf gab es noch nicht, doch mochte es sein, dass diese in Edessin Dareh lag, weil niemand sie bisher weitergeleitet hatte. Außerdem konnte Khaton seine Helferin bereits dorthin geschickt haben.

»Es wäre fatal, wenn die weiße Katze dorthin kommt und es ist niemand da, der sie abholt«, erklärte Yahyeh eines Abends mit düsterer Miene.

Berraneh nickte. »Es wäre doppelt schlimm, weil sie sich in dem Fall an den blauen Tempel wenden und man sie dort mit Beleidigungen empfangen würde.«

»Aus dem Grund werde ich morgen aufbrechen. Ich benutze die Versetzungsplatten und kann auf diese Weise bereits einen Tag später in Edessin Dareh sein.« So ganz wohl war Yahyeh bei dieser Überlegung nicht. Ihr Körper hatte sich zwar wieder halbwegs erholt, aber sie war noch lange nicht im Vollbesitz ihrer magischen Kräfte.

»Müssen es wirklich die magischen Platten sein?«, fragte Berraneh. »Sie sind uralt, und wir kennen ihre Wirkung nur ungefähr. Schon mancher, der sich von dieser Platte zu einer anderen versetzen lassen wollte, blieb für immer verschollen.«

»Ich bin noch nicht stark genug, um die Strecke mit Versetzungszaubern zurücklegen zu können. Aber wenn ich wie ein Mensch mit Pferd und Flussschiff reise, benötige ich mehrere Wochen, und das kann ich mir nicht leisten. Außerdem wurde diese Platte ebenso wie die, zu der ich will, schon mehrfach erprobt.«

Yahyeh seufzte und stand auf. »Verzeih, meine Freundin, wenn ich dich jetzt verlasse. Doch ich will meine Sachen zusammenpacken und mich dann in Vereen verwandeln. Das wird leider etwas dauern. Die grüne Magie, von der wir am Berg getroffen worden sind, hat mich stark geschwächt.«

»Bist du überhaupt in der Lage, lebendige Magie anzuwenden, oder bist du ganz auf Artefakte angewiesen?«, fragte Berraneh.

Yahyeh zog die Schultern hoch. »Im Großen und Ganzen geht es bereits wieder. Auf einen magischen Zweikampf sollte ich mich derzeit aber noch nicht einlassen.«

Mit einer hilflosen Geste stand sie auf und verließ den Raum.

Nachdenklich starrte Berraneh auf die Tür, die sich hinter ihrer Freundin geschlossen hatte. Auch sie musste sich wieder aufraffen. Wenn Khatons Botin bereits in Edessin Dareh weilte, konnte Yahyeh wenige Tage später mit ihr in der Blauen Festung sein.

*

Offiziell hatte Yahyeh Edessin Dareh seit dem Friedensschluss der Götter und ihrer Berufung als Vertreterin Ilynas in den Dämmerlanden nicht mehr betreten. Ihr Erscheinen würde zu viel Aufsehen erregen, und das wollte sie vermeiden.

Daher verwandelte sie sich noch in der Blauen Festung in ihre Zweitgestalt Vereen und ritt zu dem verborgenen Ort, an dem eine jener uralten Versetzungsplatten lag, die in diesen Tagen kaum noch jemandem bekannt waren. Der Überlieferung nach hatte man einst mit diesen Platten an jeden Ort der Welt gelangen können. Heutzutage wagte kaum noch ein Magier, die Platten zu benutzen, die der Götterkrieg übrig gelassen hatte. Kaum einer wusste, wie sie zu bedienen waren, und wenn doch, musste er genau einstellen können, auf welch andere Platte er sich versetzen lassen wollte. Sich ihnen auf gut Glück anzuvertrauen, konnte bedeuten, plötzlich auf der anderen Seite inmitten eines Rudels wütender Eirun aufzutauchen oder auf immer verlorenzugehen.

Yahyeh näherte sich mit aller Vorsicht dem halb verfallenen Turm, in dem die Platte verborgen lag, und spähte mit allen Sinnen umher, ob Magier oder auch nur magisch begabte Wesen in der Nähe waren. Als sie niemanden bemerkte, nahm sie eine Glasfalle, verstaute ihr Pferd und ihr Gepäck darin und trat auf die Platte. Ein kurzer Befehl transportierte sie zu einer Stelle in den Ödlanden südlich der Heiligen Stadt. Die Versetzungsplatte dort war von einem dichten Wall aus Büschen und Bäumen umgeben, die Magier einst für den Krieg gezüchtet hatten und die fingerlange Dornen verschießen konnten, welche selbst magisch verstärkte Rüstungen durchschlugen.

Yahyeh wusste jedoch, wie sie diesen Ring halbwegs gefahrlos passieren konnte, und gelangte einen halben Tag später nach einem strammen Marsch in die Nähe der Lotsenstation, die auf dieser Seite nicht weit hinter dem Seeausgang errichtet worden war. Die Anlegestelle war größer, als sie sie in Erinnerung hatte, und es befuhren auch weit mehr Schiffe den Strom. Wegen der beiden Großen Kriege in den letzten vierzig Jahren hatte sie angenommen, dass der Handelsverkehr weitestgehend zum Erliegen gekommen wäre. Aber es schien das Gegenteil der Fall zu sein.

Nachdenklich trat Yahyeh auf das große Gebäude zu und musterte die Schiffe. Diese waren in mehreren Reihen nebeneinander vertäut, weil die Stege und Uferbefestigungen nur einem kleinen Teil der Schiffe das Anlegen erlaubten, und so mussten die Matrosen und Passagiere oft über mehrere Schiffe klettern, um in ihres einsteigen zu können. Trotz der vielen Schiffe schien es keinen Mangel an Lotsen für die Fahrt über den See zu geben. Bislang hatte Yahyeh angenommen, sie müsse sich an einen von diesen unheimlichen Leuten wenden, um nach Edessin Dareh zu gelangen. Bei dem Anblick, der sich ihr bot, entschloss sie sich, eine harmlose Reisende darzustellen, blieb neben einer lanarischen Galeere stehen und sprach den Kapitän an.

»Kannst du mich in die Heilige Stadt mitnehmen?«

Der Mann drehte sich um und musterte Yahyeh, die in ihrer Zweitgestalt einer mittelgroßen, schlanken Wardan glich und als einzige Auffälligkeit etwas kürzere Beine besaß. Einen Augenblick schien er zu schwanken, dann nickte er.

»Das kostet dich sechs Silberfirin.«

Ohne zu feilschen, reichte Yahyeh ihm zwei Münzen und stieg auf das Boot. Einer der Matrosen wies ihr einen Platz an der Bordwand zu, und wenig später kam ein Lotse an Bord. Während die Leinen gelöst wurden und das Schiff ablegte, sah der Mann sich um und musterte Yahyeh durchdringend. Obwohl diese ihre Magie abschirmte, konnte er doch erkennen, dass ihr Blau stärker war als bei normalen Leuten, und kam auf sie zu.

»Fährst du das erste Mal in die Heilige Stadt?«, fragte er streng.

Yahyeh wagte nicht, es zu verneinen, und musste sich nun einen Vortrag anhören, dass es ihr verboten sei, ihre Magie anzuwenden oder über die Bordwand zu greifen. Dann gesellte der Lotse sich zum Steuermann, um diesen seine Anweisungen zu geben.

Während die Galeere über den See fuhr, fragte Yahyeh sich, ob Khaton überhaupt bereit sein würde, ihr und Berraneh zu helfen. Wenn nicht, vergeudete sie mit dieser Reise wertvolle Zeit. Das, was sie in der Nähe der Blauen Festung entdeckt hatte, war zu mysteriös, um es aus den Augen zu verlieren.

Als sie sich gelangweilt auf dem Schiff umschaute, entdeckte sie ein Blatt Papier, das zwischen zwei Kisten herausragte. Es war von jener hellblauen Farbe, die der Tempel für seine Verlautbarungen verwendete, und sie konnte die Restmagie von Tempelartefakten an ihm spüren. Verwundert zog sie es heraus und sah, dass es am oberen Rand das Symbol des blauen Synods von Edessin Dareh trug. Als sie den Text durchlas, wirbelten ihre Gedanken wild durcheinander. Der blaue Tempel verbot allen blauen Reichen und Tempeln der Dämmerlande, dem Abenteurer Rogon a'Gree jedwede Unterstützung für die Besiedlung der Einbruchslande zukommen zu lassen. Außerdem forderte die Priesterschaft die von dort stammenden Flüchtlinge auf, Rogon nicht als Siedler in den wiedergewonnenen Süden zu folgen.

Irritiert schüttelte Yahyeh den Kopf. Sollte der grüne Wall gefallen sein? Das hätten Berraneh und sie doch merken müssen. Allerdings hatten sie sich wegen des blauen Gebirgsringes und der beim Absturz zugezogenen Verletzungen nicht um die Dämmerlande kümmern können.

»Ich müsste an sechs Orten zugleich sein, und das wäre

noch zu wenig«, flüsterte Yahyeh und überlegte, was dieser Wisch bedeuten sollte. Unterschrieben war er weder von der Oberpriesterin noch von deren Stellvertreterin, sondern von Temasin, der Verwalterin der blauen Stammtafeln, also der Dritten in der Rangfolge des Tempels. Eigentlich hätte diese Frau überglücklich über das Ende des Fluches sein müssen und jedem dankbar, der die verlorenen Lande im Süden wieder besiedeln wollte.

Es war ein Rätsel, das sie bis zu ihrer Ankunft in Edessin Dareh verfolgte. Erst dort wurden ihre Gedanken von anderen Eindrücken abgelenkt. Die Häuser, an denen sie vorbeifuhren, waren größer als bei ihrem letzten Besuch vor etlichen Jahrzehnten. An einigen Stellen waren durch Aufschüttung aus kleineren Inseln größere entstanden und dicht bebaut worden. Unzählige Boote befuhren den großen Kanal und die davon abgehenden Wasserwege, und es herrschte ein weitaus regeres Treiben, als sie sich hatte vorstellen können.

Die lanarische Galeere legte neben einem stattlichen Gebäude an, dessen Aufschrift verriet, dass es zum Handelshaus a'Terell gehörte. Der Name weckte eine Erinnerung in Yahyeh. Rogar a'Terell aus dem Hause Bonveral war vor gut zwei Jahrzehnten ein erfolgreicher Söldnerführer gewesen und hatte als Belohnung für seine Hilfe das kleine Bergfürstentum Andhir erhalten. Wie es aussah, betrieben er oder ein anderer Teil seiner Familie nebenbei noch ein Handelshaus in Edessin Dareh.

Da es ihr wichtiger war, zum blauen Tempel zu gelangen, schob sie diesen Gedanken beiseite, winkte einen Bootsführer, der mit seinem leeren Kahn vorbeikam, heran und forderte ihn auf, sie zur Tempelinsel zu bringen.

Dort angekommen, erlebte sie die nächste Überraschung. Auch diese Insel war um einiges größer als bei ihrem letzten Besuch. Am Rand befanden sich Gästehäuser und andere Gebäude, während ein neuer, viel prächtigerer Tempel von einer Kolonnade mit lebensgroßen Statuen eingefasst wurde. Früher hatte die Priesterschaft bescheidener gelebt, dachte sie, als sie auf die erste Priesterin zutrat, die ihr in den Weg kam.

»Ilyna zum Gruß. Ich bin Vereen, die Botin der Evari, und will mit der Oberpriesterin sprechen«, sagte sie und verzichtete dabei bewusst auf die Bezeichnung »Ihre Heiligkeit«, auf die die Oberpriesterinnen seit mehreren Generationen großen Wert legten. Dafür aber zeigte sie der anderen die blaue Plakette, die sie als ihre eigene Gefolgsfrau auswies.

Die junge Priesterin sah sie verwirrt an. Seit sie im Tempel weilte, hatte die Evari keine Botin, sondern höchstens Briefe geschickt, und so wusste sie nicht, was sie tun sollte. Zwar hieß es, Yahyeh wäre unfähig, aber dennoch trug die Frau den höchsten blauen Titel in den Dämmerlanden.

»Ihre Heiligkeit ist verhindert«, brachte die Frau mühsam hervor.

»Dann bring mich zu ihrer Stellvertreterin«, forderte Yahyeh sie auf.

Gerade das wollte die Priesterin nicht. Engara, die Zweite in der Rangfolge des Tempels, besaß nur wenige Anhängerinnen und kaum noch Einfluss. Das aber konnte sich ändern, wenn sie ein Bündnis mit der Evari einging. Um das zu verhindern, wies die junge Frau auf ein etwas abseits stehendes Gebäude. »Die Vertreterin Ihrer Heiligkeit ist derzeit ebenfalls verhindert. Du erlaubst, dass ich dich zu Temasin bringe, der dritten Priesterin im heiligen blauen Synod.«

»Auch wenn ich nur die Botin der Evari bin und nicht diese selbst, solltest du nicht die gebotene Höflichkeit vergessen und mich wie eine Magd ansprechen!«, wies Yahyeh die andere zurecht.

Die Priesterin zuckte jedoch nur mit den Achseln und ging

voraus. Wenig später erreichten sie die Räume, in denen wenige Wochen zuvor Rogon bei seinem Versuch gescheitert war, die Fürstentümer Velghan und Lhirus auf seinen Namen eintragen zu lassen.

Temasin, die Hüterin der Stammtafeln, saß auf einem erhöhten Stuhl und diktierte einer Untergebenen den Stammbaum, um den die Fürstin eines blauen Reiches sie gebeten hatte. Als sie die Besucherin bemerkte, verzog sie unwillig das Gesicht.

»Komm später wieder! Du siehst doch, dass ich beschäftigt bin.«

»Du wirst jetzt Zeit für mich haben!«, forderte Yahyeh eisig.

»Es ist die Botin der Evari«, erklärte die Priesterin ihrer Vorgesetzten.

»Ach ja?«, schnaubte Temasin und wandte Yahyeh demonstrativ den Rücken zu.

»Die Evari hat mich geschickt, um einige Dinge zu klären. Wie es aussieht, ist dies auch dringend nötig!« Yahyehs Stimme klang scharf, denn so viel Unverschämtheit hatte sie nicht erwartet.

Temasin hätte ihr gerne eine harsche Antwort gegeben. Doch das konnte sie nicht riskieren. Auch wenn Yahyeh in diesen Hallen als unfähig geschmäht wurde, so war sie doch eine Magierin aus dem Blauen Land, und ihre Botin besaß mit Sicherheit ebenfalls magische Kräfte. Solange ihr Verbündeter Frong sie nicht in die Lage versetzte, mit diesen Zauberweibern fertig zu werden, blieb ihr nichts anderes übrig, als sich zähneknirschend zu beugen.

»Was hat es mit diesem Wisch hier auf sich?« Damit hielt Yahyeh ihr den Tempelerlass unter die Nase, der es verbot, Rogon zu unterstützen.

»Irgendein Abenteurer hat behauptet, er habe mit dem

schwarzen Evari zusammen den Fluch von Rhyallun gebrochen und fordert als Belohnung die beiden Fürstentümer Velghan und Lhirus«, antwortete Temasin schnippisch.

»Velghan ist schwarz«, wandte Yahyeh ein.

»Deshalb haben wir seine Forderung auch verworfen und ihn fortgeschickt!« Temasin spann jetzt eine Lügengeschichte um Rogon, die Yahyeh allerdings auch als solche erkannte. Dennoch sagte sie nichts, sondern befahl der Priesterin, ihr die Stammtafeln des verlorenen Südens zu zeigen.

Auf ein Zeichen Temasins hin brachte deren Untergebene die auf Metallfolie festgehaltenen Aufzeichnungen und Karten. Schon der erste Blick zeigte Yahyeh, dass alle alten blauen Länder bereits neu eingetragen waren.

»Wie ich sehe, habt ihr den Süden wieder besiedelt.«

Temasin wand sich sichtlich, als sie Antwort gab. »Nein, das noch nicht. Große Teile der Länder sind noch immer von Grünen aus dem Westen besetzt. Daher können wir die Lande erst wieder besiedeln, wenn diese vertrieben worden sind.«

Diese Auskunft verriet Yahyeh zweierlei. Der grüne Wall, der die Einbruchslande gegen den Osten abgeschnitten hatte, war tatsächlich gebrochen, und die Priesterinnen dachten nicht daran, jenen, die dies vollbracht hatten, die ihnen zustehende Belohnung zukommen zu lassen.

»Der wiedergewonnene Süden wird nur mit Einverständnis der Evaris verteilt! Alle anderen Abmachungen gelten nicht«, erklärte Yahyeh mit zorniger Stimme und wischte mit der Hand über die Tafeln. Auf einen Schlag verschwanden alle Eintragungen in den südlichen Reichen, die von der Oberpriesterin und Temasin ihren Verwandten und Anhängern zugedacht waren.

Temasin sah empört zu und betete, dass ihr Verbündeter Frong bald nach Edessin Dareh kam. Dieser würde der Evari und ihrer hochnäsigen Botin schon zeigen, wer hier das letzte Wort sprechen konnte.

Unterdessen hatte Yahyeh bei den Unterlagen auch die Urkunde mit den Bedingungen entdeckt, die Rogon für die Besiedlung des Südens gestellt worden waren. Als sie diese gelesen hatte, blickte sie Temasin voller Verachtung an.

»Bei Ilyna, ihr seid es nicht wert, im Namen der Göttin zu sprechen! Man sollte euch alle aus der Stadt hinaustreiben und den blauen Tempel Menschen überlassen, die es verdienen.« Noch während sie sprach, erschienen auf der Stammtafel und der Karte die Symbole, welche die beiden Fürstentümer Velghan und Lhirus der Herrschaft Rogon a'Grees unterstellten.

Dann lehnte Yahyeh sich mit einem bitteren Lächeln zurück. »Ich werde einige Zeit im Tempel bleiben, weil ich auf jemand warte. In dieser Zeit werde ich euch beobachten und alle Auswüchse, die nicht im Sinne der Göttin und der Evari sind, ausmerzen. Lass mir ein Quartier zuweisen und sorge dafür, dass alle Priesterinnen einschließlich der Oberin vor mir erscheinen.«

»Ihre Heiligkeit ist bedauerlicherweise auf Reisen, und es ist ungewiss, wann sie zurückkommen wird«, erklärte Temasin mit mühsam beherrschter Stimme.

Dies war so ungewöhnlich, dass Yahyeh Verdacht schöpfte, es könnten Dinge in diesen Hallen vorgegangen sein, die nicht in ihrem Sinn waren. Als sie aus einem Instinkt heraus ihre magischen Spürfähigkeiten einsetzte, traf sie auf magisches Schwarz von beträchtlicher Stärke. Es war ein Zauber, und er betraf eine Person, die tief unten in einem der Keller der Tempelanlage zu finden sein musste. Gleichzeitig verspürte sie einen Ruf, so als forderte dieses Schwarz sie auf, zu ihm zu kommen.

Die Priesterin befahl jetzt einer Dienerin, die angebliche Botin der Evari zu einem der Gästehäuser zu bringen. Kaum hatte sich die Tür hinter Yahyeh geschlossen, legte Temasin sich die Stammtafel des Südens zurecht und versuchte, den Eintrag für Rogon auszulöschen. Doch die von Yahyehs Zauber geschaffenen Buchstaben widerstanden all ihren Versuchen.

*

Als Yahyeh die ihr zugewiesene Kammer betrat, wusste sie nicht, ob sie lachen oder weinen sollte. Wie es aussah, hatte sie den blauen Tempel zu lange sich selbst überlassen und dadurch ihrem Gegner Frong die Möglichkeit gegeben, seine Anhängerinnen an die Macht zu bringen. Dies rückgängig zu machen würde nicht einfach werden, zumal sie mehr zu tun hatte, als sich um ein paar Dutzend Frauen zu kümmern, die sich Priesterinnen Ilynas nannten, ohne es wirklich zu sein.

Sie schob dieses Problem beiseite und konzentrierte sich auf die schwarzfarbene Magie, die sie vorhin wahrgenommen hatte. Diese stammte von niemand anderem als Tharon und richtete sich auch an sie.

Neugierig geworden hüllte Yahyeh sich in einen Unsichtbarkeitsschirm und schlich lautlos in die Richtung, aus der Tharons Magie zu ihr drang. Es ging tief in die Keller des Tempels hinab. Alte Statuen standen an den Wänden, die einst die Tempelhalle geschmückt hatten und nun durch neue ersetzt worden waren. Neben diesen hatten die Priesterinnen und ihr Gefolge auch andere Dinge, die nicht mehr benötigt wurden, in diesen Räumen gestapelt. Es waren sogar ein paar Artefakte dabei, die nicht mehr richtig funktionierten und daher Schaden anrichten konnten, wenn jemand sie benützen wollte. Yahyeh ärgerte sich darüber, denn eigentlich hätten diese Geräte ihr übergeben werden müssen.

Schließlich erreichte sie eine Stelle, an der ihr altes Gerümpel den Weg versperrte. Ihre magischen Fähigkeiten verrieten ihr, dass sich Tharons Schwarz genau dahinter verbarg. Da sie die Gegenstände nicht mit der Hand beiseiteschieben wollte, prüfte sie, ob ihre Levitationsfähigkeiten wieder stark genug waren, und räumte das Zeug auf diese Weise aus dem Weg. Dann sprach sie einen Lichtzauber und sah die schwarz versteinerte Oberpriesterin vor sich. In der Hand hielt sie ein Schreiben, das das Siegel Tharons trug und – wie seine Ausstrahlung Yahyeh verriet – für sie selbst bestimmt war.

Die Priesterin Temasin hatte das Schreiben aus den versteinerten Fingern ihrer Anführerin gezogen, doch war es auf magische Weise wieder dorthin gelangt. Jetzt nahm Yahyeh es an sich, sah zu, wie sich das magische Siegel von selbst löste, und hielt den Bericht über Tharons und Rogons Wirken in Rhyallun in Händen. Ein Mensch hätte nur die geschriebenen Worte lesen können. In ihr aber erzeugte die Botschaft Bilder, die sie das Geschehen erleben ließ, als wäre sie selbst dabei gewesen.

Yahyeh sog erschrocken die Luft ein, als sie sah, wie die grüne Magieflut auf Rogon zuschoss, und konnte es hinterher kaum glauben, dass der Mann diese für sie tödliche Magie überlebt hatte. Ein solches Talent hätte den Priesterinnen seines Heimatlandes nicht entgehen dürfen. Andererseits war sie froh, dass es so gekommen war. In dem Zustand, in dem sie den Tempel in Edessin Dareh vorgefunden hatte, hätten die Priesterinnen Rogon mit Sicherheit Frong übergeben.

Bei diesem Gedanken durchschaute sie vollends die Infamie, mit der die Oberpriesterin und Temasin vorgegangen waren. Um ihres eigenen Vorteils willen hatten sie Rogon vor den Kopf gestoßen und damit die Regeln und Gesetze der Dämmerlande verletzt. Die Oberpriesterin hatte ihre Strafe bereits erhalten, denn Yahyeh dachte nicht daran, die Frau zu entsteinern. Auch Tharon würde es nicht tun, und so würde die Oberpriesterin noch etliche Jahre, wenn nicht Jahrzehnte wie ein nicht mehr gebrauchter Stuhl in diesem Abstellkeller verbringen müssen. Am liebsten hätte Yahyeh auch Temasin versteinert und danebengestellt. Doch das Geschrei im Tempel würde zu groß werden und über die Priesterschaften der einzelnen blauen Reiche in jeden Winkel der roten Dämmerlande dringen. Das aber würde Frong sofort ausnützen, um ihren Einfluss noch mehr zu schwächen.

»Irgendwann werde ich hier mit einem eisernen Besen kehren müssen«, murmelte sie und steckte Tharons Botschaft wieder zwischen die Finger der versteinerten Frau. Bevor Yahyeh die Kammer verließ, stapelte sie das Gerümpel vor der Oberpriesterin auf und begab sich, noch immer im Schutz ihres Unsichtbarkeitsschirms, in das Archiv des Tempels.

Mittlerweile war es dunkel geworden, und die Priesterinnen und ihr Gefolge hatten sich in ihre Kammern zurückgezogen. Daher konnte Yahyeh ungestört in den geheimen Akten stöbern und erfuhr dabei in wenigen Stunden mehr als sonst auf einer jahrelangen Reise durch die blauen Reiche.

Die Unterlagen verrieten ihr, wie tief die Priesterschaft bereits in Frongs Verschwörung verwickelt war. Nur wenige Länder wie Lanar und Andhir hielten sich noch abseits. Lanar fühlte sich von der von Wardan beherrschten Priesterschaft nicht genügend gewürdigt und wies daher jeden Einfluss auf seine Politik zurück, und in Andhir hatte erst vor gut anderthalb Jahrzehnten ein Wechsel der Dynastie stattgefunden. Rogar, der neue König, wurde von den alteingesessenen Herrschergeschlechtern anderer Reiche als Emporkömmling betrachtet und auch so behandelt. Einem Versuch, die Macht des Tempels durch die Heirat des Thronerben mit einer von den

Priesterinnen ausgesuchten Braut zu stärken, hatte Prinz Rogon sich durch Flucht entzogen.

Bei dem Namen Rogon zuckte Yahyeh zusammen. Konnte der Prinz von Andhir jener Abenteurer sein, der mit Tharon zusammen den Fluch von Rhyallun gebrochen hatte? Diese Frage würde sie klären müssen. Wenn ja, konnte sie vielleicht Verbündete im Norden wie auch im Süden finden.

Bei ihrer Suche stieß Yahyeh auch auf das Schreiben, das Tharon dem blauen Tempel über Rogon hatte zukommen lassen, und ärgerte sich noch mehr. Die Priesterinnen waren nicht nur gierig, sondern auch dumm. Hinter Tharon stand die Macht T'wools, und sie konnten dem wiedergewonnenen Süden niemals eine Ordnung überstülpen, die den Interessen des größten schwarzen Reiches der Dämmerlande zuwiderlief.

Yahyeh notierte sich die wichtigsten Informationen auf einem Speicherkristall und ordnete alles wieder so, wie es vorher gewesen war. Danach kehrte sie in ihre Kammer zurück und legte sich hin. Zwar brauchte sie als Magierin nur wenig Schlaf, doch der Morgen war nahe, und sie wollte den Anschein erwecken, als hätte sie die ganze Nacht im Bett verbracht.

Während ihr Körper in einer schlafähnlichen Starre verharrte, dachte sie darüber nach, welche Schritte sie als nächste unternehmen sollte. All das hing jedoch davon ab, wie rasch Khatons Gehilfin in Edessin Dareh erschien. Fast hoffte sie, es würde noch etwas dauern, damit sie Zeit fand, gegen die Zustände hier im Tempel anzugehen.

Als der Morgen anbrach, klopfte es an die Tür, und eine der nachrangigen Priesterinnen platzte herein. »Verzeiht, Dame Vereen, doch eben ist ein Lotse erschienen und sagt, die Person, auf die Ihr wartet, wäre eingetroffen.«

Sechstes Kapitel

Der Weg nach Osten

»Das ist das letzte Artefakt!«

Eine gewisse Erleichterung sprach aus Khatons Worten. Es war für ihn und Laisa nicht leicht gewesen, die Kristall-Spione auszumachen und zu entfernen. Ohne die Katzenfrau hätte er es wahrscheinlich nicht geschafft. Viele der Überwachungs- und Spähartefakte, die Erulim angebracht hatte, waren von gelber Farbe gewesen und fielen hier in Gilthonian ebenso wenig auf wie ein weißes Ross in einer Herde von Schimmeln. Sie zu finden war nur Laisa mit ihren ungewöhnlich feinen Spürfähigkeiten gelungen. Für einen Augenblick beneidete Khaton Laisa heftig um dieses Talent, verdrängte dieses Gefühl aber rasch wieder.

»Dieses Artefakt sitzt in der Mitte des Stammes. Wir werden Helesian bitten müssen, es herauszuholen. Sie beherrscht den Wald«, setzte er nachdenklich hinzu.

»Ich werde sie rufen«, bot Eldaradh, der Gefährte der Königin, an.

Laisa winkte ab. »Ich versuche erst einmal, ob ich das Ding nicht herauswachsen lassen kann.«

»Dafür müsstest du über Kräfte einer Eirun-Königin verfügen.« Trotz seiner ablehnenden Worte trat Khaton zurück und ließ Laisa an den Baum. Seiner Meinung nach war es an der

Zeit, dass sie einen Dämpfer erhielt, denn ihm wurde die Katzenfrau allmählich zu übermütig.

Laisa lehnte ihre Stirn gegen die Rinde des Baumes und konzentrierte sich auf das Artefakt. Bislang hatte ein Zauber verhindert, dass der Baum darauf aufmerksam geworden war. Nun aber spürte er das Ding und verabscheute es.

»Es tut mir weh!«, vernahm Laisa eine lautlose Stimme in ihrem Kopf.

»Du musst es aus dir hinauswachsen lassen«, antwortete sie und setzte jene Art von Magie ein, die sie bei Eldaradh und auch bei Helesian gespürt hatte, während diese die grünen Artefakte entfernten.

Der Baum zitterte leicht, und dann fühlte Laisa, wie er das Artefakt langsam nach außen schob. Es ging sicher nicht so schnell, als wenn Helesian ihn unterstützt hätte. Doch nach einer guten Stunde öffnete sich die Rinde, und das hühnereigroße Ding fiel ihr direkt in die Hand.

»Na, wer sagt es denn?«, meinte sie und reichte das Artefakt an Khaton weiter.

Der Evari musterte sie mit zusammengepressten Lippen und horchte in sich hinein. Aus weiter Ferne hörte er einen Ruf und nickte. »Wie es aussieht, haben wir beinahe zu lange gebraucht. Die Person, die dich und deine Begleiter zu Yahyeh bringen soll, ist in Edessin Dareh erschienen. Also wird es Zeit, dass auch du dorthin kommst!«

»Aber …«, brachte Laisa noch heraus. Da erfasste sie die Magie des Evari, und sie fand sich in einer völlig anderen Umgebung wieder. Als sie sich umdrehte, sah sie Rongi und Ysobel, die diese Art von Transport bereits gewohnt waren. N'ghar grinste nervös, während Reolan so tat, als könne ihn nichts erschüttern. Im Gegensatz zu ihnen wirkte die blaue Schlangenfrau Iroka, als stünde sie kurz vor dem nächsten Nervenzusammenbruch.

Vor Laisas Füßen lag eine Tasche. Sie hob sie auf und entdeckte darin zwei Glasfallen. In einer steckten ihre Pferde, in der zweiten befanden sich laut der magischen Inhaltsangabe genug Vorräte, um einen mehrjährigen Aufenthalt in Ländern mit feindlichen magischen Farben überstehen zu können. Eine Information, was es mit dem Ansuchen der blauen Evari überhaupt auf sich hatte, fehlte jedoch.

Laisa, die gehofft hatte, wenigstens ein paar Worte der Anerkennung und des Dankes für ihre nicht ungefährliche Arbeit von Khaton und der Eirun-Königin zu hören, fauchte empört. »Irgendwann werde ich diesem aufgeblasenen Magier doch noch die Krallen über den Rücken ziehen! N'ghar, kannst du mir mehr über Yahyeh erzählen?«

Der Katzenmann nickte nachdenklich. »In den blauen Reichen der Dämmerlande gilt sie aufgrund von Gayyads Umtrieben als unfähig, und sie bekommt aus dem Blauen Land auch nicht die Unterstützung, die nötig wäre. Aber meine Anführerin Berraneh hält sehr viel von ihr. Du wirst die Fürstin Baragain wahrscheinlich auch kennenlernen, denn sie ist seit kurzem die Kommandantin der Blauen Festung – und dorthin sollst du ja kommen.«

Obwohl Laisa schon seit längerem neugierig darauf war, Leute aus dem Blauen Land kennenzulernen, weil sie ihre Wurzeln trotz der weißen Farbe dort vermutete, hätte sie sich eine andere Gelegenheit dafür gewünscht. Sie sah sich um und entdeckte keine halbe Meile entfernt ein größeres Bauwerk mit mehreren Bootsschuppen daneben, welches mit Artefakten gegen das magisch verstrahlte Hinterland geschützt wurde.

»Hier hätte man mehr Land entseuchen und Menschen ansiedeln können«, kommentierte sie die Umgebung kopfschüttelnd.

»Das ist den Lotsen untersagt«, erklärte N'ghar. »Sie dürfen am Strom nur ihre Stationen errichten. Für die Besiedlung sind die Herrscher zuständig, doch die verschleißen sich in internen Streitigkeiten und haben daher weder die Kraft noch das Geld, sich um die Gewinnung von Neuland zu kümmern. Wenigstens ist das auf meiner Seite so. Allerdings heißt es, die Violetten wollten am Ostufer des Sees ein kleines Reich errichten.«

»Dann müsste es auf dieser Seite auch geschehen«, wandte Reolan ein.

»Schlag es Khaton vor.«

Laisa dachte an den ewig beschäftigten Evari, lachte hart auf und ging auf die Lotsenstation zu. Eine schmale, hochaufgeschossene Gestalt in einem weiß schillernden Mantel, die sogar sie, N'ghar und Reolan noch überragte, erwartete sie dort.

»Seid ihr die Passagiere, die der Evari Khaton angekündigt hat?« Er sah verwirrt aus. Ihm erschien wohl eine Gruppe aus einem weißen Eirun, zwei blauen Katzenmenschen, einer blauen Schlangenfrau und einer violetten Tivenga, die von einer weißen Katzenfrau angeführt wurde, mehr als ungewöhnlich. Der Lotse erinnerte sich jedoch daran, dass erst vor kurzem eine ähnlich gemischte Gruppe Edessin Dareh besucht hatte, und wies auf ein etwa vier Mannslängen messendes Boot.

»Nehmt Platz! Ich warne euch jedoch davor, mit den Händen ins Wasser zu greifen oder gar eure magischen Fähigkeiten einzusetzen. In diesem Falle bliebe euch die Passage über den See verwehrt.«

Sein belehrender Tonfall reizte Laisa, es doch zu versuchen. Da spürte sie N'ghars Hand auf ihrer Schulter.

»Tu es nicht! Die Lotsen haben ihre Gesetze, und sie halten sich eisern daran.«

Laisa nickte missgelaunt. Da sie ihren Auftrag nicht gefährden wollte, würde sie sich im Zaum halten. Sympathisch wurden ihr die Lotsen in ihrer überheblichen Art jedoch nicht.

*

Die Fahrt über den See war so langweilig, dass Laisa sich im Geist die Schwanzspitze abkaute. Sie und ihre Begleiter saßen in dem von vier Nachwuchslotsen geruderten Boot, das von einem weiteren Lotsen gesteuert wurde. Der See selbst lag so ruhig da wie geschmolzenes Blei. Keine einzige Welle trübte seine Oberfläche. Obwohl die Zuläufe des Großen Stromes durch Reiche aller sechs Farben flossen, spürte Laisa hier keine dieser Farben, sondern nur ein diffuses Grau, das nach Osten hin einen leicht rötlichen und auf den Westen zu einen goldenen Schimmer aufwies.

Nachzuforschen, welche Farbe das Wasser tatsächlich besaß, wagte sie nicht, daher beobachtete sie den Lotsen. Dieser saß in einen lebendig wirkenden Mantel gehüllt, der seine magische Ausstrahlung auf ein Minimum dämmte, an der Ruderpinne und war in eine Art Trance versunken. Laisa hätte ihre Milchration für ein ganzes Jahr verwettet, dass er mit irgendjemand in Kontakt stand. Doch wer dies auch immer war schien nicht zu wollen, dass andere ihn entdeckten.

Eine gewisse Zeit unterhielt sie sich mit N'ghar und Ysobel über die Heilige Stadt, von der sie schon viel gehört hatte und die sie nun zum ersten Mal sehen sollte. Viel erfuhr sie nicht, denn N'ghar war erst einmal dort gewesen und ihre violette Begleiterin noch nie.

»Es sind eine Menge Inseln, die von einem unübersichtlichen Gewirr von Kanälen umgeben sind«, erklärte N'ghar. »Auffallend ist nur, dass Menschen aller sechs Farben dort leben, im Westteil die Weißen, Gelben und Grünen und im Osten unsere drei Farben jeweils in einem eigenen Sechstel. Ein etwas breiterer Kanal trennt die beiden Teile. Im Zentrum gibt es eine Insel, die als neutral gilt. Dort findet jeden Tag ein Markt statt, auf dem die Leute auch Sachen von der anderen Seite kaufen können. Eigentlich war diese Insel ja für Verhandlungen zwischen den beiden Seiten des Großen Stromes vorgesehen, aber die finden schon lange nicht mehr statt.«

»Und was ist mit den Lotsen?«, fragte Laisa.

»Wer die sind, weiß niemand«, mischte sich nun Ysobel ein, die als Dämmerländlerin mehr über die Geschichte dieses Landstrichs wusste als N'ghar. »Es heißt, sie leben schon immer hier im See. Sie sind die Einzigen, die Schiffe nach Edessin Dareh und zurück bringen können. Jedes noch so kleine Boot, das es ohne einen Lotsen versucht, wird unweigerlich in die Tiefe gerissen. Deshalb wurde die Stadt in den Dämmerlandkriegen auch nie in Mitleidenschaft gezogen. Im ersten Großen Krieg nach dem Friedensschluss der Götter versuchten einige Reiche, Edessin Dareh zu erobern. Ihre Flotten kamen jedoch keine drei Meilen weit in den See hinein, dann versanken sie, ohne dass irgendjemand sagen konnte, warum. In den beiden letzten Kriegen, dem Nord- und dem Südkrieg, hat es niemand mehr versucht.«

Die Erklärung stellte Laisa nicht zufrieden, denn sie hätte gerne mehr über die jetzige Situation in Edessin Dareh erfahren. Doch N'ghar konnte ihr nur vom blauen Tempel berichten, den er im Auftrag seiner Lehrerin Berraneh Baragain aufgesucht hatte, um Botschaften aus der Blauen Festung zu überbringen. Der übertriebene Prunk des Tempelbezirks und der Pomp, mit dem die Priesterinnen ihre Riten vollzogen, hatten ihn jedoch abgestoßen.

Laisa nickte verstehend. Sie hatte in Tanfun, T'wool und anderen Ländern bereits Zeremonien verfolgt und sich gefragt, weshalb die Leute so viel kostbare Zeit mit so einem Tun vergeudeten. Da Ysobel und N'ghar ihr nichts mehr Neues erzählen konnten, richtete sie ihr Augenmerk auf die vier Ruderer. In ihren seltsam schillernden Mänteln sahen sie alle gleich aus. Der Geruch sagte Laisa jedoch, dass sich eine Frau darunter befinden musste. Diese war genauso groß und hager wie die anderen und besaß den gleichen, kahlen Kopf und die farblose Haut, durch die Muskeln und Adern schimmerten, und es sah so aus, als fließe dunkleres Blut in diesen Leuten als in Menschen oder Katzenmenschen.

»Wir werden in weniger als einer Stunde eintreffen«, meldete der Steuerlotse. »Da eure Gruppe aus Leuten beider Seiten besteht, können wir euch nicht zum blauen Tempel bringen, in dem die Person, die auf euch wartet, Quartier bezogen hat. Ihr werdet daher in eines unserer Häuser gebracht, und besagte Dame kann euch dort abholen.«

»Der Lotse hat recht«, erklärte N'ghar. »Als magisch starke weiße Katzenfrau kannst du das blaue Sechstel nicht betreten und als Katzenfrau nicht das weiße.

»Also gut, dann bleiben wir halt bei den Lotsen«, antwortete Laisa und hoffte dennoch, dass sich ihr die Gelegenheit zu einem Streifzug durch Edessin Dareh bieten würde.

*

Der Lotse brachte die Gruppe auf eine Insel am Rande der Stadt, auf der ein großes, graues Gebäude stand. Als sie kurz darauf das Zimmer betraten, das ihnen zugewiesen wurde, rümpfte Ysobel die Nase.

»Die haben anscheinend nicht oft Gäste.«

»Auf jeden Fall haben wir schon besser übernachtet«, stimmte Laisa ihr enttäuscht zu.

Der Raum war kahl und besaß grau gestrichene Wände, einen grauen Fußboden und eine ebensolche Decke. Im hinteren Teil lagen sechs einfache Matten, die wohl als Betten gedacht waren. Möbel gab es keine und auch nur ein einziges Fenster, durch das der See und in der Ferne das hüglige Ufer im Westen zu sehen waren, aber nichts von der Stadt.

»Ich habe Hunger«, maulte Rongi. »Es ist schon Nacht, und wir haben seit dem Frühstück in Gilthonian nichts mehr bekommen.«

Laisa knurrte ebenfalls der Magen, und auch N'ghar erging es nicht anders. »Die Gastfreundschaft bei den Lotsen ist wohl nicht sehr ausgeprägt«, sagte er verärgert.

»An alldem ist nur dieser elende Farbengegensatz schuld! Wären wir in meiner Heimat, könnten wir uns in einem gemütlichen Gasthof einquartieren und bekämen auch rasch etwas zu essen.« Laisa verdrängte dabei ganz, dass Katzenmenschen dort, wo sie aufgewachsen war, nicht einmal die Städte der normalen Menschen betreten durften. Allerdings hätte sie in jenen Wäldern nach Wild jagen und sich so ernähren können.

Noch während sie glaubte, Groms und Tinkas Dorf zu vermissen, wurde die Tür geöffnet, und mehrere Nachwuchslotsen brachten einen niederen Tisch, sechs Sitzkissen und mehrere Schüsseln herein.

»Verzeiht, dass es etwas gedauert hat, doch wir mussten die passenden Speisen aus unterschiedlichen Stadtteilen besorgen«, entschuldigte sich einer.

Laisa stellte fest, dass eine Schüssel aus dem weißen Sechstel stammen musste, eine weitere aus dem blauen und eine kleinere aus dem violetten. Also hatten die Lotsen auch auf

Ysobel Rücksicht genommen. Dies söhnte sie ein wenig mit der kargen Unterkunft aus.

»Wurde die Botin der Evari bereits informiert, dass wir hier sind?«, fragte sie eine junge Lotsin.

Diese schüttelte lächelnd den Kopf. »Die Dame erhält gleich morgen früh Nachricht. Heute war es zu spät, denn der blaue Tempel hatte seine Pforten bereits geschlossen.«

»Gehen die vielleicht mit den Hühnern ins Bett?«, platzte Rongi heraus, der diesen und andere freche Sprüche unterwegs aufgeschnappt hatte.

Laisa lachte leise und richtete dann ihre Aufmerksamkeit auf die weiße Schüssel. Als sie den Deckel hob, schnaubte sie enttäuscht, denn der Inhalt bestand aus einem Gemüseeintopf. Rongi, N'ghar und Iroka hingegen wurde gebratenes Fleisch aufgetischt, mit dem sich die Schlangenfrau jedoch schwertat. Nur Ysobel war vollends zufrieden, denn zufällig hatten die Lotsen ihre Lieblingsspeise besorgt.

Laisa bediente sich ungeniert aus der blauen Schüssel und bot Iroka einen Teil des Gemüseeintopfes an. Die Angst der Schlangenfrau vor einer Speise, die von der anderen Seite des Stromes stammte, war jedoch zu groß, um darauf einzugehen.

Auch gut, dachte Laisa und schnappte sich das nächste Fleischstück.

Unterdessen brachten die Nachwuchslotsen auch etwas zu trinken. Es war Wasser, das mit Fruchtsäften verschiedener Farben gemischt werden konnte. Rongi rümpfte die Nase, trank aber trotzdem seinen Blaubeersaft, während Reolan den Saft des weißen Flieders vorzog. Laisa probierte alles, und obwohl es ihr schmeckte, vermisste sie die gewohnte Milch.

Während des Essens war es so spät geworden, dass es Zeit war, ins Bett zu gehen. Iroka bestand nun darauf, dass Reolan sich auf der von ihr am weitesten entfernten Matte niederließ. Mit einem Achselzucken tat er ihr den Gefallen.

Laisa hätte die Tasthaare an ihrer Schnauze verwettet, dass Erulim-Gayyad hinter Irokas übertriebener Furcht steckte. Nur dann, wenn er seine Sklaven in Angst und Schrecken hielt, konnte er sich ihres Gehorsams sicher sein. Der Gedanke erinnerte sie daran, dass sie lieber den Feind verfolgt hätte, anstatt wie ein Spielstein in diese Stadt verschoben zu werden, von der sie bisher fast nichts gesehen hatte. Bei dem Gedanken fauchte sie erregt.

Sofort kroch Iroka unter ihre Decke, und Ysobel stemmte sich hoch. »Ist etwas?«

»Ich dachte nur daran, dass der Dürrschwanz weiter seinen Umtrieben nachgehen kann, während wir uns mit irgendeiner Blauen treffen müssen«, erklärte Laisa und beschloss, ihre Begleiter in Ruhe schlafen zu lassen.

Auch sie fiel nun rasch in einen seltsam tiefen Schlaf, in dem sie von ihr unbekannten Dingen träumte. Doch als sie am nächsten Morgen aufwachte, konnte sie sich an nichts mehr erinnern.

*

Als die Botin der Evari eintrat, nahm Laisa diese zuerst als leuchtende blaue Erscheinung wahr, aus der sich erst nach und nach eine hübsche, mittelgroße Frau herausschälte, die etwas zu kurze Beine besaß. Augen und Haare leuchteten blau, und ihr Gesicht trug eine ähnliche Maserung wie Iroka. Bekleidet war die Frau mit einer dunkelblauen, rot gesäumten Tunika, etwas helleren Hosen und hellblauen Stiefeletten. Das Leder ihres Gürtels war ebenfalls hellblau, der Beutel daran wieder dunkler. Als Waffen trug sie einen Dolch an der linken Hüfte und ein schmales Schwert an der rechten.

Laisa war verwirrt, denn bislang hatte sie blaue Wardan-Frauen nur mit engen Miedern und weiten Röcken bekleidet gesehen. Anscheinend folgte Vereen – unter diesem Namen hatte man ihr die Botin angekündigt – nicht dieser Mode.

Auch Yahyeh betrachtete ihr Gegenüber durchdringend. Das ist also die weiße Katzenfrau in Khatons Diensten, dachte sie. Laisas Magie wirkte jedoch weniger katzenartig, sondern mehr wie die einer hochrangigen Eirun. Allerdings würde eine Frau dieses Volkes niemals in solch einer Gestalt herumlaufen. Trotzdem spürte Yahyeh auch etwas Vertrautes an Laisa, ohne es einordnen zu können. Auf jeden Fall war die Weiße niemand, den sie unterschätzen durfte.

Daher blieb die Evari drei Schritte vor Laisa stehen und sah ihr starr ins Gesicht. »Du bist die Helferin Khatons, um die meine Herrin gebeten hat?«

»Wenn Helferin so gemeint ist, dass ich ihn gelegentlich unterstütze, stimmt es. Mein Anführer oder Herr ist er jedoch nicht.«

An dieser Antwort hatte Yahyeh zu kauen. Anscheinend war es schwierig, mit der weißen Katze auszukommen, aber das hätte sie sich denken können.

»Ich bin erfreut, dich zu sehen.« Diese Worte musste sie sich abringen. »Meine Herrin bat den weißen Evari, ihm jemand zu schicken, der uns helfen kann, ein Geheimnis zu lüften, das auch euch Weiße betrifft.«

»Deshalb bin ich hier«, erklärte Laisa, die hoffte, diese Sache in gewohnter Weise rasch erledigen zu können, um sich wieder der Jagd auf Erulim widmen zu können.

Bislang hatte Yahyeh nur auf Laisa geachtet. Durch eine Bewegung Reolans wurde sie nun auch auf diesen aufmerksam und ordnete ihn als durchschnittlich begabten Eirun ein. Mehr als über diesen wunderte sie sich über die drei blauen Mitglieder der Gruppe und über die magisch begabte Tivenga. Zwei der Blauen waren der jugendliche Begleiter Laisas, von dem sie bereits gehört hatte, sowie eine ihr unbekannte Schlangenfrau. Bei dem dritten Blauen zuckte sie jedoch zusammen. Es handelte sich um N'ghar, Berranehs besten Schüler, der schon mehrfach mit kühnen Streifzügen über den Großen Strom für Aufsehen gesorgt hatte. Wie er zu der Weißen gekommen sein mochte, war ihr ein Rätsel, und seine Anwesenheit war ihr unangenehm. Auch wenn sie hier in ihrer Zweitgestalt auftrat und große Teile ihrer magischen Kraft tief in ihrem Innern verbarg, so war N'ghar einer der wenigen, der sie als Yahyeh erkennen konnte.

Sie beschloss daher, N'ghar und die Schlangenfrau knapp zu grüßen, ignorierte aber den Eirun ebenso wie den Katling und Ysobel, die ihren Informationen zufolge bereits mit der Katzenfrau in T'wool gewesen waren.

»Es ist noch früh am Tag«, erklärte Yahyeh. »Wenn wir gleich aufbrechen, kommen wir heute noch über den See und können morgen schon die Reise zur Blauen Festung fortsetzen.«

Da Laisa gehofft hatte, ein paar Tage in Edessin Dareh bleiben zu können, passte ihr diese Eile gar nicht. »Muss das sein?«, fragte sie vergrätzt. »Wir sind doch erst gestern Abend angekommen.«

Yahyeh schüttelte den Kopf. »Es gilt schnell zu sein, um einen ganz bestimmten Feind nicht zu warnen. Auch bleiben Geheimnisse hier in Edessin Dareh nicht lange geheim.«

»Du meinst Gayyad?«

Laisas Frage überraschte Yahyeh. »Du hast von ihm gehört?«

»Wir haben ihn auch gesehen.« Es waren die ersten Worte, die N'ghar sagte, und sie verblüfften die Evari noch mehr.

»Wenn ihr ihn und er euch kennt, ist es noch dringender, Edessin Dareh zu verlassen und das weiße Geheimnis im Osten aufzudecken.«

»Was weißt du über Gayyad?«, wollte Laisa wissen.

Yahyeh hob abwehrend die Hand. »Nicht hier und nicht jetzt. Wir wissen nicht, wer auf seiner oder Frongs Seite steht.«

»Frong ist Gayyad«, erklärte N'ghar mit einem leichten Grinsen. Noch war er sich nicht ganz sicher, dennoch nahm er an, dass nicht eine Botin Yahyehs vor ihm stand, sondern diese selbst.

Seine Bemerkung ließ Yahyeh zusammenzucken. Zwar hatten Berraneh und sie bereits erwartet, dass Gayyad mit Frong zusammenarbeitete. Aber dass Frong eine Zweitgestalt Gayyads sein sollte, war ihr neu.

»Wie ich schon sagte, ist das nichts, was wir hier besprechen sollten«, sagte sie mahnend. »Doch wenn es stimmt, was du sagst, müssen wir noch rascher handeln. Nehmt euer Gepäck! Ich werde den Lotsen sagen, dass sie uns sofort über den See bringen müssen.«

Yahyeh nickte Laisa kurz zu und warf dann N'ghar einen fragenden Blick zu. »Du bist doch N'ghar, oder nicht?«

Es war ein Zeichen für ihn, ihre Identität nicht aufzudecken, wenn er sie durchschaut hatte.

»Das stimmt, Dame Vereen«, antwortete N'ghar grinsend.

»Dann erlaube mir die Frage, wie du in die Gesellschaft der weißen Katzenfrau und dieses Eirun geraten bist?«, fragte Yahyeh nun etwas schärfer.

N'ghars Grinsen wurde womöglich noch breiter. »Laisa hat mir das Leben gerettet, als mir ein paar durchgedrehte gelbe Spitzohren das Fell abziehen wollten.«

Diese Antwort war die nächste Überraschung, die Yahyeh verdauen musste. Bisher hatte sie angenommen, als Khatons

Gehilfin würde Laisa auf der Seite des Westens stehen. Einen blauen Katzenmenschen von N'ghars Ruf zu retten, passte nicht in dieses Bild. Sie beschloss, die Lösung all der Rätsel, die diese weiße Katzenfrau umgaben, auf später zu verschieben. Erst einmal galt es, die bunt gescheckte Gruppe über den See zu bringen. Für die Reise zur Blauen Festung würde sie wiederum die Versetzungsplatte nehmen müssen, denn sie konnte es nicht wagen, mit einer weißen Katzenfrau und vor allem mit einem echten Eirun durch die Länder der roten Seite zu reisen.

Zu ihrer Erleichterung erschien kurz darauf ein Lotse und erklärte, dass ein Boot für den Transport bereitläge. »Sehr gut«, sagte sie und sah Laisa an. »Wie du siehst, können wir aufbrechen.«

Laisa nickte mürrisch und tröstete sich damit, dass sie Edessin Dareh auch zu einem späteren Zeitpunkt erforschen konnte. Also nahm sie ihr Gepäck und folgte der blauen Botin nach draußen.

Dort schloss Reolan zu ihr auf. »Wenn das nur keine Falle ist.«

»Euch Eirun sagt man doch nach, dass ihr Wahrheit und Lüge unterscheiden könnt«, spottete Ysobel.

»Nicht bei einem starken Magier – und diese Frau ist eine starke Magierin. Auch kann man uns täuschen, wenn man jemand schickt, der die Lüge glaubt«, antwortete Reolan und nahm sich vor, sehr genau achtzugeben.

Kurz darauf saßen sie in einer Barke, die von sechs Nachwuchslotsen gerudert wurde. Laisas Hoffnung, während des ersten Teils der Überfahrt etwas mehr von Edessin Dareh zu sehen, erfüllte sich nicht. Statt die kürzere Strecke durch den großen Kanal zu nehmen, lenkte die Lotsin, die an der Pinne saß, die Barke im weiten Bogen um die Stadt herum und hielt denn auf den Abfluss des Sees zu, an dem sich nur ein paar Meilen weiter südlich die erste Lotsenstation befand.

*

Angesichts der Ödlande, die sich schier endlos um den Heiligen See und ein ganzes Stück den Strom entlang zogen, rümpfte Laisa die Nase. »Hier hätte längst etwas geschehen müssen! An einigen Stellen ist die vergiftete Magie so schwach, dass sie leicht mit Artefakten eingedämmt werden könnte.«

»Die Lotsen tun es dort, wo sie Übernachtungshäfen und Lotsenstationen einrichten wollen«, erklärte Yahyeh ihr. »Aber sie dürfen nicht mehr Land dafür nehmen, als sie für ihre Gebäude brauchen.«

»Und die Evaris?«, fragte Laisa weiter.

Über Yahyehs Gesicht huschte ein Schatten. »Soviel ich weiß, soll Khaton es auf der anderen Seite einmal versucht haben, doch kaum hatte er ein paar Quadratmeilen eingedämmt und Siedler dorthin gebracht, beanspruchten die Nachbarreiche das neue Land und nahmen es gegen seinen Willen in Besitz. Angesichts solcher Erfahrungen ist es den Wächtern der Götter nicht zu verdenken, dass sie die Ödlande sich selbst überlassen. Auch haben sie anderes zu tun, als Landstriche voller Dornengestrüpp von Kriegsmagie zu reinigen, denn Gayyad treibt schon lange sein Unwesen. Erst seit neuerer Zeit weiß Yahyeh, wer ihr Feind ist. Viele Jahrzehnte hat sie im Dunkeln gestochert, ohne viel erkennen zu können.«

Das verstand Laisa durchaus und ärgerte sich nun doppelt, dass sie den Zweifarbigen nicht weiter verfolgen durfte. Sie konnte diesem Gedanken jedoch nicht lange nachhängen, denn die Lotsenstation kam in Sicht. Sie bestand aus einem einzigen Gebäude und ein paar Bootsschuppen und war stromauf der letzte Etappenhafen vor Edessin Dareh und damit der erste, der nach dem Verlassen der Stadt auf dieser Seite angelaufen werden konnte.

»Die Barken der Menschen nehmen zumeist viele Meilen weiter stromabwärts Lotsen an Bord, weil sie sich davor ängstigen, ohne deren Schutz an den Ufern der Ödlande entlangzufahren. Für die Lotsen ist dies von Nachteil, denn sie müssen weite Wege zurücklegen und sind dadurch länger unterwegs, als es sein müsste«, fuhr Yahyeh fort.

Laisa nickte, starrte aber mehr auf die goldene Seite hinüber als auf das näher gelegene rote Ufer. Ihre Sinne erfassten die Magieschwaden, die über das Land zogen, und die Erfahrung, die sie mittlerweile gewonnen hatte, sagte ihr, dass es kein unüberwindliches Hindernis gab, die vergiftete Magie dort einzudämmen und den Boden zu entseuchen. Doch solange es an allen Ecken und Enden der Dämmerlande brannte – wie Khaton sich auszudrücken pflegte –, war daran nicht zu denken.

»Wir kommen gleich an«, sagte N'ghar, um sie aus ihrem Grübeln zu wecken.

»Wie geht es von hier aus weiter?«, wollte Laisa wissen.

Yahyeh wand sich um die Antwort herum. »Wir verlassen das Schiff an dieser Stelle und müssen dann ein Stück in die Ödlande hineingehen. Was dann kommt, erfahrt ihr dort.«

Mit einer energischen Bewegung kehrte Laisa dem westlichen Ufer den Rücken zu und blickte zur Lotsenstation hinüber. Dort war nicht einmal genug Boden entseucht worden, um neben dem Gebäude noch einen Gemüsegarten anlegen zu können. So kann es mit einer Besiedlung nichts werden, dachte sie. Dann aber schob sie diesen Gedanken von sich. Vor ihr lagen ganz andere Aufgaben, als neues Land zu gewinnen. Zum einen musste sie dem Geheimnis auf die Spur kommen, um dessentwillen Yahyeh ihre Hilfe angefordert hatte, und dann galt es, Erulim-Gayyad unschädlich zu machen.

Ein grau bemalter Steg, den nur die Boote der Lotsen benutzen durften, kam näher, und die Barke legte mit einem leichten Ruck an. Noch bevor zwei am Ufer wartende Lotsen die Leinen ergreifen und festmachen konnten, sprang Laisa von Bord. Als die anderen an Land stiegen, wollte Rongi auf das Lotsengebäude zulaufen. Doch Yahyehs Ruf hielt ihn zurück.

»Wir kehren hier nicht ein, sondern gehen gleich weiter in die Ödlande. Keine Angst, ich habe ein Schirmfeldartefakt dabei, das uns vor der giftigen Strahlung schützen wird.«

Ohne auf eine Antwort zu warten, stapfte Yahyeh durch den moorigen Uferstreifen auf das wüste, mit Dornengestrüpp überwucherte Land zu. N'ghar wechselte einen kurzen Blick mit Laisa und grinste verlegen. »Wie es aussieht, hat sie es wirklich eilig.«

»Ich habe Hunger«, warf Rongi ein und hörte nicht eher auf zu maulen, bis Ysobel die Glasfalle mit den Vorräten herausholte. Zum Glück war diese ihrem Zweck gemäß in viele einzelne Kammern aufgeteilt, so dass nicht der gesamte Inhalt auf einmal herausfiel. Trotzdem hielt die Tivenga eine ganze Tagesration in den Händen und teilte diese unter den anderen auf. Auch Reolan bekam ein eingewickeltes Päckchen mit für ihn passender Nahrung. Dazu gab es Milch und einen leichten Wein in verschließbaren Tonflaschen, so dass sie auch im Gehen trinken konnten.

»Willst du auch etwas haben?«, fragte Laisa ihre Führerin und streckte ihr ein Stück gebratenes Fleisch hin.

Yahyeh schüttelte den Kopf. »Nein danke.«

»Auch gut«, antwortete Laisa und beschloss, den Braten selbst zu essen.

Yahyeh bemerkte ihren Unmut, doch die Angst vor der anderen Seite steckte der Evari zu sehr in den Knochen, als dass sie etwas hätte annehmen können, das von dort stammte. Sie ging nun rascher und forderte die anderen auf, nicht zu verweilen.

»In den Ödlanden gibt es böse Dinge, und ich will nicht, dass es heißt, euch wäre durch meine Schuld Schaden geschehen«, erklärte sie.

»Warum lassen wir nicht die Pferde aus den Glasfallen, anstatt uns hier die Füße platt zu laufen?« Ysobel gefiel die Gegend nicht. Hier herrschten Magien aller sechs Farben, und sie spürte in der Ferne das Echo von beachtlichen Gegenfarben-explosionen.

»Das frage ich mich auch«, stimmte Laisa ihrer Begleiterin zu. Obwohl sie als Katzenfrau für kurze Zeit schneller rennen konnte als ein galoppierendes Pferd, hätte auch sie sich gewünscht, reiten zu können.

»Es ist besser, wenn die Tiere in ihrer Glasfalle bleiben. So stören sie uns nicht, wenn es nach Osten geht.« Damit war nach Yahyehs Ansicht alles gesagt. Sie ging voran, bis sie die Dornbüsche erreichten, die die Versetzungsplatte umgaben. Dort hielt sie inne, um die anderen zu warnen.

»Berührt nichts und wendet keine Magie an. Es wäre euer Tod.«

Laisa hatte solche pflanzlichen Wächter bereits bei Khatons und Tharons Magiertürmen kennengelernt, und sie gehörten nicht zu den Dingen in den Dämmerlanden, die ihr gefielen. Auch den anderen passten die Dornbüsche nicht, zumal diese sich bewegten und sie anvisierten. So waren Laisa und ihre Begleiter froh, als sie einen freien Platz inmitten des Dornwaldes erreichten, in dessen Mitte eine graue Platte den Boden bedeckte.

Yahyeh gab Laisa und deren Begleitern jedoch nicht die Zeit, sich diese genauer anzusehen, sondern sendete in dem Augenblick, in dem alle das schmucklose Rechteck betreten hatten, den Versetzungsbefehl.

*

Im nächsten Moment befanden sie sich in einer völlig anderen Gegend. Als sie aus der Turmruine traten, erstreckte sich südlich von ihnen ein blau schimmernder Wald, während ein Stück weiter nördlich ein Fluss seinen Weg durch die Talaue nahm. Der Ausstrahlung des Gewässers nach schätzte Laisa, dass es der Dreifarbenfluss war, allerdings etliche Meilen weiter oberhalb der Stelle, bis zu der sie bei ihrer ersten Reise gekommen war. Jenseits des Flusses ragten blau strahlende Berge mehr als anderthalb tausend Mannslängen in die Höhe.

»Das dort ist der Weg zur Blauen Festung«, erklärte N'ghar und wies auf eine Straße, die sich auf dieser Seite des Flusses ostwärts zog. »Das Land hier gehört zum Königreich Relledh, dessen Herrscher sich trotz der blauen Ausstrahlung ihres Landes in die violette Stammtafel haben einschreiben lassen, weil die früheren Kommandantinnen der Blauen Festung sie wie Untergebene behandelt hatten.«

Yahyeh passte es nicht, dass N'ghar Dinge preisgab, die sie selbst und die blaue Farbe in ein schlechtes Licht rückten. Um die Aufmerksamkeit wieder auf sich zu lenken, wies sie auf den Gebirgsring. »Hinter diesen Bergen verbirgt sich das Geheimnis, um dessentwillen meine Herrin dich rufen ließ«, erklärte sie Laisa. »Von hier sieht das Ganze noch harmlos aus. Doch wenn man vor diesen Felswänden steht, begreift man erst, wie steil sie in die Höhe ragen. Selbst ein Katzenmensch kann sie kaum erklimmen, und dazu gibt es Abwehrzauber, die es uns

Blauen unmöglich machen, sich im Fels zu halten. Meine Herrin und Berraneh Baragain haben es versucht, und beide sind gescheitert.«

Es tat weh, dies zuzugeben, doch Yahyeh war mehr denn je davon überzeugt, dass das Geheimnis dieser Berge gelüftet werden musste.

»Ich möchte mir die Berge näher ansehen«, erklärte Laisa und wollte in deren Richtung marschieren.

Yahyeh hob kurz die Hand. »Hier könnt ihr eure Pferde aus der Glasfalle holen.«

Kaum hatte sie es gesagt, sprach Ysobel auch schon den entsprechenden Zauber. Vakka und die anderen Gäule purzelten aus dem Artefakt, darunter auch ein ausgezeichnetes, von gelben Menschen gezüchtetes Pferd, das die Eirun von Gilthonian für Reolan besorgt hatten. Eines ihrer eigenen Rösser hatten sie ihm auf diese Seite des Großen Stromes nicht mitgeben wollen. Auch an N'ghar hatten die Eirun gedacht, aber sein Gaul glich mehr einem plumpen, geduldigen Bauernpferd.

Auch Yahyeh entließ ihr Reittier wieder aus dem magischen Verkleinerungsartefakt, das sie mitgeführt hatte, und schwang sich in den Sattel. Die anderen stiegen ebenfalls auf, und Laisa hatte zunächst Mühe, ihre übermütige Stute zu zügeln. Vakka roch den Fluss und wollte nach dem starren Schlaf in der Glasfalle trinken.

An Yahyehs Stelle übernahm nun N'ghar die Führung. Diese Gegend kannte er und konnte Laisa einiges darüber erzählen. Sie aber interessierte sich weniger für die Menschen, die hier lebten, sondern für den blauen Gebirgswall, der beim Näherkommen immer schroffer wirkte.

Als sie den Fluss erreichten, ließ Laisa ihre Stute trinken und hielt derweil nach einer Möglichkeit Ausschau, irgendwo überzusetzen.

Als Yahyeh dies bemerkte, lächelte sie das erste Mal, seit Laisa sie kennengelernt hatte. »Ich glaube nicht, dass wir einen menschlichen Fährmann bemühen sollten. Der würde angesichts des Eirun die Beine in die Hand nehmen und nicht eher anhalten, bis er bei der Blauen Festung ist.«

»Bis dorthin brauchen wir bei normaler Reisegeschwindigkeit mindestens drei Tage«, setzte N'ghar hinzu.

»Wie es aussieht, werden wir hinüberschwimmen müssen«, meinte Laisa trocken, spürte dann, wie die Magie in ihrer Führerin kurz aufflammte, und fand sich mit der gesamten Gruppe am anderen Ufer wieder.

»Ich dachte mir, dass es so einfacher geht.« Trotz ihrer Schwäche war es Yahyeh gelungen, wenigstens dieses kurze Stück mit ihrem Zauber zu überwinden. Sie bemerkte, dass sie noch immer mit ihren Kräften haushalten musste, doch da sie ihr Ziel so gut wie erreicht hatten, konnten sie den Rest der Strecke bis zur Blauen Festung zu Pferd zurücklegen.

Yahyehs Blick suchte Laisa. Irgendwie gefiel ihr die weiße Katzenfrau doch. Obwohl Eirun-Blut in deren Adern fließen musste, benahm sie sich genauso, wie man es von einer blauen Katzenfrau hätte erwarten können. Nein, schränkte Yahyeh ein. In gewisser Weise wirkte Laisa wilder, und sie wusste nicht, ob N'ghar, der beste Krieger der Katzenmenschen in dieser Zeit, mit ihr fertig werden würde.

»Auf jeden Fall ist mein Fell nicht nass geworden«, meldete sich Rongi, der anders als Laisa ungern badete. Bis auf Iroka lachten die anderen darüber. N'ghar lenkte sein Pferd, das wohl auch aus einem gelben Land stammte, neben Laisa und stupste sie an.

»Es juckt mich schon länger in sämtlichen Krallen, mir das anzusehen, was innerhalb dieses Gebirgsringes zu finden ist. Er ist fast kreisrund und besitzt einen Durchmesser von etwas mehr als einhundert Meilen. Aber ich hatte bei seinem Anblick immer das Gefühl, dass ich es lassen sollte. Wenn Yahyeh und Berraneh es zusammen nicht geschafft haben, den Ring zu überwinden, muss etwas sehr Geheimnisvolles dahinterstecken.«

»Oder etwas ganz Gefährliches«, setzte Yahyeh hinzu.

In den magischen Schwaden, die vom Blauen Land ausgingen, fand die Evari wieder zu ihrer inneren Ruhe zurück und beschloss, offener zu reden. »Berraneh Baragain wird dir alle Unterlagen vorlegen, die wir über dieses Gebiet haben. Viel ist es allerdings nicht. Obwohl der Gebirgsring so nahe an der Blauen Festung liegt, haben sich deren frühere Kommandantinnen und ihr magischer Stab nie dafür interessiert.«

»Glaubst du, dass Gayyad dahinterstecken könnte?«, fragte N'ghar, der sich das nicht so recht vorstellen konnte.

»Das erscheint mir etwas hochgegriffen. Er ist zwar ein Verräter und auch gefährlich, aber einen so gewaltigen Gebirgsring kann auch er nicht schaffen«, antwortete Yahyeh.

Laisa war sich da nicht so sicher. Zwar strahlten die Berge vor ihr in einem intensiven Blau, wie sie es nie zuvor gespürt hatte. Doch an einzelnen Stellen glaubte sie Spuren jener für sie verbrannt schmeckenden Magie zu entdecken, die nur von Gayyad stammen konnte.

»Als Erulim hat Gayyad die Gilthonian-Eirun unter seine Gewalt gebracht, und er ist ein Meister der Heimlichkeit. Kann er hier nicht etwas gefunden und versteckt haben, um es für sich selbst zu benutzen?«, fragte sie und schloss die Augen, um sich ganz auf ihren magischen Spürsinn zu verlassen.

Sofort legte ihr N'ghar die Hand auf die Schulter. »Du bist die beste Magiespürerin, die ich kenne«, sagte er anerkennend, als er mitbekam, was Laisa aufnahm.

Für Yahyeh kam diese Aussage überraschend. Bis jetzt waren

blaue Magierinnen die besten Magiespürer gewesen. Sollte in dieser geheimnisvollen Katzenfrau womöglich doch blaues Blut fließen? Um das zu erkennen, hätte sie Laisa berühren und mit ihren eigenen Sinnen untersuchen müssen. Davor aber schreckte sie zurück.

Laisa richtete ihre Gedanken auf den direkt vor ihr liegenden Berg und kletterte geistig die fast senkrecht aufragende Felswand hoch. Mehrmals traf sie dabei auf Gayyads Blau, aber auch auf Restspuren von Grün, die zu schwach waren, um mit der Gegenfarbe reagieren zu können. Dahinter war noch etwas anderes, und das wurde durch die Magie der blauen Berge völlig von der Umwelt abgeschottet.

Jeder andere Magier hätte jetzt aufgeben müssen, doch Laisas magische Sinne drangen weiter vor. Gleichzeitig bekam sie mit, dass auch N'ghar seine Spürfähigkeiten einsetzte. Anders als die ihren reichten sie nicht durch die Luft, sondern in den Boden hinein. Schon bald stieß er auf das intensive Blau der Felsen und drang weiter vor. Als ihre eigenen magischen Fäden den Gipfelgrat überstiegen und auf der anderen Seite nach unten glitten, tauchte sie in ein strahlendes Weiß ein, das dem von Reolan ähnlich war, die Dichte seiner Aura aber um ein Tausendfaches übertraf.

Im selben Augenblick fauchte N'ghar empört. »Hinter dem Blau ist Weiß, und zwar so stark, wie man es sich hier eigentlich nicht vorstellen kann.«

Laisa nickte in Gedanken. »Was kann das sein? Für ein Artefakt fühlt es sich zu lebendig an. Fast würde ich annehmen, es handelte sich um einen kleinen, weißen Eirun-Wald. Aber so weit im Osten kann das wohl kaum möglich sein.«

Verwirrt beendete sie ihre magische Erkundung und sah N'ghar an, der sie hilflos angrinste.

»Verstehst du das?«, fragte sie.

»Nein«, antwortete er und kratzte sich mit einer Kralle am Kopf. »Aber wenn es das ist, was du vermutest, tanzt hier der Tenelin.«

»Aber gewaltig!«, setzte Laisa hinzu.

Dann suchte ihr Blick ihre Führerin. »Ich glaube, wir müssen dringend mit deiner Herrin und der Kommandantin der Blauen Festung sprechen. Mich interessiert, was die beiden herausgefunden haben.«

Yahyeh hätte es ihr sagen können, wollte aber ihr Inkognito nicht aufdecken. Daher nickte sie und wies nach Osten. »Wir sollten weiterreiten. Ein Stück weiter flussaufwärts gibt es eine Furt, mit deren Hilfe wir wieder auf die andere Seite kommen. Den restlichen Weg zur Blauen Festung müssen wir zu Pferd zurücklegen, denn meine Kraft reicht nicht, uns alle samt den Pferden bis dorthin zu versetzen.«

Da ihre Führerin bislang immer zur Eile gedrängt hatte, fand Laisa es ein wenig eigenartig, dass diese plötzlich langsamer reisen wollte. Aber da sie auf diese Weise einen Eindruck von der Landschaft vor der Blauen Festung gewinnen konnte, stimmte sie zu.

Als sie losritten, lenkte Reolan seinen Gelbschimmel neben Vakka und beugte sich zu Laisa hinüber. »Du und N'ghar habt Weiß gespürt? Kannst du mir genau erklären, was du entdeckt hast?«

»Noch nicht. Aber wenn es das ist, was wir vermuten, haben wir ein gewaltiges Problem.« Laisa fauchte dabei leise, denn im Gegensatz zu Yahyeh war sie sich sicher, dass Erulim-Gayyad hinter dem Ganzen steckte und sie vor einer Aufgabe stand, an der sie ohne die volle Unterstützung der Blauen scheitern musste.

Siebtes Kapitel

Die Blaue Festung

Laisa stellten sich die Nackenhaare auf, als sie das mächtige Bollwerk vor sich sah, welches die Heere des Westens bei ihren Angriffen nie hatten erstürmen können. Sechzig Schritte ragten die Mauern aus magisch gehärtetem Kristall in die Höhe und versperrten jedem den Weg, der aus den Dämmerlanden ins Blaue Land wollte.

»Ein imponierender Anblick, nicht wahr?«, fragte N'ghar, der neben Laisa ritt. »Die Festung ist fast drei Meilen lang und mehr als eine halbe Meile breit. In den Tagen des Großen Krieges hat sie mehr als zehntausend Gurrim-Soldaten beherbergt und überdies noch die Aufgebote der Katzenmenschen und Menschen der anschließenden Provinz. Als ich das letzte Mal hier war, traf ich jedoch weniger als eintausend Gurrims und menschliche Krieger an – und Katzenmenschen fehlten vollkommen.«

»Das hat sich mittlerweile geändert«, warf Yahyeh ein. »Als Kommandantin der Festung hat Berraneh Baragain bereits einiges bewirkt. Ich werde vorausreiten und sie informieren, dass Khaton seine Helferin gesandt hat. Dann wird euch auch Yahyeh begrüßen. Ob ich so lange bleiben kann, weiß ich nicht, denn es gibt viel zu tun.«

»Melde uns an«, antwortete Laisa, die noch immer die mächtige Festung bewunderte. »Die Mauern sehen aus, als wären sie aus einem Stück gegossen.«

»Genau so ist es überliefert«, bestätigte N'ghar. »Es heißt, die Göttin selbst soll sie errichtet haben. Die Blaue ist aber nur eine von den drei großen Festungen des Ostens. Weiter im Süden steht die Violette Festung am Rand einer ausgedehnten Wüste, und am Ostrand des Riegelgebirges, nördlich der fast unpassierbaren Aschewüste, befindet sich die Schwarze Festung. Die beiden sollen von Linirias und Giringar persönlich erbaut worden sein. Mehr weiß ich nicht darüber, denn ich habe die anderen Festungen noch nie zu Gesicht bekommen.«

Laisa nickte ihm lächelnd zu. Bislang hatte N'ghar sich als angenehmer Reisegefährte erwiesen, und sie hoffte, dass sie noch eine Weile zusammenbleiben konnten. Anders als Iroka kam er gut mit Reolan zurecht und hielt auch die Menschen des Westens nicht für barbarische Dämonenanbeter, wie Ysobel es zu Beginn ihrer Bekanntschaft getan hatte.

»Mich würde es reizen, die anderen Festungen ebenfalls zu sehen«, sagte sie.

»Auch die Schwarze?«, fragte Rongi, der gemütlich hinter Ysobel auf einem Kissen thronte, herausfordernd.

»Warum nicht? Schließlich habe ich es auch in T'wool ausgehalten.«

N'ghar sah Laisa kopfschüttelnd an. »Es besteht ein gewaltiger Unterschied zwischen einem schwarzen Dämmerlandreich wie T'wool und einer Festung, die Giringar erbaut hat. Dort ist das Schwarz so stark, dass kein Weißer sich der Festung auch nur nähern kann.«

Diese Aussage fachte in Laisa erst recht den Wunsch an, es doch einmal zu probieren. Vorerst aber hatte sie an andere Dinge zu denken und wies nach vorne. »Vereen hat die Festung erreicht. Ich glaube, wir können jetzt hinein.«

Da aber schloss sich das Tor hinter Yahyeh, und Laisa musste ihre Stute davor anhalten. Mit einem ärgerlichen Fauchen wandte sie sich an N'ghar.

»Wenn die denken, ich warte ewig hier, haben sie sich geschnitten!«

Auch N'ghar wunderte sich. Er kannte Berraneh gut und wusste, dass diese sich kaum aus der Ruhe bringen ließ. Außerdem war Laisa auf deren und Yahyehs Wunsch hier erschienen.

Beide ahnten nicht, dass Berraneh Baragain, Kommandantin der Blauen Festung und Gouverneurin der Westprovinz des Blauen Landes, in der Wachkammer stand und mit brennenden Augen auf den Kristallschirm starrte, auf dem die Ankömmlinge zu sehen waren. Es war etwas anderes, von einer Katzenfrau mit weißmagischer Farbe zu hören, als sie in natura vor sich zu sehen. Dazu nahm Berraneh an Laisa Gesten und Verhaltensweisen wahr, die sie irritierten.

»Das ist sie also«, sagte sie zu Yahyeh, die jetzt in ihrer eigentlichen Gestalt als schlanke, mittelgroße Magierin mit langen blauen Haaren und einer noch intensiveren Gesichtszeichnung als in ihrer Erscheinung als Vereen den Raum betrat.

»Ja, das ist sie«, antwortete die Evari. »Ich konnte sie unterwegs nicht richtig prüfen, doch sie muss die Tochter oder Enkelin einer der Eirun-Königinnen des Westens sein. Ihre Magie fühlt sich so an.«

»Dennoch kommt sie mir seltsam vertraut vor«, murmelte Berraneh, obwohl seit mehr als zweihundert Jahren kein weißer Fehlschlag bei Ilynas Katzen zur Welt gekommen war und bestimmt noch nie einer mit einer so starkmagischen Ausstrahlung.

»Wir sollten sie jetzt begrüßen. Wenn wir sie zu lange warten lassen, wird es die Zusammenarbeit mit ihr erschweren«, drängte Yahyeh.

Berraneh nickte, ohne ihren Blick jedoch von dem magisch erzeugten Bild der Überwachungsartefakte zu lösen. »Ich freue mich, dass du N'ghar mitgebracht hast. Wir können ihn hier sicher gut brauchen.«

»Ich habe ihn nicht mitgebracht«, stellte Yahyeh die Tatsache richtig. »Er war bei Laisa. Seinen Worten zufolge hat sie ihm das Leben gerettet.«

»Eine Weiße einem Blauen?« In Berranehs Worten schwang Unglauben mit.

»Sie hat sich auch Rongis angenommen und eine Schlangenheilerin von drüben mitgebracht, die eine Gefangene von Gayyad war.«

»Gayyad? Dort drüben?«, wunderte Berraneh sich. »Yahyeh, du bringst Neuigkeiten, die mich verwirren. Wir sollten später darüber reden. Jetzt heißen wir die weiße Katze willkommen, obwohl sie das eigentlich nicht ist.«

Sie verließ den Raum und trat kurz darauf in den Vorhof der Festung, der an Größe manche Stadt der Dämmerlande übertraf. Die Begrüßungsformation war bereits angetreten. Ein rascher Blick zeigte Berraneh, dass sie sich der Soldaten nicht zu schämen brauchte. Daher erteilte sie mit angespannter Miene den Befehl, das Tor wieder zu öffnen.

*

Obwohl Laisa als Jägerin gelernt hatte zu warten, war ihre Geduld in dieser Situation beinahe erschöpft. Gerade als sie ihr Pferd wenden und davonreiten wollte, glitten die großen Torflügel unter der Wirkung starker Artefakte auseinander, und sie sah einen Durchgang von mindestens dreißig Schritten vor sich, der an einem ausgedehnten Platz endete.

»Na gut! Dann wollen wir mal«, murmelte sie und trieb Vakka an.

N'ghar blieb an ihrer Seite. »Gib nichts darauf, wenn Berraneh dir allzu bärbeißig erscheint. Um Ilyna hier so dienen zu können, wie es nötig ist, braucht man einen starken Charakter.«

»Ich werde es mir merken.« Nichts an Laisa verriet, ob sie wirklich Nachsicht üben oder die Festung nach dem ersten ihr nicht passenden Wort wieder in Richtung Westen verlassen würde.

Noch nie war sie so weit im Osten gewesen, und einer direkten Untergebenen Ilynas Auge in Auge gegenüberzustehen war eine Erfahrung, mit der sie erst zurechtkommen musste. Sie ritt weiter, bis sie das Ende des gewölbten Durchgangs erreicht hatte, und musterte zuerst einmal die großen, wuchtigen Gestalten, die in Reih und Glied angetreten waren. Ihre magische Farbe war ein dunkles Blau, das um einiges kräftiger strahlte als bei den Anhängern Ilynas in den Dämmerlanden. Die blauen Rüstungen waren so blank poliert, dass sie blitzten, während die Gesichter wie aus blauem, leicht geädertem Marmor gehauen schienen. Die einfachen Krieger waren mit Doppeläxten oder langen Piken ausgerüstet, die Unteroffiziere mit Flammenlanzen und die Offiziere mit magischen Schwertern.

Das sind also die berühmten Gurrims, dachte Laisa. Nun begriff sie, weshalb die Menschen des Westens dieses Volk fürchteten. Jeder Gurrim sah aus, als könnte er sich durch die Reihen eines Menschenheeres metzeln.

Hinter den Gurrims hatte man menschliche Krieger aufgestellt. Ihre Zahl war geringer, und das Blau auf Gesichtern und Händen bestand zum guten Teil aus Schminke. Ihre Ausrüstung war ebenfalls einheitlich, aber weniger aufwendig als bei den Gurrims.

»Das ist Berranehs Leibschar. Sie würden für ihre Herrin selbst in die Tiefen des Grünen Landes ziehen«, raunte N'ghar Laisa zu.

Diese entblößte ihre Zähne zu einem leisen Fauchen. Sie mochte keine solche Zurschaustellung von Macht, mit der man sie einschüchtern wollte. Diesen Gedanken vergaß sie jedoch sofort wieder, als sie die dritte Einheit bei Berranehs Truppen entdeckte. Es waren Katzenmenschen, und sie sahen genauso aus wie die Leute, bei denen sie aufgewachsen war. Für Augenblicke packte sie die Sehnsucht nach Grom und Tinka, und sie hätte selbst den aufgeblasenen Wuko freudig begrüßt. Dann aber stellte sie einige Unterschiede fest. Diese Katzenmenschen besaßen eine ebenso starke blaue Grundfarbe wie die Gurrims, waren etwas kräftiger als die Leute von Groms Stamm, und ihre Fellfarbe zeigte ein gemasertes Blau. Außerdem besaßen sie kleine Haarpinsel an ihren Ohrspitzen, die ihr, N'ghar und Rongi fehlten.

Nun tauchte auch die Herrin dieser kriegerischen Schar auf. Berraneh Baragain war etwas über mittelgroß, leicht untersetzt und hätte mit ihrer strengen Miene eine Bäuerin sein können, die eben eine Magd schalt. Ihre zu einem straffen Zopf geflochtenen Haare und die Augen leuchteten jedoch in einem so intensiven Blau, dass Laisa diesen Vergleich beiseiteschob. Obwohl die Kommandantin der Blauen Festung ihre Magie abgeschirmt hatte, erschien sie für Laisa, als diese kurz die Augen schloss, wie ein hell leuchtender, blauer Stern. Bekleidet war Berraneh mit einem Mittelding aus Kleid und Talar, das zwar viele Taschen aufwies, aber kein einziges Rangsymbol.

Etwas hinter Berraneh entdeckte Laisa nun auch die blaue Evari und wunderte sich nicht, dass Yahyeh die gleiche magische Ausstrahlung besaß wie Vereen. Irgendwie hatte sie es erwartet.

Berraneh spürte, dass ihr weißer Gast alles genau beobachtete. Dabei saß Laisa so entspannt im Sattel, als befände sie sich bei alten Freunden. Auf jeden Fall war die Katzenfrau gefährlich – und kühn, setzte sie in Gedanken hinzu. Sonst hätte sie es als Weiße niemals gewagt, sich mit Wassarghan anzulegen, einem der sechsunddreißig Erzmagier und Vertrauten Giringars.

Mit einem Anflug von Ärger wischte Berraneh diesen Gedanken beiseite und trat einen Schritt auf Laisa zu. »Sei mir willkommen. Ich garantiere für deine Sicherheit. Das, was es zu erkunden gilt, geht unsere beiden Farben etwas an.«

»Du meinst das weiße Innere des blauen Bergringes?«, fragte Laisa. »Eigentlich hätte euch das schon früher auffallen müssen. N'ghar und ich haben es beide entdeckt.«

Irritiert sah Berraneh sich zu Yahyeh um, doch die machte nur eine hilflose Geste. »Laisa hat die Stelle zusammen mit N'ghar quasi im Vorbeireiten untersucht. Dabei hat sie seine Spürfähigkeiten verstärkt, und so konnte er das Weiß entdecken.«

»Ich sehe, Khaton hat uns eine seiner besten Untergebenen geschickt«, sagte Berraneh, ohne zu wissen, ob sie darüber froh sein sollte oder nicht.

Bei dem Wort »Untergebenen« fauchte Laisa so laut, dass die Katzenmenschen in der Nähe zusammenzuckten. »Ich bin nicht Khatons Untergebene! Ich unterstütze ihn aus freiem Willen, weil es Arbeit gibt, die niemand anderes tun kann als ich.«

Damit aber verwirrte sie die Kommandantin noch mehr. Ihrer Aussage nach hätte Laisa aus dem Weißen Land stammen müssen. Doch dessen magische Schwingung kannte Berraneh. Obwohl Laisa ein kräftiges Weiß ausstrahlte, war sie mit Sicherheit noch nie in Meandirs Reich gewesen.

Das war ein Rätsel, mit dem Berraneh sich zurzeit nicht auseinandersetzen wollte, und daher wies sie mit einer einladenden Geste auf das offene Tor zum nächsten Vorhof.

»Dort könnt ihr eure Pferde den Knechten übergeben. Atra wird euch zu euren Quartieren führen. Ich erwarte euch in einer Stunde in der großen Halle. Dort können wir alles besprechen.«

Im nächsten Augenblick war sie verschwunden. Da Yahyeh sich ebenfalls versetzte, wandten Laisa und die anderen sich einer Katzenmenschenfrau zu, die auf sie zutrat und sie aufforderte, ihr zu folgen.

*

Laisa fand ihr Quartier brauchbar. Man hatte sie in eine Zimmerflucht geführt, die aus einer großen Schlafkammer bestand, in der alle Platz fanden, einem weiteren Raum, in dem sie sitzen, miteinander reden und essen konnten, einer Kammer mit einem Wasserbecken und – weit genug weg, um ihre empfindliche Nase nicht zu stören – einem Abtritt. Am meisten freute sie sich, das N'ghar bei ihnen blieb. Zwar hatte Atra ihm eine andere Unterkunft angeboten, doch er hatte sich dagegen entschieden.

»Irgendjemand muss dir Ratschläge geben können. Zwar glaube ich nicht, dass Berraneh absichtlich Informationen zurückhalten wird. Aber sie sieht in dir die Abgesandte einer Macht, mit der das Blaue Reich unendlich lange Zeit verfeindet war«, erklärte er grinsend und zwinkerte ihr dabei zu.

»Wann gibt es etwas zum Essen? Ich habe Hunger«, brummelte Rongi.

»Das wird sicher nicht mehr lange dauern«, tröstete N'ghar ihn und sah sich dann zu Reolan um.

»Geht es noch?«

»Warum sollte es nicht gehen? Schließlich ist das hier nicht die Schwarze Festung, sondern die Blaue, und diese Farbe hat mich im Grunde noch nie gestört.«

»Die Menschen der Dämmerlande würden anders reden«, wandte Ysobel ein. »Die Weißen hassen uns Violette und die Blauen fast ebenso sehr wie die Schwarzen.«

Laisa fauchte erneut. »Das ist ein verdammter Unfug! Man kann einem anderen nicht einfach den Kopf einschlagen, nur weil er eine andere magische Farbe besitzt.«

»Lange Zeit war es aber so«, erklärte N'ghar. »In den Götterkriegen ging es nicht um einen einfachen Sieg, sondern um die Vernichtung der Gegenseite. Erst als die Götter begriffen, dass das Ergebnis in einer verwüsteten Welt, dem Tod ihrer Anhänger und vielleicht sogar ihrem eigenen bestehen würde, waren sie bereit, Frieden zu schließen. Das Misstrauen besteht jedoch noch immer. Also nimm es Berraneh nicht krumm, wenn sie etwas harsch reagiert.«

»Sie wird das Echo aushalten müssen«, antwortete Laisa ungerührt. »Wird es jetzt nicht Zeit, zu ihr zu gehen? Sie sagte etwas von einer Stunde, und die ist gleich um.«

Wie auf ein geheimes Signal ging die Tür auf, und Atra kam herein. »Die Kommandantin erwartet euch.«

»Hoffentlich gibt es gleich etwas zu essen«, rief Rongi dazwischen.

»Wenn nicht, müssten wir auf unsere eigenen Vorräte zurückgreifen, und dann würde es dauern, bis wir Berraneh Baragains Einladung zu einer Besprechung Folge leisten könnten.« Laisa war zwar neugierig auf das, was die Kommandantin zu berichten wusste, hatte aber nicht vor, sich wie ein Dienstbote behandeln zu lassen. Immerhin wollten die Blauen etwas von ihr und nicht sie von ihnen.

Es wunderte Atra, dass Laisa so forsch auftrat. Immerhin war Berraneh Baragain die Kommandantin der Blauen Festung und damit eine Vertraute Ilynas. Daher hätte dieser weißen Katzenfrau ein wenig mehr Bescheidenheit gut angestanden.

»Ich werde der Kommandantin berichten, dass ihr zu essen wünscht«, erklärte sie mit verbissener Miene.

»Wir wünschen es nicht nur, wir wollen es auch«, gab Rongi fröhlich zurück und sprang mit einem Satz in Laisas Arme.

Die Vertrautheit, mit der das geschah, verwirrte Atra noch mehr. Sie ging nun voraus und führte die Gruppe durch unzählige Korridore, die immer wieder in anderen Korridoren endeten. Der Marsch durch die Festung dauerte Laisa zu lange, und so trat sie mit einem gereizten Fauchen in den Saal, in dem Berraneh und Yahyeh auf sie warteten. Der Raum hätte tausend Leute fassen können, doch die beiden blauen Magierinnen waren allein. Auch Atra verließ den Saal, nachdem sie Laisa und deren Begleitung dort abgeliefert hatte.

»Ich heiße euch noch einmal willkommen«, sagte Berraneh.

»Ich habe Hunger«, gab Rongi mürrisch zurück.

Berraneh hob verwundert die Augenbrauen, als sie den Katling in Laisas Armen sah, nickte dann aber und sendete den Gedankenbefehl in die Küche, das Mahl aufzutragen. »Wir können uns auch während des Essens unterhalten«, erklärte sie, als eine andere Türe aufging und ein gutes Dutzend Schlangenmenschen große Schüsseln und Krüge hereinbrachte.

Kaum hatte Iroka die Schlangenmenschen gesehen, eilte sie zu ihnen hin und sprach sie an. Deren Anführerin hob begütigend die freie Hand. »Lass uns erst unsere Pflicht tun, dann können wir uns unterhalten.«

»Darf ich mit euch kommen?«, flehte Iroka. Ihr war Laisa

noch immer unheimlich, und vor Reolan empfand sie eine Angst, die beinahe an Panik grenzte.

Die Schlangenfrau sah kurz zu Berraneh hin, sah diese nicken und lächelte Iroka zu. »Es steht nichts dagegen, dass du uns begleitest.«

Danach überwachte sie ihre Untergebenen, die den Tisch deckten. »Dies hier sind Speisen aus dem Blauen Land, die auch die violette Dame essen kann. Für das Spitz... äh, den Eirun und die weiße Katzenfrau haben wir Vorräte aus alter Zeit gebracht, die unter Erhaltungszauber standen«, erklärte sie.

Reolan atmete erleichtert auf. Auch wenn ihm blaues Essen im Gegensatz zu schwarzem nicht schadete, zog er es vor, Speisen seiner eigenen Farbe zu verzehren.

Unterdessen nahm Laisa Berraneh gegenüber Platz. N'ghar setzte sich neben sie und brachte mit einem kurzen Blick auch Rongi dazu, sich manierlich hinzusetzen. Dann sah er seine Vorgesetzte verlegen lächelnd an.

»Laisa hat mir das Leben gerettet, als mir ein Trupp gelber Eirun an den Kragen wollte.«

»Yahyeh sagte bereits so etwas.« Berraneh antwortete kurz angebunden, dachte dann aber, dass ihr bester Mann dies nicht verdient hatte, und musterte ihn durchdringend.

»Das ist eine Geschichte, die ich gerne hören würde.«

»Die erzähle ich dir gerne, Kommandantin«, antwortete N'ghar. »Wundere dich aber nicht, denn sie hat mit unserem Feind Gayyad zu tun, der übrigens mit Frong identisch ist. Das haben Laisa und ich herausgefunden. Aber er ist noch viel mehr ...!«

In den nächsten Minuten gab N'ghar einen knappen, aber eindringlichen Bericht über seine Aktion in Flussmaul, dem folgenden Überfall durch die Gilthonian-Eirun und seinem Versuch, die gefangene Priesterin zu befreien.

Berraneh hörte ihm still zu. Als er aber darauf kam, wie Laisa ihm geholfen und dabei auf Gelb-Eirun geschossen und diese verletzt hatte, schüttelte sie ungläubig den Kopf.

»Laisa ist die beste Bogenschützin, die ich je gesehen habe«, setzte N'ghar hinzu. »Ihre Instinkte sind einfach einmalig. Die Spitzohren hatten sich in Unsichtbarkeit gehüllt, aber Laisa hat sie trotzdem getroffen.«

Diese Fähigkeit hatte auch ihr Sohn besessen, schoss es Berraneh durch den Kopf. Wie es aussah, hatte Khatons Botin trotz ihrer starken weißen Ausstrahlung vieles mit Katzenmenschen oder gar Gestaltwandlermagiern gemeinsam.

Laisa freute sich über das Lob, das N'ghar ihr im reichlichen Maße spendete, und warf gelegentlich eine Bemerkung ein, um die Sache von ihrer Warte aus zu schildern. Mit einem Mal aber wurde sie unruhig. Hatte sie nicht eben eine Spur grüner Magie gespürt, und das hier inmitten von so viel Blau, dass man darin schier ertrinken konnte? Sie tastete danach und war sich dann ganz sicher. Hier gab es etwas Grünes, und es drückte Schmerz und Verzweiflung aus.

Als Laisa sich umsah, entdeckte sie im Hintergrund des Saales eine lebensgroße Figurengruppe. Sie stellte eine Katzenfrau, eine Schlangenfrau sowie eine menschliche Kriegerin dar, von denen jede einen Eirun niederkämpfte. Bei einem Eirun nahm Laisa die grüne Spur wahr. Sie kam von der Spitze des kleinen Fingers.

»Was ist das?«, rief sie und unterbrach damit N'ghars Vortrag.

Erst als sie mit der Hand auf die Statuen zeigte, begriff Berraneh, was sie meinte.

»Diese Standbilder sind Überreste einer kriegerischen Zeit und stellen Ilyna in ihren drei Gestalten dar, wie sie symbolisch Meandir, Talien und Tenelin niederkämpft. Mir gefällt die Gruppe nicht besonders. Wer die geschaffen hat, kannte die Göttin nicht gut, und auch ihre Gegner sehen eher wie normale Spitzohren aus denn wie die Herren des Westens.«

»Vielleicht sind es auch normale Spitzohren. Zumindest der Linke ist eines, und zwar versteinert.«

»Unmöglich! Das hätte niemand erlaubt!« Trotz ihrer ablehnenden Worte tastete Berraneh die genannte Statue mit ihren magischen Sinnen ab, fühlte aber nichts.

»Das ist ganz normaler Stein.«

»Das glaube ich nicht!« Laisa stand auf und ging zu den Statuen. Als sie die, von der das Grün stammte, genauer betrachtete, entdeckte sie, dass ein winziges Stück von der Spitze des kleinen Fingers der rechten Hand abgesplittert war. An der Stelle drang die Magie heraus.

N'ghar war ihr gefolgt und konnte es nun selbst erkennen. »Tatsächlich! Was wie Stein aussieht, ist nur ein hauchdünner Überzug aus Kristall. Dieser schirmt zwar den Versteinerten ein wenig gegen die Blaue Festung ab, dennoch dürfte das Spitzohr sich vorkommen, als würde es andauernd in einem blauen Feuer geröstet.«

»Unmöglich«, wiederholte Berraneh, trat aber nun selbst zu der Figurengruppe, und Yahyeh folgte ihr.

Die Kommandantin benötigte ein Spürartefakt, um das schwache Grün zu erkennen, dann aber wurden die blauen Linien in ihrem Gesicht blass. »Bei der Göttin, welch ein Frevel! Im Dämmerlandvertrag wurde eindeutig festgeschrieben, dass alle Gefangenen ausgetauscht werden müssen.«

»Das war aber nur möglich, wenn man die Gefangenen auch als solche erkannte und sie nicht für Standbilder von niemals errungenen Siegen hielt«, spottete Laisa und fragte dann: »Weshalb hat man die Gefangenen eigentlich versteinert?«

»Auf diese Weise waren sie hilflos und brauchten nicht versorgt zu werden«, erklärte Yahyeh an Berranehs Stelle. »Wir haben damals wirklich genau darauf geachtet, jedes versteinerte Spitzohr zu finden, und ich bin sicher, dass auch diese Statuen geprüft wurden. Diese seltsame Hülle aus Kristall hat jedoch verhindert zu erkennen, was unter ihr steckte. Seltsamerweise sind auch die drei Statuen, die Ilyna in ihren verschiedenen Gestalten darstellen sollen, mit demselben Zeug überzogen.«

»Ich wette meine Fleischmahlzeit für die nächsten drei Monate, dass es ebenfalls Versteinerte sind«, sagte Laisa in einem sanften Tonfall, der so gar nicht ihrer Laune entsprach.

Berraneh schüttelte empört den Kopf. »Das würde im Blauen Land niemand wagen!«

»Auch Gayyad nicht?«

»So verderbt kann auch dieser Mann nicht sein.« Jetzt wirkte Berraneh unsicher.

Sie rief Atra zurück und befahl ihr, ein bestimmtes magisches Werkzeug zu holen. Als diese damit erschien, nahm sie es entgegen und begann, in einer Fingerkuppe der Katzenfrau-Statue zu bohren. Nur wenig später splitterte ein kleiner Teil des Kristallüberzugs ab, und sie spürten lebende blaue Magie darunter und die Verzweiflung der Versteinerten.

»Das ist eine fürchterliche Tenelinerei!«, rief Berraneh empört.

»Jenseits des Stromes würde man sagen, Ilynaerei«, konterte Laisa gelassen. »Ich glaube nämlich nicht, dass Tenelin oder einer seiner Leute dafür verantwortlich ist.«

»Bei Ilyna! Das fällt mit Sicherheit auf uns zurück«, rief die Kommandantin entsetzt.

Yahyeh starrte sie hilflos an. »Was sollen wir tun?«

Berraneh betrachtete die Statuen mit einem prüfenden Blick. »Ich lasse unsere Blauen in eine Kammer bringen, in der unsere Schlangen sich um sie kümmern werden. Die Grünen kommen in eine andere, und um die soll ein Abschirmfeld errichtet werden, damit sie vor der Ausstrahlung der Festung geschützt sind. Später werden wir die Spitzohren nach Westen senden. Eine andere Möglichkeit haben wir nicht.«

»Es heißt, Rhondh sei wieder aufgetaucht. Er hat den Fluch von Rhyallun geschaffen und damit ebenfalls gegen die Dämmerlandgesetze verstoßen. Damit gleicht es sich aus«, erklärte Yahyeh im hilflosen Versuch, das Verbrechen an den Grünen kleinzureden.

Unterdessen musterte Berraneh Laisa mit einem nachdenklichen Blick. »Mein Sohn Berrandhor besaß ähnlich gute Spürfähigkeiten wie du. Wie sehr bedauere ich es, dass er von einem Spähritt nicht mehr zurückkehrte. Er hätte die wahre Natur der Statuen ebenfalls entdeckt.«

Noch während Laisa annahm, die Kommandantin würde das nur sagen, um ihre Leistung herabzuwürdigen, trat diese auf sie zu.

»Wo eine solche Tenelinerei ist, kann auch noch eine zweite sein. Wärst du bereit, mir zu helfen, die gesamte Festung zu untersuchen? Mir stockt das Herz, wenn ich daran denke, dass unser gemeinsamer Feind über siebenhundert Jahre Zeit hatte, seine verderblichen Pläne zu verwirklichen.«

Mit dieser Bitte versöhnte Berraneh Laisa wieder. »Das mache ich gerne«, sagte sie erwartungsvoll lächelnd. »Wenn Gayyad hier etwas angestellt hat, werde ich es finden. Seine Magie ist unverkennbar.«

»Berrandhor hat das auch behauptet. Aber ich habe nie begriffen, was er damit meinte.«

Für einige Augenblicke weilte Berraneh in der Vergangenheit und sah ihren Sohn vor sich, der ein ausgezeichneter Gestaltwandlermagier gewesen war, aber am liebsten als Katzenmensch herumlief. Da sie um die Sicherheit der Blauen Festung fürchtete, trat der eigentliche Grund, aus dem sie Laisa gerufen hatte, erst einmal in den Hintergrund.

*

Laisa schaltete das Artefakt mit einem Gedankenbefehl ab, drehte es dann aus der Wand und reichte es N'ghar. »Das ist jetzt das siebzehnte Überwachungsartefakt, das wir gefunden haben, und hoffentlich auch das letzte.«

»Das ergäbe keinen Sinn«, wandte Ysobel ein. »Diese Kristalle sind zu schwach, als dass sie von außerhalb der Festung abgefragt werden könnten. Also muss es noch einen Sender geben. Außerdem haben wir bis jetzt erst siebzehn Stück. Gayyad hat wegen der Zahlenmystik mit Sicherheit mindestens noch einen weiteren angebracht, so dass er auf drei mal sechs kam.«

»Und wo soll dieses achtzehnte Ding sein, vielleicht im Keller?« Laisa fühlte sich durch die Suche erschöpft und reagierte daher gereizt.

»Wir haben noch nicht auf der untersten Sohle nachgesehen«, antwortete N'ghar und verließ die große Kammer, in der sie das letzte Artefakt gefunden hatten.

Draußen wartete Berraneh auf sie. »Wenn ich dich so ansehe, habt ihr wieder etwas gefunden.«

»Ja, das haben wir. Ysobel meint, es müsste noch einen weiteren Kristall geben. Daher will Laisa im Keller nachsehen.«

»Das hier ist bereits der Keller. Weiter unten gibt es nur noch ein paar Kammern, in denen alte Sachen aufbewahrt werden. Ich habe das Türschloss zu diesen Räumen überprüft. Sie sind seit Jahrhunderten nicht mehr betreten worden.«

Berraneh hörte sich so überzeugt an, dass Laisa im ersten

Augenblick zögerte. Dann aber bog sie ihre Lippen zu einem freudlosen Grinsen. »Wir haben sonst überall nachgesehen. Deshalb sollten wir auch noch die letzten Kammern untersuchen.«

»Wenn du meinst.« Mit diesen Worten übernahm Berraneh die Führung und stieg kurz darauf die Treppe zur tiefsten Sohle der Festung hinab. Vor einer wuchtigen Tür aus magisch verdichtetem Kristall blieb sie stehen und wies auf das Schließartefakt.

»Wie ihr seht, hat seit dem Friedensschluss der Götter niemand mehr diese Räume betreten.«

Laisa musterte das Artefakt und folgte unwillkürlich den papierdünnen Bahnen aus Platin, die das Gerät mit dem Schließmechanismus verband. Plötzlich stutzte sie. »An der Stelle sind die Leitungen unterbrochen. Damit aber funktioniert der magische Türöffner nicht.«

»Unmöglich!«, rief Berraneh und wurde sichtlich blass.

Laisa untersuchte die Tür genauer und zeigte auf eine unauffällige Stelle. »Dahinter befindet sich ein anderes Artefakt, und es schmeckt ganz deutlich nach Gayyads verbrannter Magie.«

N'ghar legte ihr die Hand auf die Schulter und stieß einen leisen Ruf aus. »Das hier ist das eigentliche Öffnungsartefakt. Doch den Schlüssel dafür kennt wahrscheinlich nur Gayyad selbst.«

»Vielleicht auch nicht.« Laisas Ehrgeiz war geweckt, und sie tastete das Artefakt ab, bis sie die Stelle fand, an der der magische Schlüssel eingegeben werden musste. Sie spürte ein wenig Blau und Grün, die sie an die Tätowierung der »Erwählten« erinnerten, der fanatischen Anhänger Erulim-Gayyads im Westen.

»Dachte ich es mir doch«, murmelte sie und formte das magische Symbol aus der grünen Magie, die sie noch von dem als

Statue verwendeten Eirun an den Händen hatte, sowie dem Blau, das hier allgegenwärtig war. Gerade noch rechtzeitig erinnerte sie sich an Rogons Bericht, dass in Rhyallun die magischen Farben im Gegensatz zum Westen vertauscht gewesen wären. Daher färbte sie die Speere blau und das davorstehende Schwert grün.

Berraneh beobachtete sie verwirrt. »Sag bloß, du kannst dieses Schloss öffnen?«

»Ich probiere es jedenfalls«, antwortete Laisa und streckte die Hand aus, um die verborgene Kontaktfläche zu berühren. Einige Herzschläge lang starrte sie halb hoffend, halb bangend auf die Tür. Dann erscholl ein leises Summen, und die Tür schwang auf.

Innen glommen Leuchtsteine auf und beschienen einen großen Raum, der fast mannshoch mit etwas gefüllt war, das unter einer großen Plane verborgen lag. Es dauerte einen Augenblick, bis Laisa erkannte, dass die Plane aus Silbergeflecht bestand. Gleichzeitig stupste Ysobel sie an.

»Dort ist das achtzehnte Überwachungsartefakt!«

Laisa wollte es schon abschalten, als sie eine feine Platinleitung entdeckte, die von dort zu einem großen Bündel führte, das auf der Silberplane lag. »Das sollte ich mir wohl vorher ansehen«, meinte sie und warnte Ysobel und N'ghar davor, zu weit in die Kammer einzudringen.

»Ich will nicht, dass die Plane beschädigt wird, denn ich habe das Gefühl, dann könnte etwas geschehen, das uns gar nicht gefällt.«

Während N'ghar kurz auflachte, sah Berraneh Laisa verdattert an. »Wie hast du das gemacht? Einen so komplizierten magischen Schlüssel kann man eigentlich nur mit einem extra dafür angefertigten Artefakt erzeugen. Aber du hast es Kraft deines Willens getan.«

»Laisa kann das eben«, antwortete N'ghar grinsend.

»Berrandhor, mein Sohn, besaß eine ähnliche Gabe, aber in weitaus geringerem Maße. Er hätte aber keinen magischen Schlüssel aus Gegenfarben formen können. Ich …«

Jetzt wandte Laisa sich um. »Könnt ihr nicht ruhig sein? Ich muss mich konzentrieren!«

Als die anderen verstummten, kroch sie mit eingezogenen Krallen auf das Paket zu und untersuchte es. Es war ebenfalls von einem dünnen Silbergeflecht umgeben. Ein Magier wie Khaton hätte es öffnen müssen, um mehr darüber zu erfahren. Laisa gelang es jedoch, mit ihren Sinnen dem winzigen Platindraht in das Innere des Bündels zu folgen, und fühlte sich fast nach Gilthonian versetzt. Auch hier warteten blaue und grüne Kristalle darauf, aufeinanderzutreffen und zu explodieren.

»Ich glaube, das hier wird dich interessieren«, meinte Laisa zu Berraneh. »Wenn das hier in Gang gesetzt wird, gibt es eine hübsche kleine Gegenfarbenexplosion.«

»Und was soll die bewirken?«, fragte Berraneh.

»Das will ich herausfinden. So viel aber kann ich schon sagen: Würdest du oder ein anderer Magier des Ostens versuchen, dieses Ding zu untersuchen, würde es sofort hochgehen. Also haltet brav Abstand, während ich mich darum kümmere.«

Mit einem nervösen Grinsen setzte Laisa ihre Untersuchung fort. Beim Ergebnis wurde ihr beinahe schlecht, und sie schaltete schließlich den Zündkristall unter großem Herzklopfen aus. Erleichtert durchschnitt sie den Platindraht, der den Zünder mit dem Überwachungsartefakt verband, und vermochte auch dieses auszubauen. Dabei stellte sie fest, dass es gleichzeitig ein starker Sender war und ein Empfänger, über den die Explosion der Gegenfarben von außerhalb der Festung hätte in Gang gesetzt werden können. Wie es aussah, hatte Gayyad die Festung nicht betreten müssen, um zu wissen, was sich darin abspielte.

»So, jetzt könnt ihr hereinkommen«, sagte sie zu Berraneh und den anderen.

»Gut gemacht!«, lobte die Kommandantin und betrachtete misstrauisch den riesigen, silberbedeckten Haufen.

»Was kann hier liegen?«

»Ich will die Silberfolie lieber nicht öffnen«, antwortete Laisa und suchte mit ihren magischen Sinnen eine Lücke in der Plane. Doch erst als sie diese an einer Seite ganz leicht lüpfte, erkannte sie, was darunterlag, und hielt erschrocken die Luft an. Was sie feststellte, war noch schlimmer, als sie es bei der ersten Untersuchung mitbekommen hatte.

Erst als sie sich zu den anderen umwandte, wagte sie wieder zu atmen. »Darunter ist Grün – entsetzlich viel giftig schmeckendes Grün!«

Während Berraneh sichtlich schluckte, nickte N'ghar unbewusst. »Dachte ich es mir doch! Es ist eine Bombe, ähnlich wie in Gilthonian. Wenn das hier explodiert, dürfte von der Festung nicht mehr viel übrig bleiben.«

»Richtig! Sobald ein blauer, schwarzer oder violetter Magier hier eingedrungen wäre, hätte das Überwachungsartefakt dies an den Zünder weitergegeben. Danach hätte es hier ganz gewaltig geknallt.«

Bei diesem Gedanken schauderte es Laisa, doch dann begann sie zu grinsen. »Gayyad glaubte, seine Sicherheitsmaßnahmen wären vollkommen. Aber er hat nicht mit mir gerechnet!«

»Zu unserem Glück!« Berraneh wusste nicht, was sie denken sollte. »Wie es aussieht, hat Gayyad hier in der Festung bis zu meiner Ankunft schalten und walten können, wie er wollte. Entweder waren die früheren Kommandantinnen mit ihm im

Bunde oder zu dumm, seine Umtriebe zu erkennen. Ich danke dir, dass du uns von diesem Alptraum befreit hast.«

Mit diesen Worten trat sie auf Laisa zu und umarmte sie.

Die Berührung traf Laisa wie ein Schlag. Endlose Augenblicke spürte sie nichts außer einem ungeheuren Schmerz, der sich immer tiefer in ihr Gehirn hineinbohrte, bis es schier zu zerplatzen drohte. Dann packte sie plötzlich jemand, schleifte sie hinter sich her und warf sie in einen kahlen Käfig. Als sie aufschaute, entdeckte sie am gegenüberliegenden Ende des Gitters eine weiße Eirun, die sie hasserfüllt anstarrte.

He, ich bin doch auch weiß, wollte Laisa sagen, spürte dann aber selbst, dass es nicht stimmte. Sie war zwar noch immer ein Katzenmensch, aber blau und männlich.

»Berrandhor!«, hörte sie eine Stimme rufen, die wie Berraneh klang.

Ich bin Laisa, dachte sie und wollte sich aus dem Blauen lösen. Es ging leichter als gedacht, doch dann flog ihr Geist zu der Weißen hin, und sie sah den Katzenmenschen nun selbst. Er besaß eine gewisse Ähnlichkeit mit N'ghar, wirkte aber älter und erfahrener. Jetzt hob er in einer abwehrenden Geste die rechte Hand.

»Wir sollten Frieden halten, Spitzohr, denn ich glaube, wir besitzen einen gemeinsamen Feind.«

»Wenn dein Feind ein grüner Verräter ist, könntest du recht haben«, antwortete die Eirun herb.

»Mein Feind ist ein blauer Verräter, und bei Ilyna und deinem Meandir, ich wette meine Schwanzspitze, dass er mit deinem Feind in Verbindung steht. Ich habe nämlich Grün an der Stelle gespürt, an der ich ihn gestern entdeckt habe!« Um zu zeigen, dass er keine feindlichen Absichten hegte, setzte der Katzenmann sich und lehnte sich mit dem Rücken gegen das Käfiggitter.

»Ich schätze, er hat uns zu seinem Vergnügen hier eingesperrt und wartet nur darauf, dass wir uns gegenseitig an die Kehlen gehen«, sagte er in einem sanften Ton, der seine Wirkung auf die Weiße nicht verfehlte.

»Wer bist du?«, fragte sie.

Der Blaue deutete eine Verbeugung an. »Ich bin Berrandhor, Sohn des Twalandhor und der Berraneh, Fürstin Baragain im Blauen Land. Und du?«

»Nelaisan, Nelinas Tochter, einst Königin von Erandhon und jetzt Gefangene eines Schuftes, der mich und mein Volk für seine üblen Zwecke missbraucht«, antwortete die Eirun. »Als ich mich seinen Forderungen wiedersetzen wollte, lähmte er mich, sperrte mich in eine Glasfalle und brachte mich hierher. Ich kann nur zu Meandir beten, dass Jadalin in der Lage war, den Heiligen Baum nach meinem Verschwinden zu erhalten. Sonst hat dieser Verräter mein Volk ausgelöscht.«

»Ich hoffe, dass dem nicht so ist«, antwortete Berrandhor mit einem gewissen Mitleid. »Die Götter haben Frieden geschlossen. Daran sollten sich auch ihre Völker halten.«

In dem Augenblick erloschen die Bilder in Laisas Kopf, und sie schreckte hoch. Sie befand sich noch immer im untersten Keller der Blauen Festung. Neben ihr stand Berraneh und hatte die Rechte so in ihre Schulter verkrallt, dass die Schmerzen durch den ganzen Arm zogen. Laisa wollte sich befreien, doch Berraneh hielt sie fest.

»Sieh zu, ob du noch weitere Bilder in deiner Erinnerung findest. Ich fühle, dass sie da sein müssen.«

Unwillkürlich gehorchte Laisa und sah kurz darauf wieder jenen Käfig vor sich. Es musste einige Zeit vergangen sein, denn Nelaisan und Berrandhor saßen nur wenige Schritte voneinander entfernt und erzählten sich gegenseitig Geschichten aus ihrer Vergangenheit. Ein unangenehm riechender, untersetzter Mann in der Tracht eines schwarzmagischen Adepten schlurfte um den Käfig herum und beschimpfte die beiden.

Schließlich zog er zwei Stäbe aus der Tasche, von denen einer schwarze und der andere grüne Magie ausstrahlte, und richtete sie auf die beiden Gefangenen. Nelaisan zuckte zusammen, als schwarze Magie in sie einschlug, und brach vor Schmerzen schreiend zusammen. Besorgt beugte Berrandhor sich über sie, um sie mit seinem Körper gegen ihre Gegenfarbe zu schützen, und wurde von einem dicken Strahl grüner Magie getroffen. Zuerst kämpfte er noch gegen die Qualen an, sank dann aber neben Nelaisan zu Boden. Ihr Peiniger hörte nicht eher auf, bis beide bewusstlos waren, und entfernte sich dann lachend.

Es dauerte eine ganze Weile, bis Nelaisan wieder zu sich kam und sich bewegen konnte. Zuerst schüttelte sie sich wie im Fieber, überwand aber langsam den Gegenfarbenschock und sah sich zu Berrandhor um. Ihm ging es weitaus schlechter als ihr, das spürte sie deutlich. Daher beugte sie sich über ihn, um das Wenige an Heilmagie, das sie noch aufbringen konnte, auf ihn anzuwenden.

Nach einer Weile kam er zu Bewusstsein und sah ihr Gesicht über dem seinen. »Danke«, stöhnte er, als er die heilende Magie erkannte, die ihn durchflutete.

Dann aber entblößte er sein Gebiss und fauchte. »Das hat dieser Kerl nicht umsonst getan, das schwöre ich dir!«

»Wie kann jemand nur so grausam sein?«, flüsterte Nelaisan verzweifelt.

»Daran ist Gayyad schuld. Er ist verrückt, sage ich dir.«

»Das ist Erulim auch.«

Die beiden sprachen noch eine Weile über die beiden Schurken, denen sie ihrer Meinung nach ihre Gefangenschaft verdankten. Ab dem Tag aber war ihr Verhältnis zueinander anders. Die Gefangenschaft vereinte sie mehr, als ihre Farben sie trennten.

Irgendwann seufzte Berrandhor tief. »Gayyad hat irgendwo in der Nähe ein Artefakt angebracht, das mich daran hindert, meine Gestalt zu wechseln. Dabei würde ich so gerne dir ähnlich sehen.«

»Du gefällst mir auch so«, antwortete Nelaisan und schloss ihn in die Arme.

Erneut schien die Zeit zu springen, und Laisa sah das Paar über ein Neugeborenes in Katzenmenschengestalt geneigt, bei dessen Anblick sie es wie ein Schlag durchfuhr. Das war sie selbst!

Neben ihr keuchte Berraneh auf. Dann aber schienen die Tage wie Sekunden zu vergehen, denn das kleine Katzenmädchen wurde größer. Es öffnete die Augen, und seine Zähnchen wuchsen.

Da trat auf einmal Gayyad neben den Käfig, gefolgt von dem Adepten. Er starrte die kleine Laisa ebenso verwundert wie fasziniert an, verwendete dann einen Farberkenner und nickte zufrieden.

»Weiß mit guten Anlagen! Sie wird eine exzellente Dienerin für mich sein. Hol sie heraus!«, befahl er seinem Adlatus.

Dieser öffnete die Tür und trat ein. Nelaisan raffte die Kleine an sich und funkelte ihn zornig an. »Du wirst Nelaisavaneh nicht bekommen!«

Da zog der andere das schwarze Stabartefakt aus der Tasche. »Ich glaube doch!«

Bevor er die Waffe einsetzen konnte, war Berrandhor über ihm und brach ihm das Genick. Noch in der Bewegung sprang der Katzenmann aus dem Käfig und stürzte sich auf Gayyad. Der wurde durch ein starkes Abwehrfeld geschützt, doch trotz der Schmerzen, von denen Berrandhor bei der Berührung geschüttelt wurde, packte er seinen Gegner. Gleichzeitig setzte Nelaisan ihre magischen Kräfte ein.

Einen Augenblick sah es so aus, als könnten die beiden Gayyad überwältigen. Doch der Blaue zog ein Artefakt aus einer Tasche und richtete es auf Berrandhor. Der Katzenmann wurde wie von einer unsichtbaren Faust beiseitegeschleudert und prallte gegen die Käfigstangen. Nur Augenblicke später sank auch Nelaisan schreiend zusammen.

»Ihr seid beide Narren!«, spottete Gayyad. »Ihr dachtet wohl, mich bezwingen zu können wie einen schlichten Wald- und Wiesenmagier. Aber ich bin viel mehr als das. Ich bin auch mehr als alle Evaris zusammen. Ich bin der siebte Gott!«

Er lachte schallend, nahm zwei weitere Artefakte und zwang die beiden durch Beeinflussungsmagie, je einen der Dolche in die Hand zu nehmen, die er ihnen hinwarf, und aufeinander loszugehen. In dem Augenblick, in dem sie sich die Klingen gegenseitig in die Brust stießen, versteinerte er sie.

»Das soll die Strafe dafür sein, dass ihr es gewagt habt, euch gegen mich aufzulehnen. Nun seid ihr für ewig das Symbol meiner Unbesiegbarkeit!« Noch während Gayyad es sagte, schoss das Katzenmädchen aus dem Käfig, sprang ihn an und verbiss sich in seine rechte Hand, die noch das Versteinerungsartefakt hielt.

Gayyad stieß einen Schmerzensschrei aus und versuchte, die Kleine abzuschütteln. Laisas Zähne mochten noch kurz sein, aber sie waren scharf und ihr Biss fest. Erst nach einigen Augenblicken vermochte er ihre Kiefer aufzubrechen. Bevor sie ein weiteres Mal auf ihn losgehen konnte, setzte er das Versteinerungsartefakt ein und sah zu, wie die Kleine erstarrte.

»So ein Biest«, sagte er erleichtert. Gleichzeitig tastete er nach seinem Schutzfeldartefakt, um es zu prüfen. »Es ist in Ordnung«, rief er verwundert. »Wie ist das kleine Monstrum da durchgekommen?«

Für Augenblicke sah es so aus, als wolle er das Katzenkind wieder entsteinern, um diesem Geheimnis auf die Spur zu kommen. Dann aber winkte er ab, richtete ein anderes Artefakt auf seinen toten Knecht. Ein blendender Strahl schlug in dem Leichnam ein und löste ihn spurlos auf. Dann schob Gayyad die versteinerte Laisa in den Käfig, schloss diesen zu und verließ den Raum.

Fast schien es jetzt, als würden die Bilder erlöschen. Doch da flammte in einer Ecke des Raumes ein goldener Schein auf und schwebte auf den Käfig zu. Dieser öffnete sich wie von selbst. Das goldene Leuchten umhüllte Laisa, und sie begann zu schweben. Etwas Strahlendes, das einer Hand glich, strich über die Stirn des Katzenmädchens, und gleichzeitig floss etwas von dem Gold in den Körper des Kindes.

»Wenn die Zeit gekommen ist, wirst du dich an das erinnern, was ich dir jetzt mitteile«, hörte Laisa eine sanfte Stimme. Einen Augenblick lang sah sie noch einen goldenen Stern, dann war es vorbei.

Mit einem kläglichen Maunzen wandte Laisa sich an Berraneh. »Das kann doch nicht wirklich so gewesen sein! Oder doch?«

»Ich glaube doch«, antwortete Berraneh wie unter einem Schock stehend. »Du trägst das Erbe einer weißen Eirun-Königin in dir, aber auch das Erbe meines Sohnes Berrandhor. Ich kann nicht sagen, dass es mich freut, eine weiße Enkelin zu besitzen, doch du bist die Letzte aus meiner Sippe, die mir verblieben ist. Das werde ich niemals vergessen. Allerdings spüre ich, dass du nicht die geringste magische Ausbildung erhalten hast. Das werden wir ändern, bevor du dich daranmachst, das

Ringgebirge zu überwinden. Dieser Lümmel N'ghar kann seine Studien ebenfalls fortsetzen!«

Laisa war zu schockiert, um widersprechen zu können. Ihre Gedanken galten den Eltern, die irgendwo versteinert standen, und sie hob ihre Hand zum Schwur.

»Gleichgültig, wo du Nelaisan und Berrandhor auch versteckt hast, Gayyad. Ich werde sie finden und retten!«

»Ich werde dir dabei helfen, und wenn wir dabei bis in die Seelenhallen der Götter vordringen müssten.« N'ghar reichte ihr die Hand und verzog seine Lippen zu etwas, das einem Grinsen gleichkommen sollte.

»Jetzt sollten wir aber erst einmal zusehen, dass wir was zu essen bekommen. Sonst verhungert uns Rongi noch – und ich mit ihm!«

»Kannst du denn nichts ernst nehmen?«, schalt Berraneh, spürte aber selbst, dass N'ghars Bemerkung die Beklemmung in ihr gelöst hatte. Sie musterte ihre Enkelin nun eingehender und fand, dass es schlimmer hätte kommen können. Wenigstens stand Laisa nicht auf der gegnerischen Seite, und sie kam mit Blauen und auch Violetten gut aus.

Achtes Kapitel

Norensill

Dem Kapitän der entkommenen Flussmaulgaleere war klar, dass er nicht mit der Nachricht von dieser beschämenden Niederlage nach Flussmaul zurückkehren durfte. Für Versager gab es bei Tolmon Kren nur eine Strafe, und die vollzog der Scharfrichter mit dem Beil.

Aus diesem Grund beschloss Karrat, die nahe Freistadt Norensill anzulaufen. Mit deren Silldhar war er befreundet und wusste, dass dieser ihm helfen würde. Seine Männer waren ebenfalls froh, nach Norensill zu kommen. Zwar hatten sie Tolmon Krens Zorn weniger zu fürchten als ihr Kapitän, aber mit einem derart überladenen Schiff in die Heimat zu fahren war allen zu riskant. Jeder kleine Sturm hätte die Galeere zum Sinken gebracht. Außerdem waren da auch noch die Schlangenmenschen der nördlichen Sümpfe, die jede Gelegenheit ausnutzten, um sich für die Sklavenjagden zu rächen, zu denen Tolmon Kren seine Schiffer häufig aussandte.

Während die einfachen Matrosen in den Schenken Norensills den gescheiterten Angriff auf Rogons Schiffe mit viel Wein, Bier und Schnaps zu vergessen suchten, ließ Karrat sich bei Ferdik, dem Herrn der Stadt, melden. Dieser empfing ihn in einem Raum, in dem drei halb nackte Sklavinnen ihnen eine große Auswahl an Speisen vorlegten und Wein eingossen.

»Willkommen, Karrat! War eure letzte Fahrt erfolgreich?«, begrüßte der Silldhar seinen Freund.

Karrat zischte wie eine gereizte Schlange. »Wir sind mit drei Schnellruderern losgefahren und mit einem zurückgekommen! Sagt das nicht genug? Außerdem sind Tolok und Lakkal tot. Meandir soll diesen Blauen und die gelben Spitzohren holen.«

»Das hört sich nicht gut an.« Ferdik befahl den Sklavinnen zu verschwinden und beugte sich zu Karrat hinüber. »Berichte. Was ist geschehen?«

Dieser Aufforderung kam der Flussmäuler wortreich nach. Als die Rede auf die mindestens sechshundert Sklaven kam, die Rogon nach Süden brachte, schüttelte Ferdik verwundert den Kopf. »Habt ihr nicht daran gedacht, die Leute einzufangen? Ein guter Sklave ist mehr als einen Goldfirin wert. Ihr hättet an diesen Leuten gut genug verdient, um euch einige neue Galeeren bauen zu lassen.«

»Von den Sklaven hatten wir keine Ahnung«, bekannte Karrat. »Uns ging es um den Blauen und seine violette Begleiterin. Die sollten wir entführen.«

Ferdik fasste sich an den Kopf. »Ihr seid – verzeih mir, wenn ich das sage – wie Tölpel vorgegangen. Wäre ich eingeweiht gewesen, hätte ich die Thane-Mündung überwachen und euch informieren können. Drei Galeeren waren außerdem zu wenig für diesen Überfall. Ihr hättet mindestens sechs, besser sogar neun Stück gebraucht, um mit den Spitzohren fertig zu werden.«

»Das hatte ich vorgeschlagen, aber Tolok wollte es anders.« Es fiel Karrat leicht, alle Verantwortung für den misslungenen Überfall Tolmon Krens totem Sohn in die Schuhe zu schieben.

»Mit schnellen Galeeren und doppelter Rudermannschaft können wir diesen Sklaventransport noch einholen«, fuhr er fort. »Wenn du mir hilfst, Ferdik, kannst du alle Sklaven haben. Ich will nur diesen Blauen, das violette Weibsstück und diese beiden seltsamen Wesen, die die Steuerleute der anderen Galeere niedergemacht und mir das Schiff vor den Rammsporn gelenkt haben.«

»Nur die Sklaven? Das lohnt nicht einmal den Aufwand!« Damit begann Ferdik das Feilschen um den Preis, den er für seine Unterstützung haben wollte. Ihm ging es dabei weniger um Geld als um etwas ganz anderes.

»Höre mir gut zu! Dieser misslungene Überfall ist für Tolmon Kren eine fürchterliche Blamage. Dazu ist auch noch sein Sohn gefallen. Das kann einige der anderen Türme von Flussmaul dazu bringen, sich zu fragen, ob sie ihn noch im Rang des ersten Turmes der Stadt belassen sollen.«

»Tolmon Kren hat auch noch andere Söhne«, wandte Karrat ein.

»Ja, aber von Sklavinnen und nicht von einer Frau aus einem der anderen hohen Türme. Bis jetzt konnte Tolmon Kren auf die Unterstützung der verschwägerten Sippe bauen. Doch um sich weiterhin in Flussmaul zu behaupten, braucht er einen spektakulären Erfolg. Ich werde ihm dazu verhelfen, aber ich fordere meinen Preis.«

»Und der wäre?« Karrat war bereit, nach jedem Strohhalm zu greifen, um nicht als Verlierer mit der Nachricht von Toloks Tod zu dessen Vater zurückkehren zu müssen.

»Ich helfe euch diesmal mit meinen Schiffen und Kriegern, dafür helft ihr mir ein andermal mit euren Schiffen und Kriegern«, antwortete Ferdik lächelnd.

»Wie soll ich das verstehen?«, fragte Karrat verwirrt.

»Es geht um Andhir«, erklärte Ferdik. »König Rogar hat die Flüsse, die durch sein Land fließen, für meine Schiffe sperren lassen und bringt seine Tempelabgaben und die seiner Nachbarn mit eigenen Schiffen nach Edessin Dareh. Diese fahren im Konvoi und werden von Kriegsgaleeren eskortiert. Ich habe einmal versucht, einen solchen Transport abzufangen. Zwar konnte ich drei ihrer Frachter versenken, verlor dabei aber zwei meiner Galeeren. Als Vergeltung hat Rogar zwei meiner Außenposten an seinen Grenzen angegriffen und sein Einflussgebiet so bis auf zwanzig Meilen vor Norensill ausgedehnt. Ich muss diesen Kerl vernichten, sonst wird er zu einer Gefahr, und zwar nicht nur für mich.«

»Wir können keinen Krieg gegen ein anderes Land führen«, wandte Karrat ein.

Sein Gastgeber begann leise zu lachen. »Das verlange ich auch nicht. Helft mir, Rogars Schiffe und seine Festungen an den Flüssen zu zerstören, das reicht mir schon. Sobald seine Macht erschüttert ist, wird er stürzen. Er ist ein Landfremder, und der andhirische Adel und die dortige Priesterschaft mögen ihn nicht. Sie werden mir dankbar sein, wenn ich ihnen dazu verhelfe, eine Frau aus der alten Herrschersippe auf den Thron zu bringen. Sogar eine Heirat mit ihr wäre für mich möglich.«

»Dann erhebe ich mein Glas auf den baldigen König Ferdik von Andhir!« Karrat hatte sich entschieden. Durch einen Raubkrieg mit ertragreichen Sklavenjagden würde er Tolmon Kren zufriedenstellen können. Doch vorher musste Ferdik ihm helfen, den Blauen zu fangen, auf den Toloks Auftraggeber Frong so versessen war.

Neuntes Kapitel

Die Ödlande

Ohne zu ahnen, dass sich in ihrem Rücken bereits weiteres Unheil zusammenbraute, fuhren Tirah und Rogon mit den Eirun-Schiffen stromabwärts. Obwohl sie selbst und die befreiten Sklaven die Farben des Ostens trugen, steuerten Arelinon und seine Gefährten die erste Lotsenstation am Goldufer des Toisserech an. Der Osten war ihnen fremd, und sie wollten auch nicht, dass es hieß, Eirun hätten den Großen Strom überschritten. Kreaturen wie Gayyad hätten dies ausschlachten und für ihre finsteren Zwecke verwenden können.

Rogon musste sich daher zurückhalten und Arelinon die Verhandlungen mit den Lotsen überlassen. Ihre Situation war nicht einfach, denn es lagen einige Goisen-Schiffe sowie Barken aus den Reichen des goldenen Westens im Hafen, und deren Besatzungen starrten nicht gerade freundlich zu ihnen herüber.

»Was wollt ihr mit diesem Ostgesindel? Werft es in den Strom!«, rief ein Adeliger aus einem grünen Reich, der sich von Rogons Blau und dem der befreiten Sklaven gereizt fühlte.

»Genau! Schmeißt sie ins Wasser und lasst sie an ihr eigenes Ufer schwimmen«, stimmte ihm ein anderer zu. Einige Goisen lachten, denn der Strom war an dieser Stelle etliche Meilen breit, und nur ein guter Schwimmer konnte hoffen, das andere Ufer zu erreichen.

Erst als Arelinon in Begleitung eines Lotsen zurückkam, verstummten die Leute. Der Eirun wandte sich mit einer bedauernden Geste an Rogon.

»Man rät uns, bis zur letzten Lotsenstation vor dem Heiligen See weiterzufahren und dort zu warten, bis entschieden ist, ob unsere Schiffe den See befahren dürfen.«

»So ist es«, bestätigte der Lotse. »Bislang hat noch kein Schiff der Eirun den See befahren. Unsere Meister müssen daher die alten Verträge studieren, ob dies überhaupt statthaft ist. Ihr werdet euch in der neuen Lotsenstation gewiss wohler fühlen als hier an der Grenze zwischen den Ödlanden und den Menschenreichen. Die Anlegestelle dort wurde erst vor kurzem eingerichtet und wird noch nicht von vielen Schiffen benutzt.«

Rogon warf Tirah einen kurzen Blick zu und sah sie nicken. »Also gut«, sagte er. »Fahren wir dorthin. Ich hoffe nur, dass wir nicht zu lange warten müssen.«

»Dies wird gewiss nicht geschehen«, versprach der Lotse. »Sollte die Entscheidung gegen die Eirun-Schiffe fallen, werden wir dafür sorgen, dass eure Passagiere von Schiffen eurer eigenen Farbe übernommen und nach Edessin Dareh gebracht werden.«

»... und von dort aus weiter nach Süden«, setzte Tirah den Satz in ihrem Sinne fort. Dann legte sie ihre Rechte auf Rogons Schulter. »Ich bin froh, wenn wir von hier wegkommen. Sonst müsste ich ein paar der lautesten Schreier das Maul stopfen.«

Während Rogon, aber auch Arelinon über diesen Ausspruch lächelten, huschte ein abweisender Ausdruck über das durchscheinende Gesicht des Lotsen. »Ihr werdet den Frieden unserer Stationen einhalten!«, sagte er scharf.

»Das werden wir«, versprach Rogon. »Allerdings werden wir

uns zur Wehr setzen, wenn andere uns gegenüber diesen Frieden brechen.«

Tirah wusste, dass diese Warnung weniger den Schiffern der goldenen Seite galt als vielmehr den Flussmäulern. Zwar hatten diese es bislang noch nicht gewagt, eine Station der Lotsen vom Heiligen See anzugreifen, aber mittlerweile trauten sie diesem Piratenvolk alles Schlechte zu.

Nachdem die Entscheidung zur Weiterfahrt gefallen war, verließen sie umgehend die Station. Arelinons Schiff legte als Erstes ab, und die anderen folgten diesem im Abstand von je einer Schiffslänge. Ein Lotse kam mit ihnen, denn er wollte weiter nach Edessin Dareh reisen, um sich dort mit seinen Oberhäuptern zu beraten.

Als es Abend wurde, standen Tirah und Rogon Arm in Arm an der Reling und blickten auf den Strom hinaus, dessen Wasser für magisch Begabte in allen sechs magischen Farben leuchtete.

»Warum kommt es hier eigentlich nicht zu Gegenfarbenexplosionen?«, fragte Zakk, der sich zu den beiden gesellt hatte. Er zeigte auf eine Stelle, an der gerade Weiß und Schwarz zusammentrafen.

»Die Konzentration der Magie ist zu gering, zudem dämpft das Wasser die Wirkung der magischen Farben«, erklärte ihm Tirah.

»Wenn man den Strom so betrachtet und sieht, wie die Farben sich hier vermischen, könnte man fast sagen, dass er die beiden Ufer eher verbindet, als sie zu trennen«, sagte Rogon aus einem Gedanken heraus.

»Auf was für Ideen du kommst«, spottete Tirah, wurde dann aber ernst. »Irgendwie hast du recht. Würde Frieden herrschen, könnten die Ödlande zu beiden Seiten des Stromes wieder kultiviert und besiedelt werden.«

»Aber erst, wenn wir genug eigene Siedler im Süden haben und Hannez' kühner Plan verwirklicht ist, ein Reich aus fünf ehemaligen Fürstentümern zu bilden«, antwortete Rogon nachdenklich.

Er selbst glaubte zwar nicht daran, dass seinem Großvater dieser Streich gelingen könnte. Andererseits hatten sie über sechshundert befreite Sklaven an Bord, und das war fast ein Zehntel dessen, was sie benötigten, um die Bedingung des blauen Tempels von Edessin Dareh für ein Fürstentum zu erfüllen.

»Es wird noch einen harten Kampf geben«, murmelte er.

»Mit den grünen Eindringlingen, die nicht weichen wollen?«, fragte Tirah.

Rogon schüttelte den Kopf. »Mit den Priesterinnen des blauen Tempels. Notfalls müssen wir uns wirklich an T'wool wenden, damit es uns und unser Recht unterstützt.«

»Ich würde die Hilfe Königin Marilas von Marangree vorziehen. Sie ist eine Nachfahrin meiner Schwester und mir aus verschiedensten Gründen verpflichtet. Ihr Wort wiegt schwer in der Heiligen Stadt.«

»Ihr Land liegt zu weit weg, Tirah«, gab Rogon zu bedenken. »Es kann sein, dass ein t'woolisches Schwert nützlicher für uns ist als Marilas Rat aus der Ferne.«

»Vor allem aber sollten wir auf uns selbst bauen. Ich bin Tirah und ich weiß, wie ich ein Heer zum Sieg führen muss, mag es klein oder groß sein.« Ein gewisser Stolz auf ihre mehr als tausendjährige Erfahrung sprach aus ihren Worten.

Lächelnd sah sie Rogon an. »Du darfst auch dich nicht außer Acht lassen. Deine Fähigkeiten mögen in den magischen Stürmen von Rhyallun und Gilthonian gelitten haben, dennoch bist du noch immer Rogon a'Gree und ein kühner Krieger. Du vermagst Menschen für deine Sache zu begeistern, und deine Stimme flößt den Feinden Furcht ein. Wir brauchen den blauen Tempel und die Leute, die er zu den Fürsten des Südens ernennen will, nicht zu fürchten.«

»Ich hoffe, du hast recht.« Rogon atmete tief durch und sagte sich, dass er das Heute nicht durch das Morgen belasten lassen sollte. Daher zog er Tirah an sich und küsste sie.

Zakk hatte die beiden beobachtet und schlich nun grinsend davon. Wie es aussah, brauchte Rogon dringend eine Aufmunterung, und Tirah schien bereit zu sein, ihm diese zu geben.

*

Die letzte Lotsenstation vor dem See bestand aus einem einzigen Gebäude, und der Anlegesteg war so kurz, dass nur zwei von Rogons Barken daran vertäut werden konnten. Zwei weitere wurden außen an diesen festgebunden und an ihnen die beiden letzten, die nun weit in den Strom hineinragten.

Von dieser Stelle aus war bereits der Heilige See zu sehen. Rogon glaubte ihn auch zu spüren. Dennoch erschien es ihm fast, als würden seine Spähfähigkeiten von diesem Wasser fast völlig gehemmt.

Verärgert wandte er sich an Tirah. »Die Station ist zu klein, als dass alle Leute von Bord gehen und sich die Beine vertreten könnten. Außerdem darf keine Leine reißen, sonst trägt die Strömung das betroffene Boot in den See hinein und geht dort ohne Lotsen unter.«

»Die Leinen sind fest, denn die Spitzohren haben jedes Schiff doppelt und dreifach gesichert«, beruhigte Tirah ihn.

»Auch sind es keine normalen Schiffe, sondern wurden von uns gebaut und besitzen einen eigenen Geist. Sie wissen, dass sie den See ohne unseren ausdrücklichen Befehl nicht befahren dürfen.« Arelinon hatte Rogons Bemerkung ebenfalls gehört und kam herbei, um seine Bedenken zu zerstreuen.

»Wollen wir es hoffen«, brummte Rogon und spürte fast im gleichen Augenblick, wie drei magische Personen in der Lotsenstation von Schrecken und Trauer erfasst wurden.

»Da ist etwas passiert«, rief er, sprang von Bord und lief den Steg entlang auf das Gebäude zu. Dort standen der Lotse, der mit ihnen gekommen war, und zwei seiner Gefährten. Alle drei strahlten Entsetzen aus.

»Gibt es Probleme?«, fragte Rogon besorgt.

»Zwei unserer jüngeren Gefährten sind in der Nacht spurlos verschwunden«, antwortete einer der beiden Lotsen aus der Station.

»Wurden sie über den Strom verschleppt?«, fragte Rogon.

Der andere schüttelte den Kopf. »Das hätten wir bemerkt. Es muss eines der Ungeheuer aus den Ödlanden gewesen sein. Dabei haben wir angenommen, unsere Abschirmung wäre stark genug, um die Bestien von der Station fernzuhalten.«

»Eure Abschirmung kann giftige Magie fernhalten, aber keine lebenden Wesen. Ihr hättet Krieger hierherbringen müssen, die euch schützen«, wies Tirah den Lotsen zurecht.

»Das ist uns leider nicht möglich. Wir dürfen den Verträgen zufolge keine Krieger in unsere Dienste nehmen. Uns schützt unser Ruf als Lotsen des Heiligen Sees.«

»Der euch in diesem Fall nicht das Geringste geholfen hat.« Rogon ging um das Gebäude herum und musterte die Abschirmkristalle. Sie schienen in Ordnung zu sein. Dann aber blieb er stehen und sah sich zwei der Artefakte genauer an. Im Gegensatz zu den anderen waren deren Magiespeicher fast leer.

»Hier ist jemand gegangen«, meldete sich Jade, die zu ihm aufgeschlossen hatte. »Ich rieche die Spur. Es müssen die beiden Nachwuchslotsen gewesen sein.«

»Wahrscheinlich wollten sie nach den Artefakten schauen«, schloss Rogon aus ihren Worten.

»Kann sein. Aber da war noch etwas anderes. Bäh, hat der gestunken!«

Jades Bemerkung brachte Rogon dazu, zu schnuppern. Dann aber begriff er, dass seine Katze nicht den Geruch des Wesens gemeint hatte, sondern dessen magische Ausstrahlung. Diese war derart von giftiger Ödlandmagie durchdrungen, dass sich sein Magen vor Ekel verkrampfte.

Dennoch überschritt Rogon die magische Barriere, die die Lotsenstation gegen die Umgebung abschirmte, und wies auf eine sandige Stelle. »Sie waren zu dritt und haben den beiden Nachwuchslotsen an dieser Stelle aufgelauert. Wahrscheinlich wurden die beiden sofort überwältigt. Wann ist es eigentlich passiert?«

Die Frage galt dem Lotsen, der ihnen mit Arelinon zusammen gefolgt war.

»Ich weiß es nicht«, antwortete dieser. »Es muss in der Nacht gewesen sein. Als ich erwachte, waren sie fort. Eines ist jedoch seltsam: Irgendwann in der Nacht haben mich entsetzliche Alpträume gequält, in denen ich glaubte, sterben zu müssen. Am Morgen fühlte ich mich lange wie betäubt und habe das Fehlen meiner jungen Kollegen erst später bemerkt.«

Rogon richtete seine magischen Sinne auf den Lotsen, wurde von diesem aber sofort abgeblockt. Dennoch konnte er feststellen, dass dessen magischer Pegel so niedrig war, als hätte er erst vor kurzem mehrere kraftraubende Zauber gesprochen.

»Wirklich seltsam …«, murmelte er und folgte der zunächst noch gut sichtbaren Spur. Kurz darauf aber traf er auf festen Boden, auf dem keine Fußspuren mehr zu erkennen waren. Dafür aber spürte er eine Verwerfung in der umgebenden Magie, die sich wie ein schmales Band in der Ferne verlor.

»Hier sind sie gegangen ...« Rogon überlegte kurz und kehrte dann zu Tirah zurück, die innerhalb der Barriere gewartet hatte.

»Ich glaube, ich kann der Spur folgen. Wer immer es war, hat etwa vierzehn bis sechzehn Stunden Vorsprung. Da sie die beiden Nachwuchslotsen bei sich haben, werden sie nicht so schnell vorwärtskommen. Daher habe ich eine Chance.«

»Du willst in die Ödlande hinein?« Bei dem Gedanken schüttelte es Tirah, doch Rogon antwortete mit einem freudlosen Grinsen.

»Als Sung, der Heiler, mich zu deinem Tempel führte, bescheinigte er mir eine ungewöhnliche Robustheit gegen Ödlandmagie, und giftiger als dort im Osten wird es hier auch nicht sein.«

»Ich komme mit«, erklärte Tirah, obwohl es ihr vor der durch Kriegsmagie vergifteten Wildnis graute.

»Das kannst du nicht«, wandte Rogon ein.

Sie sah ihn hilflos an. »Hast du vergessen, dass wir beide zusammenhängen? Ich muss mit dir kommen, ob du willst oder nicht. Wenn das magische Band zwischen uns reißt, werde ich sterben.«

Als Rogon das klarwurde, wollte er schon aufgeben. Dann aber dachte er an die beiden jungen Lotsen, deren Schicksal damit besiegelt wäre, und nickte.

»Also gut! Dein Abschirmartefakt wird dich hoffentlich schützen. Doch wenn es nicht mehr geht, kehren wir um. Das musst du mir versprechen.«

»Das tue ich.« Tirah lächelte, denn sie wusste, dass sie gegen Kriegsmagie unempfindlicher war als die meisten magisch Begabten oder gar Menschen.

Während Rogon und sie ihre Ausrüstung zusammenstellten, sahen ihnen Arelinon und der Lotse fassungslos zu.

»Ihr wollt es wirklich wagen?«, fragte dieser.

»Siehst du hier jemand anderen, der deinen Leuten helfen kann?«, antwortete Rogon mit einer Gegenfrage.

Arelinon schüttelte sich. »Aber die giftige Magie! Ich würde es nicht wagen, obwohl ich als Eirun um einiges mehr aushalte als ein menschenblütiger Magier.«

Trotz seiner Worte sah der Eirun für einige Augenblicke so aus, als überlege er mitzukommen. Dann aber trat er einen Schritt zurück und ließ Rogon und Tirah gehen.

Die beiden mussten sich noch mit Jade und Bernstein auseinandersetzen. »Wir wollen mit«, meldeten sich beide und drängten sich an Rogon.

»Das geht nicht«, antwortete dieser. »Ihr würdet die Giftmagie nicht lange aushalten.«

»Aber ich könnte doch hoch über dem Gift fliegen«, wandte Bernstein ein.

»Du kannst nicht tagelang in der Luft bleiben. Außerdem müsstest du mindestens zwei bis drei Meilen hoch fliegen und könntest uns dort oben kaum eine Hilfe sein. Ihr bleibt beide bei Tibi, Keke und Zakk zurück. Verstanden?« Rogon klang scharf, denn er wollte nicht noch mehr Zeit durch Diskussionen verlieren.

Während seine tierischen Gefährten beleidigt abzogen, nickte er Tirah zu und fiel dann in einen raumgreifenden Laufschritt, den er stundenlang durchhalten konnte. Tirah folgte ihm, und für eine gewisse Zeit unterhielten sie sich, um Atem zu sparen, nur auf geistigem Weg.

»Wie lange werden wir brauchen, um diese Leute einzuholen?«, fragte Tirah.

»Das kommt darauf an, wie schnell sie und wir vorwärtskommen. Die Ödlande sind schließlich kein Palastgarten. Drüben hatten wir es mit einem hässlichen Untier zu tun, das Sung bis zur Unkenntlichkeit zerfleischt hat.«

Rogons Antwort brachte Tirah dazu, ihren Bogen und drei Pfeile in die Hand zu nehmen, um kampfbereit zu sein, falls ihnen etwas in den Weg trat. Rogon ließ seine Sinne schweifen, um ihre Umgebung zu überwachen, doch er entdeckte zunächst nicht mehr als ein paar rattengroße Nager.

*

Nicht lange, da wurde es Nacht, und das Land begann sogar für schwachmagisch Begabte in schrillen Farben zu leuchten. Tirah stöhnte auf, als sie in der Nähe einen kräftigen gelben Fleck entdeckte. Als Rogon genau darauf zuhielt, schüttelte sie den Kopf.

»Da komme ich trotz des Abschirmartefaktes nicht hindurch.«

Angespannt verfolgte Rogon die magische Spur der Lotsenentführer und bog kurz vor der Quelle der gelben Magie ab. »Wir schlagen einen Bogen um das Feld und treffen weiter vorne wieder auf die Fährte.«

»Es tut mir leid, dass wir meinetwegen Zeit verlieren«, antwortete Tirah bedauernd.

»So viel ist es auch wieder nicht.« Rogon lachte und lief weiter. Das magische Leuchten erhellte die Umgebung, und so konnten sie ihre Geschwindigkeit beibehalten.

Auf einmal spürte Rogon etwas Gelbes in ihrer Nähe, das rasch auf Tirah zuschoss. Er versetzte ihr einen Stoß, der sie zur Seite taumeln ließ, riss sein Schwert heraus und schlug zu. Es war eine armlange Schlange, die sein Schlag in zwei Hälften trennte.

»Danke. Das Biest fühlt sich verdammt giftig an«, rief Tirah erleichtert.

Rogon antwortete nicht, sondern starrte verblüfft auf die

beiden Schlangenteile. »Das gibt es doch nicht! Das Ding lebt noch, und der hintere Teil bildet eben einen neuen Kopf. Gleich haben wir hier zwei Schlangen statt einer.«

»Dann sollten wir schnellstens verschwinden!« Mit diesen Worten lief Tirah weiter.

Rogon folgte ihr, griff aber mit seinen Spürsinnen immer wieder nach hinten zu den beiden Schlangen, die aus der einen entstanden waren. Wie es aussah, waren die Tiere noch nicht in der Lage, ihnen zu folgen, und nach einer Weile krochen sie langsam in eine andere Richtung davon.

»Das ist noch einmal gutgegangen«, sagte er mit einem erleichterten Auflachen.

»Sind wir noch auf der Spur?«, fragte Tirah.

»Die ist in den letzten Stunden um einiges deutlicher geworden. Wir sind schneller als die Entführer.« Rogon war zufrieden, denn es sah so aus, als hätten sie bereits ein paar Stunden auf den Vorsprung der anderen aufgeholt.

Eine Weile später erreichten sie die Stelle, an der die Verfolgten gelagert hatten. Die Asche eines Lagerfeuers und Essensreste verrieten ihnen, dass die Entführer der beiden Nachwuchslotsen nicht mit Verfolgern rechneten. Auch deuteten die Spuren auf fünf Leute hin. Zwei davon waren gefesselt, die drei anderen mussten den Fußabdrücken zufolge, die hier deutlich abgebildet waren, menschliche Gestalt besitzen. Also waren die Lotsenschüler nicht von Ungeheuern geraubt worden, sondern von einem Magier und zweien seiner Adepten.

»Mit drei Schurken werden wir fertig«, erklärte Tirah, nachdem sie die Lagerstelle untersucht hatten. Als es dann weiterging, hatte sich der Vorsprung der anderen noch einmal um ein paar Stunden verringert.

»Das wird leider nicht lange anhalten, denn wir müssen bald

eine Pause einlegen.« Tirah ärgerte sich, weil es ihr zunehmend schwerer fiel, das rasche Tempo beizubehalten.

Zwar spürte Rogon noch keine Müdigkeit, doch er fühlte, wie sein Körper zunehmend gegen die Ödlandmagie ankämpfte. »Wir haben noch ein paar Stunden Nacht, also sollten wir jetzt ruhen und bei Tagesanbruch die Verfolgung fortsetzen«, schlug er seiner Gefährtin vor.

Tirah suchte instinktiv eine Stelle, an der die Ödlandmagie schwächer strahlte, und ließ sich dort nieder. »Jetzt könnte ich einen Happen vertragen.«

»Schade, dass wir keine Vorratsglasfallen besitzen.« Rogon öffnete den Beutel, den er auf dem Rücken trug, und holte die Wasserflasche heraus. »Hier, nimm. Wir werden es aber einteilen müssen. Ich glaube nämlich nicht, dass uns das Wasser hier in den Ödlanden bekommen würde.«

Tirah lachte kurz auf, trank einen Schluck und reichte die Lederflasche an Rogon zurück. Auch der ließ ein wenig Wasser über die Lippen rinnen und teilte anschließend etwas Brot und Fleisch zwischen ihnen auf. Den Rest steckte er mit einem bedauernden Seufzer wieder in den Beutel zurück.

»Ich habe einen Hunger, dass ich einen ganzen Ghirgarüssler verschlingen könnte. Aber wir müssen haushalten.«

»Wir brauchen in dieser Umgebung mehr Kraft als sonst. Hoffentlich stellt sich das nicht als Nachteil für uns heraus.«

»Den Entführern dürfte es kaum besser gehen«, sagte Rogon abwinkend und fragte, wer von ihnen als Erster schlafen sollte.

»Du. Ich wecke dich in zwei Stunden. Dann schlafe ich den Rest der Nacht, und am Morgen laufen wir weiter. Glaubst du, dass wir uns ein Frühstück leisten können?«

Rogon musterte kurz ihre Vorräte und wiegte zweifelnd den Kopf. »Einen Schluck Wasser und einen Bissen Brot, mehr aber nicht.«

»Das ist wenigstens etwas. Und jetzt schlaf. Gute Nacht.« Mit diesen Worten setzte Tirah sich auf einen Felsen und spähte in die selbst für sie unheimlich wirkende Umgebung hinein. Rogon schloss die Augen und fiel ansatzlos in einen leichten Schlaf, aus dem er jederzeit geweckt werden konnte.

Am nächsten Morgen tranken Tirah und Rogon je einen Schluck Wasser und brachen auf. Noch war die magische Spur gut zu erkennen, aber sie hatten mehrere Stunden verloren. Sie konnten diejenigen, die sie verfolgten, nur dann noch am gleichen Tag einholen, wenn diese entweder an ihr Ziel gelangten oder irgendwo länger verweilten. Ihr einziger Vorteil war, dass sie sich keinen Pfad durch das Ödland suchen mussten, denn die Entführer der Junglotsen hatten unwegsame oder gefährliche Stellen gemieden.

Gegen Mittag hielten sie für ein paar Minuten inne, um eine Kleinigkeit zu sich zu nehmen. Rogon blickte dabei düster nach vorne. »Seit geraumer Zeit führt der Weg nach Süden. Ich hoffe, die Schurken gelangen irgendwann an ihr Ziel, sonst rennen wir in einer Woche noch durch dieses elende Gebiet.«

»So lange halten wir nicht durch«, antwortete Tirah mit einem spöttischen Auflachen. »Außerdem glaube ich nicht, dass die Entführer in den Ödlanden bleiben wollen. Bislang streben sie immer noch rasch und zügig voran und lagern nur wenige Stunden in der Nacht.«

»Vielleicht vertragen sie die Ödlandmagie nicht«, antwortete Rogon, aber er wusste, dass dies zumindest für jenes Wesen nicht galt, welches die seltsame magische Spur hinterlassen hatte. An einer Stelle hatte er dessen Ausscheidungen entdeckt, und die hatten widerlich nach konzentrierter Ödlandmagie gestunken.

»Wir sollten schneller laufen«, schlug Tirah vor und beschleunigte ihr Tempo.

Rogon folgte ihr mit zusammengekniffenen Lippen, denn er bedauerte immer mehr, den Entführern gefolgt zu sein.

*

Zwei Tage später folgten sie immer noch den Entführern. Tirah schwankte trotz der ihr zufließenden Magie vor Erschöpfung, und Rogons Laune hatte ihren Tiefpunkt erreicht. Dennoch war er weniger denn je bereit aufzugeben. Die Verfolgten waren nur noch wenige Stunden vor ihnen und zudem weitaus langsamer geworden.

»Hast du eine Ahnung, wo wir uns befinden?«, fragte Rogon, als sie einen Augenblick anhielten, um Atem zu schöpfen.

Tirah sah sich um und zuckte dann mit den Schultern. »Wir müssen die Ödlande westlich des Heiligen Sees erreicht haben, mehr kann ich dir nicht sagen. Wir können zehn Meilen vom Seeufer entfernt sein, aber auch fünfzig oder hundert.«

»Wenn wir uns ostwärts wenden, müssten wir also auf den See treffen.«

»Ja, aber das bringt uns nichts«, sagte Tirah. »Die Ufer des Sees sind nicht besiedelt, und es gibt auch keine Lotsen dort, die uns nach Edessin Dareh bringen könnten. Uns bleibt nichts anderes übrig, als zu dem Ort zurückzukehren, von dem wir aufgebrochen sind.«

»Aber hoffentlich nicht allein«, antwortete er verbissen. Er hatte diese Jagd begonnen und wollte sie erfolgreich beenden.

Unterdessen musterte Tirah die Umgebung und schüttelte irritiert den Kopf. »Merkst du das auch?«

»Was?«, fragte Rogon und begriff im nächsten Moment, was sie meinte. »Oh ja! Die Konzentration an giftiger Ödlandmagie ist geringer geworden, und weiter vorne spüre ich überhaupt keine mehr. Das Land dort ist ganz normal weiß.«

»Das ist unmöglich!«, rief Tirah. »Wir sind hier mitten im Herzen der westlichen Ödlande. Hier kann es keine reine Magie geben.«

»Tut es aber.« Rogon wunderte sich darüber, doch sie würden dieses Rätsel lösen, indem sie einfach weitergingen. Kurz darauf sah er einen Fluss vor sich, an dessen anderem Ufer sich kleine Felder erstreckten. Dahinter lag ein Hügel, vor dem mehrere einfache Hütten standen.

»Kannst du dir einen Reim darauf machen?«, fragte Rogon und erntete von Tirah ein Kopfschütteln.

»Nein, aber ich bin auch nur eine Kriegerin. Für magische Dinge bist du zuständig.«

»Wir sollten in Deckung gehen. Die Leute sehen zwar friedlich aus, aber wer junge Lotsen entführt, dem traue ich nicht über den Weg.« Bei diesen Worten zog Rogon seine Gefährtin hinter einen großen Busch, der zu ihrer Überraschung ganz normale Beeren trug.

Tirah zupfte eine ab, probierte sie und sah Rogon an. »An denen ist kein Ödlandgift. Man kann man sie unbesorgt essen.«

Da Rogon sich voll auf die kleine Siedlung konzentrierte, schüttelte er nur den Kopf. »Die Leute dort sind alle magisch begabt. Ich spüre weiße und gelbe Menschen. Es ist sogar eine Blaue dabei.«

»Was ist mit den Entführern?«, wollte Tirah wissen, während sie weitere Beeren pflückte.

»Ich kann sie nicht finden. Aber sie müssen drüben sein, denn ihre Spur endet dort.«

»Hier, iss ein paar Beeren. Wir haben in den letzten Tagen genug gedarbt.« Damit ließ Tirah etliche Früchte in Rogons Hand rollen.

Er aß sie, ohne hinzuschauen, denn er konzentrierte sich auf das Dorf am anderen Ufer. Doch er konnte nur zehn Leute bei den Hütten erkennen, die sich ihren Gesten nach eifrig zu unterhalten schienen. Nun wünschte er sich Jade herbei, doch ihm war klar, dass die Katze den Weg durch die Ödlande nicht überlebt hätte. Während er die letzten Beeren auslutschte, legte er sich einen Plan zurecht.

»Wir gehen ein Stück flussaufwärts und setzen an einer Stelle über, an der wir von den Leuten dort nicht gesehen werden können. Dann schleichen wir uns im Schutz der Nacht an die Häuser heran.«

Tirah überlegte kurz und schüttelte den Kopf. »Mit dem Überqueren des Flusses bin ich einverstanden. Aber ich würde mich den Leuten offen und bei Tageslicht nähern. Vielleicht können wir mit ihnen reden und ihnen klarmachen, dass sie die Junglotsen freilassen müssen.«

»Nun gut. Ich bin sowieso gespannt darauf, weshalb sie die entführt haben«, sagte Rogon und erhob sich.

»He! Es sind noch Beeren an dem Busch«, beschwerte Tirah sich, als Rogon weiterging.

»Wenn wir die noch essen wollen, kommen wir nicht mehr bei Tageslicht zu den Hütten.«

Tirah zupfte schnell noch ein paar Beeren ab und aß diese im Gehen. »Ich frage mich, ob diese Leute diese Gegend hier von der Ödlandmagie gereinigt haben.«

»Genau das will ich herausfinden. Vor allem aber interessiert mich, wie sie es schaffen, das giftige Zeug fernzuhalten. Ich habe keine magische Abwehrbarriere entdeckt.«

Ein Teil des Rätsels löste sich, als sie weiter flussaufwärts das Ufer erreichten und Rogon die Hand hineinsteckte, um die Magie des Gewässers zu überprüfen. »In diesem Wasser schwingt feinstes Weiß mit. Der Fluss oder einer seiner Nebenläufe muss Quellen in einem Eirun-Land besitzen.«

»Das müsste Marandhil sein! Aber das liegt meines Wissens ziemlich weit von hier entfernt.«

»Wie auch immer – diesen Fluss können wir gefahrlos überqueren.« Rogon legte seine Waffen und sein Bündel ab und wickelte sie in seine Decke.

»Sollten wir nicht eine Furt suchen?«, fragte Tirah.

»Das Stück werden wir wohl schwimmen können.« Da Rogon keine Zeit verlieren wollte, stieg er ins Wasser. Es fühlte sich viel angenehmer an, als er erwartet hatte. Er kam gut voran und erreichte das andere Ufer ein ganzes Stück vor Tirah. Als diese aus dem Fluss stieg, trug er Schwert und Bogen bereits wieder auf dem Rücken und hatte das Bündel mit ihren zusammengeschmolzenen Vorräten so verstaut, dass es ihn am wenigsten behinderte.

Tirah nickte anerkennend. »Sehr gut. Das ist das Erste, was ein Krieger tun muss – kampfbereit sein.«

Auch sie legte ihr Schwertgehänge wieder um und befestigte ihr Bündel auf dem Rücken. Dann deutete sie auf den Fluss. »Hier gibt es ziemlich große Fische. Sollten wir einen fangen und braten? Die Zeit haben wir doch noch.«

»Aber nur, weil ich zur Eile gedrängt habe«, antwortete Rogon grinsend und versuchte, einen der Fische mit der Hand zu erwischen. Das flinke Tier schlüpfte jedoch durch seine zugreifende Hand.

»So macht man das«, spottete Tirah, griff ins Wasser und holte einen armlangen Fisch heraus.

»Das ist unfair«, beschwerte sich Rogon. »Du hast nämlich gewusst, wohin er schwimmen würde.«

»Man muss seine Fähigkeiten einsetzen, wo man sie braucht«, gab Tirah lachend zurück. »Such jetzt Holz. Ich nehme inzwischen den Fisch aus.«

Rogon folgte ihrem Rat, und so brannte kurze Zeit später

ein kleines Feuer, über dem der Fisch überraschend schnell briet. Als das Tier gar war, aßen sie mit gutem Appetit, beseitigten anschließend die Spuren ihres Aufenthalts und gingen mit raschen Schritten in Richtung der Hütten.

Kurz vor der Abenddämmerung erreichten sie das Dorf und gaben sich dabei den Anschein harmloser Wanderer. Als die Leute sie entdeckten, rannten sie schreiend zu einer Hütte, die halb in eine Hügelflanke hinein gebaut worden war, und verschwanden darin.

»Ich wusste gar nicht, dass wir so erschreckend wirken«, sagte Rogon verblüfft.

»Es steckt mehr dahinter, als wir uns vorgestellt haben«, antwortete Tirah. »Auf jeden Fall sollten wir vorsichtig sein.«

Rogon spürte, dass sie sich auf ihre magischen Fähigkeiten konzentrierte, und beneidete sie um ihre ausgezeichnete Schulung. Im Gegensatz zu ihr musste er sich auf seine Instinkte verlassen und konnte nur hoffen, dass diese ihn nicht trogen.

»Dort vorne tut sich was.« Da Tirah eine Winzigkeit in die Zukunft blicken konnte, entdeckte sie den Mann, noch bevor dieser die Türe öffnete und heraustrat.

Sofort schlug Rogon die ekelhafte Ausstrahlung des Wesens entgegen, dessen Spur er gefolgt war. »Der Kerl scheint hier so etwas wie der Anführer zu sein«, raunte er Tirah zu und behielt den Magier genau im Auge.

Zwei weitere Personen kamen zur Tür heraus, ein großer, kräftig gebauter Mann und eine nur wenig kleinere Frau mit wallendem, gelbem Haar. Sie überragten ihren Anführer beinahe um Haupteslänge und waren mit einem Schwert und einer Axt bewaffnet. Alle drei sahen so misstrauisch drein, dass Tirah unwillkürlich zu spotten begann.

»Viel Besuch scheinen die hier nicht zu bekommen.«

»Ich würde eher behaupten: gar keinen. Außer uns dürfte

keiner so verrückt sein, die Ödlande zu durchqueren – und den Weg am Flussufer entlang kennt niemand.« Rogon ließ die drei Gestalten bei der Hütte nicht aus den Augen. Diese sahen nicht so aus, als würde die Sache hier ohne Kampf ablaufen. Da er jedoch Tirah und seinen eigenen Fähigkeiten vertraute, trat er festen Schrittes auf die anderen zu.

»Ilyna zum Gruß«, sagte er, obwohl das hochgewachsene Paar das Gelb Taliens trug. Ihren Anführer konnte er nicht genau einordnen, da er zu sehr nach der Ödlandmagie stank, nahm aber an, dass dieser weiß war.

»Wer seid ihr, und was wollt ihr hier?«, fragte der Mann scharf.

Rogon beschloss, nicht lange um den heißen Brei herumzureden. »Wir verfolgen ein paar Schurken, die zwei junge Lotsen entführt haben.«

»Durch die Ödlande? Das schafft niemand!« Der Mann fixierte Rogon dabei mit seinem Blick. Zwar besaß er gewisse Spürfähigkeiten, doch konnte er nur erkennen, dass Rogon von blaumagischer Farbe war und ein gewisses magisches Talent besaß.

»Jüngelchen, jetzt lüg mich nicht an! Du und das Weib seid Sklaven eines der hohen Herrschaften in einem Land weiter oben am Fluss gewesen. Es hat euch dort nicht mehr gefallen. Daher seid ihr ausgerückt und dem schmalen Streifen am Flussufer gefolgt, der nicht durch Ödlandmagie vergiftet ist.«

Mit dieser Aussage verriet er, dass er und seine Leute über diesen Weg hierhergekommen sein mussten. Was sie hier taten, konnte Rogon nicht erkennen. Eines aber war ihm klar: Niemand entführte einen Lotsen vom Heiligen See, ohne Konsequenzen tragen zu müssen.

»Eine schöne Geschichte«, antwortete er bewusst von oben herab. »Sie hat nur einen Haken: Sie entspricht nicht der

Wirklichkeit. Wir haben dich und deine beiden Helfer von der Lotsenstation am Seeeingang bis hierher verfolgt, und wir werden nicht ohne die beiden entführten Lotsen zurückkehren.«

»Dann werdet ihr nirgendwohin mehr gehen!« Noch während der Mann sprach, griff er Tirah und Rogon auf magischem Weg an.

Tirah stöhnte auf, als plötzlich eine größere Menge Magie aus ihr herausgerissen und auf den Mann zugezogen wurde. Bei Rogon dauerte es einen Hauch länger, dann verlor auch er immer mehr Magie an den Kerl.

»Das ist ein Magiefresser!«, rief Tirah aus und griff zum Schwert, um auf den anderen loszugehen.

Sofort traten dessen Leibwächter mehrere Schritte vor und stellten sich vor ihn. Gleichzeitig erhöhte der Magieräuber seinen Zug, und Tirah brach schreiend zusammen. Auch Rogon spürte, wie seine Knie weich wurden. Er verlor sogar noch mehr Magie, weil ein Teil zu Tirah hinüberfloss, um deren geraubte Magie zu ersetzen.

Der Magiefresser glaubte bereits, gewonnen zu haben, und setzte zu seinem letzten Angriff an, mit dem er Tirah und Rogon umbringen wollte. Da spürte Rogon, wie etwas befremdlich Eigenständiges in ihm erwachte. Der Abfluss seiner Magie endete auf einen Schlag, und er griff selbst nach dem Schurken, um sich die verlorene Magie zurückzuholen.

Er überraschte den anderen und riss ein Gemisch aus seinem Blau, Tirahs Violett und schmutzig giftigem Weiß an sich. Ihm wurde übel, doch er saugte weiter und sah, wie sein Gegner erblasste.

»Der Kerl ist dasselbe wie ich«, stöhnte der Magiefresser und erhöhte seine Anstrengungen.

Für einige unendlich erscheinende Augenblicke war es ein

Kampf zwischen zwei gleichwertigen Gegnern, bei dem keiner einen Vorteil gewann. Doch mit der Zeit gelang es Rogon, den Strom der Magie an sich zu ziehen. Gleichzeitig schob er etwas von dem Violett und Blau Tirah zu, damit sie wieder auf die Beine kam.

Als der Magieräuber merkte, dass er gegen Rogon den Kürzeren ziehen würde, kreischte er auf. »Tötet ihn, rasch!«

Sein Leibwächterpaar setzte sich mit erhobenen Waffen in Bewegung, um Rogon niederzuschlagen. Da kämpfte Tirah sich trotz ihrer Schwäche auf die Beine und zog ihr Schwert. »Ihn kriegt ihr nur über meine Leiche.«

»Das wird schneller sein, als du denkst, violetter Schmutz«, höhnte die gelbe Frau und schlug zu.

Tirahs Fähigkeit, einen Hauch weit in die Zukunft zu sehen, half ihr, der Klinge auszuweichen. Gleichzeitig schlug sie mit letzter Kraft zu und traf die Gelbe an der Schulter. Normalerweise wäre die Wunde zu leicht gewesen, um die Gelbe ernsthaft zu verletzen, doch der Zauber der violetten Klinge ließ die Frau bewusstlos zusammensinken.

Als der Mann seine Gefährtin fallen sah, stürmte er außer sich vor Wut auf Tirah zu. Diese trat einen Schritt zur Seite, ließ die schwere Axt an sich vorbeipfeifen und stieß dem Kerl die Klinge in den Leib. Im Gegensatz zu der Frau war der Mann sofort tot.

Tirah beachtete die beiden nicht weiter, sondern trat auf den Magieräuber zu, der sich verzweifelt gegen Rogons Kräfte zur Wehr setzte. Mit einem kurzen Blick nahm sie Maß, schwang ihr Schwert und trennte dem Weißen mit einem Hieb den Kopf ab.

Der Kampf war vorbei. Aber Rogon begriff es zunächst noch nicht. Erst als Tirah ihm eine Ohrfeige versetzte, hörte er auf, Magie an sich zu raffen.

»Das war knapp«, stöhnte er. »Ich fühle mich, als hätte Tenelin mich beim Spiel als Ball benutzt.«

Tirah musterte ihn und fand, dass er bleich aussah. Seine Augen wirkten eingefallen und wiesen dunkle Schatten auf. Auch klagte er über heftige Kopfschmerzen.

Mit einem erleichterten Seufzer wies sie mit ihrer Klinge auf den toten Magieräuber. »Sei froh, dass dir der Kopf noch weh tun kann. Dem hier tut er es nicht mehr.«

»Was für ein ekelhafter Kerl!« Rogon schüttelte sich und versuchte dann, sich ein paar klare Gedanken abzuringen. »Wenn die anderen hier ähnliche Kräfte besitzen wie dieser hier, dann muss Ilyna uns beistehen, damit wir das hier überstehen.«

»Das glaube ich nicht«, antwortete Tirah. »Solche Kerle dulden niemanden in ihrer Nähe, der ihnen gefährlich werden kann. Komm, schauen wir uns die Hütte an. Oder bist du zu entkräftet?«

Da Rogon nicht als Schwächling erscheinen wollte, riss er sich zusammen und trat auf die Tür zu. Tirah schlüpfte vor ihm hinein und hielt das Schwert zum Schlag bereit. Doch da war niemand. Im nächsten Augenblick entdeckte sie eine Tür in der hinteren Wand, durch die man offensichtlich in den Hügel hineingehen konnte.

»Die haben sich eine Höhle gegraben! Kein schlechter Gedanke, denn dort sind sie vor magischen Stürmen aus den Ödlanden geschützt«, sagte Tirah und öffnete die Tür. Vor ihnen lag ein gut zehn Schritte langer Gang, der vor einer weiteren Tür endete.

»Ich spüre einiges an Silber«, murmelte Rogon. »Es umfasst mehr Raum als alle Hütten dort draußen zusammen.«

»Entweder ist es ein magisches Versteck oder ein Schutzraum gegen die Ödlandmagie.« Tirah durchquerte den Gang, riss die Tür auf und streckte ihr Schwert hinein. Der Angriff, den sie erwartet hatte, unterblieb. Stattdessen sah sie schreckensstarre Gesichter vor sich, mit Augen, in denen eine entsetzliche Angst zu lesen war. Tirah zählte zehn Frauen und die beiden Junglotsen, eine Frau und einen Mann, die ihr sichtlich verwirrt entgegenblickten.

Nun trat Tirah ganz in den Raum und winkte Rogon, ihr zu folgen. Er musterte kurz die Leute und stellte fest, dass acht der weißen, eine der gelben und eine der blauen Farbe angehörten. Obwohl alle über den Durschnitt magisch begabt waren, wirkten sie auf Rogon stark geschwächt.

Der Lotse und die Lotsin waren mit silbernen Fesseln auf je einer Pritsche festgebunden. Es gab ein gutes Dutzend weiterer solcher Pritschen, und an der Decke entdeckte Rogon die Reste eines Artefaktes, dessen Wirkungsweise nicht mehr zu erkennen war. Die gesamte Höhle einschließlich der Eingangstür war mit dünnem Silberflitter ausgekleidet, um sie magisch von der Umwelt abzuschotten.

»Kann mir einer sagen, was hier vorgeht?«, fragte Rogon scharf.

Während die gelbmagisch Begabte sich hinter den weißen Frauen versteckte, schoben diese die Blaue nach vorne.

»Rede du mit ihm«, hörte Rogon sie flüstern. »Er besitzt doch dieselbe Farbe wie du.«

Ängstlich wandte die blaue Frau sich Rogon zu. »Wer seid Ihr, und was habt Ihr mit uns vor?«

»Ich würde gerne wissen, wer ihr seid und warum ihr euch an diesem Ort befindet«, antwortete Rogon.

Die andere warf einen kurzen, hasserfüllten Blick nach oben zu dem zerstörten Artefakt, dann sah sie wieder Rogon an. »Ihr dürft den anderen nichts tun, nur weil sie die Farben des Westens tragen. Sie sind genauso Opfer wie ich und haben es nicht verdient, noch einmal versklavt zu werden und als magische Melkkühe dienen zu müssen.«

»Du meinst, dieser Magiesauger hat sich euch als Futter gehalten?«, rief Rogon entsetzt.

Die andere nickte bedrückt. »Ja, aber erst später. Zuerst waren wir die Sklaven eines weißen Magiers, der uns mit Hilfe jenes Artefaktes dort oben die Magie entzogen und in Kristallen gesammelt hat. Wir alle wurden von Magiern angesprochen, die uns versprachen, uns auszubilden, so dass wir als Heiler, Tierbändiger oder Ähnliches unser Auskommen finden könnten. Bei mir war es ein blauer, bei den anderen ein weißer oder gelber Magier.«

»Hieß dieser Magier Gayyad oder Frong?«, fragte Rogon.

Die andere schüttelte den Kopf. »Er nannte sich Tissuren.«

»Eigenartig«, sagte Rogon zu Tirah. »Ich hätte gewettet, dass unser Feind dahintersteckt.«

»Dazu passen aber der weiße und der gelbe Magier nicht«, antwortete Tirah und forderte die Blaue auf, weiterzusprechen.

»Einige Sklaven ertrugen es nicht, hier eingesperrt zu sein, und starben. Daher holte sich der Magier, den wir nur als Meister kannten, immer wieder neue Opfer. Zu der letzten Lieferung gehörte auch Walondhan, der sich kurz darauf als Magieräuber entpuppte. Er tötete den Meister mit seiner Fähigkeit, und wir glaubten uns zunächst gerettet. Doch dann fand Walondhan Gefallen daran, sich von unseren magischen Kräften zu ernähren, und so blieben wir weiterhin Sklaven. Drei von uns, die sich dagegen auflehnten, haben er und seine beiden Helfer umgebracht. Da sein Hunger nach Magie immer stärker wurde, nahm er auch Ödlandmagie auf, musste diese aber mit unserer mischen, um sie vertragen zu können. Als zwei von uns an magischer Auszehrung gestorben sind, hat er beschlossen, sie zu ersetzen, und die beiden da geraubt.«

Die Frau wies dabei auf das Lotsenpaar, das erst jetzt begriff, dass Tirah und Rogon Freunde sein könnten.

»So war es«, erklärte die junge Lotsin. »Mein Kamerad und ich waren für die Abschirmartefakte zuständig, die unsere Station gegen die Ödlandmagie schützen sollten. Eines Nachts bemerkten wir, dass mehrere Artefakte nicht mehr richtig arbeiteten, und liefen hin, um nachzusehen. Da griff uns dieses Ungeheuer an und entriss uns unsere magische Kraft. Wir konnten uns nicht wehren und auch keinen magischen Hilfeschrei ausstoßen. Seine beiden Begleiter haben uns hierhergetragen, während er selbst die Ödlandmagie aufgesaugt hat, bevor sie seinen Kumpanen oder uns schaden konnte.«

»Tenelin – oder in seinem Fall besser – Giringar soll ihn holen«, knurrte Rogon und machte sich daran, die beiden Lotsen zu befreien.

Diese sahen ihn noch immer etwas ängstlich an. »Wie seid ihr mit diesem Ungeheuer fertig geworden?«

»Mein Gefährte besitzt gewisse Abschirmfähigkeiten, mit denen er ihm standhalten konnte. Ich habe sein Helferpaar getötet und ihm dann den Kopf abgeschlagen«, erklärte Tirah, weil sie verhindern wollte, dass Rogon ebenfalls in den Ruf geriet, ein Magieräuber zu sein.

»Was machen wir jetzt?«, fragte Rogon. »Diese Gruppe können wir niemals durch die Ödlande bis zur Lotsenstation führen.«

»Nicht durch die Ödlande!«, stieß die junge Lotsin aus. »Das halten wir nicht aus. Es war beim ersten Mal schon entsetzlich genug.«

Auch die anderen wehrten diesen Vorschlag entsetzt ab. Nur die Blaue, die sich als Milwah vorstellte, zeigte sich bereit,

Tirah und Rogon zu folgen, um wieder auf ihre Seite des Großen Stromes zu gelangen.

»Wir können sie doch nicht einfach hierlassen«, rief Rogon schließlich genervt.

Tirah hob mit einer beruhigenden Geste die Hand. »Einen Teil vielleicht doch. Diese Stelle liegt gut versteckt, so dass niemand auf den Gedanken kommen wird, hier nachzusehen. Später kann Khaton jemand schicken, der sich um diese Leute kümmert. Er braucht dringend Helfer, und die Frauen hier eignen sich dazu.«

»Ich kehre nicht ohne die beiden Lotsen zurück.«

»Das müsst Ihr nicht, Herr«, rief die Lotsin. »Es gibt einen Weg. Die Magie des Flusses verhindert, dass das Wasser ebenso giftig wird wie das Ödland. Wir könnten daher ein Floß bauen und damit bis zum Heiligen See hinab fahren.«

»Von dort kommen wir aber nicht weiter«, gab Rogon zu bedenken.

»Wenn wir am See sind, können wir Kontakt zu anderen Lotsen aufnehmen und werden Hilfe erhalten«, antwortete der junge Lotse.

Rogon sah Tirah an. »So könnte es gehen.«

»Machen wir uns an die Arbeit. Ein Floß ist rasch gebaut. Wenn wir es groß genug machen, können wir vielleicht doch alle mitnehmen.«

Da schüttelten die Weißen und die Gelbe den Kopf. »Wir bleiben lieber hier. Dieses Versteck kennt niemand, dessen hat unser ›Meister‹ sich immer gerühmt. Selbst sein Oberhaupt Nekabar, so sagte er, wisse nicht, wo er sich befinde. Wir haben Angst vor diesen Leuten und wollen ihnen nicht noch einmal in die Hände fallen.«

»Das ist verständlich.« Rogon fand, dass ein kleineres Floß schneller zusammengestellt war als ein großes, denn er hatte auf einmal das Gefühl, als müsse er so rasch wie möglich zu den Eirun-Barken zurückkehren.

*

Als Rogon wieder ins Freie trat, vernahm er ein leises Wimmern. Er drehte sich um und sah, dass die gelbe Frau noch lebte. Noch während er sie betrachtete, kam eine Weiße aus der Hütte und beugte sich schützend über die Verletzte.

»Tötet sie nicht, bitte. Sie ist nicht schlecht, sondern hat sich dem Magieräuber angeschlossen, um nicht selbst von ihm gefressen zu werden.«

Rogon wechselte kurz einen Blick mit Tirah und sah, wie diese mit den Achseln zuckte. Dann nickte er der Weißen zu. »Von mir aus kann sie am Leben bleiben.«

»Danke, Herr.« Die Weiße rief mehrere ihrer Gefährtinnen heraus und begann, die Verletzte zu verbinden.

Rogon kümmerte sich nicht weiter um die beiden, sondern betrachtete den toten Magieräuber. Auch wenn nur starke und gut ausgebildete Magier die Fähigkeit besaßen, dem Tod zu trotzen und sich wiederzubeleben, wollte er kein Risiko eingehen.

»Sammelt Holz und verbrennt die Leiche«, wies er die befreiten Frauen an. Während diese noch zögerten, griffen die beiden Junglotsen sofort zu.

»Dieser Kerl war entsetzlich. Ich dachte jeden Augenblick, ich müsse sterben«, flüsterte die Lotsin und blickte Tirah und Rogon dankbar an.

»Ihr seid gewiss sehr froh, dass Eure Begleiterin ihren kühlen Kopf behalten und das Haupt dieses Schurken abgeschlagen hat.«

Offensichtlich maß die Frau Tirah den größeren Verdienst

an ihrer Befreiung zu, doch das war ihm recht. Seine Fähigkeit, selbst mit einem Magieräuber fertig zu werden, musste geheim bleiben. Daher nickte er. »Darüber bin ich wirklich froh. Nur sollten wir uns beeilen. Es drängt mich, diese Stelle zu verlassen.«

»Wir sollten uns auf dein Gespür verlassen«, stimmte ihm Tirah zu und schleppte ebenfalls Holz für den Scheiterhaufen herbei.

Auch Rogon beteiligte sich an dieser Arbeit, und so brannte kurz darauf ein Feuer, das heiß genug war, um die Überreste des toten Magieräubers zur Gänze zu verzehren. Noch während dies geschah, fertigten die beiden Nachwuchslotsen ein Floß an, das groß genug war für sie beide, Tirah, Rogon und die blaue Tierbändigerin Milwah.

Zehntes Kapitel

Die Gestaltwandlerin

Laisa saß auf der Plattform des höchsten Turmes der Blauen Festung, hielt einen mit Milch gefüllten Pokal in der Hand und blickte nachdenklich ins Land hinein. »Die Aussicht von hier ist beeindruckend«, sagte sie, obwohl ihre Aufmerksamkeit vor allem den blau schimmernden Bergen galt, die über dem westlichen Horizont aufragten. Ein Teil davon gehörte bereits zu dem ominösen Ringgebirge, dessen Rätsel sie auf Berranehs und Yahyehs Wunsch lösen sollte.

»Die Aussicht ist wirklich schön«, bestätigte Berraneh, die neben Laisa auf einem bequemen Stuhl saß. Die beiden waren allein, und jede fühlte sich befangen. Es war schließlich Laisa, die die Rede auf das brachte, was sie beide beschäftigte.

»So lange ich zurückdenken kann, habe ich mir gewünscht zu erfahren, wo ich wirklich herstamme. Bei Groms Stamm fühlte ich mich immer ein wenig fremd.«

»Du musst mir später einmal von diesen Leuten erzählen«, erklärte Berraneh. »Mich wundert, wie du dorthin gekommen bist. Das Letzte, was ich in deiner Erinnerung fand, war, dass Gayyad dich versteinert hat.«

Laisa hob den Kopf und musterte ihre Großmutter verwundert. Wie es aussah, hatte Berraneh nichts von dem goldenen Licht mitbekommen, hinter dem sich ihre Retterin verborgen hatte. Mehr denn je überkam Laisa das Gefühl, Teil eines großen Planes zu sein, den sie weder kannte noch durchschauen konnte.

»Meine Erinnerungen beginnen erst in Groms Lager. Seine Schwester Tinka hat sich meiner angenommen und mich aufgezogen. Wenn sie zornig auf mich war, schimpfte sie mich den schrecklichsten Katling, den es je in ihrem Dorf gegeben hat.«

Laisas Stimme klang weich, und für Augenblicke überkam sie der Wunsch, ihre Ziehmutter und deren Bruder noch einmal zu sehen.

»Auf jeden Fall habe ich keinerlei Erfahrung damit, wie es ist, Verwandte zu haben«, setzte sie etwas schnoddrig hinzu.

»Deine magische Farbe verkompliziert die Sache natürlich«, gab Berraneh zu. »Aber du bist eine Baragain, so, wie ich eine bin und mein Sohn einer war.«

»Berrandhor ist nicht tot. Er kann gerettet werden, ebenso wie Nelaisan.«

»Gebe Ilyna, dass es so kommt.« Berraneh seufzte, denn sie vermisste ihren Sohn. Zu wissen, dass er von Gayyad zu ewigem Schmerz verurteilt worden war, bedrückte sie.

»Irgendwann werde ich sie finden, und wenn ich Gayyad dazu fangen und ihn aus seiner Haut schälen muss, damit er bekennt, wo meine Eltern zu finden sind.«

Laisa bleckte kurz die Zähne und wies dann auf das ferne Ringgebirge. »Jetzt werden wir erst einmal dieses Geheimnis lüften.«

»Aber erst, nachdem ich dich so weit ausgebildet habe, wie es sich für eine Gestaltwandlermagierin der Baragain gehört«, schränkte Berraneh ein.

»Weshalb glaubst du, dass ich eine Gestaltwandlerin sein soll?«, fragte Laisa, die mit ihrer Erscheinung als Katze mehr als zufrieden war.

»Weil wir Baragains alle gute Gestaltwandler sind.« Berraneh konzentrierte sich kurz und saß dann ebenfalls als Katzenfrau auf dem Stuhl. »Es heißt zwar, je besser die Magierin, desto schlechter ist sie als Gestaltwandlerin. Doch das ist ein Märchen. Wir Baragains sind in beidem gut.«

Laisa zuckte mit den Schultern. Eine gewisse magische Ausbildung wäre sicher nicht schlecht, denn die würde ihr bei ihren weiteren Aufträgen helfen. Aber sie wollte keine Zeit mit Dingen vergeuden, die sie für überflüssig hielt. Als sie das Berraneh sagte, begann diese zu lachen.

»Unnötig ist der Gestaltwandel gewiss nicht. Wenn sich in dem Ringgebirge wirklich, wie du und N'ghar vermutet, weiße Spitzohren aufhalten, werden sie einer weißen Menschenfrau gewiss mehr Vertrauen entgegenbringen als einer weißen Katze.«

Das sah Laisa ein, und so seufzte sie ergeben. »Also gut, probieren wir es. Allerdings glaube ich nicht, dass es klappt. Khaton hat es versucht, konnte es mir aber nicht beibringen.«

»Khaton? Pah! Der hat doch nicht die geringste Ahnung davon, wie wir Blauen unsere Gestalten wechseln. Da du in Katzenmenschengestalt zur Welt gekommen bist und nicht als weißes Spitzohr, musst du die entsprechenden Fähigkeiten besitzen.«

Berraneh war nicht bereit nachzugeben. Zwar hatte Laisa etliche überraschende Talente gezeigt, doch sollte sie, wenn sie die Jagd auf Gayyad wieder aufnahm, all ihre ererbten Fähigkeiten einsetzen können. Zuvor aber galt es, das Geheimnis des Ringgebirges zu enthüllen, und das erschien ihr schwierig genug.

*

Nachdem Berraneh erst einmal einen Entschluss gefasst hatte, setzte sie ihn mit aller Entschiedenheit durch. Für Laisa bedeutete dies, mindestens den halben Tag zu lernen und überdies das Gelernte zu üben. Um ihren Ehrgeiz anzustacheln, holte ihre Großmutter N'ghar hinzu. Dieser hatte zwar bereits eine magische Grundausbildung mitgemacht, wurde nun aber erneut von seiner Kommandantin gezwiebelt.

Ging es zunächst um allgemeine magische Dinge, so wollte Berraneh an diesem Tag dafür sorgen, dass Laisa aus ihrer Katzengestalt in eine andere wechselte. Obwohl Laisa daran zweifelte, eine Gestaltwandlerin zu sein, wuchs ihre Spannung bei jeder Anweisung, die Berraneh ihr gab. Immerhin war die blaue Dame ihre Großmutter, und es war schön, jemanden zu haben, der zu ihr gehörte. Der Farbunterschied zwischen Berranehs Blau und ihrem Weiß machte Laisa nicht das Geringste aus. Immerhin hatten die Götter Frieden geschlossen, auch wenn sich deren Anhänger nicht immer daran hielten.

»Wie ich schon einmal sagte, heißt es, ein guter Gestaltwandler sei ein schlechter Magier«, erklärte Berraneh gerade. »Aber Berrandhor war zum Beispiel ein ebenso guter Gestaltwandler wie Magier, auch wenn er die Gestalt eines Katzenmenschen allen anderen vorzog. Ich selbst zeige mich am liebsten in normaler menschlicher Gestalt, wechsle aber in regelmäßigen Abständen meine Erscheinung, um diese Fähigkeit zu erhalten. Zwar kenne ich Magierinnen, die seit dem Friedensschluss kein einziges Mal mehr ihre Gestalt geändert haben, doch das ist in meinen Augen falsch. Sieh her.«

Laisa sah, wie Berranehs Körper einen Augenblick lang seine Formen verlor. Dann bekam sie einen kräftigen Schlangenschwanz, ihre Füße wurden größer und entwickelten feste Krallen, und ihr Leib überzog sich mit blau schimmernden Schuppen. Am wenigsten veränderte sich ihr Gesicht. Die

Kieferpartie schob sich nur leicht vor, während die Nase etwas flacher wurde und die Augen ein wenig vortraten. Dazu wurden die blauen Linien auf ihrem Gesicht kräftiger und schienen von innen heraus zu leuchten.

Zu Laisas Verwunderung passte sich Berranehs Kleidung problemlos ihrer neuen Gestalt an. Das erschien ihr beinahe als das größere Wunder.

»So sehe ich als Schlangenmenschenfrau aus«, erklärte Berraneh. »Übrigens gilt es als höflich, zu den verschiedenen Völkern Ilynas in der Gestalt zu gehen, die sie selbst besitzen.«

Noch während sie sprach, verwandelte Berraneh sich in eine Katzenfrau und nahm dann wieder ihre gewohnte Gestalt als menschliche Frau an.

»Beeindruckend«, gab Laisa zu. »Du bist auf jeden Fall weitaus besser als Gayyad. Zwar habe ich den nur in seiner Schlangenmenschengestalt gesehen, doch Rongi taufte ihn nicht zu Unrecht Dürrschwanz.«

»Gayyad profitiert von dem Gerücht mit den guten Magiern und schlechten Gestaltwandlern. Er ist bei etlichen hohen blauen Damen an Ilynas Hof deshalb höher angesehen als ich«, antwortete Berraneh mit einem ärgerlichen Fauchen. »Die Göttin selbst scheint ihm allerdings nicht zu trauen, sonst hätte sie nicht mich als Gayyads erklärte Gegnerin neuerdings mit dem Kommando über die Blaue Festung betraut. Wie notwendig das war, hat man an der Vernichtungswaffe gesehen, die dieser Schurke hier eingebaut hat.«

»Gayyad will der siebte Gott werden«, warf Laisa ein und fasste sich an den Kopf. In ihrer Erinnerung hallten die Worte wider, die er zu ihren Eltern gesagt hatte, bevor er sie zu einem tödlichen Zweikampf zwang.

Berraneh begann schallend zu lachen. »Sonst noch was? Er kann vielleicht die Dämmerlande zu einer Ödnis machen, in der die überlebenden Menschen an den Göttern verzweifeln und diese verfluchen. Doch die Götter selbst kann er niemals ersetzen.«

Dann aber wurde sie mit einem Schlag ernst. »Ich halte die Gefahr für größer, dass Gayyads Umtriebe den Krieg der Götter neu entfachen. Das wäre das Ende der Welt.«

»Deswegen müssen wir diesen Kerl auch so schnell wie möglich unschädlich machen«, erklärte Laisa. »Auf dieser Seite tritt er als Frong und Gayyad auf und drüben als Grünspitzohr mit Namen Erulim. In all diesen Gestalten hetzt er die Leute auf und zettelt Kriege an.«

Berraneh nickte grimmig. »Um Gayyads Umtrieben ein Ende zu bereiten, benötigen wir all unsere Kräfte, und das heißt für dich, rasch zu lernen und deine Fähigkeit zur Gestaltwandlung zu vervollkommnen.«

»Ich verstehe immer noch nicht, wie das gehen soll«, gab Laisa mit einer gewissen Verbitterung zu. Zwar hatte Berraneh ihr den Gestaltwandel vorgeführt und ihn ihr auch theoretisch erklärt. Als sie jedoch in ruhigen Stunden versucht hatte, dieses Wissen anzuwenden, war sie stets gescheitert.

»Deshalb lehre ich es dich.« Während sie redete, verwandelte Berraneh sich erneut in eine Katzenfrau und stand etwas kleiner und kompakter als Laisa im Raum.

»Leg die Hand auf meine Schulter«, befahl sie ihrer Enkelin.

Laisa gehorchte, obwohl sie sich nicht allzu viel davon versprach. Als Berraneh sich erneut verwandelte, erfasste der dafür benötigte Magiestoß auch Laisa. Doch während die Kommandantin wieder ihre normale menschliche Gestalt annahm, wälzte sich ihre Enkelin als Zerrbild mit Katzenkopf, Schlangenschwanz und Menschenhänden am Boden und schrie vor Schmerz.

»Was ist das?«, rief N'ghar entsetzt und wollte zu ihr hin.

»Bleib zurück!«, herrschte Berraneh ihn an und beugte sich über Laisa.

»Keine Sorge, mein Kleines. Es wird alles gut«, sagte sie und packte die Hände ihrer Enkelin. »Diese Probleme haben viele, die sich das erste Mal verwandeln und ihre Fähigkeiten noch nicht beherrschen. Denke einfach, du willst wieder zu einem Katzenmenschen werden.«

Laisa kämpfte gegen den Schmerz an, der in ihr tobte, und lenkte ihre Gedanken in die Richtung, die Berraneh ihr genannt hatte. Unendliche Augenblicke lang hatte sie das Gefühl, zerrissen zu werden, doch dann lag sie wieder in ihrer gewohnten Gestalt auf dem Boden. Die Schmerzen verklangen allmählich, und als N'ghar sie unter den Armen fasste und hochzog, vermochte sie schon wieder zu grinsen.

»Danke. Es geht schon besser. Kannst du nachsehen, ob noch Milch da ist? Ich bin sehr durstig.«

N'ghar setzte sie auf einen Stuhl und eilte davon, um das Verlangte zu holen.

Unterdessen musterte Berraneh ihre Enkelin nachdenklich. »Du musst deinen Anfangswiderstand überwinden, denn du hast gezeigt, dass du dich verwandeln kannst, sonst hättest du deine alte Gestalt nicht problemlos wieder annehmen können.«

»Da weiß ich, wie ich aussehe«, antwortete Laisa mürrisch.

Ihre Großmutter fasste sich an die Stirn. »Du hast mir eben das Stichwort gegeben. Ein normales, magisch begabtes Mädchen im Blauen Land wächst mit Katzen- und Schlangenmenschen auf und weiß daher, wie sie in etwa aussehen wird, sobald in ihr die Fähigkeit zur Gestaltwandlung erwacht. Bei dir ist dies nicht der Fall. Zudem trägst du das Erbe deiner Mutter in dir. Du weißt daher nicht, in was du dich verwandeln sollst.«

Da Berraneh hilflos klang, legte Laisa ihren rechten Arm um sie. »Das werden wir schon schaffen. Immerhin bist du eine geduldigere Lehrerin als Khaton, und von dem habe ich auch schon einiges gelernt.«

»Schriftrollen schreiben und Artefakte bedienen. Das vermag jeder Magierschüler und jede Adeptin. Eine Baragain muss mehr können als das.«

Berraneh funkelte Laisa auffordernd an. »Sobald du etwas Milch getrunken hast, versuchst du es erneut. Wo bleibt N'ghar so lange? Er sollte die Milch aus der Küche holen und keine Kuh suchen, die er melken kann.«

In dem Augenblick trat der Gesuchte ein. »Da bin ich, große Meisterin.«

In Laisas Ohren hörte es sich mehr an wie »Alter Drache«, und sie musste kichern.

»Was ist denn jetzt mit dir los?«, fragte Berraneh.

»Ich habe mir eben N'ghar vorgestellt, wie er eine Kuh melkt«, redete Laisa sich heraus.

»Dummes Zeug«, wies Berraneh sie zurecht. Sie wartete, bis Laisa einen Becher Milch getrunken hatte, verwandelte sich dann erneut in eine Schlangenfrau und übermittelte Laisa den Gedankenbefehl, der dazu geführt hatte.

Unwillkürlich wiederholte Laisa ihn und wurde erneut von Verzerrungsschmerzen erfasst. Diesmal aber sank sie nicht stöhnend zu Boden, sondern betrachtete mit einem gewissen Grauen die Veränderungen ihres Körpers. Ihre Arme und Hände glichen denen von Berraneh in ihrer Schlangenmenschengestalt, und sie konnte mit langgliedrigen Fingern gewiss feinere Dinge anfassen denn als Katzenfrau. Auch ihr Gesicht fühlte sich anders an. Die Zähne in ihrem Mund kamen ihr auf einmal klein und schwächlich vor, und ihre Augen zeigten ihr die Umgebung auch nicht mehr so scharf wie vorher.

»Ich sehe kaum mehr etwas«, beschwerte sie sich.

»Dafür hast du in dieser Gestalt andere Fähigkeiten«, erklärte Berraneh und wollte noch mehr sagen, als sie von N'ghars Lachen gestört wurde.

»Was ist denn los?«, fragte sie verärgert.

N'ghar wies auf Laisas Hinterteil. »Sieh mal.«

Seine Bemerkung brachte Laisa dazu, sich umzudrehen. Statt eines kräftigen Schwanzes, wie es sich für eine Schlangenfrau gehörte, hing noch immer ihr gewohnter Katzenschwanz dort.

»Irgendwie kommst du mit dem Gestaltwandeln nicht so zurecht, wie es sich gehört«, schimpfte Berraneh und versuchte, ihr klarzumachen, auf was sie bei ihren Versuchen, eine andere Form anzunehmen, alles achten musste.

»Entweder ist sie wirklich eine schlechte Gestaltwandlerin, was bei ihrer Herkunft möglich wäre, oder eine ganz ausgezeichnete«, warf N'ghar ein. »Ich habe noch nie von einer Gestaltwandlerin gehört, die als Schlangenfrau einen Katzenschwanz behalten hätte.«

Berraneh sah ihn nachdenklich an, bevor sie sich wieder Laisa zuwandte. »Wir wollen das Zweite hoffen. Jetzt verwandle dich wieder in deine Katzengestalt zurück.«

Das fiel Laisa leichter als erwartet. Sie musste nur daran denken, dann stand sie in ihrer Originalgestalt vor ihrer Großmutter. Diese nickte halbwegs zufrieden.

»Das kannst du wenigstens. Allerdings wirst du heute noch sechsmal versuchen, Schlangengestalt anzunehmen, und ich hoffe, zuletzt siehst du auch wie eine solche aus und nicht wie etwas, das von Giringars Magiern aus unterschiedlichsten Teilen zusammengesetzt worden ist.«

Laisa beließ es bei einem kurzen Fauchen und sah dann ihre Großmutter fragend an. »Warum muss ich mich eigentlich als Erstes in eine Schlangenfrau verwandeln? Eine Menschenfrau würde ich sicher leichter zusammenbringen. Schließlich kenne ich solche, seit ich als winziger Katling auf die Umfriedung unseres Dorfes geklettert bin, um Grom bei den Verhandlungen mit den Kaufherren der Stadt zu beobachten.«

»Ich habe die Schlangenfrauengestalt gewählt, weil uns bei der menschlichen Erscheinung das Erbe deiner Mutter einen Streich spielen könnte«, antwortete Berraneh. »Daher wirst du das erst versuchen, wenn du beim Verwandeln sicherer geworden bist.«

»Hast du Angst, ich könnte zu einem Spitzohr werden und mich nicht mehr zurückverwandeln?« Laisa musste über diesen Gedanken lachen, denn kein Gestaltwandler aus dem Blauen Land vermochte sich in einen Eirun zu verwandeln. Allerdings war sie keine Blaue, und so konnte ihr Körper anders reagieren als von ihr gewollt.

»Tut mir leid, ich wollte dich nicht verspotten«, murmelte sie geknickt. Da sie dabei den Kopf senkte, sah sie nicht, wie Berranehs Lippen vor unterdrücktem Vergnügen zuckten.

»Ich habe das Gefühl, dein Geist kann sich nicht entscheiden, welche Gestalt er annehmen soll. Deswegen gelingt es dir noch nicht, und du verletzt dich innerlich. Als Schlangenfrau verfügst du jedoch über die besten Selbstheilungsfähigkeiten, die eine Magierin besitzen kann.« Berraneh strich über Laisas kurze Stirnhaare, setzte sich dann und forderte ihre Enkelin auf, sich erneut zu verwandeln.

»Du solltest es auch üben«, forderte sie N'ghar auf, weil sie dessen Abneigung, eine andere Gestalt als die eines Katzenmannes anzunehmen, nur zu gut kannte. Da ihre Enkelin jedoch Gefallen an dem kühnen Burschen zu finden schien, wollte sie N'ghar auf eine Weise ausbilden, in der er Laisa auf ihrer weiteren Jagd nach Gayyad eine wertvolle Hilfe war.

*

Gewohnt, sich gegen alle Widerstände durchzusetzen, befahl Berraneh Laisa und N'ghar zwei Tage später, etliche Stunden als Schlangenmenschen herumzulaufen. Als sie als solche zum Abendessen kommen sollten, sah N'ghar so griesgrämig drein, dass Laisa lachen musste.

»Jetzt komm«, sagte sie. »Was ist denn so schwer, als Schlangenmann mit Berraneh, Yahyeh und unseren Freunden zu speisen?«

»Mir gefällt es eben nicht«, brummte N'ghar. »Der Schwanz ist so dick, dass man kaum sitzen kann, und mit den Zähnchen, die ich jetzt habe, kann ich nicht richtig beißen.« Er fügte sich jedoch, denn schließlich hatte Berraneh ihn beauftragt, ihr bei der Ausbildung ihrer Enkelin zu helfen, und er wollte weder seine Lehrerin noch Laisa enttäuschen.

»Bringen wir es hinter uns.« Mit diesem Ausruf zupfte er die Tunika zurecht, die er für diese Übungen tragen musste.

Auch Laisa schaute in den Spiegel und betrachtete sich interessiert. Nun sah sie tatsächlich wie eine echte Schlangenfrau aus. Allerdings überragte sie Iroka, die ihr in Berranehs Auftrag als Beispiel hatte dienen müssen, fast um Haupteslänge. Sie war auch langgliedriger als die Heilerin und vermochte mit ihren Händen Dinge anzustellen, die weit jenseits der Möglichkeiten eines Katzenmenschen, aber auch von normalen Menschen lagen. Nach Laisas Ansicht eignete sich ihre Schlangenmenschengestalt ausgezeichnet für die Arbeit mit Artefakten, und sie hatte Berraneh gebeten, sie damit üben zu lassen. Eine Antwort darauf hatte sie aber bislang noch nicht erhalten. Doch die würde sie jetzt einfordern.

Entschlossen trat sie zur Tür und winkte N'ghar und Iroka, ihr zu folgen. »Kommt jetzt«, wiederholte sie.

Während N'ghar nur ein Brummen zur Antwort gab, nickte Iroka mit unglücklicher Miene. Für sie war Laisa weiß und daher jemand, vor dessen Umtrieben sie sich hüten musste. Ihr passte es daher gar nicht, dass Berraneh ihr befohlen hatte, Laisa bei der Beherrschung ihrer Schlangenmenschengestalt zu helfen. Damit konnte die Katzenfrau die einfachen Gemüter der Menschen in den Dämmerlanden, die keine magischen Farben erkennen konnten, noch mehr in die Irre führen als in ihrer bisherigen Gestalt.

Laisa gab nichts auf die trübe Miene der Schlangenheilerin. Zwar hätte sie jemand mit solch guten Heilerfähigkeiten gerne als Reisegefährtin gewonnen, doch Iroka war zu schreckhaft und in ihren Augen auch zu dumm. Jedes vernünftig denkende Wesen hätte erkennen müssen, dass sie und Reolan nicht in feindlicher Absicht hierhergekommen waren, sondern um ein Geheimnis zu lösen, von dem möglicherweise Gefahr für die Dämmerlande ausging. Doch Iroka war zuzutrauen, dass sie eher einem Schuft wie Gayyad helfen würde, wenn dieser in seiner blauen Gestalt auftauchte, als ihr.

Mit diesen Überlegungen schritt sie den Korridor entlang, der zu Berranehs privatem Speisezimmer führte, trat ein und sah sich sofort den Blicken ihrer Freunde ausgesetzt. Während Reolan ein wenig zurückwich, nickte Ysobel anerkennend. Rongi hingegen schien nicht so recht zu begreifen, was geschehen war.

»Du siehst nicht aus wie Laisa, riechst aber so«, rief er verwundert.

»Ich bin Laisa«, gab diese grinsend zurück.

»So schöne Zähne wie vorher hast du auch nicht mehr«, antwortete der Katling verblüfft.

»Sie reichen immer noch aus, um dich zu beuteln.« Laisa fuhr ihm spielerisch mit den Fingern durch sein Nackenhaar und wandte sich dann an Berraneh und Yahyeh.

»Seid ihr jetzt zufrieden?«

Während Yahyeh Laisa nur schweigend musterte, nickte Berraneh mit undurchdringlicher Miene. »Fürs Erste ja. Setzt euch und esst. Es sind Speisen, die von Schlangenmenschen bevorzugt werden.«

»Eklig glibberiges Zeug«, rief Rongi, der bereits in die große Terrine geschaut hatte.

Berraneh warf ihm einen strafenden Blick zu und hob den Deckel der Schüssel. Darin lagen durchscheinende Fleischstücke, die bei jeder Bewegung wackelten.

»So etwas essen Schlangenmenschen?«, fragte Laisa entgeistert.

»Es ist ihr Lieblingsmahl, nämlich Hüpferschenkel«, erklärte ihr Berraneh.

Vorsichtig streckte Laisa die Hand aus und griff sich einen Schenkel. Da die Knochen bereits entfernt waren, hing das Ding wie ein nasser Lappen zwischen ihren Fingern. Sie roch misstrauisch daran und riss vor Erstaunen die Augen auf. Das seltsame Stück Fleisch besaß einen äußerst angenehmen Geruch, der ihr selbst als Katzenfrau zugesagt hätte. Rasch biss sie ein Stück ab und fand den ersten Eindruck bestätigt.

»Meckt würglich«, sagte sie mit vollem Mund.

»Es würgt dich?«, fragte Rongi und zog die Hand, mit der er ein Stückchen hatte stibitzen wollen, wieder zurück.

Laisa schluckte den Bissen und holte sich die nächste Portion. »Ich sagte: Es schmeckt wirklich«, erklärte sie.

Auch N'ghar griff jetzt zu und kam zu dem gleichen Schluss wie Laisa. »Ich hätte nicht gedacht, dass das Zeug so schmackhaft ist.«

Das war für Rongi das Signal, sich doch etwas zu nehmen. Er steckte ein Stück in den Mund und rollte begeistert die Augen. »Herrlich! So etwas Gutes habe ich selten gegessen.«

»Die Schlangenleute können wirklich gut kochen«, antwortete Laisa anerkennend.

Berraneh sah sie und N'ghar kurz an und klatschte dann in die Hände. »Katzen!« Es war der Befehl, mit dem sie Laisa und N'ghar dazu gebracht hatte, sich von Schlangen- wieder zu Katzenmenschen zu verwandeln.

Instinktiv gehorchte Laisa und saß einen Herzschlag später wieder in ihrer alten Gestalt am Tisch, während N'ghar mehr Mühe hatte, sich zu verwandeln. Er erhielt einen vernichtenden Blick von Berraneh und tröstete sich mit einem Hüpferschenkel, der ihm auch als Katzenmensch ausgezeichnet mundete.

Laisa aß ebenfalls weiter und fand, dass sie Hüpferschenkel als Katze fast noch lieber mochte denn als Schlangenfrau.

»Schlange!«

Berranehs Anweisung klang scharf durch den Raum. Diesmal war N'ghar einen Hauch schneller und erntete ein anerkennendes Nicken seiner Vorgesetzten. Doch auch an Laisa hatte Berraneh nichts auszusetzen.

»Ihr werdet immer besser«, erklärte sie lächelnd. »Wie es aussieht, können wir morgen damit beginnen, euch die menschliche Gestalt beizubringen.«

»Muss das sein?«, murrte N'ghar, der in einer möglichen Erscheinung als Mensch keinen einzigen Vorteil, aber einen Haufen Nachteile sah.

»Ihr werdet froh sein, wenn ihr auf Reisen unerkannt bleiben könnt. Schlangenmenschen gibt es in den Dämmerlanden nur in den nördlichen Sümpfen und Katzenmenschen derzeit nur euch drei.«

Berraneh machte ihnen deutlich, dass sie keine Abweichung von ihrem Ausbildungsplan dulden würde. In dieser kurzen Zeit vermochte sie Laisa und N'ghar nur das nötigste Wissen beizubringen, und ihre Hoffnung war, dass deren Können nach dieser Schnellschulung ausreichen würde, ihnen bei der Ergründung des Geheimnisses hinter dem Ringgebirge zu helfen.

*

Nach den ersten Erfolgen trieb Berraneh Laisas Ausbildung noch unerbittlicher voran. Am nächsten Morgen zwang sie Laisa und N'ghar, sich von Katzen- zu Schlangenmenschen zu verwandeln und umgekehrt. Den beiden blieb keine Zeit, einen Gedanken zu fassen, denn Berranehs Befehle »Katze« und »Schlange« klangen in immer schnellerer Folge auf, und sie kamen kaum mehr mit, ihre Körper im vorgegebenen Takt zu verändern.

Schließlich schaffte N'ghar es nicht mehr und stand mit Katzenkopf und Schlangenschwanz neben Laisa, unfähig, sich auf eine der beiden Erscheinungsformen zu konzentrieren.

»Du machst weiter«, fuhr Berraneh Laisa an, als diese innehielt, um nach N'ghar zu sehen.

Während Laisa zähneknirschend gehorchte, trat Yahyeh auf N'ghar zu und legte ihm die Hand auf die Stirn. Einen Augenblick später kehrte er in seine gewohnte Gestalt als Katzenmensch zurück und wirkte erleichtert, aber auch zerknirscht, weil er schlappgemacht hatte.

»Du warst ausgezeichnet«, raunte Yahyeh ihm zu und beobachtete dann Laisa, die sich mittlerweile so schnell von Katzenfrau zur Schlangenfrau formte, dass man kaum mit dem Schauen mitkam. Yahyeh stellte jedoch fest, dass Laisa im Grunde nur noch ihre äußere Erscheinung veränderte, ihre Organe aber die einer Katzenfrau blieben. Dies war eine Kunst, die nur wenige Gestaltwandlermagierinnen oder -magier beherrschten. Alle anderen mussten stets ihren ganzen Körper umwandeln, und das dauerte oft mehrere Minuten. Dies war genau die Zeit, die entscheidend sein konnte.

»Deine Enkelin besitzt ein erstaunliches Wandlungstalent«, meinte sie zu Berraneh.

Diese nickte nachdenklich. »Sie ist sogar noch besser als Berrandhor. Doch jetzt wird sich entscheiden, ob sie auch eine menschliche Gestalt annehmen kann. Du kannst aufhören.« Das Letzte galt Laisa, die wieder ihre Katzengestalt annahm und sich einen Happen vom Tisch holte.

»Verwandeln macht hungrig«, erklärte sie zwischen zwei Bissen.

»Wenn es danach ginge, müsste Rongi sich andauernd umwandeln«, antwortete Berraneh lachend.

»Wird er sich auch einmal verwandeln können?«, fragte Laisa.

Berraneh schüttelte den Kopf. »Nein, Rongi ist zu sehr Katzenmensch, während in N'ghars Ahnenreihe immer wieder Gestaltwandler zu finden sind. Mich würde vor allem interessieren, mehr über seine Mutter Radanah zu erfahren. Seinem Großvater, Yorron N'rhom von den Westkatzen, fällt es im Gegensatz zu ihm sehr schwer, eine Schlangenmenschen- oder gar Menschengestalt anzunehmen. Auch sein Vater war kein guter Gestaltwandler.«

»Über meine Mutter weiß ich leider nicht viel«, antwortete N'ghar. »Man erzählt sich, dass sie in unser Dorf kam, ein paar Jahre mit meinem Vater zusammenlebte und dann, als ich entwöhnt war, einfach weiterzog.«

Eine gewisse Trauer lag in seinen Worten, denn er hatte die Mutter kaum gekannt und auch noch den Vater früh verloren.

»Ich habe Radanah kennengelernt«, mischte sich Yahyeh ein. »Sie war eine ausgezeichnete Gestaltwandlerin, aber auch ein unruhiges Blut. Sie blieb nie länger als ein paar Monate am selben Ort. Es ist schon ein Wunder, dass sie es so lange bei euch Westkatzen ausgehalten hat.«

»Wir sollten nicht über die Vergangenheit reden, sondern weitermachen«, erklärte Berraneh barsch. »Die beiden sind inzwischen erfahren genug, um sich in Menschen verwandeln zu können. Stellt euch vor, wie ihr in dieser Gestalt aussehen wollt, und dann frisch ans Werk.«

N'ghar stöhnte kurz auf, schloss dann die Augen und sah in seinen Gedanken einen hochgewachsenen, leicht hager wirkenden Mann mit einem ausdrucksstarken Gesicht vor sich. So würde ich gerne aussehen, dachte er, als sein Körper sich zu verändern begann. Anders als zu Beginn des Unterrichts durch Berraneh empfand er keinen Schmerz, sondern nur noch ein erträgliches Ziehen, das sich rasch wieder verlor. Als er sich zu den anderen umdrehte, wurde ihm klar, dass seine Verwandlung gelungen war.

»Nicht übel«, stieß Ysobel hervor. »Langer, du könntest mir fast gefallen.«

Laisa stieß ein leises Fauchen aus, das ihre Freundin warnen sollte, sich zu sehr um N'ghar zu kümmern.

Aber auch ihr gefiel der Kater in seiner menschlichen Gestalt. Er war groß, schlank und besaß ein angenehmes Gesicht, dem die hohen Jochbögen und die leicht vorspringende Kinnpartie einen exotischen Reiz verliehen. Augen und Haare waren ebenso blau wie der gebogene Schnurrbart auf der Oberlippe. Auf seiner Stirn und den Wangen waren leichte blaue Linien zu erkennen, die sich auf seinen Unterarmen und den Handrücken fortsetzten. Er sieht wirklich gut aus, fand Laisa, und sie hoffte, dass sie als Menschenfrau nicht hinter ihm zurückstehen würde. Doch dafür musste sie sich in eine solche verwandeln. Entschlossen gab sie sich den Befehl zur Verwandlung und wurde zunächst nur zu einer Schlangenmenschenfrau.

»Du musst daran denken, menschliche Gestalt annehmen zu wollen«, hörte sie Berranehs Rat.

»Vielleicht kann sie es gar nicht.«

Ysobels Bemerkung fachte Laisas Ehrgeiz noch mehr an. Mit aller Konzentration zwang sie ihren Körper zum Gehorsam und begann, menschliche Gliedmaßen auszuformen.

»Na, so geht es doch«, meinte sie einige Augenblicke später und hörte Berraneh und Ysobel schallend lachen. Die Tivenga hielt ihr einen Spiegel hin, und nun sah Laisa, dass sie zwar einen menschlichen Körper besaß, ihr Kopf aber immer noch kätzisch war.

Sofort versuchte sie, auch diesen zu ändern, traf dabei auf eine Sperre in ihrem Gehirn und fegte diese in einem Wutanfall hinweg. Noch im selben Augenblick merkte sie, wie sie sich grundlegend verwandelte. Ihre Glieder wurden länger, und die Haare wuchsen ihr über den Rücken hinab. Als sie nun in den Spiegel blickte, wies ihr Gesicht eine leicht rundliche Form auf, die ihr ebenfalls einen aparten Reiz verlieh. Doch ihre Augen waren intensiv gelb und besaßen weiterhin schmale Schlitzpupillen wie die einer Katze. Auch waren ihre Haare nicht weiß, wie es anhand ihrer magischen Farbe zu erwarten gewesen wäre, sondern leuchteten in einem dunklen Rot, und zwischen zwei Strähnen lugte die Spitze eines sehr langen Ohres heraus.

»Was bin ich denn jetzt?«, rief Laisa verdattert.

»Du siehst auf jeden Fall mehr wie eine Eirun als wie ein Mensch aus«, erklärte ihr Ysobel fassungslos.

»Eher wie ein Mischling, dessen Ahnenreihe nicht ganz zu erkennen ist. Auf jeden Fall ist es eine Gestalt, in der Laisa sich bei anderen Spitzohren sehen lassen kann.« Berraneh war zufrieden, auch wenn ihre Enkelin nicht so aussah, wie sie es erwartet hatte. Eines aber war ihr von Anfang an klar: In dieser Gestalt sollte Laisa besser nicht auf der östlichen Seite der Dämmerlande reisen. Die Angst vor Eirun war hier einfach zu groß.

Elftes Kapitel

Der Überfall

Der Lirian floss in sanft geschwungenen Schleifen zwischen langgezogenen Hügeln südostwärts und trug das Floß mit Tirah, Rogon und ihren Begleitern immer weiter auf den Heiligen See zu. Obwohl Rogon von einer Anspannung erfasst wurde, die seine Ungeduld noch steigerte, dachte er an die zehn magisch begabten Frauen, die sie in dem Dorf tief in den Ödlanden zurückgelassen hatten. Mit ihren Fähigkeiten waren sie in der Lage, an dem von Ödlandmagie gereinigten Flussufer zu überleben, und vor den magischen Stürmen konnten sie sich in die mit Silber geschützte Höhle zurückziehen. Allerdings würde der weiße Evari sich recht bald um diese Leute kümmern müssen. Am besten wäre es, wenn Khaton ein Stück Land entseuchte und weitere Menschen dort ansiedelte.

Das war allerdings nicht seine Sache, sagte Rogon sich und wandte seinen Blick wieder nach vorne.

»Wem drehst du gerade den Hals um?«

Tirahs Bemerkung riss Rogon aus seinen Gedanken. »Niemandem«, antwortete er verwirrt. »Ich dachte nur daran, dass ich Khaton einen Bericht über den Magieräuber und dessen Opfer schreiben muss, wenn wir wieder bei unseren Leuten sind. Wir sollten uns beeilen, denn ich habe ein sehr schlechtes Gefühl, was die Schiffe betrifft.«

»Unsere Begleiter und die befreiten Sklaven befinden sich samt den sechs Spitzohren in der Obhut der Lotsen. Daher kann ihnen nichts passieren«, erklärte Tirah, die Rogons Befürchtungen nicht verstand. Immerhin waren die Lotsen sakrosankt. Wer sich an ihnen vergriff, hatte nicht nur ein Reich oder eine Farbe, nicht einmal eine der beiden Seiten am Großen Strom zum Feind, sondern die gesamten Dämmerlande.

Das war Rogon ebenfalls klar, dennoch wünschte er sich Flügel, um so schnell wie möglich die Lotsenstation zu erreichen. Es war, als würde die Magie, von der die Luft geschwängert war, die Ausläufer einer Gefahr mit sich tragen, die die Eirun-Schiffe bedrohte. Nervös blickte er sich zu dem Lotsenpaar um. Der junge Mann hielt das Steuer des Floßes, während seine Gefährtin immer wieder prüfend die Hände ins Wasser steckte.

Unwillkürlich folge Rogon ihrem Beispiel. Zunächst spürte er nur die weiße Eirun-Magie, die verhinderte, dass der Fluss selbst und ein schmaler Streifen an seinen Ufern von dem Gift der Ödlande erfasst wurden. Dann aber bemerkte er eine weitere Schwingung, die flussaufwärts kam und an dieser Stelle bereits so schwach war, dass die Lotsin sie noch nicht zu spüren schien.

Rogon hörte, wie sie leise mit dem männlichen Lotsen sprach. Da seine Ohren schärfer waren als die normaler Menschen, konnte er ein paar Worte verstehen. »... bald erreichen ... müssen ... Hilfe erhalten.«

Da wies der junge Mann mit erleichterter Miene nach vorne. »Das dort muss der Hügel sein, der vom See aus zu sehen ist. Also haben wir es gleich geschafft!«

»Es wird auch Zeit«, warf Rogon ein. »Wir haben schon zu viel Zeit bei der Verfolgung eurer Entführer verloren.«

»Sei nicht so ungeduldig«, wies Tirah ihn zurecht. »Ob wir

jetzt einen Tag früher oder später zur Lotsenstation zurückkehren, macht wirklich keinen Unterschied.«

Genau dieser Meinung war Rogon nicht. Immer stärker kämpfte er mit dem Gefühl, bei all seinen Überlegungen einen wichtigen Punkt ausgelassen zu haben. Zwar war es ihnen gelungen, Erulim aus Gilthonian zu vertreiben und seine Zerstörungsartefakte unschädlich zu machen. Doch niemand von ihnen wusste, wo der Zweifarbige sich derzeit aufhielt und welche Trümpfe er noch ausspielen konnte.

Unterdessen hatten sie den von dem Junglotsen genannten Hügel erreicht und sahen nach einer letzten Flussschleife die leicht golden schimmernde Oberfläche des Sees vor sich. Die Lotsin trat nun auf Rogon und Tirah zu und hob in einer entschuldigenden Geste die Hand.

»Ich bitte euch, euch so auf das Floß zu setzen, dass ihr weder mit den Füßen noch mit einem anderen Körperteil das Wasser berührt. Auch solltet ihr eure magischen Kräfte zügeln und nicht nach außen greifen. Das gilt auch für dich.« Mit diesen Worten blickte sie die befreite Blaue mahnend an. Dann kniete sie nieder, steckte die Hand ins Wasser und atmete im nächsten Augenblick auf. Nach einer Weile, in der sie angestrengt zu lauschen schien, nickte sie und wandte sich zu Tirah und Rogon um.

»Man schickt uns einen Schnellruderer, der uns so rasch wie möglich zu unserer Lotsenstation bringen soll. Seltsamerweise droht dort Gefahr.«

»Ich dachte es mir doch«, entfuhr es Rogon, und er griff unwillkürlich zum Schwert.

Auch Tirah wirkte auf einmal sehr ernst. Wenn die Lotsenstation tatsächlich in Gefahr war, stand den Dämmerlanden wohl die nächste Katastrophe bevor.

Wenige Stunden später starrte Rogon verwundert auf die Galeere, die sich, von dreißig Ruderern angetrieben, ihrem Floß näherte. Ein halbes Dutzend Lotsen standen in ihren eng anliegenden Mänteln auf dem Vorderdeck und sahen neugierig zu ihnen herüber. An den Mienen der geretteten Lotsin und ihres Gefährten erkannte Rogon, dass diese mit den Leuten auf der Galeere im geistigen Kontakt standen. Obwohl er sich konzentrierte, konnte er nicht das Geringste verstehen.

»Die Galeere kommt längsseits. Wir sollen über die Riemen an Bord klettern«, erklärte die Lotsin.

»Und dabei nicht ins Wasser fallen, was?« Rogons Anspannung wuchs, während das Lotsenschiff näher kam und schließlich neben ihnen anhielt, so dass sie auf die ausgestreckten Riemen steigen und an Bord balancieren konnten.

Kaum hatten Rogon und Tirah das Schiff bestiegen, bat ein Lotse sie, Platz zu nehmen, und half der blauen Tierbändigerin an Bord, während das Lotsenpaar der Frau mit sichtlicher Erleichterung folgte. Als der junge Mann einen Bericht abgeben wollte, winkte der Kapitän des Lotsenschiffes ab.

»Nicht jetzt.« Gleichzeitig winkte er den Junglotsen an den Riemen zu. Diese fielen sofort in einen gleichmäßigen Ruderschlag, ohne dass jemand ihnen den Takt vorgab. Nicht nur in dieser Hinsicht waren die Lotsen einmalig, dachte Rogon, während er zu ihrem Floß zurückblickte. Einige Augenblicke schwamm es noch auf dem Wasser, versank dann aber so schnell, als würde es in die Tiefe gerissen.

»Der See besitzt etliche Geheimnisse«, raunte Rogon Tirah zu.

Der Lotsenkapitän hörte es trotzdem und drehte sich zu ihm um.

»Geheimnisse, die ihr besser nicht erkunden solltet.« Es klang wie eine Warnung, doch er blieb freundlich – im Gegensatz zu dem Lotsen, auf den Rogon mit seinen Begleitern auf ihrer Reise nach Norden getroffen waren. Er lächelte sogar ein wenig, wurde dann aber sofort wieder ernst.

»Wir fahren jetzt zu der Lotsenstation, bei der eure Schiffe liegen. Irgendetwas geschieht am Strom, und jemand befürchtet, es könnte mit euch zusammenhängen.«

»Ich würde nicht dagegen wetten.« Nach Rogons Ansicht hatte Gayyad genug Zeit gehabt, sich neue Gemeinheiten auszudenken. Ein Angriff auf die Lotsen würde die gesamte Schifffahrt auf dem Großen Strom unterbinden und große Teile der Dämmerlande isolieren.

Auch Tirah nickte mit angespannter Miene. »Wie es aussieht, hat dein Gefühl dich nicht getrogen. Wir können nur hoffen, dass wir es durchstehen. Greift der Feind allerdings mit schweren Artefakten an, haben wir kaum eine Chance.«

»Ihr kennt das, was uns bedroht?«, rief der Lotsenkapitän, hob dann aber erschrocken die Hände.

»Verzeiht, es steht mir nicht zu, euch zu befragen.«

Von einem Lotsen, der sich entschuldigte, hatte Rogon noch nie gehört. Es nährte seinen Verdacht, dass hinter diesem Volk eine Macht stand, die mehr über die Verhältnisse in den Dämmerlanden wusste als ihre Untergebenen. Ihm kam sofort Rilla in den Sinn, die bei den Lotsen sehr angesehen zu sein schien. Dann aber schüttelte er den Kopf. Zum einen brachte diese Überlegung zu diesem Zeitpunkt nichts, zum anderen war Rilla violett und eine recht bekannte Dame aus Edessin Dareh. Aber sie war niemand, der wirklich Einfluss auf die Lotsen haben konnte. Diese seltsamen Leute waren auf ihre Unabhängigkeit von den Tempeln stolz und ließen sich auch von den Evaris nicht dreinreden.

»Wir müssen schneller werden, um noch vor Mitternacht bei der Lotsenstation zu sein.«

Der Ausruf des Lotsenkapitäns beendete Rogons Gedankengänge, und er sah, dass die Ruderer ihren Takt in einer Art und Weise erhöhten, wie lanarische oder Flussmaulgaleeren es erst kurz vor dem Rammstoß taten. Kein menschlicher Ruderer hätte dieses Tempo länger als ein paar Minuten durchgehalten, aber die jungen Lotsen ließen kein Anzeichen von Erschöpfung erkennen. Dazu hatte Rogon das Gefühl, als würde die Galeere durch eine nach Norden fließende Strömung zusätzlich beschleunigt.

»Siehst du das?«, raunte ihm Tirah zu, die ebenfalls darauf aufmerksam geworden war.

»Ja, und ich frage mich, was uns erwarten mag, wenn solche Kräfte auf unserer Seite stehen.«

»Verschrei es nicht«, antwortete Tirah, die sich ärgerte, weil sie keine Ahnung hatte, was da vorging. »Auf einen Feind, den wir kennen, vermögen wir uns einzustellen. Doch einfach ins Dunkel hineinzurudern macht mich rasend.«

»Heb dir deine Wut für die Feinde auf«, sagte Rogon, um sie zu beruhigen.

Tirah stieß einen missmutigen Laut aus. »Ich bin mir sicher, dass die Lotsen mehr wissen, es uns aber nicht sagen.«

Auch Rogon hatte diesen Eindruck und verfluchte die Geheimniskrämerei dieser Leute, denn so blieb ihm nichts anderes übrig, als hilflos darauf zu warten, was geschehen würde.

*

Weiter oben im Norden hatte Ferdik, der Silldhar von Norensill, eine ungewöhnlich große Flotte zusammengerufen. Er wollte die sechs Eirun-Schiffe nicht nur kapern, sondern seine Beute auch sicher in den Heimathafen schaffen, und das ging nur, wenn er mit weit überlegener Macht angriff. Die Reiche am Westufer des Großen Stromes mochten schwach sein, doch wenn die Leute von dort mit unzähligen kleinen Kähnen kamen, konnten sie auch seinen großen Schiffen gefährlich werden.

Mit einem zufriedenen Blick wandte er sich an den Flussmäuler Karrat. »Eine Flotte wie diese hat die Welt seit den Götterkriegen nicht mehr gesehen.«

»Das hat sie wirklich nicht!«, stimmte Karrat ihm zu. Er hatte jeden Kapitän seiner Heimatstadt, der mit seinem Schiff die Häfen von Norensill und der damit verbündeten Freistädte angelaufen hatte, mit Geld und Drohungen dazu gebracht, sich dieser Flotte anzuschließen, und zudem noch etliche Söldner, Piraten und Räuber angeheuert.

»Den letzten Nachrichten zufolge liegen die sechs Eirun-Schiffe noch immer bei der letzten Lotsenstation vor dem Heiligen See. Man verweigert ihnen die Überfahrt nach Edessin Dareh«, fuhr Karrat fort. Diese Nachricht hatte ihm ein Flussmaulschiffer überbracht, der vor wenigen Stunden stromaufwärts gekommen war und nun seine Flotte verstärkte.

»Wollen wir hoffen, dass sie noch immer dort liegen und die Lotsen den Spitzohren die Fahrt nach Edessin Dareh in der Zwischenzeit nicht erlaubt haben. Es hat mich verdammt viel gekostet, diese Streitmacht so schnell auf die Beine zu stellen. Dein Herr wird sie mir ersetzen müssen, wenn die Eirun nicht mehr dort sind, wo du sie vermutest.«

Ferdik klang bissig. Immerhin hatte er diese Flotte auf Wunsch des Flussmaulkapitäns aufgestellt und wollte dafür entsprechend belohnt werden.

»Mach dir nicht in die Hosen«, spottete Karrat. »Die kriegen wir schon. In einer Stunde ist es dunkel. Zwei Stunden später sind wir bei der Lotsenstation und greifen an. Hast du deinen Leuten gesagt, dass sie nicht in den See hineinfahren dürfen?«

»Ja, das habe ich. Mehrmals sogar. Noch etwas. Den Lotsen selbst darf auf keinen Fall etwas geschehen, sonst würden sie meinen Schiffen die Fahrt auf dem Heiligen See verweigern. Damit aber käme ich in Tenelins Küche«, erklärte Ferdik mit Nachdruck.

Dies war seine größte Sorge, und so hatte er jedem seiner Männer gedroht, ihn vierteilen zu lassen, wenn er einen Lotsen auch nur verletzte.

Karrat winkte mit einer verächtlichen Geste ab. »Das wissen meine Leute ebenfalls. Solange die Lotsen sich heraushalten, passiert ihnen nichts.«

»Und was ist mit den Spitzohren?«, fragte Ferdik weiter. »Einige meiner Leute sind nicht gerade erfreut, gegen diese Ungeheuer kämpfen zu müssen.«

»Es sind nur sechs. Auch wenn sie zäher sind als ein Mensch, kann man sie umbringen. Ein guter Schwertstreich genügt.« In Karrats Augen strich Ferdik die möglichen Gefahren ihres Angriffs besonders dick heraus, um einen möglichst hohen Preis für seine Hilfe fordern zu können. Doch darüber hatte Tolmon Kren zu entscheiden. Den Angriff auf Andhir würde sein Herr auf jeden Fall unterstützen. Wenn es König Rogar gelang, die Grenzen seines Reiches bis zu den Sümpfen und zum Strom auszudehnen, würde sein Beispiel auch andere Herrscherinnen und Fürsten dazu bringen, gegen die Freistädte vorzugehen, die sich an ihren Küsten eingenistet hatten.

»Diese Aktion wird die Zukunft am Strom entscheiden«, fuhr Karrat grinsend fort. »Danach werden wir das gesamte östliche Ufer beherrschen. Anschließend holen wir uns die Sümpfe. Entweder unterwerfen sich die Schlangenmenschen freiwillig – oder wir unterwerfen sie!«

Er lachte über dieses Wortspiel und wies dann zur Sonne, die bereits im Westen hinter den Bäumen des Auwaldes versank.

»Noch gut zwei Stunden, Ferdik, dann verfügst du über genug Sklaven, um die Märkte monatelang beliefern zu können.«

Und ich habe diesen verdammten Blauen, den Frong unbedingt haben will, setzte der Flussmäuler in Gedanken hinzu. Wenn er dann auch noch Lakkal als den Schuldigen für den missglückten ersten Angriff und für Toloks Tod hinstellen konnte, konnte er selbst zu Tolmon Krens neuer rechter Hand aufsteigen. Da dessen andere Söhne von Sklavinnen geboren worden waren, gab es für ihn dann die Möglichkeit, eine von Tolmons edel geborenen Töchtern zu heiraten und sich nach dessen Tod zum neuen Herrn des ersten Turmes von Flussmaul aufzuschwingen.

Diese Überlegungen gingen weder Ferdik noch sonst jemand etwas an, und so blickte Karrat schweigend über den Strom, dessen Oberfläche in der einbrechenden Dunkelheit geheimnisvoll zu schimmern begann. Nur magisch begabte Wesen konnten dieses Spiel der sechs magischen Farben erkennen, und er war magisch begabt. Mit einer gewissen Ausbildung würde er doppelt oder sogar dreimal so lange leben wie ein gewöhnlicher Mensch.

»Da kommt ein Boot. Es will an uns vorbeifahren.«

Ferdiks Worte riefen Karrat aus einer für ihn glorreichen Zukunft in die Gegenwart zurück, in der es galt, den Grundstein dafür zu legen.

»Haltet es auf«, befahl er dem Kapitän eines nahen Schiffes. Dessen Galeere scherte aus dem Verband aus und hielt auf den kleinen Handelssegler zu, an dessen Mast der Wimpel eines der nachrangigen Türme von Flussmaul flatterte.

»Welches Schiff?«, rief der Kapitän hinüber.

»Wer seid ihr denn?«, klang es zurück. Der Schiffer des Seglers schien sich über die große Flotte zu wundern, die an dieser Stelle südwärts zog.

»Du hast keine Fragen zu stellen, sondern zu antworten!«, bellte Karrats Untergebener den Schiffer an.

»Ich bin Faran Son vom siebzehnten Turm von Flussmaul und lasse mir von einer Wasserratte wie dir keine Unverschämtheiten gefallen!«

Auf einen Wink seines Schiffers zog Faran Sons Steuermann das Ruder auf sich zu. Der Bug des Seglers schwang herum und wies auf die Steuerbordseite der Galeere. Der Wind wurde noch stärker von dem großen, sechseckigen Segel des Schiffes eingefangen und verlieh ihm eine überraschend hohe Geschwindigkeit.

Bevor der Kapitän der Galeere reagieren konnte, prallten die beiden Rümpfe seitlich gegeneinander, und die Steuerbordriemen der Galeere brachen wie dünne Stäbe.

Faran Son stand lachend auf dem Vordeck seines Seglers und vollführte mit der Rechten eine beleidigende Geste. »Rede mich das nächste Mal so an, wie es sich für einen Turmherrn von Flussmaul gehört, du Frosch! Sonst verlierst du mehr als nur die Riemen auf einer Schiffsseite.«

Seine Geschwindigkeit ausnützend, löste sich der Segler von der manövrierunfähigen Galeere und strebte weiter nach Norden.

»Sollen wir ihn verfolgen lassen und ihm die nötige Ehrfurcht beibringen?«, fragte einer von Karrats Untergebenen.

Karrat blickte nachdenklich hinter dem Segler her, den der auffrischende Wind vorwärtstrieb, und schüttelte den Kopf.

»Um den kümmern wir uns auf der Rückfahrt. Jetzt holen wir uns erst einmal die Eirun-Schiffe.«

»Und was machen wir mit der?«, fragte Ferdik und wies dabei auf die Galeere, die steuerbords ihre Riemen verloren hatte.

»Die Ruderer sollen die Hälfte der Backbordriemen auf die andere Seite bringen. Bei Giringar! So etwas will Kapitän unter Tolmon Kren sein und lässt sich von einem jämmerlichen Handelsschiffer eine lange Nase drehen.«

Karrat kochte vor Wut und nahm sich vor, es Faran Son heimzuzahlen. Doch jetzt umzukehren und diesen zu verfolgen war unmöglich. Selbst konnte er es nicht tun, und bei den anderen Flussmaul- und Freistadtkapitänen bestand die Gefahr, dass sie bereits kalte Füße bekommen hatten und versuchen würden, sich vor dem Angriff auf die Eirun-Schiffe zu drücken.

»Wir fahren weiter. Die Männer sollen die Waffen in die Hand nehmen und still sein. Ich will nicht, dass die Spitzohren vorzeitig gewarnt werden.« Noch während Karrat sprach, ärgerte er sich, denn er zeigte damit den anderen, dass auch er Angst vor diesem unheimlichen Volk hatte.

*

Nur wenige Meilen weiter im Süden beriet sich der Gilthonian-Eirun Arelinon mit seinen Gefährten. Zu der Runde zählten auch Tibi, Keke und Zakk sowie der oberste Lotse des Heiligen Sees, der extra aus Edessin Dareh gekommen war, weil er von weiter stromaufwärts liegenden Lotsenstationen auf magischem Weg die Nachricht erhalten hatte, eine große Flotte würde sich von Norden nähern.

»Ich fürchte, das gilt uns«, sagte Arelinon besorgt.

Tibi und das Ottermenschenpaar nickten, während der Oberlotse abwehrend die Hand hob. »An diesem Ort steht ihr unter unserem Schutz. Niemand wird es wagen, eine Lotsenstation anzugreifen. Es mag Verhandlungen wegen irgendwelcher Dinge geben, aber keinen Kampf.«

»Eure Meinung in allen Ehren, aber wir sollten trotzdem vorsichtig sein. Es sind genug Lotsen hier, um unsere Schiffe noch heute Nacht nach Edessin Dareh zu bringen. Damit entfiele für die Flotte jeder Grund für einen Angriff«, warf Tibi ein.

Der Oberste der Lotsen verzog sein schmales Gesicht zu einer geringschätzigen Miene. »Weshalb seid ihr so sicher, dass die Fahrt der Flotte euch gilt? Es kann sich auch nur um einen besonders großen Handelskonvoi handeln.«

»Lasst unsere Schiffe nach Edessin Dareh weiterfahren«, drängte Tibi. »Die Menschen an Bord leben in sehr beengten Verhältnissen, und es gibt an Land nicht genug Platz, damit sie sich die Beine vertreten können.«

»Das geht nicht«, antwortete der Lotse ungehalten. »Laut dem Dämmerlandvertrag ist es Schiffen der Eirun ebenso wenig wie denen der Gurrims gestattet, den Heiligen See zu befahren. Davon weiche ich nicht ab. Zudem wird gerade ein Konvoi von Prähmen in der Heiligen Stadt zusammengestellt, der die Menschen in den nächsten Tagen abholen kommt. So lange bleiben sie unter unserem Schutz hier.«

»Auch auf die Gefahr hin, dass wir angegriffen und Hunderte von unseren Schützlingen niedergemetzelt werden?«, fragte Arelinon scharf. Ebenso wie Tibi, Keke und Zakk kannte er den Feind, der sie alle bedrohte, und wusste auch, dass dieser sich an keinen Vertrag und keine Abmachung hielt.

Doch der Oberste der Lotsen blieb stur. »Ein Angriff auf eine Lotsenstation ist undenkbar. Dies würde die Grundfesten der Dämmerlande erschüttern, und das wagt niemand!«

»Flussmäuler wagen verdammt viel. Immerhin haben sie die Barke des blauen Tempels überfallen, obwohl die Tempel ebenso wie die Lotsen sakrosankt sind.«

Doch auch dieser Appell von Tibi half nichts. Der Lotse blieb bei seiner Meinung, obwohl zwei seiner Untergebenen, die dem Gespräch in einer gewissen Entfernung lauschten, durchaus besorgt aussahen.

Schließlich funkelte Arelinon das Lotsenoberhaupt mit wachsendem Zorn an. »Bei Talien, wenn hier Blut vergossen wird, seid Ihr schuld!«

»Ist das der Dank dafür, dass die Dame Tirah und Herr Rogon sich auf die Suche nach euren vermissten Junglotsen gemacht haben?«, warf Zakk ein.

»Wir haben es ihnen nicht befohlen«, gab der Oberste der Lotsen in überheblichem Tonfall zurück.

»Mit diesem Mann ist nicht zu reden.« Arelinon winkte seinen Gefährten, ihm zu folgen, und bat auch Tibi und die Ottermenschen, mitzukommen. Als sie wieder bei ihren Schiffen waren, blieb der Eirun stehen und drehte sich zu den anderen um.

»Der Anführer der Lotsen ist ein Narr! Er glaubt, nur weil er sich an die alten Verträge hält, würden es alle anderen auch tun. Doch ich bin sicher, dass weder er noch die restlichen Lotsen, die sich hier befinden, einen entschlossenen Feind davon abhalten können, uns anzugreifen.«

»Wenn wenigstens Tirah und Rogon hier wären«, seufzte Tibi.

»Wir müssen ohne die beiden zurechtkommen. Als Erstes werden meine Freunde und ich den stärksten für uns möglichen Unsichtbarkeitszauber über unsere Schiffe legen. Vielleicht werden die Angreifer glauben, man hätte uns nach Edessin Dareh weiterfahren lassen.«

Viel Hoffnung hatte Arelinon nicht, denn Erulim hatte seine Anhänger offensichtlich mit Artefakten ausgerüstet, die magische Felder der Eirun durchschauen konnten. Einfach auf das warten, was geschehen würde, wollte er jedoch nicht.

»Es hilft uns auf jeden Fall weiter, da sicher nicht jedes gegnerische Schiff Artefakte an Bord hat, um hinter einen Unsichtbarkeitsschirm blicken können«, erklärte Keke und zwinkerte ihrem Gefährten zu.

»Ich finde, wir sollten die Flotte im Auge behalten!«

Der Ottermann begann zu grinsen. »Den Vorschlag wollte ich eben machen. Was für ein Glück, dass wir die ruhigen Tage hier ausgenützt haben, neue Pfeile für unsere Blasrohre anzufertigen. Mich überkommt nämlich das unbestimmte Gefühl, dass wir unsere Waffen heute Nacht noch brauchen werden.«

»Seid vorsichtig«, bat Arelinon die beiden.

»Keine Sorge. Das Wasser ist des Otters Element, während Menschen und Eirun es nur mit Booten und Brücken zu überwinden wagen.« Zakk winkte lachend, lief zu einem freien Uferstück und hechtete in den Strom. Keke folgte ihm, und für einige Augenblicke sahen die scharfen Augen der Eirun, wie die beiden mit unglaublicher Geschwindigkeit stromaufwärts schwammen.

Auch Tibi blickte hinter den beiden her. Da rieb auf einmal Rogons Falke seinen Schnabel an ihrem Unterarm. »Ich könnte die Flotte doch auch beobachten.«

Seine gedankliche Verständigung mit Tibi war schlechter als die mit Rogon, und er vermochte mit ihr auch nicht über eine größere Entfernung zu sprechen. Doch im Augenblick erschien es ihm wichtig, dass er ihr und damit auch den Eirun rasch Nachricht über den Kurs der unbekannten Flotte bringen konnte.

Bevor Tibi antworten konnte, schwang Bernstein sich in die Luft und schwebte davon. Jade sah ihm neidisch nach. »Warum habe ich keine Flügel?«

»Weil du vier Pfoten hast und damit Dinge kannst, die für Bernstein unmöglich sind«, antwortete Tibi und machte sich daran, einen Teil der befreiten Sklaven an Land zu bringen und den Rest so auf den Schiffen zu plazieren, dass sie nicht von der ersten Angriffswelle des Feindes erfasst werden konnten.

Arelinon und die anderen Eirun woben unterdessen einen Unsichtbarkeitsschutz, der die Schiffe, die Menschen darauf und auch die Blauen an Land erfasste. Anschließend nahmen sie ihre Bögen zur Hand und warteten auf die Ankunft der Flotte. Keiner von ihnen nahm an, dass die, die da kamen, friedlich bleiben würden.

*

»Wir haben die Station gleich erreicht«, meldete der Kapitän.

Karrat nickte angespannt. »Die Flotte soll Angriffsformation einnehmen. Wir holen uns die Sklaven von den Schiffen, die Spitzohren ebenfalls und alle anderen außer den Lotsen. Die lassen wir in Ruhe, verstanden?«

»Dem hochnäsigen Gesindel würde ich gerne eins auf die Nase hauen«, knurrte der Kapitän. Der Weindunst, den er verströmte, verriet Karrat, dass der Mann getrunken hatte, um seine Angst vor den Eirun zu überwinden.

»Angriffsformation einnehmen!«, wiederholte Karrat. »Und gib den Befehl gefälligst weiter!«

Der Kapitän nickte und eilte nach Achtern, um dem Kapitän des ihnen folgenden Schiffes die entsprechenden Zeichen zu geben.

Mit einem unguten Gefühl folgte Karrat ihm. »Wir sind bereits verdammt nahe am See. Die Steuerleute sollen aufpassen, dass kein Schiff hineingerät. Angeblich sollen Schiffe, die ohne Lotsen dieses Gewässer befahren wollen, spurlos verschwinden.«

Die Warnung war zwar berechtigt, trotzdem gefiel es Karrat nicht, sie aussprechen zu müssen. Im ersten der drei großen Dämmerlandkriege hatten mehrere Flotten versucht, auf eigene Faust nach Edessin Dareh vorzudringen, waren aber niemals dort angekommen.

Nervös kehrte er zum Bug zurück und blickte nach vorne. Dort war schon das Licht der Laternen zu erkennen, die vor dem Gebäude der Lotsenstation aufgehängt waren.

»Bei Ilynas Hintern, dort ist nichts! Die Schiffe sind weg«, rief Ferdik neben ihm verärgert aus.

Karrat zuckte im ersten Augenblick vor Schreck zusammen. Dann aber erinnerte er sich daran, dass sie es mit Eirun zu tun hatten, und die waren alle Zauberer. Mit einer Geste, die überlegen wirken sollte, holte er ein Spähartefakt aus der Tasche und richtete es auf die Station.

»Gleich werden wir sehen, ob die Eirun-Schiffe noch da sind oder nicht.« Sofort klärte sich sein Blick, und er entdeckte sechs strahlend gelbe Punkte. Einen Augenblick später konnte er auch die Schiffe der Eirun ausmachen. Diese schimmerten in einem für Menschen unsichtbaren, blassgelben Licht. Eine blaue Präsenz darauf ordnete er dem Mann zu, den er fangen sollte. Dessen Begleiterin schien jedoch fort zu sein, denn sein Artefakt fing nicht die geringste Spur violetter Magie auf.

Notfalls muss Frong sich mit dem Blauen allein zufriedengeben, dachte Karrat, ohne zu ahnen, dass er auf Tibis Ausstrahlung gestoßen war.

»Wir schließen die Schiffe ein und entern sie«, erklärte er Ferdik.

»Welche Schiffe?«, fragte dieser verdattert.

Karrat machte sich nun erst klar, dass nur er die Boote durch das Spähartefakt erkennen konnte, und wünschte sich Hunderte von den Dingern für seine Männer. Aber es musste auch so gehen. Daher blickte er noch einmal nach vorne und wies auf das Lotsenhaus.

»Die Spitzohrschiffe liegen links vom Steg, und zwar in zwei Dreierreihen hintereinander. Die Schiffe reichen etwa bis zu diesem Baum dort vorne. Die beiden am weitesten in den

Fluss hineinragenden Schiffe rammen wir. Damit machen wir es den anderen unmöglich, zu entkommen.«

Zuerst ahnte Ferdik den Baum in der Dunkelheit mehr, als dass er ihn sah, doch da sank der Grünmond hinter dessen Krone und ließ auch den Stamm deutlich hervorstechen. »Jetzt weiß ich, was du meinst«, rief er erleichtert.

»Wie es aussieht, ist sogar Tenelin auf unserer Seite«, spottete Karrat und gab seinem Kapitän den Befehl, auf Rammgeschwindigkeit zu gehen. Die Ruderer gehorchten nur zögernd. Schließlich war es nicht jedermanns Sache, so schnell auf ein Ufer zuzuschießen, an dem außer dem Lotsenhaus nichts zu sehen war.

Da stieß Ferdik Karrat an. »Dort vorne tut sich was!«

Karrat folgte dem Fingerzeig und entdeckte einen Lotsen auf dem Steg, der gebieterisch die Hand ausstreckte. »Was will der denn? Der Kerl soll sich heraushalten«, knurrte er und fuhr seinen Kapitän an, endlich für Rammgeschwindigkeit zu sorgen.

»Wir sollten uns anhören, was der Lotse zu sagen hat. Er scheint mir einen sehr hohen Rang einzunehmen«, wandte der Schiffer ein.

Auch Ferdik nickte, und da die meisten Schiffe der Flotte langsamer wurden, blieb Karrat nichts anderes übrig, als auf das Vorderdeck zu steigen. »He, Lotse!«, rief er hinüber. »Verschwinde in deiner Hütte und komm nicht eher wieder heraus, bis wir alles erledigt haben. Hast du verstanden?«

Der oberste Lotse der Heiligen Stadt bebte vor Empörung. »Dies hier ist eine Lotsenstation und steht mit allen, die sich hier befinden, unter dem Schutz der Götter!«

»Ich glaube nicht, dass die Herrschaften in eigener Gestalt kommen, um dir beizustehen«, höhnte Karrat. »Du und die anderen Lotsen könnt wegen mir unbehelligt bleiben. Die anderen aber haben sich alle zu ergeben. Tun sie das nicht, greifen wir an.«

»Ihr werdet diese Station und die Schiffe nicht bedrohen«, rief der Oberlotse mit zorniger Stimme.

Karrat wandte sich grinsend an Ferdik. »Jetzt hast du selbst gehört, dass die Eirun-Schiffe noch hier sind. Greift endlich an! Wer jetzt noch zurückbleibt, ist ein Hundsfott!«

Die Tatsache, dass sich die Eirun feige hinter dem Lotsen verstecken wollten, spornte seine Leute an. Zwar wagten nur zwei Schiffe wirklich, Rammgeschwindigkeit aufzunehmen, doch die anderen bildeten einen Halbmond, der sich um die Eirun-Schiffe legen sollte.

»Haltet ein«, schrie der Oberste der Lotsen und stieg auf das ihm nächstliegende Eirun-Schiff. Damit aber geriet auch er unter den Einfluss des Unsichtbarkeitsschirmes, der ihn zwar selbst nicht behinderte, aber ihn den Augen der Angreifer entzog.

*

»Jetzt sind sie nahe genug«, raunte Arelinon seinen Gefährten zu und spannte seinen Bogen.

Da stellte sich ihm das Oberhaupt der Lotsen in das Schussfeld. »Ihr dürft nicht schießen. Ihr brecht sonst den Götterfrieden«, erklärte er mit drohend erhobener Hand.

»Und was tun die dort?«, fragte der Eirun eisig. »Sollen wir etwa warten, bis die hier sind und uns mit ihrer Übermacht überrennen?« Ohne eine Antwort abzuwarten, zog er den Bogen ein wenig herum und schoss seinen ersten Pfeil ab. Die Pfeile seine Gefährten folgten sofort. Jeder Schuss traf und machte einen der Piraten kampfunfähig. Ihnen standen jedoch mehr als tausend Feinde gegenüber, und für die gab es nun kein Halten mehr.

Arelinon schoss in rasender Eile seine Pfeile ab, wusste aber, dass er und seine Gefährten nur einen Bruchteil der Angreifer ausschalten konnten. Danach würden sie wie Käfer sein, die von schwärmenden Ameisen überrannt wurden.

Die vorderste Galeere rauschte heran, und nur Augenblicke später bohrte sich der Rammsporn in die Bordwand des Eirun-Schiffes. Arelinon hörte den Schmerzensschrei der mit einem eigenen Geist belebten Barke und sendete ihr einen kurzen Befehl. Dann ließ er den nutzlos gewordenen Bogen fallen und empfing die anstürmenden Piraten mit blankem Schwert.

Noch immer hielt der Unsichtbarkeitszauber, und so schlugen Karrats Männer blind um sich. Dies nutzten die Eirun aus, indem sie zwischen den Angreifern herumtänzelten und sie immer wieder mit gezielten Hieben niederstreckten. Tibi hatte sich mit den befreiten Blauen auf die direkt am Steg liegenden Eirun-Schiffe zurückgezogen. Um nicht waffenlos zu sein, hatte sie sich eine Schleuder gebastelt und am Ufer Kiesel aufgelesen. Etliche ihrer Schützlinge waren diesem Beispiel gefolgt, und so fegte den Piraten ein Steinhagel entgegen.

»Los, weiter!«, schrie Karrat und sah gleichzeitig, wie sich der Abstand zwischen seiner Galeere und der gerammten Eirun-Barke auf einmal vergrößerte. Er konnte es kaum glauben, doch das angegriffene Schiff presste den Rammsporn förmlich aus sich heraus.

Einige Piraten, die zu kurz sprangen, stürzten ins Wasser, und Karrat begriff, dass er mit dem Rammen einen Fehler begangen hatte. »Wir hätten längsseits gehen müssen«, knurrte er und sah dann erleichtert, dass eine andere Galeere genau dies bei einem Eirun-Schiff tat. Trotzdem war es mühsam, an Bord der angegriffenen Barken zu gelangen.

»Bringt die Kerle endlich um!«, schrie Karrat und vergaß dabei ganz, dass nur er sehen konnte, wo die Eirun sich befanden.

»Links hinter dir«, rief er einem seiner Männer zu. Dessen Klinge vollzog einen Halbkreis und traf gegen etwas, das nicht zu sehen war. Blut spritzte dem Krieger ins Gesicht, und dann wurde der Leib eines Eirun sichtbar, der langsam auf die Planken sank, die an dieser Stelle ihren Unsichtbarkeitszauber verloren.

Karrat jubelte und lenkte seine Männer so, dass sie den nächsten Eirun einkeilten. Der sprang hoch und versuchte, über ihre Köpfe laufend zu entkommen. Ein Schwert traf ihn jedoch am Knöchel, und als Blut floss, war er schemenhaft zu erkennen. Die Piraten nützten dies sofort aus und töteten auch ihn.

Bisher hatten Keke und Zakk noch nicht eingegriffen, sondern auf eine günstige Gelegenheit gelauert. Da entdeckte die Otterfrau eine große Galeere, die nur mit einem einzigen Tau an ihrem Nebenschiff befestigt war. Die meisten Krieger hatten die Galeere bereits verlassen und drängten nach vorne zu den Eirun-Barken. Nur die Ruderer auf ihren Bänken und der Steuermann befanden sich noch an Bord.

»Du nimmst das Seil, ich den Rudergänger«, rief Keke ihrem Gefährten zu. Der nickte und klemmte sich seinen Dolch zwischen die Zähne. Beide schwammen los und schnellten neben der Galeere aus dem Wasser.

Zakk fasste mit der Linken das Tau, nahm den Dolch mit der anderen Hand und begann, das Seil durchzutrennen. Dabei wurde der Rudergänger auf ihn aufmerksam und eilte mit gezogenem Schwert herbei.

Diesen Augenblick nützte Keke aus und schoss einen Blasrohrpfeil auf den Mann ab. Bevor sie wieder im Wasser versank, steckte sie rasch einen neuen Pfeil in die Waffe, um sofort wieder kampfbereit zu sein. Sie tauchte unter der Galeere hindurch, um Zakk beistehen zu können, doch das brauchte sie nicht mehr. Ihr Gefährte hatte unterdessen das Tau zerschnitten und empfing sie mit einem Grinsen.

»Schau! Der Kasten wird bereits von der Strömung erfasst und auf den See gezogen.«

Keke betrachtete das davontreibende Schiff mit einem verwunderten Blick. »Das geht nicht mit rechten Dingen zu«, rief sie. »Ich war doch eben an der Stelle und habe keine Strömung gespürt.«

»Es heißt, der Heilige See besitzt ein eigenes Leben – und wie es aussieht, steht er auf unserer Seite.« Zakk grinste sie an, tauchte unter und suchte sich das nächste Schiff aus, dessen Leinen er durchtrennen konnte.

Auch Keke schwamm auf eine Galeere zu, kletterte an Bord und traf den Steuermann mit ihrem Giftpfeil. Während dieser stöhnend zusammensank, ging ein bulliger Krieger mit einer Axt auf sie los. Ihr Pfeil war jedoch schneller, und der Mann stürzte auf die Planken. Rasch entwand sie ihm die Axt, mit der sich die Taue weitaus besser kappen ließen als mit ihrem Dolch, und sah kurz darauf sowohl ihre Galeere wie auch eine weitere steuerlos dem See zutreiben.

Aber sie wusste ebenso wie Zakk, dass es einfach zu viele feindliche Schiffe und zu viele Piraten gab.

*

Ein seltsames Raunen durchdrang die Luft. Rogon schüttelte irritiert den Kopf, konzentrierte sich noch einmal und sah sich besorgt zu Tirah um.

»Eben ist ein Eirun gestorben, und sein Geist geht nach Westen zu Taliens Seelenhallen.«

»Das heißt: Unsere Freunde sind in Gefahr!« Tirah knirschte mit den Zähnen und starrte nach vorne. Obwohl sie in der

Dunkelheit besser sah als ein Mensch, konnte sie nur das rasch näher kommende Ufer des Sees erkennen und die breite Trichtermündung, aus der sich der Oberlauf des Großen Stromes in diesen ergoss.

»Vor uns wird gekämpft!« Mittlerweile spürte Rogon den Zorn der sich verbissen wehrenden Eirun. Als auch noch ein zweiter Krieger aus Gilthonian starb, hätte er am liebsten selbst einen der Riemen gepackt, damit das Schiff noch schneller wurde. Die jungen Lotsen gaben bereits ihr Bestes, und so sah er schon bald die Piratenschiffe vor sich, die die Eirun-Barken wie ein breiter, hölzerner Wall umgaben.

»Das sind mindestens dreißig Galeeren«, rief Tirah aus. Für einen Augenblick verlor sie den Mut, dann aber wandte sie sich mit einer energischen Bewegung zu Rogon um. »Die Piratenschiffe sind miteinander vertäut. Das erleichtert es uns, eines nach dem anderen anzugreifen.«

Rogon lachte leise auf. Schließlich waren sie zu zweit gegen eine ganze Armee. Nach dem Tod der beiden Eirun war es jedoch ein Gebot der Ehre, den restlichen vier beizustehen. Er spähte zu den Flussmaulgaleeren hinüber und bekam mit, wie eine davon abgetrieben wurde und trotz der verzweifelten Versuche der Ruderer, sie im Strom zu halten, auf den See hinausgezogen wurde.

»Wie es aussieht, sind wir nicht ganz ohne Verbündete«, sagte er zu Tirah und wies den Steuermann des Lotsenschiffes an, sie so nahe an eines der feindlichen Schiffe heranzubringen, dass sie hinüberspringen konnten.

Unterdessen hatten Arelinon und seine überlebenden Gefährten sich auf die obere der beiden direkt am Steg liegenden Barken zurückgezogen und schossen ihre letzten Pfeile ab. Dann nahm Arelinon einem der Blauen dessen Schleuder ab und traf aus dem Schutz der Unsichtbarkeit heraus mit tödlicher Sicherheit.

Karrats Männer hatten die beiden äußersten Eirun-Schiffe bereits geentert und drängten nun auf die in der Mitte liegenden Barken. Durch ihre Zahl und die Hast, mit der sie vorwärtsstrebten, behinderten sie sich jedoch gegenseitig. Sie konnten ihre Gegner immer noch nicht sehen, wurden aber aus dem Nichts heraus mit Pfeilen und Schleudersteinen beschossen. Die Planken der Eirun-Schiffe, auf denen sie bereits standen, waren bald so glitschig wie Seife, so dass viele Piraten ausrutschten und andere zu Fall brachten. Gleichzeitig bildete die Reling der gelben Barken scharfe Spitzen aus, an der etliche Angreifer hängenblieben und sich verletzten.

Da trat der oberste Lotse der Heiligen Stadt den Piraten in voller Amtstracht entgegen. »Haltet ein!«, rief er mit durch Zauber verstärkter Stimme. »Im Namen der sechs Götter und Göttinnen befehle ich euch, euch zurückzuziehen! Dies ist einer unserer Stützpunkte, und wer hier anlegt, steht unter unserem Schutz. Wir sind die Lotsen des Heiligen Sees. Wir ...«

Weiter kam er nicht, denn einer der Freistädter holte mit dem Schwert aus und setzte seinem Leben ein Ende.

»Zum Tenelin mit euch Lotsengesindel!«, rief der Mann und spie auf den Leichnam des Obersten der Lotsen. Dann hob er seine blutige Klinge. »Vorwärts, Männer! Wir haben es gleich!«

Es war der Augenblick, in dem Karrat begriff, dass der Angriff anders verlaufen würde als geplant. Auch Ferdik war entsetzt, als er sah, wie seine Männer nun auch auf die übrigen Lotsen losgingen.

»Das hätte nicht passieren dürfen!«, schrie er Karrat an.

Dieser sah sich mit verzerrter Miene zu ihm um. »Es war eine von deinen Sumpfratten, die den obersten Lotsen umgebracht hat! Mein Befehl war, dass diesem und seinen Leuten nichts geschehen darf.«

Während Karrat und Ferdik sich anschrien und sich gegenseitig die Schuld an der Eskalation zuwiesen, erreichte das Lotsenschiff mit Tirah und Rogon die erste Flussmaulgaleere. Tirah sprang mit einem gewaltigen Satz hinüber und schlug bereits mit ihrem Schwert zu, bevor ihre Füße die Planken berührten. Nur einen Herzschlag später folgte Rogon. Er sprang beinahe zu kurz, konnte sich aber noch nach vorne werfen und entging dadurch dem Schwerthieb eines Piraten. Zu einem zweiten Schlag kam der Kerl nicht mehr, denn die blaue Klinge durchstieß seine Brust.

Zu Tirahs und Rogons Glück befanden sich nur wenige Krieger an Bord der Galeere, denn die meisten waren nach vorne gestürmt, um die Eirun-Barken zu entern. Innerhalb kürzester Zeit kämpften sie die Flussmäuler nieder, bekamen es dann aber mit deren Ruderern zu tun, die ihre Riemen eingeholt hatten und damit nach ihnen stießen.

»Es ist Zeit, auf ein anderes Schiff zu wechseln«, erklärte Tirah und rannte los. Unterwegs durchtrennte sie mit einigen Hieben die Leinen, die die Galeere mit einer anderen verbanden, und sprang auf das nächste Schiff.

Rogon hetzte hinter ihr her, musste dabei aber einen harten Schlag mit einem Riemenblatt hinnehmen. Für einen Augenblick schwebte er in Gefahr, bewusstlos zu werden. Doch dann erwachten seine Selbstheilungskräfte und vertrieben den Schmerz. Mit einem Lachen enterte er das vor ihm liegende Schiff, sah, dass Tirah dessen Wachen bereits niedergekämpft und die Leinen durchtrennt hatte, und musste sich beeilen, um nicht von der abtreibenden Galeere mitgerissen zu werden.

Bei dem Tumult und dem herrschenden Gedränge dauerte es eine Weile, bis die Flussmäuler begriffen, dass sie im Rücken angegriffen wurden. Keiner von ihnen nahm jedoch wahr, dass es sich nur um zwei Personen handelte, die eine Galeere nach der anderen enterten und die Leinen durchtrennten, so dass die Schiffe, vom Sog des Sees erfasst, auf diesen hinausgezogen wurden.

Nun griffen auch die Lotsen ein, die Tirah und Rogon hierher begleitet hatten. Sie fassten einander an den Händen und vereinigten ihre Kräfte. Das Wasser wallte stärker auf und zerrte an den Schiffen der Feinde. Die Leinen, mit denen diese aneinandergebunden waren, zerrissen wie dünne Schnüre, und immer mehr Galeeren trieben auf den See hinaus und verschwanden für immer.

Karrat wollte nicht glauben, was er sah. Doch mit seinem Angriff auf die Lotsenstation hatte er Kräfte geweckt, gegen die er mit seinen Mitteln nicht ankam. Ich hätte nach Flussmaul zurückkehren und mich mit Frong beraten sollen, dachte er, während um ihn herum Schiff um Schiff mit zerrissenen Leinen abtrieb und zerstört wurde.

Auf einmal sah er, wie sich die Befestigungsleinen seines Schiffes spannten, und er wollte nicht riskieren, mit ihm in den See gezogen zu werden. Mit einem Sprung setzte er auf das Nebenschiff über. Ferdik folgte ihm im letzten Augenblick, während der Steuermann das Ruder herumriss und die Ruderer auf ihren Bänken anschrie, so kräftig zu rudern wie nie zuvor in ihrem Leben.

Zakk hörte ihn und tauchte aus dem Wasser auf, um den Mann mit einem Blasrohrpfeil zu erledigen. Doch mitten in der Bewegung hielt er inne. Ein Schiff sollte davonkommen, dachte er. Die Nachricht von diesem Überfall musste sich in den Dämmerlanden verbreiten und kundtun, dass man sich mit den Lotsen des Heiligen Sees besser nicht anlegte, und auch nicht mit Rogon, dem Herzog des Südens.

Während um ihn herum seine Flotte dem Untergang geweiht war, eilte Karrat nach vorne, um in einem letzten, verzweifelten Angriff auf die beiden Eirun-Schiffe am Ufer das Blatt doch noch zu wenden. Auf einmal sah er sich Rogon gegenüber. Die Klinge in dessen Hand glühte wie blaues Feuer, und silberne Linien auf Rogons Gesicht traten wie leuchtende Male hervor.

»Der Blaue!« Karrat begriff sofort, dass ihm der Mann gegenüberstand, den Tolmon Krens Sohn Tolok in Frongs Auftrag hätte fangen sollen. Erschrocken wich er zurück und senkte sein Schwert.

»Ich ergebe mich.«

»Wirf die Waffe weg und befiehl deinen Leuten, dasselbe zu tun!« Rogon behielt den Flussmäuler dabei scharf im Auge. Diese Leute waren für ihre Verschlagenheit berüchtigt, und er traute ihnen jeden Verrat zu.

Angesichts der auf ihn gerichteten Zauberklinge verlor Karrat jedoch den Mut. »Gebt auf!«, rief er seinen Männern zu. »Tut ihr es nicht, werdet ihr alle im See enden.«

»Du bist ein kluger Bursche«, lobte ihn Keke, die auf dasselbe Schiff wie Rogon geklettert war, und schoss ihm einen Lähmpfeil in den Nacken.

»Nur für den Fall, dass er sich nicht an die Abmachung halten würde«, sagte sie grinsend und begann, Karrat zu fesseln.

Unterdessen stand Ferdik, der bisher unumschränkte Herr von Norensill, vor der Wahl, ob er weiterkämpfen, sich ergeben oder die Flucht antreten sollte. Er entschied sich für die dritte Möglichkeit und sprang ins Wasser. Das Letzte, was er spürte, war ein Stich im Nacken, dann schwanden ihm die Sinne, und er bekam nicht mehr mit, wie Zakk neben ihm auftauchte, sein Blasrohr wegsteckte und den schweren Mann mit einer Kraft an Deck schleppte, die man dem kleinen Burschen nicht zugetraut hätte.

»Die Kleidung dieses Kerls ist so aufgeputzt, dass ich mir dachte, es müsste ein höheres Tier sein«, sagte er zu Rogon.

»Gut gemacht«, lobte ihn dieser und sah dann zu, wie immer mehr Flussmäuler und Freistädter ihre Waffen fortwarfen. Zwar konnten sie nicht verstehen, wieso sie trotz ihrer gewaltigen Übermacht verloren hatten, aber sie gehorchten und ließen sich von den Lotsen und Rogons blauen Menschen widerstandslos fesseln.

Unterdessen trat Rogon auf Arelinon und die anderen Eirun zu. »Es tut mir leid um eure Gefährten, und ich bedauere, dass ich nicht hiergeblieben, sondern den Entführern der beiden jungen Lotsen gefolgt bin.«

»Es war der Wille der Götter, dass es so geschehen ist«, antwortete Arelinon mit von Trauer gedämpfter Stimme. »Meinen beiden Freunden war bestimmt, dass sie an dieser Stelle sterben sollen. Ihre Seelen werden zu Taliens Seelendom gehen und – so der Gott will – einmal in ihren Sippen wiedergeboren werden.«

»Es sind auch mehr als zwanzig unserer Menschen tot und sehr viele verwundet«, mischte sich da Tibi ein.

Arelinon senkte betroffen den Kopf. »Dies bedauere ich fast noch mehr als den Tod meiner Gefährten, haben wir diesen Menschen doch zur Freiheit verholfen, auf dass sie ein glückliches Leben führen können. Wenn Ihr erlaubt, werden wir der Schlangenfrau helfen und uns um die Verletzten kümmern. Es sollen nicht noch mehr sterben müssen.«

»Daran war nur der Oberste der Lotsen schuld«, giftete Tibi. »Wir haben ihn angefleht, uns nach Edessin Dareh fahren zu lassen. Doch er wollte nicht und glaubte, er könnte diese verdammten Schurken nur mit ein paar Worten von ihrem Angriff abhalten.«

Ein paar Lotsen, die in der Nähe standen, sahen betroffen

drein, sagten aber nichts, sondern halfen mit, die Flussmäuler und Freistädter in Gewahrsam zu nehmen und auf die übrig gebliebenen Galeeren zu verfrachten.

»Was wird mit ihnen geschehen?«, fragte Rogon einen der Lotsen.

Dieser blickte mit bitterer Miene nach Süden. »Wir schaffen sie nach Edessin Dareh und sperren sie dort ein. Sie werden dafür bezahlen, was sie getan haben.«

»Die, die sie geschickt haben, werden es auch«, antwortete Rogon, und alle spürten, dass es ihm sehr ernst damit war.

Zwölftes Kapitel

In Edessin Dareh

Die Lotsen brachten Rogon, seine Begleitung und die befreiten blauen Sklaven mit eigenen Schiffen über den See und nahmen auch Arelinon als Vertreter Gilthonians mit. Seine drei überlebenden Gefährten waren bereits mit den beiden toten Eirun nach Norden aufgebrochen, damit diese ein Grab in ihrer Heimat finden sollten.

Weder Rogon noch die Lotsen waren gewillt, den Überfall durch die Flussmäuler und Freistädter so einfach hinzunehmen. Erstere hatten, wie Drilia berichtete, nicht nur wider allen Rechts die Lotsenstation angegriffen, sondern auch die Flagge des blauen Tempels missachtet und das heilige Reliquiar geraubt. Zwar hatten sie es später wieder hergeben müssen, doch die Priesterin war überzeugt, dass die beiden Angriffe erneut dem heiligen Gegenstand gegolten hatten.

Rogon dachte nicht daran, sie von dieser Meinung abzubringen, behielt aber das Reliquiar. Da er N'ghar und Laisa als dessen Retter sah, war er nicht bereit, es ohne Belohnung für die beiden dem blauen Tempel von Edessin Dareh zu überlassen.

Um zu verhindern, dass Hannez vom Rat des blauen Sechstels gezwungen wurde, das Reliquiar den Priesterinnen auszuhändigen, bat er die Lotsen, es für ihn aufzubewahren. Außerdem fragte er, ob er ein Quartier außerhalb des blauen Sechstels erhalten könne.

»Ihr wollt nicht bei Leuten Eurer Farbe bleiben?«, fragte der Lotse verwundert.

»Ich habe meine Gründe, es nicht zu tun«, antwortete Rogon. »Tirah schlägt vor, wir sollten uns in eine Herberge im violetten Sechstel begeben, und ich bin derselben Meinung.«

Der Lotse machte eine zustimmende Geste, stutzte dann aber und sah Rogon bittend an. »Wäre es zu viel verlangt, wenn Ihr noch einen Augenblick hier in der Lotsenstation warten würdet? Es gibt jemand im violetten Sechstel, der sich freuen würde, Euch und Eure Begleiter als Gäste begrüßen zu dürfen.«

Rogon nickte. »Ansehen können wir uns denjenigen ja. Ich würde ihm allerdings nicht raten, ein Spion oder Anhänger unseres gemeinsamen Feindes zu sein.«

»Das ist er ganz gewiss nicht.« Der Lotse lächelte geheimnisvoll und bat dann, ihn zu entschuldigen, weil er einen Bericht für die Ratsversammlungen der sechs Sechstel und die sechs Tempel aufsetzen müsse.

Rogons Miene wurde hart. »Ich hoffe, die Heilige Stadt bestraft den Frevel, den Flussmaul und seine Verbündeten begangen haben, mit dem nötigen Nachdruck.«

»Das wird geschehen«, versprach der Lotse und nahm mehrere Bögen magischen Papiers zur Hand, deren Zauber so gestaltet war, dass der Text in dem Moment, in dem er ein Blatt beschrieb, auch auf den anderen erschien.

Um den Mann nicht zu stören, verließ Rogon das Zimmer und gesellte sich draußen zu Tirah, die mit Keke und Tibi Dreierschach spielte, während Zakk neue Pfeile für sein Blasrohr anfertigte.

Als der Ottermensch Rogon auf sich zukommen sah, begann er zu grinsen. »Großer Meister, wenn das so weitergeht, brauche ich bald einen Helfer, der mir die Pfeile schnitzt.«

»Ich will hoffen, dass es bald friedlicher zugeht«, antwortete Rogon verärgert. »Weiß der Tenelin, was die Flussmäuler geritten hat, uns zweimal anzugreifen.«

»Den Reiter kann ich dir nennen. Er heißt mit Gewissheit Gayyad. Nur er hat den Einfluss, solche Überfälle zu befehlen. Von sich aus hätten die Flussmäuler es gewiss nicht getan.«

Obwohl Rogon nicht ganz Tirahs Meinung war, konnte er ihre größere Erfahrung nicht außer Acht lassen. »Viel hat er damit nicht gewonnen. Die Lotsen sind zornig, die Eirun werden den Tod ihrer beiden Freunde nicht vergessen, und auch sonst haben die Flussmäuler nicht nur Freunde am Strom.«

»Er hatte sicher ein anderes Ergebnis im Sinn als das, was eingetreten ist«, gab Tirah zu. »Aber eines kannst du nicht bestreiten: Die Augen aller richten sich jetzt auf den Oberlauf des Großen Stromes und lassen den Rest der Dämmerlande außer Acht. Dort kann er nun nach Herzenslust wühlen und hetzen.«

»Irgendwann kriegen wir ihn«, erklärte Rogon grimmig.

»Gayyad konnte sich über siebenhundert Jahre lang jeder Verfolgung entziehen und davor – in den Götterkriegen – eine noch viel längere Zeit. Ihn zu fangen wird schwer sein, vielleicht sogar unmöglich.«

Tirah gab sich keinen Illusionen hin. Bereits vor Jahrhunderten hatte sie das Wirken eines unbekannten Feindes gespürt, ohne herausfinden zu können, um wen es sich handelte. Im Grunde kannten sie und Rogon auch jetzt nur ein paar Namen und wussten, dass ihr Feind sowohl eine blaue wie auch eine grüne Gestalt annehmen konnte. Doch selbst die Lotsen bezweifelten diese Aussage, obwohl Arelinon und seine Gefährten bestätigt hatten, dass es einen Gestaltwandler gab, der von einer Feindfarbe in die andere wechseln konnte. Für normale Menschen waren Grün und Blau so feindlich, dass dies für unmöglich gehalten wurde, und niemand würde akzeptieren, dass es ein Wesen wie Erulim-Gayyad gab.

»Hätte ich seine Verwandlung nicht mit eigenen Augen gesehen und mit meinen Sinnen gespürt, würde ich es auch nicht glauben«, setzte Tirah leise hinzu. »Wir werden daher niemanden finden, der bereit sein dürfte, uns gegen solch eine Sagengestalt beizustehen.«

»Tharon weiß es, Khaton weiß es und Rhondh ebenfalls«, gab Rogon zurück.

»Wie groß ist der Einfluss der Evaris auf die Reiche ihrer Farben?«, fragte Tirah mit einem freudlosen Lächeln. »Tharon kann sich nur auf T'wool stützen, und das wird von Wardan-Reichen argwöhnisch beäugt. Vergiss nicht den Einfluss, den Gayyad als Frong in vielen blauen Ländern gewonnen hat. Ich bin sicher, er könnte den blauen Tempel dazu bringen, die Reiche dieser Farbe zum Krieg gegen T'wool aufzurufen, wenn die dortige Wardan-Minderheit weiterhin schlecht behandelt wird oder es gar das Gebiet eines ehemaligen blauen Fürstentums in den Einbruchslanden besetzen würde.«

Tirahs Schlüsse waren nur allzu realistisch, das war Rogon klar. Gayyads Einfluss auf den blauen Tempel war auch der Grund, aus dem er darauf verzichtet hatte, bei seinen Großeltern zu wohnen.

»Wenn ich dich so höre, wäre es besser, den Kampf gegen Gayyad gleich von vorneherein aufzugeben«, antwortete er gereizt.

Seine Gefährtin schüttelte den Kopf. »Manchmal merkt man dir deine Abstammung von den Kharimdh stark an. Für diese Steinköpfe gibt es nur ja oder nein. Kompromisse zu schließen ist nicht ihre Art. Deshalb gibt es nur noch so wenige von ihnen.«

»Sollen wir vielleicht einen Kompromiss mit Gayyad schließen?«, fragte Rogon spöttisch.

»Natürlich nicht. Aber wir müssen uns mit allen Kräften verbünden, die gegen ihn stehen, gleichgültig, von welcher Seite sie stammen. Er bedroht die Eirun des Westens ebenso wie die Völker des Ostens. Also werde ich an der Seite von Gelben kämpfen und du an der Seite von Grünen. Nur wenn wir uns ungeachtet der uralten Farbfeindschaften zusammenschließen, haben wir eine Chance, den Kerl zu erwischen. Es wird hart werden, und es kann noch lange dauern. Aber am Ende wird er der Verlierer sein.«

»Dann will ich hoffen, dass es so kommt.« Rogon wollte noch mehr sagen, doch da trat eine Junglotsin auf ihn zu und verbeugte sich.

»Verzeiht, Herr Rogon, doch es ist die Barke gekommen, die Euch zu dem Haus bringen soll, in dem Euch Gastfreundschaft gewährt wird.«

»Das ist ja schon mal etwas«, antwortete Rogon und nahm sein Bündel auf. Tirah und Tibi taten es ihm gleich, während Zakk damit haderte, weil er mit dem Anfertigen seiner Blasrohrpfeile aufhören musste.

»Jetzt hab dich nicht so«, mahnte Keke ihn. »Du kannst auch später weitermachen. Jetzt freue ich mich erst einmal auf ein brauchbares Quartier und ein gutes Essen.«

»Kommt jetzt.« Rogon verließ die Kammer und trat ins Freie. Ein Boot mit einer hölzernen Kabine lag am Steg. Die Vorhänge waren zugezogen, so dass niemand durch die Fenster hineinschauen konnte. Rogon war es recht, denn er wollte so wenig Aufsehen wie möglich erregen. Angespannt stieg er in das Boot und trat in die Kabine ein.

Innen war kaum etwas zu erkennen, denn nur ein einziger, violetter Leuchtstein glomm schwach in einer Ecke. Trotzdem entdeckte Rogon die beiden Frauen, die am anderen Ende der Kabine nebeneinandersaßen, auf den ersten Blick. Eine davon war Rilla, jene geheimnisvolle violette Edelfrau aus Edessin Dareh, die er bei seinem letzten Besuch kennengelernt hatte. Sie trug ein langes, violettes Kleid mit Rüschen und hielt einen Fächer in der Hand, da es wegen der geschlossenen Fenster ein wenig stickig in der Kabine war.

Rogon warf ihr nur einen kurzen Blick zu und starrte dann die andere Frau an. Diese trug die lila-violett gescheckte Tracht der Tivenga-Frauen, die aus einer Bluse, einem wadenlangen Rock, festen Stiefelchen und einer gestrickten Mütze mit drei Zipfeln bestand. Nicht ihre Kleidung erregte sein Aussehen, sondern das magische Feuer, das mühsam gebändigt in ihr loderte.

Noch während Rogon überlegte, wo er die Frau schon einmal gesehen hatte, kam Tirah herein, sah die andere und beugte das Knie. »Ihr, Herrin? Ich bin so froh, Euch zu treffen!«

In dem Augenblick fiel es Rogon wie Schuppen von den Augen. Es war die violette Frau, die nach Andhirrah gekommen war und deren Anwesenheit der Heiler Sung geleugnet hatte. Mit Sicherheit war sie mit diesem im Bund gewesen, um ihn aus der Heimat fortzulocken und zu opfern, damit Tirah wiedererstehen sollte. Unwillkürlich wanderte seine Rechte zum Schwertgriff, und er wollte die Waffe schon ziehen, als Tirah es sah und seine Hand packte.

»Was soll das?«

»Das ist die Hexe, die mit Sung in Andhir war!«, rief Rogon wütend.

»Das ist Sirrin, die violette Evari.«

»Sirrin!« Rogon wich einen Schritt zurück und prallte gegen Tibi, die voll beladen hereinkam.

»Sirrin ist eine gute Freundin von mir«, mischte Rilla sich

nun ein. »Sie wird sich freuen, sich mit Euch unterhalten können, Herr Rogon, doch sollte das erst in meinem Haus geschehen.«

Es lag eine gewisse Warnung in Rillas Stimme, die Rogon davon abhalten sollte, an dieser Stelle weitere Fragen zu stellen. Dieser musterte die Tivenga scharf und setzte sich dann so weit von ihr entfernt, wie es nur ging. Tirah nahm neben ihm Platz und legte ihre Hand auf seine Schulter.

»Zügle deinen Zorn. Sirrin hat getan, was ihrer Meinung nach richtig war.« Sie sagte es mit ihrer Gedankenstimme und sendete so schwach, dass nur Rogon sie verstand.

Sirrin beobachtete die beiden mit wachsendem Erstaunen. Seit sie Tirahs Verschwinden aus dem kleinen Tempel in den östlichen Ödlanden entdeckt hatte, war sie auf der Suche nach ihrer Kriegerin gewesen. Später hatte sie gehört, Tirah habe mitgeholfen, den Fluch von Rhyallun zu brechen, und wäre nach Edessin Dareh gereist. Daher war sie dieser Fährte gefolgt, nur um zu erfahren, dass Tirah mit einem blauen Abenteurer zusammen nach Gilthonian weitergereist wäre. Bei dieser Nachricht hatte sie bereits gezweifelt, ob es sich um die echte Tirah handeln konnte.

Nun aber sah sie sie vor sich und hatte sie sofort erkannt. Etwas länger hatte es gedauert, bis sie begriffen hatte, wer ihr Begleiter war, nämlich jener Prinz von Andhir, dem ihr Helfer Sung die Kraft bescheinigt hatte, Tirah wiederzubeleben. Dies war Rogon auch gelungen, aber leider ganz anders, als sie es sich hatte vorstellen können.

Sirrin vermochte die Verbindung, die zwischen den beiden bestand, nicht wirklich zu begreifen. Wie es aussah, gab Rogon Magie ab, um Tirah zu stabilisieren. Doch da war weitaus mehr. In dem Blick, mit dem ihre Kriegerin den jungen Wardan ansah, lag ein Ausdruck von Ergebenheit und Liebe, aber auch der Wille, ihm mit ihrer Erfahrung beizustehen und von falschen Wegen abzuhalten. Etwas nervös, aber auch leicht belustigt, wandte sie sich an Rilla.

»Ich glaube, Ihr könnt den beiden eine gemeinsame Kammer anbieten, meine Teure.«

»Das habe ich bereits veranlasst.« Auch Rilla wirkte amüsiert, denn sie hatte sich gefragt, wie die violette Evari auf diese neue Situation reagieren würde. Sie spürte aber auch Rogons Argwohn. Es würde Sirrin nicht leichtfallen, das Vertrauen des jungen Mannes zu erringen. Doch gerade das war wichtig für einen festen Bund gegen den gemeinsamen Feind.

»Ich glaube, wir haben uns einiges zu erzählen, aber das darf erst in meinem Haus geschehen, wo selbst der Wind uns nicht belauschen kann«, sagte sie und gab, als auch Keke und Zakk an Bord gekommen waren, den Befehl, abzulegen.

*

Rillas Heim entpuppte sich als palastähnliche Villa am Rand des violetten Viertels. Das Gebäude nahm fast die gesamte Insel ein, auf der es stand. Daneben gab es noch einen kleinen Hafen, in dem nun auch das Schiff anlegte, das Rogon und seine Begleitung transportierte. Eine Tür direkt neben der Anlegestelle gab ihnen die Möglichkeit, die Villa ungesehen zu betreten. Dort bat Rilla ihre Gäste, sich zuerst in die ihnen zugewiesenen Räume zu begeben und sich frisch zu machen.

»Später werden wir gemeinsam zu Mittag essen. Vorher aber bitte ich Tirah und Herrn Rogon in meinen Salon, um sich dort mit Sirrin zu besprechen«, setzte sie lächelnd hinzu.

»Mir soll es recht sein«, antwortete Rogon, der einigen Gesprächsbedarf mit Sirrin sah.

Die Evari nickte kurz und ging hinter einer Dienerin her

nach oben. Tirah, Rogon und deren Begleiter wurden von einer anderen Dienerin gebeten, ihnen zu folgen. Es wunderte Rogon nicht, dass die Frau leichte magische Fähigkeiten besaß. Dafür war Rilla selbst zu magisch, auch wenn er selbst nicht in der Lage war, mehr als das zu erkennen. Auf jeden Fall erschien ihm Rilla als eine ebenso interessante wie geheimnisvolle, aber auch sehr einflussreiche Frau, die er nicht verärgern wollte.

Unterwegs wies die Dienerin Tibi eine Kammer zu und sah dann das Otterpaar an. »Gehört ihr zusammen, oder soll die kleine Dame bei der Schlangenheilerin bleiben?«, fragte sie.

Keke lächelte geschmeichelt, als sie als kleine Dame bezeichnet wurde, schüttelte aber den Kopf. »Zakk und ich sind Gefährten und wünschen zusammenzubleiben.«

»Dann soll es so geschehen.« Die Dienerin ging weiter, öffnete eine Tür und ließ die beiden Ottermenschen ein.

Keke jubelte, als sie die große, mit Wasser gefüllte Wanne sah, die in der Ecke stand, und sprang in voller Kleidung hinein. »Herrlich!«, rief sie. »Das ist genau das, was ich brauche.«

»Mach Platz«, forderte Zakk sie auf und stieg ebenfalls in die Wanne.

Kopfschüttelnd sah Rogon den beiden zu. »Vergesst nicht, es gibt bald zu essen.«

Neben ihm begann Tirah zu lachen. »Das vergessen die beiden schon nicht.«

»Ich auch nicht«, antwortete Rogon. Da er in den letzten Tagen nur selten zum Essen gekommen war, fühlte er sich ausgehungert und war daher froh, als die Dienerin Tirah und ihn zur letzten Kammer führte.

»Ich hoffe, es ist alles zur Zufriedenheit der Herrschaften«, sagte die Frau und zog sich dann zurück.

Tirah trat ein und nickte anerkennend. »Rilla hat sogar an

Bernstein und Jade gedacht.« Dabei zeigte sie auf ein Gestell mit einer Stange, auf die sich der Falke setzen konnte, und weiter auf einen großen, aus weichem Gras geflochtenen Korb, den die Katze gleich ausprobierte, um festzustellen, ob er sich als Schlafplatz eignete. Für Tirah und Rogon selbst stand ein breites Bett zur Verfügung, das nicht nur erholsamen Schlaf versprach.

»So lasse ich es mir gefallen«, sagte Tirah.

Unterdessen kehrte die Dienerin zurück und brachte frisches Wasser zum Waschen. Ein junges Mädchen, das ebenfalls leicht magisch begabt war, folgte ihr und trug saubere Kleidung herein.

»Wir hoffen, die Herrschaften sind zufrieden«, sagte die Ältere und verließ, als die beiden Gäste nickten, zusammen mit der anderen Bediensteten den Raum.

Tirah atmete tief durch und begann sich auszuziehen. »Ich bin mehr als zufrieden! Du nicht?«

»Ich wäre zufriedener, wenn weniger Probleme vor uns liegen würden«, antwortete Rogon nachdenklich. »Drilia ist in Unfrieden von uns geschieden und in den blauen Tempel zurückgekehrt, weil wir ihr das Reliquiar nicht sofort überlassen haben. Sie wird die Reihen unserer Feinde dort verstärken.«

»Oder auch nicht. Immerhin haben wir sie aus der Gefangenschaft der Gilthonian-Eirun befreit. Dafür müsste sie uns dankbar sein«, erklärte Tirah.

Rogon lachte bitter auf. »So dankbar, wie die Oberpriesterin oder Temasin, die Hüterin der Stammtafeln, es waren, als wir ihnen berichtet haben, dass der Fluch von Rhyallun gebrochen sei? Außerdem würde ich mich lieber um die befreiten Sklaven kümmern, die Helesian uns geschenkt hat. Jetzt werden sie von fremden Leuten nach Süden gebracht.«

»Du solltest Hannez vertrauen. Er weiß, was er zu tun hat«, versuchte Tirah, Rogon zu beruhigen.

»Hannez vertraue ich. Aber auch er kann diese Leute nicht in eigener Person nach Süden führen. Zudem frage ich mich, welches Geheimnis hinter dem Versteck des Magiefressers in den westlichen Ödlanden steckt. Es ist schade, dass Milwah so wenig wusste.«

»Du meinst den Magier, der die Begabten als Sklaven hielt und ihnen die Magie abgezapft hat? Was das bedeuten sollte, würde ich auch gerne wissen.« Tirah kniff kurz die Augen zusammen und winkte dann ab.

»Wir sollten uns die Köpfe nicht zu schwer machen, sondern uns erst einmal um die dringenderen Dinge kümmern. Milwah fährt erst einmal mit den befreiten Blauen nach Süden. Bei den Kessan wird sie als Tierbändigerin gewiss willkommen sein. Und jetzt wasch mir den Rücken. Ich will Sirrin nicht warten lassen – und deinen Magen ebenso wenig.«

*

Eine halbe Stunde später führte eine Dienerin Tirah und Rogon in einen mit violetten Teppichen und Wandbehängen geschmückten Salon, in dem Rilla und Sirrin sich angeregt unterhielten. Nun blickten sie Tirah und Rogon interessiert entgegen.

Als Sirrin zu sprechen begann, erschien auf ihrer Stirn eine scharfe Falte »Ich glaube, ein genauer Bericht wäre jetzt angebracht.«

»Ja, Herrin«, antwortete Tirah und wollte beginnen.

Doch da wies Sirrin auf Rogon. »Er soll reden. Immerhin hat Sung ihn für stark genug gehalten, die Zeremonie zu deiner Wiederbelebung zu überstehen.«

So als würde ihr eben etwas einfallen, erhob sie sich und trat auf Tirah zu. »Lege dein Obergewand ab.«

Verwundert gehorchte Tirah und stand kurz danach mit blanken Brüsten vor der Evari. Diese berührte eine Stelle an den Rippen mit einer Hand und konzentrierte sich darauf. Als sie nach einer Weile die Hand zurückzog, wirkte sie verwirrt.

»Als ich dich in die Ödlande brachte, hattest du dort eine Verletzung, die dir ein gelber Pfeil zugefügt hat. Es gelang Sung, den Pfeil samt der Spitze zu entfernen. Trotzdem blieb sehr viel giftige Magie in der Wunde zurück, die selbst ich nicht beseitigen konnte. Eigentlich müsste diese Verletzung dich noch immer behelligen. Doch sie ist verheilt, ohne die geringste Narbe zu hinterlassen, und von der gelben Kriegsmagie ist auch keine Spur mehr zu finden.«

Tirah wechselte einen kurzen Blick mit Rogon. Dessen Fähigkeit, mit fremder und auch andersfarbiger Magie als seiner eigenen umzugehen, hatte sie bereits mehrmals erlebt. Nun erinnerte sie sich auch wieder an die Wunde und schauderte. Wahrscheinlich hatte Rogon, als er ihren Körper aufgelöst und in sich aufgesogen hatte, ihr damit das Leben gerettet. Der Preis dafür war, so eng mit ihm verbunden zu sein, als wären sie eine Person. Doch den zahlte sie gerne.

Dreizehntes Kapitel

Neue Pläne

Auch wenn Karrat und seine Männer nicht nach Flussmaul zurückgekehrt waren, so hatte die Nachricht von dem misslungenen ersten Angriff doch die Stadt und damit auch Gayyad erreicht. Im ersten Augenblick hatte er es nicht glauben wollen und verhörte daher auf magische Weise den Schiffer, von dem die Information stammte. Dabei fand er heraus, dass nicht Dutzende, sondern nur sechs Eirun-Schiffe den Thane herabgekommen waren, die eine größere Gruppe von blauen, aus der Gefangenschaft freigelassenen Menschen transportiert hatten. Das war ebenso ungewöhnlich wie deren Begleitung durch mehrere Spitzohren. Irgendwie waren die Gilthonian-Eirun auf Tolok und seine Schiffe aufmerksam geworden und hatten ihm eine Falle gestellt. Nun aber waren zwei Fragen für ihn endgültig beantwortet: Der Blaue, der nach Gilthonian gekommen war, stellte eine noch größere Gefahr dar, als er befürchtet hatte, und die Frau an seiner Seite war tatsächlich Tirah von Mar, die er bereits mit ihren Ahninnen in Linirias' Seelendom versammelt geglaubt hatte.

»Ich hätte mich mehr um Yahyeh und Sirrin kümmern müssen. So aber konnten diese Weiber gemeinsam hinter meinem Rücken Pläne schmieden«, murmelte er und ärgerte sich, während der letzten zwei Jahre zu sehr auf die weiße Katze geachtet zu haben. Aber Laisavaneh Baragain war anscheinend nur der Köder gewesen, um ihn von dem abzulenken, was sich sonst noch tat.

Ein Klopfen an der Tür beendete Gayyads Gedankengänge. Er prüfte kurz, ob er auch tatsächlich seine Erscheinung als Frong innehatte, und rief dann: »Herein!«

Die Tür wurde geöffnet, und er sah sich Tolmon Kren gegenüber. Das Gesicht des Herrn des ersten Turmes von Flussmaul zeigte Trauer und Schmerz, aber auch unterdrückte Wut.

»Mein Sohn ist tot, und daran seid Ihr schuld!«, fuhr er seinen Gast an.

Gayyad setzte seine magischen Kräfte ein, um den anderen zu beruhigen, und sah ihn dann von oben herab an. »Tolok war ein Versager. Du hättest ihn niemals zu deinem Nachfolger ausersehen dürfen. Seinetwegen ging das Reliquiar mit den drei Haaren der Ilyna verloren, und die letzte Aufgabe, die ich ihm übertragen habe, konnte er ebenfalls nicht erfüllen.«

»Tolok und seine Männer wurden von Hunderten gelber Spitzohren überrannt«, widersprach Tolmon Kren.

Gayyad ließ ein spöttisches Lachen vernehmen. »Hunderte? Es waren lumpige sechs. Die Artefakte, die Tolok von mir bekommen hatte, waren stark genug, um mit der zehnfachen Zahl fertig zu werden. Doch er war zu dumm dazu, sie einzusetzen. Du hättest an seiner Stelle einen deiner Söhne von einer Sklavin wählen sollen.«

»Die Oberhäupter der anderen Türme von Toissonraig würden einen solchen niemals als Herrn des ersten Turmes akzeptieren«, wandte Tolmon Kren ein. »Toloks Mutter aber stammte aus einem der ranghöchsten Türme unserer Stadt.«

Da Gayyad sicher war, hier in Flussmaul jeden Anführer einsetzen zu können, den er auswählte, ging er mit einer verächtlichen Handbewegung darüber hinweg. »Jetzt bleibt dir nichts anderes übrig, als einen dieser Söhne zu nehmen, es sei denn, du willst noch einmal eine Ehe mit der Tochter eines hochrangigen Turmherrn eingehen.«

Tolmon Kren spürte den Hohn seines Gastes wie einen stechenden Schmerz und wünschte sich, Frong ebenso behandeln zu können wie dieser ihn. Doch dafür hatte er zu große Angst vor dem Magier.

»Ihr werdet mir helfen müssen, ganz gleich, ob ich nun ein neues Weib nehmen oder einen meiner Bastardsöhne als Nachfolger einsetzen will«, bat er mit verzweifelter Stimme.

»Ich werde darüber nachdenken. Doch vorerst muss ich andere Pläne vorantreiben. Noch heute brauche ich einen Schnellruderer, der mich nach Süden bringt.«

»Was wollt Ihr denn dort?«, wollte Tolmon Kren wissen, vergaß diese Frage aber nach einem kurzen blauen Aufblitzen in Gayyads Augen sofort wieder.

Stattdessen verbeugte er sich achtungsvoll. »Es wird geschehen, was Ihr wünscht, Herr.«

»Was ich befehle«, antwortete Gayyad, um die Tatsachen zurechtzurücken.

Im Grunde war er der unumschränkte Herr in Flussmaul, denn er beherrschte nicht nur Tolmon Kren, sondern auch die Oberhäupter mehrerer anderer einflussreicher Türme der Stadt. Offen durfte er diese Herrschaft jedoch nicht ausüben, um seine Feinde nicht darauf aufmerksam zu machen.

Nun überlegte er, was er als Nächstes tun musste. Die Spitzohren, Rogon und Tirah würden auf jeden Fall in die Heilige Stadt reisen, um dort den Überfall zu melden. Zwar griffen Flussmäuler viele Schiffe an, doch eine Aktion gegen die Eirun würde weitaus größeres Aufsehen erregen.

Sie werden in Edessin Dareh einiges zu tun haben und länger dortbleiben müssen, überlegte Gayyad, als Tolmon Kren die Kammer wieder verlassen hatte. Das musste er ausnützen. Sein Einfluss reichte tief in die große Stadt im See hinein, und er konnte Rogon dort eine Falle stellen, in der sich dieser monströse Blaue unweigerlich verfangen musste. Zu diesem Zweck war es aber unabdingbar, dass er selbst nach Edessin Dareh reiste. Gayyad nahm sich jedoch vor, dies nicht an Bord einer Flussmaulgaleere zu tun. Zu gegebener Zeit würde er auf ein unverfängliches Schiff umsteigen und die Stadt als schlichter blauer Pilger betreten. Zufrieden mit diesem Plan suchte er sein Gepäck zusammen und reiste noch zur gleichen Stunde ab.

*

Etwa in Höhe von Ovongh verließ Gayyad, der noch immer als Frong auftrat, den Schnellruderer, den Tolmon Kren ihm geliehen hatte, um sich ein anderes Schiff zu suchen, mit dem er in die Heilige Stadt reisen konnte.

Kaum war er an Land, sah er eine Menschentraube vor der Hafenkommandantur, die ganz aufgeregt den Erzählungen eines Mannes lauschte. Sogar der Hafenmeister, der sonst sofort auf alle neu anlegenden Schiffe zueilte, um ihnen die Liegegebühr abzunehmen, stand unter ihnen und kümmerte sich nicht im Geringsten um den Schnellruderer aus Flussmaul. Neugierig geworden trat Gayyad näher und vernahm erste Wortfetzen.

»...Überfall ... viele Tote ... gescheitert ...«

Zuerst glaubte er, der Sprecher würde von Toloks misslungenem Angriff auf die Eirun-Schiffe berichten. Dann aber wurde er unter seiner blauen Gesichtszeichnung blass. Es war von toten Spitzohren die Rede, von ermordeten Lotsen und von mehr als fünfzig Schiffen aus Flussmaul und den Freistädten, die verlorengegangen sein sollten.

»Sie haben den Angriff zu nahe am See begonnen. Es heißt, dieser selbst wäre zornig gewesen und hätte die Hälfte der angreifenden Schiffe verschlungen. Der Rest wurde von einem Lotsenheer gestürmt, das aus der Heiligen Stadt gekommen ist.«

»Unmöglich!«, entfuhr es Gayyad. »Die Lotsen besitzen kein Heer.«

»Aber es war so!«, verteidigte sich der Erzähler. »Ich habe es von meinem Vetter Ramnon gehört. Der ist am Morgen nach der Schlacht dort vorbeigefahren und hat zwei der armen Hunde, die in den Strom gesprungen und schwimmend geflüchtet sind, aus dem Wasser gezogen.«

»Wo sind diese Männer jetzt?« In seiner Erregung vergaß Gayyad fast, dass er als harmloser Reisender nach Edessin Dareh fahren wollte. Dieses Geheimnis musste er lüften, bevor er seine nächsten Schritte unternehmen konnte.

»Die sind auf dem Schiff meines Vetters geblieben und wollen nur noch nach Hause. Allerdings kommen sie dort wohl von der Pfanne in den Bratkessel, denn ihre Freistadt liegt am Ausgang der Sümpfe nahe bei Andhir. Dieser verdammte Rogar dürfte sich die Gelegenheit nicht entgehen lassen, sein Reich bis dorthin auszudehnen. Der Tenelin soll den Kerl holen!«

Gayyad überlegte, ob er zurückfahren und versuchen sollte, Ramnons Schiff einzuholen, um die beiden Überlebenden der Schlacht verhören zu können. Da er aber in der Heiligen Stadt weitaus genauere Informationen erhalten würde, legte er dem Schiffer die Hand auf die Schulter.

»Fährst du stromabwärts nach Edessin Dareh oder nach Norden?«

»Nach Süden«, lautete die Antwort.

»Dann wirst du gewiss nichts gegen einen Reisenden haben,

der auf deinem Schiff mitfährt.« Das Blinken einer Münze im Wert von drei Goldfirin unterstrich Gayyads Anfrage. An dieser Stelle wagte er es nicht mehr, Beeinflussung anzuwenden, denn die Lotsen des Heiligen Sees konnten dies bemerken und Verdacht schöpfen.

Bei dem Gedanken an die Lotsen zog er unwillkürlich eine säuerliche Miene. Irgendwann würde er dieses Gesindel entweder unterwerfen oder vernichten müssen. Im Augenblick zog er Letzteres vor. Der Heilige See hatte etwas an sich, das er bislang noch nicht hatte enträtseln können. Zwei fähige Magier, die er auf das Geheimnis angesetzt hatte, waren spurlos verschwunden, und er scheute davor zurück, sich selbst in Gefahr zu begeben.

Das ist auch nicht nötig, dachte er. Sobald er der Herr der Dämmerlande war, würde er jeden Nachschub nach Edessin Dareh unterbinden und damit die Stadt dem Untergang weihen. Da diese ihre Wichtigkeit nur aus der Tatsache bezog, dass sich dort vor fast achthundert Jahren die vier Götter und zwei Göttinnen getroffen hatten, um Frieden zu schließen, und der See, in dem sie lag, von Ödlanden umgeben war, konnte er sehr gut auf diesen Haufen Inseln verzichten.

In einem der wichtigsten seiner vielen Verstecke lagen bereits die Pläne für die neuen Hauptstädte seines Reiches. In naher Zukunft würde er sie umsetzen, und dann würden die Menschen nicht mehr nach Edessin Dareh pilgern, sondern im Westen nach Erulim Dareh und im Osten nach Gayyaddon.

Unterdessen hatte der Schiffer die Münze eingesteckt und wies auf sein Schiff. »Wenn Ihr mitkommen wollt, solltet Ihr an Bord gehen. Ich habe mich wegen dieser elenden Sache bereits viel zu lange hier aufgehalten.«

»Eigentlich wollte ich hier noch etwas essen«, antwortete Gayyad, da dies von einem normalen blauen Reisenden erwartet werden konnte. Zwar konnte er als magisches Geschöpf tagelang auf Nahrung verzichten, wollte das aber verbergen. Aus diesem Grund winkte er eine der Garköchinnen heran, die hier an kleinen Ständen gebratenen Fisch und andere Speisen anboten, und befahl ihr, ihm ein Essenspaket zusammenzustellen, das bis in die Heilige Stadt reichen würde.

Für ein paar Kupferringe trug ein Matrose die Sachen an Bord. Gayyad folgte ihm, setzte sich aufs Achterdeck und begann zu essen. Dabei stellte er dem Schiffer weitere Fragen, was bei der Lotsenstation alles passiert sei. Auch wenn er das meiste davon als Übertreibung abtat, war der Rest immer noch schlimm genug. Allerdings mehr für Flussmaul und die Freistädte als für ihn selbst. Wenn er es genau nahm, kam ihm diese Entwicklung sogar ganz zupass. Die Freistädte waren zwar gute Helfer für ihn gewesen, doch irgendwann musste wieder Ordnung am Strom herrschen. Piraten und Ähnliches waren in seinen Plänen nicht vorgesehen. Außerdem würden nun alle auf den nördlichen Strom starren und andere Weltgegenden aus den Augen verlieren.

Daher war Gayyad recht guter Dinge, als sie die unterste Lotsenstation am roten Ufer des Stromes erreichten. Er stellte jedoch fest, dass sich seit dem letzten Mal einiges verändert hatte. Es waren mehr Lotsen anwesend, und diese ließen die Schiffe erst anlegen, nachdem sie den Namen des Kapitäns und des Heimathafens sowie die Ladung abgefragt hatten.

»Es darf keiner von Bord gehen«, fuhr der Lotse fort, der auf Gayyads Schiff zukam. »Wer es versucht, muss entweder ein Schiff nehmen, das nach Norden fährt, oder zu Fuß dorthin gehen. In die Heilige Stadt kommt er jedenfalls nicht.«

Gayyad musste unbedingt die Heilige Stadt betreten. Zwar besaß er dort mehrere Verstecke, die nur er kannte, wagte aber nicht, sich dorthin zu versetzen. Ihn erschreckte der lebendige

See, und seine Pläne, Edessin Dareh zur Ödnis zu machen, hatten auch damit zu tun, dass er dieses Gewässer dem Vergessen anheimgeben wollte.

Der Schiffer war mit den Forderungen des Lotsen nicht einverstanden und stritt sich mit ihm. Am meisten aber erboste ihn, dass seine Barke mit fünf weiteren Schiffen zu einem Konvoi zusammengefasst werden sollte, der von einem Lotsen nach Edessin Dareh geführt wurde.

»Dann zahle ich aber auch nur ein Sechstel des sonst verlangten Preises«, schäumte er auf.

Der Lotse wies mit einer knappen Handbewegung nach Norden. »Es bleibt dir unbelassen, wieder zurückzufahren.«

»Verdammt! Ich habe einen Teil der Tempelabgaben von Olian an Bord, die ich zum schwarzen Tempel bringen soll. Ich muss nach Edessin Dareh!«, brüllte der Schiffer.

»Dann bezahle den Preis, wie es Sitte ist. Und nun entscheide dich. Sonst nehme ich ein anderes Schiff für den nächsten Konvoi«, antwortete der Lotse gelassen.

»Zahle«, raunte Gayyad dem Schiffer zu, bemüht, keine Beeinflussungsmagie in seine Worte zu weben.

Der Kapitän war bereits zu dem Schluss gekommen, dass ihm nichts anderes übrigblieb, und steuerte seinen Frachtkahn zu der Stelle, die der Lotse ihm wies. Dort reichte er ihm die geforderte Summe und wartete dann grummelnd auf dem Achterdeck, bis der Sechserkonvoi fertiggestellt war und sie aufbrechen konnten.

Gayyad gefiel es, dass die Lotsen mit ihrer Haltung die Stromschiffer verärgerten. Das würde es ihm später leichter machen, die Menschen gegen dieses Gesindel aufzuhetzen und die Lebensadern von Edessin Dareh allmählich abzuschnüren.

*

Für Gayyad wurde die Fahrt über den See zur Geduldsprobe. Der Konvoi aus sechs Schiffen musste sich dem langsamsten Prahm anpassen, und der Lotse verbot allen bei Androhung der sofortigen Umkehr, über die Bordwände hinauszugreifen und das Wasser zu berühren. Bei einem seiner früheren Besuche in Edessin Dareh hatte Gayyad es einmal gewagt, aber so getan, als hätte ihn ein Schiffer angerempelt. Herausgefunden hatte er trotzdem nichts, außer der unverkennbaren Tatsache, dass der Heilige See magisch war. Nicht einmal die Farbe des Gewässers hatte er bestimmen können. Nachdem wenig später die beiden Magier und ihre Adepten, die er auf den See angesetzt hatte, spurlos verschwunden waren, hatte er es aufgegeben, Edessin Dareh als Hauptstadt seines neuen Reiches vorzusehen, und den ersten großen Krieg in den Dämmerlanden vom Zaun gebrochen.

Dieser hätte eigentlich die Stadt vernichten sollen. Doch Edessin Dareh gab es immer noch. Dafür waren einige der Reiche, die die Heilige Stadt angegriffen hatten, von der Bildfläche verschwunden, und er hatte danach Jahrzehnte gebraucht, um seinen Einfluss wieder aufzubauen. Mittlerweile war er mächtiger denn je und hatte nicht vor, sich von den derzeitigen Problemen beirren zu lassen. Daher mietete er, kaum dass sie Edessin Dareh erreicht hatten, eines der dort wartenden Boote und befahl dem Ruderer, ihn zum blauen Tempel zu bringen.

»Seid Ihr das erste Mal in der Stadt?«, fragte der Mann, während er in einen der Seitenkanäle einbog.

»Nein«, kam es kurz angebunden zurück.

»Schade, sonst hätte ich Euch die Sehenswürdigkeiten des blauen Sechstels zeigen können.« Der Bootsführer seufzte, weil er bei dieser Fahrt nichts zusätzlich verdienen konnte. Daher steuerte er auf schnellstem Weg die Tempelinsel an und lenkte seinen Kahn an den dortigen Steg.

Gayyad warf ihm eine Münze zu, die dem anderen über den Fahrpreis hinaus ein kleines Trinkgeld verschaffte, stieg an Land und trat auf die erste Priesterin zu, die er sah.

»Bring mich zu Ihrer Heiligkeit.« Da er sich als wardanischer Edelmann aus den östlichen Reichen gekleidet hatte, erwartete er, dass die junge Frau ihm gehorchen würde. Erst als diese sich sichtlich wand, erinnerte er sich an Temasins Brief, in dem diese ihm berichtet hatte, ihr Oberhaupt wäre durch Tharons Zauber versteinert worden.

»Wenn Ihre Heiligkeit im Moment niemand empfangen kann, so wird es Ihre Hochwürden Temasin gewiss tun«, erklärte er und sah zufrieden, dass die junge Priesterin aufatmete.

»Das wird sie, hoher Herr. Bitte kommt mit.«

Gayyad folgte ihr und stand kurz danach der Hüterin der Stammtafel gegenüber. Kaum hatte Temasin ihn erkannt, klatschte sie gebieterisch in die Hände.

»Bring Gebäck und Wein für den hohen Herrn Frong.«

Während die junge Priesterin verschwand, kniete Temasin vor Gayyad nieder und legte dessen Hände zum Zeichen ihrer Ergebenheit auf ihren Kopf. »Ihr könnt nicht wissen, wie erleichtert ich bin, dass Ihr erschienen seid, hoher Herr. Es ist so viel Schlimmes geschehen in letzter Zeit«, sagte sie atemlos.

»Ich habe deine Botschaft erhalten und bin daraufhin sofort hierhergekommen«, log Gayyad ungerührt.

»Jetzt wird alles wieder gut. Sobald Ihr unsere Oberin entsteinert habt, können wir Engara und ihren Anhang endgültig in die Schranken verweisen. Danach müsst Ihr uns helfen, die Stammtafeln des Südens in unserem Sinne umzuschreiben. Vereen, diese elende Yahyeh-Kreatur, hat es gewagt, sie zu verzaubern.«

Temasin redete sich in Rage, denn bislang hatte sie die Eintragungen in dem Sinn tätigen können, der ihr selbst den meisten Gewinn und den größten Einfluss versprach. Doch seit Yahyehs Erscheinen als Vereen war ihr dies zumindest im verlorenen Süden unmöglich.

Gayyad missfiel es, gleich mit Forderungen empfangen zu werden, die er nicht erfüllen konnte. Daher hob er abwehrend die Hand. »Ich würde dir gerne diese beiden Gefallen tun, doch im Augenblick ist es nicht ratsam. Wenn ich hier in Edessin Dareh zu viel Magie aufwende, fällt dies gewiss jemand auf. Vergiss nicht, es sind nur ein paar Schritte bis zu dem Sechstel, in dem diese elenden Grünen hausen, und die achten scharf auf das, was hier geschieht.«

»Aber Tharons Zauber und der des Laufmädchens der Evari wurden doch auch nicht bemerkt«, wandte Temasin ein.

»Einen Zauber zu sprechen ist erheblich einfacher, als ihn wieder zu brechen. Dafür muss man weitaus mehr Kraft aufwenden, und das würde jemand bemerken. Wird hier im blauen Tempel zu viel Magie angewandt, würde Yahyeh es erfahren. Noch ist sie die Evari und hat die Macht, die Zauber, die ich löse, wieder wirksam werden zu lassen. Dann aber weiß jeder, dass im blauen Tempel Dinge geschehen, die nicht im Sinne der Evari sind. Es könnte sogar sein, dass hinterher die gesamte Priesterschaft in Edessin Dareh ausgetauscht wird.«

Gayyads Tonfall warnte Temasin davor, mehr von ihm zu verlangen, als er zu geben bereit war. Da er sie aber bei Laune halten wollte, schränkte er seine Aussage gleich wieder ein.

»Sobald ich Zeit dafür habe, werde ich mich darum kümmern. Dafür aber müssen sowohl die Oberpriesterin wie auch die Stammtafeln aus Edessin Dareh herausgeschafft und zu einem geheimen Ort gebracht werden, an dem ich die Gegenzauber unbesorgt anwenden kann.«

Temasin wurde sichtlich kleinlaut. »Verzeiht, Herr Frong,

dass ich Euch so überfallen habe. Aber es geht um die Macht im Tempel. Da Ihre Heiligkeit ausgefallen ist, stehen meine Freundinnen und ich im Sechsersynod zu dritt gegen Engara und Liolah. Wenn nur eine von uns verhindert ist, entscheidet bei Gleichstand der Stimmen Engaras Stimme als Zweite in der Rangfolge. Im Rat der Sechsundreißig haben wir zwar eine größere Mehrheit, aber dort erfahren zu viele Priesterinnen jene Dinge, die geheim bleiben sollen.«

»Der Tempel muss mit einer Stimme sprechen. Sorge dafür.« Und zwar mit meiner Stimme, setzte Gayyad in Gedanken hinzu und befahl Temasin, ihm die Stammtafeln des verlorenen Südens zu zeigen.

»Noch ist nichts verloren«, erklärte Temasin, als sie ihm diese vorlegte. »Dieser Rogon muss allein schon sechstausend Siedler dorthin schaffen, um Velghan als sein Reich eintragen zu lassen, und das werden wir verhindern.«

Mit diesen Worten reichte sie Gayyad den Erlass an die blauen Reiche und Tempel der Dämmerlande, Rogon a'Gree keinerlei Hilfe zu gewähren.

In Gedanken spottete Gayyad über ihre Zuversicht. Er kannte die Gegebenheiten auf der Ostseite des Stromes besser als Temasin und wusste, dass die blauen Fürstinnen und Fürsten der Flüchtlinge aus dem Süden längst überdrüssig waren. Zwar würden sie selbst nichts unternehmen, um diese loszuwerden, aber auch niemanden daran hindern, sie ihnen vom Hals zu schaffen. Dazu gab es Zehntausende blauer Flüchtlinge in schwarzen und violetten Reichen. Dort würde man die Gelegenheit, sich der ungeliebten Gäste auf so leichte Weise entledigen zu können, mit Freuden ergreifen. Die Frage war daher nicht, ob es Rogon gelingen würde, mindestens sechstausend Siedler für Velghan zu finden, sondern ob er darüber hinaus noch ein weiteres Fürstentum auf sich vereinen konnte.

Da dies seine eigenen Pläne durchkreuzen würde, musste der blaue Abenteurer endgültig verschwinden.

»Der Vertrag, den ihr diesem Rogon vorgelegt habt, stellt eine einzige Dummheit dar«, schalt er Temasin. »Ihr habt ihm für drei Jahre das Recht erteilt, den Süden nach eigenem Willen zu gestalten. Allein dafür verdient euer Oberhaupt, auf Dauer versteinert zu bleiben.«

»Aber wir …«, begann Temasin, doch Gayyad gebot ihr mit einer knappen Geste zu schweigen.

»Ich werde euch diesen Burschen vom Hals schaffen. Aber ihr werdet mir dabei helfen müssen.«

»Das tun wir mit Freuden.« Temasin lächelte zufrieden, denn damit würde ein Fehler rückgängig gemacht werden, den ihre Oberin begangen und den sie nicht bemerkt hatte. Auch wenn sie Rogon es nicht zutraute, genug Leute im Süden anzusiedeln, so bestand doch die Gefahr, dass T'wool die Gelegenheit ausnützte, die dort lebenden blauen Wardan in die betreffenden Fürstentümer zu verschleppen. Damit aber wäre dieser Abenteurer tatsächlich in der Lage, mehrere Fürstentümer für sich zu fordern.

»Sagt uns, Herr, was wir tun müssen«, bat sie.

Gayyad hob abwehrend die Rechte. »Ich bin eben erst in Edessin Dareh eingetroffen und muss noch Vorkehrungen treffen. Aber nun zu etwas anderem: Du sagtest vorhin, Vereen wäre hier gewesen. Gab es einen besonderen Grund dafür?«

»Welchen anderen Grund hätte es haben sollen, als uns Steine in den Weg zu legen? Sie hat sich aufgeführt, als wenn sie Ilyna persönlich wäre«, giftete Temasin.

Gayyad kannte Yahyeh gut genug, um zu wissen, dass diese ihre Botin gewiss nicht deshalb nach Edessin Dareh geschickt hatte. Doch um zu erfahren, was dahintersteckte, musste er andere Leute befragen als diese von sich und ihrer Wichtigkeit über alle Maßen eingenommene Priesterin.

»Meine gewohnte Kammer steht hoffentlich für mich bereit?«, fragte er.

»Selbstverständlich, hoher Herr. Seit Ihr sie das letzte Mal verlassen habt, hat sie niemand mehr betreten. Ich werde sofort Befehl geben, dass dort Staub gewischt und das Bett neu bezogen wird.«

»Tu das«, forderte Gayyad sie auf und blickte, während sie davoneilte, auf die Karte der Einbruchslande. Diese waren für seine grünen Verbündeten nach dem Erlöschen des Fluches von Rhyallun nicht mehr zu halten. Da er aber auf die Krieger, die sich dort angesiedelt hatten, nicht verzichten wollte, musste er dafür sorgen, dass diese sich nach Tenelian zurückzogen und das Heer seines dort herrschenden Enkels verstärkten.

Gayyad betrachtete nun die Skizze, die Temasin noch in Absprache mit ihrer Oberin angefertigt hatte. Dort waren die verlorenen Länder nach deren Vorstellungen neu vergeben worden. Ein Sprichwort aus dem Norden kam ihm in den Sinn: Man solle das Fell eines Bergschrecken nicht verteilen, bevor man ihn erlegt habe.

Er hatte den Südkrieg nicht zuletzt deshalb angestoßen, um die siebenundzwanzig mittleren und kleinen Reiche nach dem von ihm geplanten Rückzug der grünen Krieger in seiner Hand vereinigen zu können. Doch der Krieg war durch Rhondhs Zauber und den Fluch von Rhyallun beendet worden, bevor er auch nur einen Teil seiner Ziele hatte erreichen können. Nun zu versuchen, dort anzuknüpfen, wo er aufgehört hatte, erschien ihm sinnlos. Sollten die Priesterinnen sich ruhig um die Verteilung der Beute streiten. Er würde den Hebel, der die Dämmerlande zerstören sollte, an anderer Stelle ansetzen.

Als Erstes galt es, diesen Rogon zu beseitigen. Gayyad ärgerte sich, weil Temasin und ihre Priesterinnen sich so wenig um diesen Mann gekümmert hatten. Sie hätten herausfinden müssen, woher er stammte, wer seine Ahnen waren und welche Pläne er hegte.

Als Temasin zurückkehrte, blickte er sie streng an. »Ihr hättet diesen Abenteurer nicht so vor den Kopf stoßen dürfen, sondern ihm um den Bart gehen und ihn aushorchen müssen. So wissen wir nicht, ob er zu Yahyehs Gefolge gehört und von ihr zu Tharon geschickt wurde.«

Temasin fühlte sich zu Unrecht angegriffen. »Ich habe mit der Oberpriesterin gesprochen und von ihr die entsprechenden Anweisungen erhalten.«

Ihren eigenen Anteil an der Sache kehrte sie mit dieser Behauptung unter den Tisch. Um das Thema zu wechseln, informierte sie Gayyad, dass seine Kammer für ihn bereitstehe.

»Sehr gut. Ich bin müde und will bis morgen nicht gestört werden.« Mit diesen Worten verließ Gayyad die Halle der Stammtafeln und begab sich zu der Pilgerherberge, in deren Erdgeschoss ein ganz besonderer Raum für ihn reserviert war. Als er eintrat und die Tür hinter sich schloss, schien es, als sei die Welt draußen so fern wie die sechs Monde, die zu ihren Zeiten über den Himmel zogen.

Eine aufmerksame Priesterin hatte Obst und Erfrischungen bereitgestellt. Gayyad sah die Sachen nicht einmal an, sondern überzeugte sich nur, dass er den Riegel richtig vorgeschoben hatte. Dann trat er an die Rückwand, hob eine Statue der dreifachen Ilyna vom Sockel, stellte sie achtlos auf den Tisch und zog seinen Siegelring vom Finger. Nachdem er dessen Kappe abgeschraubt hatte, kam eine Fläche mit dem Symbol der gekreuzten blauen Speere und dem grünen Schwert zum Vorschein. Diese presste er kurz gegen den Sockel und wartete ungeduldig, bis sich in der Wand ein Durchgang geformt hatte. Rasch ging er hindurch und trat auf die oberste Stufe einer Treppe, die steil in die Tiefe führte. Während sich die Wand hinter ihm wieder schloss, stieg er hinab und trat an eine weitere Wand, die sich ebenfalls mit seinem magischen Schlüssel öffnen ließ.

Dahinter kam das Versteck zum Vorschein, das er sich vor Jahrhunderten unter dem Tempelkomplex hatte einrichten lassen. In mehreren Räumen lagen oder standen Versteinerte verschiedener Völker wie Statuen herum. Etliche Kisten und Truhen enthielten Gold- und Silbermünzen sowie erlesene Juwelen, andere wiederum verschiedenste Artefakte. Doch all dies interessierte Gayyad im Moment nicht. Er blieb vor einem Schrank stehen, holte die Kleidung eines blauen Bewohners der Heiligen Stadt heraus und zog diese anstelle der Tracht eines Wardan-Edlen an, in der er nach Edessin Dareh gekommen war.

Dann griff er in eine andere Kiste und füllte seine Taschen mit Goldmünzen und ein paar Kupferringen. Auch wenn er sich seiner Zuträger im Allgemeinen sicher sein konnte, so stellte Gold doch einen Ansporn für sie dar, sich noch mehr zu bemühen. Auf Silber verzichtete er wohlweislich, weil es seine nächsten Schritte behindern würde. Um sich mit Silber zu versetzen, benötigte man ganz besondere Artefakte – und deren Gebrauch würden hier sogar die Lotsen bemerken.

Er trat zu einer Tür, berührte eine leicht erhöhte Stelle mit seinem Symbolartefakt und stand im nächsten Augenblick ein halbes Dutzend Schritte weiter unter einer der Brücken, die die Tempelinsel mit einer Nachbarinsel verband. Ein Unsichtbarkeitsschirm sorgte dafür, dass ihn dort niemand bemerkte. Erst als Gayyad sicher sein konnte, unbeobachtet zu sein, schaltete er diesen aus, ging weiter und tauchte dabei wie ein normaler Spaziergänger aus der Dunkelheit auf. Kurz darauf winkte er einen Bootsführer heran und ließ sich zum Hauptmarkt des blauen Sechstels bringen. Dort stieg er auf ein anderes Boot um und erreichte nach einem weiteren Wechsel eine Schenke in einem übel beleumundeten Teil des blauen Sechstels.

Die Männer, die am Anlegesteg herumlungerten, sahen nicht gerade vertrauenerweckend aus. Einer kam grinsend auf Gayyad zu und legte ihm die Hand auf die Schulter. »Du hast gewiss eine kleine Spende für mich übrig, nicht wahr?«

Gayyad drehte den Kopf so, dass er dem Mann direkt in die Augen sah. Obwohl er nur wenig Beeinflussungsmagie anwandte, brachte er den anderen dazu, ihn loszulassen.

»Es lohnt nicht, den auszunehmen«, meinte der Kerl zu seinen Kumpanen.

Gayyad amüsierte sich darüber. Immerhin hatte er genug Geld in der Tasche, um sich ein Landgut und den Titel eines Barons in einem der unbedeutenderen Reiche der Dämmerlande zu kaufen. Ohne sich weiter um die Männer zu kümmern, betrat er die Schenke und setzte sich an einen Tisch, über dem ein Symbol hing, dem zufolge sich hier niemand ohne die Erlaubnis des Wirts hersetzen dürfe.

Es dauerte auch nicht lange, da eilte der Wirt auch schon heran. »He, du da! Kannst du nicht lesen?«, fuhr er Gayyad an.

Dieser lächelte nur und blickte dem Wirt in die Augen. Einen Augenblick lang starrte der Mann ihn verwirrt an, dann huschte ein erleichterter Ausdruck über sein Gesicht. »Ach, Ihr seid es! Willkommen in meiner Taverne. Was darf ich Euch bringen? Ich habe erst letztens einen ausgezeichneten Maraander in meinen Keller bekommen. Oder zieht Ihr Wein aus Elgion vor?«

»Elgion«, entschied Gayyad, da er sich häufig in diesem

Land aufhielt und sich an die dort üblichen Speisen und Weine gewöhnt hatte.

»Kommt sofort.« Der Wirt eilte davon, kehrte aber bald wieder zurück und brachte einen großen Krug voll Wein und zwei Becher.

»Ihr habt doch sicher nichts dagegen, wenn ich auch einen Schluck trinke?«

»Natürlich nicht, Orlur. Ich lade dich sogar dazu ein.« Gayyad deutete auf den Stuhl neben dem seinen und stieß mit dem Wirt an. Ein Blick auf die anderen Zecher zeigte ihm, dass niemand auf ihn achtete. Auch spürte er keine Magie, mittels der ihn jemand beobachten konnte. Daher sprach er sofort das an, was ihn am meisten bewegte.

»Es heißt, Yahyehs Laufmädchen Vereen wäre hier in Edessin Dareh gewesen. Weißt du mehr darüber?«

Orlur nickte grinsend. »Mein Auftrag ist es doch, auf alles zu achten, was sich hier tut. Daher habe ich Vereen von dem Moment an, in dem ich erfuhr, dass sie hier wäre, nicht mehr aus den Augen gelassen. War auch nicht schwer, denn sie hat sich so arg im blauen Tempel aufgeführt, dass man nur dem Geschrei der Priesterinnen folgen musste, um zu wissen, wo sie gerade steckte.«

»Was wollte sie hier?«, unterbrach Gayyad den Redeschwall seines Informanten.

»Das habe ich mich natürlich auch gefragt und sie von meinen Freunden beobachten lassen«, antwortete Orlur.

»Sagtest du nicht, du selbst hättest sie nicht mehr aus den Augen gelassen?« Die Anspannung ließ Gayyad unwirsch reagieren.

Der Wirt winkte ab. »Die Augen meiner Freunde sind meine Augen – bildlich gesehen. Auf alle Fälle haben meine Freunde herausgefunden, dass Vereen am letzten Tag ihres

Aufenthalts zur nördlichen Lotseninsel gebracht worden ist und von dort noch am gleichen Tag die Rückfahrt über den See angetreten hat. Sie war aber nicht allein.«

In Gayyad wuchs der Wunsch, Orlur zu erwürgen. Der Kerl hatte ihm Informationen zu liefern und keine Rätsel aufzugeben.

Es war, als hätte der andere seine Verärgerung bemerkt, denn er beugte sich vor, um leiser sprechen zu können. »Erinnert Ihr Euch noch an die weiße Katze, die wir für Euch suchen sollten?«

»Nur zu gut«, antwortete Gayyad voller Groll.

»Sie war bei Vereen. Die Lotsen haben sie heimlich in die Stadt gebracht und dann zusammen mit Yahyehs Laufmädchen wieder hinausgeschafft. Was die beiden miteinander zu tun haben, kann ich allerdings nicht sagen. So nahe haben weder meine Freunde noch ich uns an die beiden herangetraut.«

»Die Katze, sagst du?«

Gayyad zischte wütend. Wie es aussah, hatten Yahyeh und Khaton sich verbündet und kämpften nun gemeinsam gegen ihn. Dies war etwas, was er sich nicht hatte vorstellen können. Ich hätte die beiden vernichten sollen, anstatt nur ihren Ruf zu ruinieren, dachte er. Er wusste jedoch selbst, dass der weiße Gott Meandir und die blaue Ilyna in dem Fall neue Evaris eingesetzt hätten, und die wären ebenfalls Gegner von ihm gewesen. Bei den Grünen und Gelben hingegen besaß er Freunde an höchster Stelle, die die Bestellung von Nachfolgern für Tardelon und Rhondh verhindert hatten.

Bei dem Gedanken erinnerte er sich daran, dass es für Rhondh keinen Nachfolger mehr brauchte. Tharon und dieser verdammte Rogon hatten den in Rhyallun gefangenen grünen Evari befreit.

»Rogon!« Das Wort klang wie ein Fluch. Er musste diesen elenden Kerl mit den unheimlichen Kräften loswerden. Fast noch wichtiger war es, herauszufinden, was Yahyeh und Khaton ausgeheckt hatten. Dafür aber musste er Edessin Dareh verlassen und Vereen und Laisa folgen.

»Konnten deine Freunde auch herausfinden, wohin die Lotsen Vereen und die Katze gebracht haben?«

Orlur nickte. »Ich habe zwei Kumpel hinter ihnen hergeschickt. Das Lotsenschiff ist nur bis zu dieser Station gefahren.« Bei diesen Worten tunkte der Wirt seinen Zeigefinger in seinen Weinbecher und zeichnete die Umrisse des Sees und seines südlichen Abflusses auf die Tischplatte. Ein Sechserkreuz markierte die Stelle, die er meinte. Diese lag noch dicht an den Ödlanden, und so konnte es Gayyads Ansicht nach nur einen einzigen Weg geben, den Laisavaneh Baragain und Vereen eingeschlagen hatten.

»Du und deine Leute, ihr habt sehr gute Arbeit geleistet«, lobte Gayyad und zählte zehn Goldfirin auf den Tisch. »Ich brauche euch nun aber für eine andere Aufgabe. Hier in Edessin Dareh läuft ein Blauer herum, der hier nichts verloren hat. Ich will ihn als Gast bei mir sehen.«

»Ihr könnt Euch auf mich verlassen, Herr.«

»Das will ich auch hoffen«, erklärte Gayyad. »Ich komme morgen früh noch einmal vorbei und bringe die Artefakte, die du benötigst, um diesen Kerl zu fangen. Hast du eine neue Ladung Flussmaulstaub erhalten?«

Als der andere nickte, fuhr Gayyad fort. »Gib mir ein Säckchen davon. Ich muss noch einiges für die Falle vorbereiten. Deine genauen Anweisungen bekommst du morgen. Es kann sein, dass du mit ein paar Priesterinnen des blauen Tempels zusammenarbeiten musst.«

»Mit dem überheblichen Gesindel?«, stöhnte der Wirt. »Die

sehen meinesgleichen doch nicht einmal mit dem Hintern an, geschweige denn mit dem Gesicht.«

»Sie werden es tun«, sagte Gayyad, trank aus und verließ das Wirtshaus. In diesem Augenblick bedauerte er es wieder einmal, sich nicht teilen und gleichzeitig auf der roten Seite als Gayyad und auf der goldenen als Erulim wirken zu können.

*

Nachdem Gayyad am nächsten Tag seine Vorbereitungen getroffen und genaue Befehle erteilt hatte, nahm er eine Passage auf einem südwärts gehenden Schiff. War er während der Überfahrt auf dem Heiligen See noch angespannt, so atmete er erleichtert auf, als dieser hinter ihm lag. Er blieb noch so lange an Bord des Flussschiffes, wie der Lotse anwesend war, und verließ es erst eine Tagesreise nach ihm. Das Ufer gehörte zwar immer noch zu den magischen Ödlanden, aber an dieser Stelle war die Strahlung geringer als weiter oben, und ein furchtloser Reisender konnte die dahinterliegenden Reiche in wenigen Tagen erreichen. Ein längerer Aufenthalt in diesem Gebiet war für einen Menschen jedoch nicht ratsam.

Seinen Mitreisenden gegenüber tat Gayyad so, als wolle er auf diesem Weg nach Osten gelangen, und verabschiedete sie mit allen Segenswünschen. Da man diesen Übernachtungshafen auf einer Insel erbaut hatte, die gut hundert Schritt vom Ostufer entfernt lag, ließ Gayyad sich hinüberrudern und tat so, als würde er strammen Schrittes nach Osten wandern. Kaum war er außer Sicht, benützte er sein Versetzungsartefakt, um wieder nach Norden zu gelangen.

Er hatte einen Verdacht, dem er nachgehen musste. Daher erreichte er nach einer Serie von kurzen Versetzungen eine von dichten Dornbüschen umgebene Stelle, an der eine gut sechs

Schritte große, graue Platte lag. Als Gayyad sich niederbeugte und seine Hand darauflegte, fand er seine Vermutung bestätigt. Diese Versetzungsplatte war erst vor kurzem benutzt worden, und der Zielpunkt lag in der Nähe der Blauen Festung.

Jede andere Möglichkeit wäre ihm lieber gewesen, denn das hieß, dass Yahyeh und Berraneh Baragain Laisavaneh zu sich geholt hatten. Gleichzeitig fragte er sich, welchem Zweck der Aufenthalt der weißen Katze im Osten diente. War Berraneh auf die Artefaktbombe unter der Blauen Festung gestoßen, oder ging es um etwas anderes? Wenn er das herausfinden wollte, musste er ebenfalls nach Osten reisen.

Mit einem missmutigen Blick starrte er die Versetzungsplatte an. Sie war die einzige Möglichkeit, die fast tausend Meilen bis zu seinem Ziel nicht mit mehreren, von Yahyeh messbaren Versetzungssprüngen zu überwinden. Dabei hasste er diese Platten wie die Pest.

Mit Schaudern erinnerte Gayyad sich daran, wie er durch eine falsche Zieleinstellung auf einer seltsamen, über dreißig Meilen aus dem Meer aufragenden Insel gelandet war. Da die Platte in einer Höhe gelegen hatte, in der die Luft zu dünn zum Atmen war, hatte er sich magisch erhalten müssen. Zu seinem Pech war die Platte defekt gewesen, so dass man sie zwar erreichen, aber nicht mehr von dort hatte fortkommen können. Aus diesem Grund hatte er sich zum Herrn der primitiven Eingeborenen dort aufgeschwungen und diese so weit gebracht, dass sie ihm ein seetüchtiges Schiff gebaut hatten. Insgesamt sechsundsiebzig Jahre hatte er gebraucht, um wieder in bekannte Gefilde zurückzukehren, und fast alles, was er bis dorthin aufgebaut hatte, war zerstört gewesen. Nur durch einen gnadenlosen Vernichtungsfeldzug war es ihm gelungen, seine damaligen Feinde niederzuringen. Aber immer noch dachte er nur mit kochender Wut an den Namen Tissuren.

Unwillkürlich ballte Gayyad die Rechte zur Faust und drohte nach Norden. Dann aber lachte er über sich selbst. Seit damals hatte er sehr viel gelernt und sich ein gutes Wissen über das Plattensystem angeeignet. Es stammte noch aus der Zeit vor den Götterkriegen und hatte es mit seinen damals dreihundertsechzig Plattenstationen möglich gemacht, jeden Winkel der Welt in wenigen Augenblicken zu erreichen.

Wie viele Platten es jetzt noch gab, wusste Gayyad nicht, doch er schätzte, dass es weniger als zwei Dutzend waren. Er selbst kannte nicht mehr als acht und würde die Hälfte davon nur dann benutzen, wenn es um sein Leben ging. Diese Platte hier war jedoch harmlos. Mit einem spöttischen Lächeln dachte er daran, dass Yahyeh wahrscheinlich glaubte, sie wäre die Einzige, die dieses uralte Artefakt kannte. Doch da hatte sie sich getäuscht. Mit diesem Gedanken stieg er auf die graue Fläche, richtete seine magischen Sinne auf den Steuerkristall und befahl diesem, ihn zu der Platte bei der Blauen Festung zu versetzen.

Vierzehntes Kapitel

Erandhon

Die Schulung, der Berraneh sie unterzogen hatte, war hart gewesen, hatte sich aber für Laisas Empfinden gelohnt. Im Gegensatz zu Khaton, der ihr die Magie theoretisch und anhand ihrer Wirkung durch Artefakte hatte beibringen wollen, war ihre Großmutter auf ihre speziellen Fähigkeiten eingegangen und hatte sie gelehrt, diese sinnvoll anzuwenden. Zwar empfand sie es immer noch als höchst seltsam, sich in eine andere Gestalt zu verwandeln, denn sie war zu gerne Katzenfrau. Aber für das, was sie nun vorhatte, war ein rothaariges Spitzohr – wenn auch mit gelben Katzenaugen – das erfolgversprechendste Aussehen. Zuerst aber würde sie als Katzenmensch den Bergring überwinden müssen.

Um sich darauf vorzubereiten, studierte sie die Bilder, die Berraneh und Yahyeh ihr zeigten, und ließ sich von beiden erklären, wie sie hochgeklettert waren.

»Es wird nicht leicht«, erklärte Berraneh am Vorabend des Tages, an dem sie zum Ringgebirge aufbrechen wollten. »Mir wäre wohler, du besäßest einen Kristallformer, den du mitnehmen dürftest. Damit könntest du kleine Kletterhilfen in den Fels schneiden. Aber unsere sind blau und damit ungeeignet.«

Es hörte sich so an, als würde Berraneh es Khaton übelnehmen, dass dieser sie nicht mit einer großen Kiste passender

Artefakte nach Osten geschickt hatte. Doch dafür hätten die beiden Magierinnen dem weißen Evari genauer erklären müssen, was sie hier erwartete, fand Laisa und machte eine wegwerfende Handbewegung.

»Ich komme auch so hinauf.«

»Wenn es ginge, würde ich dich begleiten. Zu zweit kann man sich wenigstens gegenseitig helfen.« N'ghar ließ die Ohren hängen, weil er vorerst zum Zuschauen verurteilt war.

Auch Reolan fragte sich, was er tun konnte. »Vielleicht sollte ich mitkommen. Wenn wir wirklich auf weiße Eirun stoßen, könnten wir zu zweit besser mit ihnen reden.«

Laisa schüttelte den Kopf. »Du hast keine Krallen, mit denen du dich noch an winzigen Unebenheiten festhalten kannst. Levitation aber wirkt dort oben nicht, wie Yahyeh herausgefunden hat.«

»Das weiß ich doch«, stieß der Eirun hervor. »Aber ich komme mir so überflüssig vor.«

»Was meinst du, was ich tue?«, fauchte N'ghar.

»Und ich erst«, meldete sich Ysobel.

»Aber ich könnte doch mitgehen«, warf Rongi ein. »Zum einen kann ich ausgezeichnet klettern und bin zweitens magisch zu klein, als dass dieses dumme Artefakt auf mich wirken könnte.«

»Das ist nicht bewiesen«, erklärte Berraneh. »Doch selbst wenn du es in den Bergring hinein schaffen würdest, bestände die Gefahr, dass dir weiße Spitzohren das Fell abziehen und dich auf den Bratspieß stecken.«

Laisa musste bei diesem Vergleich unwillkürlich lachen, wurde aber wieder ernst, als sie Rongis beleidigte Miene sah. »Wäre es ein ganz normales Gebirge und dahinter etwas Blaues, Violettes oder Schwarzes, würde ich dich mitnehmen, Kleiner. Doch so bist du mir wenigstens zu Beginn meiner Mission ebenso wenig nützlich wie N'ghar.«

»Du glaubst, die Spitzohren hätten vor mir ebenso viel Angst wie vor ihm?«, fragte Rongi.

Während Berraneh nur den Kopf schüttelte, nickte Laisa. »Natürlich. Für die bist du ein gefährlicher blauer Katzenkrieger. Außerdem dürften sie beeinflusst sein, so, wie Erulim es auch mit den Gilthonian-Spitzohren gemacht hat.«

»Du glaubst also immer noch, dass Gayyad dahintersteckt?«, fragte Yahyeh, die sich bei diesem Gedanken schüttelte.

Laisa nickte ernst.

»Ich hoffe, du irrst dich. Er wäre sonst noch viel gefährlicher, als wir bislang dachten.« Auch Berraneh gefiel dieser Gedanke nicht. Es war etwas anderes, jemand zu bekämpfen, der ein paar Artefakte gestohlen hatte und damit Menschen beeinflusste. Aber jemand, der so etwas wie das Ringgebirge hatte schaffen können, wirkte unüberwindlich.

»Ich wollte, wir besäßen Unterlagen, wie die Gegend dort früher ausgesehen hat. Doch dafür müsste ich weit nach Osten reisen und die Blaue Festung in dieser Zeit allein lassen.« Noch während sie sprach, wurde Berraneh klar, dass sie Gayyad und dessen Umtriebe stärker fürchtete, als ihr bisher bewusst gewesen war.

»Wir müssen mit dem auskommen, was wir haben«, antwortete Laisa lächelnd. Auch wenn sie ihre Freunde gerne an ihrer Seite gehabt hätte, so verlockte sie es dennoch, dieses Abenteuer allein zu bestehen. Sie gähnte und sah dann die anderen an.

»Ich weiß nicht, was ihr macht. Aber ich gehe jetzt ins Bett. Ich will ausgeschlafen sein, wenn wir morgen aufbrechen.«

»Das will ich auch«, sagte N'ghar, doch ihm war klar, dass er die halbe Nacht wach liegen und darüber nachdenken würde, wie er Laisa vielleicht doch unterstützen konnte.

*

Da Laisa nicht genau wusste, was sie erwartete, wählte sie ihre Ausrüstung sorgfältig aus. Sie zog ihre Tunika aus grau kariertem Stoff an, darüber die Lederstreifenrüstung mit den in Silberhüllen gesicherten Wurfmessern in allen sechs magischen Farben. Als Waffen nahmen sie ihren Bogen, den Pfeilköcher, die Springschlange und ihr Schwert mit der Klinge aus weißer Magie mit. Auf blaue Sachen, die Berraneh ihr anbot, verzichtete sie, weil diese nur die Überwachungs- und Abwehrartefakte auf sie aufmerksam machen würden.

Als sie schließlich in den ersten Vorhof der Festung trat und sich auf Vakka schwang, grinste sie so fröhlich, als wäre alles nur ein Riesenspaß.

»Auf geht es«, rief sie und ritt auf das Tor zu.

Berraneh folgte ihr mit grimmiger Miene. Auf ihren Befehl hin öffneten die Gurrim-Wachen das Tor, und sie sahen die Berge vor sich, die teilweise noch zum Blauen Land gehörten. Dahinter lag das Ringgebirge unter dichten Wolken und war mehr zu erahnen als zu sehen.

Wie schon bei ihrem misslungenen Versuch, die Bergkette zu überqueren, nahm Berraneh nur ihre Leibwächterin Atra, zwei Schlangenmenschen mit starken Heilerfähigkeiten und ein Dutzend blauer Gurrims mit. Sie wollte nicht, dass die Menschen im nahe gelegenen Reich Relledh auf sie aufmerksam wurden. Auch wenn die Herrschersippe sich in die violetten Stammtafeln hatte eintragen lassen, gab es immer noch blaue Priesterinnen im Land. Diese waren vom Tempel in Edessin Dareh geschickt worden und konnten Spione des Feindes sein.

Aus diesem Grund wählte Berraneh auch nicht die offizielle Straße, sondern schlug den Weg nördlich des Dreifarbenflusses ein und näherte sich dem Ringgebirge von Osten. In den drei Tagen, die sie bis dorthin brauchten, wurde nur wenig gesprochen, denn die meisten hingen ihren Gedanken nach. Während N'ghar, Ysobel, Rongi und Reolan damit haderten, Laisa allein losziehen lassen zu müssen, kam Yahyeh noch immer nicht mit der Situation zurecht, dass Laisa Berranehs Enkelin war. Wenn sie wenigstens blau gewesen wäre! Doch als Wesen dieser Farbe hätte Laisa es niemals wagen können, den Berg hinaufzusteigen.

Als sie schließlich am Fuß der Ringberge angekommen waren, wandte Berraneh sich an Laisa. »Sollen wir das Gebirge einmal ganz umrunden? Vielleicht finden wir eine Stelle, die sich leichter erklimmen lässt.«

»Die ist dann auch doppelt und dreifach gesichert«, gab Laisa zur Antwort. Sie hatte bereits beschlossen, den Aufstieg an einer Stelle zu wagen, die allen anderen als unmöglich zu schaffen erschien.

An der Stelle, an der sie die Berge erreicht hatten, wirkten diese weniger schroff als dort, wo Berraneh und Yahyeh gescheitert waren. Als Laisa sich auf ihre Spürsinne konzentrierte, bemerkte sie die Ausstrahlung vieler Artefakte und schüttelte den Kopf.

»Wir müssen weiter. Sollen wir uns besser nördlich oder südlich des Bergringes halten?«

»Ich halte den Süden für besser. Im Norden reicht ein Land bis an den Fuß der Berge, und man würde uns dort mit Sicherheit entdecken.« Mit dieser Feststellung lenkte Berraneh ihr Pferd südwärts, und die anderen folgten ihr.

*

Zwei Tage später kamen sie an eine Stelle, die Laisa für geeignet hielt. Die blau schimmernde Felswand ragte mehr als tausend Mannslängen senkrecht in die Höhe und sah aus, als hätte ein Riese sie poliert. Laisas Sinne sagten ihr, dass hier weitaus weniger Artefakte lauerten als in anderen Bereichen des Bergringes. In dem Augenblick war sie froh um ihre Gabe, Magie fühlen zu können, ohne selbst welche anwenden zu müssen, denn dazu waren nur sehr wenige Magier in der Lage. N'ghar besaß sie ein wenig, doch Berraneh und Yahyeh taten sich damit schwer, genau wie Khaton oder Tharon.

Laisa genoss das Gefühl, etwas Besonderes zu sein, streifte es aber rasch wieder ab und sah die anderen mit blitzenden Augen an.

»Hier werde ich es versuchen.«

»Bist du verrückt?«, platzte N'ghar heraus. »Diese Felswand kann niemand erklimmen.«

»Das dürfte sich unser Freund Gayyad auch gedacht haben«, entgegnete Laisa fröhlich. »Ich halte es jedenfalls für die geeignetste Stelle.«

Ohne sich um die anderen zu kümmern, schwang sie sich aus dem Sattel, lief auf die Felswand zu und begann zu klettern.

»He! Warte wenigstens, bis wir ein Lager aufgeschlagen haben!«, rief Berraneh hinter ihr her.

Laisa hatte schon mehr als zwei Dutzend Mannslängen geschafft und blickte herab. »Ich will noch nicht bis zum Grat hochklettern, sondern mich an die Bewegung in diesem Kristallgestein gewöhnen. Den Aufstieg beginne ich vielleicht morgen oder übermorgen. So lange übe ich nur.«

»Aber die Artefakte«, wandte ihre Großmutter ein.

»Ich habe bislang erst drei entdeckt, und die sind ziemlich weit oben. Selbst du könntest hier drei-, vierhundert Mannslängen hochklettern, ohne dass deine Fähigkeiten beeinträchtigt würden«, antwortete Laisa.

»Dann kann ich es auch.« N'ghar stieg nun auch in die Wand

ein und kam auf Laisa zu. Hinter ihm schoss Rongi wie ein Blitz den Felsen hoch und überholte ihn.

»Vorsicht, Kleiner! Weder du noch N'ghar werdet höher als einhundert Mannslängen klettern. Ich will nichts riskieren«, warnte Laisa ihn.

Zu ihrer Erleichterung gehorchte der Katling und blieb unter ihr. Es zeigte sich aber, dass es ganz gut war, dass sie zu dritt kletterten, denn Rongi und N'ghar machten sie auf besonders glatte Stellen aufmerksam, an die sich selbst die beiden nur im äußersten Notfall gewagt hätten. Da Laisa jedoch damit rechnen musste, auf ihrem Weg nach oben auf solche Gesteinsformationen zu treffen, stieg sie gerade in diese Teile der Wand ein und hing oft genug nur an zwei Krallenspitzen, während sie mit dem anderen Arm oder Bein nach einer Stelle suchte, an der sie sich festhalten konnte.

Eines wurde ihr dabei rasch klar: Sie durfte nicht einfach frisch drauflosklettern, sondern musste sich ihren Weg immer wieder anhand der Gegebenheiten auswählen. Aber als Jägerin hatte sie Geduld gelernt und würde nicht scheitern.

*

Am Morgen des übernächsten Tages erwachte Laisa mit dem Gefühl, die Felswand so gut zu kennen, wie es möglich war. Sie frühstückte noch einmal kräftig, packte etwas Vorrat ein und steckte diesen in eine Tasche, die sie auf den Rücken binden konnte.

Dann sah sie die anderen mit ungewohnt ernster Miene an. »Ich breche jetzt auf. Ihr wartet hier, bis ich entweder zurückkomme oder euch ein Zeichen gebe.«

»Was soll das für ein Zeichen sein?«, fragte Reolan.

»N'ghar kann die Magie der Erde bis tief unter das Gebirge

hinein fühlen. Ich müsste in der Lage sein, auf seine tastenden Sinne zuzugreifen und mich mit ihm zu verständigen.«

»Und wenn nicht?«, bohrte Reolan weiter.

»Dann wird mir schon etwas einfallen.« Laisa hoffte, dass es nicht dazu kommen würde, denn es gab genug Unwägbarkeiten bei dieser Aufgabe. Mit der Krallenspitze des rechten Daumens wies sie auf die Karte, die Berraneh ihr vorgelegt hatte, und mit der des linken Daumens auf den Auszug einer Karte von Yahyeh.

»Wer auch immer dahintersteckt«, für Laisa war klar, dass es sich dabei nur um Gayyad handeln konnte, »hat dafür gesorgt, dass sich fast achthundert Jahre lang niemand um dieses Gebiet gekümmert hat. Laut den Unterlagen in der Blauen Festung gehört das Ringgebirge zu den Dämmerlanden, so dass es außerhalb des Wirkungsbereiches der Festungskommandantinnen und ihres Stabes lag. Für die Evari und die Reiche in den Dämmerlanden sah es hingegen so aus, als würde dieses Gebiet als Teil des Blauen Landes in die Dämmerlande hineinragen. Damit aber war es Yahyehs Kontrolle entzogen. Für jemand, der krumme Wege geht, ist das doch ein idealer Zustand, nicht wahr?«

»Zu wem gehört das Gebiet nun wirklich?«, wollte Berraneh wissen.

Laisa musterte die beiden Karten und zuckte dann mit den Achseln. »Die Grenzen zwischen den Götterländern und den Dämmerlanden wurden im Friedensvertrag der sechs Götter und Göttinnen vor achthundert Jahren gezogen. Man müsste ein Exemplar dieses Vertrages ansehen, um diese Frage endgültig beantworten zu können.«

»Es gibt in der Blauen Festung keine Kopie davon «, erklärte ihre Großmutter.

Yahyeh hob die Hand, um die Aufmerksamkeit der anderen

auf sich zu lenken. »Der blaue Tempel in Edessin besitzt eine. Doch ich weiß nicht, ob ich mich jetzt dorthin begeben sollte, um nachzusehen.«

»Und deine Botin Vereen?«, fragte Laisa, da sie genau wusste, dass Vereen eine Zweitgestalt der Evari war.

»Vereen ist in einem anderen Auftrag unterwegs«, redete Yahyeh sich heraus. »Doch wer ist nun für das Ringgebirge zuständig, Berraneh oder ich?«

»Beide, würde ich sagen, da es sich um ein gemeinsames Problem handelt und erst nach dessen Lösung bestimmt werden kann, ob es zum Blauen Land oder zu den Dämmerlanden gehört. Um das zu entscheiden, bräuchten wir das Original, das bei Ilyna selbst aufbewahrt wird. Der Kopie im blauen Tempel von Edessin Dareh würde ich nicht trauen. An der kann sich unser Freund Gayyad längst zu schaffen gemacht haben«, antwortete Laisa lächelnd, obwohl es sich um ein todernstes Thema handelte.

Das Gefühl, etwas vollbringen zu können, zu dem nur sie in der Lage war, hatte etwas Berauschendes an sich. Allerdings durfte sie nicht unvorsichtig werden und Fehler machen. Dies hieß aber auch, keinen einzigen Aspekt außer Acht zu lassen. Mit diesem Gedanken wandte sie sich an die beiden blauen Magierinnen.

»Yahyeh sollte einen Bericht für Khaton schreiben und ihm mitteilen, was wir bislang entdeckt haben. Er muss dafür sorgen, dass die drei grünen Eirun und die grünmagischen Artefakte im untersten Stockwerk der Blauen Festung über den Strom geschafft werden. Außerdem könnte Berraneh die Kommandanten der Violetten und der Schwarzen Festung darüber informieren, dass Gayyad hier eine Bombe hinterlassen hat. Das kann er nämlich auch dort getan haben. Immerhin war er gut Freund mit etlichen schwarzländischen Magiern.«

»Ich habe bereits Nachricht an die beiden anderen Festungen geschickt«, antwortete Berraneh. »Ich hoffe nur, die Schwarzländler beherzigen meine Warnung und machen sich nicht selbst auf die Suche. Wenn es dort wirklich eine Vernichtungswaffe gibt, würde diese durch deren Herumschnüffeln in Gang gesetzt.«

»Das wollen wir nicht hoffen.« Viel Vertrauen in den Verstand der Schwarzlandmagier besaß Laisa nicht, da sie Wassarghan und Gynndhul bereits kennengelernt hatte. Sie atmete tief durch und grinste breit, aber es verriet nur ihre Anspannung und Nervosität.

»Wünscht mir Glück. Das kann ich nämlich gebrauchen.«

»Riskiere nicht zu viel«, bat Berraneh, doch Laisa lachte nur.

»Das kriege ich schon hin. Und jetzt Meandir und Ilyna befohlen.« Mit diesen Worten trabte sie los.

Das am Fuß der Berge aufgeschlagene Lager blieb rasch hinter ihr zurück. Die Stelle, an der sie hochklettern wollte, lag zwei Meilen entfernt und sah so abweisend aus, dass sie, als sie davorstand, beinahe den Mut verlor. Dann aber klackte sie wütend mit den Zähnen.

»Es gibt nichts, was mich aufhalten könnte«, sagte sie zu sich selbst und stieg in die beinahe senkrecht aufsteigende Felswand ein. Weiter oben hing diese sogar leicht über, doch Laisa hoffte, genug Spalten und Vorsprünge zu finden, um sich festkrallen zu können.

Sie war eine ausgezeichnete Kletterin, doch in den nächsten Stunden vergoss sie mehr Schweiß als all in den Monaten zuvor. Oft hing sie nur an einer einzigen Kralle und tastete mit der anderen Hand verzweifelt nach einem Halt, während unter ihr eine scheinbar endlose Tiefe gähnte.

Als sie etwa den halben Aufstieg geschafft hatte, spürte sie, dass Artefakte ansprangen und sie überprüft wurde. Doch kein

Blitz zuckte aus dem Nichts heraus auf sie zu, und es öffnete sich auch keine Silberhülle und gab ein Artefakt frei, das sie mit feindlicher Magie überschüttete. Es war also tatsächlich so, dass jemand von der anderen Seite des Stromes unbehelligt blieb. Allerdings wäre niemand von drüben in der Lage gewesen, hier hochzuklettern, und der Einsatz von Magie kam wegen des Dämmfeldes nicht in Frage.

Mit jeder Mannslänge, die sie höher kam, wurde es schlimmer. Mittlerweile hing sie an einer überhängenden Felswand und fand kaum mehr eine Stelle, an der sie sich einhaken konnte. Sie wagte nicht einmal mehr, in die Tiefe zu schauen, sondern richtete ihren Blick starr nach oben.

»Ich werde es schaffen!«, schwor sie sich und tastete mit der Linken nach einem Spalt oder einem leichten Vorsprung, mit dessen Hilfe es ihr gelingen würde, sich einen Finger- oder Fußbreit höher zu ziehen.

Mittlerweile war es Nacht geworden, und ein normaler Katzenmensch wäre trotz seines ausgezeichneten Sehvermögens spätestens hier gescheitert. Laisa hingegen hatte den Vorteil, kleinste magische Verwerfungen in der Dunkelheit deutlich erkennen zu können, ohne dass sie mit ihren Sinnen danach greifen musste. Rasch begriff sie, dass der Überhang nur wenig mehr als eine Mannslänge über ihr endete, und überwand dieses gefährliche Stück mit aller Konzentration.

Über dem Abhang entdeckte sie einen Vorsprung, der groß genug war, dass sie sich an die Felswand gepresst hinlegen und verschnaufen konnte. Nun wagte sie wieder einen Blick in die Tiefe und fand, dass sie bereits sehr hoch gekommen war. Als sie nach oben schaute, lag der Grat, den sie übersteigen musste, weniger als sechzig Mannslängen über ihr. Das Schönste aber war, dass die Felswand bis dorthin nur noch sanft anstieg und sie diese Strecke höchstwahrscheinlich ohne Probleme bewältigen konnte.

Nach einer Pause wollte Laisa weitersteigen, doch da meldete sich ihr Instinkt. Sie drehte sich um, bemerkte zuerst nichts, dann aber wurde ihr Blick von einem kleinen Felsvorsprung angezogen, an dem sie einen Hauch Grün zu erkennen glaubte. Vorsichtig näherte sie sich der Stelle und begriff, dass es sich um ein Schlüsselartefakt handelte. Da es an dieser Stelle weder Türen noch Tore gab, musste dieses Ding eine andere Bestimmung haben.

Mit dem Gefühl, dass es nicht gut wäre, das Artefakt unbeachtet zu lassen, versuchte Laisa zu erkennen, ob der magische Schlüssel aus blauen oder grünen Speeren bestand.

Nachdem sie es festgestellt hatte, war der Rest einfach. Sie dachte sich den Schlüssel auf ihre Hand und legte diese auf die entsprechende Stelle des Felsvorsprungs. Im selben Moment erlosch das Artefakt, und der Weg war frei.

Spätestens an dieser Stelle wäre selbst ein Evari gescheitert, dachte sie stolz und kletterte weiter.

*

Das letzte Stück bis zum Grat ließ sich für Laisa leicht überwinden. Als sie endlich oben stand und in die Tiefe starrte, blieb ihr beinahe die Luft weg. Unter ihr erstreckte sich ein weiß strahlender Wald, der unverkennbare Ähnlichkeit mit Gilthonian hatte. Dort waren die Bäume zwar noch etwas höher gewesen, aber auch so fand sie den Anblick imponierend genug. Die Luft in dieser Höhe war klar, und sie vermochte in der Ferne den gewaltigen Königinnenbaum zu sehen, der alle umliegenden Bäume weit überragte. Er leuchtete so intensiv, dass sie ihren ersten Gedanken, Gayyad könnte hier einen Eirun-Wald ohne Eirun verborgen haben, sofort wieder verwarf.

Es musste weiße Spitzohren darin geben, und sie besaßen

eine Königin, die Helesian von Gilthonian wahrscheinlich in nichts nachstand oder diese sogar übertraf. Damit, fand Laisa, konnte Rogon trotz der Schlangen- und Ottermenschen, die er in Rhyallun befreit hatte, nicht konkurrieren. Nach einem tiefen Luftholen folgte sie dem Weg, der in die Tiefe führte. Er war sogar für sie recht steil, und es gab immer wieder Stellen, an denen sie klettern musste. Allerdings war das ein Klacks im Vergleich zum Aufstieg auf der Außenseite des Bergringes. Ein Spitzohr würde hier trotzdem in Schwierigkeiten geraten, dachte sie gerade, als sie etwas tiefer eine weiße Präsenz und kurz darauf ein Aufwallen schwarzer Magie bemerkte.

Noch im gleichen Augenblick spürte Laisa den magischen Schmerzensschrei einer Eirun und blieb stehen, um nicht in den Wirkungskreis des Artefaktes zu geraten. Etliche Schritte tiefer entdeckte sie ein schmales Felsband, unter dem es mehrere hundert Schritt fast senkrecht in die Tiefe ging, und auf diesem lag eine sehr junge, bewusstlose Eirun, die das Artefakt wohl ausgelöst hatte. Wie es aussah, reagierte das Ding auf Weiß. Also wurden hier nicht nur Magier aus dem Osten fern-, sondern auch die weißen Bewohner dieses Waldes drinnen gehalten – als ewige Gefangene von Erulim-Gayyad.

»Das gefällt mir gar nicht«, murmelte Laisa.

Ihr war klar, dass das schwarze Artefakt auch auf sie reagieren würde. Einen Moment lang überlegte sie, wie sie es abschalten und ausbauen konnte. Aber das erschien ihr dann doch zu gefährlich. Stattdessen berechnete sie den Wirkungskreis dieses Dinges genauer und kam darauf, dass ein weiterer Felsvorsprung in der Nähe des bewusstlosen Eirun-Mädchens bereits außerhalb seiner Reichweite liegen musste.

Ein Geräusch verriet Laisa, dass die Eirun gegen ihre Bewusstlosigkeit ankämpfte, und sie sah nun, dass das Mädchen sich dabei bewegte. Schon hingen sein rechter Arm und der rechte Unterschenkel über die Kante, und es konnte jeden Augenblick abstürzen. Selbst im Vollbesitz seiner Kräfte würde es einem Eirun schwerfallen, den Sturz mit seinen Fähigkeiten so abzubremsen, dass er ihn ohne Schaden überstand. Für eine Bewusstlose wie dieses Mädchen bedeutete er jedoch den sicheren Tod.

Ohne lange zu überlegen, sprang Laisa in die Tiefe, kam neben der Eirun auf, packte diese und schnellte sich mit aller Kraft ab. Hinter ihr ging das Artefakt los, doch sie wurde nur noch vom Rand des Wirkungskegels getroffen. Das war schmerzhaft genug, aber ihr gelang es, sicher auf dem unteren Felsvorsprung zu landen. Dort musste sie die Eirun ablegen und ihre gesamten Selbstheilungskräfte einsetzen, um mit dem widerwärtig schwingenden Schwarz in ihrem Körper fertig zu werden. Dabei begriff sie erst, wie viel Glück sie gehabt hatte. Wäre sie langsamer gewesen, hätte sie die volle Wirkung des Artefaktes zu spüren bekommen und wäre zusammen mit der Eirun in die Tiefe gestürzt.

Laisa entblößte ihr Gebiss und fauchte wütend, denn langsam wurden Gayyad und seine Artefaktmanie ihr lästig.

»Bürschchen, wir kriegen dich trotz deiner vielen Waffen«, murmelte sie und richtete ihre Aufmerksamkeit auf das Eirun-Mädchen. Mit menschlichen Maßstäben gemessen hätte die Kleine vierzehn oder fünfzehn Jahre alt sein müssen, aber sie besaß bereits so starke magische Kräfte, dass sie Reolan und sicher auch die meisten Gilthonian-Eirun in den Schatten stellte.

Mittlerweile regte sich das Mädchen und öffnete für einen Moment die Augen. Da Laisa noch immer ihre Katzengestalt besaß, verwandelte sie sich rasch in die rothaarige Eirun. Gleichzeitig sprach sie beruhigend auf die Kleine ein.

»Es ist alles gut. Du hast es überstanden.«

»Mein Kopf«, murmelte die Eirun noch in halber Bewusstlosigkeit.

»Du hast verdammt viel Schwarz abbekommen. Ich versuche, ob ich dir helfen kann.« Laisa legte ihre Hand auf die Stirn des Mädchens und zuckte im ersten Augenblick vor der Feindmagie zurück, die sie dahinter spürte.

»Nimm dich zusammen«, schalt sie sich. »Immerhin verträgst du dieses Zeug besser als alle anderen Weißen.«

Trotzdem war es für sie eine scheußliche Arbeit, die schwarze Magie aus ihrer Patientin herauszuholen und in sich aufzusaugen. Dabei wurde ihr schlecht, und sie glaubte schon, erbrechen zu müssen. Da floss auf einmal die Feindmagie aus ihr heraus.

Verwundert drehte Laisa den Kopf und sah das kleine Wesen, das sie in Eldelinda selbst gewesen war, nur drei Schritte von sich entfernt auf einem kleinen Vorsprung sitzen und Feuer speien. »Lizy?«, fragte sie verwundert und sah sich einen Augenblick später über der erwachenden Eirun knien.

»Du störst mich«, vernahm sie eine empörte Stimme in ihrem Kopf. »Oder glaubst du, es macht mir Spaß, als Weiße dieses elende schwarze Zeug aus mir hinausblasen zu müssen? Kümmere du dich lieber um die Kleine. In der steckt noch immer einiges von dem Zeug, und Grün spüre ich auch in ihr.«

»Wenn du meinst.« Laisa konzentrierte sich auf ihren Findling und befreite die Eirun von der restlichen Artefaktmagie. Dabei bekam sie mit, wie Lizy diese in eine lange, bläulich leuchtende Flammenzunge verwandelte, die sich rasch auflöste und weiter oben mit der blauen Magie der Berge verschmolz.

»Wie hast du das geschafft?«, fragte Laisa.

Lizy drehte das Köpfchen zu ihr her und deutete ein Schulterzucken an. »Keine Ahnung. Auf einmal war ich da und habe Feuer gespuckt. Jetzt wäre aber etwas zu essen recht. Feuerspeien macht nämlich hungrig.« Ohne sich weiter um Laisa zu scheren, öffnete die Kleine deren Provianttasche und holte einen Hähnchenschenkel heraus.

»Das ist genau meine Kragenweite«, sagte sie und zog sich so weit zurück, dass sie von Laisas Standplatz nicht mehr gesehen werden konnte.

»Wir wollen doch das Eirun-Mädchen nicht erschrecken. Es erwacht gerade«, hörte Laisa noch ihre Gedankenstimme im Kopf, dann war sie mit der Geretteten allein.

Da die schwarze Magie aus der Eirun herausgezogen war und von dem Grün nur noch Reste existierten, die sie leicht herausspülen konnte, vermochte Laisa ihre Heilmagie auf die Eirun anzuwenden.

Bald regte die Kleine sich und schlug erneut die Augen auf. »Mutter, bist du es?«

Dann sah sie das fremde Gesicht über sich. »Wer bist du? Ich kenne dich nicht.«

»Man nennt mich Laisa.«

Das Mädchen klammerte sich an Laisa und zitterte. »Es war entsetzlich. Der Schmerz! Ich dachte, ich würde in die Tiefe fallen und sterben.«

»Tut es noch weh?«, fragte Laisa.

Die Eirun schüttelte den Kopf. »Seltsamerweise nicht. Dabei hatte ich das Gefühl, als würde ich in schwarzem Feuer geröstet.«

»Die Wirkung ist anscheinend verflogen«, meinte Laisa, da sie nicht sagen wollte, dass sie als weißes Geschöpf mit schwarzer Magie fertig werden konnte.

»Das ist es tatsächlich.« Die andere setzte sich auf und warf einen Blick in die Tiefe. Dann lächelte sie Laisa zu. »Zwei Artefaktfallen der Blauen konnte ich umgehen. Doch an der dritten wäre ich fast gescheitert.«

»Warum bist du eigentlich hier heraufgekommen?«, fragte Laisa neugierig.

»Ich wollte schauen, was es außerhalb Erandhons wirklich gibt«, wandte das Mädchen ein. Dann schien es zu merken, dass es sich noch nicht vorgestellt hatte.

»Ich heiße Jadrinial und bin die Tochter von Jadalin, der Königin unseres Volkes.«

Damit, sagte Laisa sich, hatte sich ihr Abenteuer gelohnt. Als Jadrinials Retterin hatte sie auf jeden Fall einen besseren Empfang zu erwarten, als wenn sie unverhofft bei diesen Eirun aufgetaucht wäre.

»Du hast eben erwähnt, dass Blaue diese Artefakte angebracht hätten. Aber mich wundert, dass Blaue ausgerechnet schwarze Magie verwendet haben sollen.«

»Das tun sie aus Bosheit, um uns hier festzuhalten. Das sagt Herr Erulim auch immer, wenn er zu uns kommt.«

Damit hatte Laisas Verdacht sich bestätigt. Gayyad hatte dieses Volk hier eingeschlossen und gab als Erulim vor, dessen Freund zu sein.

»Wieso kann Erulim diesen Bergring verlassen, wenn ihr es nicht könnt?«, fragte Laisa weiter und konnte auf Jadrinials erstaunter Miene ablesen, dass das Mädchen noch nie darüber nachgedacht hatte.

»Das ist ... das war ...«, begann diese, um dann ehrlich zuzugeben: »Ich weiß es nicht! Aber jetzt, da du es sagst, kommt es mir seltsam vor.«

»Vor allem, weil er ein Grüner ist und die Berge hier so blau strahlen, dass kein Eirun seiner Farbe sie übersteigen könnte«, antwortete Laisa und spielte damit ihren nächsten Trumpf aus.

»Er sagte, er würde sich mittels eines Artefaktes hinaus versetzen«, antwortete Jadrinial, die sich an eine Bemerkung Erulims erinnerte.

»Warum nimmt er dann niemanden aus deinem Volk mit?«, bohrte Laisa weiter.

»Das hat er mehrmals getan«, antwortete Jadrinial und starrte ihre Retterin nachdenklich an. »Aber von denen ist nie einer zurückgekehrt.«

Das ist wie bei Reolans Volk, dachte Laisa. Auch jenen Eirun hatte Erulim sich als Freund genähert und sie im Grunde als Sklaven verwendet.

»Ich glaube, über diesen seltsamen Grünen sollten wir uns noch länger unterhalten. Allerdings ziehe ich eine angenehmere Gegend vor als diesen Felsvorsprung. Es geht hier verdammt weit in die Tiefe, und ich möchte nicht, dass du eine unbedachte Bewegung machst und hinunterfällst.«

»Ich gebe schon acht«, versprach das Eirun-Mädchen und erklärte ihr die Strecke, auf der sie hierhergekommen war. Sie musste Laisa nicht einmal die Artefakte zeigen, denen sie dabei ausgewichen war, weil diese sich magisch stark von der Umgebung abhoben.

»Du hattest verdammt viel Glück«, meinte Laisa zu Jadrinial. »Wärst du jenem Ding dort unten nur einen halben Schritt näher gekommen, hätte es dich erwischt, und von dort wärst du wirklich sehr tief gefallen.«

Jadrinial schüttelte es bei dem Gedanken, und so überließ sie Laisa die Führung. Diese verfluchte in den nächsten Stunden die Tatsache, dass sie nicht in ihrer gewohnten Gestalt als Katzenfrau den Berg hinabsteigen konnte. Zwar war sie als Eirun ebenfalls recht geschickt und besaß weitaus bessere Instinkte als ihre Begleiterin. Doch an einigen Stellen blieb ihr nichts anderes übrig, als das Seil herauszuholen, das sie von Reolan erhalten hatte, und Jadrinial bis zum nächsten Felsvorsprung abzuseilen.

Um das unterste Sperrartefakt zu umgehen, mussten sie erneut ein Stück Steilwand bewältigen. Laisa warf einen besorgten Blick in die Tiefe, denn bis zum nächsten Felsvorsprung, der breit genug war, so dass sie und Jadrinial darauf stehen konnten, ging es weit hinab.

Hoffentlich reicht das Seil, dachte sie, als sie das eine Ende dem Eirun-Mädchen um die Brust knotete. Dann ließ sie Jadrinial vorsichtig in die Tiefe. Wie sie befürchtet hatte, war das Seil zu kurz.

»Ich werde mich losmachen und hinabspringen«, rief das Mädchen zu ihr hoch.

Laisa schüttelte den Kopf. »Du müsstest ein Stück nach links und kannst dich nirgends abstoßen.« Dabei sah sie das Seil an wie einen Feind und fauchte: »Warum bist du nicht länger?«

In dem Augenblick wurde das Seil in ihren Händen dünner und nahm an Länge zu.

Jadrinial jubelte auf, als das Felsband näher kam. »Wir schaffen es!«

Laisa maß die Strecke, die ihre Begleiterin noch von der rettenden Stelle trennte, schwang sie dann ein wenig hin und her und sah erleichtert, wie Jadrinial aus der Schlinge schlüpfte und geschickt auf dem Felsvorsprung landete. Dann aber sah das Mädchen besorgt zu ihr auf.

»Wie kommst du jetzt herab?«

»Ich binde das Seil hier fest«, rief Laisa – und hoffe, dass es hält, setzte sie den Satz für sich fort. Sie hatte nur eine kleine Zacke zur Verfügung, von der das Seilende jederzeit abrutschen konnte. Doch ihr blieb keine andere Wahl.

Da hing auf einmal Lizy neben ihr in der Wand. »Keine Angst, ich mach das schon.«

Bevor Laisa etwas antworten konnte, stieß die Kleine einen Feuerstrahl aus, der den winzigen Felsvorsprung zu einem Haken formte. Dann sah sie Laisa feixend an. »Du musst ein paar Minuten warten, bis der Stein abgekühlt ist, dann kannst du runter. Soll das Seil danach hier hängen bleiben, oder willst du es weiter mitnehmen?«

»Mitnehmen«, entschied Laisa, da Jadrinial ohne Seil hochgekommen war und sie es vielleicht noch benötigten, um weit genug an einem Artefakt vorbeizukommen.

Einen Augenblick dachte sie daran, dass diese Geräte auch auf sie wirken und ihr den Rückweg versperren konnten. Aber sie war überzeugt, dass Gayyad nicht über die Berge kletterte, wenn er nach Erandhon kam. Hatte Jadrinial nicht erwähnt, er würde sich versetzen? Das gefiel Laisa nicht so gut, denn diese Möglichkeit war ihr versperrt. Aber sie würde den Weg hinaus finden, indem sie nach Erulim-Gayyads magischen Spuren suchte. Erst einmal galt es, seinen Einfluss bei Jadrinials Leuten zu untergraben und diese auf ihre Seite zu bringen.

»Laisa, was ist mit dir?« Jadrinials Stimme erinnerte sie daran, dass sie dieser folgen sollte.

»Ich musste ein wenig warten«, antwortete sie.

»Du hast eben Magie benutzt, um etwas zu machen. Hoffentlich ist es gelungen und du kommst heil hier herunter.«

»Natürlich werde ich das.« Laisa beugte sich vor, um dem Eirun-Mädchen zuzuwinken, und sah dabei, dass sie von der Felsplatte, auf der diese stand, nur noch ein gutes Dutzend Mannslängen tiefer klettern mussten. Danach wurde die Bergflanke flacher, und sie würden ganz normal gehen können.

»Probieren wir es«, murmelte sie und hielt kurz die Hand vor den von Lizy geschaffenen Haken. Dieser war inzwischen weit genug abgekühlt, dass sie das Seil festbinden und in die Tiefe klettern konnte. Vorher sah sie noch ihren kleinen Feuerspeier an.

»Was machst du?«

»Ich warte, bis du zu Jadrinial aufgeschlossen hast, dann löse ich den Knoten und komme nach.« Es klang so selbstbewusst, als würde Laisa sich selbst reden hören.

»Pass ja gut auf dich auf«, mahnte sie das kleine Wesen und erntete ein breites Grinsen.

Als Laisa nach unten kletterte, ging es besser als erwartet. Sie erreichte problemlos die Stelle, an der Jadrinial auf sie wartete. Noch im selben Augenblick fiel das Seil herab und wickelte sich von selbst auf. Lizy aber blieb fürs Erste verschwunden.

»Wir haben es gleich geschafft«, erklärte Jadrinial erleichtert und kletterte voran.

Auf einmal spürte Laisa eine leichte Last auf ihrer rechten Schulter, sah hin und erkannte Lizy.

»Na, wie habe ich das gemacht?«, fragte diese.

»Ausgezeichnet.« Wieder war es Laisa, als hätte sie mit sich selbst gesprochen.

»Jetzt bin ich müde.« Lizy hatte es kaum gesagt, da löste sie sich auf und verschwand in Laisas Körper. Ihr aber war es, als würde etwas, das sie gerade erst vermisst hatte, zu ihr zurückkehren, und sie schüttelte den Kopf. Noch wusste sie nicht, wer oder was Lizy wirklich war. Auf jeden Fall hatte die Kleine ihr geholfen und sich wieder einmal als sehr nützlich erwiesen.

»Laisa, ich bin auf dem flacheren Stück angekommen«, hörte sie Jadrinial rufen und kletterte nun selbst hinab. Als sie weiter auf den Rand des Waldes zugingen, trafen sie auf eine Reihe von Artefakten, die sie davor warnten, weiterzugehen.

Im ersten Schreck blieb Jadrinial stehen, lachte dann über sich selbst. »Das gilt nur für die Gegenrichtung. Es soll unser Volk davon abhalten, sich in Gefahr zu begeben, so, wie ich es getan habe.«

»Und warum hast du es getan?«

»Ich wollte einfach sehen, was außerhalb unseres Waldes liegt. Da Herr Erulim sich draußen aufhalten kann, habe ich mir gedacht, es könnte vielleicht doch nicht so gefährlich sein, wie er uns immer erklärt.«

Laisa stellte sich vor, wie die Bewohner der umliegenden Länder auf eine plötzlich auftauchende, weiße Eirun reagieren würden, und fand, dass die Warnung durchaus berechtigt war. Die meisten Leute wären wahrscheinlich voller Panik geflüchtet, doch einige hätten zu den Waffen gegriffen und das Mädchen umgebracht.

»Es ist draußen wirklich sehr gefährlich, aber anders als Erulim es euch weisgemacht hat«, sagte sie und durchschritt das Warnfeld. Weiter unten spürte sie ein gutes Dutzend weißmagischer Präsenzen und ging zusammen mit Jadrinial darauf zu.

Schon bald stellte sie fest, dass diese Präsenzen Eirun waren, die sich hier versammelt hatten. Sie spürte Angst, aber auch Hoffnung und etliches an grüner Beeinflussungsmagie in den Köpfen. Diese hatte wohl verhindert, dass sie Jadrinial über die Warnlinie hinaus gefolgt waren.

Laisa hatte nicht nur das Artefaktschwarz aus Jadrinial gezogen, sondern auch die grüne Beeinflussungsmagie aus ihr herausgespült. Beides war ihr erstaunlich leichtgefallen, und darüber war sie froh. Im Nachhinein stellte sie fest, dass das Eirun-Mädchen weitaus weniger beeinflusst gewesen war als die anderen Mitglieder ihres Volkes. Aber auch diese standen nicht so stark in Erulims Bann wie die Gilthonian-Eirun und würden ihr wohl viel weniger Schwierigkeiten machen. Dennoch hoffte sie, dass sie in Jadrinial eine Helferin fand, die sie bei ihrer Mission unterstützte.

»Sind das deine Freunde?«, fragte sie das Mädchen.

»Ja. Ich werde mir von ihnen wohl einiges anhören müssen.«

Jadrinial seufzte, lachte dann aber. »Sie werden große Augen machen, wenn sie dich sehen. Seit Jahrhunderten ist nämlich kein Fremder mehr zu uns gekommen – außer Herrn Erulim.«

Ein Unterton in Jadrinials Stimme sagte Laisa, dass das Mädchen Erulim nicht mochte. Doch darüber wollte sie erst mit Jadrinial sprechen, wenn niemand ihnen zuhören konnte. Nun traten sie auf die Eirun zu, die ihnen sichtlich verwirrt entgegenstarrten.

Jadrinial umarmte jeden von ihnen und zeigte dann auf ihre Begleiterin. »Das ist Laisa. Sie hat mir das Leben gerettet, als mich ein dummes schwarzes Artefakt getroffen hat. Dabei wäre ich beinahe die Felswand hinabgestürzt.«

»Und wo kommst du her?«, fragte eine Eirun Laisa misstrauisch.

Diese wies mit einer ausholenden Geste nach Westen. »Von jenseits des Großen Stromes, meine Freunde.«

»Aber das ist unmöglich! Um uns herum leben böse blaue und schwarze Menschen, die von grausamen Magiern angeführt werden.«

Laisa spürte das stark ausgeprägte Misstrauen der älteren Eirun, welches durch Erulims Beeinflussung verstärkt wurde. Diesen Bann musste sie möglichst schnell brechen, sagte sie sich und richtete ihre magischen Fäden auf diese Frau. Aufgrund ihrer in Gilthonian gewonnenen Erfahrung und durch Berranehs Schulung gelang es ihr, die Beeinflussung so aufzulösen, dass die ältere Eirun keinen Widerwillen mehr ausstrahlte.

Während die Frau verwirrt den Kopf schüttelte, stellte Jadrinial sich vor ihr auf und funkelte sie zornig an. »Laisa hat mir das Leben gerettet, und ihr behandelt sie wie einen unerwünschten Eindringling.«

Die restlichen Eirun wussten offensichtlich nicht so recht,

wie sie reagieren sollten, aber die Frau, deren Beeinflussung Laisa unschädlich gemacht hatte, trat auf sie zu und umarmte sie.

»Willkommen in Erandhon, dem letzten Vorposten der Weißen Lande.«

Fünfzehntes Kapitel

Der weiße Wald

Die weißen Eirun von Erandhon waren ein höchst misstrauisches Volk. Das spürte Laisa mit jeder Faser ihres Köpers. In ihrer Katzengestalt hätte sie trotz der gleichen magischen Farbe hier wohl nicht lange überlebt. So, wie sich manche Bemerkungen der Eirun anhörten, musste Erulim den Leuten erklärt haben, es gäbe weiße Fehlschläge im Blauen Land und diese wären trotz ihrer Farbe mörderische Ilyna-Kreaturen.

Aus diesem Grund trafen sie immer wieder verwirrte Blicke. »Weshalb ist dein Haar rot und nicht weiß wie bei uns?«, fragte eine junge Eirun in Jadrinials Alter.

»Auch deine Augen sehen anders aus als unsere – beinahe wie die von diesen Halbtieren, die Ilyna gezüchtet hat«, rief eine der Frauen.

»Dafür kann ich nichts«, antwortete Laisa mit einem fröhlichen Lachen. »Gott Meandir hat mich eben so zur Welt kommen lassen.«

Der Umstand, dass sie als Katzenmädchen geboren worden war, ging diese Leute vorerst nichts an.

Erneut kam Jadrinial ihr zu Hilfe. »Jetzt lasst Laisa doch in Frieden. Ich spüre, dass sie unsere Freundin ist.«

Ionavara, deren Beeinflussung Laisa bereits gebrochen hatte, stellte sich ebenfalls auf deren Seite. »Ich finde auch, ihr solltet Ruhe geben. Immerhin ist Laisa seit Jahrhunderten die Erste außer Erulim, die uns Kunde von draußen bringt.«

»Das schon, aber ...«, begann ein Mann, verstummte aber, als Jadrinial ihm einen bitterbösen Blick zuwarf.

»Ich verstehe euch nicht!«, rief das Mädchen. »Anstatt froh zu sein, dass Laisa uns aufgesucht hat, tut ihr so, als wäre sie hier unerwünscht. Langsam bekomme ich das Gefühl, es wäre euch lieber gewesen, ich wäre den Berg herabgestürzt und gestorben.«

»Nein, natürlich nicht«, antwortete ihre gleichaltrige Freundin, aber ihre Miene verzerrte sich, als würde sie bei diesen Worten einen schweren inneren Kampf ausfechten.

Laisa fasste nach und erkannte, dass die natürlichen Reaktionen der jungen Eirun im Widerspruch zu ihrer Beeinflussung standen und sie sich gegen diese stemmte. Nun half die Erregung des Mädchens Laisa, Erulims Macht über sie zu brechen. Wenige Sekunden später schüttelte die junge Eirun sich und sah Jadrinial fragend an.

»Irgendetwas ist mit mir geschehen. Ich kann es nicht fassen, aber es ist, als wäre etwas Böses in mir gewesen, das nun gewichen ist.«

»Bei mir ist es ähnlich«, warf Ionavara ein. »Ich fühle mich wie von einer schweren Last befreit.«

»Was du nur denkst«, sagte ein anderer mürrisch, horchte dann aber in sich hinein und erschrak. »Bei Meandir! Etwas will mich zwingen, gegen mein Gefühl und meine Ehre zu handeln.«

»Das dürfte bei euch allen so sein.« Laisa musterte die Gruppe, die sich um sie und Jadrinial zusammengefunden hatte, und nahm nun erst wahr, dass alle ein Amulett aus grünem Kristall umhängen hatten. Von dort stammte auch die Beeinflussung. Die einzige Eirun, die keines trug, war Jadrinial.

»Was ist das?«, fragte sie und wies auf Ionavaras Anhänger.

»Das ist ein Geschenk das hohen Herrn Erulim und soll uns beschützen«, antwortete diese, nahm das Amulett in die Hand und überprüfte es mit ihren magischen Sinnen. Im nächsten Augenblick riss sie sich das Ding vom Hals und schleuderte es mit einem Ausdruck höchsten Widerwillens in den Wald hinein.

»So ein Betrug! Es ist ein Beeinflussungsartefakt.«

Die übrigen Eirun erstarrten. Einige nahmen ebenfalls die Kristallanhänger ab, andere ließen sie jedoch auf der Brust hängen, wirkten aber verwirrt.

»Ich glaube, ich bin gerade zur rechten Zeit gekommen«, meinte Laisa lächelnd. »Wenn Erulim euch diese Artefakte gegeben hat, kann er kein Freund sein. Hat er euch überhaupt vom Friedensschluss der Götter berichtet?«

»Herrn Erulims Worten zufolge herrscht immer noch Krieg«, antwortete Ionavara verblüfft.

Den er selbst kräftig anheizt, dachte Laisa. Doch das war nichts, was sie den Eirun im Augenblick berichten konnte. Zwar hatte sie ein paar von ihnen von der grünen Beeinflussungsmagie befreit, und einige andere hatten ihre Kristallanhänger abgelegt. Doch es standen noch etliche unter Erulims Bann und verteidigten ihn nun glühend.

Wie Laisa feststellen musste, hatte Erulim sich nicht nur auf die Amulette verlassen, sondern auch in den Bäumen Artefakte versteckt, die den Willen der Bewohner untergruben und sie zu seinen Sklaven machten. Um diese würde sie sich auch noch kümmern müssen. Außerdem bestand die Gefahr eines Vernichtungsartefaktes ähnlich jenen, die sich in Gilthonian und der Blauen Festung befunden hatten.

Laisa hoffte, dass eine Waffe dieser Art nicht nur von Leuten aus dem Osten abgeschaltet werden konnte. Zwar traute sie N'ghar und Ysobel zu, Erulims Waffen zu deaktivieren, denn er hatte sie nicht selbst gebaut, sondern – wie Berraneh vermutete – aus Götterkriegsarsenalen entwendet. Doch solange die Eirun in allen Wesen von der roten Seite Feinde sahen, konnte sie niemanden hierherrufen. In dem Augenblick erinnerte sie sich, dass nicht nur die Eirun, sondern auch sie derzeit in Erandhon eingeschlossen war. Bevor sie ihre Freunde holen konnte, musste sie einen Weg finden, der weniger gefährlich war als die Kletterei über die Berge, denn den konnte auch Erulim nicht benutzt haben. Er war vielleicht in der Lage, die Abwehrartefakte auszuschalten, doch das Blau der Felsen war in seiner grünen Gestalt für ihn tödlich – und in seiner blauen Erscheinung hätten die Erandhon-Eirun ihn sofort umgebracht.

»Wir sollten jetzt zu meiner Mutter gehen. Zwar weiß sie schon, dass ich unversehrt zurückgekommen bin, aber sie wird dich gewiss kennenlernen wollen.« Jadrinial zupfte an Laisas Ärmel und hüpfte dann übermütig durch den Wald.

»Ist es nicht schön hier?«, rief sie Laisa zu.

»Das ist es«, stimmte Laisa ihr zu. Gleichzeitig erwachte in ihr die Sorge um das kleine Idyll im Schatten der Blauen Festung. Das Blaue Land und vor allem das Schwarze würden die Eirun gewiss nicht auf dieser Seite des Stromes dulden. Sie schob diesen Gedanken jedoch von sich, weil zunächst ganz andere Schwierigkeiten auf sie zukamen.

»Wollen wir nicht eine Pause einlegen? Nicht weit von hier wachsen die besten Weißbeeren im ganzen Wald«, schlug Ionavara vor.

»Weißbeeren? Oh ja! Du wirst sie mögen, Laisa.« Jadrinial klatschte vor Vergnügen in die Hände und eilte dann auf eine Stelle zu, an der es diese Beeren gab.

Laisa folgte ihr etwas langsamer, setzte sich in der Nähe der

Büsche auf ein Moospolster und lehnte sich mit dem Rücken gegen einen Baum. Sofort erhob sich ein Raunen, das sie nicht einordnen konnte. Noch während sie sich verwundert umsah, bemerkte sie, dass es den Eirun nicht anders erging. Auch diese spähten erregt in den Wald hinein, beruhigten sich aber, als von den Bäumen eine Schwingung ausging, die besagte, es bestände keine Gefahr.

»Du musst dich nicht ängstigen. Es ist alles gut«, rief Jadrinial, die glaubte, ihre neue Freundin hätte sich bei der ungewöhnlichen Reaktion des Waldes erschreckt. Sie pflückte eine Handvoll Beeren und reichte sie Laisa.

»Hier, für dich. Die schmecken wirklich gut.«

Als Katzenfrau hatte Laisa gelegentlich Beeren und anderes Obst gegessen, aber stets Fleisch oder Fisch solchen Nahrungsmitteln vorgezogen. Als sie nun eine Beere in den Mund steckte, hätte sie vor Entzücken schnurren können. Ehe Jadrinial sich versah, hatte sie alle Beeren gegessen.

»Soll ich dir neue bringen?«, fragte das Mädchen.

»Ich kann sie auch selbst pflücken«, antwortete Laisa und wollte aufstehen. Da bemerkte sie erstaunt, dass ein Dutzend Sträucher auf sie zukam, so dass sie nur die Hände ausstrecken musste, um die Beeren zu pflücken.

»Unser Wald mag dich sehr. Bei Erulim hat er das niemals getan.« Jadrinial jubelte und sah erfreut zu, wie weiße Schmetterlinge mit grünen und gelben Tupfen eng um Laisa herumschwirrten. Ein einzelner, blaumagisch schimmernder Schmetterling hatte sich zu ihnen gesellt. Anscheinend war er vom Wind über den Gebirgsring getragen worden. Laisa streckte die Hand nach ihm aus, und er setzte sich ohne zu zögern darauf.

»Du solltest dich vor den weißen Herren dieses Waldes in Acht nehmen. Nicht dass sie dir weh tun«, warnte Laisa das

Tier, denn sie befürchtete, dass der Farbenhass der Eirun so weit ging, auch so etwas Harmloses wie diesen Schmetterling zu töten. Wahrscheinlich würde man ihn für den Spion der blauen Magierinnen halten.

»Danke für die Warnung. Ich werde sie beherzigen«, vernahm sie die Stimme des Schmetterlings in ihrem Kopf.

Verblüfft stellte sie fest, dass sie auch mit Tieren sprechen konnte. Allerdings waren dies hier magische Geschöpfe, die ebenso von Eirun gezüchtet worden waren wie auch von den Gestaltwandlermagierinnen im Blauen Land. Im Stillen bedankte Laisa sich bei Berraneh. Ihre Großmutter war wirklich eine weitaus bessere Lehrerin als Khaton. Bei den Blauen kam es halt doch mehr auf das Gefühl an als auf blankes Schulwissen.

Laisa sah zu, wie der Schmetterling, von einer ganzen Wolke weißer Artgenossen umschwärmt, davonflog und fand, dass diese kleine Begebenheit ihr die innere Ruhe wiedergegeben hatte. Auch Erulim war nicht unbesiegbar. Immerhin hatte sie selbst ihm schon einige empfindliche Schlappen beigebracht.

*

Langsam näherte sich die Gruppe dem Zentrum von Erandhon. Hier wuchsen die Bäume höher als am Rand, und die magische Ausstrahlung war um einiges stärker. Aber ganz anders als in Gilthonian streckten die Bäume und Büsche Laisa immer wieder ihre Zweige entgegen und berührten sie sanft. Dabei hatte sie das Gefühl, als würde der Wald wie von einer tiefen Sehnsucht erfüllt nach ihr greifen.

Obwohl Erandhon im Vergleich zu Gilthonian um vieles kleiner war, benötigten sie einige Zeit, um das Zentrum zu erreichen. Die hiesigen Eirun besaßen keine Reittiere und kannten auch keine Eile. Ihr Leben verlief seit Jahrhunderten in den gleichen Bahnen, und so war Laisas Auftauchen eine Sensation. Da Nachrichten auf magischem Weg schneller als der Wind durch den gesamten Wald eilten, hatten sich die meisten Angehörigen dieses Volkes auf den Weg zum Königinnenbaum gemacht. Laisas Reisegruppe konnte daher jeweils nur wenige Meilen zurücklegen, bis sie auf andere Eirun trafen und mit diesen ein neues Lager bezogen. Dabei wunderten sich Jadrinial und ihre Freunde immer mehr, weil das Moos weiche Polster für Laisa bildete und ihr die Früchte beinahe in den Mund wuchsen.

»Unser Wald mag dich wirklich sehr«, rief das Eirun-Mädchen begeistert. Auch die anderen Eirun nickten. Für sie war das Verhalten der Bäume und der anderen Pflanzen ein Zeichen, dass Laisa trotz ihrer seltsamen Haarfarbe eine Freundin ihres Volkes war.

Laisa aber fragte sich, was die Bäume von ihr wollten, und konzentrierte sich, als alle um sie herum schliefen, stärker auf das, was im Wald um sie herum vorging. Zunächst spürte sie nur weiche, weiße Magie, die sie sanft umspielte und ihr sogar neue Kraft zuführte. Mit einem Mal aber entdeckte sie eine Stelle, die ihr gar nicht gefiel. Sie war grün, fühlte sich aber garstig an.

»Wieder so ein hässliches Artefakt«, schimpfte Laisa fast lautlos, doch der Wald verstand sie.

»Ich mag dieses Ding nicht und einige andere ebenso wenig«, hörte sie eine Stimme in ihren Gedanken. »Mein Volk merkt es nicht, auch Jadalin nicht, obwohl sie sich Mühe gibt, die Königin zu ersetzen. Wir sind so froh, dass du gekommen bist, denn du kannst das Böse in Erandhon finden und beseitigen.«

»Wer seid ihr?«, fragte Laisa.

»Wir sind alles hier, vom Wurm in der Erde bis zum Blatt in den Baumkronen. Wir sind Erandhon.«

Laisa kniff verwundert die Lider zusammen. Ein so starkes Eigenleben hatte der Wald von Gilthonian nicht geführt. Diesem war es nicht einmal gelungen, Erulims Artefakte zu entdecken.

»Erulim? Ja, so heißt er. Er nennt sich Freund, doch er tut uns weh.« Der Wald hatte ihre Gedanken aufgefangen und sprach aus, was ihn bewegte.

»Aber eure Eirun, warum spüren die nichts?«, wollte Laisa wissen.

»Sie sind wie Kinder. Das waren sie auch einst, als ihre Eltern und deren Verwandte in den Krieg zogen und niemals zurückkehrten. Königin Nelina verloren wir im Kampf gegen schwarze Gurrims, und es sah so aus, als würde der Heilige Baum von Erandhon sterben und alles hier vergehen. Doch dann kam Nelaisan und rettete uns. Sie war stark, und sie bot Erulim die Stirn, als er ihr Befehle erteilte, die sie nicht für gut befand. Dann aber verschwand Nelaisan, und als wir erneut in höchster Not waren, setzte Erulim Jadalin ein, obwohl ihre Kraft viel zu gering ist, die wahre Hüterin des Heiligen Baumes zu sein. Doch nun bist du gekommen.«

Laisa wusste nicht, was das bedeuten sollte. Weshalb hing der Wald von Erandhon so sehr an ihr? War es, weil sie Nelaisans Tochter war?

»Ja«, kam es sichtlich erleichtert zurück. »Doch nun schlaf. Morgen wirst du Jadalin gegenüberstehen und ihr alles erklären.«

»Was ist, wenn sie, von Erulim beeinflusst, ihre Kraft gegen mich einsetzen will?«

»Das werden wir zu verhindern wissen.«

Es klang so selbstbewusst, dass Laisa den Geistern des Waldes glaubte. Doch sie fragte sich, wie sie weiter vorgehen sollte. Die Eirun würden sicher mit Entsetzen, vielleicht sogar mit Feindschaft reagieren, wenn ihre Königin die Herrschaft über den Wald verlor.

»Das müssen wir eleganter lösen«, dachte sie und ließ sich in den Liegestuhl sinken, den mehrere Büsche mit ihren Zweigen für sie geflochten hatten.

*

Am nächsten Tag erreichten sie das Zentrum von Erandhon, und Laisas Neugier wuchs, je näher sie dem Heiligen Baum kamen. Sie spürte ihn bereits auf mehrere Meilen als machtvolle Präsenz reinster weißer Magie und dicht bei ihm eine Eirun, die nur Königin Jadalin sein konnte. Seltsamerweise kam ihr die Mutter weitaus schwächer vor als die Tochter, und im Vergleich zur Gilthonian-Königin Helesian war Jadalin nur ein schwacher Funken gegen ein strahlend helles Licht.

So stark der Wald von Erandhon war, so wenig passte seine Hüterin zu ihm, stellte Laisa fest. Dieser Eindruck verstärkte sich noch, als sie mit ihren Begleitern den Ring der Bäume verließ, die den Heiligen Baum umgaben, und Jadalin vor sich sah. Diese saß in einem Sessel, den Zweige für sie geflochten hatten, und wirkte seltsam verloren. Der Heilige Baum aber ragte kaum weniger hoch in den Himmel als der in Gilthonian, und seine kleinen, goldenen Blüten verströmten ein sanftes Licht, das den Wald ringsum erhellte.

Jadrinial lief voraus und fasste nach der Hand ihrer Mutter. »Das ist Laisa«, sagte sie und wies dabei auf den fremden Gast. »Sie hat mir das Leben gerettet.«

»Hast du schon wieder versucht, über die Berge zu klettern?

Wie oft habe ich es dir verboten? Doch du gehorchst nicht und wirst dadurch noch dem Verderben anheimfallen.«

Jadalins Stimme hörte sich für Laisa kläglich an. Nun drückte sie ihre Tochter an sich, stand dann auf und kam mit einem bitteren Lächeln auf Laisa zu.

»Ich danke dir. Es würde mir das Herz brechen, wenn meiner Tochter etwas geschähe.«

Sie umarmte auch Laisa und gab dieser durch die Berührung die Gelegenheit, mehr über sie zu erfahren.

Für Laisa war es ein Schock. Zwar hatte sie erwartet, dass die Frau unter Erulims Beeinflussung stand, aber dabei hatte der Zweifarbige es nicht belassen. Der Geist der Königin von Erandhon war schwach und die Fähigkeiten, die sie zu einer guten Hüterin des Heiligen Baumes hätten machen können, beinahe vollkommen ausgelöscht. Es wunderte Laisa nicht, dass dies mit grüner Magie geschehen war. Hier, wo nie ein anderer Eirun oder ein Evari der goldenen Seite auftauchen konnte, hatte Erulim sich keine Schranken auferlegt und aus Jadalin ein Wesen gemacht, das nur noch dem Namen nach die Königin von Erandhon war.

Laisa fühlte Mitleid mit der gebrochenen Frau, die innerlich daran verzweifelte, ihrem Wald nicht die Hüterin und ihrem Volk nicht die Königin sein zu können, die sie hätte sein sollen.

Jadrinial schob kämpferisch die Unterlippe vor. »Ich sehe nicht ein, weshalb wir hier für immer eingesperrt sind, während Erulim aus und ein gehen kann, wie er will.«

»Herr Erulim ist ein Gesegneter der Götter«, antwortete Jadalin. »Als solcher vermag er es. Wir hingegen sind von schwächerer Natur und leben in einem von Feinden umzingelten Reich, das von deren Artefakten eingeschlossen wird.«

Erulim hat seine Lügen gut unterfüttert, dachte Laisa. Für

jemand, der die wahre Natur des Zweiblütigen nicht kannte, hörte sich das alles schlüssig an. Laisa war jedoch nicht gekommen, um sich Märchen anzuhören, sondern um das Geheimnis von Erandhon zu lüften. Dazu aber musste sie die Artefakte finden und ausschalten, die Erulim hier eingebaut hatte, und die beeinflussende Magie in den Köpfen der Eirun von Erandhon beseitigen, wie sie es schon bei Jadrinial, Ionavara und einem jungen Mädchen getan hatte, dessen Namen sie nicht kannte. Bei der Königin und dem Heiligen Baum würde sie weitermachen.

*

Seit Laisa sich in Erandhon aufhielt, hatte sie sechsunddreißig Beeinflussungsartefakte ausgemacht und mit Gayyads magischem Schlüssel abgeschaltet. Dabei rätselte sie, wieso sie blaue und grüne Magie in sich aufnehmen und verwenden konnte. Diese Kunst hatten ihr weder Khaton noch Berraneh beibringen können. Sie hatte es einfach bei Rogon abgeschaut und konnte es jetzt. Auch sonst war sie erfolgreich, denn sie hatte viele Erandhon-Eirun dazu bringen können, die grünen Kristallanhänger abzulegen, die sie von Erulim erhalten hatten. Bei den meisten war es ihr auch gelungen, die Beeinflussung zu beseitigen. Ein Problem stellte jedoch Königin Jadalin dar, die sich weder von ihrem Kristall trennen noch sich von ihr heilen lassen wollte. Ihr Einfluss auf ihr Volk war jedoch so gering, dass sie ihre Leute nicht daran hindern konnte, sich von den Kristallen zu trennen, und der Wald gehorchte Laisa bereits mehr als ihr.

Da die Eirun von Erandhon der unterschwelligen Beeinflussung durch die Artefakte entzogen waren, verloren sie auch ihre unnatürliche Lethargie, und ihre Blicke richteten sich immer wieder auf die Gipfel der Berge, die ihr kleines Reich wie die Mauern eines Gefängnisses umgaben. Noch hatte Laisa sich nicht an die Sperrartefakte gewagt, da sie Angst hatte, etwas zu aktivieren, das sie nicht mehr beherrschen konnte.

Jadrinial, Ionavara und etliche andere unterstützten sie nach Kräften, doch die größte Hilfe erhielt Laisa vom Wald selbst. Die alten Bäume erinnerten sich daran, wann und wo Gayyad in seiner Gestalt als Erulim Artefakte angebracht hatte. Dabei kam Laisa auch ihre Gabe zugute, Magie fühlen zu können, ohne nach der Quelle greifen zu müssen. Die meisten Magier mussten aktiv nach magischen Quellen suchen, und das hätte sich hier als verhängnisvoll erweisen können.

Auch an diesem Tag hatte Laisa wieder ein halbes Dutzend Artefakte entdeckt und die Hälfte davon ausgeschaltet. Bei der Arbeit an dem letzten hatten mehrere Eirun sie beobachtet. Einer von ihnen grub in der Erde und holte das Ding heraus.

»Vorsicht!«, warnte Laisa ihn.

Der Mann nickte und drückte den Knopf, mit dem man das Artefakt ebenfalls abstellen konnte. Seine Gefährten sammelten sich um ihn und betrachteten den faustgroßen Gegenstand, der jetzt, da er freilag, genug magische Reststrahlung von sich gab, um seinen Zweck erkennen zu können.

»Das ist eine grausame Waffe!«, rief der Eirun, der das Artefakt ausgegraben hatte. »Sie lähmt unsere Gedanken und zwingt uns, Dinge zu denken, die wir gar nicht wollen.«

»Das können nur böse Blaue hier vergraben haben«, warf ein anderer ein.

»Einem Blauen hätten die Pfoten ganz schön gebrannt. Das Gerät ist nämlich grün«, klärte Laisa die Eirun auf.

»Mit Silberhandschuhen geht es«, meinte einer davon.

»Aber dieses verdammte Ding muss auch eingestellt werden. Das ist mit grüner Magie geschehen, und zwar mit Erulims Kräften. Kann einer von euch die verschiedenen Magiestrukturen von Wesen der gleichen Farbe erkennen?«

Laisa sah die Eirun fragend an, doch zunächst meldete sich niemand. Schließlich hob Jadrinial die Hand.

»Ein wenig kann ich es, aber nicht gut.«

»Welcher Grüne, glaubst du, hat dieses Artefakt eingestellt?«, fragte Laisa.

Das Eirun-Mädchen konzentrierte sich und musterte das Artefakt mit scharfen Blicken. »Ich … ich glaube …«, fing sie an. »Das ist Erulims Magie! Ganz sicher. Ich kenne sie genau. Es ist die gleiche wie bei dem Kristallanhänger, den er mir geschenkt hat. Er sagte, ich solle ihn immer tragen. Da er mir aber nicht gefiel, habe ich das Ding im Wald versteckt.«

»Kannst du es mir zeigen?«, forderte Laisa das Mädchen auf.

Jadrinial nickte und stürmte wie ein übermütiges Fohlen davon. Unterdessen wandte Laisa sich an die Eirun, die sich um sie versammelt hatten.

»Ihr seht dieses Artefakt und habt Jadrinial gehört. Erulim ist mitnichten euer Freund, sondern hat euch in dieses Gefängnis gesperrt, aus dem ihr niemals hinausgekommen wärt. Eigentlich hättet ihr bereits vor über eintausend Jahren über den Großen Strom gebracht werden müssen, um vor den Angriffen der blauen und schwarzen Götterheere sicher zu sein. Doch das hat Erulim verhindert. Ich weiß nicht, welchen Zweck er damit verfolgt, doch steht euer Reich im Widerspruch zu dem Friedensvertrag, den die Götter vor fast neunhundert Jahren geschlossen haben.«

»Du meinst, wir müssen nach Westen über den Großen Strom gehen? Aber was wird dann aus unserem Wald und unserem Heiligen Baum?«, fragte Ionavara entsetzt.

»Der Wald würde seine Magie verlieren, und euer Heiliger Baum müsste einen neuen Spross austreiben, den ihr in eurer neuen Heimat pflanzen könntet.«

Laisa hatte sich überlegt, ob sie die Situation, in der sich die Eirun von Erandhon befanden, nicht zuerst besser darstellen sollte, um sie nicht zu verschrecken. Da die Wahrheit aber irgendwann doch ans Tageslicht kommen würde, hielt sie es für besser, nichts zu beschönigen, anstatt sich später Vorwürfe anhören zu müssen. Belogen waren diese armen Leute lange genug worden.

Nach einer Weile kehrte Jadrinial zurück und hielt die Halskette mit dem taubeneigroßen Kristall weit von sich gestreckt. Laisa nahm ihr das Ding ab und fixierte es mit ihrem Blick. Es dauerte eine Weile, bis sie die Wirkung erkannte. Danach schlug sie den Kristall mit einer Geste des Abscheus auf einen Stein, so dass er einen Sprung erhielt und nicht mehr funktionierte.

»Es war gut, dass du dieses Ding niemals getragen hast«, lobte sie Jadrinial.

»Niemals stimmt nicht. Ich musste es umhängen, wenn Erulim zu Besuch war. Aber das war er Meandir sei Dank nur selten«, antwortete das Mädchen.

»Was hätte dieser Kristall bewirkt?«, fragte Ionavara.

»Er hätte Jadrinials Geist beherrscht und auf Dauer die meisten ihrer Fähigkeiten zerstört. Erulim wollte anscheinend verhindern, dass sie stark genug wird, ihn zu durchschauen.«

»So, wie Nelaisan ihn durchschaut hat«, sagte Ionavara traurig. »Ich erinnere mich jetzt an den heftigen Streit zwischen den beiden. Am Tag darauf war Nelaisan verschwunden, und Erulim setzte Jadalin als unsere neue Königin ein. Mich wundert, dass ich das vergessen habe.«

»Mich nicht«, sagte Laisa mit einem Seitenblick auf das

ausgegrabene Beeinflussungsartefakt. »Erulim befahl euch, es zu vergessen. Er konnte euch sogar einreden, böse Blaue wären nach Erandhon eingedrungen und hätten eure Königin verschleppt. Dies machte es ihm möglich, unter dem Vorwand eurer Sicherheit seine Fallen zu verstärken.«

In dem Augenblick sah Jadrinial Laisa wie ein erschrecktes Reh an. »Was ist mit meiner Mutter? Ihr gab Erulim doch auch einen Talisman, und seitdem trägt sie ihn immer.«

Es tat Laisa weh, ihr die Wahrheit sagen zu müssen. »Dieser Kristall hat den Geist deiner Mutter zerstört und sie zu Erulims willfähriger Sklavin gemacht. Damit wollte er verhindern, dass sie sich ebenso wie Nelaisan gegen ihn stellt.«

Jadrinial begann zu weinen, während die anderen Eirun sich erschrocken um Laisa scharten. »So muss es sein. Jadalin ist schon lange nicht mehr sie selbst und vermag ihre Aufgabe als Herrin des Waldes und Hüterin des Heiligen Baumes kaum mehr nachzukommen. Bisher haben wir nicht darauf geachtet, doch jetzt fällt es mir auf.« In Ionavaras Stimme schwang das Entsetzen mit, von einem Wesen der eigenen Seite so hintergangen worden zu sein.

»Erulim machte aus Angst den Fehler, Jadalins Anhänger zu stark einzustellen. In vielleicht zwanzig oder dreißig Jahren wäre sie so ausgebrannt, dass sie nicht mehr die Hüterin sein kann.« Es tat Laisa leid, das zu sagen, aber sie hatte die Herrin von Erandhon untersucht und war zu diesem Ergebnis gekommen.

»Meine Mutter muss dieses Ding ablegen«, rief Jadrinial entschlossen.

Laisa lächelte traurig. »Ich habe sie darum gebeten, doch sie kennt keinen anderen Willen mehr als den von Erulim. Vielleicht kann sie auch nicht mehr ohne dieses Ding sein, denn die wenige Kraft, die sie noch aufbringt, erhält sie aus dem

Anhänger. Ich wage auch nicht, es ihr mit Gewalt wegzunehmen, denn ich fürchte, Jadalin wäre danach nur noch ein Schatten ihrer selbst und nicht mehr in der Lage, Königin von Erandhon zu bleiben. Doch wer sollte ihr nachfolgen?«

Noch während Laisa diese Frage stellte, hatte sie das Gefühl, als würde jemand »Du« antworten. Sie blickte sich erstaunt um, doch keiner der Eirun hatte etwas gesagt.

*

Nachdem Laisa die Artefakte im Kerngebiet des Waldes beseitigt hatte, wandte sie sich dem südlichen Rand des Waldes zu. In ihrer Gestalt als Eirun brauchte sie für die etwa sechzig Meilen nur etwas mehr als einen halben Tag. Allerdings hatte sie unterwegs das Gefühl, als würde ihr der Wald Pfade öffnen, damit sie schneller vorankam.

Am Rand des Waldes hielt Laisa inne und konzentrierte sich auf die verschiedenen magischen Schwingungen, die das Land hier erfüllten. Vor ihr strahlten die Berge in einem starken, aber nicht allzu aggressiven Blau. Dennoch konnte Gayyad diese Stelle nicht in seiner grünen Gestalt übersteigen. Es musste einen anderen Weg hinaus geben, und den wollte sie finden. Vorher aber versuchte sie, ein lebendiges Blau aufzuspüren, das irgendwo unter den Bergen hereindringen sollte.

Die Zeit verging, und sie wollte schon aufgeben, als ihre magischen Tasthaare – wie sie sie nannte – auf etwas Vertrautes stießen. N'ghar war zur Stelle und hatte seine magischen Fühler tief unter der Erde bis hierher ausgestreckt.

Jetzt kam es darauf an, wie gut sie sich mit ihm verständigen konnte. Daher zupfte sie kurz an seinem Blau und ließ etwas von ihrem Weiß mit einfließen.

»Laisa?«, hörte sie N'ghar wie aus weiter Ferne fragen.

»Wer sonst?«, gab sie grinsend zurück, obwohl er es sicher nicht sehen konnte.

»Ilyna sei Dank! Ich versuche schon seit Tagen, dich zu finden!« N'ghar klang so erleichtert, dass Laisa ganz gerührt war.

»Ich hatte hier einiges zu tun. Allerdings glaube ich nicht, dass Berraneh und Yahyeh gefallen wird, was ich hier gefunden habe.«

»Weiße Spitzohren, nicht wahr? Ich erkenne es an der Ausstrahlung, die mich an Reolan erinnert. Der sitzt übrigens neben mir und würde am liebsten sofort aufbrechen, um seine Landsleute zu besuchen«, antwortete N'ghar.

»Das soll er bleiben lassen. Er käme nicht einmal an der Außenseite hoch, und selbst wenn, würde er den Abstieg nach Erandhon nicht überstehen. Erulim hat dieses kleine Reich gesichert, als gelte es, einen Gott fernzuhalten.«

Laisa gab N'ghar einen kurzen Bericht über das, was sie bereits entdeckt hatte, und erklärte anschließend, dass es noch einen anderen Weg nach Erandhon geben müsse als über die Berge.

»Könnte das ein Tunnel sein – oder Höhlen?«, vernahm sie N'ghars Frage in ihrem Kopf.

Laisa nickte eifrig. »An so etwas habe ich gedacht.«

»Dann hätte ich eine Stelle für dich. Sie liegt etwa neun Meilen weiter westlich von dir bei einer Felswand, die etwas weiter nach innen reichen müsste als die anderen.«

Noch während N'ghar ihr die Stelle beschrieb, kletterte Laisa einen Baum hoch, um sich umzusehen. Obwohl sie gut nach oben kam, wünschte sie sich, wieder die Katzenfrau zu sein. Um aber den Baum, auf den sie stieg, und auch den restlichen Wald nicht zu verwirren, verzichtete sie darauf, ihre Gestalt zu verändern.

Die genannte Stelle entdeckte sie sofort. Ein Bergsporn

ragte dort mehr als drei Meilen nach Erandhon hinein und drängte den Wald zurück. An einer Stelle glaubte Laisa etwas Glänzendes zu sehen und hätte ihren Katzenschwanz dafür verwettet, dass es sich um ein Erulim-Artefakt handelte.

Als Laisa wieder vom Baum stieg, warteten Jadrinial, Ionavara und etliche andere Eirun auf sie, bei denen sie bereits die Beeinflussung beseitigt hatte.

»Mir war, als hätte ich eben Blau gespürt«, rief Jadrinial ihr zu. »Aber der Wald ist ganz ruhig, als wenn es keine Gefahr gäbe.«

Es gibt auch keine, wollte Laisa schon antworten, als sie erneut N'ghars Stimme in ihren Gedanken hörte.

»Gib acht! Irgendetwas geht hier vor.«

Laisa spannte ihre Sinne an und griff nun auch selbst nach Stellen, die ihr verdächtig vorkamen, aber sie entdeckte nichts. Dennoch hatte auch sie das Gefühl, als würde gleich etwas passieren. Als wahrscheinlichsten Ort dafür hielt sie die Stelle, an der N'ghar den Ausgang eines Tunnels vermutete.

»Ich will zu diesem Bergsporn dort vorne und ihn untersuchen. Ihr solltet euch besser im Hintergrund halten, denn von dort könnte Gefahr drohen«, erklärte sie den Eirun und lief los.

Doch als sie sich umdrehte, sah sie, dass Jadrinial und etliche andere ihr folgten.

Sechzehntes Kapitel

Kampf um Erandhon

Sofort nach seiner Ankunft auf der anderen grauen Platte versetzte Gayyad sich mit seiner lebendigen Magie mehrere Meilen weit, um einer möglichen Falle zu entgehen. Doch wie es aussah, hatte ihn niemand erwartet. Mit einem gewissen Spott sagte er sich, dass seine Feindinnen Berraneh und Yahyeh ihn immer noch unterschätzten. Für die beiden war er ein mittelmäßiger Magier, der an einigen Stellen der roten Dämmerlande Unruhe stiftete. Doch schon bald würden die Damen erkennen müssen, dass er viel mehr war als das.

Als Erstes musste er herausfinden, wo die beiden Hexen sich aufhielten und vor allem, wo Laisa war. Er besaß mehrere geheime Stützpunkte in dieser Gegend und entschied sich für eine alte Burgruine an den Grenzen von Relledh.

Drei kurze Versetzungssprünge, die auch von dem besten Magier nicht bemerkt werden konnten, brachten ihn dorthin. Vor der Ruine hielt er kurz inne, um sich umzusehen. Obwohl er Spähartefakte einsetzte, die auch Abschirmfelder anmaßen, entdeckte er keine fremde Präsenz in der Umgebung. Normale Menschen kamen nicht an diese Stelle, da sie verrufen war und ein Artefakt ihnen beim Näherkommen Unbehagen einflößte. Gegen blaue Magierinnen wie Yahyeh und Berraneh half das allerdings nicht, ebenso wenig gegen die weiße Katze.

Er fand jedoch keine Spur, die darauf hindeutete, dass eine der drei hier gewesen sein könnte.

Im Schutz eines Unsichtbarkeitszaubers näherte er sich der verborgenen Tür, setzte sein Schlüsselartefakt ein und befand sich kurz darauf tief unter der Erde in einem großen Raum, der wie viele seiner Verstecke alles enthielt, was er in den umgebenden Ländern vielleicht einmal brauchen konnte. Hier lagerten Artefakte aus dem Blauen Land, die die Verantwortlichen in den von ihnen betreuten Zeughäusern wähnten, genug Geld, um auf die Schnelle mehrere tausend Krieger anwerben zu können, sowie Kleidung für jeden Zweck.

Den meisten Dingen schenkte Gayyad keine Beachtung, sondern wandte sich erst einmal den Aufzeichnungen der Überwachungsartefakte zu. Gleich nach den ersten Bildern begann er zu fluchen wie ein Schwarzland-Gurrim. Zwei blaue Hexen, von denen er annahm, dass es sich um Berraneh und Yahyeh handelte, hatten versucht, den Bergring zu erklimmen, der das kleine Eirun-Land Erandhon von der Außenwelt abschloss. Zwar waren die beiden nicht bis nach oben gekommen, hatten aber die eigentlich tödlichen Magieentladungen seiner Artefakte überstanden.

Fassungslos sah er, wie die beiden verletzten Frauen von Atra und den Schlangenheilern versorgt und dann zur Blauen Festung zurückgebracht wurden. Als er versuchte, die Aufnahmen seiner dortigen Überwachungsartefakte abzurufen, erlebte er eine Enttäuschung, denn die waren tot.

»Die Katze«, murmelte er. »Ich hätte sie gleich nach ihrer Geburt erwürgen sollen.«

Da er die Anlage selbst entworfen und eingebaut hatte, wusste er, dass keine blaue Magierin diese entdecken und beseitigen konnte, es sei denn um den Preis der Vernichtung der gesamten Festung.

Gayyads Hand schwebte bereits über dem Sendeartefakt, mit dem er die Blaue Festung von hier aus sprengen konnte, doch er zog sie sofort wieder zurück. Wenn er unüberlegt handelte, würden Ilynas Schnüffelnasen kommen, um nachzusehen, weshalb die Festung explodiert war. Dann aber würden sie auch Erandhon entdecken, das einen wichtigen Zweck für ihn erfüllte. Da er seine Umwandlung von Blau nach Grün nicht kontrollieren konnte, brauchte er auf dieser Seite einen Ort, an den er sich als Erulim zurückziehen konnte. Einen Verlust dieses Gebietes wollte er auf keinen Fall riskieren.

Andererseits durfte er nicht zulassen, dass Berraneh, Yahyeh und vor allem Laisa hinter das Geheimnis von Erandhon kamen. Der Gedanke, dieses Katzenbiest könnte von dem früheren Volk seiner Mutter wegen seiner Erscheinung in Stücke gerissen werden, hatte allerdings etwas Verführerisches an sich. Schnell rief Gayyad sich zur Ordnung. Er hatte in der letzten Zeit einige Fehler begangen und wollte nicht aus Hast und Unachtsamkeit weitere begehen.

Aus diesem Grund kontrollierte er sämtliche Überwachungsartefakte und musste sich zuletzt eingestehen, dass seine schlimmsten Befürchtungen noch harmlos gegen das waren, was wirklich eingetreten war. Aus einem ihm unbekannten Grund war es jemand gelungen, nach Erandhon vorzudringen und die meisten der im Wald angebrachten Artefakte auszuschalten.

»Laisa!« Erneut stieß er diesen Namen wie einen Fluch aus. Nur sie konnte das getan haben. Niemand anderem traute er diese Tat zu. Die weiteren Aufzeichnungen zeigten Gayyad, dass die Sperranlangen auf beiden Seiten des Gebirgsringes noch funktionierten. Daher war es ihm ein Rätsel, wie es Laisa gelungen war, sie zu überwinden. Allerdings war sie Nelaisans Tochter und konnte von dieser bereits im Mutterleib Dinge erfahren haben, von denen er selbst nichts ahnte.

Als er seine Möglichkeiten durchging, war die Auswahl gering. Er konnte keine Eirun aus dem Westen zu holen, um die Katzenfrau zu jagen, und auch keine blauen Verbündeten damit beauftragen, weil die Erandhon-Eirun diese als Feinde ansehen würden. Wahrscheinlich hatten die Spitzohren Laisa trotz ihrer Katzengestalt als Weiße erkannt und sie daher entgegen seiner Beeinflussung gastfreundlich aufgenommen.

Aus dem Grund musste er nach Erandhon gehen und die Katzenfrau eigenhändig umbringen. Ein Blick in den Spiegel ernüchterte ihn. Er war noch immer Gayyad und würde in dieser Gestalt von den Erandhon-Eirun als Feind betrachtet werden. Wenn er dorthin ging, musste er es als Erulim tun. Mit diesem Gedanken verließ er die Kammer durch eine geheime Tür und gelangte in einen kleinen Raum, der nur zwei mit Silber ausgekleidete Schränke enthielt. Gayyad öffnete einen davon und wollte schon den starken, grünen Kristall in die Hand nehmen, um die Rückverwandlung in Erulim anzustoßen. Dann aber zögerte er. Bisher hatte er jede Gestalt mindestens drei Monate lang beibehalten. Seit jenem schicksalshaften Tag in Gilthonian war jedoch weniger als ein Monat vergangen. Wenn er nun versuchte, sich in Erulim zu verwandeln, würde dies mit Schmerzen verbunden sein, wie er sie noch nie erlebt hatte. Zudem war es ungewiss, ob die Umwandlung überhaupt gelingen würde. Selbst wenn er es schaffte, würde er danach Tage brauchen, um den Kampf mit der Katze wagen zu können.

»Das machen wir anders«, rief er aus.

Immerhin besaß er mehr Artefakte und ausgeklügelte Hilfsmittel als jeder andere Magier und wusste diese auch einzusetzen. Daher verließ er den Raum wieder, legte seine Wardan-Tracht ab und zog stattdessen ein eng anliegendes Gewand an, in das feinste Silberfäden verwebt worden waren.

Dazu wählte er Stiefel in der gleichen Art, Handschuhe sowie eine Kapuze, die nur die Augen und den Mund frei ließ. Seine Augen schützte er durch eine Brille aus weißem Kristall und den Mund durch ein Artefakt, das seiner Stimme den typischen Klang der Eirun verlieh. Für fast noch wichtiger hielt er ein starkes Illusionsartefakt und eine Reihe von Waffen, mit denen er der Katze den Garaus machen konnte.

Da er die Illusion, Erulim zu sein, nicht in einer blauen Kammer erzeugen durfte, ohne dass es zu einem Gegenfarben-Überschlag kam, durchquerte er den kleinen Raum und gelangte in einen grünen Zwilling des blauen Zimmers. Auch hier lagen Artefakte, Schmuck, Geld und Kleider herum. Als Erstes zog er grüne Hosen über die versilberte Unterkleidung. Dabei musste ihm ein Dienergeschöpf eine Öffnung für seinen Schwanz einpassen. Dann folgte eine helle Tunika und ein Umhang, in dessen Taschen er einige weitere Artefakte verstaute. So ausgerüstet, konnte er den Kampf mit Laisa wagen.

Vorher aber wollte er noch sehen, ob sich Berraneh oder Yahyeh in der Gegend herumtrieben, und wunderte sich nicht, als er die beiden in der Nähe des Bergringes entdeckte. N'ghar war bei ihnen, dazu zwei schwächere Personen in Violett und Blau und der weiße Eirun, den er bereits in Gilthonian bei Laisa gesehen hatte.

Die Tatsache, dass dieser sich noch außerhalb des Gebirgsringes befand, zeigte Gayyad, dass seine Vermutung richtig war und bislang nur Laisa den Weg nach Erandhon gefunden hatte. Hineingekommen mag sie wohl sein, dachte er spöttisch. Doch hinauskommen wird sie nicht mehr.

Mit diesem Entschluss verließ er sein Versteck, versetzte sich in mehreren sehr kurzen Sprüngen, die, wie er hoffte, trotz des starken Artefaktes nicht aufgespürt werden konnten, bis an das Ringgebirge und drang in eine Schlucht ein, deren

Bergflanken mehr als tausend Schritte senkrecht aufragten. Bereits nach einer Meile endete die Schlucht vor einer noch höheren Felswand. Selbst ein geschickter Kletterer hätte hier aufgeben müssen, ebenso ein normaler Katzenmensch. Und doch musste Laisa ähnliche Abgründe überwunden haben.

Gayyad dachte jedoch nicht daran, die Felswände hochzusteigen, sondern zog ein Artefakt aus der Tasche, um magische Spuren zu verfolgen. Zufrieden stellte er fest, dass in der letzten Zeit niemand hier gewesen war. Mit einer beiläufigen Bewegung steckte er das Spürartefakt wieder weg und holte seinen magischen Schlüssel heraus. Als er ihn betätigte, flimmerte ein kleines Stück der Felswand etwas intensiver. Gayyad trat darauf zu und befand sich im nächsten Augenblick im Innern des Berges. Vor ihm lang ein langer, gewundener Gang, der nicht weiter als dreißig Schritte eingesehen werden konnte. Mit Hilfe weiterer Überwachungsartefakte fand er heraus, dass keine Unbefugten in seinen Stützpunkt eingedrungen waren. Nun musste er noch gut dreißig Meilen unter dem Berg zurücklegen, dann stand er am Rande Erandhons und würde dafür sorgen, dass Laisavaneh Baragain ihm niemals mehr gefährlich werden konnte.

*

Laisa hatte den nach Erandhon hineinreichenden Bergsporn fast erreicht, als sie erneut N'ghars tastende Magiefinger bemerkte. Sofort blieb sie stehen, um sich zu konzentrieren. »Gibt es noch etwas?«, fragte sie.

Beinahe glaubte sie, N'ghars Nicken zu spüren. »Ja«, antwortete er. »Ich habe mir die Gegend ein wenig angesehen und genau auf der Linie, die die Höhlen und Stollen bilden, frische blaue Magie gespürt, die – wie du es nanntest – leicht verbrannt roch.«

»Gayyad!« Laisas Jagdtrieb erwachte. Wenn es ihr gelang, den Zweifarbigen hier zu erledigen, würde die Welt friedlicher werden.

»Ich bin seiner Spur in eine Schlucht hinein gefolgt. Sie endete genau vor einer Felswand. Dahinter muss ein Gang liegen. Ich habe aber keinen Öffnungsmechanismus gefunden«, meldete N'ghar weiter.

»Suche auch nicht mehr danach. Du würdest unseren Feind damit nur warnen«, antwortete Laisa.

Gleichzeitig schnippte sie verblüfft mit den Fingern. »Du hast Gayyads Blau gespürt und nicht sein Erulim-Grün?«

»So ist es«, antwortete N'ghar ebenfalls irritiert.

»Das ist eigenartig! Er kann sich ja den Erandhon-Eirun schlecht als Frong oder als Dürrschwanz zeigen.« Laisa überlegte und kam zu dem Schluss, dass Gayyad sich unter dem Gebirge verwandeln musste, um nach Erandhon zu gelangen. Oder wollte er das gar nicht, sondern war nur darauf aus, das kleine Eirun-Reich zu vernichten, so, wie er es bereits bei Gilthonian versucht hatte?

Bei dem Gedanken fauchte sie wie in ihrer Katzengestalt. N'ghar bekam es mit und begann zu lachen. »Lass mir noch etwas von dem Kerl übrig. Der hat bei mir auch noch einiges gut.«

Jetzt musste auch Laisa lachen, wurde aber rasch wieder ernst. »Ich will ihn so schnell wie möglich erwischen, damit er kein Unheil mehr anrichten kann.«

»Viel Glück!«, hörte sie N'ghar noch senden, dann eilte sie weiter zum Fuß der Felswand. Da sie selbst nichts entdeckte, was auf Höhen oder Gänge hinwies, musste sie sich von N'ghar zeigen lassen, wo er magische Verwerfungen im Boden entdeckt hatte, die auf das Höhlensystem hinwiesen. Zu ihrer Verblüffung gab es auf dieser Seite keinen Ausgang. Der Stollen endete gut zwei Schritte vor der Außenseite des Berges.

»Yahyeh vermutet, dass Gayyad statt eines Tores ein Kurzversetzungsartefakt benützen wird. Selbst sie würde es nicht merken, wenn es weiter als eine halbe Meile von ihr entfernt geschieht«, berichtete N'ghar.

»Danke. Du bist der Beste.« Laisa lächelte erleichtert und suchte sich dann einen Platz, von dem aus sie Gayyad überraschen konnte. Zwei Felsen, weniger als zwanzig Schritte von dem wahrscheinlichen Auftauchpunkt des Feindes entfernt, erschienen ihr als gute Deckung. Mit einem gewissen Vergnügen dachte sie daran, dass die Felsen wahrscheinlich dem Zweck dienen sollten, Erulims Auftauchen aus dem Nichts vor unberufenen Augen zu verbergen.

Doch gerade diese Augen gab es an diesem Tag. Laisa bemerkte, wie sich immer mehr Erandhon-Eirun in der Nähe versammelten. Ihre Mienen waren ernst, und sie las sogar Angst in ihnen. Jahrhundertelang hatten sie Erulim als Freund und Beschützer angesehen und waren doch nur seine Sklaven gewesen. Nun fragten sich viele, weshalb er ihnen das angetan hatte.

Am liebsten hätte Laisa die Leute weggeschickt, damit sie nicht in Gefahr gerieten. Die Entschlossenheit, die Jadrinial und die anderen ausstrahlten, ließ sie davon absehen. Stattdessen blickte sie sich kurz zu dem Eirun-Mädchen um.

»Seid bitte ganz vorsichtig! Ich weiß nicht, was hier passiert.«

In Gedanken setzte sie hinzu, dass sie hoffte, die Eirun würden sich nicht noch einmal von Erulim beeinflussen lassen, denn dies war die größte Gefahr für sie. Wenn es dem Feind gelang, einige Spitzohren unter seinen Willen zu zwingen, musste sie damit rechnen, von ihnen angegriffen zu werden – und das konnte für den Ausgang dieser Auseinandersetzung entscheidend sein.

Mit einem leisen Fauchen schüttelte Laisa diesen Gedanken ab und richtete ihre magischen Sinne auf den Stollen im Berg. Eine Zeitlang tat sich nichts, dann aber glaubte sie, grüne Abschirmmagie zu spüren, mit der Gayyad sich in seiner grünen Gestalt gegen das Blau der Berge schützte. Für sie hieß es, dass sie ihre stärksten Waffen einsetzen musste, um diese magische Abwehr des Feindes zu durchbrechen.

»Lähme ihn«, flüsterte sie der Springschlange an ihrem rechten Arm zu.

Da sie sich nicht sicher war, ob die Springschlange den Schutzschirm ihres Feindes durchdringen konnte, wollte sie einen magischen Pfeil auf Gayyad – oder vielmehr Erulim – abschießen und so seine Bewaffnung testen. Vielleicht konnte sie wenigstens einen Teil auf diese Weise ausschalten. Laisa zog einen der blauen Pfeile, die sie von Khaton erhalten hatte, aus der silbernen Umhüllung, legte diesen auf die Sehne und wartete wie eine Katze auf das Auftauchen der Maus.

*

Um schneller voranzukommen, hatte Gayyad sich innerhalb der Höhlen mehrfach magisch beschleunigt und sah nun den Blindstollen vor sich, in dem der letzte Gang endete. Bevor er sich ins Freie versetzte, warf er einen kurzen Blick auf seine Überwachungsartefakte. Eines am Felsen war noch nicht entdeckt worden, und er konnte feststellen, dass sich etliche Eirun in der Nähe aufhielten. Er fragte sich, weshalb sie ausgerechnet jetzt hier waren, fand dies aber gleichzeitig gut, weil er sie sofort unter seinen Willen zwingen und auf die Jagd nach der Katze schicken konnte.

Mit diesem Gedanken betätigte er das in den Felsen eingebaute Versetzungsartefakt und fand sich drei Schritte außerhalb des Berges wieder. Ein kurzer Blick zeigte ihm, dass seine Tarnung als Erulim perfekt war. Er durfte nur nicht seinen Schlangenschwanz aus dem Illusionsfeld hinausstrecken. Zwar wäre er lieber in menschlicher Gestalt hier aufgetaucht, doch als Gayyad vermochte er seine Magie am besten zu beherrschen.

Um sich den Eirun bemerkbar zu machen, trat er zwischen den Felsen hinaus. »Meine Freunde!«, rief er mit seiner magischen Stimme und setzte gleichzeitig ein grünes Beeinflussungsartefakt ein.

»Meine Freunde, ich bin gekommen, um euch zu warnen! Ein boshaftes Geschöpf ist in euer Reich eingedrungen und will euch vernichten. Ihr müsst es jagen und gefangen nehmen, notfalls sogar töten.«

Die Beeinflussung war so stark, dass sogar Laisa sich dagegenstemmen musste. Wenn sie nichts tat, würde der Feind die Eirun noch einmal geistig versklaven und dann gegen sie hetzen. Kurz entschlossen spannte sie den Bogen, zielte und schoss.

Einen aus weiterer Entfernung abgeschossenen Pfeil hätte Gayyads Schutzschirm ablenken können, doch auf zehn Schritte besaß das Geschoss eine zu große Wucht. Der blaue Pfeil durchschlug das Abwehrfeld und traf auf ein grünes Artefakt. Die darauffolgende Gegenfarbenexplosion schleuderte Gayyad wie ein Bündel Lumpen beiseite.

Auch Laisa hatte Probleme, auf den Beinen zu bleiben, während die Eirun sich erschrocken duckten. Im nächsten Augenblick schrie Jadrinial gellend auf und irritierte damit Laisa so, dass sie in der Bewegung innehielt und den Feind verblüfft anstarrte.

Statt eines grünen Eirun sah sie einen Schlangenmann in einem grotesken Aufzug vor sich, der aus einem Umhang, einer zerfetzten Tunika und einem Untergewand aus feinem Silbergeflecht bestand. Die Augen lagen hinter Kristallscheiben verborgen, und vor seinem Mund befand sich eine Art Maske, die durch die Explosion gegen sein Gesicht gedrückt worden war und die Lippen blutig geschlagen hatte.

Die Gegenfarbenexplosion hatte Gayyad verletzt und kurz betäubt. Aber er kam rasch wieder zu sich und begriff, dass dieses Katzenvieh seine Pläne auch hier in Erandhon zum Scheitern gebracht hatte. Durch den Ausfall seines Beeinflussungsartefaktes konnte er die Eirun nicht mehr beherrschen, sondern lief Gefahr, von diesen wegen seiner Gestalt als Feind angesehen zu werden.

Kurz erwog er, den Kampf mit Laisa bis zum Ende auszufechten, entschied sich dann aber dagegen und sendete einen Gedankenbefehl, der einige Dinge in Bewegung setzen sollte. Fast gleichzeitig versetzte er sich zu der geheimen Tür und wollte eben hindurch, als Laisa ihre Starre abschüttelte und die Springschlange auf ihn abschoss.

Das silberglänzende Ding traf Gayyad mit der Wucht eines Hammers. Er stürzte nach vorne, spürte, wie das Gift der Schlange in seine Adern eindrang, und setzte zu einem Notsprung an.

Laisa sah noch, wie Gayyad sich auflöste und samt ihrer Springschlange verschwand, doch bevor sie Ärger empfinden konnte, weil sie zu lange gezögert hatte, vernahm sie den Ruf des Waldes.

»Jadalin ist tot, und etwas Schreckliches erwacht.«

»Was ist los?«, fragte sie und erhielt im nächsten Augenblick ein Bild, auf dem Jadalin starr und verkrümmt vor ihrem Sitz lag. Dann aber schob sich ein anderes Szenarium in ihre Gedanken. Von den östlichsten Bergen, die Erandhon umgaben, schob sich eine schwarze Walze auf den Wald zu und drohte ihn zu ersticken.

Verärgert über sich selbst, weil ihr dieses Artefakt bislang entgangen war, wollte Laisa in die entsprechende Richtung rennen. Doch der Wald hielt sie zurück.

»Du musst zum Heiligen Baum und dich mit ihm verbinden! Die Wurzeln des Waldes reichen weit. Vielleicht gelingt es uns, das Artefakt auf diese Weise zu finden. In der schwarzen Wolke würdest du es zu lange suchen müssen.«

»Das stimmt«, antwortete Laisa und machte sich auf den Weg. Da es ihr nicht schnell genug ging, nahm sie Kontakt zu den Geistern des Waldes auf. »Ich werde mich jetzt verwandeln, um rascher voranzukommen. Aber erschreckt nicht und haltet mich nicht auf!«

Als Antwort meinte sie, ein leises Lachen zu vernehmen. Sie verwandelte sich in ihre Katzengestalt und wurde noch schneller. In dem Wissen, dass jede Minute, die sie später beim Heiligen Baum ankam, den Tod vieler weiterer Bäume bedeuten würde, raste sie mit einer Geschwindigkeit vorwärts, die sie noch nie zuvor in ihrem Leben erreicht hatte. Die Wut über Gayyads Entkommen verlieh ihr ungeahnte Kräfte, und sie spürte, dass der Wald sie in weiche, weiße Magiewolken einhüllte, die sie zusätzlich stärkte.

Jadrinial und die anderen hatten noch kein Viertel des Weges zurückgelegt, da schoss Laisa bereits auf den Heiligen Baum zu und lehnte sich keuchend gegen seine seltsam weiche Rinde. Ehe sie sich versah, versank sie in dem Baum und stand darin wie in einer hautengen Kapsel.

Panik erfasste sie, und sie versuchte, sich zu befreien. Da vernahm sie das Flehen des Heiligen Baumes in ihrem Kopf. »Du musst dich mit mir vereinigen, sonst ist alles verloren. Du hast das Wissen und ich die Kraft, etwas bewirken zu können. Außerdem ist an dir noch etwas anderes, das uns helfen kann.«

Noch während Laisa darüber nachsann, tauchte Lizy in ihren Gedanken auf und zwinkerte ihr zu. »Ich kann zwar nicht so viel Magie abblasen wie Rogons Geister-Arghan, dir aber die Zeit verschaffen, das Artefakt zu finden.«

Gleichzeitig entstand Lizy etliche Schritte außerhalb des Heiligen Baumes und zog das erste Schwarz, das aus der Ferne zu ihnen drang, an sich. Noch war die Flamme, mit der sie die feindliche Magie umwandelte, recht klein, aber Laisa begriff, dass sie und ihre kleine Freundin über sich hinauswachsen mussten, wenn sie Erandhon retten wollten.

Nun stemmte sie sich nicht mehr gegen die Vereinigung mit dem magischen Baum, sondern verschmolz geistig mit ihm. Nachdem sie sich in den verwirrenden Bildern und Strömen lebendiger Magie zurechtgefunden hatte, war es, als sei sie selbst der Geist des gesamten Waldes. Sie spürte jedes Blatt und jede Wurzel, jedes Tier in und auf der Erde und sogar in der Luft. Gleichzeitig fühlte sie das tödliche Schwarz, das von Osten durch den Wald waberte. Die Todeswolke war bereits zehn Meilen in den Wald eingedrungen und würde, wenn sie nicht aufgehalten wurde, noch vor dem nächsten Morgen den Heiligen Baum erreichen.

Laisa richtete ihre durch die Kraft des Waldes verstärkten Spürsinne in diese Wolke hinein und suchte nach deren Ausgangspunkt. Es dauerte eine Weile, bis sie in dem Schwarz einen Funken von Gayyads Blau entdeckte und darauf zugriff. Es war das Artefakt, und es war durch blaue Magie in Gang gesetzt worden. Zwei Wurzeln des östlichsten Baumes von Erandhon reichten bis knapp in die Nähe des tief vergrabenen Artefaktes.

»Warum können sie nicht länger sein?«, stöhnte Laisa.

»Die Bäume, zu denen sie gehören, sind bereits krank und werden bald sterben. Ich verleihe ihnen aber noch einmal Kraft«, vernahm sie den Geist des Waldes und bekam mit, wie die beiden Wurzeln auf das Artefakt zuwuchsen und es packten. Ihre Bäume waren durch die schwarze Magie bereits halb tot, und so reichten ihre Kräfte nicht mehr aus, das Artefakt aus dem Boden zu holen.

Andere Bäume, die ebenfalls im Sterben lagen, bildeten lange, biegsame Äste aus, umschlangen damit einen der Stämme und rissen ihn um. Seine Wurzeln schnellten aus der Erde, und dann sah Laisa das Artefakt durch die Luft fliegen. Um es jedoch abschalten zu können, hätte sie hinlaufen und in die schwarzmagische Wolke eindringen müssen.

»Du hast doch mich«, hörte sie Lizy rufen und sah, wie diese sich auflöste und neben dem Artefakt wieder auftauchte. Da Laisa mit ihr verbunden war, spürte sie das Schwarz dort so stark, dass sie glaubte, innerlich zu verbrennen.

Es wurde jedoch besser, als Lizy Feuer zu spucken begann. Plötzlich richtete die Kleine den Strahl genau auf das Artefakt.

»Nein, nicht!«, schrie Laisa noch, doch es war zu spät.

Es knallte fürchterlich. Eine schwarze Rauchsäule stieg meilenhoch in den Himmel, und die Druckwelle zerfetzte die giftige schwarze Wolke, so dass der Wind sie in harmlosere Schwaden auflösen konnte. Zwar verteilten sich Reste über halb Erandhon, doch ihre Ausstrahlung war zu gering, um den Wald noch zu gefährden. Sogar ein Teil der Bäume, die von der Todeswolke erfasst gewesen waren, erholte sich wieder, als der Heilige Baum reine, weiße Magie in sie fließen ließ. Gleichzeitig erschien Lizy wieder im Zentrum des Eirun-Reiches und blies alles Schwarz, das sie auffangen konnte, als dicken Feuerstrahl aus sich hinaus.

»Na, war ich nicht gut?«, hörte Laisa die Frage der Kleinen.

»Du warst sehr unvernünftig. Es hätte auch anders kommen können«, schalt Laisa.

Lizy verzog ihre Lippen zu einem Grinsen. »Ist es aber nicht. Außerdem haben wir auf diese Weise viele Bäume gerettet, die sonst umgekommen wären.«

»Lass es gut sein«, mahnte der Heilige Baum. »Deine kleine Freundin hat das Richtige getan. Was hätte es genützt zu warten? Die Waffe des Feindes hätte nur noch mehr zerstört.«

»Die Vernichtung dieser Waffe hätte alles in Erandhon zerstören können«, wandte Laisa ein.

»Das hätte sie auf jeden Fall getan«, maulte Lizy und sah sehr beleidigt aus.

»Du hättest vielleicht ein paar Augenblicke warten können, so dass wir zwei das Ding hätten untersuchen können.«

Auch damit kam Laisa bei der Kleinen nicht gut an. »Ich hätte es dann trotzdem hochjagen müssen«, antwortete diese und stieß einen besonders langen Feuerstrahl aus.

Ihre Gestik verriet dabei das Gleiche wie ihre Gedanken: »Das kannst du nicht.«

Laisa gab auf, sich mit Lizy zu streiten, und konzentrierte sich wieder auf den Wald, den der Tod so vieler Bäume schwer getroffen hatte. Leben strömte durch die restlichen Pflanzen, aber auch Trauer um die toten Bäume und alles, was sonst noch umgekommen war. Zu Laisas Erleichterung war weniger zerstört, als sie zuerst befürchtet hatte, und sie half dem Heiligen Baum, jene Bäume zu heilen, die besonders stark unter der schwarzen Magiewolke gelitten hatten, aber Lebenskraft genug besaßen, ihre Verletzungen zu überstehen.

Währenddessen nagte ein anderes Problem an Laisa. Sie musste zusehen, dass der Heilige Baum sie wieder losließ und sich eine andere Hüterin suchte, damit sie Gayyad verfolgen und endgültig zur Strecke bringen konnte. Nun bedauerte sie es, der Springschlange den Befehl gegeben zu haben, den Zweifarbigen zu lähmen. Hätte sie dem Ding gesagt, es solle

Gayyad töten, wäre die Welt wohl endgültig von diesem Schurken befreit worden. Sie fragte sich, wie lange er bewusstlos bleiben würde. Nur dann, wenn sie ihn in dieser Zeit fand und unschädlich machte, konnte er kein Unheil mehr anrichten.

Siebzehntes Kapitel

Feinde aus dem Schatten

Rogon las das Schreiben, das der Lotse ihm überreicht hatte, durch und warf es dann mit verächtlicher Miene auf den Tisch. »Dem blauen Tempel beliebt es, uns der Unterschlagung des heiligen Reliquiars mit den Haaren der göttlichen Ilyna zu bezichtigen.«

»Eigentlich haben sie sogar recht«, meinte Tirah. »Immerhin hast du es behalten, um ein Faustpfand bei den Verhandlungen mit dem Tempel in der Hand zu halten.«

»Die dritte Priesterin Temasin ruft den schwarzen und den violetten Tempel zur Unterstützung auf und fordert von der Lotsenschaft, das Reliquiar umgehend an sich zu nehmen und es ihnen zu übergeben. Drilia hat übrigens mit unterschrieben. Das ist der Dank dafür, dass wir sie aus der Gefangenschaft in Gilthonian befreit haben.« Rogons Stimme klang hart, und Tirah spürte, dass ihn dies am meisten ärgerte.

»Was willst du jetzt unternehmen?«

»Den Priesterinnen des blauen Tempels in aller Höflichkeit erklären, dass ich ihnen das Reliquiar erst geben kann, wenn ich das Gefühl habe, dass es sicher verwahrt wird. Immerhin wurde es ihnen in den letzten Wochen zweimal geraubt und musste bei zwei weiteren Angriffen von uns unter Einsatz unseres Lebens gegen weitere Raubversuche verteidigt werden.«

Tirah nickte anerkennend. Diesen Zug mussten die Priesterinnen erst einmal parieren. Bislang hatten sie noch keine offizielle Anklage gegen Flussmaul erhoben, obwohl Tolmon Krens Sohn eine ihrer Barken gegen alles Recht überfallen und das Reliquiar geraubt hatte. Dafür aber bezichtigten sie die Eirun von Gilthonian, gegen die Dämmerlandverträge verstoßen zu haben, weil diese das Reliquiar samt seiner Begleitung an sich gebracht hatten.

»Die Herrschaften messen mir zu sehr mit ungleichem Maß«, setzte Rogon hinzu, während er Papier und Feder ergriff, um seine Antwort aufzusetzen. Tirah half ihm dabei nach Kräften und hatte zuletzt eine Idee, die sie zum Kichern brachte.

»Was ist los?«, fragte Rogon verwundert.

»Warum schreibst du nicht, dass du eine Sache von solch eminenter Wichtigkeit nur mit Ihrer Heiligkeit, der Oberpriesterin, zu besprechen bereit bist, nicht aber mit einem nachrangigen Mitglied des blauen Synods? Das wird die Herrschaften mit Sicherheit einige Zeit beschäftigen.«

Einen Augenblick lang zögerte Rogon, dann setzte er Tirahs Worte unter den bereits fertigen Text. Nachdem er den Brief unterschrieben und gesiegelt hatte, reichte er ihn dem Lotsen.

»Kannst du dafür sorgen, dass diese Botschaft dem blauen Tempel überbracht wird?«

Der Lotse nickte. »Ich werde ihn selbst überbringen. Seid jedoch versichert, dass wir Lotsen uns nicht zu den Bütteln der Priesterinnen machen lassen. Dafür habt Ihr und die Dame Tirah zu viel für uns getan. Auch wir haben Klage erhoben, und zwar gegen Flussmaul und die Freistädte am oberen Strom. Als nächsten Schritt werden wir den blauen Tempel auffordern, sich dieser Klage anzuschließen.«

»Ihnen bleibt keine andere Wahl, wenn sie ihre Glaubwürdigkeit nicht vollends verlieren wollen«, antwortete Rogon und bedankte sich bei dem Lotsen. Nachdem dieser den Raum verlassen hatte, drehte er sich zu Tirah um.

»Wir sollten das blaue Sechstel weiterhin meiden. Ich traue den korrupten Priesterinnen mehr denn je zu, beim Sechstelrat einen Haftbefehl gegen uns zu erwirken, und ich will die armen Büttel nicht verletzen. Denen bleibt doch nichts anderes übrig, als ihren Befehlen zu gehorchen.«

»Eine gute Entscheidung. Damit aber können wir heute nicht zu deinem Großvater gehen und mit ihm über die weitere Planung im Süden zu sprechen.«

»Wir schicken einen Boten zu ihm, dass er hierherkommen soll. Rilla ist gewiss bereit, ihn als Gast zu begrüßen.«

»Das tue ich gerne.« Unbemerkt von den beiden war Rilla eingetreten und setzte sich auf einen Sessel neben dem Fenster. Sie trug ein leichtes Hauskleid, dessen violetter Farbton von oben nach unten immer dunkler wurde, und hielt ein Glas aus violettem Kristall in der Hand. So sah sie aus wie eine magisch begabte violette Dame aus besten Kreisen, und doch spürte Rogon noch etwas anderes, sehr Fremdes in ihr. Dies magisch zu untersuchen wagte er jedoch nicht, um ihre Gastgeberin nicht zu verärgern. Derzeit besaß er nur wenige Verbündete und konnte es sich nicht leisten, auch nur einen davon zu verlieren.

Rilla schien ihm diese Gedanken von der Stirn abzulesen, denn sie lächelte zufrieden und hob ihr Glas. »Auf Rogon, den Herzog des Südens.«

»Derzeit erscheint mir der Norden wichtiger als der Süden«, wandte Rogon ein. »Und was den Titel betrifft, so hat er hier in den Dämmerlanden keine Bedeutung, sondern stellt ein Relikt aus den Götterkriegen dar.«

»So bedeutungslos ist der Titel nicht«, wandte Rilla ein. »In den Überlieferungen der blauen Reiche ist der Yorron der Anführer eines Volksstammes, der nur Ilyna selbst und deren höchsten Damen untergeordnet ist. Dadurch, dass sie Euch diesen Titel zusprachen, haben die Priesterinnen des blauen Tempels jede Rechtsgewalt über Euch aus der Hand gegeben. Einen Fürsten oder eine Königin können sie aus eigener Machtvollkommenheit aus den blauen Stammtafeln streichen, bei einem Yorron ist das unmöglich. Die einzige Person, die dies veranlassen könnte, wäre die Evari Yahyeh – und die wird es gewiss nicht tun.«

Es wunderte Rogon, wie gut Rilla sich mit den Gesetzen der blauen Dämmerlande auskannte. Doch ein Blick in ihre Augen zeigte ihm, dass dies wohl nur eine ihrer vielen Facetten war. Nun kam auch Sirrin in den Raum. Sie hatte Rillas Bemerkung auf magischem Weg mitgehört und bestätigte deren Ansicht.

»Die Dame Rilla hat recht. Als Yorron des Südens stehst du außerhalb der Rangtafel der Dämmerlande. Dies bietet dir ungeahnte Möglichkeiten, denn du musst weder auf die alten Strukturen vor dem Südkrieg Rücksicht nehmen, noch den Einfluss des blauen Tempels dulden. Sollten die Priesterinnen versuchen, dir Knüppel zwischen die Beine zu werfen, ist es dein Recht, Yahyeh zum Eingreifen aufzufordern. Die Frauen, die dir dieses Recht eingeräumt haben, waren nicht nur dumm, sondern auch blind.«

»Sie waren davon überzeugt, dass Rogon ihre Bedingungen niemals erfüllen kann«, sagte Tirah lächelnd. »Doch sie kennen ihn nicht. Wenn er sich etwas in den Kopf gesetzt hat, ist das störrischste Wakan noch zahm gegen ihn.«

Rilla sah Rogon an und lachte dann leise. »Wenn du so durchsetzungsfähig bist, sollte ich wohl besser nicht deine Feindin werden.«

Da er das Gefühl hatte, sie würde sich über ihn lustig machen, schwieg Rogon und überlegte sich stattdessen, welche Antwort er von den Damen des blauen Tempels zu erwarten hatte.

*

Temasin, die Dritte in der Rangfolge des blauen Tempels und Hüterin der Stammtafeln, hatte ihre engsten Anhängerinnen um sich versammelt. Dazu gehörte diesmal auch Drilia aus Lanar, obwohl diese rangmäßig weit unter den anderen stand. Doch sie hatte Rogon a'Gree während der Fahrt von Gilthonian nach Edessin Dareh begleitet und konnte daher mehr über ihn berichten. Auch hatte sie das Reliquiar Ilynas von Flussmaul zurückholen sollen, das Rogon nun als Faustpfand behalten hatte.

»Ist die Tür geschlossen? Ich will nicht, dass eine von Engaras Kreaturen unser Treffen mitbekommt«, fragte Temasin gleich zu Beginn.

Sofort eilten mehrere Priesterinnen zur Tür und zu den Fenstern, um nachzuschauen. »Es ist alles in Ordnung«, meldeten sie. Eine setzte sogar hinzu, dass dieses Treffen so geheim vereinbart worden wäre, dass Engara und deren Anhängerinnen gewiss nichts davon wissen konnten.

»Ich will es hoffen«, antwortete Temasin und ließ ihren Blick über die anwesenden Frauen schweifen. Sie stammten aus allen Teilen der blauen Dämmerlande und bildeten einen Zirkel, der bereits seit Generationen den Tempel von Edessin Dareh beherrschte.

»Wie ihr wisst, gibt es seit neuestem Schwierigkeiten«, fuhr Temasin fort, »und das hat mit diesem Abenteurer Rogon a'Gree zu tun. Er stört nicht nur unsere Pläne in den südlichen

Reichen, sondern verweigert uns auch die Rückgabe unserer heiligsten Reliquie – und das wenige Wochen vor dem Beginn der Hauptpilgerzeit. Es wäre eine Katastrophe für uns, wenn der Platz im Tempel, an dem das Reliquiar stehen sollte, leer bleiben müsste.«

»Das darf nicht geschehen«, rief eine ihre Anhängerinnen aus. »Wir müssen Rogon a'Gree aus der Anhängerschaft der großen Ilyna ausschließen und zum Farblosen erklären.«

»Ich glaube nicht, dass ihn dies sonderlich berühren würde«, warf Drilia ein. »Ich habe diesen Mann erlebt. Weder achtet er die ehrwürdige Priesterschaft in Edessin Dareh, noch kümmert er sich um die Regeln und Gesetze, die von allen blauen Herrscherinnen und Herrschern der Dämmerlande seit fast tausend Jahren anerkannt werden.«

»Es war ein Fehler, ihm die Reiche Velghan und Lhirus zu verweigern«, erklärte eine andere Priesterin. »Das eine Land war schwarz eingetragen, und das andere besteht nur aus Sumpf und Bergen. Wir hätten darauf leicht verzichten können.«

»Dies ist heute leicht gesagt, Uldah«, erklärte Temasin mit einer gewissen Schärfe. »Doch Ihre Heiligkeit hatte einen ihrer Neffen als neuen Fürsten von Lhirus vorgesehen und war daher erzürnt, als dieser Abenteurer dieses Land für sich haben wollte.«

»Das mag ja sein«, antwortete Uldah. »Doch was hat es der Oberin gebracht? Jetzt steht sie wie ein alter, nicht mehr gebrauchter Stuhl im Keller und wartet darauf, dass irgendjemand sie entsteinert. Dies bringt mich wieder auf die Hauptpilgerzeit, die uns bevorsteht. Es wäre die Pflicht unseres Oberhauptes, die Zeremonien zu Ehren Ilynas persönlich zu leiten.«

Da ihr diese Bemerkung in die eigenen Karten spielte, tadelte Temasin die Priesterin nicht, sondern legte ihren nächsten Trumpf aus.

»Daran habe ich bereits gedacht. Es ist undenkbar, dass eine andere Priesterin als unser aller Oberhaupt die Andacht des großen Pilgerfestes hält. Aus diesem Grund sollten wir die bisherige Oberin als zurückgetreten betrachten und eine neue erste Priesterin wählen.«

Temasins Miene zeigte deutlich, dass dafür nur eine in Frage kam, nämlich sie selbst. Doch erneut regte sich Widerspruch.

»Wenn die oberste Priesterin zurücktritt, gibt es keine Wahl, sondern ihre Stellvertreterin nimmt ihre Stelle ein. In unserem Fall wäre dies Engara.«

»Nein«, fuhr Temasin auf. »Engara darf niemals das Tempeloberhaupt werden. Sie ist unsere Gegnerin und würde alles tun, um unseren Einfluss zu brechen. Vergesst nicht, als unser Oberhaupt hätte sie das Recht, Priesterinnen, die nicht in ihrem Sinne handeln, zum Rücktritt zu zwingen.«

»Das hätte unsere alte Oberpriesterin mal mit Engara und ihrem Anhang tun sollen«, warf Uldah bissig ein.

Temasin zog eine hasserfüllte Grimasse. »Engara war zu klug, um sich offen gegen die Entscheidung unserer Oberin zu stellen. Erst jetzt, nachdem Ihre Heiligkeit diesen Posten nicht mehr ausfüllen kann, zeigt sie ihr wahres Gesicht. Es muss doch eine Möglichkeit geben, Engara zu übergehen.«

»Die gibt es«, erklärte Uldah mit einer gewissen Überheblichkeit. »Der Synod der Sechs muss geschlossen zurücktreten, ebenso das Konzilium der Sechsunddreißig. Danach müssten die Oberpriesterinnen der blauen Reiche sechsunddreißig neue Mitglieder des Konzils auswählen und diese aus sich heraus den Sechsersynod bestimmen.«

Dies war gemäß den Tempelregeln richtig. Obwohl Temasins Chance, das neue Oberhaupt zu werden, dadurch wuchs, rutschten einige Priesterinnen zwischen den Rangstufen fünfundzwanzig und sechsunddreißig unruhig auf ihren Stühlen herum. Bei diesen war es zweifelhaft, ob sie erneut eine Spitzenposition im Tempel einnehmen würden.

Temasin wusste, dass sie auf diese Priesterinnen Rücksicht nehmen musste, und schüttelte daher den Kopf. »Es würde zu lange dauern, bis die einzelnen Reiche ihre Stimme abgegeben haben. Bis dahin ist die Hauptpilgerzeit längst vorbei, und Engara würde, da sie anstelle der Oberpriesterin die Zeremonien abhalten könnte, zu viele Könige und Fürsten dazu bringen, für sie zu stimmen. Es wäre ein Affront gegen die Reiche, die sie unterstützen, wenn wir sie dann nicht zur Oberpriesterin wählten.«

»Bei den jetzigen Machtverhältnissen käme sie nicht einmal mehr in den Sechsersynod«, meinte eine Priesterin lachend.

Auch Temasin lachte, obwohl die Situation ernst war. Um im Tempel Macht ausüben zu können, hatte sie Intrigen gesponnen und Seilschaften geknüpft. Allerdings konnte sie nicht zu viele Regeln und Gesetze außer Kraft setzen, um ganz nach oben zu gelangen.

»Wir sollten dieses Thema vorerst zurückstellen und uns um die wirklich drängenden Probleme kümmern«, schlug sie vor.

»Und die wären?«, fragte Uldah. Sie war die Erste, die nachrücken würde, wenn eine der sechs obersten Priesterinnen ausfiel, und ärgerte sich daher, dass Temasin so tat, als wäre der Platz der Oberpriesterin immer noch von dieser besetzt.

»Rogon a'Gree – oder besser gesagt, der Süden der Dämmerlande. Obwohl der Tempel es untersagt hat, werden Menschen blauer Farbe stromabwärts gebracht, um das angemaßte Reich dieses Abenteurers zu besiedeln. Dieser Vorwurf trifft vor allem Lanar.« Temasin richtete ihre Blicke auf Drilia, die aus dieser Stadt stammte.

»Lanarische Schiffe bringen Waren nach Edessin Dareh und laden auf dem Rückweg das Gesindel ein, das auf den Tempelstufen der blauen Reiche bettelt. Jeden Tag sind es Dutzende, ja sogar Hunderte, die nach Süden drängen, weil sie selbst oder ihre Vorfahren von dort stammen oder weil sie mit ihren Herren unzufrieden sind und glauben, im gesetzlosen Süden besser leben zu können.«

»Die Lanarer sollten sich schämen«, rief ihre engste Vertraute Nadah.

»Auf jeden Fall darf Lanar Rogon nicht weiter unterstützen. Das muss Drilia veranlassen.«

Als Drilia Temasins Forderung vernahm, hob sie erschrocken die Hände. »Ich weiß nicht, ob ich das erreichen kann.«

»Durch den Ausfall Ihrer Heiligkeit ist ein Platz im Konzil der Sechsunddreißig frei geworden. Er könnte dir zugesprochen werden, wenn du deine Landsleute dazu bringst, dem Tempel zu willfahren«, antwortete Temasin.

Drilia wusste nicht, was sie von alldem halten sollte. Bislang war sie von den anderen Priesterinnen nie besonders beachtet worden, und nun erhielt sie die Chance, als erste Lanarerin seit mehreren Generationen wieder in das Konzilium der Sechsunddreißig aufgenommen zu werden. Die Bedingung dafür lag ihr jedoch quer im Magen. Da Priesterinnen aus Lanar nur selten Karriere im blauen Tempel machten, schickten die hochrangigen Familien des Reiches nur Mädchen aus unbedeutenden Sippen in die Heilige Stadt. Daher bezweifelte Drilia, dass der Rat von Lanar seinen Kapitänen auf ihr Einwirken hin verbieten würde, weiterhin Flüchtlinge in den Süden zurückzubringen.

»Ich ... ich muss mit meinem Oheim sprechen«, brachte sie mühsam heraus. »Er ist der Vertreter meiner Heimat in der Heiligen Stadt.«

»Tu das«, erklärte Temasin und machte ihr durch ein Zeichen klar, dass sie sich sofort darum kümmern sollte.

Drilia stand auf, neigte das Haupt, wie es sich höherrangigen Priesterinnen gegenüber gehörte, und machte sich auf den Weg.

*

Der Tempel besaß eigene Boote, daher war Drilia nicht auf einen der Schiffer angewiesen, die an den Stegen der Tempelinsel auf Fahrgäste warteten. Der Weg zur Residenz ihres Onkels war schnell zurückgelegt, und die Hausknechte dort halfen ihr sicher an Land.

»Warte hier auf mich«, befahl Drilia dem Bootsführer und ließ sich zu ihrem Verwandten führen.

Auch wenn Drilun im Ranggefüge seiner Heimatstadt keinen herausragenden Posten einnahm, so residierte er doch feudal. Es war, als wolle Lanar zeigen, dass es sich eine ganze Insel für sich allein leisten konnte. Zwar gab es hier auch Bootsschuppen und Lagerhäuser sowie eine Herberge für lanarische Schiffer. Dennoch nahm Driluns Villa den größten Teil der Fläche ein und stellte die Paläste so mancher blauer Dämmerlandfürsten in den Schatten.

An diesem Ort, an dem die gewohnten Gerüche herrschten und Menschen den Dialekt der Heimat sprachen, fühlte Drilia sich zum ersten Mal seit langem wieder wohl. Eine Dienerin reichte ihr eine Tasse Vla, ein Getränk, das sie im Tempel niemals bekam, sowie gewürztes Gebäck, und für einige Augenblicke schweiften Drilias Gedanken zurück in die blaue Stadt im Süden, die den Angriff der grünen Heere ebenso überstanden hatte wie den langen Krieg mit den Goisen um die Herrschaft über die südlichen Inseln. Es war eine andere

Welt als die der Wardan, die Drilia im tiefsten Grund ihres Herzens als hinterwäldlerisch ansah, obwohl deren Priesterinnen sich als Nabel der Welt betrachteten.

»Gab es wieder Probleme mit den anderen Damen, mein Kind?« Drilun war ins Zimmer gekommen und las seiner Nichte den Kummer vom Gesicht ab.

»Nun, ich ...« Drilia brach ab und hob in einer hilflosen Geste die Hände. »Man hat mir angeboten, mich in das Konzilium der Sechsunddreißig aufzunehmen«, fuhr sie fort, obwohl sie es anders geplant hatte.

Drilun musterte ihre ernste Miene. »Es gibt also einen Pferdefuß.«

Die Priesterin sah ihn hilfesuchend an. »Einen sehr großen. Temasin und ihre Anhängerinnen verlangen dafür, dass Lanar keine weiteren Flüchtlinge in den Süden zurückbringt und jede Unterstützung für den Abenteurer Rogon a'Gree einstellt.«

Nach diesen Worten war es einige Augenblicke lang still im Raum. Dann aber begann Drilun zu lachen. »Es tut mir leid, Nichte, aber du wirst wohl nicht in das Konzilium der Sechsunddreißig aufgenommen. Lanar hat während des Südkriegs und danach mehr blaue Flüchtlinge aufgenommen als jedes andere Reich, und wir haben sie auch besser behandelt, als es bei den Wardan oder gar in T'wool geschah. Jetzt haben wir die Möglichkeit, ihnen zu einer neuen Heimat zu verhelfen, und werden diese nicht aus der Hand geben, nur weil ein paar Priesterinnen sich ärgern, weil sie Herrn Rogon einen völlig unmöglichen Vertrag aufgezwungen haben.«

»Ihr überlasst die armen Menschen, die bei uns Zuflucht gefunden haben, diesem Abenteurer?«, rief Drilia erschrocken.

»Herzog Rogon hat Lanar das Recht abgetreten, das ehemalige Reich Grileh neu zu besiedeln. Als Gegenleistung für dieses Entgegenkommen transportieren wir seine Siedler nach Süden.«

»Ich habe Rogon kennengelernt. Er ist ein rauher Mann«, wandte Drilia ein.

Drilun amüsierte sich sichtlich. »Nur weil er nicht auf deine Mätzchen eingegangen ist und dich nicht als Stellvertreterin Ilynas in den Dämmerlanden behandelt hat?«

»Nein, so war es nicht«, antwortete die Priesterin empört.

Ihr Gesichtsausdruck bewies dem Onkel jedoch, dass er auf der richtigen Fährte war. »Mädchen, du weißt, ich mag dich. Allerdings solltest du dir im Tempel nicht zu viele Wardan-Manieren aneignen. Herr Rogon hat mit dazu beigetragen, den Fluch von Rhyallun zu brechen. Dafür hat der schwarze Evari Tharon ihm das Fürstentum Velghan überlassen und vom blauen Tempel gefordert, Rogon durch die Eintragung als Fürst von Lhirus zu belohnen. Doch diese hirnlosen Hexen – wie ich sagen muss, obwohl auch du zu ihnen gehörst – wollten ihm nicht einmal Velghan gönnen. Sie haben ihm im Tempel abfahren lassen wie einen Bettler. Warum also sollte er sich, als ihm mit dir ein weiteres Dämchen im Priesterinnenornat gegenüberstand, vor Ehrerbietung überschlagen?«

Unter ihrer blauen Gesichtszeichnung wurde Drilia blass. »Das wusste ich nicht.«

»Aber jetzt weißt du es. Rogon ist ein ehrenhafter Mann und der Enkel des Kaufherrn Hannez Bonveral, mit dem Lanar seit vielen Jahren gute Geschäfte macht. Überdies ist Hannez der Vater von Rogar a'Terell, dem einstigen Söldnerführer und jetzigen König von Andhir. Wie du weißt, sollte er das Blaue Banner der Völker Ilynas erhalten, doch die Oberpriesterin hat es einem ihrer unfähigen Neffen zugeschoben. Mit einem Feldherrn wie Rogar an der Spitze hätten wir die

Einbruchslande zurückgewinnen können, auch ohne dass der Fluch von Rhyallun hätte gebrochen werden müssen. Wir haben durch den Südkrieg unzählige Übernachtungshäfen verloren, die niedergebrannt oder durch giftige Artefakte zerstört wurden. Nun müssen wir dafür sorgen, dass neue gebaut werden.«

Drilia nickte bedrückt. Irgendwie hatte sie es nicht anders erwartet. Doch sie war mit ihrem Bericht noch nicht zu Ende.

»Verzeih, Oheim, aber da gibt es noch etwas, das ich dir erzählen muss. Ich war heute das erste Mal zu einer Versammlung von Temasins Anhängerinnen eingeladen. Dabei habe ich erfahren, dass Ihre Heiligkeit, die sich angeblich seit mehreren Wochen auf Reisen befinden soll, durch einen Zauber versteinert wurde und man sie in einem abgelegenen Keller des Tempels versteckt hat.«

»Bei Ilyna, sprichst du die Wahrheit?«, rief Drilun erschrocken.

Seine Nichte nickte bedrückt. »Temasin hat es selbst gesagt, denn sie will unbedingt die neue Oberpriesterin werden, damit nicht Engara die Zeremonien der großen Pilgerfahrten leiten kann.«

»Nach allem, was du mir über Temasin berichtet hast, solltest du Engara warnen. Sie ist die Zweite im Tempel, und an ihr kommt Temasin nur vorbei, wenn sie tot ist.«

Driluns Worte hingen schwer im Raum, und seine Nichte begriff, dass sie sich entscheiden musste. Sich gegen Temasin zu stellen würde sie im Tempel noch mehr isolieren und konnte, wenn die Frau tatsächlich so skrupellos war, wie ihr Onkel annahm, ihren Tod bedeuten.

Sie dachte an die Angst, die sie während ihres Aufenthaltes in Flussmaul und in Gilthonian ausgestanden hatte, und schämte sich auf einmal. Rogon hatte sie aus der Gefangenschaft der Eirun befreit, doch anstatt ihm zu danken und ihn zu unterstützen, hatte sie ihn beschimpft und schließlich bei Temasin angeschwärzt.

»Ich werde mit Engara sprechen, Oheim«, sagte sie leise. »Allerdings kann ich danach nicht länger in Edessin Dareh bleiben. Glaubst du, ich könnte nach Grileh gehen und dort als Priesterin wirken?«

Kaum hatte sie es gesagt, kam Drilia sich feige vor und wollte die Worte bereits wieder zurücknehmen.

Ihr Onkel nickte jedoch erfreut. »Grileh braucht eine Oberpriesterin, und an dieser Stelle wollen wir keine Wardan sehen, die sich gegen uns stellt. Ich werde dem Rat von Lanar den Vorschlag machen und bin sicher, dass er darauf eingehen wird. Das Schiff, das dich nach Süden bringt, steht morgen bereit. Allerdings solltest du diese Nacht nicht mehr im Tempel schlafen.«

»Glaubst du, dass ich dort nicht mehr sicher bin, Oheim?«, fragte Drilia und gab sich die Antwort darauf selbst. »Temasin würde nicht zulassen, dass ich mich auf Engaras Seite schlage. Dafür hat sie zu viel von dem preisgegeben, was sie geheim halten will.«

Achtzehntes Kapitel

Der lange Arm des Feindes

Rogon hatte sich fast den ganzen Nachmittag im Hauptquartier der Lotsen aufgehalten, um die Anklageschrift gegen Flussmaul und die Freistädte des Nordens aufzusetzen, und kehrte erst kurz vor der Dämmerung zurück. »Gab es schon Antwort aus dem blauen Tempel?«, fragte er als Erstes.

Im Gegensatz zu ihm war Tirah in Rillas Haus geblieben und hatte sich mit dieser unterhalten. Nun schüttelte sie den Kopf. »Nein, es gab noch keine Reaktion der Priesterschaft. Ich nehme an, die haben noch an deinem Brief zu kauen. Auch wenn es heißt, die Oberpriesterin wäre seit mehreren Wochen auf Reisen, so kennen wir die Wahrheit.«

»Ich wünschte, wir könnten die Priesterinnen unter Beobachtung stellen, um auf jede Art von Antwort vorbereitet zu sein«, antwortete Rogon missgelaunt.

»Ich könnte mich in den Tempel schleichen und sie überwachen«, bot Jade ihm an. Ihr war es hier in Edessin Dareh ebenso langweilig wie Bernstein. Beide kamen kaum ins Freie, und so war die Katze auf Abenteuer aus.

Rogon überlegte kurz und schüttelte den Kopf. »Die Priesterinnen wissen mittlerweile, dass du mit uns reist. Daher halte ich es für zu gefährlich.«

»Aber die Priesterinnen haben doch eigene Katzen«, wandte Tirah ein.

»Das schon, aber Jade ist in den letzten Wochen gewachsen und sieht nun anders aus als die Viecher, die im Tempel herumlaufen. Als Jungtier ging es noch, denn da war der Unterschied noch nicht so groß. Aber jetzt sieht man ihr die Herkunft aus dem Blauen Land zu stark an.«

Rogon war nicht bereit, etwas zu riskieren. Das sah auch Tirah ein, und so trollte Jade sich beleidigt.

»Jetzt hast du sie verärgert«, meinte Tirah.

»Wenn uns nichts anderes mehr übrigbleibt, werde ich Jade als Spionin in den Tempel schicken, aber nicht nur, um Temasin oder einer ihrer Helferinnen beim Schreiben eines Briefes zuzusehen.« Rogon winkte ab und trank Tirahs Weinglas leer.

»Ich dachte, du magst Marangree-Wein nicht besonders?«, spottete seine Gefährtin.

»Ich wollte nicht nach einer Dienerin rufen, damit sie mir einen Krug Bier besorgt.« Mit diesen Worten setzte Rogon sich und schloss für einen Augenblick die Augen.

Als die Tür ging, öffnete er sie wieder und sah eine von Rillas Dienerinnen eintreten. In der Rechten hielt diese einen vollen Bierkrug, in der anderen Hand einen Umschlag, dessen Farbe und Symbol den blauen Tempel verriet.

»Da ist endlich die Antwort der Damen«, stellte Rogon zufrieden fest und nahm den Brief entgegen. »Diesmal wurde er nicht von Temasin gesiegelt, sondern von Engara, der Zweiten in der Rangfolge der Priesterschaft.«

»Soll uns die Frau jetzt beeindrucken?«, fragte Tirah spöttisch.

Rogon zuckte mit den Achseln, öffnete den Umschlag und nahm den Brief heraus. Als er zu lesen begann, wurde seine Miene ernst.

»An Rogon a'Gree, den Herzog des Südens. Verzeiht, dass ich mich in höchster Not an Euch wende, doch ich bin hier im Tempel meines Lebens nicht mehr sicher. Wer meine Feinde sind, weiß ich nicht, aber eines ist gewiss: Sie sind auch die Euren. Mir bleibt nur die Flucht, doch ich kenne niemanden, dem ich vertrauen kann. Daher bitte ich Euch, mir zu helfen und mich zu retten. Ihr trefft mich heute zwei Stunden nach Mitternacht in der kleinen Kapelle, die einst die Fürstin von Enveral gestiftet hat. Das Gebäude liegt auf einer Insel an der Grenze zum violetten Sechstel. Euer Bootssteurer weiß sie gewiss zu finden.

gez. Engara, Zweite in der Rangfolge der blauen Priesterschaft von Edessin Dareh und Stellvertreterin Ihrer Heiligkeit«

Rogon legte das Schreiben auf den Tisch und sah Tirah an. »Was hältst du davon?«

»Nach dem, was wir bei unserem letzten Aufenthalt in Edessin Dareh erfahren haben, könnte Engara tatsächlich in Schwierigkeiten stecken. In wenigen Wochen beginnen die Hauptpilgerfahrten der blauen Reiche, und da die Oberpriesterin bis dann gewiss nicht entsteinert ist, wäre es Engaras Aufgabe, die Zeremonien zu leiten. Damit aber würde sie einen starken Einfluss auf die blauen Reiche gewinnen, und den dürften Temasin und deren Verbündete nicht hinnehmen wollen.«

Obwohl Tirahs Ausführungen logisch erschienen, brachte Rogon einen Einwand. »Wieso kommt Engara dann aber ausgerechnet auf mich?«

»Immerhin bietest du dem gesamten blauen Tempel die Stirn. Damit bist du der Feind ihrer Feinde und ihrer Hoffnung nach jemand, der bereit ist, ihr zu helfen«, antwortete sie.

Rogon sah sie fragend an. »Könnte es eine Falle sein?«

Tirah zuckte mit den Achseln. »Das ist gut möglich, aber da kann man vorbauen. Ich kenne die Enveral-Kapelle. Die Insel, auf der sie steht, ist klein und bietet außerhalb der Kapelle keinen Platz, an dem Feinde sich verbergen können. Außerdem liegt die nächste violette Insel weniger als zwanzig Schritte entfernt, und die ist groß genug, dass Keke, Zakk, Tibi und ich dich überwachen können. Sobald etwas Unerwartetes geschieht, sind wir bei dir und hauen dich raus.«

»Außerdem kannst du mich vorschicken, damit ich aufklären kann«, meldete sich Jade, die sich wieder in den Raum geschlichen hatte. »Sehe ich nur die Priesterin, kannst du nachkommen. Keine Sorge, ich habe Engaras Geruch noch in der Nase. Ich würde es merken, wenn es jemand anderes ist.«

»Die Kleine hat recht. Daher solltest du ihren Vorschlag annehmen. Magische Fallen merkst du selbst, und so kann aus dieser Richtung eigentlich keine Gefahr auftauchen.«

Tirahs Argumente überzeugten Rogon. »Dann machen wir es so. Außerdem sind wir nicht irgendwo in der Wildnis, sondern in Edessin Dareh. Niemand, der hier den Frieden bricht, kann über den See fliehen. Die Lotsen würden ihn entdecken und gefangen nehmen.«

»Sehr gut«, warf Jade ein und bezog sich auf die Tatsache, dass sie Rogon begleiten sollte. »Ich werde in die Küche gehen und eine Kleinigkeit essen. Wir müssen schließlich lange aufbleiben, und dafür brauche ich meine ganze Kraft.«

Nach diesen Worten sprang sie an der Tür hoch, drückte die Klinke nieder und zog die Tür mit einer Pfote auf.

Rogon sah ihr nach und schüttelte lachend den Kopf. »Katzen sind doch Jäger der Nacht. Aber Jade tut so, als müsse sie sich zwingen, wach zu bleiben.«

»Sie will gelobt und gestreichelt werden«, antwortete Tirah

mit einem nachsichtigen Lächeln. »In der Hinsicht solltest du dir ein Beispiel an Tibi nehmen. Die kümmert sich um Jade und Bernstein, während du ihnen nur kurz über das Fell oder das Gefieder streichst und dabei ganz anderen Gedanken nachhängst.«

»Derzeit habe ich auch an sehr viel zu denken«, konterte Rogon und suchte seine Ausrüstung für den nächtlichen Ausflug zusammen. Das tat auch Tirah. Obwohl sie keine Probleme erwartete, wollte sie auf alles vorbereitet sein.

*

Engara, die Zweite in der Priesterschaft des blauen Tempels, schämte sich, weil sie nicht die innere Ausgeglichenheit aufbrachte, die für die Abendandacht nötig gewesen wäre. Doch sie hatte zu viele Sorgen, um Ilyna mit der nötigen Inbrunst dienen zu können. Am Nachmittag war die aus Lanar stammende Priesterin Drilia bei ihr erschienen und hatte sie gewarnt, dass sie in Gefahr sein könnte. Drilia selbst hatte erklärt, den Tempel von Edessin Dareh noch am gleichen Tag zu verlassen und in ihre Heimat zurückzukehren.

Obwohl es Spannungen innerhalb der Priesterschaft gab und einige der Priesterinnen wie Temasin sich offen gegen sie stellten, hätte Engara nicht erwartet, dass die Verantwortliche für die Stammtafeln ihre Gegnerschaft bis zum Äußersten treiben würde. Zwar hatte es schon früher Morde im Tempel gegeben, doch diese waren von Leuten begangen worden, die von außerhalb kamen, und niemals von einer anderen Priesterin selbst oder in deren Auftrag.

»Ich glaube es nicht«, murmelte sie statt der vorgesehenen Gebetsformel vor sich hin und fand sich im Kreuzfeuer etlicher fragender Blicke wieder.

Mit letzter Kraft riss Engara sich zusammen und brachte die Andacht ohne einen weiteren Fehler zu Ende. Als sie den Tempel schließlich erleichtert verließ, sah sie draußen etliche Priesterinnen in einer dichten Traube zusammenstehen und hörte Temasins höhnische Stimme.

»Wenn Engara bei den heiligen Riten des Ilyna-Festes ebenso nuschelt wie heute, wird wohl kaum fromme Stimmung aufkommen wie bei den Predigten unserer leider verhinderten Oberin.«

Die Spitze traf, denn Engara wusste selbst, dass sie an diesem Tag schlecht gewesen war. Ohne sich nach Temasin umzudrehen, eilte sie weiter und erreichte kurz darauf das Gebäude, in dem die Zimmer der ranghohen Priesterschaft und die Schlafsäle der nachrangigen Priesterinnen und der Novizinnen lagen. Erst als sie vor ihrer Tür stand, hielt sie inne. Mit zitternden Händen öffnete sie, trat ein und verschloss die Tür sofort wieder. Da streifte ihr Blick ein am Boden liegendes Kuvert, wie es die blaue Bevölkerung Edessin Darehs für Briefe verwendete.

Verwundert hob sie es auf und betrachtete das Siegel. Es zeigte einen Katzenkopf und darunter die Inschrift »Herzog des Südens«. Verwundert riss sie das Kuvert auf und zerrte den Brief heraus. Die Schrift kannte sie nicht, ordnete sie aber einem Mann zu, der sich seines Wertes voll bewusst war. Doch als sie zu lesen begann, erschrak sie bis ins Mark.

»An Engara, Zweite in der Priesterschaft des blauen Tempels und Stellvertreterin Ihrer Heiligkeit.

Verzeiht, dass ich Euch so unvermittelt schreibe, doch ich bin einer Verschwörung auf der Spur, die sich bis tief in den blauen Tempel hineinzieht. Auch Ihr seid davon betroffen, denn Ihr steht unseren Feinden im Weg. Ich schreibe ›unseren

Feinden‹, denn jene, die Euch übelwollen, stehen auch gegen mich. Aus diesem Grund will ich Euch warnen und beistehen. Bleibt nicht länger in diesem verderbten Tempel, sonst ist es Euer Ende.

Vertraut mir! Ich werde Euch an einen sicheren Platz bringen, von wo aus wir den Kampf gegen unsere gemeinsamen Feinde mit größerer Aussicht auf Erfolg führen können als hier. Solltet Ihr meine Hilfe annehmen, so kommt heute um zwei Stunden nach Mitternacht zur Enveral-Kapelle an der Grenze zum violetten Sechstel. Ich werde eine halbe Stunde auf Euch warten. Bleibt Ihr aus, verlasse ich diese Stadt ohne Euch und werde den Kampf um mein Recht allein ausfechten.

gez. Rogon a'Gree, Yorron a'Ondh«

Als Engara den Brief auf den Tisch legte, zitterten ihre Hände. Alle möglichen und unmöglichen Gedanken wirbelten ihr durch den Kopf. Zuerst hatte Drilia sie gewarnt, und nun tat Rogon a'Gree dies ebenfalls. Da er der Mann war, von dem sie annahm, dass er in Wirklichkeit Rogon Bonveral hieß und Prinz von Andhir war, hielt sie ihn für vertrauenswürdig. Wahrscheinlich wollte er sie in das Reich seines Vaters bringen – oder auch in den Süden, den er für sich beanspruchte. Der herausfordernde Titel »Herzog des Südens«, den er sich gegeben hatte, sprach für Letzteres. Doch was konnte er von dort aus gegen Temasin und jene, die mit der Dritten im Bunde waren, unternehmen?

Es war eine Frage, auf die sie keine Antwort wusste. Engara überlegte, ob sie mit einer der Priesterinnen sprechen sollte, die sie auf ihrer Seite glaubte. Doch wie weit konnte sie diesen vertrauen? Außerdem wollte sie niemanden in Gefahr bringen. Oder waren ihre Anhängerinnen hier in noch größerer Gefahr?

In dem Augenblick wurde Engara klar, dass sie Rogons Ruf folgen würde. Er hatte mitgeholfen, den Fluch von Rhyallun zu brechen, und würde daher mächtig genug sein, sich gegen Temasin und deren Handlanger zu behaupten. Dann würden wieder Ilyna genehme Verhältnisse im blauen Tempel einziehen.

Von einer wilden Entschlossenheit gepackt, suchte sie alles zusammen, was sie mitnehmen wollte. Danach galt es zu warten. Engara schaltete alle Leuchtsteine bis auf einen ab und starrte auf die Uhr an der Wand. Diese stammte noch aus uralten Zeiten und wurde durch Magie angetrieben. Wie dies geschah und woher die Uhr diese Magie bezog, konnte Engara allerdings nicht sagen.

Zwei Stunden vor Mitternacht hörte sie, wie die letzten Priesterinnen in diesem Flur ihre Kammern aufsuchten. Engaras Phantasie gaukelte ihr vor, dass es sich um Verschwörerinnen handelte, die in versteckten Winkeln finstere Pläne ausgeheckt hatten, und sie zitterte vor Angst.

Sie hielt bis kurz nach Mitternacht durch, dann wurde sie so unruhig, dass sie ihr Bündel aufhob und zur Tür trat. Angespannt lauschte sie nach draußen. Dort blieb alles ruhig. Mutiger geworden öffnete sie die Tür, spähte hinaus und verließ, als sie niemanden auf dem Flur entdeckte, ihr Zimmer. Lautlos huschte sie den Gang entlang und blieb vor der Tür ihrer engsten Freundin stehen. Wenn sie floh und Anina hier zurückließ, würde sie sich ihr Leben lang Vorwürfe machen, falls dieser etwas zustieß.

Daher klopfte sie vorsichtig. Ihre Freundin schlief tief und fest und rührte sich erst, als Engara lauter klopfte.

»Was ist denn los?«, fragte Anina schlaftrunken, als sie die Türe öffnete und ihre Freundin vor sich sah.

Sofort drängte Engara sie in die Kammer zurück und zog

die Tür hinter sich zu. »Wir müssen fliehen«, flüsterte sie mit bebenden Lippen. »Hier sind wir unseres Lebens nicht mehr sicher.«

»Wie kommst du darauf?«, fragte Anina verwundert.

»Bitte, vertrau mir und packe alles zusammen, was du mitnehmen willst. Wir fliehen noch diese Nacht. Freunde bringen uns an einen sicheren Ort.«

Engara klang so drängend, dass Anina unwillkürlich ihr Nachthemd abstreifte und sich anzog. »Was ist mit Liolah?«, fragte sie dabei.

»Die nehmen wir auch mit.« In Gedanken bedankte Engara sich bei ihrer Freundin, denn an Liolah hatte sie nicht gedacht. Wohl war diese keine ihrer Freundinnen, stand aber ebenso wie sie in Opposition zu Temasins Zirkel und schwebte daher nicht weniger in Gefahr als sie.

»Ich bin fertig«, meldete Anina und öffnete die Tür.

»Nicht so laut«, flehte Engara und hastete hinter ihr her.

Kurz darauf hatten die beiden Liolahs Tür erreicht. Diese trug noch das Gewand, in dem sie am Abendgebet teilgenommen hatte, und als sie Engara und Anina in Reisekleidung und mit ihren Bündeln in der Hand sah, verzog sie ihr ebenmäßiges Gesicht zu einer Grimasse.

»Ihr habt es also auch gehört!«

»Was sollen wir gehört haben?«, fragte Engara.

»Dass gewisse Priesterinnen hier nicht mehr erwünscht sind. Nadah, Uldah und zwei weitere Anhängerinnen Temasins sagten es gerade, als ich an Nadahs Kammer vorbeikam. Uldah spottete sogar, wenn ich nicht freiwillig den Tempel verließe, würde man dafür sorgen, dass es geschieht.« Liolahs Gesichtsausdruck verriet ihre Wut über diesen plumpen Einschüchterungsversuch.

»Wir müssen fliehen und Kontakt zur Evari aufnehmen«,

erklärte Engara mit so viel Festigkeit, wie sie gerade noch aufbringen konnte. »Sie muss uns helfen, den blauen Tempel wieder zu dem zu machen, was er einmal war.«

»Yahyeh? Auf die hört doch keiner«, antwortete Liolah geringschätzig.

»Sie ist die Evari und besitzt gewiss mehr Macht, als man ihr zubilligt.« Engara klammerte sich an diese Hoffnung und wies Liolah, die widersprechen wollte, mit einer Geste an, den Mund zu halten und mitzukommen.

Einen Augenblick lag Streit in der Luft, doch dann erinnerte Liolah sich daran, dass sie damit nur Temasin in die Karten spielen würde, und nickte. »Ich war selbst schon zur Flucht bereit und habe mir daher einige Dokumente aus dem Tempelarchiv geholt, die die Korruption im Tempel deutlich aufzeigen. Damit können wir beweisen, dass die Oberin, aber auch andere hohe Priesterinnen, ihren Verwandten große Summen aus den Tempelabgaben und Spenden haben zukommen lassen. Wenn dies bekannt wird, gibt es in den meisten blauen Reichen einen Aufschrei.«

Engara schämte sich, als sie das hörte. Im Gegensatz zu ihr hatte Liolah nicht nur an ihre eigene Sicherheit gedacht, sondern auch daran, Trümpfe im Kampf gegen Temasin und deren Anhängerinnen zu sammeln.

»Das ist sehr gut«, lobte sie sie. »Aber kommt jetzt. Wir müssen genau zwei Stunden nach Mitternacht am Treffpunkt sein.«

Wo dies war, wagte Engara nicht zu sagen, aus Angst, eine andere Priesterin könnte es hören und ihre Feinde informieren. Die drei verließen nun Liolahs Kammer und schlichen zum Hinterausgang. Ihr nächstes Ziel war der Anlegesteg für die Boote des Tempels. Engara stieg auf das nächstgelegene, winkte ihre Begleiterinnen, ihr zu folgen, und löste die Leine.

»Ihr werdet rudern müssen«, sagte sie zu Anina und Liolah.

Die beiden nickten verbissen. Zwar gehörte es zu den Pflichten einer Novizin, Boote zu rudern. Die geweihten Priesterinnen und vor allem sie selbst als Mitglieder des Sechsunddreißigerrates waren davon befreit. Doch nun blieb ihnen keine andere Möglichkeit, und so nahmen Anina und Liolah die Riemen zur Hand, während Engara die Ruderpinne packte.

Sie hatten vergessen, eine Laterne mitzunehmen, doch zu ihrem Glück standen der Weiß- und der Gelbmond hoch am Himmel. In dem fahlen Licht vermochte Engara die Kanäle zu erkennen. So spät in der Nacht waren nur wenige Boote unterwegs, und so kamen sie ohne Schwierigkeiten an ihr Ziel.

Engara lenkte das Boot einmal um die Insel mit der Enveral-Kapelle herum, entdeckte aber weder ein Boot noch irgendwelche Leute. Daher legte sie an und sprang auf den Steg, um das Boot festzumachen.

»Es müsste doch schon zwei Uhr sein«, wandte Anina ein.

»Ich glaube, wir haben noch eine Viertelstunde.«

Da Liolah über die Fähigkeit verfügte, die Zeit magisch zu messen, atmete Engara auf. Auf jeden Fall waren sie nicht zu spät gekommen. Mit einer energischen Geste forderte sie ihre Begleiterinnen auf, ihr zu folgen.

»Kommt jetzt in die Kapelle. Ich will nicht, dass uns jemand sieht.«

»Übertreibst du nicht ein wenig?«, fragte Liolah, trat aber doch in das Gebäude, das von einem einzigen, schwach glimmenden Leuchtstein erhellt wurde. Der Innenraum des Tempelchens maß gerade mal als sechs auf sechs Schritte. An der dem Eingang gegenüberliegenden Seite stand die Statue der dreifachen Ilyna aus Lapislazuli in einer Nische, die ein Gitter vor zu langen Fingern schützte. Um vielen Leuten auf einmal den Besuch zu ermöglichen, hatten die Erbauer auf Gebetsstühle verzichtet. Nur an den Seitenwänden gab es zwei Sitzbänke für Gläubige, die nicht mehr so gut zu Fuß waren.

Während ihrer Zeit in Edessin Dareh hatte Engara diese Kapelle mindestens ein Dutzend Mal aufgesucht, doch noch nie war sie ihr so fremd vorgekommen wie in dieser Nacht. Daher hoffte sie, Rogon würde bald kommen und sie und ihre Begleiterinnen von hier fortbringen.

*

Rogon hatte sich von Rilla ein Boot ausgeliehen und fuhr nun mit Tirah, Tibi, dem Ottermenschenpaar, seiner Katze und seinem Falken in Richtung Enveral-Kapelle. Die vier Ruderer und die junge Frau an der Ruderpinne hatte Rilla ihm als absolut zuverlässig geschildert. Die fünf fuhren mit gleichmäßigem Ruderschlag in die Nähe ihres Zieles und hielten dort in der Deckung einer Inselspitze an.

»Jetzt könnt Ihr Euren Falken fliegen lassen«, erklärte die Steuerfrau, die Rogon ihrer magischen Ausstrahlung nach für eine Junglotsin hielt.

Ohne auf Rogons Befehl zu warten, breitete Bernstein die Flügel aus und flatterte auf. »Bei der Kapelleninsel liegt ein kleines Boot, das dem blauen Tempel gehören könnte. Sonst sehe ich keine Personen und auch sonst nichts«, meldete er nach einer Weile sichtlich enttäuscht.

»Bleib in der Luft«, wies Rogon ihn an und wandte sich dann an die Steuerfrau. »Ich glaube, wir können anlegen.«

Die junge Frau nickte und forderte die Ruderer leise zum Weiterfahren auf, und nach wenigen Augenblicken hatten sie die Kapelleninsel erreicht. Dort sprang Jade auf den Steg und lief in das Bauwerk.

»Da drinnen sind nur drei Frauen. Die zweite Priesterin ist

dabei, dazu noch zwei, die sich damals ebenfalls gegen Temasin gestellt haben«, berichtete die Katze.

Rogon wechselte einen kurzen Blick mit Tirah. »Wie es aussieht, ist alles in Ordnung. Ihr bleibt hier, während ich hineingehe. Bindet aber das Boot nicht an, so dass wir sofort wegkommen, falls es nötig sein sollte.«

»Das machen wir.« Tirah nahm ihren Bogen zur Hand, um gegen überraschend auftauchende Feinde gewappnet zu sein, während ihre Steuerfrau einen der Pfosten des Anlegestegs packte, damit das Boot nicht abtrieb.

Rogon überprüfte noch einmal seine Waffen, dann stieg auch er an Land und ging vorsichtig auf den Eingang der Kapelle zu.

»Du kannst ruhig schneller machen. Außer den drei Priesterinnen ist hier niemand«, forderte Jade ihn auf.

Trotz dieser Worte richtete Rogon seine magischen Fühler auf die Kapelle. Innen waren die drei leicht magisch begabten Priesterinnen sowie das Gnadenbild der Ilyna mit der beruhigenden und kräftigenden Ausstrahlung, wie er sie von den Tempelartefakten in Andhir gewohnt war. Als er eintrat, sah er die Priesterinnen eng aneinandergedrängt auf einer der beiden Bänke sitzen. Jede von ihnen hielt ihr Bündel an sich gepresst, als solle es ihnen Schutz bieten.

Die drei hatten Angst, das spürte Rogon deutlich. Er trat daher einen Schritt vor und deutete eine Verbeugung an. »Hier bin ich, so, wie Ihr es gewünscht habt.«

Engara kniff irritiert die Augen zusammen. »Aber Ihr habt mir doch die Botschaft geschickt, um diese Zeit hierherzukommen.«

Sofort dröhnte das Wort Falle in Rogons Kopf wie ein großer Gong, doch bevor er irgendetwas unternehmen konnte, spürte er eine magische Entladung und fuhr herum.

*

Orlur hatte schon leichtere Aufgaben für Gayyad erledigt als die vor ihm liegende. Zumindest hatte er sich selten so angespannt gefühlt. Dabei war es ganz einfach. Er saß versteckt auf einer Insel, die durch einen etwa fünfzehn Schritte breiten Kanal von der Enveral-Kapelle getrennt war, und wartete darauf, dass die Personen erschienen, die er fangen sollte. Als anstelle der einen, von ihm erwarteten Priesterin gleich drei auftauchten, wurde er unsicher.

Was ist, wenn dieser Rogon ebenfalls mit großem Gefolge kommt?, fragte er sich. Er wusste nicht, wie viele Leute in die Glasfalle passten, die Gayyad ihm überlassen hatte. Das Ding war kaum größer als seine Faust, und bereits der Gedanke, darin zwei ausgewachsene Leute einsperren zu können, musste einem von Magie unbeleckten Menschen als widersinnig erscheinen.

Obwohl Orlur als Wirt einer Schenke auftrat, war er ein gut ausgebildeter Adept in Erulims Diensten. Seine Aufgabe bestand darin, Nachrichten zu sammeln und weiterzugeben und gelegentlich Leute zu beobachten. Das, dachte er mit einem Anflug von Galgenhumor, tat er auch jetzt. Allerdings kam danach noch etwas Wichtiges.

In Gedanken versunken, übersah er beinahe die Ankunft eines weiteren Bootes. Nervös zog er zwei der Zauberspruchrollen aus der Tasche, die ebenfalls von Gayyad stammten, und tastete die Siegel ab. Es wäre fatal, wenn er sie verwechselte, dachte er noch und spähte, als er sich vergewissert hatte, zur Kapelleninsel hinüber. Das Boot blieb am Steg liegen, und zu seiner Erleichterung stieg nur eine Person aus. Am liebsten hätte Orlur sich mit einem Farberkenner Gewissheit verschafft, ob es auch Rogon war, doch das hatte Gayyad ihm verboten.

Orlur wartete, bis Rogon die Kapelle betreten hatte, riss

dann die erste Zauberschriftrolle auf und spürte, wie er versetzt wurde. Der Sprung war zu kurz, um bei Magiern mehr als ein irritierendes Gefühl zu wecken, ließ ihn aber wie geplant vor der Ilyna-Statue der Kapelle auftauchen. Sofort drückte er auf den Auslöser der Glasfalle. Der Saugstrahl schoss im Bruchteil eines Augenblicks nach vorne, erfasste Rogon und zog ihn mit unwiderstehlicher Gewalt in das Artefakt.

Noch während Orlur aufatmete, weil er sein gefährlichstes Opfer so leicht hatte ausschalten können, sah er einen Schatten auf sich zukommen und spürte im nächsten Augenblick scharfe Zähne in seinem Handgelenk. Es war eine Katze.

Mit einem solchen Gegner hatte Orlur nicht gerechnet. Wütend hieb er die Glasfalle auf den Kopf des Tieres und schleuderte es, als es halb bewusstlos seinen Biss lockerte, zur Seite. Anschließend holte er die drei Priesterinnen in die Glasfalle und wollte schon die andere Schriftrolle einsetzen, als die Katze sich wieder bewegte.

Da das Biest magisch war und ihn wahrscheinlich wiederkennen würde, sog er es ebenfalls in seine Glasfalle ein und verschwand mit einem zweiten Versetzungssprung aus der Kapelle.

*

Rogon wurde vollkommen überrascht. Ehe er irgendetwas zur Abwehr tun konnte, steckte er in der Glasfalle und spürte gleichzeitig, dass etwas Ätzendes in seine Lungen drang. Flussmaulstaub, dachte er noch, dann versank er in bodenloser Schwärze. Die drei Priesterinnen und Jade wurden noch schneller von dem Betäubungsgift überwältigt.

Währenddessen saß Tirah im Boot und lauschte den Gefühlen ihres Gefährten. Zunächst wurde sein Misstrauen geringer, stieg mit einem Mal aber steil an, und dann wurde es in ihr so still, als wäre sein Geist erloschen.

Tirah konnte einige Augenblicke lang nicht begreifen, was sie fühlte. Seit ihrer Wiedererweckung war sie eins mit Rogon gewesen, doch diese Verbindung existierte plötzlich nicht mehr. Verzweifelt griff sie mit ihren magischen Sinnen um sich und versuchte, ihren Gefährten aufzuspüren. Doch da war nichts!

Als sie ihren Schmerz und ihr Entsetzen hinausschreien wollte, wurde ihr schwindlig, und sie stürzte gegen Tibi. Die Schlangenfrau hielt sie fest und versuchte festzustellen, was mit Rogons Gefährtin nicht stimmte.

»Wie konnte das geschehen?«, fragte sie erschrocken, als sie begriff, dass die Magie und damit alle Lebenskraft aus Tirah hinausströmte.

»Rogon! Er ist verschwunden«, presste Tirah heraus, während sie gegen eine ungeheure Schwäche ankämpfte.

Zakk bekam ihre Worte mit, sprang mit einem weiten Satz an Land und stürmte in die Kapelle. Doch die war leer. Verwirrt kam er wieder heraus und umkreiste die Insel. Doch er fand nicht den geringsten Hinweis, wo Rogon sein konnte.

»Was ist mit dem Falken?«, rief er Keke zu. »Der muss doch etwas gesehen haben!«

Bernstein begriff jetzt erst, dass etwas Unvorhergesehenes geschehen sein musste, und landete neben Zakk. Während er mit Rogon über etliche hundert Schritt magischen Kontakt halten konnte, musste der Ottermann ihn berühren, um mit ihm zu sprechen.

»Rogon ist fort«, erklärte Zakk. »Sieh zu, ob du ihn findest.«

Sofort stieg der Falke wieder auf und kreiste über dem blauen Sechstel. Doch ebenso wie Zakk suchte er vergebens.

Neunzehntes Kapitel

Verzweiflung

Orlur, Wirt im blauen Sechstel von Edessin Dareh und einer von Gayyads Handlangern, atmete auf, als er den letzten Versetzungssprung hinter sich gebracht hatte und in einer geheimen Kammer seiner Schenke aufgetaucht war. Doch ihm war klar, dass er sich keine Rast gönnen durfte. So rasch wie möglich zog er die Kleidung aus, die er bei seiner Jagd auf Rogon getragen hatte, und schlüpfte in die Tracht eines blauen Pilgers aus den nördlichen Königreichen. Die Glasfalle mit seinen Gefangenen wickelte er in ein silberdurchwirktes Tuch und verstaute sie in einer Tasche seines langschößigen, blauen Rockes. Dann nahm er den Pilgerstab und einen Geldbeutel mit unterschiedlichen Münzen im Wert von etwa drei Goldfirin und verließ die Kammer durch eine Geheimtür.

Auf dem Weg nach draußen ging er nicht durch die Schankstube, in der an diesem Tag sein Gehilfe die Gäste bedient hatte, sondern durchquerte einen Anbau und öffnete dort eine einfache, aus Latten zusammengenagelte Tür. Fünf Schritte weiter stand er auf einem Anlegesteg, stieg in ein Boot und ruderte bis zum Tempelbezirk. Bei einer der Pilgerherbergen verließ er das Boot wieder, fragte nach einem bestimmten Pilgerführer und trat dann lächelnd auf den Mann zu.

»Hier bin ich, Bruder.«

Der andere nickte unmerklich. Auch er zählte zu Gayyads Anhängern und hatte für diesen schon etliche Aufträge ausgeführt. Jetzt galt es, einen ganz speziellen Gegenstand aus Edessin Dareh hinauszuschmuggeln.

Nun musterte er Orlur und hob abwehrend die Hand. »Ich sagte dir bereits gestern, Bruder, dass ich dich nur mitnehmen kann, wenn einer meiner anderen Pilger in Edessin Dareh zurückbleibt. Dies tut jedoch keiner. Du wirst also warten müssen, bis du eine andere Gelegenheit zur Heimreise erhältst.«

»Aber ...« Orlur senkte scheinbar betrübt den Kopf, da einige Mitglieder der Pilgergruppe zu ihm herschauten. Einer meinte sogar, dass sie doch enger zusammenrücken könnten, um den armen Mann mitzunehmen.

Ihr Führer schüttelte jedoch den Kopf. »Die Lotsen lassen nicht zu, dass mehr Leute auf den Schiffen mitreisen, als sie gestatten.«

»Aber warum?«, wollte eine Dame wissen, die trotz des schlichten Pilgergewandes dem Adel anzugehören schien.

»Das weiß niemand, denn hinter die Stirn eines Lotsen kann man nicht schauen.«

Der Pilgerführer klopfte Orlur auf die Schulter. »Nimm es nicht persönlich, mein Freund, doch ich habe mich stets an die Regeln gehalten und werde es auch jetzt tun. Ihr anderen steigt jetzt an Bord.«

Während die Leute seiner Anweisung folgten, achtete niemand mehr auf den Führer oder auf Orlur. Der Wirt griff in die Tasche und steckte dem anderen die eingewickelte Glasfalle und die Börse zu. Der Pilgerführer ließ beides in einer seiner Taschen verschwinden, spendete seinem Kumpan scheinbar einen Segen und sah zu, wie dieser wieder in sein Boot stieg und fortruderte.

Keine halbe Stunde später hatte Orlur sich wieder in den Wirt verwandelt, während die Pilgertracht, die er zur Täuschung verwendet hatte, in einer Truhe in der geheimen Kammer unter seiner Schenke lag.

*

Obwohl noch zwei Stunden bis zum Sonnenaufgang vergehen würden, befahl der Pilgerführer dem Schiffer des Bootes, aufzubrechen. Im Schein der Laternen befuhren sie die Kanäle des blauen Sechstels, bogen dann in den großen Kanal ein, der die drei goldenen von den drei roten Sechsteln trennte, und legten schließlich an der nördlichen Lotseninsel an. Dort wurde bereits der erste Konvoi für diesen Tag zusammengestellt. Da zu den wartenden fünf Booten nur noch eines fehlte, wurde der Pilgerkahn in die Gruppe eingereiht. Ein Lotse stieg auf das vorderste Boot und gab den Befehl, loszufahren. Zwar spürte er eine leichte Unruhe in sich, doch er sah es als seine Aufgabe an, den Konvoi rasch über den See zu bringen.

Der Pilgerführer war froh, denn es konnte nicht mehr lange dauern, bis Rogon a'Grees Verschwinden bekannt wurde. Dann aber würden die Lotsen jedes Schiff, das Edessin Dareh verlassen wollte, sehr genau kontrollieren.

Zufrieden setzte er sich neben den Steuermann und stimmte einen Hymnus auf Ilyna nach dem anderen an, und seine Pilgergruppe betete begeistert mit. Sie war in dieser Zeit nach Edessin Dareh gekommen, um die Menschenmassen der Hauptpilgerzeit zu meiden. Nun bedankten sie sich bei ihrem Führer, der ihnen alle wichtigen Stellen des blauen Sechstels gezeigt hatte. Niemand unter ihnen ahnte, dass der Mann einer der Langlebigen war, in deren Adern magisches Blut floss.

Auch der Lotse am anderen Ende des Konvois blieb ahnungslos. Er nahm den Pilgerführer nur als leicht magisch begabten Menschen wahr und gönnte ihm, als sie an der ersten östlichen Lotsenstation jenseits des Sees ankamen, nur einen beiläufigen Blick. Aus Gründen der Sicherheit hatten die Lotsen beschlossen, alle weiter stromaufwärts gelegenen Stationen aufzugeben und nur noch bis zu diesem Ort zu fahren. Ohne es zu wissen, taten sie Gayyads Handlanger damit einen großen Gefallen.

Dieser ließ seine Pilger zum Zeichen der Demut rudern und gelangte noch vor dem Abend an eine von den Lotsen verlassene Station. Der menschliche Wirt, der den Schiffsreisenden auftischte, war geblieben und erfreute sich der überraschenden Freiheit, seine Preise hochtreiben zu können, ohne dass die Lotsen ihm dreinredeten.

Da die Pilger mehr zahlen mussten als bei ihrer Herfahrt, schimpften sie erregt. Ihr Führer murmelte etwas von »wüsten Sitten« am Strom, die einem das Reisen verleiden konnten, und verließ den Gastraum. Am Rande des abgegrenzten Gebietes schaute er sich um, ob ihn jemand beobachtete, nahm dann die Glasfalle, wickelte sie aus dem Silberstoff und legte sie vor sich auf die Erde.

Unbeobachtet setzte er eine Spruchrolle ein und sah zufrieden, wie die Glasfalle sich scheinbar spurlos auflöste. Dann kehrte er in die Herberge zurück, aß seinen Teller leer und forderte seine Pilger auf, auch die Nacht durchzufahren.

»Wenn der Wirt für das Essen schon so viel verlangt, wird er bei der Übernachtung nicht billiger sein«, kommentierte er seine Forderung mit einem sanften Lächeln.

Da etliche der ihm anvertrauten Pilger in Edessin Dareh mehr Geld ausgegeben hatten, als ihre Börsen es erlaubten, waren sie einverstanden und folgten ihm zum Boot. Wenig später klatschten die Riemen ins Wasser, und die Herberge blieb immer weiter hinter ihnen zurück. Nach einer Weile löste sich die Anspannung, die Gayyads Helfer in den Klauen gehalten hatte, denn es konnte nun niemand mehr ihm oder Orlur nachweisen, dass sie Rogon a'Gree entführt hatten.

*

Gayyads Schurkenstück wurde dadurch begünstigt, dass Tirah nach der geistigen Trennung von Rogon zusammengebrochen war. Es ging alles so schnell, dass Tibi gar nicht mitbekam, was um die Enveral-Kapelle herum geschah. Erschrocken beugte sie sich über Tirah und fühlte den massiven Schock, unter dem diese stand, am eigenen Leib. Es dauerte ein wenig, bis die Schlangenheilerin begriff, dass weniger Tirahs Körper als vielmehr ihr Geist in Mitleidenschaft gezogen worden war. Dennoch pumpte sie verzweifelt Heilmagie in Tirah, um sie zu stabilisieren.

»Was ist mit ihr?«, fragte Keke besorgt.

»Ich weiß es nicht«, stöhnte Tibi.

»Rogon ist weg«, meldete sich Zakk.

Keke sah ihn verwirrt an. »Was heißt weg?«

»Na weg! Er ist nirgends mehr zu finden. Auch um die Insel herum ist nichts.«

»Es war eine Falle. Wären wir doch nie hierhergekommen.« Tibi begann zu weinen, während ihre Steuerfrau sich nervös umschaute und dann auf sie zukam.

»Ich weiß nicht, was geschehen ist. Zwar habe ich das leichte Aufflammen von Magie gespürt, kann aber nicht sagen, um was es sich handelte.«

»Eine Glasfalle«, platzte Keke heraus. »Eine andere Möglichkeit gibt es nicht.«

»Es war eher ein Versetzungszauber«, antwortete die Steuerfrau.

»Du meinst, jemand hat Rogon und die Priesterinnen an einen anderen Ort versetzt, an dem sie gefangen werden konnten?«

Bei seiner Frage blickte Zakk in die Richtung des blauen Tempels, den er am meisten verdächtigte, die Falle gestellt zu haben.

»Es könnte so sein.« Ganz sicher war die Steuerfrau sich jedoch nicht, und daher bat sie, zu Rillas Haus zurückkehren zu dürfen. »Die Herrin und vor allem die Dame Niarin haben gewiss etwas mitbekommen und werden Rat wissen.«

Tibi sah kurz Zakk an. »Was meinst du?«

»Bring du Tirah zurück. Ich sehe zu, ob ich nicht doch eine Spur finde.«

»Da komme ich mit. Allein gerätst du auch noch in eine Falle.« Keke nahm ihre Ausrüstung und sprang über Bord.

Die Steuerfrau streckte noch den Arm aus, als wolle sie das Otterwesen zurückhalten, horchte dann aber in sich hinein und nickte. »So machen wir es. Und nun legt euch in die Riemen. Wir müssen so schnell wie möglich bei unserer Herrin sein.«

Das ließen sich die Ruderer nicht zweimal sagen. Um diese Zeit fuhren kaum noch Boote auf den Kanälen, so kamen sie rasch voran und legten wenig später bei Rillas Palast an.

Die Hausherrin und die als Tivenga getarnte Sirrin warteten bereits am Steg auf sie. Kaum hatten Tibi und die Steuerfrau Tirah aus dem Boot gehoben, nahm Sirrin sie in die Arme und eilte mit ihr ins Haus. Wenig später lag Tirah nackt auf ihrem Bett, während Sirrin ihren ganzen Körper überprüfte.

»Sie hat keine einzige Verletzung davongetragen, dennoch liegt sie im Sterben«, erklärte sie sorgenvoll.

»Es ist wegen Herrn Rogon. Er ist auf einmal verschwunden. Entweder wurde er irgendwohin versetzt oder in einer Glasfalle gefangen«, berichtete Tibi der Evari.

Sirrin betrachtete Tirah und schüttelte den Kopf. »Versetzt? Nein. Dann wäre die Verbindung zwischen den beiden nicht so abrupt abgerissen.«

»Und wenn es ein weiter Versetzungssprung war?«, wandte Tibi ein.

»Man kann sich nicht aus der Stadt in die Dämmerlande versetzen. Das verhindert die Magie des Sees. Deshalb wurde Edessin Dareh ja auch als der Ort gewählt, an dem die sechs Götter zusammengetroffen sind. Ich halte eine Glasfalle für wahrscheinlicher.«

Sirrin klang erregt, aber auch verzweifelt, denn es schien, als sei ihre Kunst bei Tirah am Ende. Ihre Kriegerin schwand dahin, obwohl sie nicht verletzt war. Erst als die Evari alles versucht hatte, zu dem sie fähig war, stabilisierte Tirahs Zustand sich, und sie öffnete sogar die Augen.

»Rogon. Er ist in eine Falle gelockt worden«, flüsterte sie erschöpft.

»Was hast du gespürt? Versuche, dich an die kleinste Kleinigkeit zu erinnern«, sagte Sirrin.

»Jemand hat sich in die Kapelle versetzt und Rogon sofort in die Glasfalle eingesogen.« Tirah fiel sogar das Reden schwer, dennoch versuchte sie aufzustehen.

»Wir müssen ihn finden.«

»Das werden wir. Du bleibst jetzt liegen und sparst deine Kräfte. Ich will dich nicht vor dem Erlöschen bewahrt haben, um jetzt zuzusehen, wie du deine Lebenskraft unnötig verbrauchst.«

Mit diesen Worten schob Sirrin Tirah auf das Bett zurück und griff gleichzeitig nach deren Geist, um vielleicht doch noch einen Hinweis darauf zu finden, was in der Enveral-Kapelle geschehen war. Viel war es nicht. Zwar hatte Tirah über Rogon die drei Priesterinnen mitbekommen und auch einen kurzen Versetzungssprung bemerkt, doch die Verbindung war gleich darauf erloschen, als sei sie mit einem magischen Schwert zertrennt worden.

»Es ist wie verhext«, stöhnte sie. »Wäre die Glasfalle nur einen Augenblick später eingesetzt worden, hätte Rogon seinen Gegner gesehen und wir wüssten aus Tirahs Erinnerung, wie er aussieht. So aber stochern wir im Nebel herum.«

»Wir müssen ihn finden«, schrie Tirah. Tränen liefen ihr über das Gesicht, und sie ballte verzweifelt die Fäuste.

»Das werden wir, schon um deinetwillen. Ich kann dich zwar für eine gewisse Zeit magisch erhalten, aber sehr lange wird es mir nicht gelingen«, antwortete Sirrin, die sich über die Bindung zwischen ihrer besten Helferin und Rogon ärgerte, welche durch nichts zu ersetzen war.

Mit einer heftigen Bewegung stand sie auf und wandte sich an ihre Gastgeberin. »Ich fürchte, dass die Glasfalle mit Rogon aus der Stadt geschafft werden soll. Teile den Lotsen mit, dass sie achtgeben sollen.«

»Das werde ich.« Rilla verließ das Zimmer, und die anderen blieben in einem Zustand tiefster Niedergeschlagenheit zurück.

»Was können wir denn tun?«, fragte Tibi.

»Uns bleibt nichts anderes übrig, als zu hoffen, dass wir eine Spur finden, der wir folgen können.«

Da richtete Tirah sich plötzlich auf. »Rogon muss im Norden sein.«

»Woher willst du das wissen? Du hast doch keine Verbindung mehr zu ihm«, fragte Sirrin verwundert.

»Ich habe es gespürt. Ganz kurz hatte ich das Gefühl, als gäbe es wieder eine Verbindung. Aber jetzt ist es wieder weg.«

Noch während Tirah redete, legte Sirrin ihr die Hand gegen die Stirn und griff erneut in ihren Geist hinein. Zunächst fand sie nichts. Dann aber glaubte auch sie zu spüren, dass Rogon kurz aufgetaucht war – und zwar weit im Norden.

»Flussmaul«, sagte sie leise.

»Du meinst, Flussmäuler hätten Rogon entführt?«, fragte Tirah.

Dann nickte sie. »Es kann gar nicht anders sein. Toissonraig ist berüchtigt für Überfälle, Erpressungen und viele andere schlimme Taten. Zweimal haben wir sie auf dem Strom zurückgeschlagen, und daher ist es wahrscheinlich, dass sie sich dafür rächen wollen.«

»Die Lotsen hätten diesem Gesindel sofort nach dem zweiten Überfall auf eure Schiffe das Befahren des Sees verbieten sollen. Jetzt ist es wahrscheinlich zu spät.« Rilla war zurückgekommen und hatte die letzten Sätze vernommen.

»Und was machen wir jetzt?«, fragte Tibi.

Tirah wechselte einen Blick mit Sirrin und zeigte dann einem imaginären Feind die Zähne. »Wir werden Flussmaul zwingen, Rogon freizugeben. Ansonsten erobern wir die Stadt und machen sie dem Erdboden gleich.«

»Und welche Armee soll das für uns tun?«, wollte die Schlangenheilerin wissen.

Tirahs Antwort kam schwach, klang aber sehr entschlossen. »Wir werden eine Allianz schmieden, wie die Welt sie seit Menschengedenken nicht gesehen hat. Gebt Botschaft an Arelinon. Er soll Gilthonian zum Krieg auffordern. Immerhin haben die Gelb-Eirun Tote an Flussmaul zu rächen. Schickt auch Boten nach Andhir. König Rogar wird gewiss alles tun, um seinen Sohn zu befreien. Du, Tibi, wirst dich in die nördlichen Sümpfe aufmachen. Sage den Zirdh'een, ihr Freund Rogon wäre den Sklavenjägern von Flussmaul zum Opfer gefallen. Außerdem werden wir Söldner anwerben, und zwar von beiden Seiten des Stromes. Flussmaul ist schon viel zu lange eine Pestbeule in den Dämmerlanden. Es wird an der Zeit, dass sie beseitigt wird.«

Sirrin sah ihre frühere Helferin mit einer gewissen Bewunderung an. Wohl war Tirah zu schwach, um mehr als ein paar Schritte zu gehen, und litt stark unter dem Schmerz der Trennung. Doch auch in dieser Lage bewies sie, warum sie die gefürchtetste Heerführerin der letzten tausend Jahre in den Dämmerlanden war.

*

Unterdessen war die Glasfalle mit Rogon und den drei Priesterinnen unweit von Flussmaul in einer kleinen, Giringar geweihten Kapelle aufgetaucht. Ein Mann saß auf der Bank und schien zu schlafen. Doch kaum war das leichte Flimmern des Versetzungszaubers zu sehen, stand er auf, nahm die Glasfalle an sich und steckte sie in eine Ledertasche, die er über der Schulter hängen hatte.

Einen Augenblick lang starrte er nach Norden, wo der Große Strom wild tosend aus den Riegelbergen austrat. Dort oben befand sich einer der größten Stützpunkte seines Herrn. Allerdings hatte dieser ihm andere Befehle erteilt, daher wandte Beralt sich mit einem leisen Seufzen nach Nordwesten und drang in eine schmale Schlucht ein, deren glatter Boden verriet, dass einst ein gebahnter Weg hindurchgeführt hatte.

Alle paar Schritte überprüfte der Mann ein Artefakt, das ihn warnen sollte, wenn ihm jemand folgte. Doch es gab kein Lebewesen ringsum. In diese Gegend verirrte sich kaum jemand, denn hier gab es nichts außer dem steil aufragenden

Gebirge aus rot schimmerndem Gestein, in dem weder Edelsteine zu finden waren noch irgendwelche Erze.

Die Schlucht war nicht lang, und so erreichte Beralt schon bald die Felswand an ihrem Ende. Hier hielt er kurz inne, kontrollierte noch einmal, ob er allein war, und betätigte ein spezielles Artefakt, das ihn direkt vor die Kammern brachte, in denen er die Gefangenen festhalten konnte. Im gleichen Augenblick verschwand er aus der Schlucht und kam in einem sechseckigen Raum heraus, der ein Fenster in eine riesige Halle besaß. Daher fiel sein Blick als Erstes auf die dort versteinerten Gurrims in voller Kriegsausrüstung. Allein in diesem Saal standen Hunderte von ihnen bereit, und es gab noch fünf weitere Hallen. In einer davon lagerten zudem magische Waffen und Artefakte, die selbst in den Götterländern ihresgleichen suchten.

Beralt war ebenso wie der angebliche Wirt Orlur und der blaue Pilgerführer ein gut ausgebildeter Adept und damit weitaus langlebiger als ein normaler Mensch. Doch trotz seiner magischen Ausbildung schauderte es ihn jedes Mal, wenn er die zu Statuen erstarrte Gurrim-Armee erblickte.

»Gayyad hätte den Gefangenen auch nach drüben bringen lassen können«, brummte er missmutig, als er eine kleinere Kammer öffnete und die Glasfalle auf eine markierte Stelle legte. Nachdem er zwei Versteinerungsartefakte in Position gebracht hatte, verließ er den Raum, schloss die Tür sorgfältig und überwachte das Weitere durch eine Artefaktlinse.

Auf einen magischen Befehl hin spie die Glasfalle ihren Inhalt aus. Obwohl Rogon und die Priesterinnen durch den Flussmaulstaub bewusstlos waren, riskierte Beralt nichts und setzte sofort das erste Versteinerungsartefakt ein. Die vier Gefangenen erstarrten sofort und blieben verkrümmt liegen.

»Für die Weiber wird das genügen«, murmelte Beralt und erteilte einem Dienerwesen den Befehl, Engara und ihre Gefährtinnen herauszuholen und in einen anderen Raum zu bringen.

»Wasch sie aber ab, damit kein Flussmaulstaub mehr an ihnen hängt«, forderte er das Kristallgeschöpf auf, das zwar nur halb so groß war wie er, aber weitaus schwerere Lasten heben konnte als die drei schlanken Priesterinnen.

Erst als das Dienergeschöpf die Frauen entfernt hatte, bemerkte der Adept die Katze und rief es noch einmal. »Du hast das Viehzeug da vergessen. Das gehört sicher einer der Priesterinnen. Bring es zu ihnen.«

Während das Kristallgeschöpf gehorchte, setzte der Adept das zweite Versteinerungsartefakt ein. Im Gegensatz zu dem ersten, das mit blauer Magie gefüllt gewesen war, arbeitete dieses mit Grün. Einen schwächeren Magier hätte diese Mischung wahrscheinlich umgebracht, doch Gayyad hatte durch seine Spähartefakte in Gilthonian feststellen können, mit welchen Magiemengen Rogon fertig geworden war, und wollte sichergehen. Unmagischer Flussmaulstaub und die doppelte Versteinerung würden auch diesen gefährlichen Magiefresser ausschalten, bis ihm Mittel zur Verfügung standen, das Ungeheuer zu verhören, davon war Gayyad überzeugt.

Nachdem das Dienergeschöpf Rogon aus dem Raum geholt und den Flussmaulstaub abgewaschen hatte, sah der Adept sich seinen Gefangenen an. Ein wenig wunderte ihn der Aufwand, den sein Herr betrieben hatte, um diesen Wardan zu fangen, denn besonders gefährlich sah der Kerl nicht aus.

Dann aber zuckte Beralt mit den Achseln und gab dem Dienerwesen die Anweisung, Rogon in einen mit Silber ausgekleideten Kasten zu legen. Als dies geschehen war, seufzte er erneut und ärgerte sich, weil er in dieser ungemütlichen Umgebung warten musste, bis sein Herr erschien, um ihm neue Befehle bezüglich des Gefangenen zu erteilen.

So kurz die Zeit auch gewesen war, in der Rogon aus der Glasfalle herausgeholt worden war, und der Augenblick, in dem sich der Silberkasten um ihn geschlossen hatte, so hatte sie ausgereicht, um Tirah das Gefühl zu geben, Rogon im Norden zu spüren.

Zwanzigstes Kapitel

Abschied

Laisa hatte einiges damit zu tun, den Wald von Erandhon zu stärken und die Schäden zu lindern, die Gayyads Artefakte hinterlassen hatten. Eine gewisse Zeit gab sie sich ganz dem Gefühl hin, die Herrin des Waldes zu sein, und wünschte sich sogar, es würde niemals enden. Dann aber erwachte ihr Katzenerbe, für das Bäume nur existierten, damit man hinaufklettern und in ihnen herumtollen konnte, und sie fühlte sich wie entzweigerissen. Zwar liebte sie diesen Wald und konnte sich nichts Schöneres denken, als die Bäume mit ihren Kräften aufwachsen zu lassen und ihre Früchte zu probieren. Nicht weniger aber sehnte sie sich danach, durch das freie Land zu streifen, die Feinde des Friedens zu jagen und damit den Auftrag zu erfüllen, den sie einst von einer goldäugigen Eirun erhalten hatte.

Im Augenblick aber benötigte der Wald ihre Hilfe. Laisa tat alles, um die betroffenen Bäume zu trösten, und setzte ihre Fähigkeit ein, fremde Magie aus ihnen herauszuziehen. Bislang hatte sie das jedoch nur bei magischen Farben gemacht, die ihr selbst nicht gefährlich werden konnten. Doch nun nahm sie Schwarzlandmagie in sich auf und versuchte verzweifelt, sie wieder loszuwerden.

»Warum kompliziert, wenn es einfach auch geht?«, hörte sie

eine Stimme in sich. Keinen Herzschlag später entstand unweit von ihr das Kleingeschöpf Lizy und spuckte das Schwarz als magisches Feuer in die Luft.

Sofort ging es Laisa besser. »Danke«, sagte sie mit ihrer Gedankenstimme zu Lizy, doch die Kleine ließ sich nicht stören.

In Augenblicken wie diesen hatte Laisa das Gefühl, als wäre Lizy ein völlig eigenständiges Wesen, doch als sie magisch auf sie zugriff, erblickte sie durch deren Augen den Heiligen Baum von Erandhon und sich selbst als rothaarige, halb mit dem Stamm verwachsene Eirun.

»Etwas Blaues dringt unter den Bergen zu uns herein«, meldete einer der am Rand stehenden Bäume. Sofort richtete Laisa ihre Sinne darauf und konnte mit den Wurzeln des Baumes fühlen.

Es war N'ghar, und er klang sehr besorgt. »Was ist geschehen? Wir haben von außen einen starken schwarzmagischen Ausbruch gespürt. Er muss mindestens den halben Wald vernichtet haben.«

»Ganz so schlimm ist es nicht«, gab Laisa Antwort. »Es ist zwar ein Teil des Waldes um das Artefakt herum eingegangen, aber ich bemühe mich, die Schäden im Rahmen zu halten.«

»Hoffentlich dauert es nicht zu lange. Es sind nämlich Leute in der Blauen Festung erschienen, die dringend mit dir reden wollen.«

N'ghar klingt nicht gerade begeistert, dachte Laisa und fragte sich, ob sie diesen Leuten nicht besser aus dem Weg gehen sollte. Allerdings brauchten die Unbekannten womöglich ihre Hilfe gegen Erulim-Gayyads Umtriebe.

»Du kannst nicht weggehen«, hörte sie den erschrockenen Ausruf des Waldes. »Wir brauchen dich! Du bist unsere Königin und Hüterin.«

»Ich kann nicht bleiben, dachte Laisa, obwohl ein Teil ihrer selbst sich danach sehnte, das Erbe ihrer Mutter zu übernehmen, die vor Jadalin die Herrin von Erandhon gewesen war.

Bei dem Gedanken an die von Gayyad umgebrachte Königin kam ihr eine Idee. »Jadrinial, wo bist du?«, klang ihr geistiger Ruf durch Erandhon.

»Ich bin im Osten und helfe mit, die toten Bäume zu roden und zu verbrennen, damit der Wind die Schwärze in ihnen über die Berge tragen kann«, antwortete das Mädchen mit einer Stimme, die ihre Trauer um die Mutter und die Zerstörungen ringsum verriet.

»Warum haben wir sie nicht gezwungen, dieses elende Amulett abzulegen?«, vernahm Laisa ihren verzweifelten Gedanken und strich ihr im Geist über das leuchtend weiße Haar.

»Wahrscheinlich wäre deine Mutter auch dann gestorben, wenn man ihr das Artefakt abgenommen hätte. Sie trug es schon zu lange und hatte sich daran gewöhnt, während du dein Amulett von Anfang an abgelehnt hast«, antwortete Laisa, um das Mädchen zu trösten.

»Die anderen sagen auch, dass der Tod meiner Mutter unvermeidlich war und wir ihn als Preis für unsere Freiheit akzeptieren müssen. Doch welche Freiheit wird es sein, so weit diesseits des Stromes und umgeben von den Ländern unserer alten Feinde?«

»Das wird die Zukunft zeigen. Nun aber bitte ich dich, zu mir zu kommen. Ich brauche dich hier.« Laisa sandte dem Mädchen ein Lächeln, um seine trübe Stimmung zu heben, und ging daran, die nächsten Bäume von dem quälenden Schwarz zu befreien.

Lizy half ihr, die giftige Kriegsmagie zu vernichten. Allerdings brauchte die Kleine dazu viel Kraft und bat mehrere Eirun, ihr etwas zu essen zu bringen. Der Appetit der Feuerechse verwunderte die Leute, doch die Kleine grinste nur und schoss einen recht beachtlichen Feuerstrahl ab, der mindestens dreißig Schritte hoch flammte.

Eines begriff Laisa mittlerweile: Lizys Feuerstrahl war vor allem dann stark, wenn sie genug Magie besaß und nicht hungrig war. Noch während sie nach Möglichkeiten sann, wie sie ihre kleine Helferin weiterhin einsetzen konnte, meldeten die Bäume Jadrinials Ankunft. Die Nachricht, Laisa würde sie brauchen, hatte diese dazu gebracht, im Dauerlauf den kürzesten Weg zu nehmen. Nun kam sie keuchend auf den Heiligen Baum zu, sah Lizy Feuer speien und starrte das Wesen verwundert an.

»Ist die süß!«

Die Bemerkung brachte die kleine Echse dazu, einen Feuerstrahl über ihren Kopf hinweg zu schießen. Jadrinial zuckte erschrocken zusammen, klatschte aber begeistert in die Hände.

»Wie machst du das? Du verbrennst die böse, schwarze Magie, so dass sie sich hinterher ganz weich anfühlt.«

»Das ist ihre spezielle Fähigkeit«, klärte Laisa das Mädchen auf.

»Ich habe Sagen gehört über Wesen, die das ebenfalls konnten. Aber diese sollen riesig gewesen sein. Man nannte sie Arghan.« Jadrinial lächelte zum ersten Mal seit dem Tod der Mutter.

Das nahm Laisa als gutes Zeichen. »Komm her zu mir und berühre den Heiligen Baum«, forderte sie das Mädchen auf.

Verwundert befolgte Jadrinial die Anweisung und keuchte auf, als ihre Hand ohne auf Widerstand zu treffen durch die Rinde des gewaltigen Stammes drang. »Was geschieht mit mir?«, rief sie und wollte zurücktreten.

»Du musst dich dem Baum öffnen und eins mit ihm werden«, befahl Laisa ihr.

»Aber wieso? Du bist doch seine neue Hüterin.«

»Ich habe eine Aufgabe zu erfüllen, und das kann ich nicht, wenn ich hierbleibe. Da der Wald von Erandhon eine Königin braucht, wirst du die Stelle deiner Mutter einnehmen.«

»Dafür bin ich noch viel zu jung«, wandte Jadrinial ein.

»Du besitzt weitaus größere Kräfte, als deine Mutter sie wahrscheinlich je hatte. Daher wirst du diese Aufgabe übernehmen.«

Laisa versuchte, dem Mädchen Mut zu machen, und war erleichtert, als es ihr gelang. Nun sträubte Jadrinial sich nicht mehr dagegen, in den Baum gezogen zu werden, und fasste hilfesuchend nach Laisas Hand.

»Ich hoffe, ich enttäusche dich nicht«, sagte sie.

»Das wirst du nicht.« Laisa lächelte zuversichtlich und machte das Mädchen mit dem Wald vertraut. Als ihr Blick nach Osten auf die zerstörte Fläche fiel, zitterte Jadrinial vor Angst, atmete dann aber auf, als sie sah, dass aus den alten Wurzeln bereits neue Triebe sprossen.

»Ich werde so lange mit meiner Freundin Lizy hierbleiben, bis das Schwarz so weit aufgelöst ist, dass es dich nicht mehr behindern kann«, erklärte Laisa und fand, dass dies wohl kaum mehr als ein paar Tage dauern würde. Danach, so hoffte sie, hatte Jadrinial sich an den Heiligen Baum von Erandhon und dieser sich an sie gewöhnt. Sie selbst konnte dann endlich den Weg suchen, den Gayyad benutzt hatte, um nach Erandhon zu gelangen.

*

Als Laisa die Verbindung zum Heiligen Baum löste, verspürte sie tiefe Trauer. Ihr war, als würde sie damit ein Stück ihrer selbst verlieren. Doch sie war nicht in die Dämmerlande gekommen, um in einem abgelegenen Winkel Eirun-Königin zu sein, sondern um Khaton und den anderen Evaris zu helfen, den Frieden zu sichern. Mit einem Lächeln, das ihre wahren Gefühle verbarg, wandte sie sich an Jadrinial, die klein und schmal auf dem lebenden Stuhl vor dem riesigen Zentrumsbaum saß.

»Jetzt bist du die Herrin von Erandhon. Ich bin sicher, du wirst deine Sache gut machen.«

»Das werde ich – schon ihr zuliebe.« Jadrinials Blick ging dabei zu dem kleinen Hügel, unter dem der Leichnam ihrer Mutter lag.

»Gayyad wird auch für ihren Tod bezahlen«, versprach Laisa, trat dann auf sie zu und umarmte sie. »Ich wünsche dir alles Glück der Welt, meine Liebe, und sei versichert: Wo ich auch immer bin, ich werde ein Auge auf Erandhon haben.«

»Ich danke dir.«

Jadrinial drängte sich an sie, als wolle sie sie nie mehr loslassen. Erst nach einer Weile gab sie Laisa frei, wischte sich die Tränen aus den Augen und nahm wieder auf ihrem Stuhl Platz. Um sie herum waren nun alle Eirun von Erandhon versammelt. Auch sie sahen aus, als wollten sie gleich in Tränen ausbrechen. Laisa hatte ihr kleines Reich gegen einen heimtückischen Feind erhalten, und es schmerzte sie, ihre Retterin nun scheiden zu sehen.

»Ich sage nicht lebe wohl, sondern auf Wiedersehen!«, rief Laisa ihnen zu. »Irgendwie seid ihr mein Volk, und ich werde nicht zulassen, dass euch etwas geschieht.«

Nach diesem Abschiedsgruß drehte sie sich um und trabte in die Richtung des Bergsporns, der den Eingang zu Gayyads Stollensystem bildete.

Einige Dutzend Eirun gaben ihr das Geleit, und sie musste noch manche Frage beantworten, bis die steile Felswand vor ihnen auftauchte. Dort richtete sie ihre magischen Fühler auf den Stein, fand die Stelle, auf die Erulims Schlüssel abgestrahlt werden musste, und formte in ihren Gedanken die gekreuzten blauen Speere und das grüne Schwert.

Im nächsten Moment wurde sie magisch versetzt und fand sich innerhalb des Stollens wieder. Ihr Gefühl sagte ihr, dass sie sich nicht weiter als fünf Schritte von ihrem Ausgangspunkt entfernt hatte, und doch konnten ihr die Erandhon-Eirun nicht folgen. Andererseits waren auch die Blauen nicht in der Lage, in den Wald einzudringen, denn der Berg war hart wie Diamant und selbst mit Artefaktbohrern kaum zu durchdringen.

Mit diesem Gedanken machte Laisa sich auf den Weg. Da sie nicht wusste, welche Fallen Gayyad aufgestellt hatte, blieb sie vorsichtig und achtete auf alles, was vor ihr war. Nach einer Meile spürte sie einen Hauch noch recht frischer Magie und entdeckte ein in der Stollenwand versenktes Schlüsselartefakt.

Als sie die magischen Verbindungen dieses Artefaktes untersuchte, traf sie in rascher Folge auf mehrere andere Artefakte, die mit dem ersten in Kontakt standen. Nun kam ihr die Berraneh-Schulung zugute, die ihr die Wirkung solcher Artefaktreihen erklärt hatte. Jemand, der an dieser Stelle einfach weiterging, würde ein Überwachungsartefakt auslösen und dieses wiederum zwei Versteinerungsartefakte.

Wie es aussah, war Gayyad in seinen Stützpunkten auf eindringende Feinde eingestellt. Aber er hatte sich wohl nicht vorstellen können, dass er es mit einem Wesen wie Laisa zu tun bekommen würde. Nun setzte sie den zweifarbigen magischen Schlüssel ein und spürte, wie der Weg freigegeben wurde.

Im Gegensatz zu Gayyad, der seinen Weg durch mehrere Beschleunigungszauber abgekürzt hatte, musste sie die gesamte Strecke laufen. Ihr Instinkt, aber auch das, was sie von N'ghar erfahren hatte, halfen ihr, das Labyrinth zu durchqueren, ohne sich zu verirren. Als sie endlich die Außenseite des Gangsystems erreichte, holte sie erst einmal tief Luft, ehe sie das letzte Artefakt aktivierte. Auch an dieser Stelle hatte Gayyad auf eine Tür verzichtet und stattdessen ein starkes, aber nach außen gut abgeschirmtes Versetzungsartefakt eingebaut.

»Da bist du ja wieder«, rief N'ghar erleichtert, als Laisa ihm in die Arme taumelte.

Laisa verwandelte sich bei der Berührung seines Fells in eine Katze und sah dann über seine Schulter Ysobel, Rongi und Reolan keine fünf Schritte entfernt auf Decken sitzen. »Sagt bloß, ihr habt hier die ganze Zeit auf mich gewartet?«, fragte sie.

»Erst seit gestern«, antwortete N'ghar lachend. »Übrigens hast du mir geholfen, eine Wette gegen Berraneh zu gewinnen. Die meinte nämlich, dass du mindestens drei Tage brauchen würdest, um aus Gayyads Kaninchenbau herauszukommen. Aber du hast es in weniger als einem geschafft.«

»Und was hast du gewonnen?«, fragte Laisa.

»Die Erlaubnis, mit dir zusammen auf die Jagd nach Gayyad zu gehen.«

»Aber die hättest du auch so bekommen«, antwortete Laisa verwundert.

N'ghar grinste. »Jetzt aber ist es ein offizieller Auftrag der Kommandantin der Blauen Festung und der Evari – und vor allem zeitlich nicht begrenzt.«

»Der Gute hatte Angst, die beiden blauen Magierinnen würden ihm verbieten, uns weiter zu begleiten. Immerhin sind sie seine Anführerinnen«, mischte sich jetzt Ysobel ein.

»Meine Anführerin ist Laisa«, erklärte Rongi mit Nachdruck. Er hatte keine Lust, in den Wald der Westkatzen zurückzukehren, denn dort war das Leben bei weitem nicht so abwechslungsreich und abenteuerlich wie in Laisas Gesellschaft.

Laisa strich ihm gerührt über sein strubbeliges Stirnfell. »Du bist auch ein guter Gefolgsmann.«

Bei dieser Versicherung meldete sich ihr schlechtes Gewissen, denn in der Blauen Festung hatte sie bereits überlegt, den Katling dort zurückzulassen. Das konnte sie nach seinem Ausruf nicht mehr übers Herz bringen, und sie erinnerte sich selbst daran, wie oft er trotz seiner Katlings-Manieren seinen Wert bewiesen hatte.

Dann konzentrierte sie sich auf das, was N'ghar ihr aus der Ferne mitgeteilt hatte. »Was sind das für Leute, die mit mir reden wollen?«

»Die, meine Liebe, solltest du dir besser selbst ansehen. Komm jetzt. Die anderen warten im Lager auf uns. Wenn du Hunger hast: Rongi hat die Vorratsglasfalle dabei. Du solltest dich aber beeilen, sonst futtert er alles weg.«

»Das soll er wagen«, fauchte Laisa und ließ sich von dem Katling einen Hühnerschenkel reichen.

Als sie hineinbiss, waren ihr für einen Augenblick ihre Eckzähne im Weg, und sie vermisste ihre Eirun-Gestalt. Doch anstatt sich zu verwandeln, genoss sie das Essen dann doch auf jene Art, die einer Katzenfrau behagte.

»So geht es besser«, sagte sie, streifte das Fleisch mit den Vorderzähnen von den Knochen und kaute es genüsslich.

»Nichts gegen die Eirun und ihr Essen. Aber ich bin nur eine halbe und zudem als Katze aufgewachsen«, setzte sie hinzu, holte sich den nächsten Hühnerschenkel und ließ sich einen Becher Milch reichen.

Als sie aufbrachen, trabte der Katling fröhlich neben ihr her. »Bist du wirklich die Königin dieser Spitzohren geworden?«

»Wenigstens war ich es für kurze Zeit«, antwortete Laisa. »Jetzt haben sie eine neue Königin. Sie ist eigentlich noch zu jung, aber sehr begabt. Daher wird sie ihren Wald gut behüten.«

Jetzt kam auch Reolan an ihre Seite. »Sind es wirklich weiße Eirun, so wie ich?«

Laisa musterte ihn und fand, dass seine Ausstrahlung denen der Bewohner Erandhons ähnelte. »Es müssen sogar Verwandte von dir sein. Im Gegensatz zu dir und deinen Leuten hat Erulim sie jedoch nicht auf die goldene Seite gebracht, sondern den Gebirgsring, der ihr Reich umgibt, mit mächtigen Artefakten verstärkt und sie darin eingeschlossen.«

»Warum hat er so etwas Verwerfliches getan?«, fragte Reolan entsetzt.

»Ich nehme an, er benötigte auf dieser Seite einen Platz, an dem Gayyad sich nach einer Umwandlung in Erulim zurückziehen konnte«, erklärte N'ghar an Laisas Stelle. »Für ihn ist es sicher ein Vorteil, sich dort auszuruhen und neu auszurüsten.«

»Das nehme ich auch an«, stimmte Laisa N'ghar zu. »Übrigens dürfte es drüben auf der anderen Seite irgendwo ein verstecktes Reich von Blauen geben, in das er sich als Gayyad zurückziehen kann.«

»Blaue auf unserer Seite?« Im ersten Moment empörte Reolan diese Vorstellung, dann aber dachte er an die Eirun von Erandhon und senkte bedrückt den Kopf.

»Dieser Schuft spricht allem, was ich je gelernt und vertreten habe, Hohn!«

»Dieser Meinung dürften noch mehr Leute sein«, antwortete Laisa mit einem leisen Lachen. »Ich habe auch schon einen Verdacht, wer die Blauen auf der goldenen Seite sein können. Erinnert euch daran, dass es in den südlichen Sümpfen ein Volk von Schlangenmenschen gegeben hat, das spurlos verschwunden ist. Wären sie aber nur von Freistädtern verdrängt worden, müsste es tief in den Sümpfen verborgen noch Reste von ihnen geben.«

»Aber wenn sie versteckt leben, kann kein Mensch sie finden«, wandte Ysobel ein.

»Ein Mensch nicht, aber ein Katzenmensch«, erklärte N'ghar. »Ich war in den südlichen Sümpfen und habe die Reste ihrer Dörfer gefunden. Doch deren Bewohner müssen bereits vor Jahrhunderten verschwunden sein, und zwar nicht von Sklavenjägern entführt oder ermordet. Die hätten die Dörfer ausgeplündert und mit Sicherheit keine Schmuckstücke aus Halbedelsteinen zurückgelassen.«

Während des Gesprächs hatten sie die Schlucht verlassen und sahen bald darauf das Lager vor sich, in dem Berraneh und Yahyeh auf sie warteten. Die beiden hatten Laisa bereits bemerkt und sahen ihr erstaunt entgegen. Laisas magische Ausstrahlung war anders als vorher – weitaus eirunhafter.

Yahyeh kam es so vor, als würde Laisa einen Teil des Eirun-Waldes in sich tragen. »Deine Enkelin ist stark geworden«, raunte Yahyeh Berraneh zu. »Ich weiß nicht, ob sie sich noch unserer Seite mit zugehörig fühlt.«

Berraneh zog hilflos die Schultern hoch. Ihr war bewusst, dass ihre Gegner im Blauen Land die Tatsache, dass sie eine weiße Enkelin besaß, als Waffe gegen sie verwenden würden. Täte diese etwas, das Ilyna missfallen mochte, konnte es ihr eigener Untergang sein.

»Ich vertraue Laisa«, antwortete sie trotz ihrer Befürchtungen. »Sie hat vernünftige Ansichten über den Frieden in den Dämmerlanden, und ich glaube nicht, dass sie diese so einfach aufgibt.«

»Wollen wir es hoffen!« Yahyeh stieß einen Seufzer aus und sah zu, wie Berraneh Laisa mit einer Umarmung begrüßte.

»Ihr wisst ja schon, was ich gefunden habe«, sagte Laisa.

Berraneh nickte. »Ja, das wissen wir. Man merkt es dir auch an, denn man könnte dich von deiner Ausstrahlung her für eine Eirun-Königin halten.«

»Ich war es auch – wenigstens für einige Tage«, antwortete Laisa lachend. »Es war eine interessante Erfahrung, aber auf Dauer ist das nichts für mich. Aber wenigstens konnte ich Gayyads Vernichtungsartefakt beseitigen und die Schäden für den Wald von Erandhon in gewissen Grenzen halten.«

Bei sich dachte Yahyeh, dass die Vernichtung des Eirun-Waldes und seiner Bewohner ihr viele Probleme vom Hals geschafft hätte, aber sie behielt diese Ansicht für sich, um Laisa nicht zu verärgern. Berraneh hingegen fragte, ob die Eirun der Blauen Festung gefährlich werden könnten.

Laisa lachte erneut. »Gefährlich? Die Leutchen sind harmlos wie Kinder und zittern bereits bei dem Gedanken an irgendetwas Blaues. Allein der Anblick der Festung würde sie vor Angst halb umkommen lassen.«

»Vielleicht sollten sie besser auf die andere Seite des Stromes überwechseln«, schlug Berraneh vor.

»Das ginge nur zusammen mit ihrem Wald, und eine Versetzung ihres gesamten Lebensraumes dürfte unmöglich sein.« Laisa klang scharf, denn sie hatte das kleine Eirun-Reich im Gebirgsring nicht gerettet, um es dann doch untergehen zu sehen. Zwar wusste sie nicht, was sie ausrichten konnte, doch sie war bereit, Erandhon gegen jedermann zu verteidigen.

Dies begriff auch Berraneh und sah Yahyeh fragend an. Doch die wusste ihr auch nicht zu raten. Stattdessen aber mischte sich N'ghar ein. »Wir glauben, dass Gayyad Erandhon als Rückzugsort benutzt hat, nachdem er sich hier auf unserer Seite in Erulim verwandelt hatte. Aus diesem Grund vermutet Laisa, dass es jenseits des Großen Stromes ein Reich von blauen Schlangenmenschen gibt, in das er sich als Gayyad zurückziehen kann.«

»Das klingt plausibel«, meinte Berraneh.

N'ghar nickte mit hochgezogenen Lippen. »An seiner Stelle hätte ich es auch getan. Wir müssen, was Erandhon betrifft, sehr vorsichtig sein. Wenn wir gegen diese Leute vorgehen, wird dies Auswirkungen auf ein mögliches blaues Reich im Westen haben.«

»Am besten lasst ihr Erandhon in Ruhe. Es hat jetzt eine neue Königin und braucht Jahre, um die Nachwirkungen von Gayyads Todesartefakt zu überwinden.« Laisa stellte die Situation in dem kleinen Eirun-Reich etwas schlimmer dar, als sie in Wirklichkeit war, um Berraneh und Yahyeh davon abzubringen, sich zu intensiv um Jadrinial und ihre Leute zu kümmern.

»Übrigens habe ich Gayyads Sperrriegel, der das Betreten Erandhons verhindert, nicht beseitigen können«, fuhr Laisa lächelnd fort. »Auch der Weg, den ich jetzt genommen habe, ist nur mit einem ganz speziellen Schlüsselartefakt zu bewältigen.«

»Blau und grün, nicht wahr?« Berraneh schauderte es bei dieser Vorstellung. Gleichzeitig aber war sie stolz auf ihre Enkelin, der es gelungen war, diesen unmöglichen magischen Schlüssel zu kopieren. Mit einem erleichterten Lächeln klopfte sie Laisa auf die Schulter.

»Gut gemacht! Wenigstens wissen wir jetzt, was wir vor unserer Haustür haben. Ich schlage vor, dass wir die Eirun vorerst ignorieren und es der Entscheidung der Götter überlassen, was mit ihnen geschehen soll.«

»Das ist ein ausgezeichneter Gedanke!« Laisa umarmte ihre Großmutter noch einmal und sah sich dann hungrig um.

»Gibt es hier noch etwas zu essen? Eirun-Königin gewesen zu sein macht hungrig.«

»Du hast doch gerade zwei Hühnerschenkel gefuttert«, rief Rongi aus.

»Wir haben noch ein paar gebratene Fische da. Außerdem kehren wir eh gleich in die Festung zurück«, erklärte Berraneh mit ernster Miene.

Laisa hingegen spitzte ihre Ohren. »N'ghar sagte mir etwas von Leuten, die dort auf mich warten.«

»Die solltest du dir besser selbst ansehen. Erzählen nützt da wenig«, antwortete Berraneh seltsam wortkarg.

Nun stieg Laisas Spannung, und sie fragte sich, was es mit den Fremden auf sich haben würde.

Einundzwanzigstes Kapitel

Die Schwarzen

Laisa waren die wildesten Vermutungen durch den Kopf geschossen, aber als sie sich nach ihrer Rückkehr in die Blaue Festung frisch gemacht hatte und Berranehs Arbeitszimmer betrat, musste sie schlucken. Auf der anderen Seite des Raumes stand ein großer, wuchtiger Gurrim in einer glänzenden, schwarzen Rüstung mit einem nach oben gerichteten roten Dreieck als Abzeichen auf der Brust. Obwohl seine Magie nicht ausreichte, um mehr als ein nachrangiger Adept zu werden, strahlte der Schwarze so stark, dass Laisa im ersten Augenblick die Zähne fletschte.

Der Gurrim salutierte, als er Laisa vor sich sah, in übertriebener Weise. »Leutnant Lakkratt, dritte Westarmee, sechstes Korps, vierte Brigade, neuntes Regiment, erste Kompanie, meldet sich befehlsgemäß zur Stelle!«

Er ratterte die Bezeichnungen so schnell herunter, dass Laisa ihnen kaum folgen konnte. Etwas verwirrt wandte sie sich an ihre Großmutter.

»Wer ist das und was will er von mir?«

»Leutnant Lakkratt gehört zur Besatzung der Schwarzen Festung im Norden und wurde von seinem Kommandanten, dem Hochmagier Salavar, geschickt, um dich zu bitten, in die Schwarze Festung zu kommen und nachzusehen, ob

Gayyad dort ebenfalls ein Vernichtungsartefakt angebracht hat.«

Berraneh brachte die Anfrage etwas höflicher vor, als Salavar seine Botschaft formuliert hatte. Sein Befehlston hätte ihre Enkelin höchstens dazu gebracht, sich ganz bestimmt nicht um die Schwarze Festung zu kümmern.

Laisa kratzte sich betont mit einer Kralle an der Schläfe. »Ich soll zur Schwarzen Festung reisen? Dieser Salavar hat sie doch nicht mehr alle!«

Es kostete Lakkratt sichtlich Mühe, die Beleidigung seines Kommandanten ohne Widerspruch hinzunehmen. Doch als er etwas sagen wollte, bedeutete Berraneh ihm, den Mund zu halten.

»Du musst die Bedenken der Dame Laisa verstehen. Immerhin ist sie weiß und euer Schwarz ihre Feindfarbe.«

»Außerdem habe ich keine Lust, mich noch einmal mit Salavar herumzuschlagen«, setzte Laisa giftig hinzu. »Das Schwein wollte mich versteinern und als Trophäe in den Osten schleppen. Aber dem habe ich es gezeigt!«

»Du musst auch unsere Bedenken verstehen«, warf Yahyeh, zu Lakkratt gewandt, ein. »Wir haben uns bei Khaton für die Sicherheit der Dame Laisa verbürgt, aber in der Schwarzen Festung können wir sie nicht schützen.«

Lakkratt schwitzte, denn sein Befehl war eindeutig. Er hatte die Katzenfrau Laisa in die Schwarze Festung zu bringen. Seit Salavar von der magischen Bombe erfahren hatte, die unter der Blauen Festung geschlummert hatte, befürchtete er, in der Schwarzen Festung könnte ebenfalls eine solche Vernichtungsmaschinerie zu finden sein.

»Seine Exzellenz Salavar, Hochmagier des ersten Grades, Befehlshaber der Westarmee und Kommandant der Schwarzen Festung verbürgt sich für die Sicherheit der Dame Laisa und ihrer Begleitung«, erklärte Lakkratt, der sich ärgerte, weil man seinem Oberhaupt unlautere Absichten zu unterstellen schien.

»Ich will nicht!« Laisa drehte Lakkratt den Rücken zu und wollte den Raum verlassen. Da trat ihr Yahyeh in den Weg.

»Ich will auch vieles nicht und muss es doch tun. Wenn sich in der Schwarzen Festung eine solch verheerende Waffe befindet, kann diese nicht nur die Festung selbst, sondern auch Teile das Schwarzen Landes und mehrere Menschenreiche westlich der Festung vernichten. Es wäre ein Sieg für unsere Sache, dies zu verhindern.«

»Was ist unsere Sache?«, fragte Laisa schnippisch.

»Den Frieden zu bewahren oder besser gesagt, dafür zu sorgen, dass er erst einmal geschaffen wird. Unser Feind ist dieses Doppelwesen Gayyad-Erulim, nicht das Schwarze Land.«

Yahyehs Einwand verpuffte an Laisas Zorn. »Da bin ich mir nicht so sicher«, erklärte sie mit einem angriffslustigen Fauchen. »Ich habe weder Wassarghan noch Gynndhul vergessen. Beide waren angesehene Magier im Schwarzen Land, haben aber Gayyad bei seinen verderblichen Plänen geholfen.«

»Es ist leider so, dass es im Schwarzen Land einige wenige Magier gibt, die nicht nach den Richtlinien unseres erhabenen Gottes Giringar handeln«, gab Lakkratt zu. »Doch seine Exzellenz Salavar, Hochmagier des ersten ...«

»Den Sermon habe ich schon gehört. Beschränke dich also auf das Wesentliche«, wies Laisa den Gurrim zurecht.

Lakkratt würgte eine wenig freundliche Antwort hinunter und setzte seine Rede fort. »Kommandant Salavar versichert, dass er solche Friedensstörer wie Wassarghan nicht in seinem Aufgabenbereich duldet. Auch hat er Tharon, den schwarzen Evari, gebeten, entweder selbst anwesend zu sein oder einen zuverlässigen Vertreter damit zu beauftragen. Tharon hat angekündigt, den Barden Daar zu senden.«

Laisa schüttelte in gespieltem Tadel den Kopf. »Daar kommt? Weshalb hast du das nicht gleich gesagt?«

»Daars Erscheinen ist für die nächsten Tage angekündigt«, erklärte Lakkratt.

»Dann soll er sich beeilen. Bis dorthin können wir alles zusammenpacken, was wir in der Schwarzen Festung brauchen, vor allem aber genug zu essen. Ich glaube nicht, dass Reolan oder mir schmecken würde, was dort auf den Tisch kommt.«

Laisas Neugier war einfach zu groß, um nein sagen zu können. Zudem würde sie Salavar gerne die Kröte schlucken lassen, sie wiederzusehen, nachdem sie ihn aus Gamindhon vertrieben hatte. Daar, Tharons Zweitgestalt, schien ihr Garantie genug zu sein, dass Salavar sein Wort hielt und sie wieder ziehen ließ.

Im Gegensatz zu ihr schwirrte Reolan der Kopf. »Du willst zur Schwarzen Festung gehen? Aber diesem Ort können wir uns nicht auf weniger als drei Meilen nähern, so tödlich strahlen allein schon die Außenmauern«, rief er entsetzt.

Laisa sah sich zu Berraneh um. »Ihr habt doch ausgezeichnete Abschirmartefakte.«

Anstelle ihrer Großmutter antwortete Yahyeh. »Ich werde welche besorgen. Außerdem schicke ich Vereen mit. Zusammen mit Daar wird sie wohl achtgeben können, dass alles seine Richtigkeit hat.«

Laisa nickte zufrieden. Wenn die beiden Evaris in ihren Zweitgestalten mitkamen, sah die Sache schon anders aus. Immerhin waren ihr beide verpflichtet, denn sie hatte Tharon schon zweimal aus der Patsche geholfen und für Yahyeh Gayyads Bombe hier in der Festung entschärft und das Rätsel des Bergringes gelöst.

Berraneh nickte zufrieden. »Ich gebe euch eine größere Begleitmannschaft mit, damit die Schwarzen sehen, dass wir es ernst meinen. Atra wird sie kommandieren.«

Die Pinselohrkatze, wie Laisa sie für sich nannte, verbeugte sich und bat, abtreten zu können, um ihre Mannschaft zusammenzustellen.

»Tu das«, antwortete Berraneh und wandte sich dann an Laisa.

»Wenn es dir gelingen sollte, in der Schwarzen Festung ein Vernichtungsartefakt von Gayyad zu finden und unschädlich zu machen, wäre dies ein Symbol dafür, dass der Friedensvertrag der Götter doch mit Leben erfüllt werden kann.«

»An mir soll es nicht liegen«, antwortete Laisa und zwinkerte N'ghar zu.

»Den Spaß würde ich mir um nichts in der Welt entgehen lassen«, antwortete dieser grinsend, während Ysobel im Hintergrund Reolan anstupste.

»Jetzt sind beide verrückt geworden!«

Dann begriff sie, dass sie gerade einen Eirun berührt hatte, und stöhnte. »Mich haben sie damit auch schon angesteckt.«

*

Laisa hatte schon einige Reisen in den Dämmerlanden unternommen und war dabei auf manche Schwierigkeit gestoßen. Doch erst als sie die Grenzen des Schwarzen Landes erreichten, begriff sie, wie man sich als Aussätzige fühlen musste. Eine Meile voraus scheuchte eine Abteilung Gurrim-Soldaten alle anderen Passanten mindestens dreihundert Schritt weit von der Straße weg, und hundert Schritte vor ihr marschierte die nächste Einheit Gurrims mit schussbereiten Flammenlanzen, um jeden Angriff auf sie und ihre Begleitung sofort unterbinden zu können. Direkt vor ihr bildeten drei Dutzend Katzenmenschen aus Berranehs Armee ihre Leibwache. Dann kamen sie auf Vakka, N'ghar auf einem ausgezeichneten Blaulandhengst und die anderen auf ihren gewohnten Pferden.

Um zu verhindern, dass Laisa und Reolan die Ausstrahlung des Schwarzen Landes zu stark spürten, trugen beide starke Abschirmartefakte aus Yahyehs Fundus. Allerdings hatte Laisa mehr das Gefühl, dass die Umwelt vor ihrer eigenen Ausstrahlung geschützt werden sollte, damit die Leute, die ihren Reisezug aus der Entfernung betrachteten, nicht feststellen konnten, dass mit ihr und Reolan Wesen von weißmagischer Farbe durch die Lande zogen.

Nur wenige Schritte hinter Laisa ritten Tharon als Daar und Yahyeh als Vereen auf kräftigen Blaulandpferden. Die beiden Evaris nützten die seltene Gelegenheit, sich auszutauschen. Dabei erfuhr Yahyeh mehr über das Erlöschen des Fluches von Rhyallun und fühlte sich erleichtert, dass neben Tharon ein Blauer eine größere Rolle gespielt hatte. Das Gespräch der beiden drehte sich aber auch um das schlechte Verhältnis der blauen Wardan zu den schwarzen Tawalern, vor allem zu T'wool. Aber um wirklich Frieden zwischen den Völkern zu schaffen, musste zuallererst Gayyad unschädlich gemacht werden.

Sechsunddreißig blaue Gurrims bildeten die letzte Gruppe von Laisas Reisegruppe, und auch sie sollten Laisa vor möglichen Feinden schützen. Die eigentliche Nachhut bildeten zwei weitere Kompanien schwarzer Gurrims, so dass sich der einem Heerwurm gleichende Zug über zwei Meilen hinzog. Der einzige schwarze Gurrim, der nicht die Mindestentfernung von einhundert Schritten zu Laisa einhalten musste, war Lakkratt. Er trug ebenfalls ein blaues Abschirmartefakt, so dass sein Schwarz sich nicht an Laisas und Reolans Weiß stieß und umgekehrt.

Laisa ließ ihren Blick über das Land schweifen und fauchte.

»Was denken sich diese Schwärzlinge überhaupt, uns wie Gefangene zu eskortieren? Wir dürfen nicht einmal eine ihrer Städte betreten. Ich bin gespannt, wo wir übernachten werden.«

»Soviel ich weiß, zieht ein Trupp einen halben Tagesmarsch vor uns über diese Straße und schlägt ein Zeltlager für uns auf. Keine Sorge. Es sind blaue Zelte, und die Leinwand ist mit Silber durchwirkt. Ebenfalls mit Silber gewebte Teppiche werden die Ausstrahlung des Bodens abhalten«, antwortete N'ghar. »Ich habe mit Lakkratt darüber gesprochen. Der ist zwar ein wenig steif, aber eigentlich kein übler Kerl.«

»Die Schwarzen sind alles üble Kerle.« Laisa hatte es kaum gesagt, da hörte sie von hinten Tharon hüsteln.

»Na ja, vielleicht nicht alle, aber die meisten«, schränkte sie ihre Aussage ein.

»Es gibt genug ehrliche Magier im Schwarzen Land«, erklärte Tharon, »sogar im Schwertorden. Doch einige der hochrangigen Magier sind mit Giringars Entscheidung, Frieden zu schließen, nicht einverstanden. Sie träumen immer noch vom Sieg, ohne darüber nachzudenken, dass ein weiterer Krieg der Götter die ganze Welt vernichten würde. Wenn du als Weiße die Schwarze Festung vor einer möglichen Zerstörung rettest, wird es ein Zeichen für alle sein, dass der Frieden der Götter Bestand hat.«

»Dafür müsste ich Gayyad jagen und nicht in alten Festungskellern nach Artefaktbomben suchen«, maulte Laisa.

Tharon schüttelte den Kopf, sagte aber nichts mehr, denn er schrieb Laisas schlechte Laune dem sie umgebenden Schwarz zu.

Laisa hatte auch kein Interesse an einer Diskussion über schwarze Magier, sondern hielt lieber ihre Umgebung im Auge. Zwar umging ihr Reisezug Ortschaften, die an der Hauptstraße lagen. Dennoch hoffte sie, mehr vom Schwarzen Land sehen zu können. Als sie ihren ersten Lagerplatz erreichten, erlebte sie jedoch eine Enttäuschung. Ihr Vortrab hatte das Nachtlager an einer öden und von allen Lebewesen verlassen wirkenden Stelle aufgebaut, und es erschienen keine Bewohner des umliegenden Landes, um die fremden Besucher anzustarren.

»Was soll das? Warum darf ich mir hier nichts ansehen?«, fragte Laisa Tharon missmutig.

»Wir befürchten, dass unter den Bewohnern der schwarzen Grenzlande Panik ausbricht, wenn sich einige plötzlich einer Weißen gegenübersehen. Im Vergleich zu den Dämmerlanden gibt es hier viel mehr Leute, welche magische Farben erkennen können.«

Tharon kannte Laisa gut genug, um zu wissen, wie sehr sie sich über diese Behandlung ärgerte. Daher versuchte er ihr in aller Ruhe zu erklären, dass Salavar jede Gefahr für seine Gäste ausschalten wollte.

»Wir wissen nicht, wer sich in den Städten aufhält. Vielleicht befinden sich dort Freunde von Wassarghan oder Gynndhul. Wenn diese Magier die Bevölkerung gegen dich aufhetzen, könnten du oder deine Begleiter zu Schaden kommen. Auch Blaue sind hier nicht gerade beliebt.«

Laisa begriff, dass sie auf dieser Reise wohl nicht mehr vom Schwarzen Land sehen würde als diese Straße, die durch eine zum größten Teil steinige, unfruchtbare Landschaft führte, in der nur gelegentlich in der Ferne eine Siedlung auftauchte.

»Wann kommen wir überhaupt bei dieser komischen Festung an?«, fragte sie bissig.

Unwillkürlich warf Tharon einen Blick nach Westen, wo der Wind dichte, schwarze Staubfahnen aufwirbelte. »Wir haben den Rand der Aschewüste bald hinter uns gelassen. Noch zwei weitere Tagesmärsche, dann dürften wir die Festung erreicht haben. Auf der nächsten Tagesetappe lassen wir die menschlichen Ansiedlungen hinter uns und bewegen uns durch ein Land, das von Gurrims besiedelt ist, und die verhalten sich diszipliniert.«

Da Laisa keine Menschen, geschweige denn Undisziplinierte an der Straße gesehen hatte, zuckte sie mit den Achseln und fragte Tharon, wie Salavar sich ihr gegenüber verhalten würde.

»Hast du vielleicht Angst vor ihm?«, fragte er nach einem kurzen Auflachen.

»Angst?« Laisa dehnte das Wort wie eine Bogensehne und spuckte dann ein Knorpelstück aus, das ihr beim Frühstück zwischen den Zähnen hängengeblieben war. »Angst müsste Salavar eher vor mir haben! Immerhin hat er versucht, mich zu fangen und versteinert nach Osten zu schleppen. So etwas vergesse ich nicht so rasch.«

»Salavar hat die Sache auch nicht vergessen. Aber er kann froh sein, dass aus seinen Plänen nichts geworden ist, denn damit hätte er den nächsten Krieg auslösen können und wäre bei Giringar in Ungnade gefallen.« Tharon kniff für einige Augenblicke die Lippen zusammen und sah Laisa nachdenklich an.

»Vielleicht war das Gayyads Plan. Ihm war klar, dass Salavar niemals wie ein geprügelter Hund ins Schwarze Land zurückkehren würde.«

»Der Anführer damals war aber Wassarghan«, wandte Laisa ein.

»Wenigstens hielt er sich dafür. Doch nach allem, was wir in der Zwischenzeit erfahren haben, bin ich mir nicht sicher, ob das auch stimmt. Gayyad galt und gilt im Schwarzen Land noch immer als Wassarghans blauer Handlanger. Doch wie es scheint, verfolgt er in den Dämmerlanden ganz eigene Pläne.«

»Lieber würde ich diesen Kerl jagen und endgültig zur Strecke bringen, als zur Schwarzen Festung zu reisen«, sagte Laisa mit einem leisen Grollen.

»Es muss aber sein«, beschwor Tharon sie. »Bislang hat niemand sich um eine mögliche Gefährdung der Festungen gekümmert, da sich kein Mensch und kein Magier so etwas wie das Bombenartefakt von Gayyad hätte vorstellen können. Nun aber kommen möglicherweise irgendwelche Magier auf den Gedanken, selbst nach einer festungsvernichtenden Waffe zu suchen. Du hast in deinem Bericht beschrieben, was mit der Blauen Festung passiert wäre, wenn Berraneh oder Yahyeh nachgeforscht hätten.«

»Es hätte ein sehr tiefes und sehr breites Loch gegeben«, antwortete Laisa mit einem missratenen Grinsen.

»Das wollen Salavar und ich bei der Schwarzen Festung verhindern. Aus diesem Grund ist es wichtig, dass du mit deinem Eirun-Knecht dorthin kommst und nachschaust.«

Tharon wusste, dass die Anwesenheit zweier weißer Wesen von Laisas und Reolans Stärke bei seinen Leuten so willkommen war wie eine tödliche Seuche. Wahrscheinlich hätte man letztere sogar vorgezogen, dachte er, während er versuchte, Laisa einen Einblick in die verwickelten Loyalitäten im Schwarzen Land zu geben.

»Über allem steht Giringar. Da gibt es keine Frage. Auch seine drei engsten Gefährten Alabrer, Betarran und Caludis sind jenseits allen Zweifels. In den Rängen unter ihnen tobt jedoch ein Kampf um Einfluss und Macht, in dem die gebotenen Grenzen oftmals überschritten werden.«

Es fiel Tharon nicht leicht, dies zuzugeben. In den Dämmerlanden und auch teilweise im Westen galt das Schwarze Land als ein monolithischer Block, in dem Giringar befahl und alle anderen gehorchten. Doch im Grunde bestand bereits die Magierschaft aus mehreren miteinander konkurrierenden Zirkeln, von denen sich der Orden vom Schwert Giringars bis an die höchsten Stellen vorgearbeitet hatte.

»Ich bin wirklich gespannt, was uns erwartet!« Laisa interessierte sich jedoch weniger für die internen Belange des Schwarzen Landes als vielmehr für die Aufgabe, die vor ihr lag. Sie würde die riesige Festung gründlich untersuchen und in möglichst kurzer Zeit unangenehme Artefakte beseitigen müssen, damit sie sich endlich wieder auf die Jagd nach Gayyad machen konnte.

*

Die Schwarze Festung war die gewaltigste unter den drei großen Festungen des Ostens. Die beiden äußersten Vorwerke im Osten und im Westen lagen drei mal sechs Meilen auseinander und stellten für sich allein bereits Verteidigungswerke dar, die kein Heer der Dämmerlande – und sei es selbst das gesamte Aufgebot von T'wool – erstürmen konnte. Mächtige Mauern schützten die Flanken der eigentlichen Festung, und ihr Kern erhob sich genau über dem Pass, der den einzigen Zugang ins Schwarze Land zwischen den Riegelbergen und dem östlichsten Rand der Aschewüste bot.

Im ersten Augenblick war Laisa gegen ihren Willen beeindruckt, sagte sich aber, dass eine Befestigungsanlage dieser Größe im Grunde sinnlos war. Der Pass hätte auch durch eine kleinere Bastion geschützt werden können. Für sie war die Schwarze Festung ein nutzloses Symbol eingebildeter Macht von Magiern, denen weniger am Sieg ihres Reiches als vielmehr an ihrer eigenen Sicherheit gelegen war.

Als sie das zu Reolan sagte, der vor Schreck erstarrt auf seinem Pferd saß, löste sich die Anspannung des Eirun, und er begann zu lachen. »Wahrscheinlich hast du recht! Soviel ich weiß, ist die Schwarze Festung nie ernsthaft angegriffen worden. Wenn die Unsrigen nach Osten vordrangen, taten sie es weiter im Süden. Trotzdem stellt diese Festung ein Weltwunder dar. Ich kenne sonst niemand, der ein so gewaltiges Werk fugenlos wie aus einem Guss errichten könnte. Das vermochten nur die Götter selbst.«

Lakkratt fühlte sich bemüßigt, darauf zu antworten. »Es soll zwar nicht Giringar in eigener Gestalt beim Bau der Festung anwesend gewesen sein, dafür aber sein dritter Gefährte Caludis mit einem Artefakt, welches der große Gott gefertigt hat.«

»Caludis ist einer der drei Unterteufel Giringars, wie man bei uns im Westen sagt«, erklärte Reolan.

Dann starrte er wieder auf das östliche Vorwerk, das immer näher kam, und fühlte beim Anblick der hoch aufragenden schwarzen Mauern einen kalten Klumpen im Bauch.

»Ich weiß nicht, ob ich da hineingehen kann«, stöhnte er.

»Jetzt reiß dich zusammen«, schalt Laisa ihn. »Oder willst du diesen schwarzen Stieseln das Bild eines schlotternden weißen Eirun bieten?«

»Nein, das nicht, aber ...«

»Kein Aber«, mischte sich da N'ghar ein. »Den Schwarzen kann man nur mit einem imponieren, und das ist Standfestigkeit. Ein weißer Eirun, der mit einem Lächeln auf den Lippen durch dieses Tor dort reitet, erschreckt sie mehr als ein Heer von zehntausend Mann.«

»Ich werde es mir zu Herzen nehmen.« Reolan seufzte und lenkte seinen Gaul näher an Vakka heran, da er sich direkt neben Laisa etwas mutiger fühlte.

Laisa musterte unterdessen das östliche Vorwerk. Es besaß einen Durchmesser von dreihundertundsechzig Schritt und war als vollkommenes Sechseck erbaut worden. Das Tor konnte von sechs nebeneinanderreitenden Kriegern passiert werden. Zwar sah es vollkommen schmucklos aus, aber als sie die Augen schloss und sich ganz auf ihre magischen Sinne konzentrierte, sah sie auf seinen Mauern und den Türmen, die es flankierten, sich bewegende Gestalten mit fürchterlichen Waffen in den Händen. Es war zwar nur ein Illusionszauber, aber er reichte aus, um jedem magisch Begabten das Herz in die Hose rutschen zu lassen.

»Das ist also der Eingang zur Schwarzen Festung«, sagte sie, um Reolan abzulenken. »Eigentlich hatte ich ihn mir imposanter vorgestellt.«

»Impo... was?«, stotterte der Eirun, während Lakkratt sich zu Laisa umdrehte und sie so durchdringend ansah, als wolle er herausfinden, ob sie diese Worte wirklich ernst gemeint hatte.

»Na, ich dachte mir, es würden hier abgeschlagene Eirun-Schädel herumhängen oder weiße Sklaven mit magischen Ketten an den Mauern hängen und ihren Schmerz hinausschreien. Aber das Ding hier könnte genauso gut ein etwas größeres Gasthaus sein. Ich hoffe, die Betten sind weich genug.«

Während Lakkratt die Augen aus den Höhlen quollen und Reolan sich fragte, ob die Magie der Schwarzen Festung schon Laisas Verstand verwirrt hatte, mussten N'ghar und Tharon an sich halten, um nicht vor Lachen lauthals herauszuplatzen.

Schließlich zwinkerte Tharon Yahyeh zu. »Das ist Laisa, wie ich sie kenne. Die würde selbst Giringar einen Hühnerschenkel vom Teller wegholen und hinterher behaupten, er wäre zu schwach gewürzt gewesen.«

Als Yahyeh zu lachen begann, konnten sich auch N'ghar und Tharon nicht mehr zurückhalten, und sogar auf Reolans Gesicht erschien der Anflug eines Schmunzelns.

Rongi hingegen musterte die Festung misstrauisch. »Das Ding gefällt mir nicht«, meinte er zu Ysobel. »Da ist keine einzige Fuge. Wie soll man da hochklettern können?«

»Du musst ja auch nicht hochklettern«, wandte die Tivenga ein.

»Da wäre ich mir nicht so sicher! Unser Freund Gayyad kann seine Hinterlassenschaften sehr wohl auch in oder an solchen Wänden angebracht haben. Also sollten wir ausprobieren, wie sie sich zum Klettern eignen«, rief Laisa.

Sie sprang aus dem Sattel, schoss mit voller Geschwindigkeit auf die Festungsmauer zu und nahm den Schwung nach oben mit. Obwohl der schwarze Kristall keine Fugen aufwies, gab es doch kleine Unebenheiten, in denen ihre Krallenspitzen Halt fanden, und nun sah es so aus, als würde sie wie eine Spinne an der Wand hochlaufen.

Unter ihr hatte der Zug angehalten. Alle starrten Laisa nach und konnten nicht fassen, was sie tat. Sogar Tharon war überrascht, während N'ghar Rongi einen Klaps versetzte.

»Wenn wir Laisa helfen wollen, müssen wir solche Wände ebenfalls erklimmen.«

Der Katling krauste skeptisch die Nase, sprang aber von seinem Kissen und folgte N'ghar bis zur Wand. Die beiden nahmen zwar weniger Anlauf als Laisa und verließen sich mehr auf ihre Kletterkünste, trotzdem gelang es ihnen, Elle für Elle hochzuklettern.

Laisa war ihnen weit voraus und erreichte schließlich die Krone der Mauer. Als sie sich darüberschwang und einem sie verdattert anstierenden Gurrim-Wächter gegenüberstand, fiel ihr ein gewaltiger Stein vom Herzen. Leicht war es wirklich nicht gewesen, und sie sorgte sich jetzt um N'ghar und Rongi.

»Besorge ein Seil, aber rasch«, befahl sie dem Gurrim und blickte nach unten. N'ghar kam gut voran, doch der Katling hatte bereits Schwierigkeiten. Schon wollte Laisa ihm zurufen, er solle wieder nach unten klettern, da hörte sie, wie N'ghar ihm Anweisungen gab, wohin er greifen solle.

Sofort wurde Rongi sicherer und kletterte neben N'ghar her, der sich seinem Tempo anpasste. Zuletzt schob N'ghar den Katling mit einer Hand nach oben, so dass Laisa ihn packen und auf die Mauerkrone ziehen konnte. Sie streckte dann die Hand nach N'ghar aus und half auch diesem, ganz hinaufzukommen.

Als der Gurrim mit dem Seil zurückkam, lächelte Laisa ihm zu. »Danke. Das da kannst du wieder wegbringen. Wir haben es doch nicht gebraucht.« Danach stolzierte sie den Wehrgang entlang bis zur Treppe und stieg mit dem Gefühl nach unten, den Schwarzen ein Schauspiel geliefert zu haben, das diese so rasch nicht vergessen würden.

»Bei der eigentlichen Festung sollten wir diesen Scherz nicht versuchen«, raunte N'ghar ihr unterwegs ins Ohr. »Die Mauern dort sind noch mal um einiges höher und mit Sicherheit glatter.«

»Wir werden sehen, ob es nötig ist«, antwortete Laisa achselzuckend und erreichte schließlich das Erdgeschoss.

Gerade ritt ihre Begleitung in den Hof. Reolan sah aus, als habe er eben einen Alptraum erlebt, und Ysobel tippte sich an die Stirn.

»Manchmal habe ich das Gefühl, als hättest du ein paar Knoten im Kopf. Mir ist fast das Herz stehengeblieben, als du da hochgeklettert bist. N'ghar und Rongi waren ja noch verrückter, weil sie dir gefolgt sind«, schimpfte die Tivenga.

»Es ist doch alles gutgegangen«, antwortete Laisa lachend.

Aber sie nahm sich vor, ein ernstes Wort mit N'ghar zu reden. Er hätte sich und Rongi nicht auch noch in Gefahr bringen müssen. Andererseits bemerkte sie schnell, dass ihr gemeinsamer Auftritt Eindruck hinterlassen hatte. Lakkratt und der angetretenen Ehrengarde war der Schrecken anzusehen, dass es drei Katzenmenschen – darunter einem so jungen wie Rongi – gelungen war, die Mauer ihres östlichen Vorwerks scheinbar mühelos zu erklettern.

»Die Dame wird gestatten, dass die Begrüßungszeremonie in der Hauptfestung abgehalten wird«, sagte Lakkratt zu Laisa.

»Das sind ja noch mal fast zehn Meilen, und ich habe Hunger«, protestierte Rongi.

Auch Laisa fühlte, dass die Kletterei sie Kraft gekostet hatte, und grinste. »Ich könnte ebenfalls einen Happen vertragen. Ysobel, wärst du so gut, etwas aus unserer Vorratsglasfalle herauszuholen?«

»Hier in dieser Umgebung?«, fragte Ysobel und wies auf den Hof dieses Festungsteils.

»Ich finde, es ist ein guter Platz für ein Picknick«, erklärte Laisa, kraulte Vakka, die ohne sie hereingekommen war, hinter den Ohren und setzte sich dann mitten auf den Weg.

N'ghar und Rongi folgten feixend ihrem Beispiel, während Reolan etwas zögernd abstieg und eine Matte aus Silbergeflecht ausbreitete, bevor er sich darauf niederließ. Als Laisa ihm ein Stück Braten aus den Vorräten der Blauen Festung reichen wollte, hob er die Hand.

»Ich glaube nicht, dass ich hier etwas essen kann.«

»Bei welchem Gott auch immer. Du befindest dich innerhalb eines blaumagischen Feldes, das dich vor der schwarzen Ausstrahlung dieser Festung schützt. Also kannst du hier auch essen!« Laisa klang scharf, da dem Eirun angesichts der schwarzfarbigen Magie um sie herum jeder Mumm abhandengekommen zu sein schien.

»Das Fleisch schmeckt übrigens ausgezeichnet«, meinte N'ghar, der sich ebenfalls aus den eigenen Vorräten bedient hatte.

Etwas zögernd griff nun auch Reolan zu. Bislang hatte er zumeist vermieden, Speisen von der roten Seite zu sich zu nehmen, und sich an die Vorräte gehalten, die er von den Gilthonian-Eirun erhalten hatte. Nun aber aß er etwas Fleisch und Brot und fand, dass die Blauen gar nicht so schlecht kochten.

»Habt ihr auch etwas zu trinken für mich?«, fragte er. Sofort reichte Ysobel ihm den Lederschlauch mit Marangree-Wein, den sie sich in Edessin Dareh hatte besorgen lassen.

Reolan trank einen Schluck und bedankte sich. »Der schmeckt nicht schlecht, auch wenn ich einem Gilthonian-Eirun nicht raten würde, von diesem Wein zu probieren«, meinte er und bat Rongi, ihm noch ein Stück Brot zu reichen.

Über Laisas Gesicht huschte ein zufriedener Zug. So, wie es aussah, hatte Reolan sich endgültig in ihre Gruppe eingepasst. Das freute sie, denn sie würde den erfahrenen Eirun mit Sicherheit noch brauchen. Auch N'ghar war ein ausgezeichneter Begleiter, den sie aus taktischen wie auch aus persönlichen Gründen nicht verlieren wollte. Sie zwinkerte ihm zu, aß dann ein weiteres Stück Braten, das unter Erhaltungszauber liegend so schmeckte, als käme es gerade erst aus der Küche, und stand schließlich als Letzte auf, um das restliche Stück Weges in Angriff zu nehmen.

Während sie auf Vakka stieg, bemerkte sie Tharons anerkennenden Blick. Nur nicht einschüchtern lassen, schien er zu sagen. Das hatte sie auch nicht vor, weder von Salavar noch von jemand anderem aus dem Schwarzen Land, und sei es Giringar selbst.

*

Salavar, Oberbefehlshaber der Westarmeen des Schwarzen Landes und Kommandant der Schwarzen Festung, erwartete Laisa auf dem Paradehof der Hauptfestung. In seinem schlichten schwarzen Talar, den nur eine unscheinbare Spange mit den Abzeichen seines Ranges schmückte, wirkte er gegen die dreihundertsechzig in Paraderüstungen angetretenen Gurrim-Unteroffiziere der Ehrengarde wie ein schlichter Adept. Doch Laisa machte nicht den Fehler, diesen Mann zu unterschätzen. Sie hatte ihn in Gamindhon erlebt und glaubte zu wissen, wozu er fähig war. Damals hätte er den grünen Reichen im Süden der goldenen Dämmerlande beinahe einen vernichtenden Schlag versetzt, um sich für deren Angriff im Südkrieg zu rächen.

Es war ihr nicht nur gelungen, diesen Streich zu verhindern, sondern Salavar auch noch schwer zu verletzen. Sie konnte ihm ansehen, dass er sich noch gut daran erinnerte, denn als sie aus dem Sattel stieg und auf ihn zutrat, griff er sich unbewusst an die Brust.

»Da bin ich«, sagte sie, ohne ihm die Chance zu geben, sie zuerst zu begrüßen.

Obwohl seine magische Farbe tiefschwarz war, besaß er eine helle Haut, die nur von ein paar aufgemalten Symbolen bedeckt wurde, und dunkle, rötlich schimmernde Haare. Sein Gesicht war schmal und hätte bei weniger Anspannung sympathisch wirken können. Nun aber sah er aus wie jemand, der gerade das tun musste, was er am meisten hasste.

»Seid mir willkommen«, brachte er mühsam heraus.

Das Lügen ist er nicht gewohnt, stellte Laisa fest und grinste, um ihr Gebiss zu zeigen.

»Ich soll nachsehen, ob unser Freund Gayyad sich auch bei euch verewigt hat«, begann sie betont flapsig.

»Das steht zu befürchten«, erklärte Salavar mit einem Unterton, der es Gayyad hätte ratsam erscheinen lassen, nicht in seine Gewalt zu geraten.

»Es war bei der Blauen Festung schon eine Menge Arbeit, sein Vernichtungsartefakt zu finden und zu beseitigen. Aber ihr habt hier noch mal um einiges mehr hierhergebaut. Da können wir uns nur Glück wünschen, dass nichts passiert. Was ist eigentlich dieses Gebäude dahinten?« Laisa wies dabei auf einen Turm der Wehrmauer.

»Einer der kleineren Türme«, antwortete Salavar, obwohl das Bauwerk neunzig Schritte hoch war und achtzehn Schritte Durchmesser besaß.

»Ich glaube, mit dem fangen wir gleich an.« Ohne sich weiter um Salavar zu kümmern, lief Laisa zu dem Turm, untersuchte eine Stelle und winkte dann Reolan, zu ihr zu kommen.

»Für was hältst du das?« Sie hätte ihn nicht gebraucht, aber sie wollte, dass Salavars Leute begriffen, dass er ein wichtiges Mitglied ihrer Gruppe war.

Reolan konzentrierte sich, schüttelte dann aber den Kopf. »Solange ich mich in dem blauen Schutzfeld befinde, sind meine Fähigkeiten eingeschränkt.«

»Gut, dass du mich daran erinnerst.« Zwar konnte Laisa aus diesem Feld hinausgreifen, dennoch schaltete sie es jetzt bei sich ab und fühlte sofort, wie die schwarze Magie der Festung auf sie zuwallte. Irgendetwas aber zog ihre Aufmerksamkeit an sich, und als sie sich darauf konzentrierte, entdeckte sie Lizy etwas außerhalb der Festung. Diese verwandelte das für Laisa gefährliche Schwarz in magisches Feuer und damit in harmlose Wolken.

»Brav, meine Kleine«, lobte Laisa sie und wandte sich dann dem Turm zu. »Kann man diesen Stein auch öffnen?«, fragte sie Lakkratt, der ihr und Reolan gefolgt war.

»Ich werde einen Kristallformer besorgen.« Der Gurrim rannte so rasch los, dass seine Rüstung schepperte.

Unterdessen waren auch Salavar, Tharon, Yahyeh sowie der Rest von Laisas Gruppe herangekommen.

»Was hast du entdeckt?«, fragte Tharon besorgt.

»Wie es aussieht, ist es nur ein schlichtes Überwachungsartefakt. Aber es ist blau und mit einem Platindraht verbunden.«

»Das alles habt Ihr innerhalb von ein paar Augenblicken erkannt?« Salavar klang erschrocken, denn er selbst hätte ein paar spezielle Spürartefakte verwenden und sich dabei bis an die Grenzen seines Könnens konzentrieren müssen.

Laisa zuckte mit den Achseln. »Das war nicht so schwer. Mehr stört mich das blaue Artefakt drüben an der Mauer der Kernfestung. Es ist in dreißig Schritt Höhe angebracht. Ich könnte zwar dort hochklettern, aber schlecht arbeiten. Daher werde ich ein Gerüst brauchen.«

»Ich kann Euch eine Levitationsplattform anbieten«, erklärte Salavar.

»Besser nicht. Die Artefakte haben eine Schutzvorrichtung. Wenn sie von zu viel schwarzer Magie berührt werden, gibt es eine grün-blaue Gegenfarbenexplosion, die ein hübsches Loch in die Mauer reißen würde. Zudem wissen wir nicht, mit welch anderen Artefakten diese hier verbunden sind. Wir wollen doch nicht die ganze Festung in Trümmer legen.«

Laisa genoss es, mit Salavar zu reden, als wäre sie die Hochmagierin und er nur ein Adept. Für normale Magier waren Gayyads Artefakte so von dichtem Schwarz umgeben, dass sie diese nicht entdecken konnten. Sie hingegen nahm jede Farbnuance wahr und hatte durch die Arbeit in der Blauen Festung und durch Berranehs Schulung viel an Erfahrung gewonnen.

Unterdessen kam Lakkratt mit einem zweiten Gurrim zurück, der nur in einer schwarzen Tunika und roten Hosen steckte. »Das ist Major Burlikk, der stellvertretende Kommandant der Festung. Er hat ein Steinformerartefakt mitgebracht.«

»Gib her«, forderte Laisa Burlikk auf und nahm ihm das Gerät ab. Es war zwar schwarz, aber mit einer eher weichen Magie gefüllt. Dennoch brannten ihre Handflächen. Sie hielt es aus, ohne eine Miene zu verziehen. Wie alle schwarzen Artefakte war auch dieses hier mit Dreh- und Druckknöpfen versehen. Da Laisa gelernt hatte, wie solche Geräte zu bedienen waren, gelang es ihr, den Kristall zu verflüssigen. Dann konnte sie mit einer Hand in das entstandene Loch greifen und eine Artefaktkombination herausholen, die aus einem blauen Spähartefakt sowie zwei etwa hühnereigroßen Kristallen bestand, von denen einer mit blauer und der andere mit grüner Magie gefüllt war.

»Wie ich sagte, das Zeug hier hätte ein ziemliches Loch gerissen«, erklärte sie dem fassungslosen Festungskommandanten.

Tharon trat nun neben Salavar und legte ihm die Hand auf die Schulter. »Du solltest Laisa freie Hand lassen, mein Freund. Sonst riskierst du sehr viel.«

»Ich riskiere auch so sehr viel. Wenn im Schwarzen Land bekannt wird, dass ich eine Weiße nach Gutdünken hier schalten und walten lasse, werden viele bedeutende Leute aufjaulen und meine Abberufung fordern.«

»Die Gefahr besteht«, gab Tharon zu. »Aber was ist dir wichtiger, dein persönlicher Ehrgeiz oder der Schutz dieser Festung? Wenn die Schwarze Festung zerstört wird, dürftest du dich kaum noch in der Heimat sehen lassen.«

»Das ist wahr.« Salavar rang noch einen Augenblick mit sich, dann wandte er sich an seinen Stellvertreter, der in etwa genauso groß war wie er, aber doppelt so breit.

»Burlikk, du sorgst dafür, dass die Dame Laisa alle Unterstützung erhält, die sie fordert. Und du, Lakkratt, lässt ein ganz normales Gerüst hier in der Kernfestung aufbauen. Wenn ihr mich jetzt entschuldigen würdet? Ich muss einen Bericht an meine Vorgesetzten schreiben.« Damit wandte Salavar sich ab und verließ die Gruppe.

Während der Kommandant ging, verfolgte Laisa Schritt für Schritt dem Platindraht und fragte sich gleichzeitig, wie lange sie hier wohl würde bleiben müssen. Inzwischen hatte sie bereits mehr als ein Dutzend blauer Artefakte entdeckt, und das in einem sehr kleinen Bereich der Festung.

Zweiundzwanzigstes Kapitel

Die große Allianz

Sirrin war erleichtert, weil es Tirah etwas besser ging. Obwohl ihre Freundin noch immer sehr schwach war, benötigte sie nicht mehr ihre ständige Gegenwart. Weit durfte sie sich allerdings nicht von ihr entfernen, denn Tirahs Zustand änderte sich manchmal innerhalb eines Augenblicks, und es war notwendig, sie mit frischer Magie zu stärken. Das fiel Sirrin nicht gerade leicht, und sie beneidete Rogon, der Tirah ohne jede Anstrengung hatte erhalten können.

Doch Rogon war entführt worden, und die einzige Spur, die sie besaßen, war Tirahs Gefühl, er müsse nach Norden verschleppt worden sein. Im Norden aber lag das Piratennest Flussmaul, von dem die gesamte Gruppe zweifelsfrei annahm, seine Bewohner würden hinter Rogons Verschwinden stecken.

»Kannst du mir helfen, meine Rüstung anzulegen?«

Tirahs Frage riss Sirrin aus ihren Gedanken. »Ja. Aber warum willst du sie tragen? Es ist unwahrscheinlich, dass du hier in Edessin Dareh kämpfen musst, und selbst dann würde ich es nicht zulassen. Du bist viel zu schwach, auch nur einen einzigen festen Schwerthieb zu führen.«

»Ich will nicht kämpfen«, antwortete Tirah. »Aber ich habe heute eine Zusammenkunft mit einigen Söldnerführern. Sie sollen sehen, wer sie anwerben will. Wenn Hannez mit ihnen redet, halten sie ihn für einen Kaufmann, der vom Krieg keine Ahnung hat. Dabei war er in seiner Zeit als Söldnerführer wahrscheinlich besser als alle, die da kommen, zusammen.«

»Was sind es für Söldner?«, wollte Sirrin wissen.

»Blaue Wardan«, antwortete Tirah mit einem leisen Auflachen. »Sie wollen Kriegserfahrung sammeln, weil sie irgendwann einmal gegen T'wool vorgehen wollen.«

»Das sollten sie bleibenlassen. T'wools Panzerreiter walzen sie nieder wie Getreide im Hagelsturm«, antwortete Sirrin wegwerfend, denn sie hielt wenig von den kriegerischen Fähigkeiten der Wardan.

Tirah lachte böse. »Um Flussmaul zu belagern, reichen sie aus. Wir können nicht das gesamte Heer von Andhir und sämtliche kampffähige Zhirdh'een aus den Sümpfen nach Norden führen, denn sonst kommen die Freistadt-Ratten aus ihren Löchern. Rogons Vater benötigt mindestens die Hälfte seiner Armee, um uns den Rücken frei zu halten. Den Teil, den er mir überlässt, füllen wir mit Söldnern auf.«

»Also willst du tatsächlich Flussmaul angreifen? Du weißt, dass ich dir dabei nicht helfen darf.« Sirrin klang besorgt, denn ein offener Krieg gegen Flussmaul würde Konsequenzen nach sich ziehen, die den roten Norden erschütterten.

»Wenn sie Rogon nicht freigeben, wird Flussmaul fallen«, erklärte Tirah mit Nachdruck. »Ich weiß, dass die schwarzen Mauern und die Türme der Stadt kaum zu erstürmen sind. Doch die Vorstadt am Hafen und dieser selbst können von den Flussmäulern nicht geschützt werden. Damit aber sind wir in der Lage, sie von jeglichem Nachschub abzuschneiden. Wenn sie nicht verhungern wollen, werden sie sich ergeben müssen.«

»Das könnte klappen«, gab Sirrin zu und überlegte, ob es einen Weg gab, den Krieg zu vermeiden. Doch die Stimmung, was Flussmaul betraf, war schlechter als je zuvor. Die Kaufleute von Edessin Dareh, gleich welcher Farbe, spendeten bereits Geld, um ein Söldnerheer anwerben zu können. Auch hatten einige Reiche angedeutet, sich mit Truppenabteilungen an der großen Allianz gegen Flussmaul zu beteiligen, und die Lotsen der Heiligen Stadt ließen kein Flussmaulschiff mehr über den See fahren.

»Wir sollten den Flussmäulern ein Ultimatum stellen, bevor wir mit großer Heeresmacht nach Norden aufbrechen«, schlug Sirrin vor.

Tirah schüttelte den Kopf. »Sie würden es für einen Bluff halten. Die Flussmäuler müssen sehen, dass es uns ernst ist. Nur dann werden sie nachgeben.«

»Oder auch nicht. Da sie Edessin Dareh nicht anlaufen dürfen, haben sie nichts mehr zu verlieren. Es könnte daher sein, dass sie versuchen, uns zu erpressen. Was machst du, wenn sie Rogons Leben gegen die Niederschlagung aller Vorwürfe gegen sie und die Öffnung des Heiligen Sees für ihre Schiffe fordern?« Sie selbst würde an Stelle der Flussmäuler so handeln, dachte Sirrin, sah dann Tirahs vor Zorn hart werdende Miene und wechselte das Thema.

»Gibt es schon Nachricht aus Andhir?«, fragte sie.

»König Rogar stellt uns dreitausend Mann zur Verfügung«, antwortete Tirah. »Mit dem Rest geht er gegen die Freistädte an seinen Grenzen vor und will auch Norensill belagern. Zwar ist Ferdik unser Gefangener, doch inzwischen hat sich dort ein anderer Pirat zum neuen Silldhar ausgerufen. Aber noch besitzt dieser Neue nicht die Macht, um sich gegen Andhir behaupten zu können.«

Eines, dachte Sirrin, hat Flussmaul erreicht. Nördlich des Heiligen Sees würde zumindest am östlichen Ufer nichts mehr so sein, wie es war, denn die meisten Reiche wollten die Situation ausnutzen und gegen die vor ihnen liegenden Freistädte vorgehen. Auch wenn nicht jedes Reich mit gegen Flussmaul zog, würde die Macht der Strompiraten bald gebrochen sein.

Ein eintretender Lotse unterbrach Sirrins Überlegungen. Der Mann neigte kurz das Haupt und begann zu sprechen. »Ich bringe eine schlechte Nachricht. Der blaue Tempel unter der Federführung der dritten Priesterin Temasin spricht sich strikt gegen jeden Transport von Truppen über den Heiligen See aus.«

»Ist die Frau verrückt geworden?«, rief Tirah zornig.

»Das ist noch nicht alles«, fuhr der Lotse fort. »Temasin hat allen blauen Reichen, die Tirah unterstützen, gedroht, sie aus den blauen Stammtafeln zu streichen. Ebenso soll es allen ergehen, die ihr helfen, den Süden zu besiedeln.«

Als Tirah auffahren wollte, hob Sirrin beschwichtigend die Hand. »Damit überschreitet sie ihre Befugnisse bei weitem. Ein Reich aus den Stammtafeln zu streichen vermag nur die Evari. Doch die heißt noch immer Yahyeh und nicht Temasin.«

»Trotzdem wird sie uns schaden«, erklärte Tirah mit verkniffener Miene. »Wir dürften weniger Söldner anwerben können, und es werden uns nicht so viele blaue Reiche unterstützen, wie ich erhofft habe.«

»Das ist wohl auch Temasins Absicht«, sagte Sirrin. »Ich habe nicht vergessen, dass Rogon mit dem Brief einer blauen Priesterin in die Falle gelockt worden ist.«

»Das wird auch Rogon nicht.« Tirah lächelte böse und sah dann auf die Uhr.

»Es wird Zeit, dass ich die Abgesandten der Söldner empfange.«

»Wenn sie noch kommen«, wandte Sirrin ein.

»Wenn nicht, rufe ich die violetten Reiche gegen Flussmaul

auf und lasse gleichzeitig den gesamten Süden in die violetten Stammtafeln eintragen.«

So wild entschlossen hatte Sirrin ihre Kriegerin noch nie erlebt. Allerdings verstand sie Tirah. Die letzten Erlasse der blauen Priesterschaft stellten eine Kriegserklärung dar, mit der sich der blaue Tempel auf die Seite von Banditen und Friedensstörern stellte.

»Yahyeh wird mit eisernem Besen in Ilynas Tempel kehren müssen«, murmelte Sirrin und folgte Tirah in die nächste Kammer.

Dort war bereits alles für den Empfang der Söldnerführer vorbereitet. Alle möglichen Getränke standen zur Auswahl, und die Tische bogen sich unter der Last der Leckerbissen, die Rilla hatte auftischen lassen, um die Leute aus den blauen Reichen zu beeindrucken.

Doch was war, wenn die Wardan sich an Temasins Erlass hielten? Darauf wusste Sirrin keine Antwort, und so war sie gespannt, wie Tirah reagieren würde.

Laute Stimmen und das Getrampel fester Stiefeln zeigten an, dass Gäste gekommen waren. Als sie jedoch in den Raum traten, waren es Abgesandte aus Andhir und Krieger mit dem Wolfskopf auf der Brust. Die Männer trugen sogar das alte Banner der Wolfssöldner bei sich, das unter Hannez Bonveral und später unter Rogar über vielen Schlachtfeldern des Ostens geweht hatte. Die Männer salutierten vor Tirah und äugten dann durstig auf die Krüge und Gläser.

»Bedient euch«, forderte Tirah sie auf.

Das ließen die Gäste sich nicht zweimal sagen. Sie schenkten sich ein und ließen Tirah hochleben. Ein Mann mittleren Alters mit einer breiten Narbe im Gesicht sah sie dann mit entschlossen blitzenden Augen an.

»Die andhirischen Truppen stehen bereit, Kommandantin.

Wir haben genug Boote und Galeeren zusammengebracht, um nach Flussmaul aufbrechen zu können. Diese Kerle haben wir eh gefressen, denn sie haben so getan, als würde ihnen nicht nur der Große Strom gehören, sondern auch die Flüsse, die durch Andhir fließen. Außerdem wird Norensill erst fallen, wenn es von Flussmaul keine Unterstützung mehr erhält.«

»Ihr wisst, dass der blaue Tempel den Anhängern Ilynas verbietet, sich an diesem Krieg zu beteiligen?« Tirah wollte von Anfang an Klarheit schaffen, doch der Anführer der Andhirer lachte nur spöttisch.

»Wir Andhirer halten uns an den Spruch unserer eigenen Oberpriesterin, und der besagt, dass es ein Ilyna gefälliges Werk sei, Flussmaul in seine Schranken zu verweisen.«

»Dann ist es gut.« Während Tirah den Andhirern zutrank, erschienen weitere Besucher. Diese trugen zivile Kleidung, hatten aber Schwerter umgeschnallt und wirkten nervös.

»Seid uns willkommen«, begrüßte Tirah sie. »Esst und trinkt, denn ihr habt eine lange Reise hinter euch und werdet eure Kraft noch für eine weitere lange Reise und mehr brauchen.«

»Woher seid Ihr so sicher, dass wir uns Euch anschließen werden?«, fragte einer der Wardan, der einen silberbestickten dunkelblauen Rock und hellblaue Hosen trug.

»Ihr wäret sonst nicht gekommen«, antwortete Tirah lächelnd.

»Wir sind nur gekommen, weil unsere Oberpriesterin sagt, die dritte Priesterin in der Heiligen Stadt hätte nicht das Recht, solche Verfügungen zu erlassen«, fuhr der Mann fort.

Tirah schätzte ihn als höheren Adligen aus einem der Reiche ein, die sich östlich der Ödlande erstreckten. Wahrscheinlich ging es ihm darum, sich einen Namen zu machen und sich möglicherweise auch einen Anspruch auf eines der verlorenen

Fürstentümer im Süden zu sichern. Wenn er sich bewährte, war sie sogar bereit, ihm zu helfen. Vorerst aber musste sie diese Leute in ihr Heer eingliedern.

»Habt Ihr oder haben Eure Leute bereits Kampferfahrung?« Um dem Mann zu schmeicheln, sprach Tirah ihn wie einen Gleichrangigen an.

Dieser senkte für einen Augenblick den Kopf, blickte sie danach aber herausfordernd an. »Wir sind mit Waffen vertraut und glauben, nicht schlechter zu sein als andere.«

»Das wird sich zeigen«, antwortete Tirah merklich kühler.

»Wir haben ein paar Bedingungen«, erklärte der Wardan. »Und zwar folgen wir Euch nur als geschlossener Verband und unter unseren Offizieren.«

»Schickt diese Büblein wieder nach Hause, Herrin. Wenn denen nur ein einziger Flussmäuler gegenübersteht, der ›Buh‹ ruft, laufen sie davon«, warf der Anführer der Andhirer ein.

»Das ist eine Beleidigung!«, schrie der Wardan-Edelmann und griff zum Schwert. Bevor er seine Klinge halb aus der Scheide hatte, saß ihm die Schwertspitze des Andhirers an der Kehle.

»Jüngelchen, nimm es nicht persönlich«, meinte dieser grinsend. »Es ist etwas anderes, mit Waffen vertraut zu sein oder kämpfen gelernt zu haben. Im Augenblick sind du und deine Freunde nicht mehr als ein Haufen lumpiger Rekruten, so, wie ich vor gut zwei Dutzend Jahren einer war. Was ihr braucht, sind Männer, von denen ihr etwas lernen könnt. Ich weiß nicht, ob ihr je von Rogar a'Terells Wolfssöldnern gehört habt. Aber zu unserer Zeit wären wir in Tenelins Palast marschiert und hätten ihm das Mittagessen vom Tisch weggeholt.«

»Von den Wolfssöldnern habe ich gehört. Sie sollen ganz gut gewesen sein«, sagte der Wardan zögernd.

»Weißt du was, Freund, du nimmst jetzt die Hand vom

Schwertgriff, und ich stecke das meine wieder weg. Dann trinken wir zusammen einen Becher dieses herrlichen Marangree-Weins und sind hinterher die besten Freunde. Was das Kämpfen betrifft, das bringen wir euch schon bei. Außerdem habt ihr auf diesem Feldzug mit Tirah von Mar die beste Lehrerin, die ihr euch wünschen könnt.«

Ohne auf eine Antwort zu warten, schob der Andhirer sein Schwert in die Scheide und streckte dem anderen die Hand hin.

»Nun, was ist?«

»Ich warte auf meinen Becher Marangree-Wein.«

»So ist es recht.« Der Andhirer nahm zwei Becher, reichte einen davon dem jungen Edelmann und stieß mit ihm an.

»Auf Eurer Wohl.«

»Auf das Deine und das der Dame Tirah.« Der Wardan hob kurz seinen Becher, trank dann und schnalzte mit der Zunge.

»Bei Ilyna, das ist ein Marangree-Wein. Warum bekommen wir so einen bei uns zu Hause nicht zu kaufen?«

Die Antwort hörte Tirah nicht mehr, da eine Dienerin Rillas auf sie zutrat und sie zur Seite bat.

»Es sind weitere Leute gekommen, Herrin«, sagte die Frau. »Sie wollen aber nicht hier herein, sondern allein mit euch sprechen.«

»Allein?« Tirah fragte sich, wer das sein konnte, und wechselte einen kurzen Blick mit Sirrin, die ihr als Niarin in den anderen Raum folgte. Dort fanden sie drei Männer und zwei Frauen vor, die ihnen mit einer Mischung aus Misstrauen und einer gewissen Hoffnung entgegensahen.

»Seid Ihr die Kriegerin Tirah?«, fragte eine der beiden Frauen.

Tirah nickte. »Die bin ich.«

»Es hieß, Ihr wäret die Gefährtin Herrn Rogon a'Grees, der im Süden Land erhalten hat.«

»Das stimmt«, antwortete Tirah lächelnd.

»Wir alle stammen aus dem Süden«, fuhr die Frau fort. »Allerdings gehören wir nicht zu den hohen Damen und Herren wie die, die Ihr eingeladen habt. Die meisten von uns waren Sklaven, und wir sind auch jetzt nicht viel mehr. Da unsere Herren uns nicht mehr versorgen konnten oder wollten, mussten wir unsere Nahrung erbetteln oder als Tagelöhner arbeiten. Es war ein hartes Leben, Herrin, denn die Wardan schimpfen zwar über T'wool und die Tawaler, haben uns aber kaum besser behandelt als diese die blauen Flüchtlinge in ihren Reichen.«

Die Frau schwieg einen Augenblick und setzte dann ihre Rede mit einem trotzigen Unterton fort. »Wir haben gehört, dass es in Herrn Rogons Reich keine Sklaven geben soll.«

»Das ist richtig«, antwortete Tirah.

»Wir wollen in den Süden zurück, aber nicht mehr als Slaven unserer ehemaligen Herren, sondern als freie Menschen«, mischte sich nun einer der Männer ein. »Wir sind bereit, für diese Freiheit zu arbeiten und zu kämpfen. Als wir hörten, dass Herr Rogon entführt wurde, haben wir uns auf den Weg gemacht, um Euch unsere Hilfe anzubieten. Sie mag in Euren Augen nicht viel wert sein, aber wir sind fast zweihundert Männer und einhundertzwanzig Frauen. Wir haben auch Waffen.« Auf seinen Wink hin zeigte ein anderer Mann ein breites Haumesser vor und eine der Frauen eine Steinschleuder aus Leder.

»Wir können damit umgehen«, erklärte die Frau.

Tirah musterte die Gruppe nachdenklich. Ihr Kampfwert war gering, andererseits aber waren es Flüchtlinge aus dem Süden, und ihr Eintreten für Rogon zeigte, dass sie diesen als ihren neuen Herrscher anerkannten. Dies konnte ein Vorteil im Kampf gegen den blauen Tempel sein.

»Ich begrüße euch im Namen Herzog Rogons und nehme euch als freie Menschen in sein Reich und in sein Heer auf!«

Bei Tirahs Worten glänzten die Augen der fünf vor Freude, und sie verbeugten sich vor ihr, wie es der Gefährtin ihres Herrschers zukam.

»Ihr werdet mit dem Teil der Wolfssöldner, die Rogon in den Süden folgen, den Kern unserer Armee bilden. Auch werde ich dafür sorgen, dass ihr so ausgerüstet werdet, wie es Amazonen und Kriegern in Rogons Heer zukommt.« Nach diesen Worten trat Tirah vor, umarmte die beiden Frauen und reichte jedem der drei Männer die Hand.

»Gleich bekommt ihr etwas zu essen und zu trinken. Danach bestimmen wir, auf welchem Weg ihr nach Norden gelangen sollt«, erklärte sie noch und verließ danach die Kammer.

Sirrin folgte ihr neugierig. »Wie willst du diese Leute über den See bringen?«

Mit einem spöttischen Lächeln wandte Tirah sich zu ihr um. »Temasin verbietet nur, Krieger über den Heiligen See zu transportieren. Doch niemand kann normalen Reisenden die Überfahrt verwehren. Was die Waffen betrifft, so werden sie als Handelsgut zu den Sammelplätzen gebracht.«

Als Sirrin das hörte, begann sie zu lachen. »Jetzt weiß ich, weshalb du meine bevorzugte Kriegerin geworden bist. Schade, dass du das nicht länger sein kannst. Sollten wir Rogon nicht befreien können, bleibt dir nur jener Tempel in den Ödlanden und die Hoffnung, dass ich einmal eine Möglichkeit finde, dich doch wieder aus deinem ewigen Schlaf zu erwecken.«

»Wir werden Rogon finden, und wenn wir jeden Stein in Flussmaul umstürzen müssen.« Tirahs Stimme klang hart, und so wünschte Sirrin im Interesse der Flussmäuler, dass Rogon noch lebte und unversehrt befreit werden konnte. Welche Rache im anderen Fall die Stadt ereilen würde, daran wagte sie im Augenblick nicht einmal zu denken.

*

Tolmon Kren vom ersten Turm von Flussmaul starrte grimmig auf die Turmherren, die sich auf dem Marktplatz der Stadt versammelt hatten. Zwanzig Türme hatte die Zusammenkunft gefordert, und sie zu verweigern, hätte einen Bürgerkrieg ausgelöst. Der aber wäre in der jetzigen Situation verheerend gewesen. Also musste er sich den Oberhäuptern der aufsässigen Türme stellen und hoffen, die Männer zum größten Teil wieder auf seine Seite bringen zu können.

»Es gibt Klagen über den ersten Turm, Tolmon Kren«, erklärte eben das Oberhaupt eines der nachrangigsten Türme.

»Welche Klagen? Sprich frei heraus«, forderte Tolmon Kren den Mann auf und brachte diesen damit aus dem Konzept.

»Nun ... es ist ... wir dürfen den Heiligen See nicht mehr befahren.«

»Genauso ist es«, rief Faran Son vom siebzehnten Turm. »Es heißt, Schiffe aus Flussmaul hätten eine Lotsenstation angegriffen und sogar Lotsen getötet.«

»Das ist nur ein Gerücht. In Wirklichkeit waren es Freistädter«, antwortete Tolmon Kren mit unbewegter Miene, obwohl es in ihm tobte. Er selbst hatte bei diesem Angriff mehr als die Hälfte seiner Schiffe verloren, und seinen engsten Verbündeten war es nicht anders ergangen. Ihnen fehlten nun auch die Matrosen und Krieger, die im See verschwunden oder als Gefangene nach Edessin Dareh gebracht worden waren.

Tolmon Kren trauerte noch um seinen Sohn und hätte sich am liebsten eine Weile zurückgezogen. Aber es stand zu viel für ihn auf dem Spiel, daher musste er gerade in dieser Situation Stärke zeigen, um seine Machtposition und seine Sippe zu erhalten. Um zu demonstrieren, dass er noch nicht am Ende war, hatte er denjenigen seiner Bastardsöhne mitgebracht, dem er am ehesten zutraute, sein Werk fortzuführen. Wenn er den ersten Turm an diesen Jungen übergeben wollte, musste er ohne Blessuren aus dieser Versammlung herauskommen.

»Dann ist es wohl auch ein Gerücht, dass die Lotsen kein Schiff aus unserer Stadt über den See oder in die Heilige Stadt bringen wollen?«, fragte Faran Son voller Hohn.

Obwohl Tolmon Kren dem Kerl am liebsten den Hals umgedreht hätte, bemühte er sich um eine gewisse Verbindlichkeit. »Das ist leider kein Gerücht. Allerdings halten wir die Reaktion der Lotsen für übertrieben. Immerhin ging die Aktion von Norensill aus, und es waren nur ein paar mit Silldhar Ferdik befreundete Kapitäne aus einigen wenigen Türmen von Flussmaul dabei.«

»Dann sollen die Lotsen die Schiffe dieser Türme ächten und nicht uns alle!«, brüllte einer aus dem Kreis der Zuschauer. Der Zwischenruf verriet Tolmon Kren, wie angespannt die Situation war. Ein falsches Wort, und diese Versammlung würde zum Beginn eines Machtkampfes werden, der die Stadt zerstören konnte.

Faran Son lachte theatralisch auf. »Nur ein paar Schiffe, sagst du? Es waren mehr als dreißig, und deine Kapitäne haben jeden von uns, der zufällig vor Ort war, zwingen wollen, sich ihnen anzuschließen. Selbst bei mir haben sie es versucht, obwohl ich der Herr des siebzehnten Turmes bin! Aber den Kerlen habe ich heimgeleuchtet.«

Faran Son grinste bei der Erinnerung daran, wie er sich auf dem Strom durchgesetzt hatte. Doch dies half ihm nichts, denn er war von der Ächtung durch die Lotsen ebenso betroffen wie alle anderen Schiffer aus Flussmaul.

»Soviel ich gehört habe, hat Tolmon Krens Kapitän Karrat die Flotte angeführt – nicht der Silldhar von Norensill«, mischte sich das Oberhaupt eines anderen Turmes ein.

»Davon weiß ich nichts«, behauptete Tolmon Kren, der einen sehr genauen Bericht über die zweite Niederlage gegen die Spitzohren und den blauen Magier erhalten hatte.

»Karrat hat Schiffe gelber Eirun angegriffen. Mehrere von ihnen wurden getötet, und Königin Helesian soll Flussmaul Rache geschworen haben.«

Auch wenn Tolmon Kren und die Herren der großen Türme sich das Recht herausnahmen, jeden, der am Strom lebte oder darauf fuhr, überfallen zu können, steckte die Angst vor den Dämonen des Westens, wie die Eirun auf der roten Seite genannt wurden, den meisten Flussmäulern in den Knochen. Vor allem jene Türme, die nicht mehr als ein oder zwei Handelsschiffe ihr Eigen nannten, bekamen es mit der Angst zu tun, Eirun-Flotten könnten sie jagen und ihnen das wenige wegnehmen, was sie besaßen.

Tolmon Kren spürte, wie die Stimmung zu seinen Ungunsten umschwang, und kämpfte mit aller Macht dagegen an. »Leute, glaubt doch nicht alles, was am Strom erzählt wird. Ihr wisst doch, Schiffer sind die größten Märchenerzähler. Ihr seid doch selbst welche.«

Er erntete ein erstes, leises Gelächter bei jenen, die noch unentschlossen waren. Wenn er diese Turmherren auf seine Seite brachte, mussten Faran Son und dessen Freunde klein beigeben. Daher tat Tolmon Kren so, als würde auch er lachen, und hob dann die Hand, um die Aufmerksamkeit aller auf sich zu lenken.

»Seid ihr jetzt Männer aus Flussmaul oder Memmen?«,

fragte er in die Menge hinein. »Wir brauchen die Eirun nicht zu fürchten. Sollten sie uns angreifen, werden auch sie feststellen, dass die Mauern unserer Stadt fest und hoch sind und kein Heer der Welt sie erstürmen kann!«

»Wir verlieren trotzdem alles, was außerhalb dieser Mauern liegt, sprich das Hafensechstel und sämtliche Schiffe«, wandte Faran Son ein.

Tolmon Kren schüttelte lachend den Kopf. »Glaubst du wirklich, die Eirun oder sonst jemand würden es wagen, gegen Flussmaul zu ziehen? Unsere Flotte ist immer noch groß genug, um den Strom von hier bis zum Heiligen See zu beherrschen!«

Für den Augenblick schien die Menge beruhigt.

Doch Faran Son ließ sich nicht besänftigen. »Kann es sein, Tolmon Kren, dass du die einzelnen Schiffstypen nicht mehr auseinanderhalten kannst? Der Angriff auf die Eirun-Schiffe wurde mit Schnellruderern und anderen Galeeren ausgeführt, und die gingen verloren. Was wir noch haben, sind bessere Stromschuten, die eine oder zwei Lasten transportieren können, aber keine Kriegsschiffe.«

Zu Tolmon Krens Ärger hatte Faran Son vollkommen recht. Um die Kriegsflotte Flussmauls war es schlecht bestellt. Wenn tatsächlich schnelle Eirun-Schiffe den Thane herab und den Strom hochkamen, war jeder Kampf auf dem Wasser sinnlos. Dann blieb ihnen wirklich nur, sich hinter den schwarzen Mauern der Stadt zu verbarrikadieren. Das mussten sie um jeden Preis vermeiden, und Tolmon Kren kannte die Lösung dieses Problems. Daher trat er einen Schritt vor, um die Wichtigkeit dessen, was er sagen wollte, zu unterstreichen.

»Wenn die Eirun von Gilthonian uns angreifen, ist dies ein Bruch der Dämmerlandverträge, die es diesem Volk verbieten, sich in die inneren Angelegenheiten der Dämmerlandreiche einzumischen. Also werde ich umgehend einen Botenvogel zur Schwarzen Festung schicken und den dortigen Kommandanten um Unterstützung für Flussmaul bitten. Wenn die Schwarze Festung uns schützt, werden die Spitzohren es nicht wagen, sich gegen uns zu wenden.«

Zwar wusste Tolmon Kren nicht, ob die Schwarze Festung wirklich zu ihren Gunsten eingreifen würde, doch bereits die Hoffnung darauf ließ die meisten auf dem Marktplatz versammelten Flussmäuler jubeln. Mit nur wenigen Worten war es ihm gelungen, die Stimmung zu seinen Gunsten zu kippen. Er ließ sich feiern, zog dabei seinen Bastardsohn mit nach vorne, damit ihn alle sehen konnten, und nahm die Glückwünsche der Oberhäupter der mit ihm verbündeten Türme zur Wahl seines Nachfolgers entgegen.

Dabei streifte sein Blick die kleine Gruppe, die sich um Faran Son versammelt hatte. Diesen Mann würde er ausschalten müssen, bevor er den Weg in Giringars Seelenhallen antrat. Faran Son erinnerte ihn an sich selbst, wie er vor gut hundert Jahren gewesen war, zielstrebig, durchsetzungsfähig und bereit, sich jeder Herausforderung zu stellen. So hätte Tolok sein sollen, fuhr es Tolmon Kren durch den Kopf. Auch sein jetziger Nachfolger war Faran Son nicht gewachsen und würde auf Dauer den Rang der Sippe verlieren.

Diese Abrechnung musste jedoch warten, bis die Gefahr für Flussmaul abgebogen war. Auch wenn die Leute ihn jetzt hochleben ließen, konnte er sich nicht offen gegen einen anderen Turm wenden. Doch sobald die Eirun und deren menschliche Verbündete abgeschlagen worden waren und der See für Flussmaul wieder offen stand, würde er dafür sorgen, dass es in den nächsten hundert Jahren niemand mehr wagen würde, seiner Sippe den ersten Turm von Flussmaul streitig zu machen.

*

Rogon schwebte unendlich lange zwischen wirren Träumen und einem Halbschlaf, in dem er sich erst langsam wieder seiner selbst bewusst wurde. Was war geschehen? Noch drängender stieg die Frage in ihm auf: Wo war Tirah? Sonst hatte er stets ihre Nähe gespürt, doch jetzt war um ihn herum alles vollkommen still.

»Tirah!« Mehr als einen schwachen, gedanklichen Ruf brachte er nicht zustande. Eine Antwort erhielt er nicht. Erneut fragte er sich, was geschehen war. Eben noch hatte er in Rillas Haus gesessen und gewartet, dass sie zu dieser kleinen Kapelle am Rande das blauen Sechstels aufbrechen konnten.

Nur allmählich begriff er, dass er diese Kapelle schon aufgesucht hatte. Statt einer Priesterin waren drei dort gewesen. Dann war jemand aufgetaucht und hatte eine Waffe auf ihn gerichtet. Nein, eine Glasfalle, berichtigte Rogon sich. Bevor er irgendetwas hatte tun können, war er darin eingesogen worden und sofort bewusstlos geworden.

»Flussmaulstaub.« Zwar hatte Rogon dieses entsetzliche Zeug noch nie am eigenen Leib verspürt, aber genug darüber gehört. Obwohl er zäher war als ein normaler Mensch, hatte der schwarze Staub auch ihn überwältigt, und er spürte die Nachwirkungen dieser bösartigen Waffe. Sein Kopf tat weh, ihm war übel bis zum Erbrechen, und sein Gaumen, seine Kehle und seine Lungen brannten wie Feuer.

»Wasser«, stöhnte er in Gedanken.

In dem Augenblick hätte er die Fürstentümer im Süden für einen kühlen Trunk verschenkt. Noch während dieses Gedankens sackte er wieder weg und tauchte in einen Traum ein, in dem er wilde Schlachten gegen Flussmäuler und andere Anhänger Gayyads ausfocht. Eine gewisse Zeit war Tirah an seiner Seite, dann aber verschwand sie spurlos, und er stand mit dem Rücken zur Wand gegen einen Feind, der immer zahlreicher wurde. Noch während er sich vornahm, sein Leben teuer zu verkaufen, wachte er erneut auf.

Diesmal fühlte Rogon sich frischer und versuchte, sich ein Bild von seiner Lage zu machen. Schon bald merkte er, dass er sich nicht rühren konnte und zudem in einer Art Silbersarg gefangen war. Während er überlegte, wie er wieder Gewalt über seine Glieder erlangen konnte, fühlte er blaue und grüne Magie in sich, die zwar nicht miteinander reagierten, ihn aber in einen Zustand halben Wahnsinns hätten treiben müssen. Doch sein Geist war klar, und die Schmerzen, die er empfand, stammten mehr von dem Flussmaulstaub als von dem doppelten Artefakteinsatz.

Dann stellte er fest, dass er nur ein kleiner Funken Bewusstsein in einer starren Hülle war und keine Chance hatte, sich selbst zu befreien. Mehr als seiner Situation galten seine Gedanken Tirah, die ohne die enge Verbindung zu ihm nicht lebensfähig war. Da er sie aber nicht spürte, gab es für ihn nur einen Schluss: Seine Gefährtin lebte nicht mehr! Rotglühender Zorn packte ihn, und er sehnte den Augenblick herbei, in dem er seine Widersacher packen und sie für Tirahs Tod bestrafen konnte.

Dreiundzwanzigstes Kapitel

Die infame Waffe

Laisa betrachtete kopfschüttelnd den Haufen aus Artefakten, die sie bis jetzt in der Schwarzen Festung entdeckt hatte, und stieß ein ärgerliches Fauchen aus. »Ich sollte meine Rechnung weniger nach der Zeit bemessen, die ich hier verbringe, als vielmehr nach dem Gewicht des Zeugs, das ich finde.«

»Es ist nicht gerade wenig Material«, gab Tharon zu. »Allerdings stammt gut die Hälfte davon nicht von Gayyad, sondern von Wassarghan und anderen Magiern des Schwertordens.«

»Dann hätte ich das Zeug auch an Ort und Stelle lassen und mich nur um Gayyads Hinterlassenschaften kümmern können«, maulte Laisa.

Tharon hob beschwichtigend seine Rechte, »Es war richtig, auch diese Artefakte zu entfernen, Laisa, denn sie sind heimlich eingebaut worden. Anscheinend hatten diese Magier vor, die Schwarze Festung aus der Ferne zu überwachen, um ihre Intrigen spinnen zu können.«

»Ich habe bis jetzt Hunderte von diesen Dingern entdeckt und unschädlich gemacht. Aber keines davon hat irgendetwas mit einer so fürchterlichen Waffe zu tun, wie ich sie in der Blauen Festung gefunden habe«, erklärte Laisa mit weit entblößten Fangzähnen.

»Vielleicht konnte Gayyad wirklich nichts hier anbringen«, wandte Salavar ein, der mit jedem Artefakt, das Laisa fand, wütender wurde, denn er gehörte zu jenen, die von den Magiern des Schwertordens ausgespäht worden waren. Nur auf diese Weise hatten Wassarghan und dessen Handlanger falsche Beweise zusammenstellen können, um ihn als Kommandanten dieser Festung unmöglich zu machen.

Zwar hatte Laisa seinen Versuch, sich durch eine große Tat zu rehabilitieren, zunichtegemacht, aber gleichzeitig auch verhindert, dass Wassarghan einen Nutzen aus seinen Intrigen hatte ziehen können. Daher wusste Salavar nicht so recht, wie er sich zu Laisa stellen sollte. Zum einen hasste er sie, weil sie ihn zu einer schmählichen Flucht von der anderen Seite des Stromes gezwungen hatte, andererseits verdankte er ihr indirekt seine Wiedereinsetzung als Kommandant der Schwarzen Festung.

Während Salavar grollend nachdachte, fauchte Laisa erneut. »Es muss diese Waffe geben! Gayyad wäre nicht Gayyad, wenn er darauf verzichtet hätte.«

»Und wo soll sie sein?«, fragte Tharon. »Du hast doch die ganze Festung durchsucht.«

»Vielleicht war ich nicht gründlich genug oder habe mich von meinen Erfahrungen in der Blauen Festung beeinflussen lassen. Die Waffe kann hier ganz anders aussehen als dort.«

»Du verstehst es fabelhaft, einem Mut zu machen«, spottete Tharon, wurde dann aber wieder ernst. »Wenn das so ist, wirst du die Suche noch einmal von vorne beginnen.«

»Wenn es nicht anders geht.« Laisa klang nicht gerade begeistert. Auch wenn sie selbst unempfindlicher gegen Schwarzlandmagie war als Reolan, der mehr als den halben Tag in einem mit Silbertuch ausgekleideten Raum verbringen und sich zusätzlich noch von Yahyeh verarzten lassen musste, bedrückte sie die Atmosphäre in der Festung. Da half es auch nicht, dass ihre Abspaltung Lizy ihr stundenlang die schwarze Magie aus dem Leib zog und verbrannte. Doch aufgeben wollte Laisa nicht. Wenn es hier eine Vernichtungswaffe vom Gayyad gab, wollte sie diese finden und unschädlich machen.

Mit einer energischen Bewegung wandte sie sich zu N'ghar, Ysobel und Rongi um. »Wir fangen wieder an. Irgendwo muss dieses blöde Ding doch zu finden sein!«

»Soll ich Reolan holen?«, fragte Rongi, da der Eirun sich in die Silberkammer zurückgezogen hatte, um sich zu erholen.

Laisa überlegte kurz und schüttelte den Kopf. »Lass ihn schlafen. Wir holen ihn, sobald uns etwas aufgefallen ist.«

»Vielleicht sollten wir den Plan der Festung ansehen, um herauszufinden, wo die Bombe versteckt sein könnte«, schlug Tharon vor.

»Bei der Größe dieser Festung wäre es mit einer Bombe nicht getan. Außerdem habe ich an den Stellen, die mir wahrscheinlich erschienen, doppelt und dreifach gesucht, ohne etwas zu finden.« Laisa gefiel es ihr gar nicht, so im Dunkeln zu tappen, und sie sah Gayyad in Gedanken bereits über sie spotten.

»Die Festung ist sehr groß – oder besser gesagt, sehr lang. Eine Gegenfarbenbombe wie die in der Blauen Festung würde zwar die Kernfestung vernichten, aber die Vorwerke könnten es überstehen.« N'ghar hatte in den letzten Tagen immer wieder darüber nachgedacht, war aber zu keinem Ergebnis gekommen.

Nun aber kratzte er sich am Kopf und sah Laisa an. »Erinnerst du dich noch an den ersten Turm, bei dem du ein Artefakt herausgeholt hast?«

»Ja. Die Mauer dort und der Turm sind im Grunde völlig überflüssig, weil die Festung dort nur ein kleines Seitental abschließt, in das eh kein Spitzohr hineinklettern kann.« Noch während sie es sagte, rieb Laisa sich die Nase. Hatte nicht Gayyad die Eingänge zu seinen Stützpunkten gerne am Ende unwegsamer Schluchten errichtet? Doch was sollte ein Stützpunkt außerhalb der Festung bewirken?

»Es heißt, keine bekannte Waffe, sondern nur die Kraft eines Gottes könnte dieses Bauwerk vernichten«, sagte sie nachdenklich und bemerkte im nächsten Augenblick, dass Salavar und Tharon sich zweifelnd anschauten.

»So ganz stimmt das nicht«, gab Tharon schließlich zu. »Während der Großen Kriege haben die Götter gewaltige Waffen erzeugt, die auch gegen diese Festung hier wirken könnten. Nach dem Friedensschluss hätten diese in die Götterländer geschafft werden müssen. Doch so, wie wir Gayyad-Erulim heute kennen, kann dieser durchaus eine gewaltige weiße Waffe unterschlagen und hierhergebracht haben. Vielleicht wusste er auch nur vom Vorhandensein einer solchen Waffe und hat sie für sich benützt.«

Tharons Worte klangen schlüssig, fand Laisa. Und doch glaubte sie nicht daran. Um eine solche Waffe gegen das hier herrschende Schwarz abzusichern, hätte Gayyad einen Dom aus Silber errichten müssen. Doch weder unter der Festung noch im Umkreis von mehreren Meilen hatte N'ghar einen Hohlraum von entsprechender Größe entdeckt.

»Um noch mal auf diesen einen Turm zu kommen: Je mehr ich darüber nachdenke, umso mehr glaube ich, dass an seinem Fuß etwas sein muss.« N'ghar war die Unterhaltung zu allgemein geworden, und er wollte sie wieder auf das eigentliche Thema zurückführen.

»Kannst du noch mal nachsehen, N'ghar? Sei aber bitte vorsichtig. Nicht dass irgendein Ding reagiert und wir uns in den Seelenhallen unserer Götter wiederfinden.« Laisa grinste dabei wie über einen guten Scherz, während Tharon die Augen verdrehte und sich zu Salavar umdrehte.

»Es gibt Tage, an denen ich Khaton diese Helferin gönne. Gelegentlich bedauere ich ihn aber auch, so wie jetzt gerade.«

Laisa hatte ihn gehört und drehte sich mit gebleckten Zähnen zu ihm um. »Ich bedauere auch jemand, nämlich mich, weil ich die Dummheiten schwarzländischer Magier ausbügeln muss.«

»Solange die Festung nicht durch deine Dummheit hochgeht, darfst du sagen, was du willst«, antwortete Tharon mit einem gequälten Grinsen.

»Ich werde dich daran erinnern, wenn ich dieses verdammte Ding gefunden und unschädlich gemacht habe.« Jetzt grinste auch Laisa, die sich wieder etwas besser fühlte.

Mit einer entschlossenen Bewegung trat sie zur Tür. »Kommt jetzt. Ich will mir ansehen, ob dieser Turm wirklich der Schlüssel zu Gayyads Superwaffe ist.«

Sie fand es beinahe lächerlich, wie rasch die beiden Magier ihr folgten. Yahyeh kam etwas langsamer nach und schien sich trotz der Gefahr, die ein Vernichtungsartefakt mit sich brachte, sogar ein wenig zu amüsieren.

*

Für Schwarzlandmagier wie Tharon oder Salavar sah der Wehrturm so aus, wie der Wehrturm einer ihrer Festungen aussehen musste. Auch Laisa bemerkte im ersten Augenblick nichts. Doch als sie N'ghar die Hand auf die Schulter legte und mitbekam, was dieser wahrnahm, zeigte sie schräg nach unten.

»Dort muss ein kleiner Raum sein, der bis in die Grundmauern hineinreicht.«

»Laut Plan ist dort nichts«, erklärte Salavar in dem Glauben, sie müsse sich irren.

Tharon kannte Laisa besser als Salavar und gab daher nichts auf offizielle Pläne. Diese waren vor vielen Jahrhunderten im Schwarzen Land gezeichnet worden, doch man hatte bereits beim Bau der Festung mehr Artefakte verwendet, als in den Unterlagen vorgesehen waren.

»Hast du eine Ahnung, wie man dort hinunterkommt?«, fragte der Evari Laisa. »Hier in der Schwarzen Festung wird Gayyad ja kaum eine dieser Versetzungspforten eingebaut haben, von denen du erzählt hast.«

»Zutrauen würde ich es ihm. Aber lass uns zuerst einmal schauen, ob es noch einen weiteren Keller gibt.« Laisa bückte sich und legte ihre Hand auf den Boden. Es tat immer noch weh, wenn sie die Schwarze Festung mit blanker Haut berührte, doch Lizy half ihr sofort und verbrannte in solchen Augenblicken besonders viel Magie. Ohne die Kleine hätte sie nur kurze Zeit suchen können und sich dann mindestens die dreifache Zeit in die Silberkammer zurückziehen müssen. So aber verblüffte sie nicht nur Salavar, sondern auch Tharon, obwohl dieser wusste, dass sie schwarzfarbige Magie besser vertrug als alle anderen weißen Geschöpfe, die er kannte.

»Irgendetwas ist da. Lasst uns mal schauen.« Noch während sie vor sich hin murmelte, strahlte Laisa Gayyads magischen Schlüssel ab.

Es knirschte ein wenig, dann öffnete sich eine Falltür und gab eine Treppe frei, die steil nach unten führte. Während Laisa zufrieden grinste, quollen Salavar fast die Augen aus dem Kopf.

»Aber das ist doch unmöglich!«, keuchte er.

»Das Wort unmöglich ist in Gayyads Wortschatz nicht vorhanden«, antwortete Laisa spöttisch. »Dieser Herr hat sich einen Riesenspaß daraus gemacht, die großen Magier des Ostens und die Eirun des Westens gleichermaßen an der Nase herumzuführen. Aber schauen wir mal, was wir dort unten finden. Rongi, jetzt kannst du Reolan holen. Ihr anderen bleibt erst einmal zurück.«

Laisa stieg lächelnd in die Tiefe und stand kurz darauf vor einer Wand mit einem weiteren Schlüsselartefakt. Schon wollte sie den gewohnten magischen Schlüssel mit den gekreuzten blauen Speeren und dem grünen Schwert anwenden, als ihr an dem Artefakt etwas auffiel. Sie untersuchte es genauer und fand heraus, dass die Farben des Schlüssels genau umgedreht verwendet werden mussten.

»Das ist anscheinend Gayyads Sicherung gegen Wassarghan und Konsorten, falls diese ihm doch mal auf die Schliche gekommen wären. Spätestens hier hätte es dann ganz gewaltig bumm gemacht«, rief sie zu den anderen hoch und veränderte das magische Symbol auf ihrer Hand.

Einen Augenblick später öffnete sich eine Tür, und sie konnte eintreten. Die Kammer war klein, nur etwa sechs Schritte lang und drei breit. In einer Kiste entdeckte Laisa unterschiedliche Artefakte, von denen allerdings keine Gefahr ausging. Anscheinend hatte Gayyad sie im Lauf der Zeit noch in der Festung anbringen wollen. Auch eine Truhe mit Goldmünzen ließ Laisa liegen, obwohl ihr die Nase juckte und sie sich am liebsten sämtliche Taschen gefüllt hätte. Statt dessen richtete sie ihr Augenmerk auf mehrere in der Wand eingebaute Artefakte. Ihre Sinne sagten ihr, dass von dort Leitungen aus Platin ins Freie gingen. Andere Leitungen waren mit den beiden Schlüsselartefakten an der Tür und oben am Beginn der Treppe verbunden. Hätte sie jetzt den falschen Schlüssel benützt, wäre es wohl mit ihrer Jagd auf Gayyad vorbei gewesen.

Für Laisa hieß dies, dass sie bei den Hinterlassenschaften

des Zweifarbigen nicht vorsichtig genug sein konnte. Auf keinen Fall durfte jemand anderes als Reolan die Treppe betreten. Daher kehrte sie nach oben zurück und berichtete den anderen, was sie entdeckt hatte.

»Der Meandir soll Gayyad holen!«, rief Salavar aus, obwohl Laisa dessen Namen nicht einmal erwähnt hatte.

Diese grinste den Festungskommandanten an. »Wenn, dann der Tenelin. Für seine Gestalt als Erulim wäre allerdings Ilyna besser geeignet.«

»Jetzt mach keine Scherze, sondern sage endlich, ob du auf die Vernichtungswaffe gestoßen bist«, wies Tharon Laisa zurecht.

»Ich glaube, dieses Ding befindet sich außerhalb der Festung«, antwortete Laisa.

»Unmöglich. Keine Waffe der Welt könnte diese Festung von außen gefährden. Es sein denn ...« Tharon brach ab und wechselte einen kurzen Blick mit Salavar.

»Könntest du Botschaft ins Schwarze Land schicken? Sie sollen die Arsenale der schweren Artefaktwaffen kontrollieren.«

»Du meinst, Gayyad hätte eine unserer eigenen Waffen hier eingebaut?« Salavar wollte es nicht glauben, doch Tharon hob in einer hilflosen Geste die Hände.

»Es gibt keine weiße Waffe, die den Schutzzauber der Festung durchschlagen und eine Gegenfarbenexplosion auslösen könnte. Auch die gelben und grünen Artefakte sind dazu nicht in der Lage. Aber ich bin der Meinung, dass wir Laisa weiterarbeiten lassen sollten. Sie findet heraus, was diese Festung bedroht.«

Tharons Glaube an ihre Fähigkeiten tat Laisa gut. Aber sie wollte nicht übermütig werden, denn dies war keine Sache, die sie mit einem Krallenschnippen lösen konnte. Sie wartete, bis

Reolan erschien, und erklärte ihm, was sie bisher entdeckt hatte.

»Du sagst, die Waffe könnte im Freien sein?« Der Eirun atmete auf. Trotz der abgeschirmten Silberkammer, in der er sich erholen konnte, war der Aufenthalt in der Schwarzen Festung für ihn eine Qual.

»Wir beide kontrollieren noch einmal die Artefakte unten in dem geheimen Raum. Unterdessen kann Salavar den Schlüssel für die Pforte des Turmes holen. Es gibt doch eine solche, nicht wahr?«

Der Festungskommandant wirkte irritiert und sah sich erst einmal den Turm an. Als er zurückkam, nickte er. »Ja, im Erdgeschoss ist eine Tür nach draußen. Ich muss jedoch keinen Schlüssel holen, denn ich bin im Besitz der absoluten Befehlsgewalt über die Festung, und das schließt alle magischen Schlösser ein.«

Für Laisa klang Salavar etwas zu sehr von sich überzeugt. Sie sagte jedoch nichts dazu, sondern begutachtete zusammen mit Reolan die Artefakte, die Gayyad zusammengestellt hatte.

Nach einer Weile drehte Reolan sich angespannt zu ihr um. »Zwischen den Empfängern sind Dämpferkristalle angebracht. Wie es aussieht, wollte Gayyad verhindern, dass ein zufälliger Magiestoß seine Waffe auslöst. Wäre jemand in diese Kammer eingedrungen, hätte das die Artefakte jedoch anspringen lassen.«

»Das sehe ich auch so«, antwortete Laisa mit einem anerkennenden Nicken, stieg nach oben und betrat den Turm. Das Innere wirkte vollkommen leer, und es gab auch keine verborgenen Artefakte. Nur an der Tür nach draußen existierte ein offensichtlich normales Schließartefakt.

»Öffne die Tür«, forderte sie den Kommandanten auf.

Salavar nickte grimmig und hob die Hand. Ein leichtes,

schwarzes Funkeln war auf seiner Handfläche zu sehen, doch es geschah nichts. Während Tharon irritiert den Kopf schüttelte, versuchte Salavar es erneut, doch die Tür blieb zu.

»Das gibt es doch nicht!«, stieß er aus und wollte seine magischen Kräfte noch stärker einsetzen.

Da fasste Laisa ihn ungeachtet des leisen Knisterns am Arm. »Das würde ich nicht tun. Sonst knallt es womöglich doch noch.«

Mit einem schmerzverzerrten Gesicht entwand Salavar sich ihrem Griff und starrte sie an. »Aber die Tür muss aufgehen! Ich bin der Kommandant der Schwarzen Festung und besitze den Generalschlüssel für alle Schlösser.«

»Wie oft wurde diese Tür in den letzten tausend Jahren geöffnet?«, fragte Laisa.

Salavar zuckte mit den Schultern. »Woher soll ich das wissen?«

»Ich glaube nicht, dass sich jemand um diese Tür gekümmert hat, denn sie führt scheinbar nirgendwohin«, antwortete Tharon an seiner Stelle. »Draußen gibt es nur steil aufragende Berge sowie ein kleines Tal, das weiter hinten vor einer senkrechten Felswand endet.«

»Für Schwarzfarbenmagier mag das uninteressant sein. Doch ich glaube nicht, dass Gayyad so denkt.« Laisa trat vor die Tür, untersuchte kurz den Öffnungsmechanismus und gab dann lächelnd Gayyads Schlüssel mit den blauen Speeren und dem grünen Schwert ein. Sofort öffnete sich die Tür.

»Na also! Wer sagt es denn?«, meinte sie lächelnd und trat ins Freie. Dort sah sie sich kurz um, stellte nichts Auffälliges fest und winkte den anderen, ihr zu folgen.

Vor dem Tor war wirklich kein Platz, an dem Leute sich gerne aufhielten. Das Tal stieg steil an, und der Boden bestand aus unebenem, nacktem Fels. Dazu rückten die Seitenwände der Schlucht rasch zusammen, so dass nur noch Laisa und Reolan nebeneinander gehen konnten. N'ghar, Ysobel und Rongi folgten mit einem gewissen Abstand, während Yahyeh und Tharon Salavar zurückhielten.

»Ich glaube nicht, dass ein Schwarzfarbenmagier deiner Stärke diese Schlucht betreten sollte«, erklärte Tharon.

Salavar fluchte wie ein Gurrim-Feldwebel. »Man sollte Gayyad sämtliche Knochen brechen und ihn so in einen Sack mit grünmagischen Kristallen stecken!«

»Er würde sich in Grün umfärben und wohl darin fühlen.« Tharons Worte klangen wie ein Scherz, doch alle begriffen, dass es keiner war.

*

Die Schlucht führte zuletzt so steil nach oben, dass Laisa die Schwarze Festung tief unter sich liegen sah. Eine knappe Meile vor ihr ragte eine Felswand senkrecht in den Himmel. Zwar konnte Laisa noch nichts Verdächtiges spüren, aber sie hätte ihren Katzenschwanz dafür verwettet, dass es dort oben etwas bösartig Schwarzes gab.

N'ghar holte zu ihr auf und legte ihr die Hand auf die Schulter. »Da muss es Höhlen geben. Ich wage zwar nicht, meine Kräfte darauf zu richten, aber der Boden sagt es mir.«

Ein wenig beneidete Laisa N'ghar für die Fähigkeit, die Beschaffenheit der Landschaft erkennen zu können. Andererseits kam sein Spürsinn für freie Magie bei weitem nicht an den ihren heran, und so ergänzten sie sich ausgezeichnet. N'ghar war eine faszinierende Persönlichkeit, und sie liebte es, wie er sie mit seinen Bemerkungen immer wieder zum Lachen brachte und damit ihre Anspannung löste.

»Was meinst du? Was erwartet uns dort oben?«, fragte sie.

»Auf jeden Fall nichts Weißes, wie Tharon und Salavar meinen.« N'ghar lächelte, doch seine Augen blickten ernst.

Laisa wusste, dass ein Fehler ihrerseits in dieser Situation das Ende der Schwarzen Festung und damit auch das ihre sein würde. »Du bleibst mit Ysobel und Rongi bei jenem vorspringenden Felsen zurück. Reolan und ich gehen weiter und untersuchen die Felswand. Sobald wir sicher sind, dass ihr uns folgen könnt, rufen wir euch.«

»Das wird das Beste sein.« N'ghar spürte, dass ihm die Nackenhaare zu Berge standen, und fragte sich, was für ein Wesen Gayyad sein musste, so mit dem Leben vieler und dem Schicksal der ganzen Dämmerlande zu spielen. War das vielleicht eine Folge seiner zweifarbigen Natur und die Rache für den Schmerz, den er bei der Umwandlung von Gayyad zu Erulim und umgekehrt erleiden musste?

Solche Gedanken waren Laisa fremd. Sie konzentrierte sich voll und ganz auf die Aufgabe, die vor ihr lag. Obwohl die Schwarze Festung sehr nahe war, konnte sie deren magische Ausstrahlung kaum noch spüren. Hier im Gebirge herrschte eine andere Magie, die das Schwarz offensichtlich unterdrückte. Laisa war sich zunächst nicht sicher, ob es sich um ein dunkles Blau oder Violett handelte, die leicht mit Schwarz vermischt waren. Als sie ihre Hand auf einen Felsvorsprung legte und die Augen schloss, glaubte sie für einen Augenblick, ein strahlendes Rot zu sehen. Irritiert zog sie die Hand zurück. Dann aber lachte sie über sich selbst.

»Was ist los?«, fragte Reolan irritiert.

»Ich glaube, ich habe eben das Geheimnis gelöst, weshalb diese Seite der Dämmerlande die rote Seite genannt wird«, antwortete Laisa. »Eine Frage: Hast du je von einem roten Gott gehört?«

»Nein. Oder doch? Warte.« Reolan kniff die Augen zusammen und dachte nach. »Es gibt die Sage, dass es vor Urzeiten eine goldene Göttin und einen roten Gott gegeben haben soll. Talien und Tenelin sollen ihre Söhne sein und Meandir ihr Enkel oder Urenkel. Die beiden wurden bei der Rebellion der Ostdämonen getötet.«

Was zumindest bei der goldenen Göttin nicht stimmt, dachte Laisa. Tote Götter besaßen keine lebenden Anhänger – zumindest keine, die die Magie des Gottes so stark in sich trugen wie die Gold-Eirun, denen sie begegnet war. Also konnte es möglich sein, dass der rote Gott ebenfalls überlebt hatte.

Diese Frage war im Augenblick jedoch nicht von Belang. Daher bedankte Laisa sich bei Reolan für die Information, ging weiter und erreichte nach kurzer Zeit den Fuß der Felswand. Mittlerweile hatte sie Erfahrung mit Gayyads Schlüsselartefakten und dessen Kurzversetzungszaubern und zögerte nicht, dieses Wissen anzuwenden. Von einem Augenblick zum anderen standen Reolan und sie in einer kleinen Kammer. Während der Eirun erschrocken zu seinem Schwert griff, blickte Laisa sich sorgfältig um. Sie entdeckte mehrere Spürartefakte sowie einen Kristall, der, falls sie mit Gewalt oder einem anderen Zauber als dem Gayyads hier eingedrungen wäre, einen magischen Impuls erzeugt hätte. Von dem Kristall aus gingen drei Platinleitungen nach oben.

»Ich frage mich, weshalb Gayyad einen so immensen Aufwand betrieben hat. Es hätte doch gereicht, eine ähnliche Bombe wie bei der Blauen Festung zu verwenden«, sagte Reolan kopfschüttelnd.

Laisa sah die Treppe an, die nach oben führte, und schauderte vor dem Schwarz, das sie an deren Ende spürte. »Er muss eine fürchterliche Waffe hier aufgestellt haben. Du solltest auf jeden Fall nicht nach oben gehen, denn die Kriegsmagie, die mir von dort entgegenquillt, würde dich trotz der Abschirmung umbringen. Aber zu deiner Frage: Gayyad kannte die Magier des Schwarzen Landes und wusste, dass sie die eigene Festung gut überwachen. Irgendwann wären sie dort auf das Vernichtungsartefakt gestoßen und hätten versucht, es unschädlich zu machen. Das Ergebnis wäre eine für ihn zur Unzeit vernichtete Festung gewesen. Daher hat er die Waffe sechs Meilen außerhalb an einer Stelle angebracht, von der er wusste, dass sich kein Magier darum kümmern würde.«

Ihr Begleiter nickte mit zusammengekniffenen Lippen. Das Abenteuer zerrte an seinen Nerven, und er sehnte sich an einen Ort, an dem es keine schwarzen Artefakte, Magier und Festungen gab. Trotzdem ging er ein paar Stufen hinauf, gab aber schnell auf.

»Du hast recht. Hier komme ich nicht hoch. Aber wird es nicht auch für dich zu gefährlich werden?«

»Ich hoffe, ich halte es für kurze Zeit aus«, antwortete Laisa, die darauf zählte, dass Lizy sie mit aller Kraft unterstützte. Schon jetzt spürte sie trotz des Abschirmartefaktes die schwarze Magie wie einen Mückenschwarm, der ihr immer wieder Stiche versetzte. Im nächsten Augenblick sah sie die Kleine auf einem Felsvorsprung sitzen und Feuer spucken. Die Vision erlosch aber sofort wieder, und sie konnte weiter in die Höhe steigen.

Nach dreimal sechzig Stufen erreichte sie einen Vorraum, in dem sie eine Reihe recht schlampig in eine Kiste gelegte Artefakte entdeckte, eine Truhe mit Kleidung und etwas Geld. Besonders viel Aufwand hatte Gayyad hier nicht betrieben. Darüber gab es einen Raum, der zwar nicht breiter war als der, in dem sie nun stand, aber sechsmal so lang. Seine Außenwand bestand nur aus einer etwa zwei Handspannen starken Kristallhülle, in dem etliche Sprengartefakte eingeschmolzen waren. Zuerst wunderte Laisa sich darüber, dann aber begriff sie die Wirkung. Um die Vernichtungswaffe einsetzen zu können, musste zuerst die Wand entfernt werden.

Als Laisa die Felsenkammer genauer untersuchte, entdeckte sie nicht nur ein, sondern zwölf Artefakte, die auf die Festung und deren Vorwerke gerichtet waren. Aber um was es sich handelte, konnte sie nicht bestimmen. Jedes dieser Geräte war so groß wie ein Pferd, und es musste für Gayyad einigen Aufwand bedeutet haben, sie hierherzubringen.

Da jeder Fehler in einer Katastrophe enden konnte, wagte Laisa sich kaum an die Artefakte heran, sondern folgte nur den Drähten aus Platin in den Wänden und den kleineren Steuer- und Spähkristallen. Schon bald vermochte sie die komplizierten Verbindungen zwischen den einzelnen Artefakten zu erkennen und begriff, wo sie zugreifen durfte und wo nicht.

Trotzdem war es eine fürchterliche Arbeit, bis sie die Zünder für die zwölf Riesenartefakte gefunden und unschädlich gemacht hatte. Danach fühlte sie sich so erschöpft, als wäre sie drei Tage lang ohne Pause in ihrem schnellsten Tempo durchgelaufen. Sie starrte die Artefakte an, ohne sie wirklich zu sehen, und hatte es nur Lizys heftigem Feuerspucken zu verdanken, dass sie sich allmählich wieder erholte. Dennoch dauerte es eine Weile, bis sie in der Lage war, die lange Treppe hinabzusteigen.

»Den Rest können andere erledigen«, sagte sie zu Reolan. »Aber eines sage ich dir: Wenn ich diesen Gayyad erwische, wickle ich ihn in seine Artefakte ein und jage ihn in die Luft!«

Reolan fehlte der Sinn für ihren Humor und wusste daher nicht, ob sie es wirklich ernst gemeint hatte. Auf jeden Fall war er erleichtert, dass Gayyads Vernichtungsartefakte unschädlich gemacht worden waren, und sah Laisa hoffnungsvoll an.

»Da wir in der Schwarzen Festung fertig sind, sollten wir wieder in eine gesündere Gegend reisen.«

»Das gebe ich dir mit Brief und Siegel«, antwortete Laisa und betätigte den Versetzungszauber an der Tür.

Wenig später hatten sie sich zu N'ghar und den anderen gesellt, und Laisa plünderte erst einmal die Essensvorräte.

»Artefakte entschärfen macht hungrig«, meinte sie zwischen zwei Hühnerschenkeln und einem Fisch. Rongi holte sich ebenfalls einen aus der Vorratsglasfalle, während Ysobel sich schüttelte.

»Ich bin froh, dass Laisa hier fertig ist. Die Schwarze Festung schüchtert mich wirklich ein.«

»Das ist auch der Zweck dieses Bauwerks«, erklärte Laisa. »Es wurde errichtet, um der Gegenseite klarzumachen, dass jeder Angriff darauf sinnlos wäre. Aber den Wühler in den eigenen Reihen haben die Schwarzländler nicht bemerkt.«

»Hat Gayyad ein so schönes Geschenk hinterlassen?«, fragte N'ghar.

»Und ob er das hat! Aber die Dinger sollen Tharon und Salavar sich ansehen. Ich habe die Nase voll von dem Zeug.« Laisa angelte sich noch ein Stück Fisch, steckte es in den Mund und kaute genussvoll darauf herum.

So sah Salavar sie, der es in der Festung nicht mehr ausgehalten hatte und sich im Schutz eines starken blauen Abschirmfeldes näherte. »Was ist? Wie steht es?«, fragte er angespannt.

»Du kannst jetzt nach oben steigen und dir die Sache ansehen«, erklärte Laisa. »Ich lasse dich und die Leute, die du brauchst, hinein, weil ihr den Schlüssel nicht habt. Danach solltet ihr euch eine andere Möglichkeit schaffen, die Höhlen zu betreten. Ich spiele nämlich nicht auf Dauer den Pförtner für euch.«

Salavar nickte, machte dann kehrt und eilte zur Festung zurück.

»Hoffentlich dauert es nicht zu lange, bis er wiederkommt. Ich habe nämlich Hunger.« Laisa hatte zwar eben etwas gegessen, doch die Beschäftigung mit der Magie kostete Kraft, und sie musste zudem Lizy erhalten, die es sich auf einem von der Sonne beschienenen Felsvorsprung gemütlich gemacht hatte und schlief.

*

Als Salavar zurückkehrte, wirkte er noch verbissener als vorher.

»Tharon will dich sprechen. Es gibt Probleme in den Dämmerlanden«, sagte er zu Laisa und stiefelte in Begleitung Burlikks und mehrerer nachrangiger Magier weiter.

Laisa folgte ihnen und zeigte ihnen die Wirkung des Kurzversetzungsartefaktes. Mit einem Schnauben nahm Salavar es zur Kenntnis und wandte sich dann an Burlikk.

»Laut Laisa ist die Felswand hier nur zwei Schritte dick. Einer der Adepten soll mit einem Steinformerartefakt ein Loch hineinschneiden, denn ich will mich nicht auf ein Versetzungsartefakt verlassen, dessen Schlüsselartefakt wir nur schwer nachmachen können.«

Da Laisa nicht mehr gebraucht wurde, kehrte sie mit ihren Freunden zur Schwarzen Festung zurück und suchte die Silberkammer auf, da ihr die intensive Schwarzfarbenmagie langsam zum Hals heraushing.

Nach einer Weile klopfte es an der Tür.

»Wer da?«, fragte Laisa.

»Ich, Daar«, antwortete Tharon und trat ein. Er wirkte ernst, als er Laisa ansprach. »Hat Salavar dir schon gesagt, um was es geht?«

Laisa schüttelte den Kopf. »Nein, er meinte nur, dass es in den Dämmerlanden Probleme gäbe und du mich deswegen sprechen wolltest. Denke aber nicht, dass ich auch noch in deinem Auftrag durch die Welt rase, um Brände zu löschen.«

»Diesmal wird es aber nötig sein. Tolmon Kren vom ersten Turm von Flussmaul hat Botschaft geschickt, dass ein Angriff der Eirun von Gilthonian auf seine Stadt unmittelbar bevorstünde, und bittet uns um Hilfe.«

»Wieso wollen die gelben Spitzohren den Flussmäulern an den Kragen?«, fragte Laisa verwundert.

»Wenn ich das wüsste, wäre mir wohler. Ich bin mir aber sicher, dass Tolmon Krens Bericht einseitig gefärbt ist, und würde gerne die Version der anderen Seite hören. Dafür aber brauche ich dich. Ich selbst kann nicht zu den Eirun gehen und sie fragen, warum sie gegen Flussmaul rüsten.« Tharon klang beschwörend, und Laisa begriff, dass ihm die Sache wichtig war.

»Könnte unser Freund Gayyad dahinterstecken?«, fragte sie nachdenklich. »Der hetzt doch ständig die Reiche aneinander.«

»Diesmal wiegt die Sache schwerer. Den Eirun ist es ebenso wie der Besatzung der Schwarzen Festung verboten, sich in die Belange der Menschenreiche einzumischen. Wenn sie es dann doch tun, muss es einen triftigen Grund dafür geben. Den will ich kennenlernen. In wenigen Tagen wird eine Abteilung Gurrim-Soldaten die Festung verlassen und nach Flussmaul marschieren, um dort Flagge zu zeigen. Sollte die Stadt von den Eirun angegriffen werden, müssen sie sie verteidigen.«

»Flussmaul verteidigen? Pah!« Laisa hatte nicht vergessen, wie die Flussmäuler sie nach ihrer Ankunft in den Dämmerlanden gefangen hatten, um sie als Sklavin zu verkaufen. Zwar hatte es jenen Kerlen nichts gebracht, aber seitdem mochte sie diese Stadt nicht, deren Anführer sich an kein Gesetz und keine Regel hielten, die zwischen zivilisierten Reichen üblich waren.

»Ich will und muss diesen Krieg verhindern«, fuhr Tharon fort. »Daher werde ich mit den Gurrim ziehen. Du aber solltest vorausreiten und den Kontakt mit den Eirun herstellen. Gleichgültig, um was es geht, sie sollen verhandeln und nicht angreifen.«

»Und wenn es nichts zu verhandeln gibt?«, fragte Laisa.

»Auf diese Frage weiß ich keine Antwort«, erklärte Tharon betroffen. »Doch ich hoffe, dass du die Eirun so weit zur Vernunft bringen kannst, dass sie Flussmaul nicht angreifen. Die Folgen wären unübersehbar. Es käme vielleicht sogar zu einem vierten großen Krieg in den Dämmerlanden, den Erulim-Gayyad mit Gewissheit anstrebt.«

Laisa spürte seine Sorge, aber auch die Verantwortung, die er ihr auflud. Da sie Königin Helesian von Gilthonian und deren Gefährten Eldaradh kannte, wusste sie, dass diese nicht ohne einen schwerwiegenden Grund die Waffen gegen Flussmaul erhoben. Allerdings traute sie den Bewohnern dieser Stadt durchaus zu, einen solchen Grund geliefert zu haben.

Mit einer energischen Geste wandte sie sich an ihre Begleiter. »Ihr habt unseren Freund gehört. Es geht weiter.«

»Du willst doch nicht durch die schwarzen Reiche hier im Norden bis zum Strom reiten«, rief Reolan entsetzt. Er hatte hier in der Festung so viel Schwarz ertragen müssen, dass es für ein ganzes Leben reichte.

Im Gegensatz zu ihm hätte Laisa die Länder bis zum Großen Strom gerne kennengelernt. Doch als sie Tharon ansah, begriff sie, dass er ihr die Zeit dafür nicht lassen würde.

Vierundzwanzigstes Kapitel

Nach Flussmaul

Sirrin bedachte Tirah mit einem tadelnden Blick. »Du solltest dich schonen! Wenn du deine Kraft weiterhin so vergeudest, wird die Zeit, in der ich dich noch erhalten kann, immer kürzer.«

»Wenn wir Rogon nicht befreien, werde ich sowieso sterben«, antwortete Tirah herb.

»Du musst es nicht herausfordern. Oder willst du unsere Truppen sogar noch selbst in die Schlacht führen?«

»Wenn es nötig ist, werde ich es tun.« Tirahs Stimme klang hart. Mehr als ein Jahrtausend hatte sie Heere befehligt und Schlachten geschlagen. Daran zu denken, dass sie diesmal im Hintergrund bleiben und zusehen sollte, wie andere ihren Kampf ausfochten, fiel ihr schwer.

Dies begriff auch Sirrin, die ihrer Kriegerin trotz allem, was geschehen war, etwas mehr Vorsicht gewünscht hätte. Rogons Verlust hatte Tirah jedoch in einer Art und Weise in Zorn versetzt, wie sie es sich nie hätte vorstellen können.

»Hast du einen Boten mit dem Ultimatum an Flussmaul geschickt?«, fragte sie.

Tirah schüttelte den Kopf. »Ich riskiere doch nicht das Leben eines guten Mannes. Diesem Gesindel traue ich zu, unseren Herold einfach niederzuschlagen.«

»Ich darf nicht eingreifen«, warnte Sirrin sie.

»Das weiß ich doch«, antwortete Tirah. »Wir werden Flussmaul auch ohne deine Unterstützung niederringen. König Rogar hat bereits mit der Belagerung von Norensill begonnen, und die übrigen Freistädte im Norden werden durch unsere Verbündeten bedrängt. Damit ist der Weg nach Norden für uns frei.«

Sirrin nickte widerwillig. In dieser Hinsicht hatte Tirah geschickt die Fäden gezogen. Die Reiche im östlichen Hinterland des Großen Stromes waren die gesetzlosen Zustände und die Unverschämtheiten der Freistadt-Silldhare leid und nahmen die Gelegenheit wahr, die an die Piraten verlorenen Gebiete zurückzugewinnen. Unter ihnen waren auch blaue Reiche, die sich damit der Weisung des blauen Tempels von Edessin Dareh widersetzten. Dort versuchte die dritte Priesterin Temasin, sich als neues Oberhaupt der blauen Priesterschaft zu etablieren, traf aber auf unerwarteten Widerstand.

»Wenn du nichts dagegen hast, können wir morgen aufbrechen.«

Tirahs Bemerkung beendete Sirrins Grübeln, und sie nickte. »Da deine Vorbereitungen abgeschlossen sind, hält uns nichts mehr in Edessin Dareh.«

Sie wollte noch mehr sagen, doch da kam ein Lotse herein. »Verzeiht, doch auf der Lotseninsel sind zwei Herren eingetroffen, die Euch sprechen wollen.«

»Wer mag das sein?«, fragte Sirrin, obwohl ihr bereits schwante, dass es sich um keine normalen Leute handeln konnte und wohl auch um niemanden von der roten Seite.

»Begleitest du mich?«, fragte sie Tirah.

»Gerne. Wir können sofort nach deinem Gespräch aufbrechen, denn unser Schiff steht bereit. Tibi, Keke und Zakk sollen unser Gepäck einladen.«

»Es drängt dich, nach Norden zu fahren, nicht wahr?«, fragte Sirrin.

Tirah nickte mit entschlossener Miene. »Ja, und zwar mit aller Macht. Manchmal habe ich das Gefühl, als würde ich Rogon dort spüren, meist aber ist mir, als hätte ich ihn endgültig verloren.«

»Das wollen wir nicht hoffen.« Sirrin wusste nicht, ob sie Tirah mit ihren Worten aufmuntern wollte oder sich selbst. Wenn Rogon tot war oder nicht mehr auftauchte, würde ihre Kriegerin und Freundin innerhalb eines halben Jahres sterben, vielleicht sogar in noch kürzerer Zeit. Falls sie sich nicht völlig auflöste, würde sie sie wieder in den Tempel in den Ödlanden bringen, aber ohne die Hoffnung, sie jemals wieder zum Leben erwecken zu können.

»Brechen wir auf.« Mit diesen Worten winkte sie Tibi zu sich und befahl ihr, alles an Bord der Barke zu verstauen, die Hannez Bonveral ihnen zur Verfügung gestellt hatte. Danach hakte sie sich bei Tirah unter, um ihr von anderen unbemerkt frische Magie zuzuführen, und verließ so mit ihr zusammen Rillas stattliche Villa.

Die Hausherrin erwartete sie am Anlegesteg. »Möge das Glück mit euch sein«, flüsterte sie und fasste nach Tirahs Händen.

»Kopf hoch. Du wirst Rogon finden.«

»Das werde ich.« Auf Tirahs Gesicht erschien ein so harter Zug, dass Sirrin beinahe die Flussmäuler bedauerte, die Tirahs Rache spüren würden, falls Rogon verschwunden blieb.

Rilla ließ Tirah wieder los und wies auf das Boot, mit dem der Lotse gekommen war. »Steigt jetzt ein und wundert euch nicht.«

»Auf Wiedersehen.« Nach einem letzten Abschiedsgruß ließ Tirah sich von dem Lotsen ins Boot helfen. Sirrin folgte ihr und sah sich dabei unauffällig um. Ein Stück weiter lag ein Boot neben einer anderen Insel, und es setzte sich im gleichen Augenblick in Bewegung wie ihr eigenes Boot.

»Wir werden verfolgt«, raunte sie Tirah zu.

Der Lotse vernahm es ebenfalls und wies seine Ruderer an, einen schnelleren Takt einzuschlagen. Er selbst lenkte den Nachen durch mehrere Seitenkanäle und wandte sich schließlich lächelnd Sirrin zu.

»Wir haben den anderen Kahn abgehängt.«

»Ich wüsste gerne, wem er gehört«, antwortete die Evari.

»Wir werden es herausfinden.« Der Lotse nickte kurz und steuerte das Boot jetzt auf dem schnellsten Weg zu jener Insel im Zentrum der Stadt, die nur seinen Leuten vorbehalten war.

*

Noch bevor Sirrin die beiden Männer zu Gesicht bekam, wusste sie, um wen es sich handelte. Im ersten Augenblick verkrampfte sie sich, weil sie neue Schwierigkeiten befürchtete. Trotzdem trat sie forsch in den Raum und sah die zwei herausfordernd an.

Einer davon trug die schlichte Kutte eines weißen Heilers und hatte auch jene große Tasche neben sich stehen, die solche Leute mit sich führten. Aber Sirrin wusste sofort, dass es sich bei ihm um Khaton in seiner Zweitgestalt als Valgrehn handelte. Neben ihm stand ein Mann in der Rüstung eines grünen Ritters. Sirrin zischte wütend, denn diese Männer hatten den Krieg in den Süden gebracht.

Da hob der Ritter, den sie als Telrawhin kannte, die Zweitgestalt des grünen Evari Rhondh, die Hand. »Friede!«

»Ein seltsames Wort aus einem grünen Mund«, antwortete Sirrin unwirsch.

Rhondh sah sie mit traurigem Gesichtsausdruck an. »Wenn du auf den grünen Wall von Rhyallun anspielst: Den habe ich geschaffen, um den Krieg im Süden zu beenden. Erulim, den ihr Gayyad nennt, hatte bereits eine Reihe von Eirun beeinflusst, mit in die Schlacht zu ziehen. Hätte ich nicht Einhalt geboten, hätte der Krieg die gesamten Dämmerlande erfasst und unsägliches Leid gebracht.«

»Das soll ich dir glauben?« Noch während sie sprach, begriff Sirrin, dass es tatsächlich so gewesen sein musste.

»Ich hätte den Fluch von Rhyallun zu einer besseren Zeit wieder aufgehoben, doch Erulim konnte mich überraschen und gefangen setzen. Tharon, Rogon und Tirah haben den grünen Wall beseitigen können und mich dabei befreit.« Rhondh nickte Tirah kurz zu und erklärte, dass er sich im Westen auf Erulims Spur gesetzt hätte.

»Ich habe etliche Dinge entdeckt, die ich allerdings nicht näher zu untersuchen wage, weil Erulim dafür gesorgt hat, dass sie gleichzeitig Fallen für Magier der goldenen Seite sind. Diese Stellen sollte Rogon sich ansehen«, erklärte er.

»Rogon ist spurlos verschwunden! Wir sind überzeugt, dass Flussmäuler ihn entführt haben. Deswegen und wegen ihrer Angriffe auf die Eirun-Schiffe, mit denen wir nach Edessin Dareh gefahren sind, werden wir Krieg gegen sie führen.«

Tirahs Augen glühten bei diesen Worten wie violette Edelsteine, und ihre Rechte umkrampfte den Griff ihres Schwertes, obwohl sie kaum genug Kraft besaß, es aus der Scheide zu ziehen.

»Rogon wurde entführt? Das ist eine sehr schlechte Nachricht. Gewiss steckt Erulim dahinter! Bestimmt hat er die Flussmäuler zu ihren Angriffen angestachelt«, rief Rhondh aus.

Dann blickte er Khaton an. »Die Lage ist noch verworrener,

als ich befürchtet habe. Der Feind hat überall seine Spione und Handlanger, und es wird ein harter, langer Kampf werden, ihn niederzuringen.«

»Das wird es«, stimmte Khaton ihm zu und wandte sich an Sirrin. »Als wir von Unruhen im Norden und von Kriegsvorbereitungen hörten, beschlossen wir, hierherzukommen, um Genaueres zu erfahren und Botschaft an die Evaris des Ostens zu senden. Wir wollen ein Bündnis zustande bringen, denn wir stehen alle dem gleichen Feind gegenüber und sollten uns gegenseitig helfen.«

Im ersten Moment schüttelte Sirrin den Kopf. Ein Bündnis mit einem Magier des Westens war das Letzte, das sie sich vorstellen konnte. Dann aber dachte sie an das, was Tirah ihr über Gayyad erzählt hatte, und nickte widerwillig.

»Es wäre vielleicht gar nicht so schlecht, wenn wir in Kontakt blieben. Gayyad ist heute hier und morgen dort.«

»Wir sollten weniger über den Dürrschwanz reden, als vielmehr darüber nachdenken, wie wir Rogon finden und befreien können!«, warf Tirah grimmig ein.

»Ich werde euch helfen«, erklärte Rhondh. »Da der Feind alle Regeln bricht, müssen wir gemeinsam handeln, wenn wir keinen Nachteil erleiden wollen.«

»Einige Leute werden das anders sehen«, gab Khaton zu bedenken.

»Die waren auch nicht mehr als ein halbes Jahrzehnt Erulims Gefangene«, stieß Rhondh grimmig aus. »Außerdem bin ich mir sicher, dass Gayyad auch Tardelon gefangen hält. Es ist schon zu lange her, dass der gelbe Evari das letzte Mal gesehen wurde.«

»Mir ist jeder Verbündeter willkommen«, erklärte Tirah in einem Ton, der keinen Widerspruch dulden sollte. Sie hatte eine Allianz aus gelben Eirun, blauen Schlangenmenschen und menschlichen Kriegern unterschiedlicher Farben geschmiedet und würde diese gegen Flussmaul führen, ehe das Bündnis unter weiteren Intrigen des Zweifarbigen zerbrach.

Khaton hob die Hand, um noch etwas zu sagen, ließ es dann aber sein. Der Zorn der violetten Kriegerin war zu groß, und Rhondh würde sich ebenfalls nicht mit Worten davon abhalten lassen, gegen jene zu kämpfen, die er als Verbündete des Zweifarbigen ansah.

»Dann ist es beschlossen. Sobald die Barke mit unserem Gepäck hier ist, können wir aufbrechen.« Sirrin wollte die Kontrolle über diesen Kriegszug nicht ganz verlieren und wandte sich an einen Lotsen, der neben der Tür wartete.

Dieser wies lächelnd nach draußen. »Euer Boot steht bereit.«

*

Nie zuvor hatten drei Evaris den Heiligen See in einem Boot überquert, und schon gar nicht welche von beiden Seiten des Großen Stromes. Da sie die Regeln des Sees kannten, griff keiner von ihnen ins Wasser, um zu erkunden, was es damit auf sich hatte. Stattdessen saßen Sirrin als Niarin, Khaton als Valgrehn und Rhondh als Telrawhin zusammen und tauschten ihr Wissen über Erulim-Gayyad aus.

»Welches Ziel verfolgt dieser Mann?«, fragte Tirah, als ihre Barke den See verließ und in den Großen Strom hineinfuhr.

»Das müssen wir ihn selbst fragen«, antwortete Khaton im bitteren Spott. »Aber ich würde sagen, nicht mehr und nicht weniger als die Herrschaft über die gesamten Dämmerlande.«

»Ist das nicht ein wenig zu hoch gegriffen?«, wandte Sirrin ein.

Khaton zuckte mit den Achseln. »Es erscheint mir als Einziges sinnvoll. Er kann natürlich auch versuchen, die Götterkriege wieder in Gang zu setzen, in der Erwartung, die Götter und Göttinnen würden sich gegenseitig umbringen, so dass er der Herr der gesamten Welt werden kann.«

»Das erscheint mir noch höher gegriffen«, wandte Sirrin ein.

»Ich behalte diese Version auf jeden Fall im Gedächtnis, denn ich will nicht scheitern, weil ich den Feind nicht ernst genug genommen habe«, gab Khaton ungerührt zurück und sah sich um.

»Der Wind steht uns entgegen, und da es in den Ödlanden keine Treidelpfade gibt, müssten wir auf dem Strom kreuzen. Aber auf diese Weise brauchten wir Wochen, um nach Flussmaul zu gelangen. Ein kleiner Windzauber wird diese Zeit verkürzen.« Schon blähte sich das dreieckige Segel des Bootes, und es nahm Fahrt auf.

Da den Flussmäulern und den Freistädtern die Fahrt nach Edessin Dareh verwehrt worden war, fuhren auf der Ostseite des Großen Stromes weniger Schiffe als sonst. Weiter im Norden an den Ufern der Reiche Ovongh und Tervilah lagen allerdings etliche Schuten und Prähme aus Flussmaul in den Häfen. Schnellruderer oder größere Galeeren waren jedoch keine zu sehen.

Als die Barke bei einem der Häfen anlandete, wies Tirah auf die Besatzung eines Flussmaul-Prahms. »Wenn Blicke töten könnten, würde keiner von uns mehr leben.«

»Wir sollten vorsichtig sein. Wenn es den Kerlen gelingt, auch dich zu entführen, gibt es niemanden, der unsere Allianz zusammenhalten kann«, warnte Sirrin sie.

Khaton nickte zustimmend. »Die Eirun würden keinem anderen Feldherrn von eurer Seite vertrauen und auf eigene Faust losziehen. Sie können Flussmaul zwar nicht vernichten, aber dessen Bewohner in ihren Mauern einschließen und aushungern. Allerdings ist zu befürchten, dass bei so einem Angriff die andere Seite nicht untätig bleibt.«

»Wie meint Ihr das?«, fragte Tirah.

»Flussmaul könnte die Schwarze Festung zu Hilfe rufen, um die Eirun zu vertreiben. Laut den Dämmerlandverträgen steht den Schwarzen dieses Recht zu.«

Daran hatte Tirah bislang nicht gedacht. »Vielleicht hätten wir die Eirun nicht in unsere Allianz einbeziehen sollen«, sagte sie, unsicher geworden, schüttelte dann aber den Kopf.

»Flussmaul hat Eirun-Schiffe angegriffen und Eirun getötet. Die Spitzohren haben damit das Recht, diese Stadt zu bestrafen.«

Auch Sirrin ärgerte sich, weil sie diesen Punkt nicht bedacht hatte. »So sehen wir es. Doch die Magier in der Schwarzen Festung werden diese Sichtweise nicht teilen.«

»Wir müssen rasch handeln und hart zuschlagen, damit Flussmaul fällt, bevor die Gurrims der Schwarzen Festung zu ihrer Unterstützung ausrücken können«, antwortete Tirah.

Aber sie wusste, dass sie dazu keine Chance hatte, denn die Vorbereitungen liefen schon zu lange, und bis ihr Heer vor Flussmaul auftauchte, würden noch einmal Wochen vergehen.

»Ich werde nicht aufgeben«, erklärte sie kämpferisch, »und unsere Verbündeten auch nicht. Wenn die schwarzen Gurrims gegen Andhirer, Schlangenmenschen und unsere Söldner vorgehen, werden wir ihnen einen Kampf liefern, an den man sich im Schwarzen Land noch lange mit Schaudern erinnern wird.«

Alle begriffen, dass sie diese Drohung todernst meinte, und Khaton seufzte bedrückt. »Ich wollte, Tharon wäre bei uns. Mit ihm kann man wenigstens noch reden. Die schwarzen Offiziere hingegen sind verbohrte Fanatiker und teilweise sogar mit Gayyad im Bunde.«

»Wir sollten aussteigen und etwas essen«, warf Sirrin ein, da ihr die Diskussion zu trübsinnig wurde. Sie stieg als Erste von Bord und vernahm sofort, wie einer der Flussmäuler ihr »Tivenga-Hure!« nachrief. Lässig drehte sie sich um, fixierte den Mann und machte eine kurze Handbewegung. Dieser flog wie von einer unsichtbaren Faust getroffen durch die Luft und klatschte gut zehn Schritte weiter ins Wasser.

»Will noch jemand ein Bad?«, fragte Sirrin anschließend. Nun wagte keiner mehr, etwas zu sagen, und Tirah und ihre Begleiter konnten daher in Ruhe essen und unbehelligt wieder zu ihrem Schiff zurückkehren. Anschließend fuhren sie von Khatons magischem Wind getrieben weiter nach Norden.

*

Gegenüber der Einmündung des Thane stießen sie auf die Andhirer. König Rogar hielt Norensill umschlossen und ließ kein Schiff mehr in den Hafen der Freistadt hinein oder heraus. Zusätzlich hatte er noch eine Flotte von Prähmen und kleinen Galeeren zusammengestellt, die das Heer, das er Tirah unterstellen wollte, und die Söldner von der Ostseite des Stromes nach Norden bringen sollte.

Als er zu Tirah an Bord stieg, um sich mit ihr zu beraten, wirkte er angespannt. Er begrüßte sie dennoch mit aller Höflichkeit, musterte sie aber durchdringend. Obwohl sie jung aussah, strahlte sie eine Autorität aus, der auch er sich nicht entziehen konnte. Nun begriff er, weshalb sein Sohn sich diese Frau als Gefährtin ausgesucht hatte. Der letzte Zweifel, den er gehegt haben mochte, schwand, und seine Laune besserte sich.

»Ich freue mich, dich zu sehen«, grüßte er.

Tirah wies auf Sirrin, Khaton und Rhondh, die Rogar in ihrer Tarngestalt nicht erkannt hatte. »Ihr könnt auch diese

Herrschaften begrüßen. Sie haben uns ihre Hilfe angeboten.« Zwar hatte das im Grunde nur Rhondh getan, doch Tirah war sicher, dass auch Sirrin und Khaton eingreifen würden, wenn die Gurrim-Truppen der Schwarzen Festung den Flussmäulern zu Hilfe kommen sollten.

»Ich freue mich, auch die Dame und die beiden Herren begrüßen zu können.« Zwar wusste Rogar nicht, wer die drei waren, doch er fühlte die Kraft in ihnen und atmete auf. Magier auf der eigenen Seite waren immer gut.

Unterdessen trat Zakk vor und verbeugte sich formvollendet vor dem König von Andhir. »Wenn es erlaubt ist: Zakk ist mein Name, und das ist meine Gefährtin Keke. Auch dürfen wir Tibi nicht vergessen. Sie ist eine große Heilerin.«

Rogar musterte den Ottermenschen mit wachsendem Erstaunen. Sein magisches Gefühl sagte ihm, dass dieser weiß sein musste. Sein Lendenschurz und die Tasche auf seinem Rücken, aus dem ein langes Rohr herausragte, waren hingegen von blauen Händen gefertigt worden, ebenso der Kittel und die Ausrüstung seiner Gefährtin. Nachdenklich wandte Rogar sich der Schlangenfrau in Tirahs Begleitung zu. Diese sah etwas anders aus als die Schlangenmenschen in den Sümpfen und trug auch andere Kleidung.

»Tibis, Kekes und Zakks Leute gehören zu den Völkern, die Lhirus besiedeln sollen«, erklärte Tirah, als sie Rogars Interesse an den dreien wahrnahm.

»Auch die da?«, fragte Rogons Vater und wies auf das Ottermenschenpaar.

»Es erschien uns die beste Lösung. Drüben auf der anderen Seite würden sie wegen ihres Aussehens keinen Frieden finden. Rogon wird diesem Volk in Lhirus eine Heimat geben.«

»So etwas gefällt dem Lümmel«, brummte Rogar.

»Aber erst müssen wir ihn befreien.« Tirah klang so drängend, dass Sirrin ihr am liebsten zu mehr Ruhe geraten hätte.

»Ich würde gerne selbst nach Flussmaul mitkommen, doch ich darf Norensill nicht aus den Augen lassen. Die Stadt muss fallen, sonst wird es in diesem Stromabschnitt keinen Frieden geben«, erklärte Rogar bedauernd und deutete auf die versammelten Schiffe.

»Die versprochenen Krieger stehen bereit. Leider sind es weniger als erhofft, weil einige blaue Reiche uns trotz aller Zusagen die Unterstützung verweigert haben.«

»Ich werde Rogon zu gegebener Zeit daran erinnern.« Obwohl Tirah lächelte, hätte niemand ihre Miene freundlich genannt.

Auch Rogar sah nicht gerade fröhlich aus. »Ich habe den Anteil meiner Andhirer um sechshundert Mann vergrößert, um die Ausfälle auszugleichen. Mit den Söldnern zusammen kannst du um die fünftausend Krieger nach Norden führen.«

»Mit den Eirun und den Schlangenmenschen zusammen sind wir genug.« Tirah reichte Rogar die Hand und bat ihn, seine Truppe so rasch wie möglich auf die Schiffe zu bringen.

»Ich will morgen früh losfahren. Mit etwas Glück bekommen wir günstigen Wind und sind rascher vor Flussmaul, als man uns dort erwartet.«

»Der Wind soll aber weiterhin von Norden her wehen«, begann Rogar, begriff dann aber, was Tirah meinte, und nickte zufrieden.

»Dann mag es so sein.«

Fünfundzwanzigstes Kapitel

Ein verhängnisvoller Entschluss

Laisa wollte eigentlich so rasch wie möglich nach Gilthonian aufbrechen, um mit Königin Helesian zu reden. Doch als sie ihre Sachen zusammenpackte, erschienen Tharon und Salavar mit düsteren Mienen.

»Es tut mir leid, aber du wirst noch ein wenig hierbleiben müssen«, erklärte der Evari ansatzlos.

Laisa hielt in ihren Reisevorbereitungen inne und sah ihn an. »Was ist denn jetzt passiert?«

»Gayyad hat seine Artefaktanlage auf eine für uns ungewohnte Weise aufgebaut. Um es ehrlich zu sagen, wir stehen wie Blinde davor. Im Gegensatz zu dir können wir keine Platinleitungen verfolgen und sind auch bei seinen magischen Kristallen nicht sicher, was sie bewirken sollen.«

Es fiel Tharon schwer, dies zuzugeben, das begriff Laisa schnell, und sie rechnete ihm hoch an, dass er es tat. Salavar hingegen sah aus, als stände ihm das Ziehen sämtlicher Zähne bevor.

Obwohl der Kommandant der Schwarzen Festung seine Hilflosigkeit damit offenbarte, sprang er dem Evari bei. »Dieser Zweifarbige ist ein Monster! Die Waffen, die er dort aufgestellt hat, würden nicht nur die Festung selbst, sondern das ganze Umland auf mehr als hundert Meilen zerstören. Du wirst also verstehen, dass wir nichts riskieren dürfen.«

Laisa sah, wie Reolan entsetzt den Kopf schüttelte. Ihm graute vor der Festung, und er wirkte krank und eingefallen. Doch wenn sie in dieser Situation abreisten und einer der schwarzen Magier machte einen Fehler, konnte es auch ihr Ende sein.

»Also gut«, antwortete sie leise. »Ich schaue mir das Zeug an. Reolan soll sich in der Zeit im Silberraum aufhalten.«

»Aus dem bekommt ihr mich erst heraus, wenn wir diese Stätte verlassen«, stöhnte der Eirun.

»Was hoffentlich bald sein wird. Jetzt sehe ich mir noch einmal die Artefakte an. Eigentlich dürfte nichts mehr schiefgehen.« Laisa stand auf und trat zur Tür.

Als sie an Tharon vorbeikam, hörte sie ihn »Danke« sagen. Es klang nicht laut, doch sie spürte seine Erleichterung, dass sie sich um die Sache kümmern wollte. Eine Frage wollte sie ihm allerdings doch noch stellen.

»Was ist eigentlich mit Flussmaul?«

»Ich habe befehlsgemäß ins Schwarze Land weitergegeben, dass es Schwierigkeiten gibt und Tharon sich darum kümmern wird«, berichtete Salavar. »Außerdem werde ich Leutnant Lakkratt mit einer Kompanie Gurrims losschicken. Ihre Anwesenheit wird hoffentlich dazu führen, dass der Angriff der Eirun unterbleibt.«

»Und wenn nicht?«, fragte Laisa.

»Dann solltest du deine Arbeit hier möglichst schnell beenden, damit du an den Großen Strom reisen kannst«, antwortete Tharon trocken.

Laisa stieß ein Fauchen aus und verließ den Raum. Hinter ihr betrachtete Rongi ihre Vorratsglasfalle mit einem traurigen Blick.

»Wenn es noch lange dauert, haben wir bald nichts mehr zu essen. Das schwarze Zeug hier mag ich nicht.«

Ysobel bedachte ihn mit einem tadelnden Blick. »Du kannst es immer noch besser vertragen als Reolan. Dem würde es gewaltig auf den Magen schlagen.«

»Das kannst du laut sagen«, antwortete der Eirun und betete, dass Laisa nicht mehr lange brauchen würde – und vor allen Dingen ihn dort oben nicht benötigte.

*

Die Arbeit fiel Laisa nicht schwer, war aber langwierig. Auch erschien sie ihr nicht so gefährlich, wie Tharon erklärt hatte. Sie musste nur herausfinden, wie die einzelnen Vernichtungswaffen miteinander verbunden waren, und dann die Reihenfolge bestimmen, wie sie ausgebaut werden konnten. Die eigentliche Arbeit konnte sie Salavar und seinen Untergebenen überlassen.

An dem Tag, an dem endlich das letzte Kriegsartefakt aus der Felsenhöhle in die Schwarze Festung gebracht wurde, sah Laisa erleichtert zu, wie zwei Dutzend Gurrims das walzenähnliche Gebilde auf einem festen Tragegestell in den dafür vorgesehenen Raum trugen und es dort vorsichtig abstellten.

Dort trat Salavar neben sie. »Diese zwölf Artefaktwaffen werden mir im Magen liegen, solange sie hier in der Festung sind.«

»Mir liegen sie im Magen, seit ich sie das erste Mal gesehen habe«, antwortete Laisa. »Sie strahlen fürchterlich. Aber sind sie wirklich so gefährlich, wie Tharon sagt?«

»Diese Waffen wurden gebaut, um die Kristallfestungen der Eirun zu zerstören«, erklärte Salavar, »und wirken auf dreifache Weise: Zum einen lösen sie Kristall und Stein in großem Umkreis auf, dann verwandeln sie die aufgelöste Masse in feines Pulver, und schließlich bringen sie dieses zur Explosion.

Drei dieser Artefakte würden ausreichen, um die Schwarze Festung zu vernichten, bei neun bliebe im weiten Umkreis kein Stein mehr auf dem anderen, und diese zwölf hätten dafür gesorgt, dass es hier auf viele Meilen nur noch geschmolzenes und wiedererstarrtes Gestein geben würde, das wie ein unübersteigbarer Wall wirken würde. Den Pass und die Straße in die Dämmerlande gäbe es dann nicht mehr, und unser Kontakt dorthin wäre unterbrochen. Wir müssten eine neue Straße durch Trümmer und vergiftete Felsen bauen und bis dahin – was für die hohen Herren im Osten das Schlimmste wäre – das Blaue Land bitten, den Weg über die Blaue Festung mitbenützen zu dürfen.«

Salavar stieß die Luft zwischen den zusammengepressten Zähnen aus und schrieb ein paar Zeichen in die Luft. »Seht her, Dame Laisa. Sowohl die Schwarze wie auch die Blaue Festung sind so angelegt, dass man in weniger als drei Tagesmärschen einen schiffbaren Fluss erreichen kann. Auf jeder anderen Strecke würde sich der Weg zu den Flusshäfen mehr als verdreifachen, und wir müssten ihn durch unwegsames Gelände bahnen. Ich halte es nicht einmal für sicher, ob die Herren um Giringar den Befehl für den Bau geben – oder die Dämmerlande sich selbst überlassen würden.«

»Wahrscheinlich ist genau das Gayyads Plan.« Laisa war eben ein Gedanke durch den Kopf geschossen, der ihr zunächst irrsinnig erschien. Doch als sie darüber nachdachte, sprach vieles dafür.

»Was meinst du?«, fragte Salavar.

»Das erzähle ich später, wenn Tharon und Vereen dabei sind.« Da Laisa nicht wusste, ob Salavar Yahyehs Zweitgestalt kannte, nannte sie nie den richtigen Namen der Evari.

Salavar nickte und warf dem zwölften Artefakt einen letzten, hasserfüllten Blick zu. »Ich werde heute noch einen Botenvogel nach Weststadt schicken, damit der dortige Kommandant die Botschaft weiterleiten kann. Diese gefährlichen Waffen müssen rasch abgeholt werden, und gleichzeitig wird man im Osten untersuchen müssen, wie es dazu kommen konnte, dass sie jemand hier eingebaut hat.«

»Tu das«, antwortete Laisa und fand, dass sie sich lange genug in der Nähe dieses eklig schwarz strahlenden Zeugs aufgehalten hatte. »Hoffentlich dauert es nicht zu lange, bis der Krempel weggeschafft wird. Ich will mich nämlich um den Zweifarbigen kümmern«, sagte sie und verließ die Kammer.

Draußen wartete N'ghar auf sie. »Und? Können wir jetzt aufbrechen?« Seinem gesträubten Nackenfell konnte man ansehen, dass es auch ihm nicht passte, so lange hierbleiben zu müssen.

Laisa zuckte mit den Achseln. »Ich weiß es noch nicht. Eigentlich habe ich hier nichts mehr tun. Außerdem interessiert es mich, was in den Dämmerlanden passiert ist. Wenn Helesians Eirun gegen Flussmaul Krieg führen, muss dort der Giringar los gewesen sein.«

»Der wohl kaum«, antwortete N'ghar lachend und legte einen Arm um Laisa. »Umsonst ziehen die Eirun aber nicht in den Krieg. Es sei denn, Gayyad wäre es gelungen, sie noch einmal zu beeinflussen.«

»Mal den Giringar nicht an die Wand.« Auch wenn Laisa nicht viel mit dem Farbenhass in den Dämmerlanden anfangen konnte, hatte sie sich die gleichen Sprüche angewöhnt, wie die meisten Leute sie benutzten.

Als sie zu Reolan in die Silberkammer traten, sah der Eirun so aus, als würde er liebsten auf der Stelle aufbrechen. »Mich muss der Giringar geritten haben, als ich mit euch hierherkam«, behauptete er, und es klang kläglich.

»Für ein Spitzohr hast du dich ausgezeichnet gehalten. Ich kenne wenige Blaue, die es eine ähnlich lange Zeit in einem grünen Eirun-Wald ausgehalten hätten«, sagte N'ghar voller Hochachtung.

»Ganz ohne Schaden ist Reolan leider nicht davongekommen. Vereen musste heute wieder ihre Heilerfähigkeiten einsetzen, um ihn zu entgiften.« Ysobels Ton bewies Laisa, dass die Tivenga den Eirun endgültig in der Gruppe akzeptiert hatte.

Reolan lachte leise auf. »Das muss man sich vorstellen! Ich lasse mich von einer blauen Heilerin behandeln. Noch vor ein paar Monaten wäre ich allein bei dem Gedanken daran schreiend davongelaufen, und jetzt muss ich sagen, dass die Dame Vereen ihre Sache nicht schlechter macht als eine der großen Heilerinnen des Westens. In diesem speziellen Fall vermag sie mich sogar viel besser zu heilen, denn niemand von der goldenen Seite des Stromes hätte mich so gut von der schwarzen Magie befreien können wie sie.«

»Laisa musste nicht behandelt werden«, warf Rongi ein.

Ihm war langweilig, weil er anders als in der Blauen Festung hier nicht herumtoben durfte und auch keine ernsthafte Aufgabe erhalten hatte. Aus diesem Grund sehnte er sich ebenfalls danach, wieder in die Dämmerlande zurückkehren zu können.

»Über Laisa wundern sich alle, sogar Tharon und Vereen«, sagte nun auch Ysobel. »Keiner versteht, weshalb sie durch das allgegenwärtige Schwarz nicht auch vergiftet worden ist.«

Etwas in Laisa riet ihr, Lizys Existenz noch nicht zu verraten. Zuerst wollte sie selbst verstehen lernen, wer oder was die Kleine war. Auf jeden Fall war sie der Feuer speienden Echse sehr dankbar, weil sie die Schwarzfarbenmagie aus ihr herausgezogen und verblasen hatte.

»Ich wundere mich auch«, sagte sie daher. »Wahrscheinlich kommt es davon, dass ich nicht in den Dämmerlanden aufgewachsen bin.«

»Selbst dann müsstest du dich hier vor Ekel und Schmerzen krümmen«, sagte Reolan kopfschüttelnd.

»Wer sagt, dass ich mich nicht ekle?« Laisa bedauerte, ihre Freunde anlügen zu müssen. Dabei misstraute sie weniger diesen als vielmehr den Schwarzen, denen diese Festung gehörte.

»Ich werde dich noch einmal gründlich untersuchen, damit wir sichergehen können, dass du dir wirklich keine Verletzungen zugezogen hast«, sagte Vereen, die Laisa in die Silberkammer gefolgt war.

Sie legte ihr die Hand auf die Stirn und konzentrierte sich auf mögliche Schäden, welche die schwarzländische Kriegsmagie in deren Körper und Geist angerichtet haben mochte. Nach einer Weile schüttelte sie irritiert den Kopf.

»Du bist vollkommen gesund und das Schwarz in dir zu gering, um dich zu beeinträchtigen. Du musst eine starke, natürliche Abschirmerin sein.«

»Eher eine starke Abflammerin«, vernahm Laisa Lizys kichernde Stimme in ihrem Kopf.

Zum Glück bekam Yahyeh dies nicht mit, denn sie ließ Laisa gerade los und nahm ein Stück Obst, das Ysobel ihr reichte. Es stammte noch aus der Blauen Festung, deren Vorräte allen in diesem Raum schmeckten.

»Wie es aussieht, hat Laisa alles entdeckt, was es an bösen Dingen in und um die Schwarze Festung gegeben hat. Daher sollten wir an die Abreise denken«, schlug Yahyeh vor.

»Ihr werdet leider sehr schnell abreisen müssen«, warf Tharon ein, der gerade das Silberzimmer betrat und höchst verärgert wirkte.

»Was gibt es denn so Dringendes, großer Magier?«, fragte Laisa neugierig.

»Uns wurde angekündigt, dass ein Bote im Auftrag von Caludis hierher unterwegs ist. Salavar und ich halten es für besser, wenn er hier keine Weißen und Blauen antrifft. Der Kerl, der hier erscheinen wird, ist ein hochrangiges Mitglied des Schwertordens und ein persönlicher Freund von Wassarghan und Gynndhul.«

»Wenn der Herr will, kann ich ihn genauso behandeln wie die beiden«, fauchte Laisa. Sie mochte keine Schwarzfarbenmagier mit Ausnahme von Tharon und vielleicht auch noch Salavar und Burlikk.

»Bitte nicht«, sagte Tharon mit dem Anflug eines Lachens. »Gumurran ist der Sekretär des dritten Gefährten Giringars und hält sich für eine überaus wichtige Person. Ich will verhindern, dass er einen von euch beleidigt oder gar verlangt, man solle euch gefangen nehmen.«

»Das sollte er besser bleiben lassen«, kam es von Yahyeh. Sie war bereit, notfalls ihre Tarngestalt aufzugeben und Gumurran als blaue Evari in die Schranken zu weisen.

Da Tharon den Magier kannte, wollte er eine Konfrontation vermeiden und wies mit einem missglückten Lachen auf Reolan. »Euer Spitzohr freut sich gewiss, so rasch wie möglich von hier wegzukommen.«

»Auf welchem Weg?«, fragte Laisa. Ihr behagte es nicht, wie eine unerwünschte Besucherin abgeschoben zu werden, nachdem sie so viel für die Schwarzen getan hatte. Zumindest hätte sie einen gewissen Dank dafür erwartet. Doch der schien ebenso auszubleiben wie eine Belohnung für sie und ihre Leute.

»Der normale Weg wäre, nach Waloh zu ziehen und dort auf eines der Flussschiffe zu steigen. Nur glaube ich nicht, dass der Eirun dort sehr willkommen wäre. Darum halte ich es für das Beste, wenn die Dame Vereen« – Tharon zwinkerte Yahyeh dabei kurz zu – »euch ein Stück in die Dämmerlande hineinversetzt und ihr dann unter einem Unsichtbarkeitszauber, den sie erzeugen wird, bis zum Strom weiterzieht.«

»Hier im Norden kenne ich mich nicht so gut aus, dass ich einen geeigneten Auftauchpunkt für eine ganze Gruppe wüsste. Was geschieht übrigens mit unseren Gurrims und unseren Katzenmenschen? Die kann ich nicht auch noch versetzen. Das würde meine Kräfte überfordern«, wandte Yahyeh ein.

Tharon sah sie mit bedauernder Miene an.

»Wenn es anders ginge, würde ich dich nicht dazu auffordern. Aber Laisa ist mir ein zu spitzer Nagel für Gumurrans Aufgeblasenheit, und ich will auch nicht, dass du ihn im Zorn in eine Glasfalle sperrst und so Caludis zurückschickst. Was den Versetzungszauber betrifft, so werde ich dir dabei helfen. Nur sollte es rasch geschehen, damit ihr fort seid, bevor Gumurran hier erscheint.«

»Und unsere Gurrims und die anderen sollen wir wohl in unsere Taschen stecken?«, fragte Laisa verärgert.

»Natürlich nicht! Die kommen in eine Glasfalle und werden zur Blauen Festung gebracht.«

»Hoffentlich«, warnte Yahyeh Tharon. »Sollte es nicht der Fall sein, werde ich dich und Salavar persönlich zur Rechenschaft ziehen.«

»Und ich helfe dir dabei.« Laisa lächelte sanft, doch alle, die sie kannten, spürten, dass sie zornig war.

Tharon gefiel die Eile ebenso wenig wie den anderen, doch er wollte ihnen eine Begegnung mit dem von sich selbst eingenommenen Magier ersparen. Als Caludis' Sekretär besaß das Ohr des dritten Gefährten Giringars und konnte Salavar und ihm schaden.

»Komm bitte«, sagte er zu Yahyeh und ging voraus.

»Und was machen wir in der Zwischenzeit?«, fragte Rongi.

»Unsere Sachen packen und noch einmal kräftig essen, damit unsere Vorratsglasfalle leer wird und Vereen sich leichter tut, uns zu versetzen«, antwortete N'ghar mit gespielter Ernsthaftigkeit.

Rongi fiel auf seine Bemerkung herein und griff sich die Glasfalle. »Dann fange ich schon mal an.«

»Gib mir aber etwas ab.« Laisa fand, dass essen die angenehmste Art war, die Wartezeit zu verbringen, und holte sich ebenfalls ein paar Fischfilets heraus. Seufzend dachte sie daran, dass sie ihr roh und ungewürzt eigentlich besser schmecken würden.

Kurz darauf kehrten Yahyeh und Tharon zurück. Erstere trug bereits ihre Reisekleidung und funkelte Laisa und die anderen auffordernd an. »Ich bin bereit, und ihr?«

»Wir sind auch fertig«, erklärte Rongi beflissen. »Wir haben sogar kräftig gegessen, damit die Vorratsglasfalle nicht mehr so schwer ist und du sie leichter versetzen kannst.«

Yahyeh starrte ihn zuerst verdattert an und musste sich dann das Lachen verbeißen, während Tharon dem Katling einen vernichtenden Blick zuwarf.

»Törichter Narr! Eine Glasfalle wurde dazu entwickelt, um sperrige Dinge leicht transportieren zu können. Wenn du das Essen herausnimmst und in deinen Wanst stopfst, besitzt es wieder das ursprüngliche Gewicht und du machst es Vereen schwerer, euch zu versetzen!«

»Aber N'ghar hat gesagt ...«, begann Rongi, wurde aber von Tharon rüde unterbrochen.

»Er ist derselbe Kindskopf wie du!«

Bevor Tharon weiterschimpfen konnte, winkte Yahyeh die ihr anvertraute Gruppe nach draußen, öffnete dort die Spruchrolle und versetzte alle an den Platz, den der schwarze Evari ihr beschrieben hatte.

Tharon blieb zurück und hatte plötzlich das Gefühl, als wäre alles um ihn herum düsterer und kälter als vorher.

»Eine Vorratsglasfalle leer essen, damit sie leichter zu versetzen ist – auf so was kann auch nur ein Blauer kommen«, brummelte er und spürte, dass seine Laune wieder stieg. Auf jeden Fall war das ein Witz, den er Salavar unbedingt erzählen musste.

In diesem Moment hallte ein dumpfer Ton durch die Schwarze Festung und zeigte allen an, dass ein hoher Herr aus dem Osten erschienen war. Da Tharon keine Lust hatte, seine Tarngestalt einem anderen Schwarzlandmagier zu offenbaren, verwandelte er sich in den Evari, strich die Falten seines Talars glatt und fasste seinen fast mannshohen Stab mit fester Hand. Danach trat er gravitätisch in die große Halle, in der Salavar eben den Gast empfing.

Während der Kommandant der Schwarzen Festung seine bereits leicht abgeschabte Magierkleidung trug, steckte Gumurran in einem bodenlangen Talar aus bestem Samt, in den kleine, rote Kristalle eingenäht waren. Eine große Tafel auf seiner Brust wies ihn als Magier ersten Grades, Mitglied des Sechsunddreißigerrates des Ordens vom heiligen Schwert Giringars und als ersten Sekretär von Caludis, dem Dritten in der Rangfolge der Gefährten Giringars aus. Er trat allerdings so auf, als wäre er dieser persönlich.

»Seit du wieder der Kommandant der Schwarzen Festung bist, häufen sich die schlechten Nachrichten«, wies er Salavar gerade zurecht, obwohl dieser als Magier höherrangiger war als er selbst.

So viel Frechheit wollte Tharon sich nicht gefallen lassen. Er trat auf Gumurran zu und musterte ihn durchdringend. Der andere trat unruhig von einem Fuß auf den anderen und fragte dann, was das solle.

Tharon berührte mit seinem rechten Zeigefinger die große Symbolplatte des anderen. »Seid ihr Schwertmagier übergeschnappt, eure internen Ränge gleichbedeutend mit euren Magierrängen im Schwarzen Land zu nennen? Und was soll dieser Unsinn mit dem Sekretär der gewaltigen Caludis? Eine solche Anmaßung habe ich noch nie erlebt. Ich werde Beschwerde im Schwarzen Land einreichen, damit so etwas kein zweites Mal mehr vorkommt.«

»Ich verstehe nicht«, rief Gumurran verdattert.

»Du kennst wohl die Regeln und Gesetze des Schwarzen Landes nicht?«, fuhr Tharon tadelnd fort. »Der von dem großen Giringar gewährte Magierrang ist auf einer eigenen Platte zu tragen. Eine zweite Platte ist für die Stellung vorgesehen, die ein Magier im Schwarzen Land einnimmt, in deinem Fall ist dies der Schreiber seiner Hoheit Caludis. Interne Clubränge haben auf einem offiziellen Rangabzeichen nicht das Geringste verloren. So lautet die Vorschrift.«

»Du warst wohl schon lange nicht mehr im Schwarzen Land. Wir Magier vom Orden des Heiligen Schwertes sind die Elite unserer Magierschaft und sind stolz darauf.« Gumurran wollte Tharon mit dem Schwertorden beeindrucken, doch dieser schüttelte nur den Kopf.

»Ich richte mich nach den Regeln, die mir Betarran, Zweiter der Gefährten des großen Giringar, zukommen lässt, und diese lauten so, wie ich sie eben zitiert habe.«

Gumurran öffnete den Mund zu einer Entgegnung, begriff aber, dass er dabei war, sich auf sumpfiges Gelände zu begeben. Im Gefühl ihrer eigenen Bedeutung hatten er und andere Schwertmagier begonnen, die Ränge, die sie im Orden trugen, als gleichrangig oder teilweise sogar noch wichtiger zu nehmen als ihre offiziellen Titel, und trugen diese deutlich erkennbar zur Schau. In der Heimat wagte es niemand mehr, sie deswegen zu tadeln. Doch Tharon war Betarran persönlich unterstellt, und der stand im Schwarzen Land noch über Caludis. Daher lenkte er ein.

»Dies hier ist meine private Robe, und ich komme auch

nicht in meiner Funktion als Magier hierher, sondern als Sekretär und Bote des mächtigen Caludis, dem Dritten der Gefährten des gewaltigen Giringar, der …«

»Glaubst du etwa, wir wissen nicht, wer Giringar und Caludis sind?«, fiel Tharon ihm ins Wort. »Und jetzt gib deine Botschaft her. Wir haben nicht alle Zeit der Welt.«

Gumurran ärgerte sich über Tharon und fand, dass dringend ein neuer schwarzer Evari an dessen Stelle eingesetzt werden sollte. Zu seinem Leidwesen und dem seiner Ordensgefährten stand Tharon jedoch bei Giringar in hohem Ansehen. Daher musste er dessen unverschämtes Verhalten ertragen. Vergessen würde er es allerdings nicht. Mit dieser Überlegung stellte er sich vor Tharon und Salavar in Pose, holte einen Umschlag aus einer verborgenen Tasche seines Talars und erbrach das Siegel.

»Im Namen Caludis' – die Titel erspare ich mir, um die Herren nicht zu langweilen – ergeht folgender Befehl: Jeder Angriff auf die Stadt Flussmaul stellt einen eklatanten Verstoß gegen die Dämmerlandverträge dar und ist mit allen zur Verfügung stehenden Möglichkeiten zu verhindern. Der Magier Gumurran – das bin ich – ist befugt, alle dafür nötigen Maßnahmen anzuordnen und das Kommando der Hilfsarmee für Flussmaul zu übernehmen.«

»Diesen Befehl will ich auf Kristall sehen«, rief Salavar aus. Als auch Tharon nickte, reichte Gumurran ihnen den Aufzeichnungskristall, auf dem sein Oberhaupt Caludis bei der Erteilung des Befehles zu sehen war.

Sosehr es Tharon und Salavar auch wurmte: Der Befehl war eindeutig! Die Truppen der Schwarzen Festung erhielten den Befehl, Flussmaul unter allen Umständen zu verteidigen. Beide ahnten nicht, dass Caludis der ins Schwarze Land weitergereichten Bitte Tolmon Krens auf den Leim gegangen war. Dieser hatte nur die gelben Eirun von Gilthonian erwähnt.

Von anderen Feinden Flussmauls war darin nicht die Rede gewesen.

»Was sollen wir tun?«, fragte Salavar Tharon besorgt.

»Kannst du diesen Befehl verweigern?«

Salavar schüttelte den Kopf. »Wenn ich es tue, würde man mich sofort abberufen und als Gefangenen nach Osten bringen. Doch wenn ich Truppen losschicke, besteht die Gefahr, dass sie in Kämpfe mit den Eirun verwickelt werden. Dann aber lösen wir einen Krieg aus, wie Gayyad ihn sich größer und blutiger nicht wünschen könnte.«

Tharon teilte die Befürchtungen seines Freundes. Am meisten aber ärgerte ihn, dass Caludis Salavar und ihn übergangen und Gumurran mit dieser Aktion beauftragt hatte. Er selbst hätte noch mit der anderen Seite reden können. Einem Magier aus dem Schwarzen Land würden die Eirun jedoch niemals trauen.

»Über welche Truppen kann ich verfügen?«, fragte Gumurran, dem die lautlose Unterhaltung der beiden Magier nicht passte.

»Derzeit befinden sich neun Gurrim-Regimenter in der Festung. Da sechs die Mindestzahl ist, die nicht unterschritten werden darf, kann ich nur drei Regimenter entsenden.« Salavar sah keinen Grund, Caludis' Boten auch nur einen Gurrim mehr zu unterstellen, als die Vorschriften es zuließen.

»Drei Regimenter? Das sind eintausendachthundert Gurrim-Soldaten«, rechnete Gumurran aus. »Wie viele Kämpfer werden die Spitzohren von Gilthonian in die Schlacht schicken?«

»Die wirst du selbst zählen müssen«, antwortete Tharon. »Als Evari ist es mir verboten, den Strom zu überschreiten, und Salavar darf als Kommandant der Festung diese nur mit ausdrücklichem Befehl verlassen. Diese Anweisung wurde jedoch nicht erteilt.«

Und zwar aus gutem Grund, fuhr es Gumurran durch den Kopf. Da Salavar ranghöher war als er, hätte er diesem das Kommando über die Hilfstruppe überlassen müssen. Doch den Ruhm, Flussmaul gerettet zu haben, wollte er für sich selbst erringen. »Mehr als tausend Spitzohren werden wohl kaum kommen. Mit denen werden drei Regimenter leicht fertig, zumal ich kein schlechter Kampfmagier bin, wie ich betonen will.«

»Der Kerl sucht den Krieg!«, sendete Tharon Salavar so zu, dass Gumurran wieder nichts auffangen konnte.

»Was können wir dagegen tun?«, fragte der Festungskommandant verärgert.

»Derzeit nichts. Doch ich werde auf schnellstem Weg in meinen Turm zurückkehren und Botschaft nach Osten senden. Vielleicht kann Betarran diesen Wahnsinn verhindern.«

Um nicht noch mehr Zeit zu verlieren, versetzte Tharon sich noch aus der Halle heraus nach Süden.

Gumurran sah ihn verschwinden und protestierte erregt. »Was soll das? Es ist mein Wille, das Tharon mich begleitet, um den Friedensbruch der Spitzohren zu dokumentieren.«

»Ich glaube, du verwechselst hier einiges«, antwortete Salavar scharf. »Tharon ist weder dein Untergebener noch Herrn Caludis unterstellt. Dein Vorgesetzter hat auch wohlweislich darauf verzichtet, einen solchen Befehl zu erteilen.«

Es passte Gumurran gar nicht, erneut zurechtgewiesen zu werden, und er nahm sich vor, Caludis dazu zu bringen, Salavar von seinem Posten abzuberufen. Wie unfähig der Kerl war, sah man schon daran, dass die Spitzohren des Westens sich erdreisteten, eine in den Dämmerlandverträgen garantierte, schwarze Bastion wie Flussmaul anzugreifen.

Um zu zeigen, dass er sich dieses Verhalten nicht bieten lassen wollte, funkelte er Salavar zornig an. »Die drei Regimenter sollen sich umgehend mit ihren schwersten Waffen ausrüsten und zum Abmarsch bereit machen. Wir werden es diesen Spitzohren zeigen.«

»Die Gurrims mit starken Artefaktwaffen auszurüsten ist laut Dämmerlandvertrag verboten. Wenn sie auf die Eirun treffen, könnten diese es als Bruch der Verträge ansehen und hätten dann einen Grund, Truppen aus dem Gelben Land zu holen«, wandte Salavar ein. »Das wäre der Beginn eines neuen Götterkrieges.«

Gumurran winkte hochmütig spöttisch ab. »Das ist doch dummes Geschwätz. Du hast den Befehl des großen Caludis vernommen. Es sind alle Maßnahmen erlaubt, die ich anordne. Also werden die Gurrims schwer bewaffnet marschieren.«

Für sich sagte der Magier, dass er keine Lust hatte, mit leicht bewaffneten Gurrims auf einen nur wenig schwächeren Gegner zu treffen. Bereits der erste Schlag gegen die Eirun musste vernichtend sein, und dazu brauchten die Gurrims die entsprechende Ausrüstung.

Salavar wusste, dass er geschlagen war und nur noch darauf hoffen konnte, dass Tharon seinen Vorgesetzten Betarran rechtzeitig erreichte. Sonst würde dieser Narr Gumurran nicht nur die gesamten Dämmerlande in Brand stecken, sondern die gesamte Welt.

Sechsundzwanzigstes Kapitel

Die Konfrontation

Laisa vernahm das Rauschen des Stromes und begriff, dass Yahyehs Versetzungszauber gelungen war. Keine fünfzig Schritte vor ihr lag das östliche Ufer des Toisserech, der an dieser Stelle hauptsächlich Wasser aus schwarzen Quellen mit sich führte. Daneben bemerkte sie Spuren von Violett und Blau, aber auch der drei Westfarben, obwohl sie so weit im Norden aufgetaucht waren, dass es keine Reiche dieser Farben stromauf mehr gab.

Neben ihr begann Ysobel zu maulen. »Wenn Tharon sich beim Erklären des Versetzungszaubers nur um ein Haarbreit verrechnet hätte, wären wir alle im Wasser gelandet.«

»Sind wir aber nicht«, antwortete Yahyeh und sah sich um. »Irgendetwas geht hier vor.«

»Meinst du die Eirun-Schiffe, die dort den Strom hochkommen?«, fragte Laisa lächelnd.

Sie besaß die besten Augen von allen und hatte die großen Barken auch schon mit ihren magischen Sinnen entdeckt.

Nun bemerkte auch Yahyeh die Schiffe und wirkte auf einmal sehr besorgt. »Es stimmt also wirklich. Die Eirun von Gilthonian ziehen gegen Flussmaul aus.«

»Es ist an der Zeit, dass mal jemand diesem Gesindel seine Grenzen aufzeigt«, antwortete Laisa mit einem Fauchen. Sie mochte Flussmäuler fast noch weniger als gewissenlose Schwarzlandmagier wie Gynndhul und Wassarghan.

»Ich zähle neun Schiffe, von denen jedes um die neunzig Spitzohren trägt«, meldete N'ghar.

»Neun mal neunzig sind gut achthundert Eirun, eine stattliche Zahl. Allerdings hätte in den Zeiten der Großen Kriege mehr als die zwanzigfache Zahl an Menschen sie begleitet. Aber so ganz scheinen sie nicht von dieser Sitte abzugehen«, antwortete Yahyeh und zeigte auf eine Reihe kleinerer Schiffe, die den größeren Eirun-Barken folgten wie Entchen ihrer Mutter.

»Wie viele sind es?«, fragte N'ghar Laisa.

Nun war es weitaus einfacher, die Eirun zu zählen, die für ihre magischen Sinne wie gelbe Flammen leuchteten, als die weitaus magieärmeren Menschen. Doch als Laisa sich konzentrierte, spürte sie, wie ein Teil ihrer selbst sie verließ und als Lizy am Bug des vordersten Menschenschiffes auftauchte. Die Kleine suchte hinter einer Verstrebung Deckung und streckte nur den auf ihrem langen Hals sitzenden Kopf vor, um zählen zu können. Nach einer Weile löste sie sich wieder auf und kehrte zu Laisa zurück.

»Es sind gut tausend menschliche Krieger, alle von gelber Grundfarbe«, konnte Laisa den anderen berichten.

Ysobel schüttelte den Kopf. »Das sind zusammen keine zweitausend. Damit können sie Flussmaul niemals stürmen.«

Unterdessen hatte Yahyeh das Heer von Gilthonian genauer untersucht. »Die Eirun tragen nur leichte Waffen, so, wie es in den Dämmerlandverträgen bestimmt wurde.«

»Was sind leichte Waffen?«, wollte Rongi wissen.

»Dolche und Schwerter sowie Pfeil und Bogen«, erklärte ihm Yahyeh.

»Sind die wahnsinnig?«, rief Ysobel aus. »Es ist doch bekannt, dass Flussmaul eine große Anzahl schrecklicher Kriegsartefakte besitzt. Die Eirun werden scheitern und sich voller Scham zurückziehen müssen.«

Yahyeh lächelte, auch wenn sie die Situation alles andere als amüsant fand. »Das dort sind Eirun und keine menschlichen Krieger. Wenn sie ihre Levitationskräfte vereinen, können Hunderte von ihnen auf die obersten Plattformen der großen Türme herabschweben, die Falltüren aufbrechen und einen Turm nach dem andern erobern. Dazu brauchen sie nicht einmal ihre Schwerter, sondern können ihre Gegner durch ihre magischen Kräfte unschädlich machen. Auch besitzen sie die Gabe, die Geschosse der Feinde mit ihren Kräften abzulenken. Besäße Flussmaul keine Kampfartefakte, würden die Eirun wahrscheinlich keinen einzigen Krieger verlieren. Doch selbst mit ihren Artefakten können die Flussmäuler nur einen Teil von ihnen töten oder verletzen, bevor sie unterliegen.«

»Dann sollten wir dafür sorgen, dass die Flussmäuler keine Artefakte einsetzen können«, schlug Laisa vor.

Yahyeh hatte Vereens Gestalt beibehalten und hob nun abwehrend die Hand. »Die Evari hat mir streng verboten, mich in die Kämpfe fremder Farben einzumischen.«

Laisa und N'ghar sahen sich kurz an, denn beide wussten, wer sie wirklich war. »Ich habe auch nicht von dir geredet«, antwortete Laisa feixend. »Flussmaul hat bei mir noch etwas gut, und bei Ysobel und Rongi ebenso.«

»Das kannst du laut sagen«, zischte die Tivenga. »Diese Schufte haben mich als Sklavin auf die andere Seite des Stromes verschleppt, um mich dort an ein Monster zu verfüttern. Wenn sie nicht den Fehler begangen hätten, auch Laisa zu fangen, wäre ich heute tot und hätte wohl nicht einmal zu den Seelenhallen der Linirias gelangen können.«

»Ich will meine Krallen an der Haut der Flussmäuler schärfen«, sagte Rongi und zeigte ebenfalls deutlich, dass er nicht bereit war, sich bei einem Kampf gegen Flussmaul herauszuhalten.

Schließlich nickte auch N'ghar. »Wenn Laisa, Ysobel und Rongi sich den Spitzohren anschließen wollen, tue ich das auch. Immerhin habe bei meinem Besuch in Flussmaul Gayyads Magie in Tolmon Krens Turm gespürt.«

»Tatsächlich?« Yahyeh überlegte, ob das für sie ein Grund sein konnte, sich ebenfalls einzumischen. Doch als Wächterin der blauen Göttin war sie fester als andere an Regeln und Gesetze gebunden. Es brauchte schon eines stärkeren Beweises als N'ghars Bemerkung, um ihr die Möglichkeit zu geben, gegen Flussmaul vorzugehen.

Reolan hatte sich bislang zurückgehalten, doch nun klopfte er gegen den Griff seines Schwertes. »Ich habe Laisa Gefolgschaft geschworen bis zu dem Tag, an dem Erulim-Gayyad erlegt oder gefangen ist. Ihre Feinde sind meine Feinde.«

»Ich glaube, damit sieht die Sache für die Spitzohren doch um einiges besser aus«, erklärte Laisa ohne schamhafte Bescheidenheit. Als Krieger waren N'ghar und sie besser als jeder Eirun aus Gilthonian, und sie konnte zudem die feindlichen Artefakte ausmachen und ihre Freunde und Verbündeten davor warnen.

Rongi musterte die Eirun-Schiffe, die etwas jenseits der Mitte des Stromes ihre Bahn zogen. Plötzlich kniff er die Augen zusammen und blickte angestrengt stromabwärts.

»Dort kommen noch weitere Schiffe!«, rief er. »Was mögen das für Leute sein?«

»Den Wimpeln nach Blaue von oberhalb der Heiligen Stadt – und das dahinter sind Schilfboote der Schlangenmenschen!«, antwortete Ysobel verblüfft.

Unterdessen machte Laisa auf dem vorderen Schiff zwei violette Präsenzen aus, von denen eine ihr bekannt vorkam, dazu eine ihr unbekannte Grüne und eine Weiße, bei der sie zu grinsen begann.

»Wir werden gleich wissen, was hier los ist. Es sind nämlich zwei Leute an Bord, die ich kenne. Denen können wir uns auch offen zeigen. Du kannst den Unsichtbarkeitszauber beenden.« Das Letzte galt Yahyeh, doch die winkte angespannt lächelnd ab.

»Dieser Zauber ist längst erloschen.«

Nun wurden die Leute auf der vordersten Galeere auf sie aufmerksam und hielten auf das Ufer zu. Gleichzeitig entdeckte Laisa eine Gestalt in einem Heilertalar am Bug.

»Das ist der gute Herr Valgrehn«, sagte sie und winkte Khaton zu.

»Da sind noch mehr Magier an Bord.« Yahyehs Gesicht spannte sich an, denn auch sie hatte jetzt den Grünen bemerkt und brachte ihn mit Rhondh in Verbindung, der wie Khaton in seiner Zweitgestalt erschienen war. Die violette Präsenz konnte sie ebenfalls zuordnen und wunderte sich, diese in Gesellschaft der beiden Evaris aus dem Westen vorzufinden.

Die Galeere kam nun dem Ufer so nahe, dass Sirrin mit ihren Levitationskräften eine Leine um einen Baum winden konnte. Ein paar Matrosen legten Bretter aus, und Laisa und ihre Begleitung stiegen trockenen Fußes an Bord.

Khaton eilte ihr freudestrahlend entgegen. »Ich bin glücklich, dass du gut aus der Blauen Festung zurückgekommen bist.«

»Der Kerl tut ja direkt so, als wenn wir Blaue Weißenfresser wären«, warf Yahyeh schnappig ein.

Laisa achtete nicht auf sie, sondern umarmte den weißen Evari. »Wir waren nicht nur in der Blauen Festung, sondern auch in der Schwarzen. Gayyad hatte auch dort ein hübsches Geschenk hinterlassen.«

Jetzt riss es Khaton. »Die Schwarze Festung, sagst du? Hast du es gut überstanden? Und was ist mit Reolan?«

»Die gute Vereen musste ein bisschen nachhelfen«, erklärte Laisa, ohne darauf einzugehen, dass dies nur bei Reolan nötig gewesen war.

Nun zeigte sie auf die Eirun-Schiffe, die weiter stromaufwärts noch zu sehen waren. »Was ist hier eigentlich los?«

»Wir ziehen gegen Flussmaul«, antwortete Rhondh an Khatons Stelle. »Die Bewohner dieser Stadt haben Eirun-Schiffe angegriffen und sowohl Eirun wie auch Lotsen getötet. Außerdem haben sie Rogon entführt.«

»Rogon?« Das konnte Laisa nicht glauben. Immerhin besaß der junge Blaue ähnlich ungewöhnliche Kräfte wie sie selbst. Wenn es stimmte, musste er sich schon sehr dumm angestellt haben. Sie änderte ihre Meinung jedoch, als Tirah ihr erklärte, wie das Ganze vonstattengegangen war.

Auch Yahyeh vergaß über diesen Neuigkeiten für einen Augenblick ihre Feindschaft zu Rhondh und schüttelte empört den Kopf. »Der Einsatz solcher Artefakte wie Fangglasfallen sind in Edessin Dareh verboten. Nur Anhänger eines so verkommenen Wesens wie Gayyad können es wagen, die heiligen Gesetze zu brechen.«

»Genauso wie er die Gesetze gebrochen hat, um Thilion, Halondil, Aralian und die anderen grünen Reiche des Südens in den Südkrieg zu treiben.«

Rhondh gab Yahyeh damit unbewusst das Stichwort, und sie fauchte ihn wütend an. »An diesen Schrecken warst du nicht gerade unschuldig.«

Da es so aussah, als wolle sie zu einem magischen Schlag gegen ihn ansetzen, griff Sirrin ein. »Halt! Herr Telrawhin hat glaubhaft versichert, dass weder der grüne Evari noch er diesen Krieg gewollt haben. Sie haben im Gegenteil alles getan, um ihn zu verhindern oder zumindest zu beenden.«

Es war auch eine Warnung an Yahyeh, Rhondhs Zweitgestalt nicht aufzudecken. Dieser sandte ihr einen dankbaren Blick zu und sprach dann selbst weiter.

»Als König Ardhar III. von T'wool fiel und nur noch sein sechzehnjähriger Sohn Arendhar als Anführer des Ostens übrig blieb, musste Rhondh die gegnerischen Heere voneinander trennen. Da es ihm nicht möglich war, die grünen Ritter wieder auf ihre eigene Seite zu bringen, sorgte er dafür, dass sie nicht weiter vordringen und noch mehr Reiche vernichten konnten. Leider verausgabte er sich bei diesem Zauber und wurde von Gayyad überrascht und gefangen gesetzt. Der Zweifarbige hatte sich unter dem Magierturm von Rhyallun einen Stützpunkt eingerichtet und vermochte sich trotz des Fluches von Rhyallun mit einem starken Artefakt dorthinein zu versetzen.«

So ganz konnte er Yahyeh damit nicht besänftigen, denn gerade die Vernichtung so vieler blauer Fürstentümer im Süden hatte ihrem Ruf außerordentlich geschadet. Doch als sie über Rhondhs Beweggründe nachdachte, fand sie, dass sie an seiner Stelle wahrscheinlich nicht anders gehandelt hätte.

»Ich schlage einen Waffenstillstand vor«, bot sie ihm an.

Telrawhin nickte erleichtert. »Dazu bin ich gerne bereit. Wir müssen zusammenhalten und Rogon befreien. Er ist ein Schlüssel für den Frieden, so, wie die Dame Laisa ebenfalls einer ist.«

Einen Schlüssel für den Frieden war Laisa bisher noch nie genannt worden, aber der Begriff gefiel ihr. Dafür war sie sogar bereit, Khaton die eine oder andere überhebliche Bemerkung zu verzeihen.

»Ihr sagt, die Flussmäuler hätten Rogon entführt?« fragte sie.

Tirah fletschte die Zähne. »So ist es! Je weiter wir nach Norden kommen, umso stärker spüre ich, dass ich mich ihm nähere. Die Verbindung zu ihm ist jedoch so schwach, als hätte man ihn magisch abgeschirmt.«

»Darf ich mal schauen?« Ohne ihre Antwort abzuwarten, legte Laisa Tirah die Hand auf die Schulter und horchte in sie hinein. Mit etwas Mühe bemerkte sie tatsächlich einen dünnen, blauen Faden, über den ein wenig Magie in Tirah hineinfloss. Sie verfolgte dessen Richtung und wies dann fast genau nach Norden.

»Dort muss er sein.«

»Wie ich schon sagte: Flussmaul«, erklärte Tirah und sah in dem Augenblick so aus, als wolle sie die diamantharten Mauern von Flussmaul mit eigener Hand niederreißen.

*

Major Burlikk hatte in seinem langen Leben bereits einiges erlebt, von Expeditionen tief in den Süden bis hin zu harten Schlachten gegen Eirun und deren menschliche Verbündete. Der Auftrag, den er jetzt ausführen musste, erfüllte ihn zum ersten Mal mit Widerwillen. Sein Vorgesetzter Salavar hatte ihn Gumurran als Stellvertreter mitgegeben in der Hoffnung, er könne diesen eingebildeten Magier vor unsinnigen Aktionen abhalten. Doch diese Hoffnung hatte Burlikk längst aufgegeben. Gumurran hörte auf niemanden und war auch keinem Ratschlag zugänglich.

»Ich weiß selbst, was zu tun ist«, herrschte er Burlikk eben wieder an. »Es ist die Schuld solcher Leute wie Salavar und dir, dass die Lage in den Dämmerlanden sich so verschlimmern konnte. Aufrechte Schwertmagier wären diesen anmaßenden Westlern schon längst entschieden gegenübergetreten. Nur ein Narr konnte Männern wie euch solch verantwortungsvolle Posten übertragen.

Diese Bemerkung war pure Blasphemie, denn Salavar und Burlikk waren von Betarran eingesetzt worden, dem Zweiten der Gefährten Giringars, dem auch Gumurrans Oberhaupt Caludis nachgeordnet war.

Burlikk wünschte sich einen Aufzeichnungskristall, um all die Unverschämtheiten, die Gumurran von sich gab, speichern und Salavar übergeben zu können. Stattdessen steckte er in gut einem Zentner Stahl und Kristall und schleppte eine schwere Flammenlanze mit sich, die selbst zwei kräftige Männer nicht hätten heben können. Die knapp zweitausend Gurrim-Krieger, die er anführte, trugen ebenfalls massive Rüstungen und waren bewaffnet, als sollten sie Gilthonian selbst angreifen.

»Wie wollt Ihr vorgehen?«, fragte Burlikk, um vielleicht doch noch eine fatale Entwicklung verhindern zu können.

»Das heißt, wie wollt Ihr vorgehen, erhabener Magier, Gurrim«, wies Gumurran ihn zurecht.

Langsam begann es in Burlikk zu kochen. Auch wenn er zu einem Teil von Gurrims abstammte, so hatte er etliche Prüfungen mit Erfolg abgelegt und konnte sich mittlerweile Magier dritten Grades im Schwarzen Land nennen. Gumurran stand als Magier ersten Grades nur zwei Stufen höher als er. Dennoch behandelte dieser ihn wie einen lumpigen Hilfsadepten. Bevor er jedoch irgendetwas sagen konnte, sprach der andere weiter.

»Wir rücken in Eilmärschen an den Strom vor, setzen mit den Booten über, die wir in sechs Glasfallen mit uns führen, und beziehen vor Flussmaul unser Lager. Sollten die Spitzohren es wagen, dort zu erscheinen, erteilen wir ihnen den Befehl, zu verschwinden. Tun sie das nicht, vernichten wir sie.«

Und haben den nächsten großen Krieg am Hals, durchfuhr es Burlikk. Doch wie er diesen verhindern sollte, wusste er nicht.

»Also setze deine Halbtiere in Bewegung, Gurrim-Kommandant.«

Das war die nächste Gemeinheit. Gurrims waren nicht weniger intelligent als Menschen oder Magier, besaßen aber ein stoisches Gemüt, das ihnen selbst im wildesten Schlachtengetümmel kühles Blut zu bewahren half, während die Magier oft die Nerven verloren und sich absetzten. Auch die Bezeichnung Gurrim-Kommandant war ein gezielter Stich. Da keiner der Magier des Schwarzen Landes und ganz bestimmt kein Angehöriger des Schwertordens bereit war, die oft beschwerliche Aufgabe als kämpfender Offizier zu übernehmen, wurden die Truppen jenen Magiern unterstellt, die sich höheren Ortes unbeliebt gemacht hatten. Ein Gurrim-Kommandant war daher jemand, der sich so schnell keine Hoffnungen auf weitere Beförderungen zu machen brauchte.

Während Burlikk Gumurran im Geiste den Hals umdrehte, forderte er die drei Regimenter auf, im Schnellschritt zu marschieren. Er selbst hielt ohne Mühe mit den Männern Schritt, während Gumurran schon nach wenigen Minuten zurückblieb und sich zuletzt nicht mehr anders zu helfen wusste, als in kurzen Versetzungssprüngen aufzuholen.

»Muss es so schnell gehen?«, fragte er, als er wieder bei Burlikk war.

Dieser sah ihn mit starrem Ausdruck an. »Ihr habt befohlen, dass wir Gurrims so rasch wie möglich vorrücken sollen, erhabener Magier.«

So recht schien Gumurran nicht zu wissen, ob Burlikk sich über ihn lustig machen wollte. Da es aber in seinem Sinn war, Flussmaul möglichst bald zu erreichen, nickte er.

»Sehr gut! Ihr Gurrims werdet in diesem Tempo vorrücken, bis wir die Ufer des Stromes erreicht haben. Ich folge euch in Versetzungssprüngen nach.«

»Jawohl, erhabener Magier.« Bei sich dachte Burlikk, dass Gumurran wohl hoffte, dass er selbst oder Teile der Gurrims bei diesem Gewaltmarsch schlappmachen würden. Er kannte jedoch seine Männer. Wenn hier einer schlappmachte, war es Gumurran selbst. Dieser würde bei seinen Versetzungszaubern viel an Magie verbrauchen, da ihm weder ein entsprechendes Artefakt noch bereits geschriebene Zauberspruchrollen zur Verfügung standen.

Grinsend wandte er sich an seine Gurrims. »Was kriecht ihr hier wie Schnecken dahin, Leute? Das hier ist ein Gewaltmarsch und kein gemütlicher Spaziergang!«

Danach beschleunigte er seine Schritte und legte ein Tempo vor, das nur von Elitetruppen des Schwarzen Landes durchgehalten werden konnte.

Ehe Gumurran sich versah, waren seine Regimenter weit vor ihm, und er musste sich erneut versetzen. Da dies nur an Orte möglich war, die er persönlich kannte oder sehen konnte, waren hier am Fuß der Riegelberge Sprünge über mehr als eine oder zwei Meilen unmöglich. Er hätte bei der unruhigen Landschaft sonst hoch über dem Grund oder, noch schlimmer, mitten im Fels wieder entstehen können. Bei Ersterem hätte er Levitation anwenden müssen, um nicht abzustürzen, und diese magische Kunst beherrschte er nicht besonders gut. Ein Versetzen in den Fels hinein hätte jedoch sein Ende bedeutet. Das aber wollte er unter keinen Umständen riskieren.

Während die Gurrims im Laufschritt nach Westen strebten, blieb Gumurran nichts anderes übrig, als ihnen mit einer ganzen Serie von Kurzversetzungssprüngen zu folgen. Salavar hätte daran denken und mir ein entsprechendes Artefakt geben müssen, dachte er, als er bemerkte, wie stark sich seine magischen Kräfte verbrauchten. Doch im Augenblick konnte er weder den Kommandanten der Schwarzen Festung für dessen Versäumnis zur Rechenschaft ziehen, noch die Gurrims zu einer langsameren Gangart auffordern, denn das würde in

Burlikks Bericht auftauchen, und er wäre dann nicht nur vor den Gurrims blamiert.

Die Flüche, die Gumurran auf magischem Weg ausstieß, bekam auch Burlikk mit, der magisch stärker und auch besser ausgebildet war, als der andere begriffen hatte. Dennoch war dem Major klar, dass sein Vorgehen im Grunde eine kindische Racheaktion war. Die während der Versetzungssprünge verbrauchte Magie würde Gumurran bald wieder ersetzen und sich weiterhin in einer Art und Weise aufführen, die selbst einen Freund zum Feind machen konnte. Dabei würden sie in wenigen Tagen auf Krieger stoßen, die Jahrzehntausende lang erbitterte Gegner gewesen waren.

Es wurde zuletzt ein unerklärter Wettlauf nach Flussmaul, den Burlikks Gurrims um Haaresbreite für sich entschieden. Gemäß den Befehlen, die sie von Gumurran erhalten hatten, blieben diese nicht am Ostufer des Großen Stromes stehen, sondern holten die Boote aus den Glasfallen und setzten über.

Als Gumurran zwei Stunden später an der Stelle materialisierte, an der sie den Strom überschritten hatten, sah er jenseits des Wassers bereits die Zelte seiner Leute. Gleichzeitig entdeckte er im Süden die Segel der Eirun-Schiffe, die etwas unterhalb von Flussmaul anlegten. Der Magier drohte mit der Faust in deren Richtung, setzte dann zum letzten Versetzungssprung an und tauchte in einer Gruppe Gurrims auf, die ungerührt zusahen, wie ihr Feldherr inmitten ihres auflodernden Lagerfeuers erschien.

Mit einem Aufschrei sprang Gumurran aus den Flammen und war nun froh um seinen Talar, den er magisch gegen Feuer und einige andere unangenehme Dinge geschützt hatte.

»Wo ist Burlikk?«, herrschte er die Gurrims an.

Einer von ihnen wies auf einen Hügel in der Nähe. »Der Major verschafft sich gerade einen Überblick.« Die Ehrenbezeichnung »Gewaltiger Magier«, auf die Gumurran so viel Wert legte, unterblieb. Burlikk war bei seinen Männern beliebt, und die Art, in der Gumurran ihn behandelte, passte keinem von ihnen.

Der Magier war zu angespannt, um darauf zu achten. Daher wandte er sich dem Hügel zu, stapfte hinauf und blieb neben Burlikk stehen.

»Was hast du zu melden?«, fragte er arrogant.

»Die Eirun sind eben eingetroffen. Ich zähle etwa achthundert Krieger, dazu kommen um die tausend gelbe Menschen, die sie begleiten.«

»Damit sind sie zahlenmäßig etwa gleich stark wie wir«, stellte Gumurran fest. »Die bessere Ausrüstung spricht jedoch für uns. Es war also richtig, dass ich trotz Salavars kleinlicher Bedenken darauf beharrt habe.«

»Hart wird es trotzdem«, fand Burlikk. »Ich bin der Meinung, wir sollten zuerst verhandeln.«

»Es gibt nichts zu verhandeln! Entweder verschwinden die Spitzohren umgehend, oder sie werden es bereuen, hierhergekommen zu sein.« Aus Gumurran sprach die vieltausendjährige Feindschaft zu den Farben der goldenen Seite sowie seine Hoffnung, in der Heimat als Held zu gelten, der den Eirun eine ordentliche Schlappe beigebracht hatte.

Burlikk überlegte, ob er den eingebildeten Schwertmagier an die Dämmerlandverträge erinnern sollte, die auch ihr Gott Giringar mit unterzeichnet hatte. Doch mit dem Hinweis auf Caludis' Befehl, alle notwendigen Maßnahmen zu ergreifen, hielt Gumurran einen Freibrief in der Hand, sämtliche Regeln und Gesetze zu brechen, bis Caludis, die beiden höherrangigen Gefährten Giringars oder der Gott selbst dies unterbanden.

*

Die Anwesenheit der Gurrims war für Eldaradh von Gilthonian und dessen Heer eine Überraschung. Ein direkter Vorstoß auf Flussmaul war damit fürs Erste unterbunden. Da Helesians Gefährte allein keine Entscheidung treffen wollte, wartete er, bis auch die Schiffe der Andhirer und die großen Schilfboote der Schlangenmenschen das Umland von Flussmaul erreicht hatten und gut zwei Meilen von seinen Leuten entfernt Lager bezogen. Schon auf dem Strom hatte er die Anwesenheit stark magischer Wesen gespürt. Auch wenn ihn das Violett Sirrins fast zum Erbrechen brachte, so war er gespannt auf die beiden Männer in Weiß und Grün. Bei Ersterem war er überzeugt, dass es sich um Khaton handelte, und war froh, einen der Evaris an diesem Ort zu wissen.

Eldaradhs Verwunderung stieg, als er zusammen mit Arelinon das andhirische Lager aufsuchte und begriff, dass auch Rhondh, Yahyeh und Sirrin in ihren Tarngestalten anwesend waren. Yahyeh schirmte Sirrin durch ihre Magie ab, so dass diese und die Eirun sich bis auf sechs Schritte nähern konnten, ohne dass die Gegenfarben einander zu sehr reizten. Auch Tirah hielt sich zurück, obwohl sie noch immer das weiße Abschirmartefakt trug, das Tharon ihr in Rhyallun gegeben hatte.

Nachdem die Grußformeln ausgetauscht worden waren, kam Eldaradh auf das zu sprechen, was ihn bewegte. »Weshalb sind die Gurrims hier?«

Yahyeh hob in einer unbestimmten Geste die Hände. »Das weiß keiner von uns. Daher werde ich mich gleich zu deren Lager begeben und mit ihrem Anführer reden.«

»Das ist ein Schwarzlandmagier«, warnte Laisa sie, und ihre Stimme verriet allen, dass sie solche Leute nicht mochte.

Auch Khaton verzog das Gesicht, denn er hätte es lieber gesehen, Tharon auf der anderen Seite zu sehen. Mit dem Evari hätte man reden können. Magier aus dem Schwarzen Land hingegen waren zu sehr von sich überzeugt, um Argumenten zugänglich zu sein.

»Ich werde jetzt gehen.« Yahyeh nickte den anderen noch kurz zu und verschwand mit einem Versetzungssprung.

Laisa folgte ihr mit ihren Sinnen und bekam mit, dass die Evari etwa eine halbe Meile vor den Gurrims materialisierte und den Rest des Weges zu Fuß ging. Jetzt wäre sie gerne Mäuschen gewesen, dachte sie und erinnerte sich an Lizy. Diese müsste doch ...

In dem Augenblick fühlte sie in ihren Gedanken ein Gähnen und blickte in Lizys noch schlafverschleierte Augen. »Warum hast du mich geweckt?«

»Könntest du Yahyeh folgen und beobachten, was sie mit den Schwarzen verhandelt?«, fragte Laisa.

Einen Herzschlag später trübte sich ihr eigener Blick, und als sie wieder klar sehen konnte, steckte sie hinter einem kleinen Busch und sah Yahyeh direkt neben sich. Diese zeigte sich immer noch in ihrer Zweitgestalt, die dem Schwarzlandmagier, der auf sie zukam, wenig Respekt einzuflößen schien.

»Was willst du, blaue Hexe? Du hast hier nichts verloren«, begann Gumurran hochmütig.

Yahyeh-Vereens Gesichtszeichnung färbte sich bei diesen Worten dunkler. »Ich würde eher sagen, du und deine Gurrims haben hier nichts verloren!«, antwortete sie.

»Das zu entscheiden überlasse gefälligst mir. Dir aber und dem gesamten Gesindel, das sich dort hinten versammelt hat, gebe ich den Befehl, innerhalb von vierundzwanzig Stunden von hier zu verschwinden. Sonst werde ich euch vernichten!«

»Wir ...«, brachte Yahyeh noch hervor, doch da versetzte Gumurran sich in sein Lager zurück, und sie stand da wie ein Ochse vor dem verschlossenen Stalltor. Als sie weiter auf das

Lager zugehen wollte, richteten einige Gurrims ihre Flammenlanzen auf sie.

In dem Augenblick eilte Burlikk herbei und blieb vor der Frau stehen, die für ihn nur eine Magierin namens Vereen war, und sah sie mit einem Ausdruck der Verzweiflung an.

»Mit dem da ist nicht zu reden«, sagte er und wies mit dem Daumen in die Richtung, in die Gumurran verschwunden war. »Er wird in genau einem Tag den Angriffsbefehl geben, und ich muss ihm gehorchen. Ich will euch warnen! Meine Gurrims sind schwer bewaffnet, und daher käme es zu einem Blutbad. Darum bitte ich euch, euch zurückzuziehen.«

»Das werden wir nicht tun«, antwortete Yahyeh erbittert. »Flussmaul ist bereits zu lange eine Pestbeule am Strom und hat sogar Schiffe der Eirun angegriffen und Eirun getötet. Selbst vor den Lotsen des Heiligen Sees haben sie nicht haltgemacht und einige von ihnen ermordet. Außerdem haben sie einen der Fürsten der Dämmerlande entführt. Für all das muss Flussmaul bestraft werden!«

Burlikk wand sich wie ein Wurm. Oft genug hatte er sich über die Aktionen der Flussmäuler geärgert, die dem Frieden in den Dämmerlanden alles andere als dienlich waren. Daher verstand er die Wut der Betroffenen und ihren Wunsch nach Vergeltung. Caludis hatte jedoch Gumurran zum Kommandeur dieser Aktion ernannt, und er hatte daher keine Möglichkeit, das Kommende zu verhindern.

»Ich kann nichts anderes tun, als euch zu warnen. Vielleicht gelingt es euch, euer Recht auf andere Art zu erstreiten.«

»Danke für deine Worte, Burlikk. Aber ich warne auch euch. Wenn euer Heer nicht in genau vierundzwanzig Stunden auf der anderen Stromseite steht, werden wir es als Bruch der Dämmerlandverträge durch das Schwarze Land ansehen und als Tatsache, dass dieses die Untaten der Flussmäuler nicht nur gutheißt, sondern auch unterstützt. Dann aber gibt es hier einen Krieg, wie ihn die Dämmerlande seit dem Friedensschluss der Götter nicht mehr gesehen haben.«

Laisa, die mit einem Teil ihres Geistes in Lizy steckte, wurde klar, dass Yahyeh es ernst meinte. Auch Burlikk begriff dies und sah aus, als wünsche er sich an jeden anderen Ort der Welt, und sei es die Heimstatt des weißen Gottes selbst.

»Ich werde noch einmal versuchen, mit Gumurran zu reden, aber ich verwette meinen Sold für die nächsten hundert Jahre, dass er nicht auf mich hören wird«, sagte er bedrückt und machte kehrt.

Yahyeh sah ihm kurz nach, drehte sich dann einmal um die eigene Achse und war verschwunden. Auch Lizy löste sich auf und kehrte zu Laisa zurück. »Na, wie habe ich das wieder gemacht?«

»Ausgezeichnet! Aber jetzt sei still. Yahyeh hat uns einiges zu erzählen.«

Die Evari berichtete eben, was sie vernommen hatte. Als Eldaradh das Ultimatum Gumurrans vernahm, schüttelte er den Kopf. »Wir Eirun werden nicht weichen. Flussmäuler haben unsere Schiffe angegriffen und zwei unserer Freunde ermordet. Wir haben ein Recht darauf, diese Menschen für ihre Untat zu betrafen.«

»Es gäbe große Opfer, und zwar auch und besonders bei euch«, wandte Khaton ein.

»Das weiß ich«, sagte Eldaradh traurig. »Doch wenn wir uns jetzt zurückziehen, werden die Flussmäuler immer unverschämter werden und zuletzt den gesamten nördlichen Strom und seine Nebenflüsse beherrschen. Es wird niemand mehr wagen, sich ihnen in den Weg zu stellen, da sie unter dem Schutz des Schwarzen Landes stehen. Damit aber wären die

Dämmerlandverträge und der Friedenspakt der Götter nicht mehr wert als ein blankes Blatt Papier.«

Bis jetzt hatte Tirah sich zurückgehalten. Nun aber drängte sie sich nach vorne und zog ihr Schwert. »Ich werde morgen mit meinen Andhirern, Schlangenkriegern und Söldnern auf Flussmaul zurücken. Sollten die Gurrims es wagen, ihre Waffen gegen ein normales Dämmerlandheer einzusetzen, wissen wir, woran wir sind. Dann hat Gayyad die Magier im Schwarzen Land auf seine Seite gebracht.«

»Du meinst, die Aktion geht von Gayyad aus?«, fragte Yahyeh mit gerunzelter Stirn. »Das kann ich mir zwar nicht ganz vorstellen, aber wie es auch sein mag: Wenn die Gurrims morgen blaue Dämmerlandkrieger mit Artefaktwaffen angreifen, ist es meine Pflicht, einzugreifen und meine Leute zu schützen.«

»Ich werde diesem aufgeblasenen Magier den Kopf abschlagen und seinem Gott vor die Füße werfen!« Tirah hob ihr Schwert mit einer so geschmeidigen Bewegung, dass Sirrin überrascht aufsah und ihre Hand auf die Stirn der Kriegerin legte.

»Dir scheint es besserzugehen.«

Laisa kniff die Augen zusammen, um sich auf Tirah zu konzentrieren. Der dünne Faden, den sie letztens gespürt hatte, war zu einem breiten Band geworden, über das Tirah frische, blaue Magie zuströmte.

»Irgendetwas ist mit Rogon«, hörte Laisa neben sich Khaton murmeln. Dieser hatte ihr die Hand auf die Schulter gelegt und daher mitbekommen, was sie eben entdeckt hatte.

»Was meinst du zu diesem Schlamassel, großer Magier?«, fragte Laisa ihn.

Khaton stieß die Luft hart aus den Lungen. »Ich würde gerne darüber lachen, wenn ich könnte. Aber dafür ist die Sache zu bedrohlich. Es mag sein, dass wirklich Gayyad dahintersteckt und das Schwarze Land mit in den Krieg ziehen will. Andererseits hege ich die gleichen Zweifel wie die Dame Vereen. Die Schwarzlandmagier würden einem Blauen niemals eine herausragende Rolle gönnen.«

»Gayyad ist verschlagen. Vielleicht hatte er uns hier beschäftigen wollen, um anderswo seine Pläne vorantreiben zu können«, mutmaßte Laisa und lachte dann. »Dazu wird er vorerst jedoch nicht mehr kommen.«

»Möglicherweise nicht. Aber gerade weil er, wie du berichtet hast, vorerst gelähmt ist, müssen wir die Sache hier so rasch und mit so wenig Verlusten wie möglich beenden.« Khaton überlegte kurz und sah dann Laisa auffordernd an.

»Jetzt könnten wir Rogon brauchen. Er könnte die Magie der Kriegswaffen an sich ziehen und sie auf diese Weise unschädlich machen. Wenn die Gurrims dann mit blanken Schwertern gegen uns Front machen, wären wir vier Evaris in der Lage, Gumurran mattzusetzen und seine Gurrims mit Magie daran zu hindern, anzugreifen.«

»Das wäre wieder so eine Sache wie in Rhyallun oder Gilthonian«, rief Laisa. »Dabei hast du Rogon ausdrücklich davor gewarnt, noch einmal eine solche Masse an Magie auf sich zu ziehen.«

»Das galt dem Umstand, dass er sich ohne entsprechende Vorbereitungen in diese Aufgabe gestürzt hatte«, schränkte Khaton seine damals ausgesprochene Warnung ein. »Hier aber sind mit mir, Yahyeh und Sirrin drei Evaris anwesend, die sein Leben erhalten können.«

Laisa gab es auf, sich über die Gedankengänge eines Magiers zu wundern, und konzentrierte sich wieder auf das magische Band zwischen Tirah und Rogon. Obwohl es genau auf Flussmaul zuging, hatte sie auf einmal das Gefühl, als würde es ein kurzes Stück darüber hinaus reichen.

»Das sollte ich mir ansehen«, sagte sie zu sich selbst.

»Was sagst du?« Khaton hatte sie zwar gehört, aber nicht verstanden.

»Ich werde versuchen, Rogon zu finden. Das willst du doch, oder?«, antwortete Laisa und begann, ihre Ausrüstung zusammenzusuchen.

N'ghar sah es und nahm ebenfalls seine Waffen zur Hand. »Ich komme mit«, meinte er grinsend und zwinkerte Laisa zu.

»Ich ebenfalls. In den beiden Festungen bin ich mir schon ganz überflüssig vorgekommen.« Ysobel steckte ihr Haumesser in die Scheide und nahm eine Seilrolle auf, um auf alles vorbereitet zu sein.

Rongi sagte nichts, doch die Art und Weise, wie er seinen Dolch und sein Wurfholz streichelte, sprach Bände.

Zuerst überlegte Laisa, Ysobel und den Katling zurückzulassen und mit N'ghar allein loszuziehen, entschied sich dann aber anders. Die beiden besaßen Fähigkeiten, die bei dieser Sache von Nutzen sein konnten.

Tirah, Sirrin, Yahyeh, Eldaradh und die anderen waren zu sehr in ihre Überlegungen und Gespräche vertieft, um mitzubekommen, dass Laisa mit ihren Begleitern das Lager verließ. Zuletzt schloss sich auch Reolan ihnen an.

»Es könnte ja sein, dass ihr jemand braucht, der euch den Rücken frei hält«, meinte er mit einem misslungenen Grinsen.

»Dann zähle ich auf dich«, antwortete Laisa.

Sie winkte ihrer Gruppe, ihr zu folgen, und schlich jede Deckungsmöglichkeit ausnützend auf Flussmaul zu. Um das Lager der Gurrims machte sie einen Bogen, um nicht von dort bemerkt werden. Dabei kämpfte sie gegen den Wunsch an, Lizy neben Gumurran auftauchen und diesen mit einem gezielten Feuerstrahl erledigen zu lassen. Damit aber hätten sie selbst die Feindseligkeiten eröffnet und nicht die Schwarzen, so, wie Tirah und Yahyeh es planten.

Eine halbe Meile vor Flussmaul stellte sie fest, dass das magische Band Rogons im höchsten Turm der Stadt verschwand, aber unter der Erde weiterzuführen schien. Da magische Ströme im Boden zu spüren N'ghars große Fähigkeit war, legte sie ihm die Hand auf die Schulter.

»Kannst du nachsehen, was unter der Stadt liegt?«

N'ghar nickte, kniete dann nieder und berührte mit beiden Händen die Erde. Da Laisa dasselbe fühlte wie er, sah sie zuerst nur verwirrende Linien in Schwarz, in das sich eine winzige Spur von Gayyads verbrannt wirkender blauer Magie mischte. Dann aber wurden die Bilder in ihrem Kopf klarer.

»Da ist eine Höhle unter dem ersten Turm«, erklärte N'ghar. »Von dort führt ein unterirdischer Stollen zu der Felswand, die etwa eine Meile hinter Flussmaul in den Himmel ragt. Dort ... Oh Ilyna, so etwas habe ich noch nicht gesehen.«

»Die Höhlen sind ja riesig!«, rief Laisa. »Wahrscheinlich groß genug, um eine ganze Stadt dort hineinzubauen.«

»Da gibt es zwar einige hauchdünne Wände, aber eigentlich ist es ein einziger gewaltiger Höhlendom, dessen Decke von sechsunddreißig mächtigen Kristallsäulen getragen wird. So etwas kann es nur in diesem Gebirge geben, denn das Gestein ist hier härter als Diamant. In anderen Gebirgen, die ich kenne, wäre diese Höhle längst unter der Last des Berges eingestürzt.«

»Was machen wir jetzt?«, fragte Ysobel. »Versuchen wir, nach Flussmaul hineinzukommen und in den ersten Turm einzudringen, um den Stollen zu finden, oder ...«

»So, wie ich Gayyad kenne, gibt es bei der Felswand einen eigenen Eingang. Er hätte sich niemals nur auf den Stollen beim ersten Turm verlassen.« Laisa lächelte dabei so fröhlich, als müssten sie nur zu jener Felswand gehen und dort eintreten.

Siebenundzwanzigstes Kapitel

Das versteinerte Heer

Rogon vermochte nicht zu sagen, wie lange er bereits versteinert gelegen hatte. Die meiste Zeit schlief sein Geist so tief, dass er sich nicht einmal an seine Träume erinnern konnte. Doch wenn er wach wurde, stieg seine Wut. Er verfluchte seine Gegner, weil sie ihm eine Falle gestellt hatten, und sich selbst, weil er hineingetappt war. Die größte Sorge galt jedoch Tirah. Lange Zeit sah es so aus, als wäre das Band zu ihr unterbrochen. Irgendwann aber bemerkte Rogon einen feinen Faden, der von ihm ausgehend durch einen winzigen Spalt des Silberkastens ins Freie schlüpfte und sich in der Ferne verlor.

Konnte es sein, dass Tirah noch lebte?, fragte er sich und begann zu hoffen. Mit der Zeit wurde der Faden zwar nicht stärker, aber er glaubte zu fühlen, dass Tirah sich auf ihn zubewegte. Rogon versuchte, sie über den kaum wahrnehmbaren Faden zu erreichen, doch das gelang ihm nicht. Stattdessen spürte er, dass er geistig reger wurde, je näher Tirah zu kommen schien. Da er keine magische Ausbildung erhalten hatte, konnte er nur hoffen, dass sie ihn fand und rettete. Halt!, rief er sich da selbst zur Ordnung. Hatte Tharon ihm nicht erklärt, er sei ein Magiesauger und -umwandler? Wenn das stimmte, musste es ihm doch möglich sein, seine Versteinerung aufzulösen.

Als er die in ihn eingedrungene Versteinerungsmagie untersuchte, stellte er fest, dass etwas in ihm die grüne Magie bereits zum größten Teil umgewandelt hatte. Auch die blaue Versteinerung war bei weitem nicht mehr so stark wie bei seinem ersten Erwachen. Mit neuer Hoffnung machte er sich ans Werk und schaffte es, die Artefaktmagie langsam unschädlich zu machen. Dabei musste er höllisch aufpassen, denn wenn er nur Teile seines Körpers wiederbelebte, statt die Versteinerung überall gleichmäßig abzubauen, würde es sein Tod sein. Mit aller Konzentration gelang es ihm, die Versteinerung schwinden zu lassen wie Nebel in der Sonne, doch die Schmerzen, die trotz aller Vorsicht durch ihn hindurchrasten, waren entsetzlich. Er wagte jedoch nicht zu schreien, um mögliche Feinde nicht darauf aufmerksam zu machen, dass er dabei war, ihren magischen Bann zu brechen.

Nach mehreren Stunden bestand sein Körper wieder aus Fleisch und Blut. Aber ihm war fürchterlich übel, und er würgte seinen teilweise noch versteinerten Mageninhalt heraus. Danach war er so schlapp wie ein neugeborenes Kätzchen, wusste aber, dass er nicht warten durfte, bis er sich erholt hatte. Mühsam hob er seine zitternden Arme und stemmte die Hände gegen den versilberten Deckel, der sich über ihm spannte. Zunächst schien es, als wären alle Versuche, das Ding anzuheben, vergebens. Dann aber gelang es ihm, den Deckel ein wenig zu verschieben. Schlagartig wurde seine Verbindung zu Tirah stärker, und er spürte ihren Zorn und ihre Bereitschaft, ihn zu befreien, selbst wenn sie dafür alle Heere der Welt in die Schlacht führen musste.

So weit darf es nicht kommen, sagte er sich und stemmte sich erneut gegen den Deckel. Nun drang auch ein wenig Licht herein, und er konnte sehen, dass er in einer Art Kasten lag, der innen mit Silber ausgekleidet war. An einer Stelle klaffte das

Silbergewebe leicht und hatte eine, wenn auch schwache Verbindung zu Tirah ermöglicht.

Nachdem er den Deckel weit genug beiseitegeschoben hatte, versuchte er, sich aufzurichten. Es gelang ihm nur mühsam, und als er endlich den Kopf aus dem Kasten stecken konnte, war er so erschöpft, dass er am liebsten liegen geblieben und eingeschlafen wäre.

Nach einer Weile hatte er sich so weit erholt, dass er aus dem Kasten heraussteigen konnte. Viel hatte er damit allerdings nicht gewonnen, denn er befand sich in einer Kammer aus rötlich schimmerndem Kristallgestein, und die einzige Tür, die hinausführte, ließ sich nicht von innen öffnen. In der Kammer selbst gab es nichts, was er als Waffe hätte verwenden können, und noch schlimmer für ihn war, dass er auch nichts zu essen und vor allem zu trinken fand.

Verzweifelt starrte er die Tür an und fragte sich, ob es ihm nur deshalb gelungen war, seine Versteinerung abzuschütteln, um hier zu verschmachten.

*

Obwohl Rogon vorsichtig gewesen war, hatte Gayyads Helfer Beralt seine Selbstentsteinerung mitbekommen. Zunächst konnte der Adept nicht glauben, was ihm die Überwachungsartefakte zeigten. Doch als Rogon den Deckel ganz von sich wegschob und aus dem Kasten herausstieg, gab es keinen Zweifel mehr.

Im ersten Augenblick verfiel Beralt in Panik und dachte bereits an Flucht. Dann aber fasste er sich wieder und beobachtete Rogon weiter. Als er sah, wie dieser an der Tür der kleinen Kammer scheiterte, lächelte er zufrieden. Der Gefangene mochte die eine oder andere überraschende Fähigkeit besitzen, doch allmächtig war er nicht.

Beralt bedauerte, dass es keine Vorrichtung in der Kammer gab, über die er betäubenden Flussmaulstaub einsetzen konnte. Damit hätte er die Sache rasch erledigen können. Außerhalb der Kammer war der Einsatz dieses Pulvers jedoch zu gefährlich, weil ein simpler Levitationszauber des Gefangenen es auf ihn zutreiben konnte. Selbst wenn er sich ein Tuch vor den Mund band, war nicht auszuschließen, dass ein paar Körner in seine Lunge gerieten und ihn betäubten.

Am liebsten wäre ihm gewesen, er hätte ein Dutzend der Gurrims, die sein Herr Gayyad hier als Versteinerte versteckt hielt, entsteinern und mittels eines Beeinflussungsartefaktes beherrschen können, damit sie den Gefangenen wieder einfingen. Da jedoch nur das gesamte Heer erweckt werden konnte, war dies unmöglich. Aus dieser Überlegung heraus holte Beralt ein schweres Versteinerungsartefakt aus dem Arsenal und baute es vor der Tür der Kammer auf. Jetzt musste er nur noch diese Tür öffnen und den Gefangenen in eine volle Ladung Versteinerungsmagie laufen lassen.

Ein Blick auf den Kristallschirm, auf dem er die Bilder des Überwachungsartefaktes sehen konnte, zeigte ihm, dass der Gefangene sich kaum auf den Beinen halten konnte und sich auch nicht zu erholen schien. Trotzdem beschloss Beralt, nichts zu überstürzen, denn je schwächer sein Gegner wurde, umso leichter konnte er ihn überwältigen.

Beralt war so sehr auf sich selbst und seinen Gegner fixiert, dass ihm ganz entging, dass sich in anderen Teilen des unterirdischen Stützpunktes Dinge taten, die weder er noch sein Herr vorhergesehen hatten.

*

Es gelang Laisa und ihren Begleitern, ungesehen die Felswand zu erreichen, hinter der das magische Band endete, welches Tirah und Rogon miteinander verband. Aber dort war es Laisa zunächst unmöglich, den Eingang zu der Höhle zu finden, die sie und N'ghar im Berg gespürt hatten. Dabei war die Kristallwand, die die Höhle abschloss, kaum mehr als unterarmdick und erinnerte Laisa fatal an jene Höhle mit den zwölf Vernichtungsartefakten bei der Schwarzen Festung. Allerdings war der Hohlraum hier weitaus größer. Laisa schätzte ihn auf eine Breite von dreihundert und eine Tiefe von über hundert Schritt, aber höchstens auf eine Höhe von vier Mannslängen.

»Was machen wir, wenn wir keinen Eingang finden?«, fragte N'ghar. »Auch wenn die Wand recht dünn ist, haben wir keine Möglichkeit, sie aufzustemmen. Der Kristall ist härter als Diamant.«

»Es muss einen Zugang geben«, antwortete Laisa. »Der dürfte aber nicht in die Haupthalle hineinführen, denn das wäre völlig untypisch für Gayyad. Wir sollten daher an den Seiten nachsehen, ob wir dort nicht kleinere Kammern im Fels finden.«

N'ghar musterte die Felswand und sah dann Laisa an. »Meiner Meinung nach muss der Zugang rechts von der Hauptgrotte sein.«

»Dann sehen wir uns die Stelle mal an.« Laisa legte ihre Hand auf N'ghars Schulter und vereinte ihre Kräfte mit den seinen. Zunächst sah sie nur die mächtige Höhle, in der sie eine gewaltige Ansammlung schwarzfarbiger Magie zu erkennen glaubte. Als ihr magischer Blick nach rechts wanderte, nickte sie erfreut. Bei einem kleinen Felsvorsprung gut einhundert Schritte von ihrem Standort entfernt war ein Hauch von Blau und Grün zu spüren.

»Dort muss der Eingang sein«, rief N'ghar und rannte los.

Laisa folgte ihm etwas langsamer. Das, was sie bis jetzt gespürt hatte, deutete darauf hin, dass hier ein bedeutender Stützpunkt von Gayyad lag, und das hieß, doppelt vorsichtig zu sein. Daher erzeugte sie nicht sofort den Zweifarbenschlüssel, sondern horchte mit allen Sinnen in den Fels hinein. Zunächst schien dort alles wie erstarrt. Dann aber nahm sie in einer der Kammern weiter innen eine blaue Präsenz wahr. Nur wenige Schritte davon entfernt war ein weiterer Blauer, der ihr bekannt vorkam.

»Rogon.« Gleichzeitig begriff sie, dass ihr Verbündeter in höchster Gefahr schwebte, denn zwischen ihm und dem anderen lag nur eine einzige Wand, und der andere hielt ein starkes Artefakt in der Hand. Laisa überlegte, ob sie nicht versuchen sollte, Lizy dort entstehen zu lassen, entschied sich dann aber, selbst einzugreifen. Rasch formte sie Gayyads magischen Schlüssel und befand sich im nächsten Augenblick in einem Vorraum. Dessen Tür war zwar magisch gesichert, ließ sich aber mit einem Gedankenbefehl öffnen. Zwei Räume weiter entdeckte Laisa Beralt, der eben zu der Überzeugung gekommen war, dass Rogon zu schwach war, um ihn noch gefährden zu können.

»Gleich habe ich dich«, sagte er zufrieden, hob mit der Rechten das Versteinerungsartefakt und setzte mit einem anderen Gerät einen magischen Schlüssel ab. Die Tür öffnete sich, und Rogon stolperte heraus.

Als Beralt das Versteinerungsartefakt einsetzen wollte, griff eine fellbedeckte Hand von hinten zu und entriss ihm die Waffe. Bevor er auch nur begriff, was geschehen war, richtete Laisa das Artefakt auf ihn und löste es aus. Ein blau leuchtendes Feld umflirrte den Adepten, dann kippte er zu Stein geworden um und schlug krachend auf den Boden.

Laisa blickte mit einem Hauch von Verachtung auf ihn herab. »Du hättest besser aufpassen sollen.«

Dann aber eilte sie zu Rogon, der in die Knie gebrochen war und heftig zitterte. Als sie etwas Heilmagie anwandte, ging es ihm wieder besser.

»Danke«, murmelte er. »Ohne dich hätte der Schuft mich erwischt.«

»Dann hätte ich dich halt wieder entsteinert.« Laisa grinste ihn fröhlich an und richtete ihn auf. »Wie geht es dir?«

»Als wenn mir eine Horde grüner Eirun aufgelauert und mich durchgeprügelt hätte«, stöhnte Rogon. »Außerdem habe ich fürchterlichen Durst und Hunger. Hast du etwas zu essen dabei?«

»Ich nicht, aber Rongi ganz sicher. Warte, ich hole die anderen. Gibt es hier einen Platz, an dem du sitzen kannst?«

»Mein Gastgeber hat es leider unterlassen, mir sein Heim zu zeigen.« Rogon konnte schon wieder ein wenig lachen.

Während Laisa in die Vorkammer eilte, um N'ghar und die anderen zu holen, öffnete er einen weiteren Raum und entdeckte mehrere große Truhen, die sich als Bänke verwenden ließen. Noch während er sich setzte, schoss Rongi herein.

»Laisa sagte, ich müsste dich retten. Wo ist der Feind?«, rief der Katling aufgeregt.

»Hier«, antwortete Rogon und wies auf seinen Bauch.

»Willst du mich veralbern?« Für einen Augenblick war Rongi beleidigt, dann aber begriff er, was Rogon meinte, holte seine Vorratsglasfalle heraus und reichte ihm als Erstes einen Trinkschlauch mit Wasser und einen Becher mit Wein.

»Zur Belebung. Ihr Menschen mögt doch dieses Gesöff. Was willst du essen? Ich würde dir zu Hühnerschenkeln raten, dann ärgert Laisa sich, wenn sie weg sind.«

»Das habe ich gehört«, rief Laisa lachend. »Aber Rogon

kann gerne zugreifen. Er hat ein paar Wochen hungern müssen.«

Rongi holte zwei Hühnerschenkel aus der Glasfalle, reichte eine davon Rogon und wollte den anderen selbst essen.

Da schnappte Laisa danach und schnupperte scheinbar verzückt daran.

»Das ist dafür, dass du mir keinen übrig lassen wolltest«, sagte sie und begann mit sichtlichem Genuss zu essen.

Ungerührt holte Rongi weitere Hühnerschenkel aus der Vorratsglasfalle und teilte sie unter N'ghar, Ysobel, Reolan und sich auf. »Damit wir auch noch etwas bekommen, bevor Laisa die Glasfalle leer futtert«, meinte er grinsend.

Laisa zog das Fleisch mit den vorderen Zähnen von ihrem Hühnerbein, legte die abgenagten Knochen beiseite und wandte sich an Rogon. »Ich hoffe, du erholst dich rasch. Draußen sind nämlich sämtliche Dämonen am Tanzen.«

»Was ist los?«, fragte Rogon. »Ich spüre in Tirah einen Zorn, wie ich ihn noch nie erlebt habe.«

Laisa erklärte ihm, dass Flussmaul Hilfe durch ein Gurrim-Heer und einen Schwarzlandmagier erhalten hätte und in weniger als einem Tag eine blutige Schlacht stattfinden würde, wenn es ihnen nicht gelang, diese zu verhindern.

»Es ist schade, dass du dich so schwach fühlst. Sonst hättest du die Artefaktmagie der Schwarzlandwaffen an dich ziehen können«, schloss sie mit einem bedauernden Laut.

»Für das Magie-Ansaugen fühle ich mich wirklich etwas schwach«, bekannte Rogon. »Aber vielleicht finden wir hier ein paar Artefaktwaffen, die uns helfen können.«

»Dann sollten wir uns umsehen. Hinter jener Tür dort liegt eine riesige Grotte.« N'ghar ging auf die Tür zu, öffnete sie vorsichtig und sah im gleichen Augenblick Hunderte von Leuchtsteinen aufglühen. Zuerst wollte er nicht glauben, was er sah, dann aber winkte er Laisa und den anderen zu, ihm zu folgen.

»So etwas habt ihr noch nie gesehen!«

Laisa war so schnell bei ihm, dass ihr Schwung sie in die Grotte hineintrieb. Dort aber prallte sie wie vor einer schwarzen Wand zurück. Vor ihr standen etliche Reihen Gurrims in voller Kampfausrüstung, die den Abzeichen nach in Kompanien und Regimentern zusammengefasst waren. Zwar waren alle versteinert, sahen aber so aus, als wollten im nächsten Moment in die Schlacht ziehen.

Während Rogon und N'ghar versuchten, die Masse der Gurrims zu zählen, richtete Laisa ihr Augenmerk auf die Kristallformationen über den Köpfen der Versteinerten. Die Kristalle glichen Stalaktiten, die von der Decke herabwuchsen. Weiter vorne entdeckte sie ein Überwachungsbord, wie sie es ähnlich bereits in der Blauen und in der Schwarzen Festung gesehen hatte.

Sie trat darauf zu und brachte mit N'ghars Hilfe innerhalb kurzer Zeit heraus, dass die Gurrims in diesem Teil der Höhle und die in fünf weiteren, durch dünne Wände getrennten Abteilungen nur gemeinsam entsteinert werden konnten. Auf dem Überwachungsbord lagen drei blaue Beeinflussungsartefakte, die Laisa zu schwach dünkten, um die gesamte Gurrim-Truppe beherrschen zu können. Dann aber entdeckte sie in den Köpfen der Soldaten so viel blaue Beeinflussungsmagie, dass die Kerle selbst in Meandirs Reich marschieren würden, wenn es der Träger eines der drei Artefakte befahl.

Unterdessen kümmerten Reolan und Ysobel sich um Rogon, der noch immer unter den Folgen seiner Versteinerung litt. Unter dem Zufluss ihrer sanften Magie erholte dieser sich bald und folgte Laisa und N'ghar in die Grotte. Er ging mit ihnen von Abteilung zu Abteilung, um die versteinerten Krieger und ihre Bewaffnung zu inspizieren. Auch Reolan wagte es, mitzukommen, obwohl ihm beim Anblick der wuchtigen Krieger übel wurde.

»Welchen Grund kann Erulim gehabt haben, ein Heer von sechstausend Gurrims hier zu versteinern?«, fragte er fassungslos.

Laisa musterte den ihr nächststehenden Soldaten und schüttelte den Kopf. »Diese Burschen hat nicht Erulim versteinert, es sei denn, er hätte ein schwarzes Artefakt dafür benützt.«

»Du meinst das da oben?«, fragte Rogon und wies auf die Stalaktiten.

»Die Kristallformationen überall unter der Decke bilden ein riesiges Ver- und Entsteinerungs-Artefakt«, erklärte Laisa. »Seht euch die Gurrims an. Die wurden nicht bei Nacht und Nebel hierhergebracht. Das ganze Heer hat sich hier aufgestellt und wurde so versteinert, wie wir es hier sehen. Die blaue Beeinflussungsmagie wurde erst später eingesetzt. Obwohl die Gurrims versteinert waren, wurden sie damit zu Gayyads Sklaven.«

»Aber es könnten auch andere sie kommandieren – zum Beispiel wir«, antwortete Rogon unternehmungslustig.

»Mit diesen drei Artefakten dort wäre dies möglich«, gab Laisa zu und hob dann interessiert den Kopf. »Hast du vor, die Kerle zu entsteinern und gegen ihre eigenen Kameraden draußen einzusetzen?«

Ysobel winkte ab. »Dafür müssten sie auch zur Höhle hinauskommen. Über das Versetzungsartefakt am Eingang würde es zu lange dauern, auch dürfte sein Magiespeicher dafür nicht ausreichen.«

Sie hielt diese Idee für Wahnsinn, doch in Laisa hatte sich der Gedanke festgefressen, Gumurrans Trupp durch dieses mehr als dreifach überlegene Heer auszuschalten. Auch N'ghar suchte nach einem Weg, dies möglich zu machen, und wies dann auf die dünne Felswand, die die sechs Abteilungen der Grotte auf voller Länge von der Außenwelt trennte.

»Hier sind ähnlich wie bei der Vernichtungswaffe bei der Schwarzen Festung Sprengartefakte eingebaut, die mit dem Entsteinerungs-Artefakt verbunden sind. Setzt man dieses in Gang, wird die Wand an sechs Stellen herausgesprengt, und die Gurrims können innerhalb weniger Minuten die Grotte verlassen.«

»Wollen wir es probieren?«, fragte Laisa. »Es wäre natürlich ein Risiko. Aber wenn wir es nicht wagen, wird in wenigen Stunden vor Flussmaul die erbittertste Schlacht seit Jahrhunderten ausgefochten.«

Ihre Worte gaben den Ausschlag. N'ghar nickte ebenso wie Rogon, und Rongi rief, dass er eines der Führungsartefakte haben wollte. Schließlich stimmte auch Ysobel zu.

»Von mir aus. Beklagt euch aber nicht, wenn dabei etwas schiefgeht.«

»Was sollte schiefgehen?«, fragte Laisa. »Ich habe die Artefaktanlage genau untersucht. Es gibt keine Fallen.«

»Wir sollten trotzdem die gesamten Räume hier gründlich untersuchen«, schlug Rogon vor. »Gayyad könnte irgendeine Gemeinheit hinterlassen haben, mit der wir uns herumschlagen müssten, wenn wir zu unvorsichtig sind.«

Laisa hielt den Rat für gut und teilte drei Gruppen ein, die jeweils einen Teil des Höhlenkomplexes erforschen sollten. Dabei gab sie N'ghar, Ysobel, Reolan und Rongi den strikten Befehl, selbst nichts zu unternehmen, wenn sie etwas fanden, sondern sie oder Rogon zu holen.

»Wir sind die Einzigen, die mit unterschiedlichen Magiefarben zurechtkommen«, erklärte sie, als Rongi eine Schnute zog. »Daher sind wir auch in der Lage, Fallen zu erkennen und sie unschädlich zu machen.«

»Hoffen wir, dass es möglichst wenige davon gibt«, antwortete Rogon, dem die Zeit unter den Fingernägeln brannte. Er spürte, dass Tirah zum Kampf bereit war, und wollte weder sie noch die Andhirer durch die Artefakte in Gumurrans Heer verlieren.

*

Zehn Stunden und ein Dutzend ausgebauter Gayyad-Artefakte später konnten Laisa und ihre Gefährten endlich aufatmen. Draußen bezogen die Gurrims der Schwarzen Festung bereits Stellung gegen die Eirun und deren menschliche Verbündete. Laisa, die kurz die Höhlen verlassen hatte, kehrte mit dieser Nachricht zurück und drängte nun zur Eile.

»Wir sollten die Gurrims hier sofort entsteinern, denn wir wissen nicht, wie lange sie brauchen, um marschfähig zu sein.« Ebenso wie Rogon hatte sie bereits am eigenen Leib erlebt, wie eine Ver- und Entsteinerung den Körper beanspruchte.

»Gurrims sind verdammt zähe Burschen«, wandte N'ghar ein. »Sie werden kotzen, aber trotzdem marschieren.«

»Außerdem stehen sie unter unserem Einfluss«, setzte Ysobel hinzu.

»Dann sollten wir uns auf die Socken machen.« Laisa trat bereits auf das Artefaktbord zu, als sich erneut N'ghar meldete.

»Ich schlage vor, dass wir nicht alle Gurrims nach draußen führen. Ein Teil davon könnte durch den Geheimgang zum ersten Turm gelangen und diesen erobern. Tolmon Kren verfügt über etliche Artefakte, die ihm Gayyad überlassen hat. Wir müssen verhindern, dass er die gegen uns und unsere Freunde einsetzt.«

»Das übernehmen wir beide«, rief Laisa spontan. »Ysobel kommt mit uns, während Rongi und Reolan Rogon begleiten.«

»Ich will aber mit dir gehen«, maulte der Katling.

»Du hast die Aufgabe, Yahyeh, Tirah und die anderen zu informieren, dass Rogons Gurrims keine Verstärkung unserer Feinde sind, sondern auf unserer Seite stehen. Das Gleiche soll Reolan bei Eldaradh und dessen Eirun tun.« Laisa klang streng, denn sie hatten keine Zeit mehr für lange Diskussionen.

»Ich brauche dich, Rongi«, setzte Rogon hinzu.

Der Katling grinste erfreut und gesellte sich zu ihm, während Laisa zwei der Beeinflussungsartefakte an sich nahm und eines davon N'ghar reichte. Das dritte bekam Rogon, und er löste nun den Entsteinerungsbefehl aus. Noch während dichte, schwarze Magie aus den Stalaktiten drang und die Gurrim-Armee einhüllte, krachte es fürchterlich, und die vordere Höhlenwand zerfiel buchstäblich zu Staub.

»Eure Befehle, Kommandantin?« Ein Gurrim im Hauptmannsrang salutierte vor Laisa, die als Erste ihr Artefakt eingeschaltet hatte.

Beinahe hätte sie gekichert, weil ein schwarzer Gurrim sie als Befehlshaberin ansah. Dann aber wies sie auf Rogon. »Der Hauptteil der Truppe folgt diesem General. Sechs Kompanien kommen mit mir.«

»Sehr wohl, Kommandantin.« Der Hauptmann salutierte erneut und wandte sich an die ihm nachgeordneten Kompaniechefs. »Die Kompanien eins bis sechs des vierten Regiments folgen der Kommandantin, die anderen dem General.«

Es gab keine Fragen und keine Diskussion. Die Gurrims packten ihre Waffen und ihre Ausrüstung und warteten auf den Marschbefehl. Sie mussten nicht einmal erbrechen, sondern würgten nur etwas Luft aus dem Bauch.

»Wie es aussieht, wurde hier alles sorgfältig vorbereitet. Die Kerle haben anscheinend nichts mehr gegessen, bevor sie versteinert wurden«, erklärte N'ghar.

»Wie lange, meint ihr, sind die schon versteinert?«, wollte Rongi wissen.

»Da müsstest du schon den Magier fragen, der sie versteinert hat«, antwortete Rogon, der sich jetzt rasch erholte. Er hob sein Beeinflussungsartefakt wie einen Marschallstab und trat durch die nun offene Höhlenwand ins Freie.

»Gurrims, mir nach!«, rief er und sah zufrieden, wie sich mehr als fünftausend der kräftigen Gestalten in Marsch setzten.

Laisa schaute noch zu, wie die Höhle sich leerte, und drehte sich dann zu N'ghar um. »Wir sollten ebenfalls aufbrechen.«

»Das ist kein schlechter Gedanke«, antwortete N'ghar und lief zum Beginn des Tunnels, der zum ersten Turm von Flussmaul führte.

Dort wartete er auf Laisa. »Du wirst den Eingang öffnen müssen.«

Laisa kontrollierte kurz, ob die Speere an dieser Stelle grün oder blau sein mussten, und ließ dann das zweifarbige Symbol auf ihrer Hand erscheinen. Die Wand vor ihr löste sich in nichts auf und gab den Weg in einen Tunnel frei, der breit und hoch genug war, dass ein Kampfmonster hindurchgepasst hätte.

»Es war wohl Gayyads Plan, Flussmaul auf diesen Weg wieder unter Kontrolle zu bringen, falls es sich seiner Herrschaft entziehen sollte«, mutmaßte Ysobel mit einem schrägen Blick auf die etwa sechshundert Gurrims, die sich in Sechserreihen hinter ihnen aufgestellt hatten. So ganz waren ihr diese Kerle nicht geheuer, und sie hatte Angst, was diese tun würden, wenn sie erkannten, dass eine verhasste Weiße sie unter ihre Kontrolle gebracht hatte.

Da Laisa die Stärke der Beeinflussung kannte, waren ihr solche Gedanken fremd. Sie schritt der Truppe voraus und sah zufrieden, dass der Tunnel trocken und sauber war. Außerdem flammten in gewissem Abstand Leuchtsteine auf und erhellten ihnen den Weg.

»Gayyad muss Hunderte, wenn nicht Tausende von Jahren gebraucht haben, um so viele Stützpunkte einzurichten«, sagte Ysobel schaudernd.

»Die Höhle hinter uns und dieser Tunnel sind von Schwarzländern gefertigt worden«, antwortete Laisa. »Gayyad hat sie sich nur unter den Nagel gerissen. Deshalb ist er im Grunde nur ein großer Dieb, der die Lage nach dem Friedensschluss ausgenützt hat, um all diese Dinge unter seine Kontrolle zu bringen.«

»Das Gefühl habe ich auch«, stimmte ihr N'ghar zu. »Ich bin sehr gespannt, was wir noch alles finden werden.«

Das Letzte klang verbissen, denn genau wie Laisa wusste auch er, dass noch eine Menge Arbeit auf sie wartete. Dann aber tippte er Laisa auf die Schulter. »Der Tunnel ist gleich zu Ende.«

Das sah Laisa nun auch. Eine Felswand versperrte ihnen den Weg, doch diese löste sich auf, als sie das Öffnungsartefakt entdeckte und den magischen Schlüssel eingab.

»Wir befinden uns genau unter dem ersten Turm von Flussmaul«, meldete N'ghar.

Laisa nickte, achtete aber mehr auf das Artefaktlager, das Gayyad an dieser Stelle eingerichtet hatte. Mit diesen Waffen hätten die Flussmäuler den gesamten Norden der roten Dämmerlande erobern können. Außerdem entdeckte sie mehrere Truhen mit Gold- und Silbermünzen, deren Wert selbst den Staatsschatz mittlerer Reiche übertraf. Der Gedanke, dass Gayyad ein gewaltiger Dieb war, verfestigte sich in Laisa immer mehr. Ihr blieb jedoch nicht die Zeit, um darüber nachzudenken, denn sie musste einen Weg nach oben finden.

Nach kurzem Suchen entdeckte sie eine Stelle, an der sie etwa in Augenhöhe eine Tür vermutete. In der Nähe befand sich ein Schlüsselartefakt. Als sie es betätigte, entstand vor ihren Augen eine sechsstufige Treppe, die in den Turm hoch führte.

Vorsichtig stieg Laisa hinauf und fand sich in einer kleinen Kammer wieder, die mit allerlei Gerümpel gefüllt war. Sie rief zwei Gurrims herauf, damit diese den Weg frei räumten. Wenig später stand sie vor einer weiteren Tür, die sich ganz einfach mit einem Riegel öffnen ließ. Als Laisa hindurchschritt, sah sie, dass die Tür außen als Teil der Mauer getarnt war. Mit einem spöttischen Lächeln dachte sie, dass Tolmon Kren wohl kaum etwas von dem Geheimgang wissen dürfte.

Nun befanden sie sich im untersten Kellergeschoss des ersten Turmes von Flussmaul und erreichten die Sklavenquartiere. Laisa öffnete eine Kammer und sah entsetzt auf Menschen mit weißer Seelenfarbe hinab, die dreckig und verwahrlost auf dem Boden lagen. Der Geruch, den sie ausströmten, zeigte deutlich, dass Tolmon Kren diese Leute zu den schmutzigsten und übelsten Arbeiten zwang. Die Weißen waren so verschreckt, dass sie vor Laisa zurückwichen, so als hätten sie Angst, ihr Herr habe sie der Katze zum Fressen überlassen.

»Zum Glück sind die armen Hunde nicht magisch genug, um direkt unter der schwarzen Magie in Flussmaul zu leiden. Aber angenehm dürfte es nicht gerade für sie sein«, meinte N'ghar.

»Dafür wird Tolmon Kren bezahlen!« Laisa fauchte wütend und drängte weiter voran. Sie kamen noch an zwei weiteren Sklavenunterkünften vorbei und erreichten schließlich die Treppe nach oben.

Im nächsten Kellergeschoss befand sich niemand. Hier lagen Möbel und Gerät herum, welche im Turm kaum mehr gebraucht wurden, die man aber auch nicht wegwerfen wollte. Im nächsten Stockwerk waren Nahrungsmittelvorräte untergebracht. Laisa roch zwei Personen, die eben etwas holten, und winkte den Gurrim-Hauptmann zu sich.

»Verwendet Lähm- oder Betäubungswaffen. Ich will keine Toten.«

Der Gurrim nahm Haltung an. »Jawohl, Kommandantin.«

Danach hob er seine Artefaktwaffe und schritt trotz seiner Ausrüstung leichtfüßig nach vorne. Mehrere seiner Kameraden folgten ihm. Gleich darauf spürte Laisa zwei kleine, schwarze Magiewolken, und dann kehrte der Hauptmann zurück.

»Wir haben zwei Feinde betäubt, Kommandantin.«

»Sehr gut! Dringt in das nächste Stockwerk vor«, befahl Laisa.

Die Gurrims gehorchten. Laisa folgte ihnen nach oben und nahm erneut kurze Stöße von Schwarzfarbenmagie wahr. Noch während sie sich umschaute, erschien der Hauptmann und salutierte.

»Wir haben das Stockwerk eingenommen, Kommandantin.«

»Hervorragend«, lobte Laisa ihn, während N'ghar spitzbübisch grinste.

»So kann es weitergehen«, meinte er.

»Wo könnten wir Tolmon Kren finden?«, fragte Laisa ihn.

»Seine Gemächer liegen weit oben. Zumeist aber hält er sich auf der Dachplattform auf. Man hat von dort einen hübschen Ausblick.«

Laisa erinnerte sich, dass N'ghar schon einmal hier gewesen war, und ließ sich den Turm kurz beschreiben. Anschließend schickte sie mehrere Gurrim-Trupps los, um den restlichen Keller und vor allem das Eingangsgeschoss des Turmes zu besetzen.

»Ich möchte nicht, dass uns die Oberratte entkommt«, erklärte sie N'ghar und Ysobel und drang nun selbst nach oben vor.

*

Tolmon Kren saß in einem bequemen Sessel auf der obersten Plattform und bekam nicht mit, wie ihm die Herrschaft über die unteren Teile seines Turmes entglitt. Statt auf sein Haus achtete er auf das, was sich außerhalb der Stadt ereignete. Zufrieden sah er zu, wie Gumurrans Gurrim-Kompanien auf die Feinde zurückten. Dort blieb man jedoch nicht untätig. Tirah stellte sich mit ihren Andhirern und Söldnern vor den Eirun auf, so dass die Gurrims zuerst auf sie treffen mussten.

»Ich wusste gar nicht, dass Spitzohren so feige sind, sich hinter Menschen zu verstecken«, spottete ein junger Mann, der sich ebenfalls auf der obersten Plattform befand.

»Sei still, du Narr!«, wies Tolmon Kren seinen Sohn zurecht. »Wenn die Gurrims die Blauen vernichten, gibt es viel böses Blut in den Dämmerlanden.«

»Man wird Flussmaul noch mehr fürchten und es nicht mehr wagen, sich uns zu widersetzen. Wenn das hier vorbei ist, werden wir die Lotsen zum Gehorsam zwingen, indem wir all ihre Stationen am nördlichen Strom erobern.«

Auch wenn Tolmon Kren hoffte, am Ende der Sieger zu sein, ärgerte er sich über den plumpen Optimismus seines Sohnes. In dieser Hinsicht war der Junge nicht besser als Tolok.

»Oh, Giringar, schenke mir nur noch zwanzig, dreißig Jahre, damit ich den Sohn zeugen kann, der meines Erbes wert ist«, murmelte er und ahnte gleichzeitig, dass ihm diese Zeit nicht mehr bleiben würde.

»Gleich geht es los!«, rief sein Sohn und wies auf die Andhirer, die von Tirah in einer lockeren Schlachtordnung aufgestellt wurden.

»Die Kerle sind geschickt. Auf diese Weise richten die Artefaktwaffen der Gurrims nur wenig aus.« Dabei erinnerte sich Tolmon Kren an das Gerücht, Tirah von Mar würde die Andhirer anführen. Er hatte es für ein Märchen gehalten, das von seinen Feinden in die Welt gesetzt worden war, um ihn zu verunsichern. Doch als er jetzt mitbekam, wie geschickt sich die Andhirer gruppierten, wurde er unsicher. Wenn die Gurrims angriffen, würden sie zwar das Zentrum der Blauen durchschlagen, aber von deren beiden Flügeln an den Flanken und sogar im Rücken gefasst werden. Wenn dann auch noch die Spitzohren zusammen mit ihren gelben Menschen angriffen, war sogar eine Niederlage der Gurrims möglich. Das durfte nicht sein.

»Gib Befehl, dass sich die Krieger aller Türme am vorderen Tor versammeln sollen. Wir werden dem hochmächtigen Magier Gumurran zu Hilfe kommen«, wies er seinen Sohn an.

Noch bevor dieser die Plattform verlassen konnte, entdeckte Tolmon Kren ein heranrückendes Gurrim-Heer und jubelte auf. »Jetzt ist der Sieg unser! Damit gehört der nördliche Strom samt seinen östlichen Zuflüssen uns!«

Da hörte er plötzlich eine spöttische Stimme hinter sich. »Glaubst du das wirklich?«

Tolmon Kren drehte sich um und sah, wie zwei Katzenmenschen die Plattform betraten. N'ghar erkannte er sofort, doch die zweite Person war eine Frau und seinen geringen magischen Fähigkeiten nach weiß.

Verwirrt kniff er die Augen angesichts dieses weißen Fehlschlags zusammen. Wie es aussah, hatten die beiden sich in die Stadt und in seinen Turm geschlichen. Doch das würde ihnen nichts helfen. Bei ihm befanden sich immerhin sechs Leibwächter, jeder von ihnen mit einem Lähmartefakt ausgerüstet, und er selbst trug ein Schutzartefakt, das Frong ihm geschenkt hatte.

»Ja, ich glaube es«, sagte er und wies auf das im Sturmschritt heranrückende Gurrim-Heer. »Ihr hättet verschwinden sollen, als noch Zeit dafür war. Jetzt werden diese Krieger unsere Feinde zerquetschen.«

Da Tolmon Kren bereits erlebt hatte, wie schnell und geschickt N'ghar war, wich er hinter seine Leibwachen zurück.

»Lähmt sie«, befahl er.

Die Kerle achteten nur auf die beiden Katzenmenschen, und so entgingen ihnen ebenso wie Tolmon Kren die beiden Gurrims, die die Treppe hochkamen und ihre Waffen anschlugen. Eine magische Wolke hüllte die Leibwächter ein, und sie sackten bewusstlos zusammen. Tolmon Kren schützte sein Artefakt, und sein Sohn stand so hinter Laisa, dass die Gurrims es nicht wagten, auf ihn zu schießen. Nun aber traten sie auf die Plattform und richteten ihre Waffen auf die beiden Flussmäuler.

»Glaubst du es jetzt immer noch?«, fragte Laisa spöttisch. »Die Gurrims hier sind die Kameraden derer, die dort unten eben heranmarschieren.«

»Das bildest du dir nur ein, Katzenweib!«, rief Tolmon Kren aus, der sich nicht vorstellen konnte, dass sie die Wahrheit sprach. Auch die Tatsache, dass die Gurrims in Laisas Begleitung die gleichen Rüstungen und Abzeichen trugen wie jene, die eben auf Gumurrans Truppe zurückten, überzeugte ihn nicht.

»Dann glaubst du es eben nicht.« Laisa zuckte mit den Schultern, behielt Tolmon Kren aber scharf im Auge.

Dieser kaute auf seinen Lippen herum und wusste nicht so

recht, was er tun sollte. Da er jedoch wegen seines Schutzartefaktes die ersten Treffer aus den Gurrim-Waffen überstanden hatte, fühlte er sich sicher. Er zog ein kleines Artefakt aus der Tasche und wollte es auf Laisa richten.

Sie schnellte auf den Flussmäuler zu, prallte gegen seinen Schutzschirm und stieß den Mann durch die Wucht ihres Sprungs zu Boden. Dabei verlor Tolmon Kren seine Waffe. Noch während er nach dem Artefakt tastete, schossen mehrere Gurrims mit ihren magischen Waffen auf ihn. Die Treffer überluden seinen Schutzschirm und durchbrachen ihn, so dass er gelähmt liegen blieb. Seinem Sohn erging es ebenso, und nun konnte der Hauptmann Laisa die vollständige Einnahme des ersten Turmes von Flussmaul melden.

»Danke. Das habt ihr ausgezeichnet gemacht«, lobte Laisa ihn. Dann wandte sie sich an N'ghar. »Irgendwie hatte ich es mir schwerer vorgestellt, Tolmon Krens Turm zu erobern.«

»Ich mir eigentlich nicht«, meinte er. »Immerhin hatten wir die besseren Trümpfe in der Hand.«

»Das hatten wir wirklich.« Laisa nickte ihm zufrieden zu und trat dann an die Brüstung, um nachzusehen, was sich vor der Stadt tat.

*

Es war gut, dass Laisa Rongi und Reolan mit Rogon mitgeschickt hatte. Beide rannten, so schnell das Gelände es erlaubte, und überbrachten Tirah und Eldaradh die Nachricht, dass keine neuen Feinde aufgetaucht wären, sondern die Gurrims unter Rogons Kommando ständen. Während die eigenen Verbündeten ebenso verblüfft wie erleichtert waren, glaubte Gumurran zunächst, sein Oberhaupt Caludis hätte ihm frische Truppen aus dem Schwarzen Land geschickt.

»Jetzt werden wir die Eirun und die Menschen zerquetschen wie lästige Fliegen«, sagte er mit einem feisten Grinsen zu Burlikk.

Der musterte die anrückenden Gurrims unter zusammengekniffenen Lidern heraus und wiegte unschlüssig den Kopf. »Das sind keine Garnisonstruppen aus dem Schwarzen Land, sondern ihren Feldzeichen nach Regimenter aus den Götterkriegen.«

»Die nun wieder aufflammen und mit dem endgültigen Sieg der Schwarzlandheere enden werden!«, rief Gumurran begeistert.

Burlikk stellte sich mit Grausen vor, wie das Schwarze Land in diesen Auseinandersetzungen kämpfend unterging, und war kurz davor, seinen Anführer einen Kopf kürzer zu machen, auch wenn ihn dafür die schlimmste Strafe treffen würde, nämlich die Vernichtung seiner Seele. Doch in dem Moment bemerkte er eine blaue Präsenz bei dem anderen Gurrim-Heer. Gleichzeitig eilte ein anderer Blauer auf dieses zu.

»Irgendetwas stimmt da nicht«, murmelte er, aber Gumurran achtete nicht darauf.

»Ich werde den Kommandeur der Hilfstruppen begrüßen und ihm befehlen, mit seinen Leuten sofort den Feind anzugreifen.« Mit diesen Worten verließ der Magier die eigenen Linien und schritt auf die ankommenden Gurrims zu. Unterwegs stellte er fest, dass diese noch schwerer bewaffnet waren als die eigene Truppe. Sein Blick suchte den Magier, der das Heer anführte, entdeckte ihn aber nicht. Stattdessen nahm er zwei Blaue wahr, von denen er einen als noch recht jungen Katzenmenschen und den anderen als Adepten mit geringen Fähigkeiten einstufte. Wie es aussah, hatte Wassarghans Helfer Gayyad dafür gesorgt, dass Verbindungsleute zu den Blauen mitgekommen waren. Diese würden das blaumenschliche

Gesindel schon dazu bringen, die Beine in die Hand zu nehmen, so dass ihnen nur noch die Spitzohren und deren gelbe Hilfstruppe gegenüberstanden. Es wird ein Spatzenschießen werden, dachte Gumurran und trat dem vordersten Gurrim im Rang eines Hauptmanns gegenüber.

»Ich bin Gumurran, Magier ersten Grades und von seiner Hoheit Caludis zum Kommandanten dieses Feldzuges ernannt worden«, erklärte er und erwartete, dass der Gurrim strammstehen würde.

Stattdessen musterte dieser ihn kurz und drehte sich dann zu Rogon um. »Eure Befehle, General?«

Rogon musterte den Magier und sah eine gute Chance, ihn gleich zu Beginn auszuschalten. Allerdings wollte er dafür nicht seine Fähigkeit als Magieräuber einsetzen.

»Nehmt den Mann gefangen. Wenn er sich nicht ergibt, tötet ihn.«

Sofort richteten mehrere Dutzend Gurrims ihre Waffen auf Gumurran. Dieser begriff überhaupt nichts mehr und fluchte. »Wollt ihr mir wohl gehorchen, ihr Hunde!«

Da sauste Rongi nach vorne und blieb feixend vor ihm stehen.

»Es tut mir ja sehr leid, großer Magier, aber diese Gurrims hören nicht auf dich. Sie stehen unter dem Kommando der Feldherrin Laisa und des Generals Rogon. Also ergib dich, wenn du nicht willst, dass wir deine Seele unter Zurücklassung deines Körpers zu Giringar zurückschicken.«

Gumurran wusste nicht, wo ihm der Kopf stand. Voller Wut wollte er den Katling mit einem magischen Schlag vernichten, doch da traf ihn die erste Flammenlanze eines Gurrims. Zwar hielt sein Schutzschirm der Waffe stand, doch als weitere Gurrims auf ihn feuerten, drohte dieser nachzugeben. Voller Panik aktivierte der Magier sein Rettungssprungartefakt, das ihn aus der Gefahrenzone herausbrachte. Noch während er sich auflöste, erinnerte er sich daran, dass er es nicht auf die Schwarze Festung umgeschaltet hatte. Also würde er tief ins Schwarze Land hinein versetzt werden. Dann war er so spurlos verschwunden, als hätte es ihn nie gegeben.

Rongi starrte auf die nun leere Stelle und drehte sich dann zu Rogon um. »Er ist weg!«

»Das sehe ich selbst.« Rogon ärgerte sich, weil es nicht gelungen war, den Magier zu fangen, denn nun konnte dieser ihnen noch viel Ärger bereiten. Zunächst aber galt es zu verhindern, dass es doch noch zum Kampf kam.

»He, Kleiner, laufe zu den anderen Gurrims und erkläre deren Kommandanten, dass seine Leute die Waffen niederlegen sollen. Wenn sie es nicht tun, werden wir sie vernichten.«

»Ich bin schon unterwegs!« Rongi lief los, entdeckte bei den anderen Gurrims Burlikk, den er aus der Schwarzen Festung kannte, und blieb vor dem Major stehen.

»Na, Rongi, wo kommst du denn her?«, fragte Burlikk verblüfft.

»Von dort drüben«, antwortete Rongi und wies mit dem Daumen zu Rogons Gurrims hinüber. »Ich soll dir sagen, dass ihr euch ergeben sollt. Die Burschen dort sind nämlich vom Dürrschwanz beeinflusst worden, und da dieser sie gerade nicht braucht, haben Laisa und Rogon sie sich ausgeliehen.«

»Gurrims kämpfen nicht gegen Gurrims«, erklärte Burlikk, begriff aber, dass diese Schwarzlandsoldaten unter dem Druck ihrer Beeinflussung auf seine Leute losgehen würden.

»Was hältst du von einem Waffenstillstand, Rongi? Ich könnte mich dann mit euren Anführern treffen und mit ihnen reden.«

»Reden ist immer gut«, meinte der Katling und winkte zu Rogon hinüber. »Burlikk schlägt einen Waffenstillstand vor.«

»Aber das geht nur, wenn die Eirun und Andhirer nicht gleichzeitig gegen Flussmaul vorrücken«, schränkte Burlikk ein.

Rongis Grinsen wurde womöglich noch breiter. »Keine Sorge. Flussmaul wird eben von Laisas Gurrims erobert, und die sind schwarz.«

Zwar verstand Burlikk nicht das Geringste, doch als er hinüberblickte, sah er, wie Tolmon Krens Fahne von der obersten Plattform des ersten Turmes heruntergerissen und durch das Banner des Schwarzen Landes ersetzt wurde, und musste grinsen. »Es ist wirklich an der Zeit, dass Flussmaul in seine Schranken gewiesen wird. Solange keine Eirun und keine Menschen dort einrücken, werde ich auch nichts dagegen unternehmen.«

Rongi wusste, dass Laisa sich in eine Eirun verwandeln konnte, und kicherte daher vergnügt. Doch er sagte nichts, sondern kehrte zu Rogon zurück, um diesem Burlikks Angebot zu überbringen.

»Er soll seinen Waffenstillstand bekommen«, antwortete Rogon und erteilte einem Drittel seiner Gurrim-Armee den Befehl, gegen Flussmaul zu marschieren und in die Stadt einzudringen. »Tötet die Leute, die sich euch entgegenstellen, nicht, sondern lähmt und betäubt sie, damit sie hinterher abgeurteilt werden können«, erklärte er noch, dann hatte er anderes zu tun.

Tirah kam auf ihn zugelaufen und umarmte ihn so stürmisch, dass sie beide zu Boden stürzten. »Ich wusste, du lebst!«, rief sie unter Freudentränen.

»Ich wusste lange nicht, ob du noch lebst«, antwortete Rogon leise. »Wärst du tot gewesen, hätte ich nicht eher geruht, bis Flussmaul bis auf die Grundmauern niedergerissen worden wäre.«

»Was bei dem diamantharten Kristallgestein seiner Mauern und Türme kein leichtes Werk gewesen wäre.« Tirah lachte, küsste ihn und musterte anschließend die Gurrims, die sich trotz ihrer Beeinflussung zu wundern schienen, dass ihr Anführer die violette Kriegerin so unmilitärisch begrüßte.

»Wo hast du die aufgegabelt?«, fragte sie.

»Das ist eine längere Geschichte, die ich nicht allein erzählen will, denn Laisa und N'ghar haben einen großen Anteil daran. Jetzt sollten wir zusehen, dass wir Gayyads Adepten aus der Höhle holen, bevor er sich aus seiner Versteinerung lösen und verschwinden kann. Außerdem sind dort auch noch drei versteinerte Priesterinnen, die ich über die Zustände im blauen Tempel befragen möchte.«

»Das will ich auch.« Yahyeh war Tirah gefolgt, sah nun Rogon irritiert an und wusste nicht, was sie von ihm halten sollte. Auf sie wirkte er magisch eher unbedeutend, aber er hatte mitgeholfen, den Fluch von Rhyallun zu brechen.

Auch Sirrin wandte sich an den Mann, an den sie ihre beste Kriegerin verloren hatte. Sie war älter und erfahrener als Yahyeh und hatte schon in Edessin Dareh herausbekommen, dass mehr in Rogon steckte, als auf den ersten Blick zu vermuten war. Aber da war noch einiges, das sie unbedingt herausfinden musste. Vorerst begnügte sie sich mit ein paar Worten.

»Ich bin froh, dass du wieder da bist, denn Tirah war dem Tode nahe – und wie es scheint, bist du ihrer wirklich wert.«

Bei den Worten deutete sie auf die Gurrims, die sich hinter Rogon in militärischer Formation aufgestellt hatten.

*

Nachdem Laisa den ersten Turm von Flussmaul unter ihre Kontrolle gebracht hatte, wandte sie sich der Situation in der

Stadt zu. In den Straßen rannten die Krieger der Turmherren wie aufgeschreckte Ameisen durcheinander. Einige Flussmäuler blickten zwar zum ersten Turm hoch, sahen aber in dem dort wehenden Banner des Schwarzen Landes eine Bestätigung, dass die Gurrims sie vor ihren Feinden schützen würden. Inzwischen aber bahnten sich draußen vor der Stadt etliche Änderungen an.

Als Erstes spürte Laisa ein starkes, schwarzes Versetzungsartefakt, dessen Bahn sich weit im Osten verlor.

»Das war dieser Gumurran«, erklärte N'ghar. »Anscheinend waren ihm Rogons Gurrims nicht geheuer. Die halten jetzt auch die Leute der Schwarzen Festung in Schach.«

»Schade, dass seine Aufgeblasenheit entkommen konnte«, seufzte Laisa. »Ich hätte mir den Kerl gerne einmal zur Brust genommen.«

»Höherrangige schwarze Magier sind in der Regel mit Fluchtsprungartefakten ausgerüstet, damit sie, wenn es brenzlig wird, verschwinden können. Die armen Hunde, die sie kommandieren, müssen hingegen die Suppe auslöffeln, die ihre Anführer ihnen eingebrockt haben.«

N'ghar fauchte angewidert, denn für ihn war diese Haltung ein Zeichen von Feigheit. Dann aber sah er, wie ein Teil der eigenen Gurrims auf die Stadt zurückte.

»Wir sollten zusehen, dass wir ihnen helfen. Die Krieger einiger Türme versammeln sich bereits am Haupttor, um es zu verteidigen«, sagte er noch.

Da gellte eine scharfe Stimme auf. »Ihr Narren! Wollt ihr etwa gegen die Truppen eures eigenen Gottes kämpfen?«

Ein noch junger Mann in einer schlichten schwarzen Rüstung und einem roten Helm auf dem Kopf erschien vor dem Torplatz. Ihm folgte eine Gruppe Bewaffneter, die ihren Abzeichen zufolge aus verschiedenen Türmen stammen mussten.

Ein Unteranführer von Tolmon Kren, der noch nicht bemerkt hatte, dass der eigene Turm gefallen war, trat den anderen in den Weg.

»Entweder ihr reiht euch in meine Schar ein oder verkriecht euch in euren Türmen. Wir verteidigen die Stadt.«

»Auch gegen Giringars Gurrims?«, fragte der Anführer der Gruppe bissig.

»Sie kommen auf jeden Fall nicht hier herein!« Tolmon Krens Mann zog sein Schwert, und etliche andere taten es ihm gleich.

»Aus dem Weg! Ich bin Faran Son, Herr des siebzehnten Turmes von Flussmaul, und ich will diesem Wahnsinn ein Ende machen.«

Der junge Krieger wollte an Tolmon Krens Gefolgsmann vorbeigehen, doch dieser drängte ihn zurück.

»Los, macht diese Verräter nieder«, befahl der Mann vom ersten Turm seinen Untergebenen, die sofort auf Faran Son und dessen Freunde eindrangen. Obwohl diese sich erbittert wehrten, war abzusehen, dass sie in kurzer Zeit niedergemacht sein würden.

Laisa maß die Strecke, fand sie für ihre Pfeile erreichbar und schoss Tolmon Krens Unteranführer nieder. Anschließend wandte sie sich an ihren Gurrim-Hauptmann. »Nimm hundert deiner Leute und hilf dem Mann mit dem roten Helm und dessen Freunden. Lähmt alle, die sich euch in den Weg stellen, und nehmt sie gefangen.«

»Jawohl!« Der Gurrim salutierte und verschwand nach unten. Kurz darauf marschierte er an der Spitze seiner Kolonne aus dem Turm heraus und wandte sich dem Stadttor zu. Einige Flussmäuler wollten den Trupp aufhalten, doch den Lähm- und Betäubungsartefakten der Gurrims hatten sie nichts entgegenzusetzen.

Faran Son vom siebzehnten Turm von Flussmaul starrte Laisas Gurrims entgegen und überlegte, ob er nicht besser davonlaufen und sich verstecken sollte. Dann aber steckte er sein Schwert weg und trat dem Gurrim-Hauptmann entgegen.

»Ihr kommt zur rechten Zeit, Herr, denn ich glaube nicht, dass wir uns gegen die Leute der höheren Türme hätten durchsetzen können.«

Der Gurrim sah ihn kurz an und befahl dann einem Dutzend seiner Leute, das große Tor von Flussmaul zu öffnen. Faran Sons Leute halfen ihnen dabei, und so strömten kurz darauf mehr als tausend Gurrims in die Stadt. Die meisten Flussmäuler erkannten rasch, dass Widerstand sinnlos war, aber die Besitzer von drei Türmen wollten nicht aufgeben. Da sprengten die Gurrims kurzerhand die Eingangstore auf und drangen im Schutz ihrer magischen Abwehrschirme ein. Die Verteidiger wurden mit Lähmwaffen niedergekämpft und zu dem Platz vor dem ersten Turm gebracht, auf dem auch die bewusstlosen Krieger aus Tolmon Krens Turm geschafft wurden.

Laisa prüfte die Männer, die wie die Strecke einer großen Jagd aufgereiht lagen, und musterte alle aus, bei denen sie spürte, dass sie in letzter Zeit blaue Artefakte benützt hatten.

»Diese Leute sind in scharfer Haft zu halten. Ich werde sie später verhören«, befahl sie ihrem Gurrim-Hauptmann. »Jetzt aber lass in allen Türmen nach Artefakten suchen.«

Der Gurrim salutierte und stiefelte los. Kurz darauf drangen seine Leute mit Spürartefakten in die Türme ein und suchten nach magischen Gegenständen und Geräten. Sie wurden rasch fündig und brachten etliche magische Totschläger, Lähm- und Beeinflussungsartefakte sowie eine Unmenge an magischen Schriftrollen und Amuletten herbei.

Als N'ghar den Haufen sah, schüttelte er den Kopf. »Das ist

genug, um einen Krieg nicht nur anzetteln, sondern auch gewinnen zu können.«

»Wie es aussieht, sind wir gerade noch rechtzeitig gekommen.« Laisa grinste zufrieden und ging dann Tirah und Rogon entgegen, die eben an der Spitze einer weiteren Gurrim-Kompanie in die Stadt einmarschierten. Sirrin, Yahyeh und Rongi folgten den beiden, während Khaton und Rhondh draußen blieben, um Burlikk und dessen Gurrims nicht zu reizen.

»Na, wie haben wir das geschafft?«, fragte Laisa lachend.

Yahyeh sah sich mit großen Augen um. »Wo habt ihr all diese Gurrims her?«

»Das würde ich auch gerne wissen«, klang da Tharons Stimme auf. Dieser erschien in seiner eigenen Gestalt mitten auf dem Platz und wirkte so grimmig, als müsse er sich dem entscheidenden Kampf gegen einen Todfeind stellen.

»Die hat Gayyad uns geschenkt«, antwortete Laisa übermütig. »Unter diesem Berg dort drüben haben sie versteinert in einer großen Höhle gestanden. Rogon war in einem Nebenraum untergebracht, und ich musste den Adepten, der ihn bewachte, ebenfalls versteinern. Ich hoffe, er wurde rechtzeitig festgesetzt. Nicht dass er uns noch entkommt.«

»Den haben wir«, erklärte Rogon zufrieden. »Ebenso die drei Priesterinnen und meine Katze Jade, die gemeinsam mit mir gefangen wurden. Sie alle müssen noch entsteinert werden.«

»Um die Frauen und die Katze kümmere ich mich«, bot Yahyeh an, die hoffte, von Engara und deren Gefährtinnen einen ausführlichen Bericht über die Zustände im blauen Tempel zu erhalten.

Im Gegensatz zu ihr war Sirrin nicht direkt von den Ereignissen betroffen und hielt sich zurück, während Tharon sich wachsam umsah und mehrmals das Gesicht verzog.

»Flussmaul ist eine Ansammlung von Piraten und Räubern«, rief er grollend. »Wenn es nach mir ginge, würde ich die Bewohner alle nach Osten deportieren und diese Stadt einebnen. Doch das hieße, Caludis' Befehlen zuwiderzuhandeln, und das kann ich mir nicht leisten.«

»Flussmaul kann nicht so bleiben, wie es war«, wandte Laisa ein. »Sonst haben in einem Jahr wieder die gleichen Zustände am Strom. Außerdem haben sie Rogon und die Eirun angegriffen, als diese unter dem Schutz der Lotsen standen, und dabei Eirun und Lotsen umgebracht.«

Tharon verzog angewidert das Gesicht. »Den Spitzohren wird Genugtuung gewährt – und diesem blauen Nichtsnutz da ebenso. Ich werde mir die Oberhäupter dieser Stadt vornehmen und sie verhören. Keine Sorge, ihr bekommt alles mit. Wir stehen gegen einen Feind, der uns alle bedroht, und werden daher zusammenhalten müssen, gleich von welcher Seite des Stromes wir stammen. Genauso aber interessieren mich die Gurrims, die ihr gefunden habt. Ich muss nachforschen, wieso ein ganzes Heer verlorengehen konnte.«

Obwohl er eine Menge Arbeit vor sich sah, wusste Tharon, dass nur er entscheiden konnte, was in Zukunft mit Flussmaul geschah. Er durfte nicht einmal Sirrin und Yahyeh hinzuziehen, wenn er sein Ansehen im Schwarzen Land nicht beschädigen wollte.

Daher lobte er zuerst einmal Laisa und Rogon. »Es ist gut, dass ihr die Stadt durch Gurrims habt besetzen lassen. Wir sollten diese Burschen aber anschließend ins Schwarze Land schicken und dort ihre Beeinflussung beseitigen. Burlikk, das leitest du in die Wege.«

Salavars Stellvertreter stand auf einmal neben Tharon, ohne zu wissen, wie ihm geschah, und konnte nur nicken. »Ich kümmere mich darum.«

»Außerdem wirst du ein Regiment deiner eigenen Gurrims als Besatzungstruppe in Flussmaul stationieren, bis dieses Drecksnest endlich ausgemistet ist. Übernehmt die ersten drei Türme von Flussmaul als Garnison. Was mit den anderen dreiunddreißig Türmen der Stadt geschieht, werde ich später entscheiden.«

Laisa missfiel es, dass Tharon, der im Grunde überhaupt nichts getan hatte, um die Situation in Flussmaul zu entschärfen, sich als derjenige aufspielte, der zu entscheiden hatte. Daher trat sie auf ihn zu und schaffte es, auf ihn herabzublicken.

»Dieser junge Mann dort hat gegen Tolmon Krens Anhänger gekämpft, um unseren Gurrims das Tor zu öffnen«, sagte sie und deutete auf Faran Son, der hilflos dabeistand und nicht wusste, ob er jetzt ein Gefangener war oder nur seinen Rang als Herr des siebzehnten Turmes verlieren würde.

Tharon musterte ihn kurz. »Gut! Ich ernenne ihn zum Oberhaupt der Einheimischen und rate ihm, gut mit mir und den Gurrims zusammenzuarbeiten, sonst schicke ich ihn als Sklaven auf die Latifundien im Schwarzen Land. Dieses Schicksal dürfte etlichen dieser Kerle hier blühen.«

»Da du gerade von Sklaven sprichst: Tolmon Kren und einige andere Turmherren haben sich weiße Sklaven gehalten. Diese werden ebenso befreit wie die grünen und gelben«, forderte Laisa mit Nachdruck.

»Das gilt auch für die blauen Sklaven. Die bringe ich in den Süden«, mischte sich nun Rogon ein.

Um Sirrins Mund spielte ein spöttisches Lächeln. »Die violetten Sklaven kannst du mir übergeben. Ich werde sie am Ostufer des Heiligen Sees an einer Stelle ansiedeln, die bereits von Ödlandmagie gereinigt ist.«

»Von mir aus«, knurrte Tharon und stieß dann mit seinem Stab hart auf den gepflasterten Boden. »Bevor sich hier irgendjemand beschwert, weil ich hier das Heft in die Hand nehme, sei gesagt, dass das Schwarze Land es akzeptieren wird, wenn diese Stadt von eigenen Gurrims besetzt wird, um die Flussmäuler für Verletzungen der Dämmerlandverträge zu bestrafen. Das Schwarze Land wird jedoch niemals eine Eroberung Flussmauls durch ein Heer einer anderen Farbe hinnehmen.«

»Vergiss Gumurran nicht«, riet Laisa ihm. »Der wird im Schwarzen Land sicher seine eigene Version zum Besten geben.«

Tharon winkte verächtlich ab. »Ich werde einen Bericht ins Schwarze Land schicken, der diesem Narren den Boden unter den Füßen wegziehen wird. Seine Unfähigkeit schreit ja geradezu zum Himmel. Aber jetzt habe ich zu tun. Wir können heute Abend im Lager der Andhirer weiterreden.«

Dagegen hatte niemand etwas.

*

Als die Nacht hereinbrach, füllte Tirahs Zelt sich bis in den äußersten Winkel. Tharon zeigte sich nun wieder in seiner Gestalt als Daar, und auch die vier anderen Evaris hatten ihre Zweitgestalten beibehalten oder wieder angenommen. Dazu kamen Laisa, N'ghar, Ysobei und Reolan sowie Rongi, der wie ein Rucksack an N'ghar hing und gar nicht daran dachte, wieder zu verschwinden. Eldaradh und Arelinon vertraten die Eirun von Gilthonian, Rogons alte Bekannte Xulla die Zirdh'een aus den Nordsümpfen, während Tirah und Rogon als Gastgeber auftraten. Um nicht von den Beratungen ausgeschlossen zu werden, bedienten Tibi, Keke und Zakk die Anwesenden.

Tharon gefiel diese große Runde nicht, doch er wusste, dass er nichts daran ändern konnte. Daher trank er einen Schluck

Marangree-Wein, stellte dann seinen Becher ab und sah die anderen durchdringend an.

»Es war genauso, wie ich es mir gedacht habe. Gayyad hatte die wichtigsten Türme von Flussmaul völlig in seiner Gewalt. Zum Schein ließ er sie die üblichen Rangkämpfe ausfechten, doch im Ernstfall hätte er auf alle Krieger der Stadt zurückgreifen können, da die Anführer der nachgeordneten Türme denen der großen Türme Gefolgschaft schuldig waren.«

»Und was ist mit den Gurrims, die Laisa und Rogon entdeckt haben?« Khatons Frage klang provozierend, doch Tharon hob nur beschwichtigend die Hand.

»Auch dahinter steckt Gayyad. Ob er Hilfe durch Magier aus dem Schwarzen Land erhalten hat, werde ich noch untersuchen. In den Höhlen stecken viele Artefaktwaffen, die bei Friedensschluss ins Schwarze Land hätten gebracht werden müssen. Ich bin sicher, wir werden im Lauf der Zeit noch etliche solcher Verstecke entdecken, und zwar auf beiden Seiten des Stromes. Wir sollten uns so einigen, dass die Evaris, die für das entsprechende Gebiet zuständig sind, sich darum kümmern.«

»Damit bin ich sehr einverstanden«, meldete sich Yahyeh, die dabei an die weißen Eirun von Erandhon dachte. Die Entscheidung, was mit diesen geschehen sollte, wollte sie wirklich nicht dem Schwarzen Land überlassen.

»Ich ebenfalls«, stimmte Sirrin zu.

Auch Khaton und Rhondh nickten.

»Das halte ich auch für das Beste«, erklärte der Grüne. »Doch wir werden Hilfe brauchen. Ich denke hier an Laisa und Rogon, aber auch an Tirah, N'ghar und deren restliches Gefolge. Diese Leute haben bewiesen, dass sie die Verstecke des Feindes finden und seiner Herrschaft entreißen können.«

»Das hört sich so an, als hättest du bereits eine Vorstellung davon, was als Nächstes geschehen soll«, stellte Sirrin fest.

Rhondh atmete tief durch und nickte. »Es gibt so einiges, was getan werden muss. Nach den Erfahrungen mit Gilthonian ist zu erwarten, dass Erulim, wie wir ihn im Westen nennen, auch in den Eirun-Wäldern von Marandhil und Gimloth magische Vernichtungswaffen versteckt hat. Da niemand von unserer Seite diese Artefakte untersuchen und unschädlich machen kann, ohne dass sie anspringen, sollte Rogon sich darum kümmern, so, wie Laisa es bei der Blauen und der Schwarzen Festung getan hat.«

»Als weiteren Schritt müssen wir möglichst bald nach Tardelon suchen. Ohne den gelben Evari fehlt uns der direkte Kontakt zum Gelben Land«, setzte Khaton hinzu.

»Ich muss zusehen, wie ich den blauen Tempel in Edessin Dareh von Gayyads Einfluss befreien kann«, ergänzte Yahyeh. Sie sah harte Auseinandersetzungen mit den Priesterinnen selbst, aber auch den Reichen voraus, aus denen diese stammten.

»Wir sollten alle Tempel gründlich untersuchen. Als Erulim und damit als Eirun kann er großen Einfluss auf alle drei Priesterschaften des Westens gewonnen und seine Artefakte auch dort versteckt haben«, warf Sirrin ein.

Laisa griff dies alles allzu weit in die Zukunft. »Es gibt näherliegendere Probleme zu lösen«, erklärte sie.

»Und was?«, fragte Tharon bissig, da er sich in seinen Überlegungen gestört fühlte.

»Zum Beispiel die weißen, gelben und grünen Sklaven, die wir in Flussmaul befreit haben. Sie müssen an einen Ort gebracht werden, an dem sie in Frieden und Freiheit leben können. Ich habe die Leute nicht befreit, damit sie an anderer Stelle wieder versklavt werden – möglicherweise sogar von der eigenen Farbseite.«

»Das ist eine Sache, die die goldene Seite angeht«, sagte Tharon zu Khaton und wollte bereits wieder das Thema wechseln.

Der weiße Evari hob jedoch die Hand. »Wir sollten nicht über Laisas Einwand hinweggehen. In Flussmaul wurden mehr als sechshundert Sklaven der westlichen Farben gefunden. Ich lasse sie nach Süden bringen, und zwar an den Lirian. Etwa hundert Meilen oberhalb von dessen Mündung in den Heiligen See haben Tirah und Rogon ein von Ödlandmagie befreites Gebiet gefunden, in dem noch einige magisch begabte Leute leben, um die wir uns ebenfalls kümmern müssen. Ich will die befreiten Sklaven bei ihnen ansiedeln und das Stück Land mit Artefakten gegen das Ödland abschirmen.«

»Von mir aus«, knurrte Tharon.

Khaton wiegte nachdenklich den Kopf. »Diese magisch Begabten wurden gefangen gehalten, um ihnen ihre Magie mit Kristallen abzuziehen. Dies ist ein Verbrechen, und wir haben zwei Namen, die uns hier weiterhelfen können. Einer lautet Nekabar. Der war zur Zeit des Friedensschlusses ein nachrangiger weißer Magier, der sich aber Hoffnung machte, von Meandir zum Evari ernannt zu werden. Statt seiner wurde ich es. Ich habe danach nur noch selten etwas von ihm gehört. Jetzt zu erfahren, dass er magisch Begabte jagt, erfüllt mich mit Sorge.«

»Und wie lautet der zweite Name?«, fragte Laisa.

»Tissuren.« Diesmal übernahm Rogon die Antwort.

»Unmöglich!«, rief Yahyeh aus. »Tissuren war einer unserer blauen Magier, und er ist kurz nach dem Friedensschluss verschwunden. Es heißt, er wäre tot.«

»Was er anscheinend nicht ist, es sei denn, es gibt einen zweiten Magier dieses Namens. Auf jeden Fall sollten wir auch hier unsere Augen offen halten. Diese Magier könnten mit Gayyad im Bunde sein«, warnte Khaton.

Laisa entfuhr ein wütendes Fauchen. »Also ist es doppelt und dreifach wichtig, den Zweifarbigen zu erwischen. Noch dürfte er vom Biss meiner Springschlange gelähmt sein, doch ich weiß nicht, wie lange das anhält. Ich hätte ihr doch befehlen sollen, ihn zu töten. Aber ich wollte ihn lebend haben, um ihn verhören zu können. Das hätte uns einige Sucherei erspart.«

»Grundsätzlich war das richtig«, stimmte Khaton ihr zu, »und wie es aussieht, dürften wir noch einige Monate Ruhe vor ihm haben. Die Zeit sollten wir nützen.«

Tharon hob die Hand, um die Aufmerksamkeit der anderen wieder auf sich zu lenken, und sah Laisa und Rogon an.

»Ich konnte Gayyads Fluchtsprung zum Teil anmessen. Er hat sich nach Norden zurückgezogen, wahrscheinlich sogar über das Riegelgebirge hinweg. Einer von euch beiden wird ihm ins Unbekannte folgen müssen.«

Laisa und Rogon sahen sich kurz an, begriffen aber, dass die Entscheidung, wer diese Aufgabe übernehmen würde, noch nicht gefallen war.

Achtundzwanzigstes Kapitel

Ein schreckliches Erwachen

Gayyads Geist war nur noch ein Funken und sich seiner selbst kaum mehr bewusst. Zwei Gedanken erfüllten ihn jedoch. Er hatte fliehen müssen, und sein Körper und der größte Teil seines Geistes waren gelähmt.

Mit einem Mal spürte er, dass jemand Kontakt mit ihm aufnehmen wollte. Derjenige war blau und fühlte sich vertraut an. Also hatte er einen sicheren Ort erreicht. Erleichtert öffnete Gayyad sich dem Tasten des anderen.

»Hier bin ich«, meldete er sich schwach.

»Herr, was ist mit Euch? Ich versuche schon seit mehr als zwei Wochen, Euren Geist zu erreichen«, klang es erleichtert zurück.

»Mich hat ein Geschoss getroffen. Kannst du es entfernen?«

Es dauerte eine Weile, bis der andere sich wieder meldete. »Eine Schlange aus Metall hat sich in Euren Hals verbissen. Wenn ich sie mit Gewalt abreiße, würde ich eine Schlagader verletzen. In Eurem geschwächten Zustand wäre dies gefährlich.«

Dies begriff auch der Teil von Gayyads Geist, der sich gegen die Betäubung sträubte. »Wir müssen es anders machen«, erklärte er. »In welcher Gestalt bin ich zurückgekommen?«

»Als Gayyad!«

»Bring mich in die grüne Kristallkammer, rasch!« Gayyad schauderte es bei dem Gedanken, aber es erschien ihm als die einzige Möglichkeit, sich dem Zauber, der ihn in den Krallen hielt, zu entziehen.

Der Adept, der diesen Stützpunkt des Zweifarbigen bewachte, zuckte bei dem Befehl zusammen. Für ihn kam die grüne Kammer gleich nach Tenelins Hölle. Um seinen Herrn dort hineinzubringen, musste er einige Vorbereitungen treffen. Als Erstes streifte er eine silberdurchwirkte Hose und eine lange Jacke über, zog feste, mit Silberdraht umwickelte Stiefel an und setzte eine Mütze aus Silberstoff auf, die nur die Augen frei ließ. Diese schützte er mit einer Brille aus Kristall und steckte anschließend seine Hände in Handschuhe, in die ebenfalls Silberfäden verwebt waren.

Vollkommen von dicken Schichten Silbergewebe eingehüllt, fiel dem Mann das Atmen schwer, und als er auf das Bett zuging, auf dem sein Herr lag, glaubte er schon, ersticken zu müssen. Trotzdem wuchtete er Gayyads Körper hoch und schleppte ihn zur Tür. Diese hatte er sonst mit einem geistigen Befehl geöffnet. Da seine Silberkleidung die Anwendung von Magie verhinderte, musste er mit dem Ellbogen gegen den Öffnungsmechanismus drücken und war froh, als das Türblatt aufschwang.

Die grüne Kammer lag am entgegengesetzten Ende des unterirdischen Stützpunktes. An der Tür der Vorkammer wiederholte der Adept das Spiel mit dem Ellbogen, trat ein und fand sich in einer Kammer wieder, die innen vollständig mit Silber ausgekleidet war.

Nachdem er die Tür hinter sich geschlossen hatte, machte er die Pforte der grünen Kammer auf und schrak vor dem intensiven, magischen Leuchten zurück, das ihm entgegenflutete. Die Urangst aller Blauer vor starker, grüner Magie erfasste ihn, und er musste seine gesamte Kraft aufwenden, um weitergehen zu können.

Zwei Schritte weiter erreichte er ein Bett, das aus sehr stark strahlenden, grünen Kristallen bestand. Auch der Boden, die Wände und die Decke waren mit grünmagischen Kristallen ausgekleidet. Jeder magisch begabte Blaue, der hier für länger als ein paar Minuten eingesperrt war, würde es nicht überleben.

Zwar wusste der Adept, dass Gayyad sich in einen grünen Eirun verwandeln konnte, hatte ihn aber noch niemals in dieser Gestalt gesehen. Es erschien ihm daher unglaublich, dass sein Herr in der grün strahlenden Kammer nicht nur überleben, sondern sie körperlich verändert und stärker als zuvor wieder verlassen würde.

»Er ist wirklich der siebte Gott«, murmelte er, als er Gayyad auf das Kristallbett legte und die Kammer dann fluchtartig verließ.

Bislang hatte Gayyad seinen Körper nur noch wie aus weiter Ferne gespürt. Aber nun war es ihm, als läge er auf einem brennenden Scheiterhaufen. Der Schmerz war so stark, dass er schon befürchtete, sein Blau hätte sich so sehr verfestigt, dass keine Umwandlung möglich war. Das würde sein Ende sein.

Er hasste den Wechsel seiner Gestalt und seiner magischen Farbe, seit er denken konnte, doch es war sein größter Trumpf im Kampf um die Macht. Auch jetzt durfte es nicht anders sein, dachte er, während sein Körper sich in Qualen wand. Nun war Gayyad froh um die dicken Mauern des Raumes, die eine doppelte Silberummantelung trugen. Sonst hätte selbst ein nur leicht magisch begabter Mensch seine geistigen Schmerzensschreie in mehr als sechzig Meilen im Umkreis wahrgenommen.

Bald aber wünschte er sich, statt seiner würden sich alle in seiner Nähe vor lauter Qual am Boden wälzen und er könnte ihnen dabei zusehen. Dann wischte eine weitere Schmerzwelle diesen Gedanken hinweg, und er wünschte sich, sterben zu können.

»Nein, nicht«, stöhnte er und kämpfte gegen die Todessehnsucht an. »Ich bin so kurz davor, der Herr der Dämmerlande und des Nordens zu werden. Ich bin der siebte Gott! Ein anderes Wesen könnte diese Marter nicht aushalten. Oh, Ilyna, weshalb beginnt die Umwandlung nicht?«

Am leichtesten ging dies, wenn er eine seiner Gestalten mehrere Jahre lang aufrechterhalten konnte. Da genügte bereits ein Funke der Gegenfarbe, um den Prozess in Gang zu setzen. Doch diesmal war er erst vor kurzem zu Gayyad geworden, und so sträubte sich das Blau in ihm, sich verdrängen zu lassen. Um den Vorgang zu beschleunigen, richtete er seine Sinne auf die grünen Kristalle, auf denen er lag, und fühlte, wie deren Magie ihn durchdrang. Dabei bäumte er sich voller Qual auf, stürzte vom Bett und schlug schwer auf den Boden auf. Gleichzeitig aber spürte er, wie das grüne Feuer in ihm entzündet wurde und die Verwandlung begann.

Sein Körper und sein Geist schienen sich in den grünen Flammen aufzulösen, und er war nicht mehr in der Lage, einen einzigen Gedanken zu fassen. Kurz darauf erlosch sein Bewusstsein wie eine Kerze im Wind, und er erlebte die Qual der Umwandlung nur mehr wie im Traum. Dennoch war ihm, als hätte man ihn gleichzeitig in Ilynas und Tenelins Hölle gesteckt, und er verfluchte beide Götter wegen dieser Schmerzen und vor allem die Magier, die dafür gesorgt hatten, dass es ihn gab.

*

Als er wieder zu sich kam, nahm er sofort wahr, dass er seine Erulim-Gestalt angenommen hatte. Noch immer erfüllte ihn ein Nachhall der Umwandlungsschmerzen, doch diese hatten so weit nachgelassen, dass er mit seinen Heilerfähigkeiten dagegen angehen konnte. Schwankend vor Schwäche stand er auf und stellte erleichtert fest, dass das lähmende weiße Gift, das ihn zu diesem grässlichen Schritt gezwungen hatte, während der Umwandlung verbrannt worden war. Neben ihm lag eine unterarmlange Schlange aus Metall, die wie ausgeglüht wirkte.

Mit einem Ausdruck der Abscheu stieß Erulim sie mit dem Fuß beiseite und sah, dass er sich während seiner Umwandlung die blaue Gayyad-Kleidung vom Leib gerissen hatte. Daher stand er nackt im Raum und schimmerte durch die Ausstrahlung der Kristalle am ganzen Körper grün. Einige Augenblicke lang gab er sich der magischen Strahlung hin, um seine Erschöpfung zu überwinden. Dann aber straffte er sich und öffnete die Tür.

Im Vorraum holte er aus einem Geheimfach eine Glasfalle heraus und entnahm ihr die Kleidung eines hochrangigen Eirun aus dem Grünen Land. Nachdem er diese übergestreift hatte, schloss er seine blaue Kleidung in eine andere Glasfalle ein, legte beide Geräte wieder in ihr Versteck und verließ den Vorraum der Kristallkammer. Sein Adlatus erwartete ihn im Schreibzimmer und starrte ihm ängstlich entgegen. Als Blauem erschien es ihm fast unmöglich, dass ein grüner Eirun ihn nicht sofort angreifen und töten würde.

Erulim sah ihn jedoch nur auffordernd an. »Du musst einige Botschaften für mich an Freunde auf der roten Seite schreiben. Ich werde es für die auf der goldenen Seite tun.«

Mit diesen Worten setzte Erulim sich an einen Tisch und holte grüne Tinte, grünes Papier und eine grüne Feder hervor.

Sein Diener blickte mit Abscheu auf diese Dinge, wagte aber nicht, etwas zu sagen, sondern nahm am entgegengesetzten Ende des Raumes Platz.

Während Erulim diktierte und selbst schrieb, sagte er sich, dass er seine Feinde aus lauter Überheblichkeit unterschätzt hatte und dadurch einige Rückschläge hinnehmen musste. Doch von diesem Tag an würde er den Kampf mit aller Härte führen und vor allem selbst die Initiative ergreifen.

ENDE